稼軒詞編年箋注

［宋］辛棄疾　著
鄧廣銘　箋注

稼軒詞編年箋注卷三

七閩之什

浣溪沙　壬子春，赴閩憲，別瓢泉

細聽春山杜宇啼，一聲聲是送行詩。朝來白鳥背人飛。　對鄭子真巖石卧，赴陶元亮菊花期。而今堪誦北山移。

【校】

〔題〕四卷本丙集作「泉湖道中赴閩憲别諸君」。

〔赴〕四卷本作「趁」。

【箋注】

〔背人飛〕見卷二鷓鴣天（水底明霞十頃光闋）「背人句」注。

〔對鄭句〕揚子法言問神篇：「谷口鄭子真，不屈其志而耕乎巖石之下，名震於京師。」

〔而今句〕文選孔稚珪北山移文吕向注：「鍾山在都北，其先周彦倫隱於此，後應詔出爲海鹽縣令，欲却過此山，孔生乃假山靈之意移之，使不許得至。」宋史种放傳：「种放字明逸，……與母俱隱終南豹林谷之東明峯。……放屢至闕下，俄復還山，人有詒書嘲其出處之跡，且勸以棄位居巖谷，放不答。……嘗曲宴令羣臣賦詩，杜鎬以素不屬辭，誦北山移文以譏之。」王安石松間詩（題下自注：「被召將行作。」）：「野人休誦北山移。」

臨江仙　和信守王道夫韻，謝其爲壽。時僕作閩憲

記取年年爲壽客，只今明月相隨。莫教絃管便生衣。引壺觴自酌，須富貴何時。入手清風詞更好，細書白氎烏絲。海山問我幾時歸。棗瓜如可啖，直欲覓安期。

【校】

〔題〕四卷本丁集「信守王道夫」作「王道夫信守」。又脱「僕」字。

【箋注】

〔絃管生衣〕謂絃管如久置不御，則將蛛網塵封也。蘇軾次韻劉貢父李公擇見寄二首：「何人勸我此間來，絃管生衣甑有埃。」

〔引壺句〕歸去來辭：「引壺觴以自酌，眄庭柯以怡顔。」

〔須富貴句〕楊惲報孫會宗書：「人生行樂耳，須富貴何時？」

〔清風〕蘇軾袁公濟和劉景文登介亭詩復次韻答之：「君詩如清風。」詩大雅烝民：「吉甫作誦，穆如清風。」

〔白蠒烏絲〕均蠶繭紙之屬，用以書寫者。李肇唐國史補卷下：「宋、亳間，有織成界道絹素，謂之烏絲欄、朱絲欄，又有繭紙。」蘇軾文與可有詩見寄次韻答之詩：「爲愛鵝溪白繭光，掃殘鷄距紫毫鋩。」

〔海山句〕太平廣記卷四十八逸史：「唐會昌元年，李師稷中丞爲浙東觀察使。有商客遭風飄蕩，不知所止，月餘至一大山，……山側有人迎問，與語曰：……此蓬萊山也。……遣左右引於宮内遊觀，……至一院，扃鐍甚嚴，因窺之，衆花滿庭，堂有裀褥，焚香階下。客問之，答曰：『此是白樂天院，樂天在中國未來耳。』乃潛記之，遂別之歸，旬日至越，具白廉使，李公盡録以報白公。先是白公平生唯修上生業，及覽李公所報，乃自爲詩二首以記其事及答李浙東云：『近有人從海上回，海山深處見樓臺。中有仙龕開一室，皆言此待樂天來。』又曰：『吾學空門不學仙，恐君此語是虛傳。海山不是吾歸處，歸即應歸兜率天。』」

〔棗瓜二句〕史記封禪書：「是時李少君亦以祠竈穀道卻老方見上，……言上曰：『……臣嘗游海上，見安期生，安期生食巨棗大如瓜。安期生仙者，通蓬萊中，合則見人，不合則隱。』於是天子始親祠竈，遣方士入海求蓬萊安期生之屬，而事化丹沙諸藥齊爲黃金矣。」

【編年】

紹熙三年（一一九二）夏。

賀新郎　三山雨中遊西湖，有懷趙丞相經始

翠浪吞平野。挽天河誰來照影，卧龍山下。煙雨偏宜晴更好，約略西施未嫁。待細把江山圖畫。千頃光中堆灩澦，似扁舟欲下瞿塘馬。中有句，浩難寫。詩人例入西湖社。記風流重來手種，緑成陰也。陌上游人誇故國，十里水晶臺榭。更複道横空清夜。粉黛中洲歌妙曲，問當年魚鳥無存者。堂上燕，又長夏。

【校】

〔題〕四卷本丙集作「福州遊西湖」。

〔成陰〕廣信書院本及四卷本作「陰成」。兹從四印齋本。王詔校刊本脱「陰」字。

〔中洲〕四卷本「中」下空一格，無「洲」字。

〔妙曲〕廣信書院本作「何曲」，兹從四卷本。

【箋注】

〔題〕按據淳熙三山志及宋中興百官題名，趙汝愚於淳熙九年五月除集英殿修撰帥福建，到任半年後，上疏論福州便民事，其首項即爲「疏浚西湖舊跡」事，略謂：「契勘本州元有西湖，在城西三里，迤邐並城，南流接大濠、通南湖，瀦蓄水澤，灌溉民田，事載閩中記甚詳。父老相傳，舊時

湖周回十數里，天時旱暵，則發其所聚，高田無乾涸之憂；時雨泛漲，則泄而歸浦，卑田無滰浸之患。……歲時浸久，填淤殆盡。今來若不申明朝廷，誠恐向後轉見湮廢，難以興復，並湖之民，永被其害。欲乞聖慈特降指揮，行下本州，告示有田之家，許於農事之隙，稍循舊跡開浚，令附城爲壕，上下流注。雖未能盡復古來丈尺，庶幾西湖與南湖通接，負郭之田盡沾水利而長享有年之效。」

〔三山〕福州城内有越王山、九仙山、烏石山，故郡有三山之名。

〔趙丞相〕宋史趙汝愚傳：「趙汝愚字子直，漢恭憲王元佐七世孫，居饒之餘干縣。……早有大志，每曰：『大丈夫得汗青一幅紙，始不負此生。』擢進士第一。……孝宗方鋭意恢復，始見即陳自治之策，孝宗稱善。……以集英殿修撰帥福建，……進直學士，制置四川兼知成都府。……進敷文閣學士，知福州。紹熙二年，召爲吏部尚書。……除同知樞密院事。……爲光禄大夫右丞相。」

〔挽天河〕杜甫洗兵馬：「安得壯士挽天河，净洗甲兵長不用。」

〔卧龍山〕淳熙三山志：「卧龍山在北關外。舊記云：『陳寶應（？）時，此山有巨石，無故自移。』有得愛亭、箋經臺。」

〔煙雨二句〕蘇軾飲湖上初晴後雨詩：「水光瀲灩晴偏好，山色空濛雨亦奇。欲把西湖比西子，淡粧濃抹總相宜。」

〔堆灩澦、瞿塘馬〕太平寰宇記：「灩澦堆周圍二十丈，在蜀江中心瞿塘峽口。」李肇唐國史補卷下：「蜀之三峽，……皆險急之所，……四月五月爲尤險時。故曰：『灩澦大如馬，瞿唐不可下。灩澦大如牛，瞿唐不可留。』」按：此處灩澦蓋指西湖中之孤山，詳見後詞。

〔中有二句〕朱文公大全集卷二十九與趙汝愚書：「去冬見議開湖事，熹謂須先計所廢田若干，所溉田若干，所用工料若干，灼見利多害少，然後爲之。後來但見悤悤興役，至今議者猶以費多利少爲疑。浮説萬端，雖不足聽，然恐亦初計之未審也。」又別集卷六與林擇之書：「趙帥久不得書，湖事想已畢，自此宜且安静，勿興工役爲佳。相見亦可力勸之也。」按據二書語意，知趙氏於開浚西湖事必曾遭受若干責難，詞中云云，必亦指此而言。

〔西湖社〕夢粱録卷十九社會條：「文士有西湖詩社，此乃行都縉紳之士及四方流寓儒人寄興適情，賦詠膾炙人口，流傳四方，非其他社集之比。」

〔記風流二句〕據淳熙三山志，趙氏第一次帥閩事在淳熙九年至十二年，第二次在紹熙元年至二年。此謂趙氏再帥閩時，原先所種杉柳，已緑樹成陰矣。——詳見後水調歌頭（説與西湖客閲）「種柳人」句注。

〔故國〕五代時王審知受梁封，爲閩王，所據地即福州。後其子鏻更建國稱帝，爲其時十國之一。

〔水晶臺榭〕十國春秋：「閩王延鈞於城西築水晶宮，與其后陳金鳳採蓮湖中，后製樂遊曲，宫女倚聲歌之。」

〔複道横空〕閩都記：「西湖周回十數里，閩王延鈞築室其上，號水晶宫。時攜後庭遊宴，不出莊陌，乃由子城複道跨羅城而下，不數十步至其所。」

又　和前韻

覓句如東野。想錢塘風流處士，水仙祠下。更憶小孤煙浪裏，望斷彭郎欲嫁。是一色空濛難畫。誰解胸中吞雲夢，試呼來草賦看司馬。須更把，上林寫。鷄豚舊日漁樵社。問先生：帶湖春漲，幾時歸也？爲愛琉璃三萬頃，正卧水亭煙榭。對玉塔微瀾深夜。鴈鶩如雲休報事，被詩逢敵手皆勍者。春草夢，也宜夏。

【校】

〔題〕四卷本丙集無。

〔更憶〕四卷本作「更隱」。

〔微瀾〕六十家詞本作「瀓瀾」。

【箋注】

〔東野〕唐孟郊字東野，其詩均苦思而得，深爲韓愈所推重。又，三山志謂福州東禪院有東野亭，蔡襄書額。未知此處果何所指。

〔風流處士〕指林逋。

〔水仙祠〕在杭州西湖。蘇軾題林逋詩：「不然待配水仙王，一盞寒泉薦秋菊。」咸淳臨安志七十一祠祀一：「水仙王廟，在西湖第三橋北。」同卷載袁韶水仙祠記有云：「質諸臨安志，廣潤龍君祠即水仙王廟。按錢塘水仙之事，始見於蘇文忠公詩。石本今存，自書其左方曰：『今西湖有水仙王廟。』仙之廟於湖，公在守時蓋無恙。後莫知廟所在。……故趙君夔注蘇公詩，考驗無所得。」

〔小孤、彭郎〕歸田録卷二：「江南有大小孤山，在江水中，嶷然獨立。而世俗轉孤爲姑。江側有一石磯，謂之澎浪磯，遂轉爲彭郎磯。云彭郎者小姑壻也。」蘇軾李思訓畫長江絶島圖詩：「舟中賈客莫漫狂，小姑前年嫁彭郎。」按：小孤山在今江西彭澤縣北，安徽宿松縣東。彭郎磯在其對岸。二山與此詞自不相及，蓋借指福州西湖耳。讀史方輿紀要卷九十六謂福州西湖中有孤山，辛詞因由此而及彼也。

〔誰解至上林寫〕司馬相如子虚賦：「子虚曰：『……臣聞楚有七澤，嘗見其一，……名曰雲夢。雲夢者方九百里，……』烏有先生曰：『是何言之過也！……齊東陼巨海，南有琅邪，……秋田乎青丘，傍偟乎海外，吞若雲夢者八九，於其胸中曾不蔕芥。』」史記司馬相如列傳：「蜀人楊得意爲狗監，侍上，上讀子虚賦而善之，曰：『朕獨不得與此人同時哉。』得意曰：『臣邑人司馬相如自言爲此賦。』上驚，乃召問相如，相如曰：『有是。然此乃諸侯之事，未足觀也，請爲天子游獵賦。』……奏之天子，天子大說。其辭曰：『……楚則失矣，齊亦未爲得也。……獨不聞天子之上林乎？』」按：稼軒用司馬相如子虛上林事，其意即以福州西湖方之臨安西湖也。

〔鷄豚句〕韓愈南溪始泛詩：「願爲同社人，鷄豚燕春秋。」

〔琉璃〕杜甫渼陂行：「波濤萬頃堆琉璃。」

〔對玉塔句〕蘇軾惠州作江月五首其一云：「一更山吐月，玉塔卧微瀾；正似西湖上，湧金門外看。」辛詞此句即用蘇詩意，謂福州西湖亦似杭州西湖也。「玉塔」非實指某塔，乃指月在水中之倒影而言。查慎行注蘇詩，謂玉塔指惠州豐湖旁之大聖塔，非是。陸游入蜀記七月十六日：「是夜月白如晝，影入溪中，摇蕩如玉塔，始知東坡『玉塔卧微瀾』之句爲妙也。」又元好問濟南雜詩：「白煙消盡凍雲凝，山月飛來夜氣澄。且向波間看玉塔，不須橋畔覓金繩。」此均可證知玉塔爲指月在水中倒影爲達詁也。

〔鴈鶩〕喻文吏。韓愈藍田縣丞廳壁記：「文書行吏抱成案詣丞，卷其前，鉗以左手，右手摘紙尾，鴈鶩行以進。」陸游送張叔潛編修造朝「安用鴈行排院吏」，官居戲詠「衙退庭中立鴈空」，燈下閲吏牘有感「正苦鴈行須束縛」，皆用韓文。

〔春草二句〕見卷二鷓鴣天（木落山高一夜霜闋）「春草夢池塘」注。

又　又和

碧海成桑野。笑人間江翻平陸，水雲高下。自是三山顔色好，更着雨婚煙嫁。料未必龍眠能畫。擬向詩人求幼婦，倩諸君妙手皆談馬。須進酒，爲陶寫。　回頭鷗鷺瓢泉社。莫吟詩莫拋尊酒，是吾盟也。千騎而今遮白髮，忘却滄浪亭榭。但記得灞陵呵夜。我輩從來文字飲，怕「壯懷激烈」須歌者。蟬噪也，緑陰夏。

【校】

〔成桑野〕廣信書院本及王詔校刊作「桑成野」，此從六十家詞本及四印齋本。四卷本無此首。

【箋注】

〔碧海句〕用滄海桑田意。見卷二醉花陰（黄花漫説年年好闋）「滄海飛塵」注。

〔江翻平陸〕陶淵明停雲詩：「八表同昏，平陸成江。」

〔龍眠〕宋史李公麟傳：「李公麟字伯時，舒州人。第進士。……元符三年病痺，遂致仕。既歸老，肆意於龍眠山巖壑間。雅善畫，自作山莊圖，爲世寶傳。寫人物尤精。識者以爲顧愷之、張僧繇之亞。」

〔幼婦〕見卷二定風波（仄月高寒水石鄉闋）「黃絹句」注。

〔談馬〕青箱雜記卷七：「徐鉉父延休，博物多學，嘗事徐温爲義興令。縣有後漢太守許馘廟，廟碑即許劭記，歲久多磨滅。至開元中，許氏諸孫重刻之。碑陰有八字云：『談馬礪畢，壬田數七。』時人多不能曉。延休一見爲之解曰：『談馬，言午；言午，許字。礪畢，石卑；石卑，碑字。壬田，千里；千里，重字。數七，是六一；六一，立字。』此亦楊修辨虀臼之比也。」

〔鷗鷺瓢泉社〕卷二有「盟鷗」之水調歌頭數闋，又有「題瓢泉」之水龍吟二詞。

〔滄浪亭榭〕指帶湖家園。按，范成大吴郡志卷十四園亭載：「郡學之南，積水彌數十畝，傍有小山，高下曲折與水相縈帶。……慶曆間，蘇舜欽子美得之，傍水作亭曰滄浪。」蘇舜欽滄浪亭記：「予以醉廢，無所歸，扁舟南遊，旅於吴中。……一日過郡學東，顧草樹鬱然，崇阜廣水，不類乎城中，……予愛而徘徊，遂以錢四萬得之，構亭北碕，號滄浪焉。」

〔灞陵呵夜〕見卷二八聲甘州（故將軍飲罷夜歸來闋）「李廣傳」注。

〔文字飲〕韓愈醉贈張秘書詩：「長安衆富兒，盤饌羅羶葷。不解文字飲，惟能醉紅裙。」

〔壯懷激烈〕岳飛滿江紅詞句。

【編年】

紹熙三年（一一九二）。——右水調歌頭三首，均應作於閩憲任内。趙汝愚於紹熙二年自閩帥任召歸，稼軒前闋有「堂上燕，又長夏」句，知右三詞作於紹熙三年。趙氏於時未爲丞相，題中丞相之稱必是後來所改。

小重山　三山與客泛西湖

緑漲連雲翠拂空。十分風月處，着衰翁。垂楊影斷岸西東。君恩重，教且種芙蓉。　十里水晶宫。有時騎馬去，笑兒童。殷勤却謝打頭風。船兒住，且醉浪花中。

【校】

〔題〕四卷本丙集無「三山」二字，「泛」作「遊」。

【箋注】

〔君恩二句〕陳與義「甲寅歲出守湖州，道中荷花無復存者，乙卯歲以病得請奉祠，卜居青墩」之虞美人詞：「今年何以報君恩，一路荷花相送到青墩。」

〔十里句〕參前賀新郎（翠浪吞平野闋）「複道横空」注。

〔打頭風〕歐陽修歸田録及葉夢得避暑録話俱謂「打」音滴耿反，則當讀若「頂」，即今所稱頂頭風也。

水調歌頭　三山用趙丞相韻，答帥幕王君，且有感於中秋近事，并見之末章

説與西湖客，觀水更觀山。淡粧濃抹西子，喚起一時觀。種柳人今天上，對酒歌翻水調，醉墨捲秋瀾。老子興不淺，歌舞莫教閑。　看尊前，輕聚散，少悲歡。城頭無限今古，落日曉霜寒。誰唱黄鷄白酒，猶記紅旗清夜，千騎月臨關。莫説西州路，且盡一杯看。

【箋注】

〔趙丞相韻〕趙汝愚原唱已不存。定齋集卷二十載蔡戡「送趙帥鎮成都」之水調歌頭一首，永樂大典卷二二六五湖字韻載林淳「次趙帥開西湖韻」之水調歌頭三首，均爲步趙氏原韻奉和之作。

〔帥幕王君〕未詳所指。

〔中秋近事〕疑指閩帥林枅之卒。

〔觀水句〕黄庭堅題胡逸老致虚菴詩：「觀山觀水皆得妙，更將何物污靈臺。」

〔淡粧句〕見前賀新郎（翠浪吞平野闋）「煙雨二句」注。

〔種柳人句〕劉光祖宋丞相忠定趙公墓誌銘：「（福）州有二湖，附郭田數萬畝，旱則湖可溉，

澇則可泄，故無凶歲。或租其瀦水澤各封域之，官利其入，不之禁，湖以塞。公奏罷之；浚西湖使與南湖通，築長堤，植杉柳，創六閘堰，以時瀦泄，遂爲一方永久之利。」按：趙汝愚以紹熙二年召入爲吏部尚書，其後歷遷至右丞相，數年之内，均居朝内，所謂「天上」當指此言。

〔老子句〕見卷一水調歌頭（折盡武昌柳閼）「南樓佳處」注。

〔黄鷄白酒〕李白南陵别兒童入京詩：「白酒新熟山中歸，黄鷄啄黍秋正肥。」

〔紅旗〕白居易與劉十九同宿詩：「紅旗破賊非吾事，黄紙除書無我名。」按：紅旗千騎指使君巡行，卷二「和信守王道夫」之好事近詞有「紅旗鐵馬響春冰，老去此情薄」句可證。

〔月臨關〕杜甫秦州雜詩：「無風雲出塞，不夜月臨關。」

〔莫説句〕晉書謝安傳：「安雖受朝寄，然東山之志，始末不渝，每形於言色。及鎮新城，盡室而行。造泛海之裝，欲須經略粗定，自江道還東。雅志未就，遂遇疾篤，上疏請量移旋旆。……詔遣侍中慰勞，遂還都。聞當輿入西州門，自以本志不遂，深自慨失。……尋薨，年六十六。……羊曇者，太山人，知名士也，爲安所愛重。安薨後，輟樂彌年，行不由西州路。嘗因石頭大醉，扶路唱樂，不覺至州門，左右白曰：『此西州門。』曇悲感不已，以馬策扣扉，誦曹子建詩曰：『生存華屋處，零落歸山丘。』因慟哭而去。」

【編年】

紹熙三年（一一九二）。——稼軒任閩憲，閩帥爲林枅（此據三山志卷二十二郡守）。朱熹答劉晦伯書有云：「林帥固賢，然近聞其與憲司不協，……抑爲州者固得以捍制使者，而使者果不可以察縣耶？……使渠自作監司，能堪此耶？」黄榦與晦菴朱先生書亦云：「劉仲則來訪，云渠見攝帥幕，帥於同列多不相下，……渠欲得先生道其姓名於辛憲，……」據上引二書，知稼軒按行州縣，且亦爲林枅所牽制，帥幕劉仲則至欲因朱熹以結識稼軒，則稼軒於林氏任帥時未必得與王姓幕僚相唱酬也。又據後章「西州路」二句，疑此詞作於本年九月林氏卒後稼軒攝帥之際。「西州路」爲羊曇悼謝安故實，詞題「答王君」者，殆指此二句。

添字浣溪沙　三山戲作

記得瓢泉快活時，長年耽酒更吟詩。驀地捉將來斷送，老頭皮。　遶屋人扶行不得，閒窗學得鷓鴣啼。却有杜鵑能勸道：不如歸！

【箋注】

〔長年三句〕苕溪漁隱叢話前集四十二：「宋真宗既東封，訪天下隱者，杞人楊朴能爲詩，召對，自言不能。上問：『臨行有人作詩送卿否？』朴曰：『惟臣妻有一首云：「更休落魄耽杯酒，且莫猖狂愛詠詩。今日捉將官裏去，這回斷送老頭皮。」』上大笑，放還山。」

〔遶屋二句〕杜甫呈蘇涣侍御詩：「此身已媿須人扶。」本草謂鷓鴣鳴聲如云「行不得也，哥哥」。

〔却有二句〕本草謂杜宇鳴聲若曰「不如歸去」。

西江月　三山作

貪數明朝重九，不知過了中秋。人生有得許多愁，只有黄花如舊。　萬象亭中殢酒，九仙閣上扶頭。城鴉喚我醉歸休，細雨斜風時候。

【校】

〔只有〕四卷本丁集作「惟有」。

〔九仙〕四卷本作「九江」。

【箋注】

〔萬象亭〕韓元吉南澗甲乙稿卷一萬象亭賦序：「紹興十有三年，石林先生自建康留鑰移帥長樂。……時閩人歲饑，餘盜且擾；曾未易歲，既懷且威。倉廪羡贏，野無燧煙，民飽而歌。乃闢府治燕寢後，築臺建亭，盡攬四山之勝，字曰萬象。公時以宴閒臨之，命賓客觴酒賦詩，以紀一時之盛。」淳熙三山志卷七公廳：「萬象亭，燕堂之北。紹興十四年葉觀文夢得創。」

〔九仙閣〕淳熙三山志卷七公廳：「九仙樓，樓下：東衣錦閣，西五雲閣。舊小廳之西南有清風樓、爽心閣，即此也。樓，舊有之；閣，嘉祐八年元給事絳創。熙寧間更名九仙樓、賞心閣。」

〔細雨句〕張志和漁父詞：「青箬笠，緑簑衣，斜風細雨不須歸。」

水調歌頭　壬子三山被召，陳端仁給事飲餞席上作

長恨復長恨，裁作短歌行。何人爲我楚舞，聽我楚狂聲？余既滋蘭九畹，又樹蕙之百畮，秋菊更餐英。門外滄浪水，可以濯吾纓。　一杯酒，問何似，身後名。人間萬事，毫髮常重泰山輕。悲莫悲生離别，樂莫樂新相識，兒女古今情。富貴非吾事，歸與白鷗盟。

【校】

〔題〕四卷本丙集作「壬子被召，端仁相餞，席上作」。

【箋注】

〔陳端仁〕淳熙三山志卷二十九科名志，謂陳峴字端仁，閩縣人，狀元陳誠之之子，紹興二十七年王十朋榜進士。另據朝野雜記甲集卷十七公使庫條及乙集卷十二蜀帥聘幣不入私家者三人條之記事，知其於淳熙中曾帥四川。據宋史食貨志及宋會要各門，知其於帥四川前曾任平江守、兩浙轉運判官及福建市舶等官，其罷免蜀帥事在淳熙九年。攻媿集有繳陳峴差知靖江府之奏劄，

中有「閒廢雖久，衆尚斷斷」諸語。樓鑰於紹熙三年後方入詞掖，其繳駁劄子當即紹熙四年左右所奏進者。據知陳氏其時正在廢退家居，故得於稼軒被召時置酒相送也。

〔短歌行〕樂府歌辭曲名。

〔何人二句〕史記留侯世家：「戚夫人泣，上曰：『爲我楚舞，吾爲若楚歌。』……歌數闋，戚夫人嘘唏流涕，上起去，罷酒。」

〔余既三句〕離騷：「余既滋蘭之九畹兮，又樹蕙之百畝。」又：「朝飲木蘭之墮露兮，夕餐秋菊之落英。」

〔門外二句〕見卷二六幺令（倒冠一笑閑）「手把二句」注。

〔一杯酒三句〕見卷二水龍吟（玉皇殿閣微涼閑）「我評二句」注。

〔人間二句〕莊子齊物論：「天下莫大於秋毫之末，而泰山爲小。」

〔悲莫悲二句〕九歌少司命：「悲莫悲兮生别離，樂莫樂兮新相知。」

〔富貴句〕歸去來辭：「富貴非吾願，帝鄉不可期。」

〔歸與句〕黄庭堅登快閣詩：「萬里歸船弄長笛，此心吾與白鷗盟。」

【編年】

紹熙三年歲杪（一一九三年二月）。

鷓鴣天 三山道中

拋却山中詩酒窠，却來官府聽笙歌。閒愁做弄天來大，白髮栽埋日許多。新劍戟，舊風波。天生予嬾奈予何。此身已覺渾無事，却教兒童莫恁麽。

【箋注】

〔聽笙歌〕蘇軾浣溪沙荷花：「且來花裏聽笙歌。」

〔白髮句〕王安石偶成二首：「年光斷送朱顔老，世事栽培白髮生。」

〔天生句〕論語述而篇：「天生德於予，桓魋其如予何。」

〔此身句〕蘇軾歸宜興留題竹西寺詩：「此身已覺都無事，今歲仍逢大有年。」

西江月 癸丑正月四日，自三山被召，經從建安，席上和陳安行舍人韻

風月亭危致爽，管絃聲脆休催。主人只是舊情懷，錦瑟旁邊須醉。玉殿何須儂去，沙堤正要公來。看看紅藥又翻階，趁取西湖春會。

【校】

〔題〕四卷本丁集作「正月四日和建寧陳安行舍人。時被召」。

〔情懷〕四卷本作「時懷」。

〔何須〕王詔校刊本及四印齋本俱誤作「何曾」。

〔正要〕四卷本作「只要」。

【箋注】

〔陳安行〕樓鑰攻媿集卷八十九華文閣直學士奉政大夫致仕贈金紫光禄大夫陳公行狀：「本貫興化軍莆田縣，陳公居仁字安行，紹興二十一年登進士科。隆興二年，壽春魏公使金，公嘗學事之，辟公爲書狀官。卒遂成禮減歲幣而還，公之贊畫爲多。……除户部右曹郎官，特旨轉行朝議大夫，且語丞相曰：『治行方爲天下第一，一官不足道。』……會樞屬闕員，上曰：『豈有人才如陳某而可久爲郎乎。』即除樞密院檢詳諸房文字。……兼直學士院。王言俱出公手，應之不繁。上曰：『向來中書或用三人，今内外制獨陳某一人當之，略不見其難。』……紹熙三年進焕章閣待制，移建寧府。建去行在所不遠，朝家益知公爲詳。改知鎮江府。少以文受知於魏丞相、汪端明應辰，進學不倦，文亦愈工。尚書韓公元吉稱之曰：『文詞温潤，有制誥體，異時必以名世。』周益公尤愛公之文，時以佳句誦於百僚上，又薦之孝宗，曰：『某交游多矣，耐歲寒者，惟公一人。』此相知之最深者也。」

〔錦瑟句〕杜甫曲江對雨詩：「何時詔此金錢會，暫醉佳人錦瑟傍。」

〔沙堤〕見卷二水調歌頭（相公倦台鼎闋）「沙堤」注。

〔看看〕轉眼之意。

〔紅藥翻階〕謝朓直中書省詩：「紅藥當階翻，蒼苔依砌上。」

【編年】

紹熙四年（一一九三）。

又　用韻，和李兼濟提舉

且對東君痛飲，莫教華髮空催。瓊瑰千字已盈懷，消得津頭一醉。　休唱陽關別去，只今鳳詔歸來。五雲兩兩望三台，已覺精神聚會。

【箋注】

〔李兼濟〕朱文公大全集續集二答蔡季通書：「北方之傳果爾，趙已罷去。蓋新用李兼濟作諫官，一章便行。未知誰代其任，此深可慮。」宋史趙汝愚傳：「侂冑欲逐汝愚，而難其名，……擢其黨將作監李沐爲正言。沐，彦穎之子也。嘗求節度使於汝愚，不得。奏汝愚以同姓居相位，將不利於社稷，乞罷其政。汝愚出浙江亭待罪，遂罷右相。」參合上文，知李沐字兼濟，即慶元黨事之首難者也。查楊萬里淳熙薦士録中，李沐亦被薦之一人，其評語爲：「大臣之子而綽有寒畯之操；甲科之雋而益勵文辭之事。」朱文公大全集偶讀漫記中亦記李氏與詹元善往還之事，知李氏在黨案未發之先，固亦甚負時譽之一人也。福建通志卷九十職官志提舉茶鹽公事門：「李沐，德清人，乾道八年進士，紹熙間任。」按：福建提舉常平設司於建安。

〔瓊瑰〕見卷一水調歌頭（官事未易了闋）「瓊瑰句」注。

〔消得〕猶言「值得」。

〔五雲句〕杜甫送李八祕書赴杜相公幕詩：「南極一星朝北斗，五雲多處是三台。」晉書天文志：「三台六星，兩兩而居，起文星列抵太微，一曰天柱，三公之位也，在人曰三公，在天曰三台，主開德宣符也。」

【編年】

紹熙四年（一一九三）正月。

滿江紅　和盧國華

漢節東南，看駟馬光華周道。須信是七閩還有，福星來到。庭草自生心意足，榕陰不動秋光好。問不知何處着君侯，蓬萊島。　還自笑，人今老；空有恨，縈懷抱。記江湖十載，厭持旌纛。濩落我材無所用，易除殆類無根潦。但欲搜好語謝新詞，羞瓊報。

【箋注】

〔盧國華〕麗水縣志：「盧彥德字國華。知廣德軍建平縣。舊籍有絶户物力錢，抑民代輸絹匹，民苦之，多逃亡；彥德至，大搜隱漏，所入三倍於舊，遂以充賦。削虚户二千有餘，逃者復歸。兩守蜀郡，再歷憲漕，並著聲績。召爲户部郎官，除福建轉運判官，官至朝請大夫。」福建通志職官志提點刑獄文臣提刑門：「盧彥德，麗水人，紹興二十四年進士，紹熙間任。」

〔漢節〕漢代置繡衣使者，均衣繡持節，捕逐盜賊。宋代之提刑使即其官。

〔周道〕詩檜風匪風：「顧瞻周道，中心怛兮。」按：「周道」謂東西大道。

〔七閩〕周禮職方氏：「掌天下之圖，以掌天下之地，辨其邦國都鄙，四夷、八蠻、七閩、九貉、五戎、六狄之人民。」疏：「叔熊避難於濮蠻，隨其俗後分七種，故謂之七閩。」

〔福星〕秦觀淮海集卷三十六鮮于子駿行狀：「公諱侁，字子駿。……及二聖臨御，圖任老成，於是拜温公爲門下侍郎，……復除公爲京東轉運使。温公曰：『子駿不當使外，顧東土承使者聚歛之後，民不聊生，煩子駿往救之耳。』比公行，又謂所親曰：『福星往矣。安得百子駿布在天下乎！』」

〔榕陰〕榕爲常緑喬木，高四五丈，幹既生枝，枝復生根，下垂至地，又復爲幹，故其陰極廣大。福州最多生之，故亦號榕城。

〔記江湖二句〕稼軒自乾道八年（一一七二）至淳熙八年（一一八一），曾屢任郡守、提刑、漕使、安撫使等職，爲期恰爲十年左右。杜甫冬狩行：「十年厭見旌旗紅。」

〔濩落句〕莊子逍遥遊：「惠子謂莊子曰：『魏王貽我大瓠之種，我樹之成，而實五石，……剖之以爲瓢，則瓠落無所容。非不呺然大也，吾爲其無用而掊之。』」按：瓠亦作濩。蘇軾與金山長老詩：「我材濩落本無用，虚名驚世終何益。」

〔易除句〕韓愈符讀書城南詩：「潢潦無根源，朝滿夕已除。」

〔瓊報〕詩衞風木瓜：「投我以木桃，報之以瓊瑶。非報也，永以爲好也。」

【編年】

紹熙四年（一一九三）。——宋會要輯稿職官七三之一六，於紹熙四年八月三日，載福建提刑盧彦德論劾同安縣尉鍾安老及録事參軍鄭繼功事，知盧氏之任提刑乃繼稼軒之後任者，則此詞必爲稼軒帥閩時作。

鷓鴣天

指點齋尊特地開，風帆莫引酒船回。方驚共折津頭柳，却喜重尋嶺上梅。

催月上，唤風來，莫愁缾罄恥金罍。只愁畫角樓頭起，急管哀絃次第催。

【箋注】

〔風帆句〕史記封禪書：「自威、宣、燕昭使人入海求蓬萊、方丈、瀛洲，此三神山者其傳在勃海中，去人不遠，患且至，則船風引而去。」蘇軾寄吳德仁兼簡陳季常詩：「稽山不是無賀老，我自興盡回酒船。」

〔嶺上梅〕白氏六帖：「庾嶺上花，南枝已落，北枝方開，寒暖之候異也。」

〔莫愁句〕詩小雅蓼莪：「缾之罄矣，維罍之恥。」

【編年】

紹熙四年（一一九三）。——據「重尋」「畫角」等句，疑右詞爲帥閩時作。罷帥在紹熙五年秋間，此詞當作於四年冬季。

菩薩蠻　和盧國華提刑

旌旗依舊長亭路，尊前試點鶯花數。何處捧心顰，人間别樣春。　功名君自許，少日聞鷄舞。詩句到梅花，春風十萬家。時籍中有放自便者。

【校】

〔題〕四卷本丙集無。

【箋注】

〔捧心顰〕見卷二浣溪沙（臺倚崩崖玉滅瘢闋）「捧心顰」注。

〔聞鷄舞〕見卷二賀新郎（老大那堪説闋）「中宵舞」注。

〔時籍中句〕籍即歌妓樂籍。地方官妓求脱籍者須經州縣長官批准。如宋王闢之澠水燕談録載：「（蘇）子瞻通判錢塘，嘗權領州事，新太守將至，營妓陳狀，以年老乞出籍從良，公即判曰：『五日京兆，判狀不難；九尾野狐，從良任便。』」

定風波　三山送盧國華提刑，約上元重來

少日猶堪話别離，老來怕作送行詩。極目南雲無過鴈，君看：梅花也解寄相思。

無限江山行未了，父老，不須和淚看旌旗。後會丁寧何日是？須記：春風十里放燈時。

【校】

〔題〕四卷本丙集作「送盧提刑，約上元重來」。

〔過鴈〕廣信書院本及王詔校刊本作「鴈過」，茲從四卷本丙集及四印齋本。

〔父老〕廣信書院本及王詔校刊本作「父母」，茲從四卷本及四印齋本。

〔何日是〕汲古閣影抄四卷本原作「何日是」，後用粉塗去「是」字，未補。

〔十里〕四卷本作「十日」。

【箋注】

〔後會句〕柳永夜半樂詞：「歎後約丁寧竟何據。」

又 再用韻。時國華置酒，歌舞甚盛

莫望中州歎黍離，元和聖德要君詩。老去不堪誰似我？歸臥，青山活計費尋思。　誰築詩壇高十丈？直上，看君斬將更搴旗。歌舞正濃還有語：記取，鬚髯不似少年時。

【校】

〔題〕四卷本丙集作「再用韻，盧置歌舞甚盛」。廣信書院本無「再」字，茲從四卷本補。

〔詩壇〕四卷本作「詩牆」。

【箋注】

〔黍離〕詩王風篇名。毛詩序云：「黍離，閔宗周也。周大夫行役，至於宗周，過故宗廟宮室，閔周室之顛覆，彷徨不忍去而作是詩也。」

〔元和句〕唐憲宗永貞元年即位，明年改元元和，平夏州、成都之叛，李師道、張愔皆受命，二年獻太清宮太廟，祀郊丘，大赦天下。韓愈時爲國子博士，作元和聖德詩歌頌唐憲宗之德業。

〔斬將搴旗〕史記貨殖列傳：「壯士在軍，攻城先登，陷陣却敵，斬將搴旗，蒙矢石不避湯火者，爲重賞使也。」

又 自和

金印纍纍佩陸離，河梁更賦斷腸詩。莫擁旌旗真箇去，何處？玉堂元自要論思。

且約風流三學士，同醉，春風看試幾槍旗。從此酒酣明月夜，耳熱，那邊應是説儂時。

【箋注】

〔金印纍纍〕見卷二瑞鶴仙（黄金堆到斗闕）「金印句」注。

〔佩陸離〕離騷：「高余冠之岌岌兮，長余佩之陸離。」按：「陸離」，參差衆多貌。

〔河梁句〕李陵與蘇武詩：「攜手上河梁，遊子暮何之？」

〔玉堂句〕蘇軾次韻蔣穎叔詩：「豈敢便爲鷄黍約，玉堂金殿要論思。」

〔風流三學士〕許彦周詩話：「會老堂口號曰：『金馬玉堂三學士，清風明月兩閒人。』……歐陽文忠公文章雖優，詞亦精緻如此。」

〔槍旗〕葉夢得避暑録話卷四：「草茶極品唯雙井、顧渚。……蓋茶味雖均，其精者在嫩芽，取其初萌如雀舌者謂之槍，稍敷而爲葉者謂之旗。」

〔酒酣、耳熱〕楊惲報孫會宗書：「酒後耳熱，抑天拊缶，而呼嗚嗚。」曹丕與吴質書：「每至觴酌流行，絲竹並奏，酒酣耳熱，仰而賦詩，當此之時，忽然不自知樂也。」又，民間傳説爲人叨念則耳根發熱。

滿江紅 盧國華由閩憲移漕建安，陳端仁給事同諸公餞别，余爲酒困，卧青涂堂上，三鼓方醒。國華賦詞留别，席上和韻。青涂，端仁堂名也

宿酒醒時，算只有清愁而已。人正在青涂堂上，月華如洗。紙帳梅花歸夢覺，蓴羹鱸鱠秋風起。問人生得意幾何時，吾歸矣。　君若問，相思事，料長在，歌聲裏。

這情懷只是，中年如此。明月何妨千里隔，顧君與我如何耳。向尊前重約幾時來，江山美。

【校】

〔題〕四卷本丙集無「國華由閩」四字，「建安」作「建寧」，「國華賦詞」作「盧賦詞」。

〔如何〕四卷本作「何如」。

【箋注】

〔紙帳梅花〕朱敦儒鷓鴣天詠歲暮：「添老大，轉癡頑。謝天教我老來閒。道人還了鴛鴦債，紙帳梅花醉夢間。」宋林洪山家清事梅花紙帳條：「法用獨牀，旁置四黑漆柱，各掛以半錫瓶，插梅數枝，後設黑漆板約二尺，自地及頂，欲靠以清坐。左右設横木一，可掛衣，角安斑竹書貯一，藏書三四，掛白麈一。上作大方目頂，用細白楮衾作帳罩之。前安小踏牀，於左植緑漆小荷葉一，寘香鼎，然紫藤香。中只用布單、楮衾、菊枕、蒲褥，乃相稱『道人還了鴛鴦債，紙帳梅花醉夢間』之意。古語云：『服藥千朝，不如獨宿一宵。』儻未能以此爲戒，宜亟移去梅花，毋汚之。」明高濂遵生八牋卷八起居安樂牋晨昏怡養動用事具：「紙帳，用藤皮繭紙纏於木上，以索纏緊，勒作縐紋，不用糊，以綫折縫縫之。頂不用紙，以絺布爲頂，取其透氣。或畫以梅花，或畫以蝴蝶，自是分外清致。」

〔蓴羹句〕見卷一木蘭花慢（老來情味減闋）「秋晚句」注。

〔中年句〕見卷一水調歌頭（折盡武昌柳闋）「離别句」注。

〔明月句〕謝莊月賦：「美人邁兮音塵闕，隔千里兮共明月。」

〔顧君句〕漢書陳平傳：「呂嬃常以平前爲高帝謀執樊噲，數讒平曰：『爲丞相不治事，日飲醇酒戲婦人。』平聞，日益甚。呂太后聞之私喜，面質呂嬃於平前曰：『鄙語曰：兒婦人口不可用。顧君與我何如耳，無畏呂嬃譖。』」

鷓鴣天

點盡蒼苔色欲空，竹籬茅舍要詩翁。花餘歌舞歡娱外，詩在經營慘澹中。聽軟語，笑衰容，一枝斜墜翠鬟鬆。淺顰深笑誰堪醉，看取蕭然林下風。

【校】

〔深笑〕四卷本丙集作「輕笑」。

〔蕭然〕廣信書院本作「瀟然」，兹從四卷本。

【箋注】

〔詩在句〕杜甫丹青引：「詔謂將軍拂絹素，意匠慘澹經營中。」

〔看取句〕世説新語賢媛篇：「王夫人神情散朗，故有林下風氣。顧家婦清心玉映，自是閨房之秀。」蘇軾題王逸少帖詩：「謝家夫人淡丰容，蕭然自有林下風。」

又 用前韻賦梅。三山梅開時猶有青葉甚盛，余時病齒

病繞梅花酒不空，齒牙牢在莫欺翁。恨無飛雪青松畔，却放疎花翠葉中。
冰作骨，玉爲容，常年宮額鬢雲鬆。直須爛醉燒銀燭，横笛難堪一再風。

【校】

〔題〕四卷本丙集無「前」字。廣信書院本無「甚盛」二字。

〔常年〕四卷本作「當年」。

【箋注】

〔余時病齒〕王執中鍼灸資生經卷六牙疼：「辛帥舊患傷寒。方愈，食青梅，既而牙疼甚。有道人爲之灸，屈手大指本節後陷中，灸三壯，初灸覺病牙痒，再灸覺牙有聲，三壯痛止。今二十年矣，恐陽谿穴也。」按：王執中字叔權，瑞安人，宋孝宗乾道五年進士，官澧州教授，將作丞，温州府志卷十九有傳。資生經一書作於嘉定初，上距紹熙初約二十年，其所記「辛帥牙疼」事，與此詞題參看，正稼軒帥閩時事也。

〔酒不空〕後漢書孔融傳：「融嘗曰：『座上客常滿，樽中酒不空，吾無憂矣。』」

〔齒牙句〕韓愈贈劉師服詩：「羨君齒牙牢且潔。」餘見卷二滿江紅（瘴雨蠻煙闋）「看依然句」注。

〔宮額〕見卷二洞仙歌（冰姿玉骨闋）「壽陽句」注。

〔燒銀燭〕蘇軾海棠詩：「只恐夜深花睡去，高燒銀燭照紅粧。」

〔横笛〕横笛調名有落梅花。

又

桃李漫山過眼空，也曾惱損杜陵翁。若將玉骨冰姿比，李蔡爲人在下中。

尋驛使，寄芳容，隴頭休放馬蹄鬆。吾家籬落黄昏後，剩有西湖處士風。

【校】

〔也曾〕王詔本、六十家詞本、四印齋本俱作「也宜」。四卷本無此首。

【箋注】

〔桃李二句〕蘇軾定惠院海棠詩：「嫣然一笑竹籬間，桃李漫山總粗俗。」杜甫漫興九首有云：「手種桃李非無主，野老牆低還是家。恰似春風相欺得，夜來吹折數枝花。」九首大意皆言春不暫留，風摧花敗，不勝惱恨也。又江畔獨步尋花詩有云：「江上被花惱不徹。」

〔玉骨冰姿〕謂梅。蘇軾西江月惠州詠梅詞：「玉骨那愁瘴霧，冰姿自有仙風。」稼軒詠紅梅之洞仙歌，起云：「冰姿玉骨。」

〔李蔡句〕史記李將軍列傳：「初，廣之從弟李蔡，與廣俱事孝文帝。……蔡爲人在下中，名聲出廣下甚遠，然廣不得爵邑，官不過九卿，而蔡爲列侯，位至三公。」按：此句指桃李。

〔尋驛使三句〕見卷一沁園春（佇立瀟湘閿）「君逢二句」注。

〔籬落黄昏〕林逋梅花：「雪後園林纔半樹，水邊籬落忽横枝。」山園小梅：「疏影横斜水清淺，暗香浮動月黄昏。」

〔剩有句〕「剩有」即「甚有」、「頗有」意。「西湖處士」指林逋。詳見卷一念奴嬌（晚風吹雨閿）「遥想二句」注。

【編年】

紹熙四年（一一九三）。——右鷓鴣天三首，用同韻，自是同時作。紹熙三年赴閩憲任時已在梅花開後，知此三詞爲四年冬間作。

行香子　三山作

好雨當春，要趁歸耕。況而今已是清明。小窗坐地，側聽簷聲。恨夜來風，夜來月，夜來雲。　花絮飄零，鶯燕丁寧，怕妨儂湖上閒行。天心肯後，費甚心情。放霎時陰，霎時雨，霎時晴。

【校】

〔題〕四卷本丙集作「福州作」。

【箋注】

〔好雨句〕杜甫春夜喜雨詩：「好雨知時節，當春乃發生。」梁啓超編稼軒年譜，於紹熙五年之考證中釋此詞云：「此告歸未得請時作也。——發端云：『好雨當春，要趁歸耕，況而今已是清明。』直出本意，文義甚明。次云：『小窗坐地，側聽簷聲。恨夜來風，夜來月，夜來雲。』謂受讒謗迫擾，不能堪忍也。下半闋云：『花絮飄零，鶯語丁寧，怕妨儂湖上閒行。』尚慮有種種牽制，不得自由歸去也。次云：『天心肯後，費甚心情。放霎時陰，霎時雨，霎時晴。』謂只要俞旨一允，萬事便了；却是君意難測，然疑間作，令人悶殺也。此詩人比興之恉，意内言外，細繹自見。先生雖功名之士，然其所惓惓者，在雪大恥，復大讎，既不得所藉手，則區區專閫虛榮，殊非所願。……蓋已知報國夙願不復能償，而厭棄此官抑甚矣。度自去冬今春，已累疏乞休，而朝旨沉吟，久無所決，故不免焦慮也。」

〔坐地〕此處「地」字爲語助詞，「坐地」即「坐着」。

〔鶯燕句〕杜甫漫興九首：「便教鶯語太丁寧。」楊巨源早春詩：「鶯語丁寧已怪遲。」

【編年】

紹熙五年春（一一九四）。——紹熙三年春稼軒方至福州，不應即作「要趁歸耕」之語；紹熙四年春則已被召入朝，不在福州；因知此詞必作於五年春間。梁氏之説是也。

水調歌頭　題張晉英提舉玉峰樓

木末翠樓出，詩眼巧安排。天公一夜，削出四面玉崔嵬。疇昔此山安在，應爲先生見晚，萬馬一時來。白鳥飛不盡，却帶夕陽回。　勸公飲，左手蟹，右手杯。人間萬事變滅，今古幾池臺。君看莊生達者，猶對山林皐壤，哀樂未忘懷。我老尚能賦，風月試追陪。

【校】

〔見晚〕四卷本丁集作「見挽」。

〔勸公〕王詔校刊本及四印齋本作「勸君」。

【箋注】

〔張晉英〕夷堅志支乙卷八駱將仕家條：「淳熙癸卯歲，張晉英濤自西外宗教授入爲勅令删定官，挈家到都城，未得官舍，僦冷水巷駱將仕屋暫處。……其地卑濕特甚，不數月徙去。」據知晉英名濤。攻媿集卷三十九福建提舉張濤提點坑冶鑄錢制詞：「國家分道遣使，各揚乃職。惟貨泉之寄，總六道百郡之權歸於一大有司，視漢之鍾官、辯銅，其重甚矣，非得通儒，不以輕畀。以爾抱負不凡，詞章精贍；出入朝行，見謂老成；使於二部，皆有聲績；舉以命汝。其爲朕謹調度，察姦欺，使邦財阜通，朕豈久汝於外哉。」宋會要輯稿職官七三之二二：「（慶元元年）十二月九日大理少卿張濤罷黜，以言者論濤因周樸狂妄，鼓衆上書，鞠之天獄，平昔與僞學之黨同惡相濟。」南宋館閣續録卷九「同修國史」門及「實録院同修撰」門中均載張濤於嘉泰二年八月以中書舍人兼領其事。蔡戡定齋集卷十七張晉英侍郎挽詩二首：「當代推耆舊，如公能幾人。典型唐國老，風采漢廷臣。直筆書青史，巍冠侍紫宸。壺公非不遇，猶未究經綸。」「賈傅方年少，詞場屢策勳。賢關馳雋譽，仕路藹清芬。德望三朝重，聲名四海聞。仙遊向何許，地下亦修文。」據此可略知張氏行誼及事歷。據福建通志職官志，張濤爲武進人。（按：南宋館閣録「史館修撰」門另有一張濤，名下注云：「字子公，鄱陽人。」查此乃張燾之誤。張燾宋史有傳，卒於隆興二年。）

〔玉峯樓〕未詳。

〔詩眼〕蘇軾僧清順新作垂雲亭詩：「天工争向背，詩眼巧增損。」

〔玉崔嵬〕王安石次韻和甫詠雪：「奔走風雲四面來，坐看山隴玉崔嵬。」

〔安在、見晚〕史記平津侯主父列傳：「主父偃者，齊臨菑人也。……上書闕下，朝奏，暮召入見。……是時趙人徐樂、齊人嚴安俱上書言世務。……天子召見三人，謂曰：『公等皆安在，何相見之晚也。』」

〔左手蟹，右手杯〕見卷二水調歌頭（白日射金闕）「未應二句」注。

〔君看三句〕莊子知北遊：「山林與！皋壤與！使我欣欣然而樂與！樂未畢也，哀又繼之。哀樂之來，吾不能禦；其去，弗能止。悲夫，世人直爲物逆旅耳！」

【編年】

紹熙五年（一一九四）。——據福建通志，張濤之任福建路提舉茶鹽公事，爲繼李沐之後任者。上年稼軒由閩赴召，經由建安時，李沐尚在提舉任上，則張氏任福建提舉最早當始於紹熙四年，而此詞則稼軒任閩帥時所作也。

最高樓　吾擬乞歸，犬子以田產未置止我，賦此罵之

吾衰矣，須富貴何時。富貴是危機。暫忘設醴抽身去，未曾得米棄官歸。穆先生，陶縣令，是吾師。　待葺箇園兒名「佚老」，更作箇亭兒名「亦好」，閑飲酒，醉吟詩。千年田換八百主，一人口插幾張匙。便休休，更説甚，是和非。

【校】

〔題〕廣信書院本及小草齋本俱作「名了」，兹從四卷本乙集。王詔校刊本及四印齋本標題俱與四卷本同。

〔便休休〕四卷本作「休休休」。王詔校刊本及六十家詞本，末三句俱作「咄豚奴，愁産業，豈佳兒」，當是後人以詞中未有「罵」之内容而妄改。

【箋注】

〔吾衰矣〕論語述而篇：「子曰：甚矣吾衰矣，久矣吾不復夢見周公。」

〔須富貴句〕見卷一水調歌頭（折盡武昌柳闋）「富貴句」注。

〔富貴句〕晉書諸葛長民傳：「貧賤常思富貴，富貴必履危機，今日欲爲丹徒布衣，豈可得也。」蘇軾宿州次韻劉涇：「晚覺文章真小技，早知富貴有危機。」

〔暫忘句、穆先生〕漢書楚元王傳：「初，元王敬禮申生等，穆生不嗜酒，元王每置酒，常爲穆生設醴。及王戊即位，常設，後忘設焉，穆生退曰：『可以逝矣。醴酒不設，王之意怠，不去，楚人將鉗我於市。』遂稱疾卧。」

〔未曾句、陶縣令〕宋書陶潛傳：「爲彭澤令，公田悉令吏種秫稻，妻子固請種秔，乃使二頃五十畝種秫，五十畝種秔。郡遣督郵至，縣吏白，應束帶見之，潛歎曰：『我不能爲五斗米折腰向鄉里小人。』即日解印綬去職，賦歸去來。」

〔佚老〕莊子大宗師：「夫大塊載我以形，勞我以生，佚我以老，息我以死。」中山詩話：「陳文惠堯佐以使相致仕，年八十，有詩云：『青雲岐路遊將徧，白髮光陰得最多。』構亭號『佚老』，後歸政者往往多效之。」

〔亦好〕戎昱中秋感懷詩：「遠客歸去來，在家貧亦好。」

〔千年句〕景德傳燈録卷十一韶州靈樹如敏禪師：「有僧問：『如何是和尚家風？』師云：『千年田，八百主。』僧云：『如何是千年田、八百主？』師云：『郎當屋舍勿人修。』」

〔一人句〕范成大丙午新正書懷詩：「口不兩匙休足穀，身能幾屐莫言錢。」自注：「吴諺云：『一口不能著兩匙。』」

【編年】

紹熙五年（一一九四）。——梁啓超編稼軒年譜，列右詞於閩中諸作之後，並附考證云：「此詞題中雖無三山等字樣，細推當爲閩中作。蓋先生之去湖南乃調任，其去江西乃被劾，皆非乞歸也。若帥越時又太老，其子不應不解事乃爾。故以附閩詞之末。」按：稼軒之帥閩，亦由被劾去聲，此詞當作於被劾之前。梁氏所持理由，大體均甚是，兹從之。

清平樂　壽趙民則提刑。時新除，且素不喜飲

詩書萬卷，合上明光殿。案上文書看未遍，眉裏陰功早見。　十分竹瘦松堅，

看君自是長年。若解尊前痛飲，精神便是神仙。

【箋注】

〔趙民則〕楊萬里誠齋集卷一一九朝請大夫將作少監趙公行狀：「公諱像之，字民則；秦悼王之六世孫也。今居高安。……孝宗詔侍從舉宗室文學政事可爲中外之用者各二人，吏部尚書蕭公燧首以公應書，除知郢州。……拜福建路提點刑獄公事，建臺之始，風采一新。……公少無宦情，年未三十，即治別墅，號曰南疇。……一觴一詠，左琴右書，飄然有違世之想。」紹興十八年同年小録：「趙像之，一甲第三十三人，字民則。年二十一，三月十七日生。」江西通志卷一四一：「趙像之字明則，高安人，紹興進士。授臨川司户，較藝廬陵，得周益公、楊誠齋爲門生。仕至軍器少監。像之爲詩文平淡簡遠，雖持節秉旄，而家猶貧焉。」

〔明光殿〕漢官儀：「漢尚書奏事於明光殿。」

【編年】

紹熙五年（一一九四）。——據福建通志，趙像之繼盧彦德任福建提刑，盧之去職在紹熙四年歲暮，趙氏之就任當在五年歲初，而此詞則是年三月十七日爲慶祝其六十七歲壽辰而作也。

感皇恩

露染武夷秋，千巒聳翠。練色泓澄玉清水。十分冰鑑，未吐玉壺天地。精神先付與，人中瑞。青瑣步趨，紫微標致。鳳翼看看九千里。任揮金椀，莫負涼飈佳致。瑤臺人度曲，千秋歲。

【校】

〔千巒〕詩淵第二十五册原作「千蠻」，當係筆誤，逕改。此詞各本詞集俱失收。

〔九千里〕詩淵原作「九十里」，「十」當係筆誤，逕改。

【箋注】

〔冰鑑、玉壺〕蘇軾元祐三年端午帖子詞：「水殿開冰鑑，瓊漿凍玉壺。」

〔人中瑞〕舊唐書鄭肅傳：「仁表（肅孫）文章尤稱俊拔，然恃才傲物，……嘗曰：『天瑞有五色雲，人瑞有鄭仁表。』」又，世謂壽高者爲人瑞，此處當是用此義。

〔青瑣〕漢書元后傳：「曲陽侯根，驕奢僭上，赤墀青瑣。」注：「青瑣者，刻爲連環文而青塗之也。」

〔紫微〕唐開元元年改中書省爲紫微省，中書令爲紫微令。

〔鳳翼句〕宋玉對楚王問：「鳥有鳳而魚有鯤，鳳凰上擊九千里，絶雲霓，負青天，足亂浮雲，翺翔乎杳冥之上。」

〔揮金椀〕杜甫崔駙馬山亭宴集詩：「客醉揮金椀，詩成得綉袍。」

【編年】

右詞見詩淵壽各地倅貳之諸詞內。其感皇恩調名下，唯收稼軒詞三首，前二首爲「春事到清明」闋及「七十古來稀」闋，均係滁州壽范倅者。據右詞首句，知其爲壽閩中某倅貳之作，惟所壽何人，作於稼軒居閩之某秋，則均難確考矣。

一枝花 醉中戲作

千丈擎天手，萬卷懸河口。黄金腰下印，大如斗。更千騎弓刀，揮霍遮前後。百計千方久。似鬬草兒童，赢箇他家偏有。　算枉了，雙眉長恁皺，白髮空回首。那時閒説向，山中友。看丘隴牛羊，更辨賢愚否。且自栽花柳。怕有人來，但只道「今朝中酒」。

【箋注】

〔懸河口〕晉書郭象傳：「王衍每言：聽象言，如懸河瀉水，注而不竭。」

〔黄金二句〕見卷一西江月（秀骨青松不老閿）「金印句」注。

〔千騎弓刀〕晁無咎摸魚兒東皋寓居：「弓刀千騎成何事，荒了邵平瓜圃。」

〔鬬草〕荆楚歲時記：「五月五日有鬬百草之戲。」白居易觀兒戲詩：「撫塵復鬬草，盡日樂嬉嬉。」

〔丘壠牛羊〕古樂府：「今日牛羊上丘壠，當時近前面發紅。」

瑞鶴仙　賦梅

鴈霜寒透幕。正護月雲輕，嫩冰猶薄。溪奩照梳掠。想含香弄粉，艷粧難學。玉肌瘦弱，更重重龍綃襯着。倚東風一笑嫣然，轉盼萬花羞落。寂寞。家山何在？雪後園林，水邊樓閣。瑶池舊約，鱗鴻更仗誰託？粉蝶兒只解，尋桃覓柳，開偏南枝未覺。但傷心冷落黄昏，數聲畫角。

【校】

〔艷粧〕絶妙好詞作「靚粧」。

〔鱗鴻〕花草粹編十一引，作「鄰翁」。

〔尋桃〕陽春白雪二、全芳備祖前集一及絶妙好詞作「尋花」。

〔冷落〕絶妙好詞作「冷淡」。

【箋注】

〔一笑嫣然〕宋玉登徒子好色賦：「嫣然一笑，惑陽城，迷下蔡。」

〔雪後二句〕林逋梅花詩：「雪後園林才半樹，水邊籬落忽橫枝。」

〔開徧句〕黄庭堅虞美人宜州見梅作：「夜闌風細得香遲，不道曉來開徧向南枝。」

念奴嬌　戲贈善作墨梅者

江南盡處，墮玉京仙子，絶塵英秀。彩筆風流偏解寫，姑射冰姿清瘦。笑殺春工，細窺天巧，妙絶應難有。丹青圖畫，一時都愧凡陋。　還似籬落孤山，嫩寒清曉，祇欠香沾袖。淡竚輕盈誰付與，弄粉調朱纖手。疑是花神，揭來人世，佔得佳名久。松篁佳韻，倩君添做三友。

【校】

〔題〕四卷本乙集（吴訥唐宋名賢百家詞本）作「贈妓。善作墨梅」。汲古閣影鈔本「妓」字原作「奴」，後用粉塗去右旁未改正。

【箋注】

〔姑射句〕見卷二蝶戀花（莫向樓頭聽漏點闋）「冰雪面」注。

〔還似三句〕冷齋夜話：「衡州花光仁老以墨爲梅花，魯直觀之，歎曰：『如嫩寒春曉行孤山籬落間，但欠香耳。』」

〔揭來句〕「揭」爲發語詞，以「來」爲義。言疑是花神來到人世也。

又　題梅

踈踈淡淡，問阿誰堪比，天真顔色？笑殺東君虚占斷，多少朱朱白白。雪裏温柔，水邊明秀，不借春工力。骨清香嫩，迥然天與奇絶。　嘗記寶籞寒輕，瑣窗人睡起，玉纖輕摘。漂泊天涯空瘦損，猶有當年標格。萬里風煙，一溪霜月，未怕欺他得。不如歸去，閬苑有箇人惜。

【校】

〔題〕廣信書院本作「韻梅」，四卷本乙集作「梅」，兹從王詔校刊本及四印齋本。

〔天真〕四卷本同，王詔校刊本及四印齋本俱改作「太真」。

〔閬苑〕廣信書院本作「閬風」，兹從四卷本。

〔人惜〕四卷本作「人憶」。

【箋注】

〔朱朱白白〕韓愈感春三首：「晨遊百花林，朱朱兼白白。」

〔寶籞〕即名園。

〔閬苑〕神仙傳：「崑崙閬風苑有玉樓十二層，左瑶池，右翠水。」西王母傳：「女子之登仙者，得道者，咸所隸焉。所居宫闕，……崑崙之圃，閬風之苑，有城千里，玉樓十二。」

【編年】

右起一枝花，迄念奴嬌，共詞四首，前闋有「千騎弓刀」等語，後三首梅詞亦有「家山何在」、「江南盡處」及「漂泊天涯」等語，知皆爲仕宦期内所作，據各詞詞意推知皆作於閩地，今姑彙録於卷末。

水龍吟 過南劍雙溪樓

舉頭西北浮雲，倚天萬里須長劍。人言此地，夜深長見，斗牛光焰。我覺山高，潭空水冷，月明星淡。待燃犀下看，憑欄却怕，風雷怒，魚龍慘。　峽束蒼江對起，過危樓欲飛還斂。元龍老矣，不妨高卧，冰壺涼簟。千古興亡，百年悲笑，一時登覽。問何人又卸，片帆沙岸，繫斜陽纜。

【校】

〔題〕王詔校刊本及四印齋本「南劍」誤作「南澗」。花菴詞選「過」作「題」。

〔蒼江〕吴訥唐宋名賢百家詞本及花菴詞選並作「滄江」。汲古閣影鈔四卷本原亦作「蒼江」，後用粉塗去「蒼」字，未補。

〔沙岸〕花菴詞選作「沙際」。

【箋注】

〔南劍〕州名。十國閩王延政置鐔州，南唐曰劍州，宋改稱南劍州，屬福建路。元改延平府。

〔雙溪樓〕弘治八閩通志：「延平府，負山阻水，爲七閩襟喉。劍溪環其左，樵川帶其右。（宋余良弼雙溪樓記：七閩號東南山水佳處，延平又冠絶於他郡云云。）二水交流，……佔溪山之雄，當水陸之會。（宋黄裳雙溪閣致語：襟帶高下，甌閩佔溪水之雄；舟車往來，延平當水陸之會。）」張元幹有風流子詞，題云：「政和間過延平，雙溪閣落成，席上賦。」

〔舉頭句〕古詩十九首：「西北有高樓，上與浮雲齊。」曹丕雜詩：「西北有浮雲，亭亭如車蓋。」

〔倚天句〕宋玉大言賦：「方地爲車，圓天爲蓋，長劍耿耿倚天外。」莊子説劍：「上抉浮雲，下絶地紀，此劍一用，匡諸侯，天下服矣。」

〔人言三句〕晉書張華傳：「初，吴之未滅也，斗牛之間常有紫氣；……及吴平之後，紫氣愈明。華聞豫章人雷焕妙達緯象，乃要焕宿，屏人曰：『可共尋天文，知將來吉凶。』因登樓仰觀。焕曰：『僕察之久矣，惟斗牛之間頗有異氣。』華曰：『是何祥也？』焕曰：『寶劍之精上徹於天耳。』……因問曰：『在何郡？』焕曰：『在豫章豐城。』……華大喜，即補焕爲豐城令。焕到縣掘獄屋基，入地四丈餘，得一石函，光氣非常，有雙劍並刻題，一曰龍泉，一曰太阿。其夕，斗牛間氣不復見焉。……華得劍，寶愛之，常置坐側。……華誅，失劍所在。煥卒，子華爲州從事，持劍行經延平津，劍忽於腰間躍出，墮水；使人没水取之，不見劍，但見兩龍，各長數丈，蟠縈有文章。没者懼而反。須臾，光彩照水，波浪驚沸，於是失劍。」

〔我覺三句〕輿地紀勝南劍州謂劍溪樵川「二水交流，匯爲龍潭，是爲寶劍化龍之津」。曹操短歌行：「月明星稀。」

〔燃犀〕晉書温嶠傳：「至牛渚磯，水深不可測，世云其下多怪物，嶠遂燃犀角而照之，須臾見水族覆火，奇形異狀，或乘馬車、著赤衣者。」

〔峽束句〕杜甫秋日夔府詠懷：「峽束蒼江起，巖排古樹圓。」輿地紀勝南劍州引古詩：「雙溪分二水，萬古水溶溶。」按：八閩通志謂延平爲劍溪樵川二水交流之地，故建樓於此名雙溪樓，因亦有「蒼江對起」之句也。

〔元龍二句〕見卷一水龍吟（楚天千里清秋闋）「求田三句」注。

瑞鶴仙　南劍雙溪樓

片帆何太急？望一點須臾，去天咫尺。舟人好看客。似三峽風濤，嵯峨劍戟。

溪南溪北。正遐想幽人泉石。看漁樵指點危樓，却羨舞筵歌席。　歎息。山林鍾鼎，意倦情遷，本無欣戚。轉頭陳跡。飛鳥外，晚煙碧。問誰憐舊日，南樓老子，最愛月明吹笛？到而今撲面黄塵，欲歸未得。

【校】

〔題〕王詔校刊本及四印齋本「南劍」誤作「南澗」。花菴詞選「南劍」上有「題」字。

【箋注】

〔舟人句〕唐摭言卷十三張祜回令：「上水船，船底破，好看客，莫依栰。」蘇軾送楊傑詩：「過江風急浪如山，寄語舟人好看客。」

〔山林鍾鼎〕見卷二水調歌頭（上界足官府闕）「山林鍾鼎」注。

〔南樓二句〕見卷一水調歌頭（折盡武昌柳闋）「南樓佳處」注。

【編年】

右二詞當在閩中按部時所作，其確在何年無可考，姑附於此。

鷓鴣天

欲上高樓去避愁，愁還隨我上高樓。經行幾處江山改，多少親朋盡白頭。

歸休去，去歸休。不成人總要封侯？浮雲出處元無定，得似浮雲也自由。

【箋注】

〔江山改〕陶潛擬古詩：「忽值山河改。」

〔不成〕難道。

【編年】

右鷓鴣天詞，廣信書院本未收，疑作於閩中，因附録於此。

柳梢青　三山歸途，代白鷗見嘲

白鳥相迎，相憐相笑，滿面塵埃。華髮蒼顏，去時曾勸，聞早歸來。而今豈是高懷，爲千里蓴羹計哉！好把移文，從今日日，讀取千回。

【箋注】

〔去時二句〕稼軒紹熙三年赴閩憲之浣溪沙詞曾有「細聽春山杜宇啼，一聲聲是送行詩，朝來白鳥背人飛」數句，此舊事重提也。「聞早」即「趁早」。

〔而今二句〕稼軒之帥閩，於紹熙五年秋爲言者論劾放罷，非出於自身之乞請，故藉白鷗之口而爲是語以自嘲也。參拙編年譜紹熙五年各條。千里蓴羹，見卷二六幺令（酒羣花隊閿）「千里句」注及卷一木蘭花慢（老來情味減閿）「秋晚句」注。

〔移文〕謂孔稚珪之北山移文。

【編年】

紹熙五年（一一九四）秋。

稼軒詞編年箋注卷四

瓢泉之什

沁園春 再到期思卜築

一水西來，千丈晴虹，十里翠屏。喜草堂經歲，重來杜老；斜川好景，不負淵明。老鶴高飛，一枝投宿，長笑蝸牛戴屋行。平章了，待十分佳處，着箇茅亭。青山意氣峥嶸，似爲我歸來嫵媚生。解頻教花鳥，前歌後舞；更催雲水，暮送朝迎。酒聖詩豪，可能無勢，我乃而今駕馭卿。清溪上，被山靈却笑：白髮歸耕。

【校】

〔題〕廣信書院本無「再到」二字，兹從四卷本乙集。

【箋注】

〔喜草堂二句〕杜甫於唐肅宗乾元二年以關輔饑，棄官入蜀依嚴武，上元元年於成都浣花溪卜築草堂。代宗寶應元年冬，西川兵馬使徐知道反，遂往梓州。其後往來漢州、閬州、梓州間，至廣德二年春，嚴武再鎮蜀，方得重歸成都草堂。其間相隔一年之久。杜甫歸成都後作草堂詩，中有「舊犬喜我歸，低徊入衣裾。鄰里喜我歸，沽酒攜胡蘆。大官喜我來，遣騎問所須。城郭喜我來，賓客隘村墟」數句。

〔斜川二句〕陶潛有遊斜川詩，序云：「辛丑正月五日，天氣澄和，風物閒美，與二三鄰曲同遊斜川。臨長流，望曾城，魴鯉躍鱗於將夕，水鷗乘和以翻飛。……曾城旁無依接，獨秀中皋，遥想靈山，有愛嘉名，欣對不足，率爾成詩。」

〔青山二句〕本卷賀新郎（甚矣吾衰矣闋）有「我見青山多嫵媚，料青山見我應如是」句，詳見該詞箋注。

〔解頻教二句〕蘇軾再用前韻：「鳥能歌舞花能言。」

〔酒聖句〕黄庭堅和舍弟中秋月：「少年氣與節物競，詩豪酒聖難争鋒。」

〔可能二句〕陶淵明集晉故征西大將軍長史孟府君傳：「君諱嘉，字萬年，江夏鄂人也。……爲江州别駕、巴邱令、征西大將軍譙國桓温參軍，……俄遷長史。……嘗會神情獨得，便超然命駕，逕之龍山，顧影酣宴，造夕乃歸。温從容謂君曰：『人不可無勢，我乃能駕御卿！』」

〔被山靈二句〕此反用北山移文嘲周顒事。北山移文謂周顒「偶吹草堂，濫巾北岳，誘我松桂，欺我雲壑，雖假容於江皋，乃纓情於好爵。……昔聞投簪逸海岸，今見解蘭縛塵纓。於是南岳獻嘲，北隴騰笑，列壑争譏，攢峯竦誚。」而所嘲、笑、譏、誚者皆針對周顒之雖「假步於山局」，實「情投於魏闕」也。今稼軒自福建安撫使罷任而再到期思卜築，爲先官後隱，與周顒之先隱後官不同，故山靈只能笑其白髮歸耕也。

【編年】

紹熙五年（一一九四）。——據「草堂經歲重來杜老」句，知此詞不作於帶湖閒居期内。更據「青山意氣峥嶸，似爲我歸來嫵媚生」及「白髮歸耕」等句，均可證知此詞爲罷閩帥初歸信上時所作。稼軒於赴閩之前，即時往時來於帶湖、瓢泉之間，則其地必原有可供憩居之所，所謂「草堂」者當指此，此次之卜築，當係自行相度，擇其更可意處而修造耳。

祝英臺近

與客飲瓢泉，客以泉聲喧静爲問，余醉，未及答，或者以「蟬噪林逾静」代對，意甚美矣，翌日爲賦此詞以褒之

水縱横，山遠近，拄杖占千頃。老眼羞明，水底看山影。試教水動山摇，吾生堪笑，似此箇青山無定。　一瓢飲，人問「翁愛飛泉，來尋箇中静；遶屋聲喧，怎做静中境？」「我眠君且歸休，維摩方丈，待天女散花時問。」

【校】

〔題〕四卷本丁集「余醉，未及答」作「予未及答」，「以褒之」作「褒之也」。

〔羞明〕四卷本作「羞將」。

【箋注】

〔蟬噪句〕王籍若耶溪詩：「蟬噪林逾静，鳥鳴山更幽。」

〔羞明〕詩人玉屑卷六點石化金條引西清詩話：「王君玉謂人曰：詩家不妨間用俗語，尤見工夫。雪止未消者俗謂之待伴，嘗有雪詩：『待伴不禁鴛瓦冷，羞明常怯玉鈎斜。』待伴、羞明皆俗語，而採拾入句，了無痕纇，此點瓦礫爲黄金手也。」此處則只謂怕見日光。

〔一瓢飲〕見卷二水龍吟（稼軒何必長貧闋）「人不三句」注。

〔我眠句〕見卷二醜奴兒（此生自斷天休問闋）「君來二句」注。

〔維摩二句〕見卷二江神子（簟鋪湘竹帳籠紗闋）「病維摩四句」注。

【編年】

疑紹熙五年或慶元元年（一一九四或一一九五）。——右詞作年難確考。據「吾生堪笑，似此箇青山無定」句，當是作於自閩歸後者，疑當在紹熙末或慶元初。

水龍吟　用些語再題瓢泉，歌以飲客，聲韻甚諧，客皆爲之釂

聽兮清珮瓊瑶些。明兮鏡秋毫些。君無去此，流昏漲膩，生蓬蒿些。虎豹甘人，

渴而飲汝，寧猿猱些。大而流江海，覆舟如芥，君無助，狂濤些。路險兮山高些。塊予獨處無聊些。冬槽春盎，歸來爲我，製松醪些。其外芳芬，團龍片鳳，煮雲膏些。古人兮既往，嗟予之樂，樂簞瓢些。

【校】

〔題〕四卷本乙集無「皆」字。

〔塊予〕四卷本、王詔校刊本及四印齋本俱作「愧余」。

〔芳芬〕王詔校刊本及四印齋本俱作「芬芳」。

【箋注】

〔些語〕招魂句尾用「些」字。沈括夢溪筆談卷三辯證：「楚詞招魂尾句皆曰些（蘇箇反），今夔峽湖湘及南北江獠人，凡禁呪句尾皆稱些，此乃楚人舊俗。」

〔聽兮句〕柳宗元至小丘西小石潭記：「聞水聲，如鳴珮環。」

〔明兮句〕孟子梁惠王：「明足以察秋毫之末。」

〔流昏漲膩〕杜牧阿房宫賦：「渭流漲膩，棄脂水也。」蘇軾浣溪沙端午詞：「輕汗微微透碧紈，明朝端午浴芳蘭，流香漲膩滿晴川。」

〔虎豹二句〕招魂：「君無上天些，虎豹九關，啄害下人些。……土伯九約，……參目虎首，其身若牛些，此皆甘人。」注：「言此物食人以爲甘美。」

〔大而四句〕此謂瓢泉勿流入江海，助狂濤以顛覆舟楫。莊子逍遥游：「水之積也不厚，則其負大舟也無力。覆杯水於坳堂之上，則芥爲之舟，置杯焉則膠，水淺而舟大也。」

〔塊予句〕漢書楊王孫傳：「塊然獨處。」

〔松醪〕酒史謂蘇軾守定州時，於曲陽得膏釀酒，作中山松醪賦。

〔團龍片鳳〕蔡絛鐵圍山叢談卷六：「建谿龍茶，始江南李氏，號『北苑龍焙』者。『龍焙』又號『官焙』，始但有龍鳳大團二品而已。仁廟朝，伯父君謨名知茶，因進小龍團，爲時珍貴，因有大團、小團之别。」張舜民畫墁録：「丁晉公爲福建轉運使，始製爲鳳團，後又爲龍團。」

〔樂簞瓢〕見卷二水龍吟（稼軒何必長貧句）「人不三句」注。

【編年】

右詞作年無可考。謂「再題瓢泉」，當係承接淳熙末閒居帶湖時所作水龍吟（稼軒何必長貧閑）而言。稼軒自閩中罷歸，實出於當政者之排擠，至歸後猶屢受譏彈。則此詞當作於歸自閩後不久。

蘭陵王　賦一丘一壑

一丘壑，老子風流占却。茅簷上，松月桂雲，脈脈石泉逗山脚。尋思前事錯，惱殺，晨猿夜鶴。終須是，鄧禹輩人，錦繡麻霞坐黄閣。　長歌自深酌。看天闊鳶飛，淵静魚躍，西風黄菊香噴薄。悵日暮雲合，佳人何處，紉蘭結佩帶杜若。入江海曾約。　遇合。事難託。莫擊磬門前，荷蕢人過，仰天大笑冠簪落。待説與窮達，不須疑着。古來賢者，進亦樂，退亦樂。

【校】

〔香噴薄〕四卷本丙集作「薌噴薄」。

【箋注】

〔一丘一壑〕漢書敍傳：「（班）嗣雖修儒學，然貴老、嚴之術。桓生欲借其書，嗣報曰：『若夫嚴（莊）子者，……漁釣於一壑，則萬物不奸其志；栖遲於一丘，則天下不易其樂。不絓賢人之罔，不齅驕君之餌，蕩然肆志，談者不得而名焉，故可貴也。』」晉書謝鯤傳：「嘗使至都，明帝在東宫見之，甚相親重，問曰：『論者以君方庾亮，自謂何如？』答曰：『端委廟堂，使百僚準則，臣不如亮；一丘一壑，自謂過之。』」

〔晨猿夜鶴〕見卷一沁園春（三徑初成闋）「鶴怨句」注。

〔鄧禹二句〕用「鄧禹笑人」故事，意謂只有鄧禹輩人方能早登公輔之位也。參卷二滿江紅（絶代佳人闋）「恨苦遭二句」注。李賀秦宫詩：「秃襟小袖調鸚鵡，紫繡麻霞踏哮虎。」「麻霞」或作

「麻鞵」，即履也。

〔看天闊二句〕詩大雅旱麓：「鳶飛戾天，魚躍於淵，豈弟君子，遐不作人。」

〔悵日暮二句〕江淹擬休上人怨别詩：「日暮碧雲合，佳人殊未來。」

〔紉蘭句〕離騷：「紉秋蘭以爲佩。」九歌湘君：「采芳洲兮杜若，將以遺兮下女。」

〔遇合〕史記佞幸列傳：「諺曰：『力田不如逢年，善仕不如遇合。』」

〔擊磬二句〕論語憲問篇：「子擊磬於衛，有荷蕢而過孔氏之門者，曰：『有心哉，擊磬乎！』既而曰：『鄙哉硜硜乎，莫己知也。……』子曰：『果哉，末之難矣。』」

〔仰天句〕史記滑稽列傳：「齊王使淳于髡之趙請救兵，……淳于髡仰天大笑，冠纓索絶。」

〔古來三句〕莊子讓王：「子貢曰：『古之得道者，窮亦樂，通亦樂；所樂非窮通也，道德於此，則窮通爲寒暑風雨之序矣。』」

【編年】

慶元元年（一一九五）。——玩右詞語意，當在瓢泉居第初成之時，即慶元初年。據「西風黄菊」句，則在秋季也。

卜算子　飲酒不寫書

一飲動連宵，一醉長三日。廢盡寒温不寫書，富貴何由得！　請看塚中人，塚似當年筆。萬札千書只恁休，且進杯中物。

【校】

〔寒温〕四卷本丁集作「寒暄」。

【箋注】

〔一飲句〕白居易祝蒼華詩：「痛飲困連宵，悲吟饑過午。」

〔廢盡二句〕杜甫題柏學士茅屋詩：「富貴必從勤苦得，男兒須讀五車書。」

〔請看二句〕國史補：「長沙僧懷素好草書，自言得草聖三昧，棄筆堆積埋於山下，號曰筆塚。」書斷卷二僧智永條引尚書故實云：「僧智永積年學書，有禿筆十甕，每甕皆數石。後取筆頭瘞之，號爲退筆塚。」

〔且進句〕陶潛責子詩：「天運苟如此，且進杯中物。」

又 飲酒成病

一箇去學仙，一箇去學佛。仙飲千杯醉似泥，皮骨如金石。　不飲便康强，佛壽須千百。八十餘年入涅盤，且進杯中物。

【箋注】

〔醉似泥〕後漢書周澤傳：「一日不齋醉如泥。」李白襄陽歌：「傍人借問笑何事，笑殺山翁醉似泥。」

〔八十句〕佛家謂釋迦牟尼年八十，示寂於跋陀河之遮羅雙樹間。涅盤即涅槃，謂永離諸趣，入不生不滅之門。亦曰圓寂。

又　飲酒敗德

盜跖儻名丘，孔子還名跖，跖聖丘愚直到今，美惡無真實。　簡策寫虚名，螻蟻侵枯骨。千古光陰一霎時，且進杯中物。

【校】

〔還名〕王詔校刊本及四印齋本俱作「如名」。

〔到今〕四卷本丁集作「至今」。

〔簡策〕四卷本作「簡册」。

【箋注】

〔盜跖〕莊子盜跖篇：「柳下季之弟名曰盜跖，盜跖從卒九千人，横行天下，侵暴諸侯：穴室樞户，驅人牛馬，取人婦女，貪得忘親，不顧父母兄弟，不祭先祖；所過之邑，大國守城，小國入保，萬民苦之。」

【編年】

慶元元年（一一九五）。——右卜算子三首，意境與用韻均甚相近，疑作於同時。稼軒於慶元二年移居瓢泉新第，時正以病止酒，其因酒廢事與因酒致疾，或即是時以前之事，因推定其作年如上。

水龍吟 愛李延年歌、淳于髡語，合爲詞，庶幾高唐、神女、洛神賦之意云

昔時曾有佳人，翩然絶世而獨立。未論一顧傾城，再顧又傾人國。寧不知其，傾城傾國，佳人難得。看行雲行雨，朝朝暮暮，陽臺下，襄王側。　堂上更闌燭滅，記主人留髡送客。合尊促坐，羅襦襟解，微聞薌澤。當此之時，止乎禮義，不淫其色。但啜其泣矣，啜其泣矣，又何嗟及。

【校】

〔難得〕廣信書院本作「難再得」，兹從四卷本丙集。

【箋注】

〔李延年歌、昔時七句〕見卷一滿江紅（天與文章閿）「傾國二句」注。

〔淳于髡語〕史記滑稽列傳：「淳于髡者，齊之贅壻也。長不滿七尺，滑稽多辯。數使諸侯，未嘗屈辱。……威王大悦，置酒後宫，召髡，賜之酒，問曰：『先生能飲幾何而醉？』對曰：『臣飲一斗亦醉，一石亦醉。……若乃州閭之會，男女雜坐，行酒稽留，六博投壺，相引爲曹，握手無罰，目眙不禁，前有墮珥，後有遺簪，髡竊樂此，飲可八斗而醉二參。日暮酒闌，合尊促坐，男女同席，履舄交錯，杯盤狼藉，堂上燭滅，主人留髡而送客，羅襦襟解，微聞薌澤，當此之時，髡心最歡，能飲一石。』」

〔高唐、神女〕楚宋玉有高唐賦及神女賦。

〔洛神賦〕魏曹植作。

〔看行雲四句〕宋玉高唐賦：「昔者先王嘗游高唐，怠而晝寢，夢見一婦人，曰：『妾巫山之女也，爲高唐之客，聞君游高唐，願薦枕席。』王因幸之，去而辭曰：『妾在巫山之陽，高丘之岨，旦爲朝雲，暮爲行雨，朝朝暮暮，陽臺之下。』」

〔止乎二句〕毛詩關雎序：「至於王道衰，禮義廢，政教失，國異政，家殊俗，而變風變雅作矣。……故變風發乎情，止乎禮義。發乎情，民之性也；止乎禮義，先王之澤也。……周南、召南，正始之道，王化之基，是以關雎樂得淑女以配君子，憂在進賢，不淫其色，哀窈窕，思賢才，而無傷害之心焉，是關雎之義也。」

〔但啜其三句〕詩王風：「中谷有蓷，暵其濕矣。有女仳離，啜其泣矣。啜其泣矣，何嗟及矣。」

【編年】右詞隱括李延年佳人歌與淳于髡語，意必作於止酒前痛飲潦倒之際，因附於卜算子三詞之後。

菩薩蠻

淡黄弓樣鞋兒小，腰肢只怕風吹倒。驀地管絃催，一團紅雪飛。曲終嬌欲訴，定憶梨園譜。指日按新聲，主人朝玉京。

【箋注】

〔梨園〕唐明皇選坐部伎子弟三百，教於梨園。號皇帝梨園弟子。

又 贈周國輔侍人

畫樓影蘸清溪水，歌聲響徹行雲裏。簾幕燕雙雙，緑楊低映窗。曲中特地誤，要試周郎顧。醉裏客魂消，春風大小喬。

【箋注】

〔周國輔〕未詳。

〔曲中二句〕見卷一菩薩蠻（翡翠樓前芳草路閿）「周郎二句」注。

〔春風〕見卷二菩薩蠻（阮琴斜挂香羅綬閿）「笑倩句」注。

〔大小喬〕三國志吳志周瑜傳：「喬公（玄）兩女皆國色也，策自納大喬，瑜納小喬。」

【編年】

右菩薩蠻二首，均廣信書院本所不收，作年亦莫可考。二首分見四卷本乙丙兩集，情味凡近，姑俱附次於此。

鷓鴣天　送元濟之歸豫章

欹枕婆娑兩鬢霜，起聽簷溜碎喧江。那邊玉箸銷啼粉，這裏車輪轉別腸。　詩酒社，水雲鄉，可堪醉墨幾淋浪。畫圖恰似歸家夢，千里河山寸許長。

【校】

〔題〕四卷本乙集作「送元省幹」。

〔玉篩〕廣信書院本誤作「玉筋」，兹從四卷本等。

【箋注】

〔元濟之〕歷代名臣奏議卷一四七用人類載吏部尚書趙汝愚奏薦張漢卿、元汝楫狀有云：「承節郎元汝楫嘗監復州酒税，課亦登辦。時郡中公使庫有煮醖酸腐，太守責令酒務變賣，汝楫辭曰：『在城拍户，困於省額，不聊生矣，豈能任無用之酒，陪無名之錢乎。』堅拒不受。太守怒，押汝楫下簽廳供責，吏稍侵之，汝楫曰：『我直彼曲，何供之有。』遂取印歷一抹而歸。今躬耕畎畝蓋二十餘年矣。……伏望聖慈將漢卿、汝楫並與堂除差遣一次。」「楫」與「濟」義甚相屬，疑汝楫即濟之之名。

〔起聽句〕韓愈孟郊雨中寄孟刑部聯句：「簷瀉碎江喧，街流淺溪邁。」

〔玉篩〕見卷一菩薩蠻（江摇病眼昏如霧闋）「玉篩」注。

〔這裏句〕古樂府：「離家日趨遠，衣帶日趨緩。心思不能言，腸中車輪轉。」韓愈孟郊遠遊聯句：「別腸車輪轉，一日一萬周。」

〔畫圖二句〕意謂畫家能將千里江山縮寫於寸幅之中，亦猶離家千里之旅客可於夢中迅速返抵家鄉也。

江神子　送元濟之歸豫章

亂雲擾擾水潺潺，笑溪山，幾時閒？更覺桃源，人去隔仙凡。桃源乃王氏酒壚，與濟之作別處。萬壑千巖樓外雪，瓊作樹，玉爲欄。　倦遊回首且加餐。短篷寒，畫圖間。見説嬌顰，擁髻待君看。二月東湖湖上路，官柳嫩，野梅殘。

【校】

〔注〕「仙凡」下注文，四卷本丙集無。

【箋注】

〔桃源、隔仙凡〕太平御覽卷四十一引劉義慶幽明録：「漢明帝永平五年，剡縣劉晨阮肇共入天台山取穀皮，迷不得返，……見蕪菁葉從山腹流出，甚鮮新，復一杯流出，有胡麻糝，相謂曰：『此必去人徑不遠。』度山，出一大溪，溪邊有二女子，姿質妙絶，見二人持杯出，便笑曰：『劉阮二郎提向所失流杯來。』晨肇既不識之，二女便呼其姓，如似有舊，相見忻喜，問『來何晚耶！』因邀還家。……至暮，令各就一帳宿，女往就之，言聲清婉，令人忘憂，……遂留半年。氣候草木是春時，百鳥鳴呼，更懷土求歸甚苦，……遂共送劉阮，指示還路。既出，親舊零落，邑屋全異，無復相識。問得七世孫，傳聞上世入山，迷不得歸。」曹唐劉晨阮肇遊天台詩：「不知何地歸依處，須就桃源問主人。」

〔萬壑千巖〕見卷二洞仙歌（飛流萬壑閿）「飛流二句」注。

〔擁髻〕趙飛燕外傳附伶玄自敍：「伶玄字子于，潞水人。……買妾樊通德，頗能言趙飛燕姊弟事。通德占袖顧視燭影，以手擁髻，淒然泣下，不勝其悲。」

〔官柳二句〕杜甫西郊詩：「市橋官柳細，江路野梅香。」

【編年】

趙汝愚於光宗紹熙二年九月召爲吏部尚書，其奏狀中所述元氏仕歷僅「嘗監復州酒稅課」一事，而不云其曾任省幹，濟之倘果即元汝楫，則後來所任省幹，必因趙氏奏薦而得之者，則右二詞必作於紹熙之後。姑附於慶元初年諸作之後。

鷓鴣天 送歐陽國瑞入吳中

莫避春陰上馬遲，春來未有不陰時。人情展轉閒中看，客路崎嶇倦後知。

梅似雪，柳如絲。試聽別語慰相思。短篷炊飯鱸魚熟，除却松江枉費詩。

【箋注】

〔歐陽國瑞〕朱文公集跋歐陽國瑞母氏錫誥：「淳熙己亥春二月，熹以卧病鉛山崇壽精舍，邑士歐陽國瑞來見。……熹觀國瑞器識開爽，陳義甚高，其必有進乎古人爲己之學而使國人願稱焉。」陳文蔚送歐陽國瑞歸鉛山詩：「高遊無數竟誰同，雅羨夫君氣似虹。吾道久隨流俗弊，義居今見古人風。端能縱目秦淮上，邂逅論文楚水東。歸去梅花開也未？江頭蔕葉剪秋風。」

〔春來句〕杜甫人日詩：「元日到人日，未有不陰時。」

〔短篷二句〕張翰思吴江歌：「秋風起兮佳景時，吴江水兮鱸魚肥。三千里兮家未歸，恨難得兮仰天悲。」范成大晚春田園詩：「西風吹上四腮鱸，除却松江到處無。」松江即古笠澤。源出蘇州之太湖。

【編年】

歐陽國瑞於何年入吴，其事無可考，以歐陽國瑞爲鉛山人，且廣信書院本置此首於與吴子似有關諸詞之前，故編次於稼軒鉛山新居經始之時。

行香子

歸去來兮，行樂休遲。命由天富貴何時。百年光景，七十者稀。奈一番愁，一番病，一番衰。　名利奔馳，寵辱驚疑，舊家時都有些兒。而今老矣，識破關機：算不如閑，不如醉，不如癡。

【箋注】

〔命由天〕論語顔淵篇：「死生有命，富貴在天。」

〔行樂、富貴〕楊惲報孫會宗書：「人生行樂耳，須富貴何時。」

〔寵辱句〕老子：「寵辱若驚，貴大患若身。」

〔舊家〕作「舊來」或「從前」解。

【編年】

據「歸去」各句，知亦慶元元、二年之作。

浣溪沙　別成上人，併送性禪師

梅子生時到幾回，桃花開後不須猜。重來松竹意徘徊。　慣聽禽聲應可譜，飽觀魚陣已能排。晚雲挾雨喚歸來。

【校】

〔生時〕四卷本乙集作「熟時」。

〔應可〕四卷本作「渾可」。

〔晚雲〕王詔校刊本改作「晚風」，六十家詞本及四印齋本並同。

【箋注】

〔成上人，性禪師〕事歷並未詳。周孚蠹齋鉛刀編卷三十有銘性上人朴菴文一首，據此詞首二句全用禪宗故事推考，疑周文題中之性上人即此詞題中之性禪師也。

〔梅子句〕五燈會元卷三：「明州大梅山法常禪師，……初參大寂，問如何是佛？寂曰：『即心是佛。』師即大悟，遂之四明梅子真舊隱縛茆燕處。……大寂聞師住山，乃令僧問：『和尚見馬大師（馬祖，即大寂禪師）得箇甚麼，便住此山？』師曰：『大師向我道即心是佛，我便向這裏住。』僧曰：『大師近日佛法又別。』師曰：『作麼生？』曰：『又道非心非佛。』師曰：『這老漢惑亂人，未有了日。任他非心非佛，我祇管即心即佛。』其僧回，舉似馬祖，祖曰：『梅子熟也。』龐居士聞之，欲驗師實，特去相訪。纔相見，士便問：『人嚮大梅，未審梅子熟也未？』師曰：『熟也。你向甚麼處下口？』士曰：『百雜碎。』師伸手曰：『還我核子來。』士無語。自此學者漸臻，師道彌著。」（按：景德傳燈録卷七亦載此事，唯較簡略。）

〔桃花句〕景德傳燈録卷十一：「福州靈雲志勤禪師初在潙山，因桃花悟道，有偈曰：『三十年來尋劍客，幾逢落葉幾抽枝。自從一見桃花後，直到如今更不疑。』」

〔晚雲句〕王安石江上詩：「晚雲含雨却低徊。」詩話總龜前集卷二十七趙德麟妻王氏詩：「晚雲帶雨歸飛急，去做西窗一夜秋。」

【附録】

韓仲止淲和章（見澗泉詞）

浣溪沙　和辛卿壁間韻

只恐山靈俗駕回，海鷗飛下莫驚猜。機心消盡重徘徊。　宿雨乍晴千澗落，曉雲微露兩山排。新苗時冀好風來。

【編年】

韓仲止和詞之題稱稼軒爲辛卿，稼軒紹熙四年方任太府卿，知右詞係稼軒自閩歸後所作。又據唱和詞意，知其時蓋初歸未久，因次於慶元初。

又

百世孤芳肯自媒，直須詩句與推排。不然喚近酒邊來。　自有淵明方有菊，若無和靖即無梅。只今何處向人開？

【校】

〔淵明〕廣信書院本作「陶潛」，兹從四卷本乙集。

【箋注】

〔肯〕「豈肯」之意。

〔推排〕考較、安排。

清平樂

春宵睡重，夢裏還相送。枕畔起尋雙玉鳳，半日纔知是夢。　一從賣翠人還，又無音信經年。却把淚來做水，流也流到伊邊。

【箋注】

〔雙玉鳳〕張祜壽州裴中丞出柘枝詩：「青娥十五柘枝人，玉鳳雙翹翠帽新。」玉鳳指玉鳳釵。

杏花天

牡丹昨夜方開徧，畢竟是今年春晚。荼蘼付與薰風管。燕子忙時鶯嬾。　多病起日長人倦。不待得酒闌歌散。副能得見荼甌面，却早安排腸斷。

【校】

〔副能〕六十家詞本及四印齋本俱作「甫能」。

【箋注】

〔副能〕意即方纔，宋詞屢見。毛滂最高樓詞：「副能小睡還驚覺。」石孝友茶瓶兒詞：「副能見也還抛棄。」亦有寫作「付能」或「甫能」者。

又　嘲牡丹

牡丹比得誰顔色？似宫中太真第一。漁陽鼙鼓邊風急，人在沉香亭北。買栽池館多何益，莫虚把千金抛擲。若教解語應傾國，一箇西施也得。

【校】

〔應傾國〕四卷本乙集作「傾人國」。

【箋注】

〔太真第一〕楊貴妃號太真。李白宫詞：「宫中誰第一，飛燕在昭陽。」

〔漁陽句〕白居易長恨歌：「漁陽鼙鼓動地來，驚破霓裳羽衣曲。」

〔沉香亭〕見卷二念奴嬌（對花何似闕）「沉香亭二句」注。

〔買栽句〕唐羅鄴牡丹詩：「買栽池館恐無地，看到子孫能幾家。」

〔莫虚句〕本事詩情感篇：「張郎中（又新）與楊虔州（凝）齊名，友善。張嘗語楊曰：『我少年成美名，不憂仕矣，唯得美室，平生之望斯足。』既婚，殊不愜心，乃作詩曰：『牡丹一朵值千金，將謂從來色最深。今日滿闌開似雪，一生辜負看花心。』」

〔若教句〕天寶遺事：「唐太液池千葉白蓮開，明皇與妃子共賞，指妃子謂左右曰：『何如此解語花耶？』」唐羅隱牡丹詩：「若教解語應傾國，任是無情亦動人。」

〔一箇西施〕詩話總龜卷一諷諭門：「盧任門族甲於天下，舉進士，三十尚未第，爲一絶云：『惆悵興亡繫綺羅，世人猶自選青娥。越王解破夫差國，一箇西施已是多。』」

浪淘沙　賦虞美人草

不肯過江東，玉帳匆匆。只今草木憶英雄。唱着虞兮當日曲，便舞春風。

兒女此情同，往事朦朧。湘娥竹上淚痕濃。舜蓋重瞳堪痛恨，羽又重瞳。

【校】

〔只今〕四卷本乙集及全芳備祖作「至今」。

〔舜蓋〕全芳備祖作「舜目」。

【箋注】

〔虞美人草〕夢溪筆談樂律篇：「高郵桑景舒性知音，舊傳有虞美人草，聞人作虞美人曲則枝葉皆動，他曲不然。景舒試之，誠如所傳。詳其曲聲，皆吴音也。」

〔不肯句〕史記項羽本紀：「於是項王乃欲東渡烏江。烏江亭長檥船待，謂項王曰：『江東雖小，地方千里，衆數十萬人，亦足王也。願大王急渡。今獨臣有船，漢軍至，無以渡。』項王笑曰：『天之亡我，我何渡爲！且籍與江東子弟八千人渡江而西，今無一人還，縱江東父老憐而王我，我何面目見之！縱彼不言，籍獨不愧於心乎！』……乃自刎而死。」李清照絶句：「生當作人傑，死亦爲鬼雄。至今思項羽，不肯過江東。」

〔玉帳二句〕曾布妻魏氏虞美人草行：「三軍散盡旌旗倒，玉帳佳人坐中老。香魂夜逐劍光飛，青血化爲原上草。」

〔虞兮〕見下首虞美人「拔山二句」注。

〔湘娥句〕見卷二蝶戀花（燕語鶯啼人乍遠闋）「湘淚」注。

〔舜蓋二句〕史記項羽本紀：「太史公曰：吾聞之周生曰：舜目蓋重瞳子。又聞項羽亦重瞳子，羽豈其苗裔也，何興之暴也。」

虞美人　賦虞美人草

當年得意如芳草，日日春風好。拔山力盡忽悲歌，飲罷虞兮從此奈君何。

人間不識精誠苦，貪看青青舞。驀然斂袂却亭亭，怕是曲中猶帶楚歌聲。

【校】

〔斂袂〕全芳備祖後集十一引作「斂衽」。

〔亭亭〕全芳備祖作「無言」。

【箋注】

〔拔山二句〕史記項羽本紀：「項王軍壁垓下，兵少食盡，漢軍及諸侯兵圍之數重。夜聞漢軍四面皆楚歌，項王大驚曰：『漢皆已得楚乎，是何楚人之多也！』項王則夜起飲帳中。有美人名虞，常幸從；駿馬名騅，常騎之。於是項王乃悲歌慷慨，自爲詩曰：『力拔山兮氣蓋世，時不利兮騅不逝，騅不逝兮可奈何，虞兮虞兮奈若何！』歌數闋，美人和之，項王泣數行下。」

【編年】

慶元元、二年（一一九五、一一九六）。——右詞六首，當作於慶元二年前。清平樂疑亦阿錢去後惜别之作，前一篇杏花天亦止酒期所作，今姑一併彙録於此。

臨江仙　和葉仲洽賦羊桃

憶醉三山芳樹下，幾曾風韻忘懷。黄金顔色五花開。味如盧橘熟，貴似荔枝來。　聞道商山餘四老，橘中自釀秋醅。試呼名品細推排。重重香肺腑，偏殢聖賢杯。

【校】

〔肺腑〕四卷本丁集作「腑臟」。

【箋注】

〔葉仲洽〕名籍事歷均未詳。陳克齋集有「和葉仲洽喜雨」詩，與此詞語意相參詳，知其亦爲信州人。

〔羊桃〕范成大桂海虞衡志志果門：「五棱子，形甚詭異，瓣五出，如田家碌碡狀。味酸，永嚼微甜。閩中謂之羊桃。」游宦紀聞：「閩中嘉果，荔枝、龍眼、橄欖之外，又有……菩提果、羊桃，皆他處所無。」竹窗雜録：「三山羊桃，七八月熟，味酸而有韻。」

〔荔枝來〕新唐書楊貴妃傳：「妃嗜荔支，必欲生致之，乃致騎傳送，走數千里，味未變已至京師。」杜牧過華清宫絶句：「一騎紅塵妃子笑，無人知是荔支來。」

〔聞道二句〕牛僧孺玄怪録卷三巴邛人：「有巴邛人，不知姓名，家有橘園，因霜後諸橘盡收，餘有兩大橘，如三斗盎。巴人異之，即令攀橘下。輕重亦如常橘，剖開，每橘有二老叟，鬚眉皤然，肌體紅潤，皆相對象戲。……有一叟曰：『……橘中之樂，不減商山，但不得深根固蒂，爲愚人摘下耳。……』」

〔推排〕考較、評定之意。

〔聖賢杯〕魏志徐邈傳：「時科禁酒，而邈私飲至於沉醉，校事趙達問以曹事，邈曰：『中聖人。』達白之太祖，太祖甚怒。度遼將軍鮮于輔進曰：『平日醉客謂酒清者爲聖人，濁者爲賢人。邈性修慎，偶醉言耳。』竟坐得免。……車駕幸許昌，問邈曰：『頗復中聖人不？』邈曰：『不能自懲，時復中之。然宿瘤以醜見傳，而臣以醉見識。』帝大笑。」

又

冷鴈寒雲渠有恨，春風自滿余懷。更教無日不花開。未須愁菊盡，相次有梅來。

多病近來渾止酒，小槽空壓新醅。青山却自要安排。不須連日醉，且進兩三杯。

【箋注】

〔更教句〕西清詩話：「歐公守滁陽，築醒心、醉翁兩亭於琅琊幽谷，且命幕客謝某者雜植花卉其間。謝以狀問名品，公即書紙尾云：『淺深紅白宜相間，先後仍須次第栽。我欲四時攜酒去，莫教一日不花開。』其清放如此。」

〔多病句〕黄庭堅王立之以小詩送並蒂牡丹戲答二絶：「多病廢詩仍止酒，春陰醉起薄羅寒。」

〔小槽句〕羅隱江南行：「夜槽壓酒銀船滿。」李賀將進酒詩：「小槽酒滴真珠紅。」

【編年】

慶元元、二年内。——右同韻臨江仙二首，均止酒期内之作。

鷓鴣天　寄葉仲洽

是處移花是處開，古今興廢幾池臺。背人翠羽偷魚去，抱蘂黄鬚趁蝶來。掀老甕，撥新醅，客來且進兩三杯。日高盤饌供何晚？市遠魚鮭買未回。

【箋注】

〔是處句〕白居易移牡丹栽詩：「紅芳堪惜還堪恨，百處移將百處開。」「是處」爲到處或處處之意。

〔背人句〕白居易題王家莊臨水柳亭詩：「翠羽偷魚入，紅腰學舞回。」

〔黄鬚〕謂黄蜂。

〔掀老甕二句〕白居易醉吟先生傳：「吟罷自哂，揭甕撥醅，又飲數杯，兀然而醉。」

〔日高二句〕杜甫客至詩：「盤飧市遠無兼味，樽酒家貧只舊醅。」

水調歌頭　席上爲葉仲洽賦

高馬勿捶面，千里事難量。長魚變化雲雨，無使寸鱗傷。一壑一丘吾事，一斗一石皆醉，風月幾千場。鬚作蝟毛磔，筆作劍鋒長。　我憐君，癡絶似，顧長康。綸巾羽扇顛倒，又似竹林狂。解道澄江如練，準備停雲堂上，千首買秋光。怨調爲誰賦，一斛貯檳榔。

【校】

〔澄江〕廣信書院本作「長江」，兹從四卷本丁集。

【箋注】

〔高馬四句〕杜甫三韻三篇，其一云：「高馬勿捶面，長魚無損鱗。辱馬馬毛焦，困魚魚有神。君看磊落士，不肯易其身。」

〔一壑句〕陳與義山中詩：「風流丘壑真吾事。」餘見本卷蘭陵王（一丘壑閟）「一丘一壑」注。

〔一斗一石〕見本卷水龍吟（昔時曾有佳人閟）「淳于髡語」注。

〔鬚作句〕晉書桓温傳：「温豪爽有風概，姿貌甚偉。劉惔嘗稱之曰：『温眼如紫石稜，鬚作蝟毛磔，孫仲謀、晉宣王之流亞也。』」

〔癡絶二句〕見卷二水調歌頭（萬事到白髮闋）「此語二句」注。

〔竹林狂〕世説新語任誕篇：「陳留阮籍、譙國嵇康、河内山濤，三人年皆相比，康年少亞之。預此契者：沛國劉伶，陳留阮咸，河内向秀，琅邪王戎。七人常集於竹林之下，肆意酣暢，故世謂竹林七賢。」

〔解道句〕謝朓晚登三山還望京邑詩：「餘霞散成綺，澄江凈如練。」李白金陵城西樓月下吟：「解道澄江凈如練，令人長憶謝玄暉。」

〔一斛句〕南史劉穆之傳：「穆之少時家貧，誕節嗜酒食，不修拘檢。好往妻兄家乞食，多見辱，不以爲恥。其妻江嗣女，甚明識，每禁不令往。江氏後有慶會，屬令勿來，穆之猶往。食畢，求檳榔，江氏兄弟戲之曰：『檳榔消食，君乃常飢，何忽須此？』妻復截髮市肴饌爲其兄弟以餉穆之，自此不對穆之梳沐。及穆之爲丹陽尹，將召妻兄弟，妻泣而稽顙以致謝，穆之曰：『本不匿怨，無所致憂。』及至，醉，穆之乃令廚人以金柈貯檳榔一斛以進之。」

【編年】

慶元元、二年内。——右詞二首均與葉仲洽相唱和，因附編於此。

鷓鴣天　登一丘一壑偶成

莫殢春光花下遊，便須準備落花愁。百年雨打風吹却，萬事三平二滿休。

將擾擾，付悠悠。此生於世百無憂。新愁次第相抛舍，要伴春歸天盡頭。

【箋注】

〔三平二滿〕潁川語小卷下：「俗言三平二滿，蓋三遇平、二遇滿，皆平穩得過之日。」黄庭堅四休居士詩序：「太醫孫昉號四休居士，山谷問其説，四休笑曰：『粗羹淡飯飽即休；補破遮寒煖即休；三平二滿過即休；不貪不妬老即休。』山谷曰：『此安樂法也。』」

【編年】

慶元二年春（一一九六）。——右詞疑亦作於瓢泉居第初成之時。據詞語，當作於春季。

添字浣溪沙　答傅巖叟酬春之約

豔杏妖桃兩行排，莫攜歌舞去相催。次第未堪供醉眼，去年栽。　春意纔從梅裏過，人情都向柳邊來。咫尺東家還又有，海棠開。

【校】

〔調〕四卷本丙集作「浣溪沙」。

〔題〕四卷本作「偶作」。

【箋注】

〔傅巖叟〕陳克齋文集傅講書生祠記：「鉛山傅巖叟，幼親師學，肆儒業，壯而欲行愛人利物之志。命與時違，抑而弗信。……時稼軒辛公有時望，欲諷廟堂奏官之，巖叟以非其志，辭，辛不能奪，議遂寢。……巖叟雖無軒冕之榮，開徑延賓，竹深荷浄，暇日勝時，飲酒賦詩，自適其適，不知有王公之貴。……巖叟名爲棟，嘗爲鄂州州學講書。」

〔豔杏妖桃〕柳永剔銀燈詞：「豔杏夭桃，垂楊芳草，各鬬雨膏煙膩。」

又 用前韻謝巖叟瑞香之惠

句裏明珠字字排，多情應也被春催。怪得名花知淚送，雨中栽。赤脚未安芳斛穩，蛾眉早把橘枝來。報道錦熏籠底下，麝臍開。

【箋注】

〔怪得〕驚喜之意。

〔赤脚〕謂婢。韓愈寄盧仝詩：「一奴長鬚不裹頭，一婢赤脚老無齒。」

〔錦熏籠〕天禄識餘：「瑞香一名錦熏籠，一名錦被堆。」咸淳臨安志卷五十八物産門：「今馬塍瑞香種最多，大者名錦熏籠。」

〔麝臍〕花小名：「瑞香一名麝囊。」

【編年】

慶元二年（一一九六）。——右同韻添字浣溪沙二首，據前闋語意，當是鉛山居第營建初成時作。其時或與傅巖叟初相識也。

歸朝歡

靈山齊菴菖蒲港，皆長松茂林。獨野櫻花一株，山上盛開，照映可愛；不數日，風雨摧敗殆盡。意有感，因效介菴體爲賦，且以「菖蒲緑」名之。丙辰歲三月三日也

山下千林花太俗，山上一枝看不足。春風正在此花邊，菖蒲自蘸清溪緑。與花同草木，問誰風雨飄零速。莫悲歌，夜深巖下，驚動白雲宿。　病怯殘年頻自卜，老愛遺篇難細讀。苦無妙手畫於菟，人間雕刻真成鵠。夢中人似玉，覺來更憶腰如束。許多愁，問君有酒，何不日絲竹？

【校】

〔題〕四卷本丙集無「靈山」二字，「野櫻花」作「野梅花」。

〔莫悲歌〕四卷本作「莫怨歌」。

〔遺篇〕四卷本作「遺編」。

【箋注】

〔靈山〕廣信府志：「靈山在府城西北七十里上饒縣境内，信之鎮山也。高千有餘丈，綿亙百餘里。」

〔齊菴〕據後「靈山齊菴賦」之沁園春詞「吾廬」句，知齊菴乃稼軒於靈山所造居室，而偃湖與菖蒲港亦必在靈山之下。

〔介菴〕趙彦端號介菴，見卷一水調歌頭（千里渥洼種闕）箋注。

〔菖蒲句〕趙彦端看花回詞：「看波面垂楊蘸緑。」

〔夜深二句〕變用陶淵明擬古詩「白雲宿簷端」句之意。

〔遺篇〕謂趙彦端之介菴集。趙氏卒於淳熙二年，至丙辰歲已二十一年矣。

〔苦無二句〕左傳宣四年：「楚人謂乳，穀；謂虎，於菟。」馬援誡兄子書：「效伯高不得，猶爲謹勅之士，所謂刻鵠不成尚類鶩者也。效季良不得，陷爲天下輕薄子，所謂畫虎不成反類狗者也。」此承上「老愛遺篇」句而言，自謂效介菴不得也。

〔人似玉〕趙彦端虞美人劉帥生日：「起舞人如玉。」

〔腰如束〕宋玉登徒子好色賦：「腰如束素。」温庭筠蘇小小歌：「天宫女兒腰如束。」趙彦端秦樓月詠睡香：「酒愁花暗，沈腰如束。……一春幽夢，與君相續。」

〔問君二句〕此用謝安與王羲之「中年傷於哀樂」，「正賴絲竹陶寫」語意。見卷一水調歌頭（折盡武昌柳闋）「離别句」注。

【編年】

慶元二年（一一九六）。

沁園春　靈山齊菴賦。時築偃湖未成

疊嶂西馳，萬馬回旋，衆山欲東。正驚湍直下，跳珠倒濺；小橋横截，缺月初弓。老合投閑；天教多事，檢校長身十萬松。吾廬小，在龍蛇影外，風雨聲中。　争先見面重重。看爽氣朝來三數峯。似謝家子弟，衣冠磊落；相如庭户，車騎雍容。我覺其間，雄深雅健，如對文章太史公。新堤路，問偃湖何日，煙水濛濛？

【箋注】

〔疊嶂三句〕蘇軾游徑山詩：「衆峯來自天目山，勢若駿馬奔平川。中途勒破千里足，金鞭玉鐙相回旋。」

〔檢校〕巡視。

〔龍蛇、風雨〕皆承上句松言。蘇軾戲作種松詩：「我昔少年日，種松滿東岡。……不見十餘年，想作龍蛇長。」白居易草堂記亦有「夾澗有古松，如龍蛇走」句。詩話總龜後集卷二十八載宋人詠松詩句：「影搖千尺龍蛇動，聲撼半天風雨寒。」

〔看爽氣句〕世説新語簡傲篇：「王子猷作桓車騎參軍，桓謂王曰：『卿在府久，比當相料理。』初不答，直高視，以手版拄頰云：『西山朝來，致有爽氣。』」

〔謝家子弟〕晉書謝玄傳：「安嘗戒約子侄，因曰：『子弟亦何豫人事，而正欲使其佳？』諸人莫有言者，玄答曰：『譬如芝蘭玉樹，欲使其生於庭階耳。』」

〔相如二句〕史記司馬相如列傳：「相如之臨邛，從車騎雍容閒雅甚都。」

〔雄深二句〕新唐書柳宗元傳：「宗元少時嗜進，謂功業可就，既坐廢，遂不振。然其才實高，名蓋一時。韓愈評其文曰：『雄深雅健，似司馬子長，崔、蔡不足多也。』」按：司馬遷字子長，所作史記自稱太史公書。

又 弄溪賦

有酒忘杯，有筆忘詩，弄溪奈何。看縱横斗轉，龍蛇起陸；崩騰決去，雪練傾河。嫋嫋東風，悠悠倒影，摇動雲山水又波。還知否：欠菖蒲攢港，緑竹緣坡。長松誰剪嵯峨？笑野老來耘山上禾。算只因魚鳥，天然自樂；非關風月，閒處偏多。芳草春深，佳人日暮，濯髮滄浪獨浩歌。徘徊久，問「人間誰似，老子婆娑？」

【校】

〔倒影〕四卷本乙集作「倒景」。

【箋注】

〔弄溪〕未詳。

〔龍蛇起陸〕陰符經：「天發殺機，移星易宿。地發殺機，龍蛇起陸。」此處只作現成語言使用，與「地發殺機」全無關涉。

〔緑竹句〕漢黄香責髯奴辭有「離離若緣坡之竹」句。

〔芳草句〕蓋用楚辭招隱士「春草生兮萋萋」而隱其上句「王孫遊兮不歸」。

〔佳人句〕見本卷蘭陵王（丘壑闕）「悵日暮二句」注。

〔濯髮句〕見卷二六幺令（倒冠一笑闕）「手把二句」注。

〔問人間二句〕宋玉神女賦：「又婆娑乎人間。」晉書陶侃傳：「疾篤，將歸長沙，……將出府門，顧謂愆期曰：『老子婆娑，正坐諸君輩。』」

南歌子 新開池，戲作

散髮披襟處，浮瓜沉李杯。涓涓流水細侵階。鑿箇池兒喚箇月兒來。　畫棟頻搖動，紅蕖盡倒開。鬬勻紅粉照香腮。有箇人人把做鏡兒猜。

【校】

〔紅蕖〕四卷本丙集作「紅葵」。

【箋注】

〔散髮句〕世説新語德行篇注引王隱晉書：「魏末，阮籍嗜酒荒放，露頭散髮，裸袒箕踞。」又文學篇：「王逸少作會稽，初至，支道林在焉。……因論莊子逍遥遊，支作數千言，才藻新奇，花爛映發，王遂披襟解帶，留連不能已。」柳永過澗歇近詞：「水邊石上，幸有散髮披襟處。」

〔浮瓜沉李〕曹丕與朝歌令吴質書：「每念昔日南皮之游，誠不可忘：……浮甘瓜於清泉，沉朱李於寒水，白日既匿，繼以朗月，同乘並載，以游後園。」

〔人人〕對所指之暱稱，亦猶「彼美」之意。

【編年】

右三詞作年莫考。稼軒築偃湖與新開池當均爲自閩中初歸時事，因彙附於靈山齊菴所作之歸朝歡後。

添字浣溪沙

日日閒看燕子飛，舊巢新壘畫簾低。玉曆今朝推戊己，住啣泥。　先自春光留不住，那堪更着子規啼？一陣晚香吹不斷，落花溪。

【校】

〔住啣〕王詔校刊本、六十家詞本及四印齋本作「却啣」。

【箋注】

〔玉曆二句〕續博物志卷六：「燕銜泥避戊己日，則巢固而不傾。」埤雅：「戊、己，其日皆土，故燕之往來避社，而嗛土避戊己日。」

又　與客賞山茶，一朵忽墮地，戲作

酒面低迷翠被重，黄昏院落月朦朧。墮髻啼粧孫壽醉，泥秦宮。　試問花留春幾日，略無人管雨和風。瞥向緑珠樓下見，墜殘紅。

【校】

〔調〕四卷本丙集誤作「浣溪沙」。

【箋注】

〔酒面句〕酒面指酒後顔紅，喻茶花。 低迷即模糊。

〔墮髻二句〕後漢書梁冀傳：「封冀妻孫壽爲襄城君。……壽色美而善爲妖態，作愁眉啼粧、墮馬髻、折腰步、齲齒笑，以爲媚惑。冀亦改易輿服之制。……冀愛監奴秦宫，官至太倉令，得出入壽所。壽見宫輒屏御者，託以言事，因與私焉。」

〔緑珠〕晉書石崇傳：「崇有妓曰緑珠，美而豔，善吹笛。孫秀使人求之，……崇勃然曰：『緑珠吾所愛，不可得也。』……秀怒，……矯詔收崇。……崇正宴於樓上，介士到門，崇謂緑珠曰：『我今爲爾得罪。』緑珠泣曰：『當效死於官前。』因自投於樓下而死。」

【編年】

據廣信本次第，右添字浣溪沙二首應作於移居瓢泉之前，因亦附録於此。

賀新郎 和徐斯遠下第謝諸公載酒相訪韻

逸氣軒眉宇。似王良輕車熟路，驊騮欲舞。我覺君非池中物，咫尺蛟龍雲雨。

時與命猶須天付。蘭珮芳菲無人問，歎靈均欲向重華訴。空壹鬱，共誰語？兒曹不料揚雄賦。怪當年甘泉誤説，青葱玉樹。風引船回滄溟闊，目斷三山伊阻。但笑指吾廬何許。門外蒼官千百輩，盡堂堂八尺鬚髯古。誰載酒，帶湖去？

【校】

〔題〕廣信書院本無「相訪」二字，茲從四卷本丁集。

〔天付〕廣信書院本作「天賦」，茲從四卷本。

〔千百〕廣信書院本作「三百」，茲從四卷本。

【箋注】

〔徐斯遠〕方回瀛奎律髓：「樟丘徐文卿字斯遠，玉山人。嘉定四年進士。」葉水心文集卷十二徐斯遠文集序：「斯遠有物外不移之好，負山林沉痼之疾，而師友問學，小心抑畏，異方名聞之士，未嘗不遐歎長想，千里而同席也。……斯遠與趙昌父、韓仲止扶植遺緒，固窮一節，難合而易忤，視榮利如土梗，以文達志，爲後生法。凡此皆强於善者之所宜知也。」

〔王良〕淮南子覽冥訓：「昔者王良、造父之御也，上車攝轡，馬爲整齊而斂諧，投足調均，勞逸若一，心怡氣和，體便輕畢，安勞樂進，馳騖若滅。」高誘注：「王良，晉大夫郵無恤子良也。所謂御良也。一名孫無政，爲趙簡子御。」韓愈送石處士序：「先生居嵩邙瀍穀之間，……與之語道理，辨古今事當否，論人高下，事後當成敗，若河決下流而東注，若駟馬駕輕車、就熟路，而王良造父爲之先後也。」

〔騂騮〕良馬名，爲周穆王八駿之一。

〔我覺二句〕吴志周瑜傳：「劉備以梟雄之姿，而有關羽、張飛熊虎之將，必非久屈爲人用者，恐蛟龍得雲雨，終非池中物也。」

〔時與命句〕蘇軾與毛令方尉遊西菩寺詩：「人生此樂須天付，莫遣兒郎取次知。」

〔蘭珮二句〕離騷：「名余曰正則兮，字余曰靈均。……扈江離與辟芷兮，紉秋蘭以爲佩。……佩繽紛其繁飾兮，芳菲菲其彌章。……衆不可户説兮，孰云察余之中情？……濟沅湘以南征兮，就重華而敶詞。」

〔兒曹三句〕揚雄甘泉賦：「翠玉樹之青葱兮，璧馬犀之瞵瑞。」左思三都賦序：「然相如賦上林而引盧橘夏熟，揚雄賦甘泉而陳玉樹青葱，假稱珍怪，以爲潤色，考之果木則生非其壤，校之神物則出非其所。於辭則易爲藻飾，於義則虚而無徵。」杜甫奉贈韋左丞詩：「賦料揚雄敵，詩看子建親。」又進雕賦表：「臣之述作，雖不足以鼓吹六經，先鳴諸子，至於沉鬱頓挫，隨時敏捷，而揚雄枚臯之流，庶可跂及也。」

〔風引二句〕史記封禪書：「自威、宣、燕昭使人入海求蓬萊、方丈、瀛洲，此三神山者，其傳在勃海中，去人不遠。患且至，則船風引而去。蓋嘗有至者，諸仙人及不死之藥皆在焉。其物禽獸盡白而黄金銀爲宫闕，未至，望之如雲，及到，三神山反居水下，臨之，風輒引去，終莫能至云。」〔蒼官、鬚髯古〕指松檜。樊宗師絳守居園池記：「蒼官青士，欄列與槐朋友。」王安石紅梨詩：「歲晚蒼官纔自保，日高青女尚横陳。」蘇軾遊蔣山詩：「夾路蒼髯古，迎人翠麓偏。」三月三日開園詩：「鬱鬱蒼髯真道友，絲絲紅萼是鄉人。」自注：「蒼髯，松也；紅萼，海棠。」

【附録】

黄機和徐斯遠韻（見竹齋詩餘）

乳燕飛　次徐斯遠韻寄稼軒

興潑元同宇。唤君來浮君大白，爲君起舞。滿斑斑功名灑淚，百歲風吹急雨。愁與恨憑誰分付？醉裏狂歌空漫觸，且休歌只倩琵琶訴。人不語，絃自語。　詩成更將君自賦。渺樓頭煙迷碧草，雲連方樹。草樹那能知人意，悵望關河夢阻。有心事殘天天許。繡帽輕裘真男子，政何須紙上分今古。未辦得，賦歸去。

【編年】

慶元二年。——劉宰漫塘文集送洪季揚（揚祖）教授横川序云：「紹熙庚戌余與嚴陵洪叔誼兄弟同登進士第，慶元乙卯又與叔誼同校文上饒。」其回艾節幹慶長啓又云：「徐斯遠尚友好學，安貧守道，不愧古人。頃歲校文上饒，惟以親得此人爲喜。」據此則徐斯遠之初領鄉薦蓋在慶元元年，次年之禮部省試勢須參與。此詞疑即二年徐氏落第後相與酬答之作。慶元二年之後稼軒移居瓢泉新第，與詞中「誰載酒帶湖去」一語不相應矣。

浣溪沙　瓢泉偶作

新葺茆簷次第成，青山恰對小窗横。去年曾共燕經營。　病怯杯盤甘止酒，老依香火苦翻經。夜來依舊管絃聲。

【校】

〔題〕四卷本丙集無。

〔病怯〕廣信書院本作「病却」，茲從四卷本。

【箋注】

〔病怯句〕蘇軾次韻樂著作送酒詩：「少年多病怯盃觴。」陶潛有止酒詩。

〔老依香火〕秦觀紹聖元年將自青田以歸因往山中修懺自書絶句於住僧寺壁詩：「因循移病依香火，寫得彌陀七萬言。」

【編年】

慶元二年（一一九六）。——再到期思卜築，事在紹熙五年自閩歸來之後，其起始修造當在慶元元年春季，詩集答趙昌甫問訊新居之作有「草堂經始上元初」句可證。此詞既有「去年曾共燕經營」句，則必作於慶元二年。

水調歌頭　將遷新居不成，有感，戲作。時以病止酒，且遣去歌者，末章及之

我亦卜居者，歲晚望三閭。昂昂千里，泛泛不作水中鳧。好在書攜一束，莫問家徒四壁，往日置錐無。借車載家具，家具少於車。　舞烏有，歌亡是，飲子虛。二三子者愛我，此外故人疎。幽事欲論誰共，白鶴飛來似可，忽去復何如？衆鳥欣有託，吾亦愛吾廬。

【校】

〔題〕廣信書院本無「有感」二字，茲從四卷本丙集。

【箋注】

〔我亦二句〕王逸楚辭章句：「屈原與楚同姓，仕於懷王，爲三閭大夫。」又：「卜居者屈原之所作也。卜己居世，何所宜行，故曰卜居也。」

〔昂昂二句〕楚辭卜居：「寧昂昂若千里之駒乎？將氾氾若水中之鳧，與波上下，偷以全吾軀乎？」

〔書攜一束〕韓愈示兒詩：「始我來京師，止攜一束書。」

〔家徒四壁〕史記司馬相如傳：「文君夜亡奔相如，相如乃與馳歸，家居徒四壁立。」

〔往日句〕景德傳燈録卷十一袁州仰山慧寂禪師：「師問香嚴：『師弟近日見處如何？』嚴曰：『某甲卒説不得。乃有偈曰：去年貧，未是貧；今年貧，始是貧。去年無卓錐之地，今年錐也無。』師曰：『汝只得如來禪，未得祖師禪。』」

〔借車二句〕孟郊遷居詩句。按：稼軒由帶湖移居瓢泉，正在其舊居雪樓遭火災之後，故興「家徒四壁」及「家具少於車」之歎也。

〔舞烏有三句〕司馬相如子虚賦：「楚使子虚使於齊，王悉發車騎與使者出畋，畋罷，子虚過姹烏有先生，亡是公在焉。」

〔衆鳥二句〕陶淵明讀山海經詩句。

【編年】

慶元二年（一一九六）夏。——稼軒於鉛山縣期思渡所營新居，經始於紹熙五年，落成於慶元元年，就前後各詞均可證明。據節次推考，其移居鉛山當在慶元二年秋冬之際。此云「將遷新居不成」，又有「衆鳥欣有託」等句，知其當作於二年夏也。

鵲橋仙 贈人

風流標格，惺鬆言語，真箇十分奇絶。三分蘭菊十分梅，鬬合就一枝風月。

笙簧未語，星河易轉，涼夜厭厭留客。只愁酒盡各西東，更把酒推辭一霎。

【校】

〔十分梅〕「十」疑當作「七」，蓋承上文而誤。本詞唯見四卷本乙集，無可參校，姑仍之。

【箋注】

〔風流句〕蘇軾荷華媚詞：「霞苞霓荷碧，天然地別是風流標格。」

〔惺鬆句〕周邦彦江南好詞：「淺淡梳粧疑是畫，惺鬆言語勝聞歌，好處是情多。」參見卷一鷓鴣天（困不成眠奈愁何閟）「醒鬆」注。

〔鬭合〕拼凑。

〔涼夜句〕詩小雅湛露：「厭厭夜飲，不醉無歸。」

又　送粉卿行

轎兒排了，擔兒裝了，杜宇一聲催起。從今一步一回頭，怎睚得一千餘里。

舊時行處，舊時歌處，空有燕泥香墜。莫嫌白髮不思量，也須有思量去裏。

【箋注】

〔粉卿〕當爲稼軒女侍之名。

〔也須句〕「須」即「自」，「去」即「處」，「裏」即「哩」。意即「也自有思量處哩」。

【編年】

右鵲橋仙二首，僅見四卷本乙集。後闋爲送粉卿而作，詞中有「舊時歌處」一句，疑粉卿即遣去之歌者。因附於水調歌頭之後。

西江月

粉面都成醉夢，霜髯能幾春秋。來時誦我伴牢愁，一見尊前似舊。　詩在陰何側畔，字居羅趙前頭。錦囊來往幾時休？已遣蛾眉等候。

【箋注】

〔伴牢愁〕漢書揚雄傳：「又旁惜誦以下至懷沙爲一卷，名曰畔牢愁。」注引李奇云：「畔，離也；牢，聊也。與君相離，愁而無聊也。」按：稼軒此句當即用揚雄事，誤「畔」爲「伴」，蓋傳鈔傳刻致然。

〔詩在句〕杜甫解悶十二首：「陶冶性靈存底物，新詩改罷自長吟。熟知二謝將能事，頗學陰、何苦用心。」按：陰謂陰鏗，何謂何遜。

〔字居句〕晉書衞恒傳：「恒作四體書勢曰：羅叔景、趙元嗣者，與張伯英並時，見稱於西州，故英自稱上比崔、杜不足，下方羅、趙有餘。」蘇軾次韻孫莘老見贈詩：「龔、黄側畔難言政，羅、趙前頭且眩書。」

〔錦囊〕見卷二江神子（梨花着雨晚來晴闋）「錦囊」注。

又　題阿卿影像

人道偏宜歌舞，天教只入丹青。喧天畫鼓要他聽，把着花枝不應。　何處嬌魂瘦影，向來軟語柔情。有時醉裏喚卿卿，却被傍人笑問。

【箋注】

〔阿卿〕當爲侍者之名。

〔卿卿〕對阿卿之暱稱。若非專稱，不得有下句之「却被傍人笑問」也。

【編年】

右西江月二詞，廣信書院本未收。疑亦爲侍者、歌者去後之作，因附次於此。

沁園春　將止酒，戒酒杯使勿近

杯汝來前，老子今朝，點檢形骸。甚長年抱渴，咽如焦釜；於今喜睡，氣似奔雷。

汝説「劉伶，古今達者，醉後何妨死便埋」。渾如此，歎汝於知己，真少恩哉！　更憑歌舞爲媒。算合作人間鴆毒猜。況怨無小大，生於所愛；物無美惡，過則爲災。與汝成言：「勿留亟退，吾力猶能肆汝杯。」杯再拜，道「麾之即去，招亦須來」。

【校】

〔題〕花菴詞選無「使勿近」三字。

〔來前〕王詔校刊本及四印齋本、六十家詞本作「前來」。

〔抱渴〕花菴詞選作「抱病」。

〔喜睡〕廣信書院本作「喜眩」，兹從四卷本丙集。六十家詞本作「喜溢」。

〔汝説〕六十家詞本作「漫説」。

〔如此〕廣信書院本作「如許」，兹從四卷本及花菴詞選。

〔人間〕四卷本及花菴詞選作「平居」。

〔怨〕花菴詞選作「愁」，六十家詞本作「疾」。

〔小大〕四卷本作「大小」。

〔亦須〕四卷本作「則須」，花菴詞選作「即須」，全句六十家詞本作「有招須來」。

【箋注】

〔點檢句〕莊子德充符：「子與我游於形骸之内，而索我於形骸之外，不亦過乎？」韓愈贈劉師服詩：「丈夫命存百無害，誰能點檢形骸外。」

〔抱渴〕世説新語任誕篇：「劉伶病酒，渴甚，從婦求酒。」

〔汝説三句〕世説新語文學篇注引名士傳：「（劉）伶字伯倫，沛郡人。肆意放蕩，以宇宙爲狹。常乘鹿車，攜一壺酒，使人荷鍤隨之，云：『死便掘地以埋。』土木形骸，遨遊一世。」

〔渾如此〕「渾」作「竟」或「直」解。

〔真少恩哉〕韓愈毛穎傳：「秦真少恩哉！」

〔更憑二句〕離騷：「吾令鴆爲媒兮，鴆告余以不好。」後漢書霍諝傳：「觸冒死禍，以解細微，譬猶療飢於附子，止渴於鴆毒。未入腸胃，已絶咽喉，豈可爲哉。」

〔過則爲災〕左傳昭元年：「六氣曰陰，陽、風、雨、晦、明也。分爲四時，序爲五節，過則爲菑。」

〔成言〕左傳襄二十七年：「壬戌，楚公子黑肱先至，成言於晉。丁卯，宋向戌如陳，從子木成言於楚。」

〔吾力句〕論語憲問：「公伯寮愬子路於季孫，子服景伯以告，曰：『夫子固有惑志於公伯寮，吾力猶能肆諸市朝。』」

〔麾之二句〕漢書汲黯傳：「使黯任職居官，亡以瘉人；然至其輔少主，守城深堅，招之不來，麾之不去，雖自謂賁育弗能奪也。」

又城中諸公載酒入山，余不得以止酒爲解，遂破戒一醉，再用韻

杯汝知乎：酒泉罷侯，鴟夷乞骸。更高陽入謁，都稱虀臼；杜康初筮，正得雲雷。細數從前，不堪餘恨，歲月都將麴蘖埋。君詩好，似提壺却勸，沽酒何哉。君言病豈無媒，似壁上雕弓蛇暗猜。記醉眠陶令，終全至樂；獨醒屈子，未免沉菑。欲聽公言，慙非勇者，司馬家兒解覆杯。還堪笑，借今宵一醉，爲故人來。用邴原事。

【校】

〔餘恨〕四卷本丙集作「余恨」。

〔注〕結句下原注，四卷本無。

【箋注】

〔酒泉句〕漢書地理志：「酒泉郡，武帝太初元年開。」注云：「城下有金泉，味如酒。」杜甫飲中八仙歌：「恨不移封向酒泉。」按：此處云云，蓋反用杜詩之意，謂酒泉侯業已省罷，自身無移封酒泉之望，唯有止酒不飲耳。

〔鴟夷句〕揚雄酒箴：「鴟夷滑稽，腹大如壺，盡日盛酒，人復借沽。常爲國器，託於屬車；出入兩宮，經營公家。」漢書公孫弘傳：「願歸侯，乞骸骨，避賢者路。」

〔更高陽二句〕史記酈生陸賈列傳：「酈生食其者，陳留高陽人也。……沛公至高陽傳舍，……酈生踵軍門上謁，……使者出謝曰：『沛公敬謝先生，方以天下爲事，未暇見儒人也。』酈生瞋目按劍叱使者曰：『走復入言沛公：吾高陽酒徒也，非儒人也。』」「虀臼」見卷二定風波（仄月高寒水石鄉闋）「黄絹句」注。按：高陽寓酒徒，虀臼寓辭字。

〔杜康二句〕杜康，古代善釀酒者。易屯卦：「雲雷屯。」按：二句云云，意謂杜康筮仕而得不吉利之屯卦，亦即預示酒及造酒之人均將遭受拒絶也。

〔麯糵〕尚書説命下：「若作酒醴，爾惟麴糵。」

〔似提壺二句〕黄庭堅演雅詩：「提壺猶能勸沽酒。」任淵注：「提壺，鳥名。梅聖俞四禽言云：『提壺蘆，沽美酒，風爲賓，樹爲友。山花撩亂目前開，勸爾今朝千萬壽。』」

〔似壁上句〕見卷二水調歌頭（寄我五雲字闋）「雕弓二句」注。

〔記醉眠句〕見卷二醜奴兒（此生自斷天休問闋）「君來二句」注。

〔獨醒句〕見卷三臨江仙（風雨催春寒食近闋）「今宵二句」注。

〔司馬句〕世説新語規箴篇注引鄧粲晉紀：「上（晉元帝司馬睿）身服儉約，以先時務。性素好酒，將渡江，王導深以諫，帝乃令左右進觴，飲而覆之，自是遂不復飲。克己復禮，官修其方，而中興之業隆焉。」

〔用邴原事〕三國志注引邴原别傳：「原舊能飲酒，後八九年間酒不向口。單步負笈，苦身持力。臨別，師友以原不飲酒，會米肉送原，原曰：『本能飲酒，以荒思廢業，故斷之耳。今當遠別，因見貺餞，可一飲燕。』於是共坐飲酒，終日不醉。」

【編年】

慶元二年（一一九六）。——右同韻沁園春二首，均止酒之初所作。

醜奴兒

近來愁似天來大，誰解相憐？誰解相憐，又把愁來做箇天。都將今古無窮事，放在愁邊。放在愁邊，却自移家向酒泉。

【箋注】

〔却自句〕見前首沁園春「酒泉句」注。

添字浣溪沙　簡傅巖叟

總把平生入醉鄉，大都三萬六千場。今古悠悠多少事，莫思量。微有寒些春雨好，更無尋處野花香。年去年來還又笑：燕飛忙。

【校】

〔題〕四卷本丙集無。

〔寒些〕王詔校刊本及四印齋本俱作「些寒」。

【箋注】

〔三萬六千場〕李白襄陽歌：「百年三萬六千日，一日須傾三百杯。」餘見卷二鵲橋仙（豸冠風采闋）「三萬六千場」注。

又 用前韻謝傅巖叟餽名花鮮葦

楊柳温柔是故鄉，紛紛蜂蝶去年場。大率一春風雨事，最難量。　滿把攜來紅粉面，堆盤更覺紫芝香。幸自麴生閒去了，又教忙。纔止酒。

【箋注】

〔紛紛蜂蝶〕王駕春晴詩：「雨前初見花間蕊，雨後全無葉底花。蜂蝶紛紛過牆去，却疑春色在鄰家。」

〔麴生〕見卷二菩薩蠻（人間歲月堂堂去闋）「麴生」注。

【編年】

慶元二年（一一九六）。——右醜奴兒及「簡傅巖叟」之添字浣溪沙詞中，一則謂「都將今古無窮事，放在愁邊」，一則謂「今古悠悠多少事，莫思量」，用語近似，當作於同一時期内。而添字浣溪沙二首，用同韻，必作於同時。其後一首則又自注「纔止酒」三字，故知其或作於立意戒酒之前，或作於方戒酒之日也。

臨江仙　侍者阿錢將行，賦錢字以贈之

一自酒情詩興嬾，舞裙歌扇闌珊。好天良夜月團團。杜陵真好事，留得一錢看。

歲晚人欺程不識，怎教阿堵留連。楊花榆莢雪漫天。從今花影下，只看緑苔圓。

【箋注】

〔阿錢〕書史會要卷六：「田田，錢錢，辛棄疾二妾也。皆因其姓而名之。皆善筆札，常代棄疾答尺牘。」阿錢當即錢錢也。

〔一自二句〕白居易詠懷詩：「白髮滿頭歸得也，詩情酒興漸闌珊。」蘇軾答陳述古二首：「聞道使君歸去後，舞衫歌扇總成塵。」

〔杜陵二句〕杜甫空囊詩：「囊空恐羞澀，留得一錢看。」

〔歲晚句〕史記魏其武安侯列傳：「飲酒酣，武安起爲壽，坐皆避席伏。已，魏其侯爲壽，獨故人避席耳，餘半膝席，灌夫不悦。……行酒次至臨汝侯，臨汝侯方與程不識耳語，又不避席，夫無所發怒，乃駡臨汝侯曰：『生平毁程不識不值一錢，今日長者爲壽，乃效女兒呫囁耳語！』」

〔阿堵〕世説新語規箴篇：「王夷甫雅尚玄遠，常嫉其婦貪濁，口未嘗言錢字。婦欲試之，令婢以錢繞牀不得行，夷甫晨起，見錢閡行，呼婢曰：『舉却阿堵物。』」

〔楊花句〕韓愈晚春詩：「楊花榆莢無才思，惟解漫天作雪飛。」榆莢亦稱榆錢。又，漢有榆莢錢，見漢書食貨志。

〔緑苔〕古今註草木篇：「空室無人行則生苔蘚，或紫或青，名曰圓蘚，又曰緑蘚，亦曰緑錢。」

又　諸葛元亮席上見和，再用韻

夜語南堂新瓦響，三更急雨珊珊。交情莫作碎沙團。死生貧富際，試向此中看。

記取他年耆舊傳，與君名字牽連。清風一枕晚涼天。覺來還自笑，此夢倩誰圓？

【校】

〔題〕四卷本丁集無「諸葛」二字。

〔碎沙〕四卷本作「細沙」。

【箋注】

〔諸葛元亮〕未詳。

〔夜語二句〕蘇軾南堂詩：「他時夜雨困移牀，坐厭愁聲點客腸。一聽南堂新瓦響，似聞東塢小荷香。」

〔交情三句〕漢書鄭當時傳：「下邽翟公爲廷尉，賓客亦填門，及廢，門外可設爵羅。後復爲廷尉，客欲往，翟公大署其門曰：『一死一生，迺知交情。一貧一富，迺知交態。一貴一賤，交情迺見。』」蘇軾再答喬太博段屯田詩：「親友如摶沙，放手還復散。」

〔耆舊傳〕晉習鑿齒撰襄陽耆舊記，亦名襄陽耆舊傳。諸葛亮少時家於襄陽之鄧縣，在襄陽城西二十里。耆舊傳中記諸葛亮生平事跡。稼軒此句語意，蓋謂諸葛元亮事跡亦將繼孔明之後而見載於史傳中也。

〔此夢句〕「圓（或作原）夢」，謂占夢以決吉凶。

又　再用圓字韻

窄樣金杯教換了，房櫳試聽珊珊。莫教秋扇雪團團。古今悲笑事，長付後人看。　記取桔槔春雨後，短畦菊艾相連。拙於人處巧於天。君看流地水，難得正方圓。

【校】

〔流地水〕王詔校刊本及四印齋本作「流水地」。四卷本無此首。

【箋注】

〔窄樣二句〕白居易新栽竹詩：「碧籠煙羃羃，珠灑雨珊珊。」詞語云云，謂已改變舊來之把杯生涯，新來只坐小窗聽雨聲矣。

〔莫教句〕見卷二朝中措（年年團扇怨秋風）「年年句」注。

〔君看二句〕世説新語文學篇：「殷中軍問：『自然無心於稟受，何以正善人少，惡人多？』諸人莫有言者。劉尹答曰：『譬如寫水著地，正自縱横流漫，略無正方圓者。』一時絶歎，以爲名通。」

【編年】

慶元二年（一一九六）。——右臨江仙三首，據第一首及第三首起語，知作於止酒期内。止酒始於慶元二年，但二年春「瓢泉偶作」之浣溪沙，猶有「夜來依舊管絃聲」句，則遣去阿錢事當在稍後。三首用同韻，其作成之先後必不甚相遠也。

又

手撚黄花無意緒，等閑行盡回廊。捲簾芳桂散餘香。枯荷難睡鴨，疎雨暗添塘。　憶得舊時攜手處，如今水遠山長。羅巾浥淚別殘粧。舊歡新夢裹，閒處却思量。

【校】

〔添塘〕廣信書院本作「池塘」，兹從王詔校刊本及四印齋本。

【編年】

右臨江仙一首，據下片「舊歡新夢」句，疑亦思所遣侍者之詞，因附於用圓字韻三詞之後。

鷓鴣天

一夜清霜變鬢絲，怕愁剛把酒禁持。玉人今夜相思不？想見頻將翠枕移。　真箇恨，未多時。也應香雪減些兒。菱花照面須頻記：曾道偏宜淺畫眉。

【箋注】

〔一夜句〕秦觀春日詩：「一夕輕雷落萬絲。」

〔也應句〕蘇軾三部樂詞：「問爲誰減動，一分香雪？」

〔淺畫眉〕見卷一鷓鴣天（樽俎風流有幾人闋）「淡畫句」注。

謁金門

歸去未，風雨送春行李。一枕離愁頭徹尾，如何消遣是！　遥想歸舟天際，緑鬢瓏璁慵理。好夢未成鶯喚起，粉香猶有殢。

【箋注】

〔遥想句〕謝朓之宣城出新林浦向板橋詩：「天際識歸舟，雲中辨江樹。」

【編年】

慶元二年（一一九六）。——據右二詞語意，知均作於遣去阿錢之後，而鷓鴣天有「怕愁剛把酒禁持」句，又知爲止酒期内之作。因附次於此。

玉樓春　客有遊山者，忘攜具，而以詞來索酒，用韻以答。余時以病不往

山行日日妨風雨，風雨晴時君不去。牆頭塵滿短轅車，門外人行芳草路。

城南東野應聯句，好記琅玕題字處。也應竹裏着行廚，已向甕間防吏部。

【校】

〔題〕「余時以病不往」四卷本乙集作「時余有事不往」。

〔甕間〕王詔校刊本、四印齋本作「甕邊」，四卷本作「甕頭」。

【箋注】

〔城南二句〕韓愈孟郊有城南聯句。又，韓愈遊城南贈張十八助教：「喜君眸子重清朗，攜手城南歷舊遊。忽見孟生題竹處，相看淚落不能收。」

〔也應句〕杜甫嚴公仲夏枉駕草堂兼攜酒饌詩：「竹裏行廚洗玉盤，花邊立馬簇金鞍。」

〔已向句〕世説新語任誕篇注引晉中興書：「畢卓字茂世，……太興末爲吏部郎，嘗飲酒廢職。比舍郎釀酒熟，卓因醉，夜至其甕間取飲之，主者謂是盜，執而縛之。知爲吏部也，釋之，卓遂引主人燕甕側，取醉而去。」蘇軾成伯家宴造坐無由戲作小詩：「隔籬不喚鄰翁飲，抱甕須防吏部來。」

又　再和

人間反覆成雲雨，鳧鴈江湖來又去。十千一斗飲中仙，一百八盤天上路。舊時「楓落吴江」句，今日錦囊無着處。看封關外水雲侯，剩按山中詩酒部。

【校】

〔楓落〕四卷本乙集作「楓葉」。

【箋注】

〔反覆成雲雨〕杜甫貧交行：「翻手作雲覆手雨，紛紛輕薄何須數。」

〔十千一斗〕白居易自勸詩：「十千一斗猶賒飲，何況官供不著錢。」

〔一百句〕黄庭堅次韻楙宗送别詩：「一百八盤天上路，去年明日送流人。」

〔楓落吴江〕新唐書崔信明傳：「崔信明，青州益都人。……蹇亢以門望自負，嘗矜其文，謂過李百藥，議者不許。揚州録事參軍鄭世翼者，亦驁倨，數俳輕忤物，遇信明江中，謂曰：『聞公有「楓落吴江冷」，願見其餘。』信明欣然多出衆篇，世翼覽未終，曰：『所見不逮所聞。』投諸水，引舟去。」

〔錦囊〕見卷二江神子（梨花着雨晚來晴）「錦囊」注。

〔關外水雲侯〕曹魏置關外侯，位次關内侯及關中侯，不食租，爲虚封爵。此言爵位爲虚封，所管領者爲水與雲，實即放浪江湖之意。

〔剩按句〕「剩」作「多」解。宋代各路使臣按視所屬州邑，稱曰按部。

【編年】

右玉樓春詞二首用同韻，皆見四卷本乙集，亦因病止酒時所作，故附於此。

又　戲賦雲山

何人半夜推山去？四面浮雲猜是汝。常時相對兩三峯，走徧溪頭無覓處。

西風瞥起雲横度，忽見東南天一柱。老僧拍手笑相夸，且喜青山依舊住。

【箋注】

〔何人句〕莊子大宗師：「夫藏舟於壑，藏山於澤，謂之固矣，然而夜半有力者負之而走，昧者不知也。」黄庭堅次韻東破壺中九華詩：「有人夜半持山去，頓覺浮嵐暖翠空。」

〔天一柱〕疑指鉛山縣南旌孝鄉之天柱峯。

又　用韻答傅巖叟、葉仲洽、趙國興

青山不解乘雲去，怕有愚公驚着汝。人間踏地出租錢，借使移將無着處。

三星昨夜光移度，妙語來題橋上柱。黄花不插滿頭歸，定倩白雲遮且住。

【校】

〔題〕四卷本丁集作「用韻答仲洽、國興、巖叟」。

〔不解〕四卷本作「不會」。

【箋注】

〔趙國興〕本卷南鄉子詞題云「送趙國宜赴高安户曹，趙乃茂嘉郎中之子」，趙國興亦當是趙晉臣、茂嘉諸人子姪，事歷未詳。克齋集多與國興唱和之作，其中用趙國興梅韻自賦詩云：「西郊有客枕溪居，特爲孤芳小結廬。……伊方傲笑百花上，我亦翛然三徑餘。」

〔愚公〕列子湯問篇：「太行、王屋二山，方七百里，高萬仞，本在冀州之南，河陽之北。北山愚公者，年且九十，面山而居，懲出入之迂也，聚室而謀曰：『吾與汝畢力平險，指通豫南，達於漢陰，可乎？』雜然相許。遂率子孫叩石墾壤。……河曲智叟笑而止之，……愚公長息曰：『……雖我之死，有子存焉；子又生孫，孫又生子，子子孫孫，無窮匱也；而山不加增，何苦而不平。』操蛇之神聞之，懼其不已也，告之於帝，帝感其誠，命夸娥氏二子負二山，一厝朔東，一厝雍南。自此，冀之南、漢之陰無隴斷焉。」

〔人間句〕新唐書食貨志：「武宗即位，鹽鐵轉運使崔珙又增江淮茶税。是時茶商所過州縣有重税，或掠奪舟車，露積雨中，諸道置邸以抽税，謂之塌地錢。故私販益起。」蘇軾魚蠻子詩：「人間行路難，蹋地出賦租。」

〔三星句〕詩唐風綢繆：「三星在户。」按：此處指題中三客言。

〔妙語句〕太平御覽卷七三引華陽國志：「昇仙橋在成都縣北十里。司馬相如題橋柱曰：『不乘駟馬高車，不過此橋。』」（按：今傳本華陽國志卷三亦載此事，但均作題城門，不作橋柱，故不取。）

〔黄花句〕杜牧九日齊山登高詩：「人世難逢開口笑，菊花須插滿頭歸。」

又

無心雲自來還去，元共青山相爾汝。霎時迎雨障崔嵬，雨過却尋歸路處。侵天翠竹何曾度，遥見屹然星砥柱。今朝不管亂雲深，來伴仙翁山下住。

【箋注】

〔無心句〕王安石即事二首之二：「雲從無心來，還向無心去。無心無處尋，莫覓無心處。」

〔爾汝〕杜甫醉時歌：「忘形到爾汝，痛飲真吾師。」韓愈聽潁師彈琴詩：「昵昵兒女語，恩怨相爾汝。」

又

瘦筇倦作登高去，却怕黄花相爾汝。嶺頭拭目望龍安，更在雲煙遮斷處。思量落帽人風度，休説當年功紀柱。謝公直是愛東山，畢竟東山留不住。

【箋注】

〔龍安〕克齋集卷十七有公美約同遊龍安寺僧留小飲歸途一絶，詩云：「幾年無便到招提，沙路徐行趁碧溪。花竹禪房成小欵，笑談不覺到斜西。」稼軒臨江仙詞題亦有「僕留龍安蕭寺」句，知龍安寺在鉛山境内。

〔落帽人〕見卷一沁園春（佇立瀟湘閿）「落帽山」注。

〔功紀柱〕後漢馬援征交趾，立銅柱二。水經注引林邑記：「建武十九年，馬援樹兩銅柱於象林南界，與西屠國分漢之南疆也。」

〔謝公二句〕見卷一念奴嬌（我來弔古關）「却憶至棋局」注及卷三水調歌頭（説與西湖客關）「莫説句」注。

又

風前欲勸春光住，春在城南芳草路。未隨流落水邊花，且作飄零泥上絮。鏡中已覺星星誤，人不負春春自負。夢回人遠許多愁，只在梨花風雨處。

【箋注】

〔泥上絮〕朱弁風月堂詩話：「參寥自杭謁坡於彭城，一日，……坡遣官妓馬盼盼就求詩，參寥援筆立成，有『禪心已作沾泥絮，不逐春風上下狂』之句，坡喜曰：『吾嘗見柳絮落泥中，謂可以入詩，偶未收入，遂爲此人所先。』」按：參寥子詩題爲「子瞻席上令歌舞者求詩，戲以此贈」。「不逐」原詩作「肯逐」。

〔星星〕謂白髮。左思白髮賦：「星星白髮，生於鬢垂。」

又

三三兩兩誰家女，聽取鳴禽枝上語。提壺沽酒已多時，婆餅焦時須早去。

醉中忘却來時路，借問行人家住處。只尋古廟那邊行，更過溪南烏桕樹。

【校】

〔女〕廣信書院本作「婦」，兹從四卷本丙集。

【箋注】

〔三三兩兩〕柳永夜半樂詞：「岸邊兩兩三三，浣溪游女。」

〔提壺沽酒〕見本卷沁園春（杯汝知乎閿）「提壺二句」注。

〔婆餅焦〕禽言也。梅堯臣禽言詩：「婆餅焦，兒不食。爾父向何之？爾母山頭化爲石。」

【編年】

右玉樓春六首，廣信書院本俱置於乙集二詞之後，其中三詞用同韻，今姑附於與傅巖叟、葉仲洽諸人唱和各詞之後。

臨江仙

昨日得家報，牡丹漸開，連日少雨多晴，常年未有。僕留龍安蕭寺，諸君亦不果來，豈牡丹留不住爲可恨耶？因取來韻，爲牡丹下一轉語

衹恐牡丹留不住，與春約束分明：未開微雨半開晴。要花開定準，又更與花盟。

魏紫朝來將進酒，玉盤盂樣先呈。鞓紅似向舞腰橫。風流人不見，錦繡夜間行。

【箋注】

〔魏紫〕牡丹之一種，亦稱魏紅。歐陽修洛陽牡丹記：「魏家花香，千葉，肉紅花，出魏相仁溥家。」又歐陽修縣舍不種花惟栽楠木冬青茶竹之類因戲書詩：「伊川洛浦尋芳徧，魏紫姚黃照眼明。」

〔玉盤盂〕蘇軾玉盤盂詩二首，有序云：「東武舊俗，每歲四月大會於南禪資福兩寺，以芍藥供佛。而今歲最盛，凡七千餘朶，皆重跗累萼，繁麗豐碩。中有白花，正圓如覆盂，其下十餘葉稍大，承之如盤，姿格絶異，獨出於七千朶之上。云得之於城北蘇氏園中——周宰相莒公之別業也。而其名俚甚，乃爲易之。」詩中有一聯云：「兩寺粧成寶瓔珞，一枝争看玉盤盂。」按蘇氏爲白芍藥取名爲玉盤盂，稼軒此詞則係用以指白色牡丹。

〔鞓紅〕牡丹之一種。洛陽牡丹記：「鞓紅者，單葉，深紅花，出青州，亦曰青州紅。……其色類腰帶鞓，故謂之鞓紅。」

〔錦繡句〕見卷二水龍吟（玉皇殿閣微涼闋）「錦衣行晝」注。

【編年】

右臨江仙一首，題中有「僕留龍安蕭寺，諸君亦不果來」數語，與玉樓春詞中之「龍安」，當同指信州境内一市鎮。以玉樓春已編次於前，故附次於此。

念奴嬌　和趙國興知録韻

爲沽美酒，過溪來，誰道幽人難致？更覺元龍樓百尺，湖海平生豪氣。自歎年來，看花索句，老不如人意。東風歸路，一川松竹如醉。　怎得身似莊周，夢中蝴蝶，花底人間世。記取江頭三月暮，風雨不爲春計。萬斛愁來，金貂頭上，不抵銀缾貴。無多笑我，此篇聊當賓戲。

【校】

〔題〕四卷本丙集作「和趙録國興韻」。

【箋注】

〔更覺二句〕見卷一水龍吟（楚天千里清秋闋）「求田三句」注。又張孝祥水調歌頭和龐佑父詞：「湖海平生豪氣，關塞如今風景，剪燭看吴鉤。」

〔怎得三句〕莊子齊物論：「昔者莊周夢爲胡蝶，栩栩然胡蝶也。」

〔萬斛愁〕庾信愁賦：「且將一寸心，能容萬斛愁。」

〔金貂二句〕晉書阮孚傳：「孚遷黄門侍郎散騎常侍，常以金貂换酒，復爲所司彈劾，帝宥之。」銀缾，酒器。杜甫少年行：「馬上誰家白面郎，臨軒下馬坐人牀。不通姓名粗豪甚，指點銀瓶索酒嘗。」

〔無多笑我〕漢書蓋寬饒傳：「無多酌我，我乃酒狂。」

〔賓戲〕班固答賓戲序云：「永平中爲郎，典校祕書，專篤志於儒學，以著述爲業。或譏以無功，又感東方朔、揚雄自喻以不遭蘇、張、范、蔡之時，曾不折之以正道，明君子之所守，故聊復應焉。」

【編年】

右詞作年無可考，以趙國興已見玉樓春題中，姑附於其後。

漢宮春　即事

行李溪頭，有釣車茶具，曲几團蒲。兒童認得，前度過者籃輿。時時照影，甚此身偏滿江湖。悵野老行歌不住，定堪與語難呼。　一自東籬摇落，問淵明歲晚，心賞何如？梅花政自不惡，曾有詩無？知翁止酒，待重教蓮社人沽。空悵望風流已矣，江山特地愁余。

【箋注】

〔行李三句〕新唐書陸龜蒙傳：「不喜與流俗交，雖造門不肯見。不乘馬，升舟設蓬席，齎束書、茶竈、筆牀、釣具往來。」集中有漁具詩、奉和襲美茶具十詠等篇。

〔悵野老二句〕列子天瑞：「林類年且百歲，底春被裘，拾遺穗於故畦，並歌並進。孔子適衛，望之於野，顧謂弟子曰：『彼叟可與言者，試往訊之。』子貢請行，逆之壠端，面之而歎曰：『先生曾不悔乎，而行歌拾穗。』林類行不留，歌不輟。」

〔知翁二句〕陶淵明有止酒詩。蓮社高賢傳：「時遠法師與諸賢結蓮社，以書招淵明，淵明曰：『若許飲則往。』許之，遂造焉。」

【編年】

此亦止酒期之作。

滿江紅　山居即事

幾箇輕鷗，來點破一泓澄緑。更何處一雙鸂鶒，故來争浴。細讀離騷還痛飲，飽看脩竹何妨肉。有飛泉日日供明珠，五千斛。　春雨滿，秧新穀。閑日永，眠黄犢。看雲連麥隴，雪堆蠶簇。若要足時今足矣；以爲未足何時足？被野老相扶入東園，枇杷熟。

【校】

〔五千〕四卷本丙集作「三千」。

〔麥隴〕四卷本作「麥壟」。

【箋注】

〔故來爭浴〕杜甫春水詩：「已添無數鳥，爭浴故相喧。」

〔細讀句〕世説新語任誕篇：「王孝伯言：名士不必須奇才，但使常得無事，痛飲酒，熟讀離騷，便可稱名士。」

〔飽看句〕蘇軾緑筠軒詩：「可使食無肉，不可使居無竹，無肉令人瘦，無竹令人俗。」

〔看雲連二句〕王安石絶句：「繰成白雪桑重緑，割盡黄雲稻正青。」

〔若要二句〕魏志王昶傳：「語曰：如不知足則失所欲，故知足之足常足矣。」白居易知足吟：「自問此時心，不足何時足？」遯齋閑覽：「予嘗於驛壁見人題兩句云：『謀生待足何時足，未老得閑方是閑。』」

又　壽趙茂嘉郎中。前章記兼濟倉事

我對君侯，怪長見兩眉陰德。還夢見玉皇金闕，姓名仙籍。舊歲炊煙渾欲斷，被公扶起千人活。算胸中除却五車書，都無物。　山左右，溪南北。花遠近，雲朝夕。看風流杖屨，蒼髯如戟。種柳已成陶令宅，散花更滿維摩室。勸人間且住五千年，如金石。

【校】

〔題〕四卷本丁集作「呈茂中。前章記廣濟倉事」。

〔怪長〕四卷本作「長怪」。

〔還夢見〕四卷本作「更長夢」。

〔山左右二句〕四卷本作「溪左右，山南北」。

【箋注】

〔趙茂嘉〕徐元杰楳埜集卷十八嘉遯趙公贊：「公名不遏，字茂嘉，自幼有聲，能文，登進士第。初爲清湘令，請以所增之秩封其母，孝廟褒而從之。居鄉無異韋布，不恃氣凌人，不屑意貨殖，訓子弟以禮法，勿撓寓邑。置兼濟倉。冬糴夏糶，直損於糴時。里閭德之，繪像勒石祠焉。慶元間州狀其事於上，詔除直祕閣，以示旌異。繼陞華文閣。年八十餘終於家。」嚴州圖經卷一知州題名：「趙不遏，紹熙四年二月初五日以朝奉大夫權知，五年六月初七日除江西提刑。」

〔兼濟倉〕鉛山縣志卷八倉儲志：「兼濟倉在天王寺之左，直華文閣趙不遏所立。初慕兼濟平糴之意，以穀賤時糴，至明年穀貴，損價以糶。淳熙十五年米始百斛，歲時增益，後至千斛。意欲自少至多，自近及遠，不爲立額。鄉人德之，慶元五年，狀其事於州，州以聞，詔除直祕閣，以慰父老德之之心。」永樂大典卷七五一四倉字韻引廣信府永平志所載趙不遏兼濟倉文：「夫兼濟倉者：因張乖崖垂警之言，慕黄兼濟平糶之意，肆爲此舉，初無妄心。始謀粗用於餘糧，逐歲遞增於百斛。從微至著，自邇及遐。庶窮民無艱食之憂，同此身有一飽之樂。大爲編秩，永紀章程。高厚實鑑於本情，毫髮靡容於失度。」

〔還夢見二句〕神仙傳拾遺：「木公亦云東王父，亦號玉皇君。真僚仙官，……皆稟其命而朝奉翼衛。故男子得道名籍隸焉。」曹唐小遊仙詩：「外人欲壓長生籍，拜請飛瓊報玉皇。」

〔千人活〕漢書元后傳：「王賀字翁孺，……以奉使不稱免，歎曰：『吾聞活千人者有封子孫，吾所活者萬人，後世其興乎。』」

〔五車書〕見卷一水調歌頭（官事未易了闋）「五車書」注。

〔蒼髯句〕見卷二滿江紅（湖海平生闋）「蒼髯如戟」注。

〔散花句〕見卷二江神子（簟鋪湘竹帳籠紗闋）「病維摩四句」注。

〔勸人間二句〕古詩十九首：「人生非金石，豈能長壽考！」又：「人生忽如寄，壽無金石固。」此蓋反用其意。

【編年】

慶元二、三年（一一九六、一一九七）。——稼軒居帶湖時期似無與趙氏酬唱之作，其相識疑在移居瓢泉之後。題中稱趙爲郎中，詞中亦未及其除直祕閣事，知此詞之作在慶元四、五年前，當爲移居瓢泉之初也。「山居即事」一詞在十二卷本置於壽趙詞之前，當亦此二年之作。

驀山溪　趙昌父賦一丘一壑，格律高古，因效其體

飯蔬飲水，客莫嘲吾拙。高處看浮雲，一丘壑中間甚樂。功名妙手，壯也不如人；今老矣，尚何堪？堪釣前溪月。　病來止酒，辜負鸕鷀杓。歲晚念平生，待都與鄰翁細説。人間萬事，先覺者賢乎？深雪裏，一枝開，春事梅先覺。

【箋注】

〔趙昌父〕漫塘文集三十二章泉趙先生墓表：「先生姓趙氏，諱蕃，字昌父，……居信之玉山，曾祖暘，……殁葬玉山之章泉，先生因家焉，故世號章泉先生。……爲吉之太和簿，辰之司理參軍，最後監衡之安仁贍軍酒庫，已至未上而歸，遂奉祠家居。積祠庭之考至三十有三。……閱月，先生卒矣，紹定某年月日，壽八十有七。……自少喜作詩，答書亦或以詩代。援筆立成，不經意，而平淡有趣，讀者以爲有陶靖節之風。歲時賓友聚會，尊酒從容，浩歌長吟，心融意適，見者又以爲有浴沂詠歸氣象。」花菴詞選卷四：「趙昌甫，名蕃，號章泉，負天下重望，屢召不起。劉後村所謂『一生官職監南岳，四海詩名仰玉山』者此也。」

〔飯蔬至甚樂〕論語述而篇：「子曰：飯疏食飲水，曲肱而枕之，樂亦在其中矣。不義而富且貴，於我如浮雲。」

〔壯也二句〕左傳僖公三十年：「使燭之武見秦君，……辭曰：『臣之壯也猶不如人，今老矣，無能爲也已。』」

〔病來二句〕鸕鷀杓，酒具。李白襄陽歌：「鸕鷀杓，鸚鵡杯，百年三萬六千日，一日須傾三百杯。」黄庭堅戲答王子予送凌風菊詩：「病來孤負鸕鷀杓。」

〔先覺者句〕論語憲問篇：「不逆詐，不億不信，抑亦先覺者是賢乎？」

〔深雪二句〕見卷二好事近（綵勝鬬華燈閿）「前村二句」注。

〔春事句〕鄭谷咸通十年府試木向榮詩：「庾嶺梅先覺，隋堤柳暗驚。」

【編年】

慶元三年（一一九七）春。——右鷔山溪詞一首，有「人間萬事，先覺者賢乎」云云句，其意蓋謂自身先於昌甫而去官，然未必爲賢也。據知此詞作於昌甫家居玉山之初。劉宰所作墓表謂昌甫卒於紹定二年（一二二九），又謂其「積祠庭之考三十有三」，則昌甫請祠事當在慶元二年，此詞既有「春事梅先覺」句，知正應爲三年春間所作。

清平樂 呈趙昌甫。時僕以病止酒。昌甫日作詩數篇，末章及之

雲煙草樹，山北山南雨。溪上行人相背去。惟有啼鴉一處。門前萬斛春

寒，梅花可噉摧殘？使我長忘酒易，要君不作詩難。

【校】

〔題〕四卷本丁集「呈趙昌甫」作「呈昌父」。廣信書院本無「日」字、「章」字，兹均從四卷本補入。

【箋注】

〔門前二句〕章泉居處有梅。趙蕃梅花二首：「我家遶屋碧玉椽，下有獨樹争嬋娟。平安無使信莫傳，疏枝冷蘂真淒然。」可噉即「可煞」，猶言「可是」，疑問詞。

鷓鴣天　和章泉趙昌父

萬事紛紛一笑中。淵明把菊對秋風。細看爽氣今猶在，惟有南山一似翁。情味好，語言工。三賢高會古來同。誰知止酒停雲老，獨立斜陽數過鴻。

【箋注】

〔章泉〕戴復古石屏詩集卷二有詩題云：「玉山章泉，本章氏所居，趙昌甫遷居於此，章泉之名遂顯。」詩云：「兹山自開闢，有此一泓泉。姓自章而立，名因趙以傳。源從番水出，地與瑞峯連。

寄語山中友，臨流著數椽。」

〔一笑中〕蘇軾和邵同年戲贈賈收詩：「傾蓋相歡一笑中。」

〔爽氣〕見本卷沁園春（疊嶂西馳閿）「看爽氣句」注。

〔止酒停雲老〕淵明有止酒詩、停雲詩。稼軒則有停雲堂。此處乃借淵明以自況。

〔獨立句〕蘇軾縱筆三首：「溪邊大路三岔口，獨立斜陽數過人。」

滿庭芳　和章泉趙昌父

西崦斜陽，東江流水，物華不爲人留。錚然一葉，天下已知秋。屈指人間得意，問誰是騎鶴揚州？君知我，從來雅興，未老已滄洲。　無窮身外事，百年能幾，一醉都休。恨兒曹抵死，謂我心憂。況有溪山杖屨，阮籍輩須我來游。還堪笑，機心早覺，海上有驚鷗。

【校】

〔題〕四卷本丙集作「和昌父」。

〔錚然〕廣信書院本作「峥然」，茲從四卷本。

〔雅興〕四卷本作「雅意」。

【箋注】

〔錚然二句〕淮南子説山：「以小明大，見一葉落，而知歲之將暮；睹瓶中之水，而知天下之寒。」歲時廣記引唐人詩：「山僧不解數甲子，一葉落知天下秋。」蘇軾永遇樂夜宿燕子樓夢盼盼詞：「紞如三鼓，鏗然一葉。」

〔騎鶴揚州〕見卷二滿江紅（天上飛瓊闋）「揚州鶴」注。

〔滄洲〕猶言江湖，喻高士隱居遁跡之地也。南史袁粲傳：「粲負才尚氣，愛好虛遠，嘗作五言詩，言『訪跡雖中宇，循寄乃滄洲』。蓋其志也。」

〔無窮二句〕杜甫絶句漫興九首：「莫思身外無窮事，且盡生前有限杯。」別唐十五誡詩：「九載一相逢，百年能幾何？」王安石馬上轉韻詩：「人世百年能幾許？何須戚戚長苦辛。」

〔抵死〕「總是」「老是」之意。

〔謂我句〕詩王風黍離：「彼黍離離，彼稷之苗。行邁靡靡，中心摇摇。知我者謂我心憂，不知我者謂我何求。」

〔阮籍輩句〕晉書阮籍傳：「或登臨山水，經日忘歸。……當其得意，忽忘形骸。」餘見本卷水調歌頭（高馬勿捶面闋）「竹林狂」注。

〔機心二句〕見卷一水調歌頭（造物故豪縱闋）「鷗鳥二句」注。

【編年】

慶元三年（一一九七）。——右詞三首，皆與趙昌甫往來之作，因彙録於此。

木蘭花慢　題上饒郡圃翠微樓

舊時樓上客，愛把酒，對南山。笑白髮如今，天教放浪，來往其間。登樓更誰念我，却回頭西北望層欄。雲雨珠簾畫棟，笙歌霧鬢風鬟。近來堪入畫圖看。父老願公歡。甚拄笏悠然，朝來爽氣，正爾相關。難忘使君後日，便一花一草報平安。與客攜壺且醉，鴈飛秋影江寒。

【校】

〔對南山〕四卷本丙集作「向南山」。

〔風鬟〕吴訥唐宋名賢百家詞本作「雲鬟」。汲古閣影抄四卷本原作「風鬟」，後用粉塗去「風」字，未補。

【箋注】

〔翠微樓〕上饒縣志古跡志：「翠微樓在縣治南，宋慶元間知州趙伯瓚所建。」江西通志卷十職官表謂趙伯瓚字廷瑞，宗室子，慶元中知信州。

〔雲雨句〕王勃滕王閣詩：「畫棟朝飛南浦雲，珠簾暮捲西山雨。」

〔甚拄笏二句〕見本卷沁園春（疊嶂西馳閿）「看爽氣句」注。

〔報平安〕見卷一千秋歲（塞垣秋草闋）「又報句」注。

〔與客二句〕見卷一木蘭花慢（漢中開漢業闋）「正江涵句」注。

【編年】

慶元中。——據此詞後片語意，知此詞係應信守趙伯瓚之請而作，趙氏之守信在慶元中，而此詞有「舊時」「如今」等句，以此推考，翠微樓之初建及其落成，必均在稼軒業經移居之後，故定其作年如上。

又　寄題吴克明廣文菊隱

路傍人怪問：此隱者，姓陶不？甚黄菊如雲，朝吟暮醉，唤不回頭。縱無酒成悵望，只東籬搔首亦風流。與客朝餐一笑，落英飽便歸休。　古來堯舜有巢由，江海去悠悠。待説與佳人：「種成香草，莫怨靈脩。」「我無可無不可」，意先生出處有如丘。聞道問津人過，殺鷄爲黍相留。

【校】

〔題〕四卷本丙集作「題廣文克明菊隱」。

【箋注】

〔吴克明〕夷堅志支乙卷十：「新城吴中字克明，紹興己卯赴鄉舉，……未幾預選，後十年登科。」按：新城縣有二，一爲臨安府所屬，一爲建昌軍所屬。洪邁此條謂得之臨川黄日新，則吴氏應爲江西人。己卯爲紹興二十九年，吴氏當於乾道五年舉進士。餘均不詳。

〔路傍句〕陳師道寄鄧州杜侍郎詩：「道傍過者怪相問。」

〔縱無酒二句〕參卷二水調歌頭（今日復何日闋）「白衣」注。

〔與客二句〕離騷：「朝飲木蘭之墜露兮，夕餐秋菊之落英。」

〔巢由〕謂巢父、許由，堯、舜時隱者。堯欲以天下致之，均辭而不受。見高士傳。

〔靈脩〕離騷：「怨靈脩之浩蕩兮，終不察乎民心。」王逸注云：「靈神也，脩遠也，能神明遠見者君德也，故以諭君。」

〔我無可句〕論語微子篇：「子曰：『不降其志，不辱其身，伯夷、叔齊與。……我則異於是，無可無不可。』」

〔聞道二句〕論語微子篇：「長沮、桀溺耦而耕，孔子過之，使子路問津焉。」又：「子路從而後，遇丈人，以杖荷蓧。……止子路宿，殺鷄爲黍而食之。」

又 中秋飲酒將旦，客謂前人詩詞有賦待月，無送月者，因用天問體賦

可憐今夕月，向何處，去悠悠？是别有人間，那邊纔見，光影東頭？是天外空汗漫，但長風浩浩送中秋？飛鏡無根誰繫，姮娥不嫁誰留？　謂經海底問無由，恍惚使人愁。怕萬里長鯨，縱横觸破，玉殿瓊樓。蝦蟆故堪浴水，問云何玉兔解沉浮？若道都齊無恙，云何漸漸如鈎？

【校】

〔光影〕四印齋本作「光景」。

〔姮娥〕四卷本丙集作「嫦娥」。

〔謂經〕四卷本作「謂洋」。

【箋注】

〔天問〕楚辭篇名。

〔可憐六句〕王國維人間詞話引此六句，謂「詞人想像，直悟月輪繞地之理，與科學家密合，可謂神悟。」張華勵志詩：「大儀斡運，天迴地游。」文選注引河圖曰：「地常動移而人不知，譬如閉

舟而行，不覺舟之運也。」可知在稼軒前亦已有人有此認識。

〔經海底〕盧仝月蝕詩：「爛銀盤從海底出，出來照我草屋東。」

〔玉殿瓊樓〕拾遺記：「翟乾祐於江岸玩月，或問此中何有？翟曰：『可隨我觀之。』俄見月規半天，瓊樓玉宇爛然。」

〔蝦蟆、玉兔〕張衡靈憲：「羿請不死之藥於西王母，其妻姮娥竊之以奔月，是曰蟾蠩。」説文解字：「蟾蜍，蝦蟆也。」傅玄擬天問：「月中何有？白兔擣藥。」

【編年】

慶元中。——右木蘭花慢二首，據廣信書院本次第附録於題翠微樓一詞之後。

踏莎行　和趙國興知録韻

吾道悠悠，憂心悄悄，最無聊處秋光到。西風林外有啼鴉，斜陽山下多衰草。

長憶商山，當年四老，塵埃也走咸陽道。爲誰書到便幡然，至今此意無人曉。

【箋注】

〔吾道句〕杜甫發秦州詩：「大哉乾坤内，吾道長悠悠。」

〔憂心句〕詩邶風柏舟：「憂心悄悄，愠於羣小。」

〔長憶三句〕史記留侯世家：「上欲廢太子，立戚夫人子趙王如意，……吕后恐，不知所爲，……使建成侯吕澤劫留侯曰：『君常爲上謀臣，今上欲易太子，君安得高枕而卧乎？』……留侯曰：『此難以口舌争也。顧上有不能致者，天下有四人，四人者年老矣，皆以爲上慢侮人，故逃匿山中，義不爲漢臣。……令太子爲書，卑辭安車，因使辯士固請，宜來；……則一助也。』於是吕后令吕澤使人奉太子書，卑辭厚禮，迎此四人。……漢十二年，上從擊破布軍歸，疾益甚，愈欲易太子，留侯諫，不聽。……及燕置酒，太子侍，四人從太子，年皆八十有餘，鬚眉皓白，衣冠甚偉。上怪之，問曰：『彼何爲者？』四人前對，各言姓名，曰：『東園公、甪里先生、綺里季、夏黄公。』上乃大驚，……曰：『煩公幸卒調護太子。』……上起去，罷酒，竟不易太子者，留侯本招此四人之力也。」

〔書到幡然〕殷芸小説載張良與商山四皓書曰：「良白，仰惟先生，秉超世之殊操，……而淵游山隱，竊爲先生不取也。……不及省侍，展布腹心。略寫至言，想料幡然，不猜其意。」

〔至今句〕元稹四皓廟詩：「四賢何爲者，千載名氛氲？顯晦有遺跡，前後疑不倫。……不得爲濟世，宜哉爲隱淪。如何一朝起，屈作儲貳賓？安存孝惠帝，摧頽戚夫人。捨大以謀細，虬盤而蠖伸。惠帝竟不嗣，吕氏禍有因。雖懷安劉志，未若周與陳。皆落子房術，先生道何屯？出處貴明白，故吾今有云。」

【編年】

慶元中。

聲聲慢 隱括淵明停雲詩

停雲靄靄，八表同昏，盡日時雨濛濛。搔首良朋，門前平陸成江。春醪湛湛獨撫，恨彌襟閑飲東窗。空延佇，恨舟車南北，欲往何從。　歎息東園佳樹，列初榮枝葉，再競春風。日月于征，安得促席從容。翩翩何處飛鳥，息庭柯好語和同。當年事，問幾人親友似翁？

【校】

〔翩翩〕四卷本丙集、王詔校刊本、四印齋本俱作「翩翩」。

〔庭柯〕四卷本作「庭樹」。

【箋注】

〔淵明停雲詩〕停雲詩序云：「停雲，思親友也。罇湛新醪，園列初榮，願言不從，歎息彌襟。」全詩云：「靄靄停雲，濛濛時雨，八表同昏，平路伊阻。静寄東軒，春醪獨撫。良朋悠邈，搔首延佇。停雲靄靄，時雨濛濛。八表同昏，平陸成江。有酒有酒，閒飲東窗。願言懷人，舟車靡從。東園之樹，枝條再榮。競用新好，以怡余情。人亦有言，日月于征。安得促席，説彼平生。翩翩飛鳥，息我庭柯。斂翮閒止，好聲相和。豈無他人，念子實多。願言不獲，抱恨如何。」

永遇樂　檢校停雲新種杉松，戲作。時欲作親舊報書，紙筆偶爲大風吹去，末章因及之

投老空山，萬松手種，政爾堪歎。何日成陰，吾年有幾，似見兒孫晚。古來池館，雲煙草棘，長使後人悽斷。想當年良辰已恨，夜闌酒空人散。停雲高處，誰知老子，萬事不關心眼。夢覺東窗，聊復爾耳，起欲題書簡。霎時風怒，倒翻筆硯，天也只教吾嬾。又何事催詩雨急，片雲斗暗。

【校】

〔題〕四卷本丙集無「因」字。

〔悽斷〕王詔校刊本及四印齋本俱作「淒斷」。

〔爾耳〕王詔校刊本及四印齋本俱作「爾爾」。

〔雨急〕廣信書院本作「急雨」，茲從四卷本。

【箋注】

〔投老〕即臨老或到老意。王羲之帖：「實望投老有田里骨肉之歡。」王安石拜相日題詩壁間

曰：「霜松雪竹鍾山寺，投老歸歟寄此生。」

〔萬松句〕蘇軾寄題刁景純藏春塢詩：「白首歸來種萬松，待看千尺舞霜風。」

〔何日至兒孫晚〕白居易栽松詩：「栽植我年晚，長成君性遲。如何過四十，種此數寸枝？得見成陰否，人生七十稀。」杜牧歎花詩：「狂風落盡深紅色，緑葉成陰子滿枝。」

〔萬事句〕王維酬張少府詩：「晚年惟好静，萬事不關心。」

〔聊復句〕世説新語任誕篇：「阮仲容步兵居道南，諸阮居道北。北阮皆富，南阮貧。七月七日，北阮盛曬衣，皆紗羅錦綺；仲容以竿挂大布犢鼻褌於中庭，人或怪之，答曰：『未能免俗，聊復爾耳。』」

〔又何事二句〕杜甫陪諸貴公子丈八溝攜妓納涼晚際遇雨詩：「片雲頭上黑，應是雨催詩。」

玉樓春　隱湖戲作

客來底事逢迎晚？竹裏鳴禽尋未見。日高猶苦聖賢中，門外誰酣蠻觸戰？

多方爲渴泉尋徧，何日成陰松種滿。不辭長向水雲來，只怕頻頻魚鳥倦。

【校】

〔泉尋徧〕四卷本丁集作「尋泉徧」。

〔頻頻〕四卷本作「頻煩」。

【箋注】

〔隱湖〕鉛山縣志卷一山川志：「隱湖山在崇義鄉，去縣東二十里。」按：稼軒所居瓢泉，即在鉛山縣東二十五里處，蓋與隱湖相鄰。此詞有「多方爲渴泉尋徧，何日成陰松種滿」二句，與前「停雲新種杉松」之永遇樂詞中「何日成陰」云云，所指正爲一事，因知停雲堂應爲稼軒在隱湖山上所葺造之建築。

〔底事〕即「何事」。

〔聖賢〕見本卷臨江仙（憶醉三山芳樹下闋）「聖賢杯」注。

〔蠻觸戰〕莊子則陽篇：「有國於蝸之左角者，曰觸氏，有國於蝸之右角者，曰蠻氏，時相與争地而戰，伏尸數萬，逐北旬有五日而後反。」

浣溪沙　種松竹未成

草木於人也作疎，秋來咫尺異榮枯。空山歲晚孰華予？　孤竹君窮猶抱節，赤松子嫩已生鬚。主人相愛肯留無？

【校】

〔異〕四卷本丙集作「共」。

〔歲晚〕四卷本作「晚翠」。

【箋注】

〔秋來句〕杜甫自京赴奉先縣詠懷：「朱門酒肉臭，路有凍死骨。榮枯咫尺異，惆悵難再述。」

〔空山句〕九歌山鬼：「留靈脩兮憺忘歸，歲既晏兮孰華予？」

〔孤竹君〕史記伯夷列傳：「伯夷、叔齊，孤竹君之二子也。」此謂竹。

〔抱節〕蘇軾此亭詩：「寄語菴前抱節君。」

〔赤松子〕史記留侯世家：「願棄人間事，欲從赤松子游耳。」索隱：「列仙傳：『神農時雨師也。』」此謂松。

驀山溪 停雲竹徑初成

小橋流水，欲下前溪去。唤取故人來，伴先生風煙杖屨。行穿窈窕，時歷小崎嶇。斜帶水，半遮山，翠竹栽成路。　一尊遐想，剩有淵明趣。山上有停雲，看山下濛濛細雨。野花啼鳥，不肯入詩來，還一似，笑翁詩，自没安排處。

【校】

〔唤取〕廣信書院本作「唤起」，兹從四卷本丙集。

〔自没〕四卷本作「句没」。

【箋注】

〔行穿二句〕陶淵明歸去來辭：「既窈窕以尋壑，亦崎嶇而經丘。」

〔山上二句〕陶淵明停雲詩：「靄靄停雲，濛濛時雨。」

〔野花二句〕陳摶歸隱詩：「攜取琴書歸舊隱，野花啼鳥一般春。」王安石送程公闢還姑蘇詩：「吴王花鳥入詩來。」

【編年】

右五詞作年難確考，玩題中語意，當是在移居瓢泉未久之時。姑編入慶元三、四年内。

又

畫堂簾捲，賀燕雙雙語。花柳一番春，倚東風雕紅縷翠。草堂風月，還似舊家時；歌扇底，舞裀邊，壽斝年年醉。

兵符傳壘，已莅葵丘戍。兩手挽天河，要一洗蠻煙瘴雨。貂蟬冠冕，應是出兜鍪；飡五鼎，夢三刀，侯印黄金鑄。

【箋注】

〔葵丘戍〕左傳莊八年：「齊侯使連稱、管至父戍葵丘，瓜時而往，曰：『及瓜而代。』」注：「葵丘，齊地。臨淄縣西有地名葵丘。」

〔挽天河〕見卷三賀新郎（翠浪吞平野闋）「挽天河」注。

〔貂蟬二句〕見卷一破陣子（擲地劉郎玉斗闋）「貂蟬句」注。

〔湌五鼎〕史記平津侯主父列傳：「丈夫生不五鼎食，死即五鼎烹耳。」

〔夢三刀〕晉書王濬傳：「濬夜夢懸三刀於卧屋梁上，須臾又益一刀。濬驚覺，意甚惡之。主簿李毅再拜賀曰：『三刀爲州字，又益一刀，明府其臨益州乎？』……果遷濬爲益州刺史。」

【編年】

右鶱山溪詞僅見詩淵第二十五册，詞集各本俱不載。詩淵本册所收皆壽詞。據「夢三刀」、「一洗蠻煙瘴雨」句，知此詞所壽之人蓋將之官湖廣諸路之某州者，惜未能確考其人，因亦無法確知其作於何年何地。姑編次於同調（小橋流水闋）之後。

鷓鴣天 睡起即事

水荇參差動緑波，一池蛇影噤羣蛙。因風野鶴飢猶舞，積雨山梔病不花。

名利處，戰爭多，門前蠻觸日干戈。不知更有槐安國，夢覺南柯日未斜。

【箋注】

〔水荇參差〕詩周南關雎：「參差荇菜，左右流之。」

〔蠻觸〕見本卷玉樓春（客來底事逢迎晚闋）「蠻觸戰」注。

〔槐安國〕見卷二水調歌頭（萬事幾時足闋）「夢覺句」注。

又

自古高人最可嗟，只因疎嬾取名多。居山一似庚桑楚，種樹真成郭橐駞。

雲子飯，水精瓜，林間攜客更烹茶。君歸休矣吾忙甚，要看蜂兒趁晚衙。

【校】

〔水精〕此從廣信書院本，餘本俱作「水晶」。

〔趁晚〕廣信書院本作「晚趁」，兹從四卷本丙集。

【箋注】

〔疎嬾句〕杜甫寄張彪三十韻：「疎嬾爲名誤，驅馳喪我真。」

〔居山句〕莊子庚桑楚篇：「老聃之役，有庚桑楚者，偏得老聃之道以北，居畏壘之山。……居三年，畏壘大穰。……吾聞至人，尸居環堵之室……」

〔種樹句〕柳宗元種樹郭橐駝傳：「郭橐駝，不知始何名，病瘻，……故鄉人號之駝。……駝業種樹，凡長安富人爲觀游及賣果者，皆爭迎取養，視駝所種樹，或移徙，無不活。……有問之，對曰：『橐駝非能使木壽且孳也，能順木之天，以致其性焉爾……』」

〔雲子飯二句〕杜甫與鄠縣源大少府宴渼陂詩：「應爲西陂好，金錢罄一餐。飯抄雲子白，瓜嚼水精寒。」

〔要看句〕埤雅：「蜂有兩衙應潮。」按：蜂衆繚繞蜂房，有如衙參；蜂房簇聚，又似官衙；故有蜂衙之稱。

又　有感

出處從來自不齊，後車方載太公歸。誰知寂寞空山裏，却有高人賦采薇。

黃菊嫩，晚香枝，一般同是采花時。蜂兒辛苦多官府，蝴蝶花間自在飛。

【校】

〔寂寞空山裏〕四卷本丁集作「孤竹夷齊子」。

〔却有高人〕四卷本作「正向空山」。

【箋注】

〔出處句〕蘇軾送歐陽主簿詩：「出處年來恨不齊，一樽臨水記分攜。」

〔後車句〕史記齊太公世家：「太公望吕尚者，東海上人。……周西伯獵，果遇太公於渭之陽，與語，大説，曰：『……吾太公望子久矣。』故號之曰太公望，載與俱歸，立爲師。」詩小雅緜蠻：「命彼後車，謂之載之。」

〔賦采薇〕史記伯夷列傳：「伯夷、叔齊，孤竹君之二子也。……武王已平殷亂，天下宗周，而伯夷、叔齊恥之，義不食周粟，隱於首陽山，采薇而食之。及餓且死，作歌，其辭曰：『登彼西山兮，采其薇矣。以暴易暴兮，不知其非矣。神農、虞、夏，忽焉没兮，我安適歸矣。于嗟徂兮，命之衰矣。』遂餓死於首陽山。」

又　讀淵明詩不能去手，戲作小詞以送之

晚歲躬耕不怨貧，隻鷄斗酒聚比鄰。都無晉宋之間事，自是羲皇以上人。

千載後，百篇存。更無一字不清真。若教王謝諸郎在，未抵柴桑陌上塵。

【箋注】

〔晚歲句〕淵明庚戌歲九月中於西田獲早稻詩：「人生歸有道，衣食固其端。孰是都不營，而以求自安。開春理常業，歲功聊可觀。晨出肆微勤，日入負耒還。山中饒霜露，風氣亦先寒。田家豈不苦，弗獲辭此難。四體誠乃疲，庶無異患干。盥濯息簷下，斗酒散襟顔。遥遥沮溺心，千載乃相關。但願長如此，躬耕非所歎。」蕭統陶淵明集序：「陶淵明貞志不休，安道苦節，不以躬耕爲恥，不以無財爲病，自非大賢篤志，與道汙隆，孰能如此乎！」淵明癸卯歲始春懷古田舍詩：「先師有遺訓，憂道不憂貧。」

〔隻鷄句〕淵明歸田園居：「漉我新熟酒，隻鷄招近局。」雜詩：「落地爲兄弟，何必骨肉親。得歡常作樂，斗酒聚比鄰。」

〔都無二句〕「都無」當作「倘無」解。陶淵明生於東晉末年，卒於劉宋初年。其時内多篡弑之禍，而北方則先後分處於十六國統治下。淵明與子儼等疏雖云「五六月中北窗下卧，遇涼風暫至，自謂是羲皇上人」，然於擬古詩中有「飢食首陽薇，渴飲易水流」句，於讀山海經十三首中有「精衛銜微木，將以填滄海」句，皆寓有憤世之意。蓋晉宋之間既世局多故，亦殊不能全然與世相忘。故稼軒作此設詞，以爲若無晉宋之間事，則彼自是羲皇以上人耳。

〔千載三句〕陶淵明集現存詩一百二十篇。蘇軾和陶淵明飲酒詩：「道喪士失己，出語輒不情。……淵明獨清真，談笑得此生。」

〔末抵句〕柴桑爲淵明居處。獨醒雜志卷四：「江州德化縣楚城鄉，乃淵明所居之地，詩中所謂柴桑者。」淵明雜詩：「人生無根蒂，飄如陌上塵。」

又

髮底青青無限春，落紅飛雪謾紛紛。黄花也伴秋光老，何似尊前見在身。書萬卷，筆如神。眼看同輩上青雲。箇中不許兒童會，只恐功名更逼人。

【箋注】

〔尊前見在身〕見卷二沁園春（老子平生闋）「休鬬句」注。

〔書萬卷二句〕杜甫奉贈韋左丞丈詩：「甫昔少年日，早充觀國賓。讀書破萬卷，下筆如有神。」

〔眼看句〕張元幹隴頭泉詞：「百鎰黄金，一雙白璧，坐看同輩上青雲。」

又　不寐

老病那堪歲月侵，霎時光景值千金。一生不負溪山債，百藥難治書史淫。

隨巧拙，任浮沉。人無同處面如心。不妨舊事從頭記，要寫行藏入笑林。

【校】

〔難治〕王詔本及四印齋本俱作「難醫」。

【箋注】

〔歲月侵〕王安石寄陳宣叔詩：「忽驚歲月侵雙鬢。」

〔霎時句〕蘇軾春宵詩：「春宵一刻值千金。」

〔書史淫〕晉書皇甫謐傳：「謐耽玩典籍，忘寢與食，人謂之書淫。」

〔面如心〕左傳襄公三十一年：「子産曰：『人心之不同，如其面焉。』」

〔笑林〕隋書經籍志有笑林三卷，後漢給事中邯鄲淳撰。

【編年】

慶元中。——右鷓鴣天六首，詳詞意當均作於「慶元黨禁」時期，故彙録於此。韓侂胄於慶元元年貶逐趙汝愚之後，復於以後三四年間設置僞學籍，申嚴僞學之禁。稼軒於家居之際亦復爲言路彈擊。稼軒既反對韓黨之專擅，於黨争亦不能超然忘懷，故此數詞譏評時政，語多憤切。

最高樓 聞前岡周氏旌表有期

君聽取：尺布尚堪縫，斗粟也堪舂。人間朋友猶能合，古來兄弟不相容。棣華詩，悲二叔，弔周公。　長歎息脊令原上急；重歎息豆萁煎正泣；形則異，氣應同。周家五世將軍後，前岡千載義居風。看明朝，丹鳳詔，紫泥封。

【校】

〔題〕四卷本丙集無「前岡」二字。

〔前岡千載〕四卷本作「前江千載」。

【箋注】

〔周氏旌表〕韓元吉南澗甲乙稿卷十六鉛山周氏義居記：「周氏世爲舒灊人，繼遷金陵，避五季之亂，來家鵝峯之下，蓋三百年矣。有祠號將軍者，最其始祖也。……至處士欽若，字彦恭，有聲三舍間。……欲與其伯仲同居而不異籍，自以身在季，不得專，切切爲恨。逮其病亟，當紹興二十二年六月也，索紙書字二百餘以遺其四子，有曰：『吾平生教汝讀書，固不專於利禄，……汝等盡孝以事母，當以義協居。……』越六日而逝。其配虞氏，賢而守義。……淳熙四年，其子曰藻、曰芸、曰苾、曰芾，稍長矣，虞乃以遺命陳於民部，祈給之憑。……而藻等孝友孜孜，克成其父母之志，餘三十年，後將弗墜，周氏其自此興乎。……周氏歲入不能二千斛，内外幾六百指，養其偏親，時其祭祀，給其嫁婚，皆有定式。歲又以十萬錢招延儒士，俾其幼稚學禮無缺。儉以足用，是可則云。」江西通志：「鉛山周欽若，字彦恭。……子四：藻、芸、苾、芾，守遺訓同居。至慶元，已三世矣。三年，州以狀聞，朝廷旌表其閭，長吏致禮，免本家差役。」

〔尺布至不相容〕史記淮南衡山列傳：「淮南厲王長者，高祖少子也。……孝文帝初即位，淮南王自以爲最親，驕蹇數不奉法，……出入稱警蹕，稱制，自爲法令，擬於天子。……以輂車四十乘，反谷口，令人使閩越匈奴。事覺，治之，使使召淮南王。……乃不食死。……孝文十二年，民有作歌，歌淮南厲王曰：『一尺布，尚可縫；一斗粟，尚可舂。兄弟二人，不能相容。』」

〔棣華至周公〕詩小雅常棣：「常棣之華，鄂不韡韡。凡今之人，莫如兄弟。」序云：「常棣，燕兄弟也。閔管、蔡之失道，故作常棣焉。」管、蔡，即管叔鮮、蔡叔度（周文王第三、五子）。周公，文王之第四子。

〔脊令〕常棣詩：「脊令在原，兄弟急難。每有良朋，況也永歎。」

〔豆萁〕世説新語文學篇：「文帝（曹丕）嘗令東阿王（植）七步中作詩，不成者行大法。應聲便爲詩曰：『煮豆持作羹，漉菽以爲汁。萁在釜下然，豆在釜中泣。本自同根生，相煎何太急！』帝深有慚色。」

〔丹鳳二句〕天中記：「唐時將相官誥用金鳳紙書之。」李商隱夢令狐學士詩：「鳳詔裁成當直歸。」衞宏漢舊儀：「皇帝六璽，璽皆以武都紫泥封，青布囊。」

南鄉子　慶前岡周氏旌表

無處着春光，天上飛來詔十行。父老歡呼童稚舞，前岡，千載周家孝義鄉。

草木盡芬芳，更覺溪頭水也香。我道烏頭門側畔，諸郎，準備他年晝錦堂。

【校】

〔題〕四卷本丙集無「前岡」二字。

〔春光〕廣信書院本作「風光」，茲從四卷本。

〔前岡〕四卷本作「前江」。

【箋注】

〔天上句〕韓愈憶昨行和張十一詩：「忽有飛詔從天來。」

〔晝錦堂〕宋韓琦有晝錦堂，歐陽修爲作記。晝錦者謂富貴而歸故鄉，似衣錦晝行也。

【編年】

慶元四年（一一九八）戊午。——江西通志謂「慶元三年州以狀聞，朝廷旌表其閭。」廣信府志則謂「慶元四年詔旌其閭」。或三年州以狀聞，四年春方有旌表事也。因將右二詞俱編次於四年。

鷓鴣天　戊午拜復職奉祠之命

老退何曾説着官，今朝放罪上恩寬：便支香火真祠俸，更綴文書舊殿班。扶病脚，洗衰顔，快從老病借衣冠。此身忘世渾容易，使世相忘却自難。

【箋注】

〔復職〕稼軒紹熙四年秋以集英殿修撰知福州，五年秋七月放罷，而集英殿修撰之貼職尚在。其年九月以御史中丞謝深甫論奏，降充秘閣修撰，慶元元年十月又以何澹論奏而落職。據詞中「更綴文書舊殿班」句，知此處所謂復職，當爲復集英殿修撰。

〔奉祠〕宋會要輯稿於慶元二年九月十九日有「朝散大夫主管建寧府武夷山沖佑觀辛棄疾罷宫觀」之紀事。稼軒集抄存引朱熹稼軒譜序亦云：「戊午，公復起，來主沖佑觀，益相親切。」知此處所謂奉祠，仍爲原來之宫觀也。（參年譜有關各年紀事。）

【編年】

慶元四年（一一九八）。

賀新郎　題趙兼善龍圖東山園小魯亭

下馬東山路。恍臨風周情孔思，悠然千古。寂寞東家丘何在？縹緲危亭小魯。試重上巖巖高處。更憶公歸西悲日，正濛濛陌上多零雨。嗟費却，幾章句。　謝公雅志還成趣。記風流中年懷抱，長攜歌舞。政爾良難君臣事，晚聽秦箏聲苦。快滿眼松篁千畝。把似渠垂功名淚，算何如且作溪山主。雙白鳥，又飛去。

【校】

〔題〕四卷本丁集無「龍圖」二字。廣信書院本無「園」字，從四卷本。

〔謝公〕四卷本作「謝安」。

【箋注】

〔趙兼善〕即趙達夫。見卷二一落索（錦帳如雲處闋）箋注。

〔東山園〕鉛山縣志卷三山川志：「東山，在縣東三里，翠微間有亭，紹聖五年縣尹蘇堅題曰攜遊。宋春陵守趙充夫治其地爲東園。」絜齋集趙兼善墓誌銘：「守吴興時，忤時宰之親，遄歸故里，結亭二十有五，放懷巖壑，若將終身；彊而後起。……有樓曰一經，有館曰東塾。」

〔小魯亭〕孟子盡心下：「孔子登東山而小魯，登太山而小天下。」

〔周情孔思〕李漢韓吏部文集序：「日光玉潔，周情孔思，千態萬貌。」按：周公東征，三年而歸，士大夫美之，爲賦「我徂東山」詩。孔子登東山而小魯。趙氏既建亭於東山，且以「小魯」爲名，故引周、孔事以褒美之。

〔東家丘〕孔子家語：「孔子西家有愚夫，不知孔子爲聖人，乃曰：『彼東家丘。』」三國志注引邴原别傳：「原遠遊學，詣安丘孫崧，崧辭曰：『君鄉里鄭君，學者之師模也，君乃捨之，躡屣千里，所謂以鄭爲東家丘也。』原曰：『人各有志，所規不同，君謂僕以鄭爲東家丘，君以僕爲西家愚夫耶？』」

〔巖巖〕詩魯頌閟宮：「泰山巖巖，魯邦所瞻。」按：此蓋謂既已登東山而小魯，更應登泰山而小天下也。

〔更憶二句〕詩豳風東山：「我徂東山，慆慆不歸。我來自東，零雨其濛。我東曰歸，我心西悲。」

〔謝公三句〕世説新語排調篇：「謝公在東山，朝命屢降而不動。後出爲桓宣武司馬，將發新亭，朝士咸出瞻送。高靈時爲中丞，亦往相祖。先時多少飲酒，因倚如醉，戲曰：『卿屢違朝旨，高卧東山，諸人每相與言：「安石不肯出，將如蒼生何。」今亦蒼生將如卿何？』謝笑而不答。」餘參卷一念奴嬌（我來弔古闋）「却憶至棋局」、水調歌頭（折盡武昌柳闋）「離別句」注。

〔政爾二句〕用桓伊撫箏歌怨詩（按實爲曹植怨歌行句）泣謝安事，詳卷一念奴嬌（我來弔古闋）「却憶至棋局」注。又黄庭堅戲答俞清老道人寒夜三首：「有人夢超俗，去髮脱儒冠。平明視清鏡，政爾良獨難。」岑參秦箏歌：「汝不聞秦箏聲最苦，五色纏絃十三柱。」

〔把似〕「把」字有「與其」、「假使」二義。

〔雙白鳥二句〕歐陽修和韓學士襄州聞喜亭置酒詩：「清川萬古流不盡，白鳥雙飛意自閑。」

【編年】

據嘉泰吴興志郡守題名，趙兼善之守吴興，事在紹熙四年，於三月到任，至九月即罷去。墓誌謂結亭事在歸自吴興之後，則此詞之作必在稼軒移居瓢泉期内。

哨遍　秋水觀

蝸角鬬争，左觸右蠻，一戰連千里。君試思，方寸此心微。總虚空並包無際。喻此理，何言泰山毫末，從來天地一稊米。嗟小大相形，鳩鵬自樂，之二蟲又何知？記跖行仁義孔丘非；更殤樂長年老彭悲。火鼠論寒，冰蠶語熱，定誰同異。噫。貴賤隨時，連城纔换一羊皮。誰與齊萬物？莊周吾夢見之。正商略遺篇，翩然顧笑，空堂夢覺題秋水。有客問洪河，百川灌雨，涇流不辨涯涘。於是焉河伯欣然喜，以天下之美盡在己。渺滄溟望洋東視，逡巡向若驚歎，謂我非逢子，大方達觀之家未免，長見悠然笑耳。此堂之水幾何其？但清溪一曲而已。

【校】

〔小大〕四卷本丙集作「大小」。

〔悠然〕四卷本作「猶然」。

〔此堂〕四卷本作「北堂」。

【箋注】

〔秋水觀〕徐元杰辛稼軒傳贊謂「所居有瓢泉、秋水」，鉛山縣志卷八：「秋水觀，在期思。」稼軒菩薩蠻（葛巾自向滄浪濯闋）題云：「晝眠秋水。」六州歌頭（晨來問疾闋）有云：「秋水堂前，曲沼明於鏡，可燭眉鬚。」秋水觀必即秋水堂，爲瓢泉居第中之一重要建築。

〔蝸角三句〕見本卷玉樓春（客來底事逢迎晚闋）「蠻觸戰」注。

〔方寸二句〕列子仲尼：「吾見子之心矣，方寸之地虚矣。」

〔何言二句〕莊子秋水篇：「計中國之在海内，不似稊米之在太倉乎？……知天地之爲稊米也，知豪末之爲丘山也，則差數等矣。」同書齊物論：「天下莫大於秋毫之末，而泰山爲小。」

〔鳩鵬二句〕莊子逍遥遊：「鵬之徙於南冥也，水擊三千里，摶扶遥而上者九萬里。……蜩與鷽鳩笑之曰：『我決起而飛，槍榆枋，時則不至，而控於地而已矣，奚以之九萬里而南爲！』適莽蒼者三飡而反，腹猶果然；適百里者宿舂糧；適千里者三月聚糧。之二蟲，又何知。」

〔記跖行句〕莊子盗跖篇：「盗跖大怒曰：『丘來前！……盗莫大於子，天下何故不謂子爲盗丘，而乃謂我爲盗跖？』」

〔更殤樂句〕莊子齊物論：「莫壽於殤子而彭祖爲夭。」

〔火鼠二句〕蘇軾徐大正閑軒詩：「冰蠶不知寒，火鼠不知暑。」拾遺記卷十：「員嶠山有冰蠶，……以霜雪覆之，然後作繭，長一尺，其色五采，織爲文錦，入水不濡，以之投火，經宿不燎。」太平御覽引吴録：「日南比景縣有火鼠，取毛爲布，燒之而精，名火浣布。」

〔貴賤隨時〕莊子秋水篇：「以道觀之，物無貴賤；以物觀之，自貴而相賤；以俗觀之，貴賤不在己。」

〔連城〕史記廉頗藺相如列傳：「趙惠文王時得楚和氏璧，秦昭王聞之，使人遺趙王書，願以十五城請易璧。」後世因稱其璧爲連城之璧。

〔一羊皮〕韓愈送窮文：「小人君子，其心不同，惟乖於時，乃於天通。攜持琬琰，易一羊皮。飫於肥甘，慕彼糠糜。」琬琰即美玉。司馬相如子虛賦有「鼂采琬琰，和氏出焉」句。

〔齊萬物二句〕莊子有齊物論。

〔百川至悠然笑耳〕莊子秋水篇：「秋水時至，百川灌河，涇流之大，兩涘渚涯之間，不辯牛馬。於是焉河伯欣然自喜，以天下之美爲盡在己。順流而東行，至於北海，東面而視，不見水端，於是焉河伯始旋其面目，望洋向（海）若而歎曰：『……吾非至於子之門，則殆矣。吾長見笑於大方之家。』」

又　用前韻

一壑自專，五柳笑人，晚乃歸田里。問誰知：幾者動之微。望飛鴻冥冥天際。論妙理，濁醪正堪長醉，從今自釀躬耕米。嗟美惡難齊，盈虛如代，天耶何必人知。試回頭五十九年非，似夢裏歡娛覺來悲。夔乃憐蚿，穀亦亡羊，算來何異。嘻。

物諱窮時，豐狐文豹罪因皮。富貴非吾願，皇皇乎欲何之？正萬籟都沉，月明中夜，心彌萬里清如水。却自覺神遊，歸來坐對，依稀淮岸江涘。看一時魚鳥忘情喜，會我已忘機更忘己。又何曾物我相視。非魚濠上遺意，要是吾非子。但教河伯休慚海若，小大均爲水耳。世間喜愠更何其，笑先生三仕三已。

【校】

〔非魚濠上〕四卷本丙集作「非會濠梁」。

〔小大〕王詔校刊本及四印齋本俱作「大小」。

【箋注】

〔一壑句〕莊子秋水篇：「且夫擅一壑之水，而跨跱埳井之樂，此亦至矣。」陸雲逸民賦序：「古之逸民，輕天下，細萬物，而欲專一丘之懽，擅一壑之美，豈不以身勝於宇宙而心恬於紛華者哉？」王安石偶書詩：「我亦暮年專一壑，每逢車馬便驚猜。」餘參本卷蘭陵王（一丘壑閬）「一丘一壑」注。

〔五柳〕陶潛五柳先生傳：「先生不知何許人也，亦不詳其姓字，宅邊有五柳樹，因以爲號焉。」

〔幾者句〕易繫辭：「幾者動之微，吉之先見者也。」

〔飛鴻冥冥〕見卷二水調歌頭（萬事到白髮閬）「冥鴻」注。

〔妙理濁醪〕杜甫晦日尋崔戢李封詩：「濁醪有妙理，庶用慰沉浮。」

〔五十九年非〕莊子寓言篇：「孔子行年六十而六十化，始時所是，卒而非之，未知今之所謂是之非五十九年非也。」

〔夔乃憐蚿〕莊子秋水篇：「夔憐蚿。……夔謂蚿曰：『吾以一足跉踔而行，予無如矣，今子之使萬足獨奈何？』蚿曰：『今予動吾天機而不知其所以然。』」

〔穀亦亡羊〕莊子駢拇篇：「臧與穀二人相與牧羊，而俱亡其羊。問臧奚事，則挾筴讀書；問穀奚事，則博塞以遊。二人者，事業不同，其於亡羊均也。」

〔諱窮〕莊子秋水篇：「孔子曰：『我諱窮久矣，而不免，命也；求通久矣，而不得，時也。』」

〔豐狐句〕莊子達生篇：「夫豐狐文豹，棲於山林，伏於巖穴，静也；夜行晝居，戒也；雖飢渴隱約，猶旦胥疏於江湖之上而求食焉，定也；然且不免於罔羅機辟之患，是何罪之有哉，其皮爲之災也。」

〔富貴二句〕歸去來辭：「已矣乎，寓形宇内復幾時，曷不委心任去留。胡爲乎遑遑欲何之？富貴非吾願，帝鄉不可期。」

〔忘機更忘己〕見卷一水調歌頭（造物故豪縱閿）「鷗鳥二句」注。

〔非魚二句〕見卷二滿江紅（笑拍洪崖閿）「非魚句」注。

〔但教句〕見前首「百川至悠然笑耳」注。

〔世間二句〕論語公冶長：「令尹子文三仕爲令尹，無喜色；三已之，無愠色。」

【編年】

慶元五年（一一九九）。——右二首用同韻，當是同時作。據「試回頭五十九年非」句，知作於稼軒六十歲時，即慶元五年也。

菩薩蠻　晝眠秋水

葛巾自向滄浪濯，朝來漉酒那堪着。高樹莫鳴蟬，晚凉秋水眠。　竹牀能幾尺，上有華胥國。山上咽飛泉，夢中琴斷絃。

【箋注】

〔葛巾二句〕宋書陶潛傳：「陶潛字淵明。……郡將候潛，值其酒熟，取頭上葛巾漉酒，畢，還復著之。」滄浪濯見卷二六幺令（倒冠一笑閡）「手把二句」注。

〔高樹句〕吴越春秋夫差内傳：「夫秋蟬登高樹，飲清露，隨風撝撓，長吟悲鳴，自以爲安，不知螳螂超枝緣條，曳腰聳距而稷其形。」

〔華胥國〕見卷一聲聲慢（征埃成陣閡）「華胥夢」注。

〔山上句〕章謙亨摸魚兒過期思稼軒之居，曹留飲於秋水觀，賦一詞謝之，下半闋有云：「秋水觀，環繞滔滔瀑布，參天林木奇古。雲煙只在闌干角，生出晚來微雨。」

【編年】

右詞作年無可考，姑附於此。

蘭陵王

己未八月二十日夜，夢有人以石研屏見饟者，其色如玉，光潤可愛。中有一牛，磨角作鬬狀。云：「湘潭里中有張其姓者，多力善鬬，號張難敵。一日，與人搏，偶敗，忿赴河而死，居三日，其家人來視之，浮水上，則牛耳。自後並水之山往往有此石，或得之，里中輒不利。」夢中異之，爲作詩數百言，大抵皆取古之怨憤變化異物等事，覺而忘其言，後三日，賦詞以識其異

恨之極，恨極銷磨不得。萇弘事人道後來，其血三年化爲碧。鄭人緩也泣：「吾父，攻儒助墨。十年夢沈痛化余，秋柏之間既爲實。」　相思重相憶，被怨結中腸，潛動精魄，望夫江上巖巖立。嗟一念中變，後期長絶。君看啓母憤所激，又俄頃爲

石。難敵。最多力。甚一忿沉淵，精氣爲物，依然困鬬牛磨角。便影入山骨，至今雕琢。尋思人世，只合化，夢中蝶。

【箋注】

〔萇弘二句〕莊子外物篇：「萇弘死於蜀，藏其血，三年化而爲碧。」注：「成云：萇弘放歸蜀，自恨忠而遭譖，刳腸而死，蜀人感之，以匱盛其血，三年而化爲碧玉。」

〔鄭人五句〕莊子列禦寇篇：「鄭人緩也，呻吟裘氏之地，只三年而緩爲儒。河潤九里，澤及三族。使其弟墨。儒墨相與辯，其父助翟，十年而緩自殺。其父夢之，曰：『使而子爲墨者予也，闔胡嘗視其良，既爲秋柏之實矣。』」注：「緩見夢其父，言弟之爲墨，是我之力，何不試視我冢上，所種秋柏已結實矣。冤魂告語，深致其怨。」

〔望夫句〕幽明録：「武昌北山上有望夫石。相傳昔有貞女，攜子餞夫從役，立望而死，形化爲石。」王建望夫石詩：「望夫處，江悠悠，化爲石，不回頭。山頭日日風和雨，行人歸來石應語。」

〔啓母至爲石〕漢書武帝本紀：「朕用事華山，至於中岳，見夏后啓母石。」注：「啓生而母化爲石。」

〔甚一忿〕此處「甚」當作「甚至」解。

〔山骨〕謂石。韓昌黎集石鼎聯句有「巧匠斲山骨」句。

〔化夢中蝶〕見卷二沁園春（有美人兮闋）「物化」注。

【附録】

（一）沈曾植稼軒長短句小箋云：「蘭陵王己未八月二十日。按己未爲慶元五年，是時侂胄方嚴僞學之禁，趙忠簡卒於貶所。萇弘血碧，儒墨相争，托意甚微，非偶然涉筆也。」（二）夏承燾云：「此詞首片用二男事，次片用二女事，疑有微意。」（三）梁啓超編稼軒年譜釋此詞云：「詞文恢詭冤憤，蓋借以攄其積年胸中磈磊不平之氣。」按：此詞上中片用萇弘、鄭人緩、望夫婦、啓母四人變化之事。萇弘化碧玉，玉自石出；緩化秋柏之實，實石音同；望夫婦、啓母皆化爲石。四例取證古來怨憤變化爲石之事。下片以張難敵雖鬬敗，化爲石而仍作困鬬之狀，贊揚張難敵抵死不屈之精神。則此記夢詞亦托意甚微，藉以抒胸中激憤之氣耳。

【編年】

慶元五年（一一九九）。

六州歌頭　屬得疾，暴甚，醫者莫曉其狀。小愈，困卧無聊，戲作以自釋

晨來問疾，有鶴止庭隅。吾語汝：「只三事，太愁余：病難扶，手種青松樹，礙梅

塢，妨花逕，纔數尺，如人立，却須鋤。其一。秋水堂前，曲沼明於鏡，可燭眉鬚。被山頭急雨，耕壟灌泥塗。誰使吾廬，映污渠？其二。　歎青山好，簷外竹，遮欲盡，有還無。删竹去？吾乍可，食無魚。愛扶疎，又欲爲山計，千百慮，累吾軀。其三。凡病此，吾過矣，子奚如？」口不能言臆對：「雖盧扁藥石難除。有要言妙道，事見七發。往問北山愚，庶有瘳乎。」

【校】

〔調〕按本調廣信書院本作四疊，王詔校刊本作三疊，茲從四卷本丙集作雙調。

〔其一，其二，其三〕廣信書院本無，茲從四卷本。

〔盧扁〕四卷本作「扁鵲」。

〔事見七發〕四卷本在「瘳乎」二字下。

【箋注】

〔鶴止庭隅〕賈誼鵩鳥賦：「誼爲長沙王傅三年，有鵩鳥入於誼舍，止於坐隅。鵩似鴞，不祥鳥也。誼既以謫居長沙，長沙卑濕，誼自傷悼，以爲壽不得長，乃爲賦以自廣：……庚子日斜兮，鵩集余舍，止於坐隅兮，貌甚閒暇。……野鳥入室，主人將去。請爲子鵩，余去何之？」蘇軾鶴歎詩：「園中有鶴馴可呼，我欲呼之立坐隅。」

〔吾語汝〕論語陽貨篇：「子曰：『由也汝聞六言六蔽矣乎？』對曰：『未也。』『居，吾語汝。』」

〔曲沼句〕劉禹錫奉和中書崔舍人八月十五日夜玩月詩：「曲沼凝瑶鏡。」

〔映污渠〕韓愈符讀書城南詩：「二十漸乖張，清溝映污渠。」

〔乍可〕寧可。

〔食無魚〕見卷一滿江紅（漢水東流闊）「腰間一句」注。按此處實用蘇軾於潛僧緑筠軒詩「可使食無肉，不可使居無竹」意。

〔吾過矣〕禮記檀弓：「子夏投其杖而拜曰：『吾過矣，吾過矣，吾離羣而索居，亦已久矣。』」

〔口不句〕賈誼鵩鳥賦：「鵩乃歎息，舉首奮翼，口不能言，請對以臆。」蘇軾鶴歎：「鶴有難色側睨予，豈欲臆對如鵩乎？」

〔盧扁〕扁鵲爲古代名醫，以其家於盧，因又稱盧扁。

〔要言妙道〕枚乘七發：「客曰：『今太子之病，可無藥石、針刺、灸療而已，可以要言妙道説而去也。』」

〔北山愚〕疑指北山移文中「北山之友」，因其不能如周顒取悦於世，故稱之爲「北山愚」。

〔庶有瘳乎〕莊子人間世：「庶幾其國有瘳乎？」

添字浣溪沙　病起，獨坐停雲

彊欲加餐竟未佳，只宜長伴病僧齋。心似風吹香篆過，也無灰。　山上朝來雲出岫，隨風一去未曾回。次第前村行雨了，合歸來。

【校】

〔題〕四卷本丙集作「賦清虚」。

〔山上〕廣信書院本作「山下」，兹從四卷本。

【箋注】

〔心似二句〕言未灰心。風吹香篆過，歇後「無灰」也。

〔雲出岫〕歸去來辭：「雲無心以出岫。」

〔次第〕此處應爲「待到」之意。

【編年】

右六州歌頭、添字浣溪沙各一首，作年莫考。姑附於秋水停雲各詞之後。

沁園春　壽趙茂嘉郎中，時以置兼濟倉賑濟里中，除直祕閣

甲子相高，亥首曾疑，絳縣老人。看長身玉立，鶴般風度；方頤鬚磔，虎樣精神。文爛卿雲，詩淩鮑謝，筆勢駸駸更右軍。渾餘事，羡仙都夢覺，金闕名存。　門前父老忻忻。焕奎閣新褒詔語温。記他年帷幄，須依日月；只今劍履，快上星辰。人

道陰功，天教多壽，看到貂蟬七葉孫。君家裏，是幾枝丹桂，幾樹靈椿？

【校】

〔題〕四卷本丁集「置」上有「制」字，「賑濟里中」作「里中賑濟」。

〔磔〕廣信書院本誤作「傑」，其他各本俱不誤。

【箋注】

〔趙茂嘉，兼濟倉〕見本卷滿江紅（我對君侯闋）「趙茂嘉」、「兼濟倉」注。

〔甲子三句〕左傳襄公三十年：「晉悼夫人食輿人之城杞者，絳縣人或年長矣，無子，往與於食。有與疑年，使之年，曰：『臣小人也，不知紀年。臣生之歲，正月甲子朔，四百有四十五甲子矣。其季於今，三之一也。』吏走問諸朝，師曠曰：『……七十三年矣。』史趙曰：『亥有二首六身，下二如身，是其日數也。』士文伯曰：『然則二萬二千六百有六旬也。』」

〔鬚磔〕見本卷水調歌頭（高馬勿捶面闋）「鬚作句」注。

〔卿雲〕謂司馬長卿與揚子雲。

〔詩淩句〕杜甫遣興五首：「吾憐孟浩然，裋褐即長夜。賦詩何必多，往往淩鮑謝。」按：鮑謂鮑照，謝謂謝靈運、惠連、玄暉也。

〔筆勢句〕晉書王羲之傳：「尤善隸書，爲古今之冠。論者稱其筆勢，以爲飄若遊雲，矯若驚龍。」王羲之曾官右軍將軍，世稱王右軍。

〔仙都夢覺〕見卷一八聲甘州（把江山好處付公來闋）「鈞天夢」注。

〔奎閣〕文章之府，此指祕閣。

〔只今二句〕見卷二聲聲慢（東南形勝闋）「星辰劍履」注。宋史職官志十載大臣之奉特旨者，有「劍履上殿」之賜。

〔貂蟬七葉〕左思詠史詩：「金張藉舊業，七葉珥漢貂。」

〔是幾枝二句〕宋史竇儀傳：「竇儀字可象，薊州漁陽人。……父禹鈞，與兄禹錫皆以詞學名。……儀學問優博，風度峻整，弟儼、侃、偁、僖皆相繼登科。馮道與禹鈞有舊，嘗贈詩，有『靈椿一珠老，丹桂五枝芳』之句，縉紳多諷誦之。」按：趙茂嘉兄弟六人均登進士第，歷任顯秩，故有此二句。詳見後洞仙歌（舊交貧賤闋）題及箋注。

【編年】

慶元五年（一一九九）。——鉛山縣志謂趙氏於慶元五年除直祕閣，右詞題中云云，當即作於是年。

又 和吴子似縣尉

我見君來，頓覺吾廬，溪山美哉。悵平生肝膽，都成楚越；只今膠漆，誰是陳雷？搔首踟躕，愛而不見，要得詩來渴望梅。還知否：快清風入手，日看千回。直須抖擻塵埃。人怪我柴門今始開。向松間乍可，從他喝道？庭中且莫，踏破蒼苔。豈有文章，謾勞車馬，待喚青芻白飯來。君非我，任功名意氣，莫恁徘徊。

【校】

〔題〕四卷本丙集作「和吴尉子似」。

【箋注】

〔吴子似〕安仁縣志人物志：「吴紹古字子嗣，通經術，從陸象山遊。授承直郎，荆湖南路提舉茶鹽使幹辦公事。」鉛山縣志十一名宦：「吴紹古，字子嗣，鄱陽人。慶元五年任鉛山尉，多所建白。有史才，纂永平志，條分類舉，先民故實搜羅殆盡。建居養院以濟窮民及旅處之有病阨者。」按：吴氏尉鉛山始於慶元四年，見趙昌父劉之道祠記，縣志作五年，誤。（參年譜慶元四年。）

〔肝膽、楚越〕莊子德充符：「自其異者視之，肝膽楚越也；自其同者視之，萬物皆一也。」

〔膠漆、陳雷〕後漢書獨行傳：「陳重字景公，豫章宜春人也。少與同郡雷義爲友。……太守張雲舉重孝廉，重以讓義，前後十餘通記，雲不聽。……雷義字仲公，豫章鄱陽人也。……舉茂才，讓於陳重，刺史不聽，義遂陽狂被髪走，不應命。鄉里爲之語曰：『膠漆自謂堅，不如雷與陳。』三府同時俱辟二人。」

〔搔首二句〕詩邶風靜女：「靜女其姝，俟我於城隅，愛而不見，搔首踟躕。」

〔渴望梅〕世説新語假譎篇：「魏武行役，失汲道，軍皆渴，乃令曰：『前有大梅林，饒子，甘酸可以解渴。』士卒聞之，口皆出水，乘此得及前源。」

〔清風〕詩大雅烝民：「吉甫作誦，穆如清風。」

〔抖擻塵埃〕蘇軾送曹煥往筠詩：「君到高安幾日回，一時抖擻舊塵埃。」

〔人怪我句〕杜甫客至詩：「花徑不曾緣客掃，蓬門今始爲君開。」

〔向松間二句〕義山雜纂：「殺風景事，……一曰花間喝道。」「乍可」即「怎可」。

〔庭中二句〕宋淦水僧寶釋詩：「滿院秋光濃欲滴，老僧倚杖青松側。只怪高聲問不譍，瞋余踏破蒼苔色。」引見蘇軾書釋公詩後詩小序中。

〔豈有二句〕杜甫有客詩：「豈有文章驚海内，謾勞車馬駐江干。」

〔青芻白飯〕杜甫入奏行贈西山檢察使竇侍御：「江花未落還成都，肯訪浣花老翁無？爲君酤酒滿眼酤，與奴白飯馬青芻。」

〔君非我三句〕謂子似當以立功名爲己志，不可如我之徘徊丘壑。恁，如此也。

鷓鴣天 尋菊花無有，戲作

掩鼻人間臭腐場，古來惟有酒偏香。自從來住雲煙畔，直到而今歌舞忙。

呼老伴，共秋光。黄花何處避重陽？要知爛熳開時節，直待西風一夜霜。

【校】

〔古來〕王詔校刊本及四印齋本作「古今」。

〔來住〕四卷本丙集作「歸住」。

〔何處〕四卷本作「何事」。

【箋注】

〔掩鼻句〕孟子離婁下：「西子蒙不潔，則人皆掩鼻而過之。」莊子知北遊：「萬物一也，是其所美者爲神奇，其所惡者爲臭腐。」

又　席上吴子似諸友見和，再用韻答之

翰墨諸公久擅場，胸中書傳許多香。都無絲竹啣杯樂，却看龍蛇落筆忙。

閒意思，老風光。酒徒今有幾高陽？黄花不怯西風冷，只怕詩人兩鬢霜。

【校】

〔題〕四卷本丙集作「席上子似諸公和韻」。

〔諸公〕四卷本作「諸君」。

〔都無〕四卷本作「苦無」。

〔却看〕王詔校刊本及四印齋本作「却有」。

〔西風〕四卷本作「秋風」。

【箋注】

〔却看句〕蘇軾偶至野人汪氏居仍用前韻詩：「已聞龜策通神語，更看龍蛇落筆痕。」

〔高陽〕見本卷沁園春（杯汝知乎閿）「更高陽二句」注。

又　和吴子似山行韻

誰共春光管日華？朱朱粉粉野蒿花。閒愁投老無多子，酒病而今較減些。山遠近，路横斜，正無聊處管絃譁。去年醉處猶能記，細數溪邊第幾家。

【校】

〔題〕四卷本丙集無「吴」字。

【箋注】

〔閒愁句〕意謂老來閒愁不多。王安石擬寒山拾得詩：「佛法無多子。」

新荷葉 上巳日，吴子似謂古今無此詞，索賦

曲水流觴，賞心樂事良辰。蘭蕙光風，轉頭天氣還新。明眸皓齒，看江頭有女如雲。折花歸去，綺羅陌上芳塵。　能幾多春？試聽啼鳥殷勤。對景興懷，向來哀樂紛紛。且題醉墨，似蘭亭列敍時人。後之覽者，又將有感斯文。

【校】

〔題〕四卷本丙集無「吴」字。

〔對景〕四卷本作「覽物」。

【箋注】

〔曲水句〕續齊諧記：「秦昭王三日置酒河曲，見有金人出奉水心劍，……乃因其處立爲曲水。二漢相沿，皆爲盛集。」王羲之蘭亭序：「又有清流激湍，映帶左右，引以爲流觴曲水，列坐其次。」

〔賞心句〕見卷一滿江紅（美景良辰閿）「美景句」注。

〔蘭蕙句〕楚辭招魂：「光風轉蕙，泛崇蘭些。」王逸注：「光風謂雨已日出而風，草木皆有光也。」五臣注：「日光風氣，轉泛於蘭蕙之叢。」

〔天氣還新〕杜甫麗人行：「三月三日天氣新，長安水邊多麗人。」

〔明眸句〕杜甫哀江頭：「明眸皓齒今何在，血污遊魂歸不得。」

〔有女如雲〕詩鄭風出其東門：「出其東門，有女如雲。」

〔對景二句〕蘭亭序：「向之所欣，俛仰之間，已爲陳跡，猶不能不以之興懷。」

〔似蘭亭三句〕蘭亭序：「故列敍時人，録其所述。雖世殊事異，所以興懷，其致一也。後之覽者，亦將有感於斯文。」

又　徐思上巳乃子似生日，因改定

曲水流觴，賞心樂事良辰。今幾千年，風流禊事如新。明眸皓齒，看江頭有女如雲。折花歸去，綺羅陌上芳塵。　絲竹紛紛，楊花飛鳥銜巾。爭似羣賢，茂林脩竹蘭亭。一觴一詠，亦足以暢敍幽情。清歡未了，不如留住青春。

【校】

〔題〕四卷本丁集無「上巳」二字，「生日」作「生朝」，「因」下有「爲」字。

【箋注】

〔楊花句〕杜甫麗人行：「楊花雪落覆白蘋，青鳥飛去銜紅巾。」

〔爭似四句〕蘭亭序：「永和九年，歲在癸丑，暮春之初，會於會稽山陰之蘭亭，修禊事也。羣賢畢至，少長咸集。此地有崇山峻嶺，茂林修竹，……一觴一詠，亦足以暢敍幽情。」争似，怎似。

水調歌頭　題吴子似縣尉瑱山經德堂。堂，陸象山所名也

唤起子陸子，經德問何如。萬鍾於我何有，不負古人書。聞道千章松桂，剩有四時柯葉，霜雪歲寒餘。此是瑱山境，還似象山無？　耕也餒，學也禄，孔之徒。青衫畢竟升斗，此意政關渠。天地清寧高下，日月東西寒暑，何用着工夫。兩字君勿惜，借我榜吾廬。

【校】

〔題〕「吴子似縣尉」四卷本丁集作「子似」。廣信書院本「所名」作「取名」，兹從四卷本。

〔青衫〕王詔校刊本及四印齋本誤作「青山」。

〔政關〕王詔校刊本及四印齋本作「頗關」。

【箋注】

〔瑱山〕安仁縣志卷四山川志：「玉真山在縣治後，左右石趾如鉗，瞰臨錦江。頂有石壁，高數仞。石上有鐫字曰『玉真』。世傳仙人指書。」按：「瑱」字爲「玉真」二字之合體，當時或亦有此稱。

〔經德堂〕象山先生全集卷十九經德堂記：「堂名取諸孟子：『經德不回，非以干禄也。』……

雲錦吳生紹古而來從余游，求名其讀書之堂，余既名而書之，且爲其説，使歸而求之。」樓鑰攻媿集卷九寄題吳紹古縣尉經德堂詩：「問舍玉真下，讀書經德中。心期知共遠，臭味許誰同。吹笛夜涼月，舞雩春暮風。直須涵詠熟，毋負象山翁。」

〔陸象山〕宋史儒林傳：「陸九淵字子静，……自號象山翁，學者稱象山先生。」

〔唤起句〕按象山先生年譜，陸氏卒於紹熙三年冬十二月，吳氏尉鉛山時陸氏卒已數年，故云云。

〔萬鍾句〕孟子告子上：「萬鍾則不辯禮義而受之，萬鍾於我何加焉。」

〔聞道三句〕陳文蔚寄題吳子似所居二首：「堂前有松桂，年年長柯枝。生意不自已，何心論報施。請子對佳木，長哦經德詩。」

〔象山〕在江西貴溪縣，原名應天山。象山先生年譜：「淳熙十四年登貴溪應天山講學。初，門人彭興宗世昌訪舊於貴溪應天山麓張氏，因登山遊覽，則陵高而谷邃，林茂而泉清。乃與諸張議結廬以迎先生講學，先生登而樂之，乃建精舍居焉。……淳熙十五年易應天山名爲象山。」

〔耕也餒二句〕論語衛靈公篇：「子曰：『君子謀道不謀食。耕也餒在其中矣，學也禄在其中矣。君子憂道不憂貧。』」

〔青衫二句〕經德堂記有云：「孟子曰：『古之人修其天爵而人爵從之，今之人修其天爵以要人爵，既得人爵而棄其天爵，則惑之甚者也。』後世發策決科而高第可以文藝取，積資累考而大官可以歲月致，則又有不必修其天爵者矣。生其早辨而謹思之。」青衫二句當即隱括此段意旨而言。蓋謂陸氏之所致意者，爲科名之無足重輕也。

〔天地清寧〕老子：「天得一以清，地得一以寧，王侯得一以爲天下貞。」

又　趙昌父七月望日用東坡韻敍太白、東坡事見寄，過相褒借，且有秋水之約；八月十四日余卧病博山寺中，因用韻爲謝，兼寄吴子似

我志在寥闊，疇昔夢登天。摩挲素月，人世俛仰已千年。有客驂鸞並鳳，云遇青山、赤壁，相約上高寒。酌酒援北斗，我亦蝨其間。　少歌曰：「神甚放，形則眠。鴻鵠一再高舉，天地睹方圓。」欲重歌兮夢覺，推枕惘然獨念：人事底虧全？有美人可語，秋水隔嬋娟。

【校】

〔題〕「兼寄吴子似」四卷本丁集作「兼簡子似」。又「余卧病」廣信書院本少「余」字，兹據四卷本補。

〔驂鸞〕四卷本作「驂麟」。

〔嬋娟〕四卷本作「娟娟」。

【箋注】

〔用東坡韻〕指東坡水調歌頭詞，題爲「丙辰中秋歡飲達旦大醉作此篇兼懷子由」。

〔寥闊〕即寥廓。以避寧宗嫌名，故改用闊字。

〔疇昔句〕楚辭九章惜誦：「昔余夢登天兮，魂中道而無杭。」李白宣州謝朓樓餞別校書叔雲詩：「俱懷逸興壯思飛，欲上青天攬明月。」

〔青山〕指李白。李白墓在青山。

〔赤壁〕指蘇軾。東坡於七月望日曾與客泛舟遊赤壁，並有赤壁賦二篇。

〔酌酒句〕楚辭九歌東君：「援北斗兮酌桂漿。」

〔我亦句〕韓愈瀧吏篇：「得無蝨其間，不武亦不文。」

〔少歌〕楚辭九章抽思有「少歌」，王逸注謂「小唫謳謡以樂志也。少亦作小。」

〔鴻鵠二句〕賈誼惜誓：「黄鵠之一舉兮，知山川之紆曲，再舉兮睹天地之圜方。」

〔夢覺二句〕蘇軾水龍吟題「元豐五年予謫居於黄，夢扁舟渡江，覺而異之」，有句云：「推枕惘然不見，但空江月明千里。」

〔有美人二句〕杜甫寄韓諫議詩：「美人娟娟隔秋水。」

破陣子　硤石道中有懷吴子似縣尉

宿麥畦中雉鷕，柔桑陌上蠶生。騎火須防花月暗，玉唾長攜綵筆行。隔牆人笑聲。　莫説弓刀事業，依然詩酒功名。千載圖中今古事，萬石溪頭長短亭。小塘風浪平。時修圖經，築亭堠。

【校】

〔題〕四卷本丙集無「吴」字及「縣尉」二字。

〔雉鷕、柔桑〕王詔校刊本及四印齋本作「雉雊、桑葉」。

〔綵筆〕四卷本作「彩筆」。

〔注〕「平」字下注文四卷本無。

【箋注】

〔硤石〕鉛山縣志：「硤石在縣西二十里，兩崖對峙，蒼翠壁立，中有泉石之勝。」

〔雉鷕〕詩邶風匏有苦葉：「有鷕雉鳴。」傳：「鷕，雌雉聲也。」

〔騎火〕夜騎時用以照明之物。韓愈夜次襄城詩：「欲知迎候盛，騎火萬星攢。」

〔玉唾句〕稼軒鷓鴣天（歎息頻年廩未高闋）有「乾玉唾，禿錐毛」句，均以筆與玉唾連舉，因疑玉唾應指硯滴而言。研北雜志卷下：「李仲芳家有南唐金銅蟾蜍硯滴，……腹下有篆銘云：『捨月窟，伏棑几，爲我用，貯清泚。端溪石，澄心紙，陳玄氏，毛錐子，……微吾潤澤烏用汝。』」

〔時修圖經〕鉛山縣志吴子似小傳中謂纂有永平志。此所謂圖經，當即指永平志言。殘存之永樂大典卷二二六三、二二六五、二五三五等卷中引録廣信府永平志凡五條，疑即吴子似所編撰之書。鉛山有永平溪，故志以永平名也。

鷓鴣天

石壁虛雲積漸高，溪聲遶屋幾週遭。自從一雨花零落，却愛微風草動摇。呼玉友，薦溪毛，殷勤野老苦相邀。杖藜忽避行人去，認是翁來却過橋。

【校】

〔零落〕四卷本丙集作「零亂」。

【箋注】

〔溪聲遶屋〕蘇軾寄吴德仁兼簡陳季常詩：「門前罷亞十頃田，清溪遶屋花連天。」

〔玉友〕珊瑚鉤詩話：「以糯米藥麴作白醪，號玉友。」

〔薦溪毛〕左傳隱公三年：「苟有明信，澗溪沼沚之毛，蘋蘩薀藻之菜，筐筥錡釜之器，潢汙行潦之水，可薦於鬼神，可羞於王公。」

又 壽吴子似縣尉，時攝事城中

上巳風光好放懷，故人猶未看花回。茂林映帶誰家竹，曲水流傳第幾杯？摛錦繡，寫瓊瑰，長年富貴屬多才。要知此日生男好，曾有周公祓禊來。

【校】

〔題〕四卷本丁集無「吴」字及「縣尉」二字。

〔故人〕四卷本作「憶君」。

【箋注】

〔看花回〕見卷一新荷葉（人已歸來闋）「兔葵二句」注。

〔茂林、曲水〕蘭亭序：「此地有崇山峻嶺，茂林修竹。」餘參本卷新荷葉（曲水流觴）「曲水句」注。

〔瓊瑰〕見卷一水調歌頭（官事未易了闋）「瓊瑰句」注。

〔周公祓禊〕續齊諧：「昔周公成洛邑，因流水以泛酒，故逸詩曰：『羽觴隨流波。』」按：子似上巳生日，故二句云云。

又 過硤石，用韻答吴子似

歎息頻年廩未高，新詞空賀此丘遭。遥知醉帽時時落，見説吟鞭步步摇。乾玉唾，秃錐毛，只今明月費招邀。最憐烏鵲南飛句，不解風流見二喬。

【校】

〔題〕四卷本丁集作「硤石用前韻答子似」。

【箋注】

〔廩未高〕詩周頌豐年：「豐年多黍多稌，亦有高廩，萬億及秭，爲酒爲醴。」蘇軾東坡八首：「喟然釋耒歎，我廩何時高。」

〔賀此丘遭〕柳宗元鈷鉧潭西小丘記：「書於石，所以賀茲丘之遭也。」

〔明月句〕李白月下獨酌詩：「舉杯邀明月。」

〔最憐二句〕曹操短歌行：「月明星稀，烏鵲南飛。」二喬，見本卷菩薩蠻（畫樓影蘸清溪水闋）「大小喬」注。按，稼軒此二句，蓋翻用杜牧「東風不與周郎便，銅雀春深鎖二喬」句意，嘲曹操之不能得二喬也。

又　吴子似過秋水

秋水長廊水石間，有誰來共聽潺潺。羡君人物東西晉，分我詩名大小山。窮自樂，嬾方閒，人間路窄酒杯寬。看君不了癡兒事，又似風流靖長官。

【校】

〔潺潺〕四卷本丁集作「潺湲」。

〔嬾〕廣信書院本作「晚」，兹從四卷本。

【箋注】

〔大小山〕王逸楚辭章句：「招隱士者，淮南小山之所作也。昔淮南王安博雅好古，招懷天下俊偉之士，自八公之徒，咸慕其德而歸其仁。各竭才智，著作篇章。分造辭賦，以類相從，故或稱小山，或稱大山，其義猶詩有小雅、大雅也。」黄庭堅答余洪範詩：「道在東西祖，詩如大小山。」

〔不了癡兒事〕見卷一水調歌頭（官事未易了闋）「官事句」注。

〔靖長官〕曾慥集仙傳：「靖不知何許人，唐僖宗時爲登封令，既而棄官學道，遂仙去。隱其姓而以名顯，故世謂之靖長官。」蘇軾送范景仁詩：「試與劉夫子，重尋靖長官。」自注云：「劉几云，曾見人嵩山幽絶處，眼光如貓，意其爲靖長官也。」

【編年】

慶元四年至六年（一一九八至一二〇〇）。——右詞十三首，起沁園春（我見君來闋）至鷓鴣天（秋水長廊水石間闋），必均爲吴子似任鉛山尉時所作，以其年月均不能確考，姑依廣信書院本次第，彙録於此。

水調歌頭 醉吟

四座且勿語，聽我醉中吟。池塘春草未歇，高樹變鳴禽。鴻鴈初飛江上，蟋蟀還來牀下，時序百年心。誰要卿料理，山水有清音。　歡多少，歌長短，酒淺深。而今已不如昔，後定不如今。閑處直須行樂，良夜更教秉燭，高會惜分陰。白髮短如許，黄菊倩誰簪。

【箋注】

〔四座句〕古詩：「四座且莫諠，願聽歌一言。」

〔池塘二句〕謝靈運登池上樓詩：「池塘生春草，園柳變鳴禽。」

〔鴻鴈〕禮記月令：「季秋之月，……鴻鴈來賓。」杜牧九日齊山登高詩：「江涵秋影鴈初飛。」

〔蟋蟀句〕詩豳風七月流火：「十月蟋蟀入我牀下。」

〔時序句〕杜甫春日江郵五首：「乾坤萬里眼，時序百年心。」

〔誰要句〕見本卷沁園春（疊嶂西馳闋）「看爽氣句」注。

〔山水句〕左思招隱詩：「非必絲與竹，山水有清音。」

〔而今二句〕白居易東城尋春詩：「今既不如昔，後當不如今。」

〔良夜句〕古詩：「晝短苦夜長，何不秉燭遊。」

〔惜分陰〕晉書陶侃傳：「大禹聖者，乃惜寸陰，至於衆人，當惜分陰。豈可逸遊荒醉，生無益於時，死無聞於後？是自棄也。」

〔白髮二句〕杜甫春望詩：「白頭搔更短，渾欲不勝簪。」

又 賦松菊堂

淵明最愛菊，三徑也栽松。何人收拾，千載風味此山中。手把離騷讀偏，自掃落英餐罷，杖屨曉霜濃。皎皎太獨立，更插萬芙蓉。　水潺湲，雲澒洞，石巃嵸。素琴濁酒唤客，端有古人風。却怪青山能巧，政爾横看成嶺，轉面已成峯。詩句得活法，日月有新工。

【箋注】

〔松菊堂〕未詳。

〔淵明二句〕歸去來辭：「三徑就荒，松菊猶存。」

〔皎皎二句〕韓愈奉酬盧給事雲夫四兄曲江荷花行見寄詩：「我今官閑得婆娑，問言何處芙蓉多。撑舟昆明度雲錦，脚敲兩舷叫吴歌。太白山高三百里，負雪嵬嵬插花裏。」韓詩謂太白山高，六月積雪，其倒影插昆明池荷花中。辛詞之「更插萬芙蓉」當亦謂松菊堂之倒影插入荷花叢中。

〔澒洞、巃嵸〕澒洞指相連，巃嵸謂堆積狀。

〔素琴句〕嵇康與山巨源絶交書：「今但願守陋巷，教養子孫，時與親舊敍闊，陳説平生，濁酒一杯，彈琴一曲，志願畢矣。」蘇軾蔡景繁官舍小閣詩：「素琴濁酒容一榻。」

〔能巧〕「能」同「恁」，猶云「如許」或「這様」。

〔政爾二句〕蘇軾廬山與總老同遊西林詩：「横看成嶺側成峯，遠近高低各不同。不識廬山真面目，只緣身在此山中。」

〔詩句得活法〕吕本中江西宗派詩序：「自得之，忽然有入，然後惟意所出，萬變不窮，是名活法。」又，吕氏作夏均父集序云：「學詩當識活法。所謂活法者：規矩備具而能出於規矩之外，變化不測而亦不背於規矩也。是道也，蓋有定法而無定法，無定法而有定法。知是者則可以與語活法矣。」

〔新工〕黄庭堅寄杜家父詩：「徑欲題詩嫌浪許，杜郎覓句有新工。」

【編年】

右水調歌頭二首，作年莫考。廣信書院本此二詞與同調寄吴子似二詞相鄰，因附次於有關子似諸詞之後。

清平樂

清詞索笑，莫厭銀杯小。應是天孫新與巧，剪恨裁愁句好。　有人夢斷關河，小窗日飲亡何。想見重簾不捲，淚痕滴盡湘娥。

【箋注】

〔莫厭句〕蘇軾有「莫笑銀杯小」詩題。

〔天孫〕柳宗元乞巧文：「竊聞天孫專巧於天，轇轕璇璣，經緯星辰，能成文章，黼黻帝躬。」

〔日飲亡何〕見卷一減字木蘭花（僧窗夜雨閿）「亡何」注。

又　書王德由主簿扇

溪回沙淺，紅杏都開徧。鸂鶒不知春水暖，猶傍垂楊春岸。　片帆千里輕船，行人想見欹眠。誰似先生高舉，一行白鷺青天。

【箋注】

〔王德由〕未詳。

〔一行句〕杜甫絶句四首：「兩箇黄鸝鳴翠柳，一行白鷺上青天。」

西江月　春晚

賸欲讀書已嬾，只因多病長閑。聽風聽雨小窗眠，過了春光太半。　往事如尋去鳥，清愁難解連環。流鶯不肯入西園，去唤畫梁飛燕。

【校】

〔去唤〕王詔校刊本及四印齋本作「唤起」。

【箋注】

〔賸欲〕頗欲也。

〔解連環〕見卷一漢宫春（春已歸來）「解連環」注。

又　木樨

金粟如來出世，蘂宮仙子乘風。清香一袖意無窮，洗盡塵緣千種。　長爲西風作主，更居明月光中。十分秋意與玲瓏，拚却今宵無夢。

【箋注】

〔金粟如來〕木樨色黄似金，花小如粟，故亦稱「金粟」。净名經義鈔：「梵語維摩詰，此云净名，般提之子。……過去成佛，號金粟如來。」釋寂照谷響集：「李善注頭陀寺碑，引發跡經云：『净名大士是往古金粟如來。』予嘗檢藏中，不得此經。」李白答湖州司馬問詩：「湖州司馬何須問，金粟如來是後身。」

〔蘂宮〕爲蘂珠宮之簡稱。黄庭内景經：「太上大道玉晨君，閒居蘂珠作七言。」注云：「蘂珠，上清境宫闕名也。」

又　遣興

醉裏且貪歡笑，要愁那得工夫。近來始覺古人書，信着全無是處。　昨夜松邊醉倒，問松「我醉何如」。只疑松動要來扶，以手推松曰「去」。

【箋注】

〔近來二句〕孟子盡心下：「孟子曰：『盡信書則不如無書，吾於武成，取二三策而已矣。仁人無敵於天下，以至仁伐至不仁，而何其血之流杵也？』」

〔以手句〕漢書龔勝傳：「博士夏侯常見勝應禄不和，起至勝前，謂曰：『宜如奏所言。』勝以手推常曰：『去！』」

玉樓春　樂令謂衛玠：「人未嘗夢搗虀餐鐵杵，乘車入鼠穴。」以謂世無是事故也。余謂世無是事而有是理，樂所謂無，猶云有也。戲作數語以明之

有無一理誰差別，樂令區區猶未達。事言無處未嘗無，試把所無憑理說。

伯夷飢采西山蕨，何異搗虀餐杵鐵。仲尼去衛又之陳，此是乘車穿鼠穴。

【校】

〔題〕「猶云」四卷本丁集作「猶之」。

〔猶未〕四卷本作「渾未」。

〔穿〕四卷本作「入」。

【箋注】

〔樂令至故也〕世説新語文學篇：「衛玠總角時，問樂令夢，樂云：『是想。』衛曰：『形神所不接而夢，豈是想邪？』樂云：『因也。未嘗夢乘車入鼠穴、擣虀噉鐵杵，皆無想無因故也。』」

〔伯夷句〕見本卷鷓鴣天（出處從來自不齊閑）「賦采薇」注。

〔仲尼句〕史記孔子世家：「居衛月餘，靈公與夫人同車，宦者雍渠參乘出，使孔子爲次乘，招摇市過之，孔子曰：『吾未見好德如好色者也。』於是醜之，去衛。……遂至陳，主於司城貞子家。」

【編年】

右詞六首，據廣信書院本編列次第，皆應爲慶元中作。

西江月　壽祐之弟，時新居落成

畫棟新垂簾幕，華燈未放笙歌。一杯瀲灧泛金波，先向太夫人賀。　富貴吾應自有，功名不用渠多。只將緑鬢抵羲娥，金印須教斗大。

【校】

〔題〕四卷本丁集作「壽錢塘弟，正月十六日，時新居成」。

【箋注】

〔富貴句〕史記蔡澤列傳：「蔡澤者，燕人也。游學干諸侯，小大甚衆，不遇。而從唐舉相，……唐舉孰視而笑曰：『先生曷鼻巨肩，……吾聞聖人不相，殆先生乎？』蔡澤知唐舉戲之，乃曰：『富貴吾所自有，吾所不知者壽也。……』」

〔功名句〕陳師道送外舅郭大夫槩四川提刑詩：「功名何用多，莫作分外慮。」

〔羲娥〕謂羲和嫦娥，指日月，意即光陰。

〔金印句〕見卷一西江月（秀骨青松不老閑）「金印句」注。

【編年】

慶元四年至六年（一一九八至一二〇〇）。——祐之名助，曾任錢塘縣令，已詳卷二臨江仙（莫向空山吹玉笛閑）箋注中。據咸淳臨安志所載錢塘縣令姓名，辛氏列居程松之次。宋史程松傳謂：「慶元中，松知錢塘縣，諂事吴曦以結侂冑，……遷監察御史，……除同知樞密院事，自宰邑至執政才四年。」查宋史宰輔表，程松於嘉泰元年八月除同知樞密院，自此上推四年，則其由錢塘知縣而得遷除，至晚不得晚於慶元三、四年間。是則辛祐之之宰錢塘，應爲慶元四、五、六諸年事。

賀新郎　題傅巖叟悠然閣

路入門前柳。到君家悠然細説，淵明重九。歲晚淒其無諸葛，惟有黄花入手。更風雨東籬依舊。陡頓南山高如許，是先生拄杖歸來後。山不記，何年有。是中不減康廬秀。倩西風爲君喚起，翁能來否？鳥倦飛還平林去，雲自無心出岫。賸準備新詩幾首。欲辨忘言當年意，慨遥遥我去羲農久。天下事，可無酒！

【校】

〔歲晚〕廣信書院本作「晚歲」，兹從四卷本丁集。

〔陡頓〕四卷本作「斗頓」。

〔雲自〕四卷本作「雲肯」。

【箋注】

〔悠然閣〕陳文蔚題傅巖叟悠然閣詩第三首云：「悠然君之心，非古亦非今。忘言猶有詩，無絃安用琴。淵明此時意，千載無知音。但見登閣時，山高白雲深。」自注：「巖叟命名時，予適同登閣。」

〔門前柳〕見卷二洞仙歌（飛流萬壑闋）「待學二句」注。

〔淵明句〕蕭統陶淵明傳：「嘗九月九日出宅邊菊叢中，坐久之，滿手把菊，值（王）弘送酒至，即便就酌，醉而後歸。」又，淵明有九日閒居詩。

〔歲晚句〕謝靈運初發石首城詩：「欽聖若旦暮，懷賢亦淒其。」杜甫晚登瀼上堂詩：「淒其望呂、葛，不復夢周、孔。」黄庭堅宿舊彭澤懷陶令詩：「歲晚以字行，更始號元亮。淒其望諸葛，骯髒猶漢相。」

〔康廬〕廬山亦名匡山，亦稱匡廬。宋人避趙匡胤諱，故改稱康廬。陶淵明隱居柴桑，其地在廬山下。陶詩所謂「悠然見南山」者，即指廬山言。

〔鳥倦二句〕淵明歸去來辭：「雲無心以出岫，鳥倦飛而知還。」

〔賸準備句〕見卷二滿江紅（蜀道登天闋）「新詩準備」注。

〔欲辨句〕淵明飲酒詩第五：「此中有真意，欲辨已忘言。」

〔慨遥遥句〕淵明飲酒詩第二十：「羲農去我久，舉世少復真。……若復不快飲，空負頭上巾。」

又 用前韻再賦

肘後俄生柳。歎人生不如意事，十常八九。右手淋浪才有用，閒却持螯左手。

謾贏得傷今感舊。投閣先生惟寂寞，笑是非不了身前後。持此語，問烏有。青山幸自重重秀。問新來蕭蕭木落，頗堪秋否？總被西風都瘦損，依舊千嵓萬岫。把萬事無言搔首。翁比渠儂人誰好，是我常與我周旋久。寧作我，一杯酒。

【箋注】

〔肘後句〕莊子至樂篇：「支離叔與滑介叔觀於冥伯之丘，崑崙之虚，黄帝之所休，俄而柳生其左肘。」注云：「瘤作柳聲，轉借字。」

〔歎人生二句〕見卷一滿江紅（落日蒼茫闋）「過眼二句」注。

〔右手二句〕見卷二水調歌頭（白日射金闕闋）「未應二句」及（上古八千歲闋）「醉淋浪」注。

〔投閣句〕漢書揚雄傳：「王莽時，劉歆、甄豐皆爲上公。莽既以符命自立，即位之後，欲絶其原，以神前事；而豐子尋、歆子棻復獻之，莽誅豐父子，投棻四裔，辭所連及，便收不請。時雄校書天禄閣上，治獄使者來，欲收雄；雄恐不能自免，迺從閣上自投下，幾死。……京師爲之語曰：『惟寂寞，自投閣；爰清静，作符命。』」師古曰：「以雄解嘲之言譏之也。」

〔烏有〕見本卷水調歌頭（我亦卜居者闋）「舞烏有三句」注。

〔問新來二句〕杜甫登高詩：「無邊落木蕭蕭下，不盡長江滚滚來。萬里悲秋常作客，百年多病獨登臺。」

〔翁比三句〕見卷二鷓鴣天（不向長安路上行闋）「寧作我」注。

水調歌頭 賦傅巖叟悠然閣

歲歲有黄菊，千載一東籬。悠然政須兩字，長笑退之詩。自古此山元有，何事當時纔見，此意有誰知。君起更斟酒，我醉不須辭。　回首處，雲正出，鳥倦飛。重來樓上，一句端的與君期。都把軒窗寫徧，更使兒童誦得，歸去來兮辭。萬卷有時用，植杖且耘耔。

【箋注】

〔悠然二句〕韓愈南山詩凡百有二韻。

〔自古句〕晉書羊祜傳：「祜樂山水，每風景必造峴山置酒言詠，終日不倦。嘗慨然歎息，顧謂從事中郎鄒湛等曰：『自有宇宙便有此山，由來賢達勝士登此遠望，如我與卿者多矣，皆湮滅無聞，使人悲傷。』」

〔雲正出二句〕見前賀新郎（路入門前柳闋）「鳥倦二句」注。

〔植杖句〕歸去來辭：「懷良辰以孤往，或植杖而耘耔。」

【編年】

慶元中。——右詞三首，作年難確考。下列新荷葉二闋，作於趙晉臣已歸鉛山之後，題中已云「再題」，知此數闋當作於慶元六年前。就水調歌頭「重來樓上」句觀之，或其時與巖叟之往還尚未頻數也。

念奴嬌　賦傅巖叟香月堂兩梅

未須草草，賦梅花，多少騷人詞客。總被西湖林處士，不肯分留風月。疏影横斜，暗香浮動，把斷春消息。試將花品，細参今古人物。　看取香月堂前，歲寒相對，楚兩龔之潔。自與詩家成一種，不係南昌仙籍。怕是當年，香山老子，姓白來江國。謫仙人字，太白還又名白。

【校】

〔題〕四卷本丙集作「賦梅花」。

〔把斷春〕四卷本「把斷」二字缺。

〔試將〕四卷本作「尚餘」。

〔細参〕四卷本作「未忝」。

【箋注】

〔香月堂兩梅〕陳克齋集卷十四答趙昌甫送徐天錫詩自注云：「雙梅在巖叟家香月堂，清古可愛，昌甫每與稼軒同領略之。杜爲稼軒題。」

〔草草〕蘇軾和秦太虛梅花詩：「去年花開我已病，今年對花還草草。」

〔總被四句〕宋史隱逸傳：「林逋字君復，杭州錢塘人。少孤力學，不爲章句。性恬淡好古，弗趨榮利。家貧，衣食不足，晏如也。初放遊江淮間，久之，歸杭州，結廬西湖之孤山，二十年足不及城市。……既卒，賜謚和靖先生。逋善行書，喜爲詩，其詞澄浹峭特，多奇句。」其山園小梅詩有云：「衆芳摇落獨暄妍，占盡風情向小園。疎影横斜水清淺，暗香浮動月黄昏。」

〔把斷〕把攬。

〔楚兩龔句〕漢書兩龔傳：「兩龔，皆楚人也。勝字君賓，舍字君倩，二人相友，並著名節，故世謂之楚兩龔。」法言問明篇：「楚兩龔之絜，其清矣乎。」

〔南昌仙籍〕漢書梅福傳：「梅福字子真，九江壽春人也。……爲郡文學，補南昌尉。後去官歸壽春。居家常讀書養性爲事。至元始中，王莽顓政，福一朝棄妻子去九江，至今傳以爲仙。其後人有見福於會稽者，變名姓爲吴市門卒云。」按：此謂香月堂兩梅唯應受詩人歌詠，不與他梅同一族類也。

〔香山二句〕白居易曾被謫爲江州司馬，晚年自號香山居士。

〔謫仙二句〕李白字太白，以詩往見賀知章，賀曰：「子謫仙人也。」後代因稱李爲謫仙。按：香月堂之梅花當爲白色，故末章云云。

又

余既爲傅巖叟兩梅賦詞，傅君用席上有請云：「家有四古梅，今百年矣，未有以品題，乞援香月堂例。」欣然許之，且用前篇體製戲賦

是誰調護，歲寒枝，都把蒼苔封了。茆舍疎籬江上路，清夜月高山小。摸索應知，曹劉沈謝，何況霜天曉。芬芳一世，料君長被花惱。　惆悵立馬行人，一枝最愛，竹外横斜好。我向東鄰曾醉裏，唤起詩家二老。拄杖而今，婆娑雪裏，又識商山皓。請君置酒，看渠與我傾倒。

【箋注】

〔傅君用〕事歷未詳。詞中謂與巖叟爲鄰，疑亦巖叟族人。

〔月高山小〕蘇軾後赤壁賦：「山高月小。」

〔摸索二句〕劉餗隋唐嘉話中：「許敬宗性輕傲，見人多忘之，或謂其不聰，許曰：『卿自難

記，若遇何、劉、沈、謝，暗中摸索着亦可識。』」 按許敬宗所稱「何、劉、沈、謝」當指南朝之何遜、劉孝綽、沈約、謝朓言。梁書何遜傳謂：「遜八歲能賦詩，弱冠州舉秀才。一文一詠，范雲輒嗟賞。沈約亦愛其文。……遜文章與劉孝綽並見重於世，世謂之何、劉。」劉孝綽傳謂：「孝綽七歲能屬文。每作一篇，朝成暮徧，好事者咸諷誦傳寫，流聞絶域。」又沈約傳謂：「約該悉舊章，博物洽聞，當世取則。謝玄暉（朓）善爲詩，任彦昇工於文章，約兼而有之，然不能過也。」杜甫詩亦有「何、劉、沈、謝力未工」句。此云「曹、劉」當由一時誤記爲曹植、劉楨也。

〔被花惱〕杜甫江畔獨步尋花七絶：「江上被花惱不徹。」

〔惆悵三句〕蘇軾和秦太虚梅花詩：「東坡先生心已灰，爲愛君詩被花惱。多情立馬待黄昏，殘雪消遲月出早。江天千樹春欲闇，竹外一枝斜更好。」

〔我向二句〕謂賦傅巖叟香月堂兩梅花事。詩家二老即李白及白居易。

〔商山皓〕高士傳：「四皓者，皆河内軹人也。或在汲。始皇時見秦政虐，乃退入藍田山，……共入商雒，隱地肺山以待天下定。及秦敗，漢高聞而徵之，不至。」餘參本卷踏莎行（吾道悠悠闋）「商山三句」注。按：傅君用家有四古梅，蓋皆白色，故詞中以商山皓爲比，不唯其數符同，亦兼寓其色也。

【編年】

慶元六年（一二〇〇）前。——右二詞作年無可考。據次闋題中語意推之，其時稼軒當尚未至傅君用之家園，故僅依據其席上之請而爲之賦。稼軒另有「題傅君用山園」之賀新郎一闋，作於慶元六年，知此二闋必均作於六年之前。

滿江紅　和傅巖叟香月韻

半山佳句，最好是「吹香隔屋」。又還怪冰霜側畔，蜂兒成簇。更把香來薰了月，却教影去斜侵竹。似神清骨冷住西湖，何由俗。　根老大，穿坤軸。枝夭嫋，蟠龍斛。快酒兵長俊，詩壇高築。一再人來風味惡，兩三杯後花緣熟。記五更聯句失彌明，龍唧燭。

【箋注】

〔半山二句〕王安石號半山老人。陸游入蜀記卷第二：「八日，晨至鍾山。……歸途至半山少留。半山者王文公舊宅，所謂報寧禪院也。自城中上鍾山，此爲中途，故曰半山。」王安石題半山寺壁詩李壁注：「半山報寧禪寺，公故宅也，由東門至蔣山，此爲半道，故以半山爲名。其地亦名白塘。」王安石金陵即事詩：「水際柴門一半開，小橋分路入蒼苔。背人照影無窮柳，隔屋吹香併是梅。」

〔似神清二句〕蘇軾題林逋詩後：「先生可是絶俗人，神清骨冷無由俗。」

〔坤軸〕張嘉貞恒山碑銘：「其頂也，上扶乾門黑帝之宫觀；其足也，下捺坤軸元神之都府。」

〔酒兵、詩壇〕蘇軾景晛履常屢有詩督叔弼季默唱和詩：「君家文律冠西京，旋築詩壇按酒兵。」參卷二江神子（梨花著雨晚來晴闋）「酒兵句」注。

〔記五更句〕韓愈石鼎聯句詩序：「道士倚牆睡，鼻息如雷鳴，二子怛然失色，不敢喘。斯須，曙鼓動鼕鼕，二子亦困，遂坐睡。及覺，日已上，驚顧，覓道士不見。……二子驚惋自責，若有失者。……嘗聞有隱君子彌明，豈其人耶。」參本卷江神子（五雲高處望西清闋）「石鼎二句」注。

〔龍啣燭〕楚辭天問篇：「日安不到，燭龍何照。」注云：「天西北有幽冥無日之國，有龍銜燭而照之。」

【編年】

右詞作年無可考，姑附次於此。

水調歌頭　即席和金華杜仲高韻，併壽諸友，惟醻乃佳耳

萬事一杯酒，長歎復長歌。杜陵有客，剛賦雲外築婆娑。須信功名兒輩，誰識年來心事，古井不生波。種種看余髮，積雪就中多。　二三子，問丹桂，倩素娥。平生螢雪，男兒無奈五車何。看取長安得意，莫恨春風看盡，花柳自蹉跎。今夕且歡

笑，明月鏡新磨。

【箋注】

〔杜仲高〕金華縣志：「杜旟字仲高，與兄伯高、弟叔高等兄弟五人俱有詩名，時稱『杜氏五高』。所著有癖齋小集。」光緒蘭谿縣志卷五志人物：「杜仲高，名旟，嘗占湖漕舉首。與吴獵、楊長孺善，從辛棄疾游。著有杜詩發微、癖齋集。」（按：蘭谿本由金華縣所分出，後亦仍屬金華府，故兩志均著録杜氏弟兄。）陳亮龍川文集卷十九復杜仲高書：「忽永康遞到所惠教，副以高文麗句，讀之一過，見所謂『半開半落花有恨，一晴一雨春無力』，已令人眼動。及讀到『别纜解時風度緊，離腸盡處花飛急』，然後知晏叔原之『落花人獨立，微雨燕雙飛』，不得專擅美矣。……蓋亦可謂一時之豪矣。」高翥菊磵詩選有喜杜仲高移居清河詩，題下有自注云：「稼軒爲仲高開山田，仲高有辛田記。」據知稼軒與仲高之交誼蓋甚深。

〔杜陵二句〕杜陵客指仲高。「剛賦」句則指仲高原唱也。

〔古井句〕孟郊烈女操詩：「波瀾誓不起，妾心井中水。」蘇軾出都來陳所乘船上有題小詩八首聊爲和之：「年來煩惱盡，古井無由波。」臂痛謁告作三絶句示四君子：「心有何求遺病安，年來古井不生瀾。」

〔種種句〕見卷一水調歌頭（我飲不須勸闋）「余髪句」注。

〔問丹桂〕意謂準備舉業也。世以登科第爲折桂，故竇禹鈞五子相繼登科，馮道贈詩有「靈椿一枝長，丹桂五枝芳」之句。

〔倩素娥〕羅公遠傳：「明皇遊月宮，見素娥十餘人，皓衣，乘白鸞，遊於桂下。」又，月裏嫦娥，亦稱素娥。又，甘澤謡謂素娥爲花月之妖，引見卷二念奴嬌（洞庭春晚闋）「月妖二句」注。

〔螢雪〕晉車胤嘗以囊盛螢照讀，孫康嘗於冬夜映雪讀書。

〔五車〕見卷一水調歌頭（官事未易了闋）「五車書」注。

〔看取二句〕唐詩紀事卷三十五：「孟郊及第，有詩曰：『昔人齷齪不足嗟，今朝曠蕩恩無涯。青春得意馬蹄疾，一日看盡長安花。』一日之間，花即看盡，何其速也。果不達。」

【編年】

右詞作年無可考，姑編置慶元六年與杜叔高唱和諸詞之前。

浣溪沙　偕杜叔高吴子似宿山寺戲作

花向今朝粉面勻，柳因何事翠眉顰？東風吹雨細於塵。　自笑好山如好色，只今懷樹更懷人。閒愁閒恨一番新。

【校】

〔題〕四卷本丙集無「杜」、「吴」二字。

【箋注】

〔東風吹雨〕盧綸長安春望詩：「東風吹雨過青山。」

〔自笑句〕論語子罕篇：「子曰：『我未見好德如好色者也。』」蘇軾自徑山回和吕察推詩：「多君貴公子，愛山如愛色。」

又

歌串如珠箇箇匀，被花勾引笑和顰。向來驚動畫梁塵。　莫倚笙歌多樂事，相看紅紫又拋人。舊巢還有燕泥新。

【箋注】

〔歌串如珠〕白居易寄明州于駙馬使君詩：「何郎小妓歌喉好，嚴老呼爲一串珠。」自注：「嚴尚書與于駙馬詩云：『莫損歌喉一串珠。』」

〔向來句〕藝文類聚卷四三引劉向別録：「魯人虞公，發聲清哀，蓋動梁塵。」王安石次韻登微之高齋有感詩：「登高一曲悲亡國，想繞紅梁落暗塵。」向來即「適來」、「適纔」之意。

又

父老争言雨水匀，眉頭不似去年顰。殷勤謝却甑中塵。　啼鳥有時能勸客，小桃無賴已撩人。梨花也作白頭新。

【箋注】

〔甑中塵〕後漢書獨行傳：「范冉字史雲，陳留内黄人也。桓帝時以冉爲萊蕪長。……所止單陋，有時絶粒。窮居自若，言貌無改。閭里歌之曰：『甑中生塵范史雲，釜中生魚范萊蕪。』」

【編年】

慶元六年（一二〇〇）。——右三詞用同韻，當作於同時。杜叔高於慶元六年春至鉛山相訪，見稼軒與杜叔高祝彦集觀天保菴瀑布詩自注，知此三詞必其時所作。

婆羅門引　别杜叔高。叔高長於楚詞

落花時節，杜鵑聲裏送君歸。未消文字湘纍，只怕蛟龍雲雨，後會渺難期。更何人念我，老大傷悲？　已而已而。算此意，只君知。記取岐亭買酒，雲洞題詩。争如不見，纔相見便有别離時。千里月兩地相思。

【校】

〔題〕四卷本丙集無「杜」字。

〔岐亭〕四卷本作「歧亭」。

【箋注】

〔湘纍〕見卷二蝶戀花（九畹芳菲蘭佩好闋）「湘纍」注。

〔蛟龍雲雨〕三國志周瑜傳：「瑜上疏曰：『劉備以梟雄之姿而有關羽張飛熊虎之將，必非久屈爲人用者，……恐蛟龍得雲雨，終非池中物也。』」

〔老大傷悲〕古詩：「少壯不努力，老大徒傷悲。」

〔已而句〕論語微子篇：「已而已而，今之從政者殆而。」

〔岐亭買酒〕蘇軾岐亭五首：「三年黄州城，飲酒但飲濕。……定應好事人，千石供李白。」

〔雲洞〕見卷二水調歌頭（今日復何日闋）「雲洞」注。

〔争如不見〕司馬光西江月詞：「相見争如不見。」

〔千里月〕謝莊月賦：「隔千里兮共明月。」

又　用韻別郭逢道

綠陰啼鳥，陽關未徹早催歸。歌珠悽斷纍纍。回首海山何處，千里共襟期。歎高山流水，絃斷堪悲。　中心悵而。似風雨，落花知。更擬停雲君去，細和陶詩。見君何日？待瓊林宴罷醉歸時。人争看寶馬來思。

【箋注】

〔郭逢道〕未詳。稼軒詩集和郭逢道韻二首，其中「莫爲梅花費詩句，細思丹桂是天香」句，有勸其應試之意，可與此詞相參。

〔歌珠〕禮記樂記：「纍纍乎端如貫珠。」元稹有善歌如貫珠賦。

〔高山流水〕見卷一滿庭芳（傾國無媒閿）「高山流水」注。

〔中心悵而〕陶潛榮木詩：「静言孔念，中心悵而。」

〔風雨、落花〕孟浩然春曉詩：「夜來風雨聲，花落知多少？」

〔細和句〕黄庭堅跋子瞻和陶詩：「子瞻謫嶺南，時宰欲殺之。飽喫惠州飯，細和淵明詩。」

〔瓊林宴〕即新舉進士及第者之恩榮宴也。以在瓊林苑中舉行，故曰瓊林宴。石林燕語：「瓊林苑，乾德中置。……歲賜二府從官宴及進士聞喜宴，皆在其間。」東京夢華録：「瓊林苑，在順天門大街，面北，與金明池相對。」

又　用韻答傅先之，時傅宰龍泉歸

龍泉佳處，種花滿縣，却東歸。腰間玉若金纍。須信功名富貴，長與少年期。悵高山流水，古調今悲。　卧龍暫而。算天上，有人知。最好五十學易，三百篇詩。男兒事業，看一日須有致君時。端的了休更尋思。

【校】

〔題〕四卷本丁集作「用韻答先之」。

〔休更〕廣信書院本作「休便」，兹從四卷本。

【箋注】

〔傅先之〕鉛山縣志卷十二選舉志：「傅兆，字先之，淳熙八年進士，城北人，湖州通判。」龍泉縣志卷八政績：「傅兆，上饒人，慶元初知縣。爲民備荒，出所得俸錢六十萬有奇，會歲豐穀賤，盡以博糴，爲米三百餘斛，置倉別貯。俟農事方殷，舊穀將没，則如其價以出之，至秋復斂。名其倉曰勸儲，擇邑有行誼者司之。歲率爲常，民懷其惠。」按：宋有二龍泉縣，一屬處州，一屬吉州，傅氏所任爲處州龍泉宰。

〔種花句〕見卷一水調歌頭（官事未易了闋）「君要二句」注。

〔玉若金罍〕見卷二瑞鶴仙（黃金堆到斗闋）「金印句」注。

〔悵高山二句〕列子湯問篇：「伯牙善鼓琴，鍾子期善聽。伯牙鼓琴，志在登高山，鍾子期曰：『善哉，峩峩兮若泰山。』志在流水，鍾子期曰：『善哉，洋洋兮若江河。』伯牙所念，鍾子期必得之。」

〔五十學易〕論語述而篇：「子曰：『假我數年，五十以學易，可以無大過矣。』」

〔男兒事業〕杜牧醉贈薛道封詩：「男兒事業知公有，賣與明君直幾錢？」

〔致君〕見卷一水調歌頭（落日古城角闋）「詩書二句」注。

〔端的了〕即「真明白」意。

又　用韻答趙晉臣敷文

不堪鶗鴂，早教百草放春歸。江頭愁殺吾罍。却覺君侯雅句，千載共心期。便留春甚樂，樂了須悲。　瓊而素而。被花惱，只鶯知。正要千鍾角酒，五字裁詩。江東日暮，道繡斧人去未多時，還又要玉殿論思。

【箋注】

〔趙晉臣〕上饒縣志寓賢傳：「趙不迂，字晉臣，嘗創書樓於上饒，吟咏自適。」鉛山縣志選舉志：「趙不迂，士礽四子，紹興二十四年進士，中奉大夫，直敷文閣學士。」夷堅三志壬六滕王閣火條：「慶元四年七月二十六日夜，細民家失火，……滕王閣外廡遂罹鬱攸之害。趙不迂晉臣以漕使兼府事，出次城頭，遥望西山，焚香禱於旌陽真君。西風方熾，忽然反東，火隨以息。」曹學佺大明一統名勝志江西南昌府：「樂園即宋漕司花園，紹興中轉運判官趙奇符剏，……至慶元五年祕閣趙不迂榜以今名。」

〔不堪二句〕見卷一新荷葉（春色如愁闋）「鶗鴂芳菲」注。

〔吾纍〕見卷二蝶戀花（九畹芳菲蘭佩好闋）「湘纍」注。

〔瓊而素而〕詩齊風著：「俟我於著乎而，充耳以素乎而，尚之以瓊華乎而。」

〔被花惱〕見前念奴嬌（是誰調護闋）「被花惱」注。

〔千鍾角酒〕孔叢子儒服篇：「昔平原君與子高飲，强子高酒，曰：『昔有遺諺：堯舜千鍾，孔子百觚，子路嗑嗑，尚飲十榼。古之聖賢無不能飲也。』」

〔江東句〕杜甫春日憶李白詩：「渭北春天樹，江東日暮雲。」

〔繡斧〕宋代各路提點刑獄及轉運、常平通稱監司，提刑即漢代繡衣持斧使者。容齋四筆卷二志文不可冗條：「東坡爲張文定公作墓誌銘，有答其子厚之一書，……坡帖藏梁氏竹齋，趙晉臣鐫石於湖南憲司楚觀。」克齋集卷十四有送趙晉臣持閫憲節詩，云：「湘江之水碧悠哉，使君昔日曾徘徊。於今八州復延頸，洗冤擇物須公來。」是則趙晉臣曾任湖南、福建提刑。福建通志載趙晉臣鼓山詩一首，據詩後跋語，知其任閩憲在慶元三年。

〔玉殿論思〕蘇軾次韻蔣穎叔詩：「豈敢便爲鷄黍約，玉堂金殿要論思。」

【編年】

慶元六年（一二〇〇）春。——右同韻婆羅門引四首，當是同時作。傅先之於慶元間知龍泉縣事，於何時卸任歸鉛山，雖無史文可考，但趙晉臣於慶元五年尚在江西漕使任，而杜叔高之至鉛山相會，又有稼軒詩題明標其年月，則右詞四首必均作於六年春杜氏離鉛山前後。時晉臣蓋罷職初歸也。

念奴嬌　重九席上

龍山何處？記當年高會，重陽佳節。誰與老兵供一笑，落帽參軍華髮。莫倚忘懷，西風也解，點檢尊前客。淒涼今古，眼中三兩飛蝶。　須信采菊東籬，高情千載，只有陶彭澤。愛説琴中如得趣，絃上何勞聲切。試把空杯，翁還肯道：何必杯中物。臨風一笑，請翁同醉今夕。

【校】

〔也解〕四卷本丁集作「也會」。

【箋注】

〔龍山三句、落帽參軍〕龍山在湖北江陵，即孟嘉落帽處。孟嘉事見卷一沁園春（佇立瀟湘闋）「落帽山」注。

〔老兵〕晉書謝奕傳：「與桓温善，温辟爲安西司馬，猶推布衣好。……嘗逼温飲，温走入南康主門避之，……奕遂攜酒就聽事引温一兵帥共飲，曰：『失一老兵，得一老兵，亦何所怪。』温不之責。」

〔愛説二句〕見卷一新荷葉（春色如愁闋）「絃斷」注。

【附録】

羅大經鶴林玉露甲編卷一落帽：

桓温雄猛蓋一時，賓僚相從燕賞，豈應有失禮於前者？孟嘉落帽，恐如禰正平褻服摻撾嫚侮曹瞞之意。陶淵明，嘉之甥也，爲嘉作傳，稱其在朝仗正順，門無雜賓。則嘉亦一時之望，乃肯從温，何也？温嘗從容謂曰：「人不可無勢，我乃能駕馭卿。」亦頗有相靳之意。辛幼安九日詞云：「誰與老兵供一笑，落帽參軍華髮。莫倚忘懷，西風也解，點檢尊前客。淒涼今古，眼中三兩飛蝶。」意謂嘉不當從温，故西風落其帽以貶之，若免冠然。

又用韻答傅先之

君詩好處，似鄒魯儒家，還有奇節。下筆如神彊押韻，遺恨都無毫髮。炙手炎來，掉頭冷去，無限長安客。丁寧黄菊，未消勾引蜂蝶。　天上絳闕清都，聽君歸去；我自癯山澤。人道君才剛百鍊，美玉都成泥切。我愛風流，醉中傾倒，丘壑胸中物。一杯相屬，莫孤風月今夕。

【校】

〔題〕廣信書院本「先之」下有「提舉」二字，兹從四卷本丁集。

〔押韻〕四卷本作「壓韻」。

〔傾倒〕四卷本作「顛倒」。

【箋注】

〔下筆句〕杜甫奉贈韋左丞丈詩：「甫昔少年日，早充觀國賓。讀書破萬卷，下筆如有神。」南史王筠傳：「筠又嘗爲詩，能用彊韻，每公宴竝作，辭必妍靡。」蘇軾迨作淮口遇風詩戲用其韻：「君看押彊韻，已勝郊與島。」

〔遺恨句〕杜甫贈鄭諫議詩：「毫髮無遺憾，波瀾獨老成。」

〔炙手〕新唐書崔鉉傳：「鉉爲尚書左僕射，兼門下侍郎，所善鄭魯、楊紹復、段瓌、薛蒙，頗參議論，時語曰：『鄭、楊、段、薛，炙手可熱。欲得命通，魯、紹、瓌、蒙。』」

〔掉頭〕莊子在宥篇：「鴻蒙拊髀雀躍掉頭曰：『吾弗知，吾弗知。』」

〔絳闕〕即宫闕，猶言紫宸、丹墀之類。晉書孫楚傳：「楚遺書孫皓曰：『耀兵劍閣，則姜維面縛，……使竊號之雄，稽顙絳闕。』」

〔清都〕見卷一水調歌頭（千里渥洼種闋）「清都」注。

〔癯山澤〕史記司馬相如傳：「相如以爲列僊之傳居山澤間，形容甚臞，此非帝王之僊意也，乃遂就大人賦。」

〔剛百鍊〕應劭漢官儀：「今取堅剛百鍊而不耗。」劉琨贈盧諶詩：「何意百鍊剛，化爲繞指柔。」

〔美玉句〕十洲記：「流洲上多山川積石，名爲昆吾，冶其石成鐵，作劍，光明洞照，如水精狀。割玉物如切泥。」

〔丘壑句〕唐厲霆大有堂詩：「胸中元自有丘壑，盞裏何妨對聖賢。」黄庭堅題子瞻枯木詩：「胸中元自有丘壑，故作老木蟠風霜。」

〔一杯句〕韓愈八月十五夜贈張功曹詩：「沙平水息聲影絶，一杯相屬君當歌。」

〔風月今夕〕南史徐勉傳：「勉居選官，嘗與門人夜集，客有虞暠，求詹事五官，勉正色答曰：

『今夕止可談風月，不宜及公事。』故時人服其無私。」

【編年】

慶元、嘉泰間。——右二詞用同韻，當爲同時作。四卷本次首題中未著傅先之官職，疑其時尚在傅氏倅吴興之前，則當在慶元、嘉泰間也。（廣信書院本題中提舉二字當爲後來追加者。）

最高樓 客有敗棋者，代賦梅

花知否：花一似何郎，又似沈東陽：瘦稜稜地天然白，冷清清地許多香。笑東君，還又向，北枝忙。　着一陣霎時間底雪，更一箇缺些兒底月。山下路，水邊牆。風流怕有人知處，影兒守定竹旁廂。且饒他，桃李趁，少年場。

【校】

〔題〕花菴詞選作「梅花」。

〔又向〕花菴詞選作「又趁」。

〔更一箇〕花菴詞選作「着一箇」。

〔風流〕花菴作「清香」，全芳備祖前集一引同。

〔影兒至趁〕花菴詞選作「蒼松側畔竹旁廂，怎禁他，桃與李」。

【箋注】

〔何郎〕謂何晏。世説新語容止篇：「何平叔美姿儀，面至白，魏明帝疑其傅粉。正夏月，與熱湯餅，既噉，大汗出，以朱衣自拭，色轉皎然。」宋璟梅花賦：「儼如傅粉，是謂何郎。」

〔沈東陽〕指沈約。南史沈約傳謂隆昌元年約除吏部郎，出爲東陽太守。李商隱寄呈韓冬郎兼呈畏之員外詩：「爲憑何遜休聯句，瘦盡東陽姓沈人。」自注：「沈東陽嘗謂何遜曰：『吾每讀卿詩，一日三復，終未能到。』余雖無東陽之才，而有東陽之瘦矣。」又，有懷在蒙飛卿詩：「哀同庾開府，瘦極沈尚書。」

〔北枝忙〕白孔六帖：「大庾嶺上梅，南枝落，北枝開。」

〔着一陣〕即「來一陣」之意。

〔且饒〕即「且讓」、「且任」之意。

〔趁〕有「趕」、「逐」、「隨」、「尋」等義，動詞。

又　用韻答趙晉臣敷文

花好處，不趁綠衣郎，縞袂立斜陽。面皮兒上因誰白，骨頭兒裏幾多香？儘饒他，心似鐵，也須忙。

甚喚得雪來白倒雪，更喚得月來香殺月。誰立馬，更窺牆？將軍止渴山南畔，相公調鼎殿東廂。忒高才，經濟地，戰爭場。

【校】

〔題〕四卷本乙集作「答晉臣」。

〔更喚得〕王詔校刊本及四印齋本「更」俱作「便」。汲古閣抄四卷本此字用粉塗去，未補。

【箋注】

〔緑衣郎〕當指緑葉。

〔縞袂〕蘇軾次韻楊公濟奉議梅花十首：「月黑林間逢縞袂，霸陵醉尉誤誰何。」

〔心似二句〕皮日休桃花賦序：「余常慕宋廣平（璟）之爲相，貞姿勁質，剛態毅狀，疑其鐵腸石心，不解吐婉媚辭，然覩其文而有梅花賦，清便富豔，得南朝徐庾體，不類其爲人也。」蘇軾題崔徽真詩：「未道廣平心如鐵。」

〔立馬、窺牆〕白居易新樂府井底引銀瓶：「牆頭馬上遥相顧。」

〔將軍句〕見本卷沁園春（我見君來闋）「渴望梅」注。

〔相公句〕見卷一西河（西江水闋）「對梅花二句」注。

歸朝歡　題趙晉臣敷文積翠巖

我笑共工緣底怒，觸斷峨峨天一柱。補天又笑女媧忙，却將此石投閑處。野煙荒草路。先生拄杖來看汝。倚蒼苔，摩挲試問：千古幾風雨？　長被兒童敲火苦，時有牛羊磨角去。霍然千丈翠巖屏，鏘然一滴甘泉乳。結亭三四五。會相暖熱攜歌舞。細思量：古來寒士，不遇有時遇。

【校】

〔題〕四卷本乙集無「趙」字及「敷文」二字。

【箋注】

〔積翠巖〕鉛山縣志卷一：「觀音石，又名積翠巖，即古之楊梅山，在縣西三里，一名七寶山，下有貌平坑，石竅中膽泉湧出。……方輿記云：『積翠巖房蓄煙靄，五峯相對。自五峯以東，由斷玉峽二十餘步，有石屹立，名擎天柱，又名狀元峯。』」

〔我笑三句〕見卷一滿江紅（鵬翼垂空闕）「袖裏二句」注。

〔倚蒼苔二句〕王安石謝公墩詩：「摩挲蒼苔石，點檢屐齒痕。」

〔長被二句〕韓愈石鼓歌：「牧兒敲火牛礪角，誰復著手爲摩挲。」

〔古來二句〕董仲舒有士不遇賦。

鵲橋仙 席上和趙晉臣敷文

少年風月，少年歌舞，老去方知堪羨。歎折腰五斗賦歸來，問走了羊腸幾遍？高車駟馬，金章紫綬，傳語渠儂穩便。問東湖帶得幾多春，且看淩雲筆健。

【箋注】

〔歎折腰句〕宋書陶潛傳：「爲彭澤令，……郡遣督郵至，縣吏白應束帶見之，潛歎曰：『我不能爲五斗米折腰向鄉里小人！』即日解印綬去職，賦歸去來。」

〔金章紫綬〕杜佑通典卷三一職官一三：「凡列侯，金印紫綬。」

〔傳語句〕意謂必可取得。

〔淩雲筆健〕杜甫戲爲六絶之一：「庾信文章老更成，淩雲健筆意縱横。」

【編年】

慶元六年（一二〇〇）春。——據「賦歸來」及「問東湖」句，知作於趙氏歸自豫章之初，當亦在慶元六年。

上西平　送杜叔高

恨如新，新恨了，又重新。看天上多少浮雲？江南好景，落花時節又逢君。夜來風雨，春歸似欲留人。　尊如海，人如玉，詩如錦，筆如神。更能幾字盡殷勤。江天日暮，何時重與細論文？緑楊陰裏，聽陽關門掩黄昏。

【校】

〔更能〕廣信書院本、王詔校刊本及四印齋本俱脱「更」字，兹據六十家詞本及歷代詩餘補。四卷本無此首。

【箋注】

〔杜叔高〕見卷二賀新郎（細把君詩説闋）箋注。

〔江南二句〕杜甫江南逢李龜年詩：「正是江南好風景，落花時節又逢君。」

〔江天二句〕杜甫春日憶李白詩：「渭北春天樹，江東日暮雲。何時一尊酒，重與細論文？」

錦帳春　席上和杜叔高韻

春色難留，酒杯常淺。更舊恨新愁相間。五更風，千里夢，看飛紅幾片，這般庭院。幾許風流，幾般嬌嬾。問相見何如不見？燕飛忙，鶯語亂，恨重簾不捲，翠屏平遠。

【校】

〔題〕廣信書院本及四印齋本無「韻」字，茲據四卷本丙集補。又四卷本無「杜」字。王詔校刊本及六十家詞本俱作「杜叔高席上」。

〔更舊恨〕四卷本作「把舊恨」。

〔千里〕廣信書院本作「十里」，茲從四卷本等。

【箋注】

〔五更風、飛紅〕王建宮詞：「樹頭樹底覓殘紅，一片西飛一片東。自是桃花貪結子，錯教人恨五更風。」

〔問相見句〕見前婆羅門引（落花時節閿）「争如不見」注。

武陵春　春興

桃李風前多嫵媚，楊柳更温柔。喚取笙歌爛漫遊，且莫管閑愁。　好趁晴時連夜賞，雨便一春休。草草杯盤不要收，纔曉又扶頭。

【校】

〔題〕廣信書院本及四卷本丙集俱無題，兹從王詔校刊本及四印齋本補。

〔晴時〕四卷本作「春晴」。

〔曉又〕四卷本作「曉便」，王詔本及四印齋本作「晚又」。

【箋注】

〔草草句〕王安石示長安君詩：「草草杯盤供笑語，昏昏燈火話平生。」

又

走去走來三百里，五日以爲期。六日歸時已是疑，應是望多時。　鞭箇馬兒歸去也，心急馬行遲。不免相煩喜鵲兒，先報那人知。

【箋注】

〔五日二句〕詩小雅采緑：「五日爲期，六日不詹。」

浣溪沙　別杜叔高

這裏裁詩話別離，那邊應是望歸期。人言心急馬行遲。　去鴈無憑傳錦字，春泥抵死污人衣。海棠過了有荼蘼。

玉蝴蝶 追別杜叔高

古道行人來去，香紅滿樹，風雨殘花。望斷青山，高處都被雲遮。客重來風流觴詠，春已去光景桑麻。苦無多：一條垂柳，兩箇啼鴉。人家：疎疎翠竹，陰陰緑樹，淺淺寒沙。醉兀籃輿，夜來豪飲太狂些。到如今都齊醒却，只依舊無奈愁何。試聽呵：寒食近也，且住爲佳。

【校】

〔題〕「杜叔高」廣信書院本作「杜仲高」，兹從四卷本丙集。

【箋注】

〔光景桑麻〕王安石出郊詩：「風日有情無處着，初回光景到桑麻。」

〔醉兀〕白居易對酒詩：「所以劉阮輩，終年醉兀兀。」

〔寒食二句〕見卷一霜天曉角（吴頭楚尾闋）「明日三句」注。

【編年】

慶元六年（一二〇〇）。——據朱文公文集與杜叔高書及稼軒賀新郎詞，知杜氏曾於淳熙十六年春至上饒與稼軒會晤。稼軒詩集有題云：「同杜叔高、祝彦集觀天保菴瀑布，主人留飲兩日，且約牡丹之飲。」自注云：「庚申歲二月二十八日也。」則是慶元六年杜氏又至鉛山相會。右詞有「客重來」句，知其非作於淳熙十六年者。又據「風流觴詠」及「寒食近」等語，其時令亦與詩題全相合。廣信書院本改叔高爲仲高，雖仲高之是否亦曾相訪不可考知，而據上舉諸佐證，知此詞決係與叔高相酬唱者。上西平等三首題中皆注明送别杜叔高，詞中所寫又皆春事，知亦同時之作。武陵春二首題中雖未涉及叔高，然詞意與上西平諸詞同，後一首之「心急馬行遲」句又與浣溪沙詞中語句相合，疑亦爲送别杜叔高之作，因彙録焉。

又　叔高書來戒酒，用韻

貴賤偶然渾似：隨風簾幌，籬落飛花。空使兒曹，馬上羞面頻遮。向空江誰捐玉珮，寄離恨應折疏麻。暮雲多。佳人何處？數盡歸鴉。　儂家：生涯蠟屐，功名破甑，交友摶沙。往日曾論，淵明似勝卧龍些。算從來人生行樂，休更説日飲亡何。快斟呵；裁詩未穩；得酒良佳。

【校】

〔題〕「叔高」廣信書院本作「杜仲高」，兹從四卷本丁集。

〔簾幌〕廣信書院本作「簾幕」，兹從四卷本。

〔算從來〕四卷本作「記從來」。

〔休更説〕四卷本作「休更問」。

【箋注】

〔貴賤三句〕南史范縝傳：「子良問曰：『君不信因果，何得富貴貧賤？』縝答曰：『人生如樹花同發，隨風而墮，自有拂簾幌墜於茵席之上，自有關籬牆落於糞溷之中。墜茵席者殿下是也；落糞溷者下官是也。貴賤雖復殊途，因果竟在何處。』」

〔羞面頻遮〕南齊書劉祥傳：「祥少好文學，性韻剛疎，輕言肆行，不避高下。司徒褚淵入朝，以腰扇鄣日，祥從側過，曰：『作如此舉止，羞面見人，扇障何益？』淵曰：『寒士不遜。』祥曰：『不能殺袁劉，安得免寒士。』」

〔向空江句〕九歌湘君：「捐余玦兮江中，遺余佩兮醴浦。」餘參卷二賀新郎（雲卧衣裳冷闋）「解佩句」注。

〔折疏麻〕九歌大司命：「折疏麻兮瑶華，將以遺兮離居。」

〔暮雲二句〕見本卷蘭陵王（一丘壑闋）「悵日暮二句」注。

〔生涯蠟屐〕見卷一滿江紅（過眼溪山闋）「能消句」注。

〔功名句〕後漢書郭太傳：「孟敏荷甑墮地，不顧而去，林宗問其意，對曰：『既已破矣，視之何益。』林宗異之。」蘇軾遊徑山詩：「功名一破甑，棄置何用顧。」

〔交友摶沙〕見本卷臨江仙（夜語南堂新瓦響闋）「交情三句」注。

〔日飲亡何〕見卷一減字木蘭花（僧窗夜雨闋）「亡何」注。

【編年】

慶元六年（一二〇〇）。——右詞與前闋用同韻，當是叔高於別去之後即來書以止酒爲勸，稼軒因以賦此詞也。

玉樓春　效白樂天體

少年才把笙歌餞，夏日非長秋夜短。因他老病不相饒，把好心情都做嬾。

故人別後書來勸：乍可停杯彊喫飯。云何相見酒邊時，却道達人須飲滿？

【校】

〔相見〕四卷本丁集作「相遇」。

〔飲滿〕四印齋本作「引滿」。

【箋注】

〔故人句〕據玉蝴蝶詞題，知此所指當即杜叔高也。

〔乍可〕此處當作「寧可」解。

又 用韻答葉仲洽

狂歌擊碎村醪戔，欲舞還憐衫袖短。心如溪上釣磯閑，身似道旁官堠嬾。山中有酒提壺勸，好語憐君堪鮓飯。至今有句落人間，渭水秋風黄葉滿。諺云：饞如鵶子，嬾如堠子。

【校】

〔題〕四卷本丁集作「用韻呈仲洽」。

〔心如〕四卷本作「身如」。

〔身似〕四卷本作「心似」。

〔憐君〕四卷本作「多君」。

〔秋風〕四卷本作「西風」。

〔注〕「滿」字下四卷本無注。

【箋注】

〔欲舞句〕古諺：「長袖善舞，多錢善賈。」

〔提壺勸〕見本卷沁園春（杯汝知乎闋）「提壺二句」注。

〔渭水句〕賈島憶江上吴處士詩：「秋風吹渭水，落葉滿長安。」

又　用韻答吴子似縣尉

君如九醖臺黏𩞄，我似茅柴風味短。幾時秋水美人來，長恐扁舟乘興嬾。

高懷自飲無人勸，馬有青芻奴白飯。向來珠履玉簪人，頗覺斗量車載滿。

【校】

〔題〕四卷本丁集作「用韻答子似」。

【箋注】

〔君如句〕西京雜記卷一：「漢制：宗廟八月飲酎，用九醖、太牢。以正月旦作酒，八月成，名曰酎，一曰九醖。」白居易薔薇正開春酒初熟招人同飲詩：「甕頭竹葉經春熟，階底薔薇入夏開。似火淺深紅壓架，如餳氣味緑黏臺。」

〔茅柴〕酒史謂惡酒曰茅柴。韓駒茅柴酒詩：「慣飲茅柴諳苦硬，不知如蜜有香醪。」

〔幾時句〕杜甫韓諫議注詩：「美人娟娟隔秋水，濯足洞庭望八荒。」

〔長恐句〕見卷二鷓鴣天（莫上扁舟訪剡溪闋）「莫上句」注。

〔馬有句〕見本卷沁園春（我見君來闋）「青芻白飯」注。

〔斗量車載〕三國志吴志：「趙咨使魏，文帝善之，……曰：『吴如大夫者幾人？』咨曰：『聰明特達者八九十人，如臣之比，車載斗量，不可勝數。』」

【編年】

慶元六年（一二〇〇）。——右同韻玉樓春三闋，自是同時作。據首闋「故人别後書來勸」句，知作於杜叔高别去之後。

感皇恩　讀莊子，聞朱晦菴即世

案上數編書，非莊即老。會説忘言始知道；萬言千句，不自能忘堪笑。今朝梅雨霽，青天好。　一壑一丘，輕衫短帽。白髮多時故人少。子雲何在？應有玄經遺草。江河流日夜，何時了！

【校】

〔題〕四卷本丙集作「讀莊子有所思」。

〔不自〕四卷本作「自不」。

〔今朝〕四卷本作「朝來」。

〔青天〕四卷本作「青青」。

【箋注】

〔會説句〕莊子外物篇：「言者所以在意，得意而忘言；吾安得夫忘言之人而與之言哉。」又列禦寇篇：「知道易，勿言難。」

〔子雲句〕漢書揚雄傳：「實好古而樂道，其意欲求文章成名於後世，以爲經莫大於易，故作太玄；傳莫大於論語，作法言。」

〔江河句〕杜甫戲爲六絶句：「爾曹身與名俱滅，不廢江河萬古流。」謝朓暫使下都贈西府同僚詩：「大江流日夜，客心悲未央。」按：右詞上片皆讀莊子之所感，下片云云，則以揚子雲況朱熹，謂將垂名不朽也。

【附録】

宋史稼軒本傳云：「棄疾嘗同朱熹遊武夷山，賦九曲櫂歌，熹書『克己復禮，夙興夜寐』題其二齋室。熹歿，僞學禁方嚴，門生故舊至無送葬者，棄疾爲文往哭之，曰：『所不朽者，垂萬世名。孰謂公死，凜凜猶生。』」

【編年】

慶元六年（一二〇〇）。——據朱子年譜，朱氏卒於慶元六年三月甲子，詞中有「梅雨」句，當是作於初聞朱氏噩訊時。

賀新郎　題傅君用山園

曾與東山約，爲儵魚從容分得，清泉一勺。堪笑高人讀書處，多少松窗竹閣。甚長被遊人占却。萬卷何言達時用，士方窮早去聲與人同樂。新種得，幾花藥。山頭怪石蹲秋鶚。俯人間塵埃野馬，孤撐高攫。拄杖危亭扶未到，已覺雲生兩脚。更換却朝來毛髮。此地千年曾物化，莫呼猿且自多招鶴。吾亦有，一丘壑。

【校】

〔題〕四卷本丁集無「傅」字。

〔早〕廣信書院本「早」字下無「去聲」二字，兹從四卷本丁集。

【箋注】

〔儵魚從容〕莊子秋水篇：「儵魚出游從容，是魚之樂也。」

〔高人讀書〕蘇軾遊道場山何山詩：「高人讀書夜達旦。」

〔塵埃野馬〕見卷二水龍吟（斷崖千丈孤松闋）「野馬三句」注。

〔孤撐〕韓愈南山詩：「孤撐有巉絶，海浴褰鵬噣。」

〔更換句〕論衡書虛篇：「傳書或言顔淵與孔子俱上魯泰山，孔子東南望吴閶門外有繫白馬，引顏淵指以示之，曰：『若見閶門乎？』顏淵曰：『見之。』孔子曰：『門外何有？』曰：『有如繫練之狀。』孔子撫其目而止之，因與俱下。下而顏淵髮白齒落。」

〔呼猿、招鶴〕參卷一沁園春（三徑初成）「鶴怨句」注。

又　用韻題趙晉臣敷文積翠巖，余謂當築陂於其前

拄杖重來約。對東風洞庭張樂，滿空簫勺。巨海拔犀頭角出，來向此山高閣。尚依舊争前又却。老我傷懷登臨際，問何方可以平哀樂？唯是酒，萬金藥。　勸君且作横空鶚。便休論人間腥腐，紛紛烏攫。九萬里風斯在下，翻覆雲頭雨脚。快直上崑崙濯髮。好卧長虹陂十里，是誰言聽取雙黄鶴。推翠影，浸雲壑。

【校】

〔題〕「謂當」四卷本丁集作「欲令」。

〔對東風〕廣信書院本作「到東風」，兹從四卷本。

〔來向此山〕廣信書院本作「東向北山」，兹從四卷本。王詔校刊本及四印齋本「來」作「東」。

〔依舊争前又却〕四卷本作「兩兩三三前却」。

〔是酒〕四卷本作「酒是」。

〔便休〕王詔校刊本及四印齋本改作「更休」。

〔快直上〕四卷本作「更直上」。

〔推〕王詔校刊本及四印齋本作「攜」。

【箋注】

〔洞庭張樂〕見卷二水龍吟（補陀大士虛空闕）「洞庭張樂」注。

〔簫勺〕漢書禮樂志載安世房中歌：「行樂交逆，簫勺羣慝。」注：「簫，舜樂也。勺，周樂也。」

〔老我句〕杜甫登樓詩：「花近高樓傷客心，萬方多難此登臨。」

〔何方〕方謂藥方。

〔烏攫〕漢書黄霸傳：「爲潁川太守，嘗欲有所伺察，擇長年廉吏遣行，屬令周密。吏出，不敢舍郵亭，食於道旁，烏攫其肉。」

〔九萬句〕見卷二水調歌頭（上古八千歲闋）「看取二句」注。

〔翻覆句〕杜甫貧交行：「翻手作雲覆手雨」。

〔好卧二句〕漢書翟方進傳：「翟方進字子威，汝南上蔡人也。……汝南舊有鴻隙大陂，郡以爲饒。成帝時關東數水，陂溢爲害。方進爲相，……以爲決去陂水，其地肥美，省隄防費而無水憂，遂奏罷之。……王莽時常枯旱，郡中追怨方進，童謡曰：『壞陂誰？翟子威。飯我豆食羹芋魁。反乎覆，陂當復。誰云者？兩黄鵠。』」（鵠即鶴。）

又　韓仲止判院山中見訪，席上用前韻

聽我三章約：用世説語。有談功談名者舞，談經深酌。作賦相如親滌器，識字子雲投閣。算枉把精神費却。此會不如公榮者，莫呼來政爾妨人樂。醫俗士，苦無藥。當年衆鳥看孤鶚。意飄然横空直把，曹吞劉攫。老我山中誰來伴？須信窮愁有脚。似剪盡還生僧髮。自斷此生天休問，倩何人説與乘軒鶴。吾有志，在丘壑。

【校】

〔注〕「約」字下注文，六十家詞本全脱。

〔丘壑〕四卷本作「溝壑」。

【箋注】

〔韓仲止〕韓淲字仲止，韓元吉之子，自號澗泉，甚有詩名，時人與趙蕃並稱，所謂「信上二泉」也。戴復古石屏集有挽韓仲止詩云：「雅志不同俗，休官二十年，隱居溪上宅，清酌澗中泉。」東南紀聞（撰著者爲元人，姓名已佚）卷一：「韓淲字仲止，上饒人，南澗尚書之子，以蔭補京官，清苦自持。史相當國，羅致之，不少屈。一爲京局，終身不出，人但以韓判院稱。南澗晚年有宅一區，伏臘粗給，至仲止貧益甚，客至不能具胡牀，只木杌子而已。」後村大全集卷九十七趙庭原詩序：「上饒郡爲過江文獻所聚，南澗、方齋之文，稼軒之詞皆名世。至章泉、澗泉又各以其詩號爲大家數，然世之所以共尊翊二公，帖然無異論者，豈真以其詩哉！其人皆唾涕榮利，老死閑退，槁而不可榮，貧而不可賄，有陶長官、劉遺民之風，雖無詩亦傳，況其詩自妙絶一世乎。」

〔聽我句〕世説新語排調篇：「魏長齊雅有體量，而才學非所經。初宦，當出，虞存嘲之曰：『與卿約法三章：談者死，文筆者刑，商略抵罪。』魏怡然而笑，無忤於色。」

〔作賦句〕見卷二念奴嬌（倘來軒冕闋）「酒壚身世」注。

〔識字句〕見本卷賀新郎（肘後俄生柳闋）「投閣句」注。杜甫醉時歌：「相如逸才親滌器，子雲識字終投閣。」

〔此會二句〕世説新語簡傲篇：「王戎弱冠詣阮籍，時劉公榮在坐，阮謂王曰：『偶有二斗美酒，當與君共飲。彼劉公榮者無預焉。』二人交觴酬酢，公榮遂不得一杯，而言語談戲，三人無異。或有問之者，阮答曰：『勝公榮者不得不與飲，不如公榮者不可不與飲，唯公榮可不與飲酒。』」同書排調篇：「嵇、阮、山、劉，在竹林酣飲，王戎後往，步兵（阮籍）曰：『俗物已復來敗人意。』王笑曰：『卿輩意亦復可敗耶！』」晉書向秀傳：「始，秀欲注（莊子），嵇康曰：『此書詎復須注，正是妨人作樂耳。』」

〔醫俗士二句〕蘇軾於潛僧緑筠軒詩：「人瘦尚可肥，士俗不可醫。」

〔當年三句〕後漢書禰衡傳：「禰衡字正平，平原般人也。……唯善魯國孔融。融上書薦之曰：『……摯鳥累百，不如一鶚。使衡立朝，必有可觀。……』」「把曹吞劉攫」當指其辱罵曹操及侮慢劉表事。

〔自斷句〕杜甫杜曲三章：「自斷此生休問天，杜曲幸有桑麻田。」

〔乘軒鶴〕左傳閔二年：「狄人伐衛，衛懿公好鶴，鶴有乘軒者。將戰，國人受甲者皆曰：『使鶴。鶴實有禄位，余焉能戰。』」

【附録】

張功甫鎡和章（見南湖集卷十）

賀新郎　次辛稼軒韻寄呈

邂逅非專約。記當年林堂對竹，豔歌春酌。一笑乘鸞明月影，餘事丹青麟閣。待宇宙長繩穿却。念我中原空有夢，渺風塵萬里迷長樂。愁易老，欠靈藥。　別來幾度霜天鶚。厭紛紛吞腥啄腐，狗偷烏攫。東晉風流兼慷慨，公自陽春有脚。妙悟處不存毫髮。何日相從雲水去，看精神峭緊芝田鶴。書壯語，偏巖壑。

【編年】

慶元六年（一二〇〇）。——右同韻賀新郎三首，末闋有「醫俗士，苦無藥」句，與寄吴子似之生查子語意相同，當作於同時。趙晉臣於慶元六年春歸鉛山，吴子似於是年冬離鉛山，則此三詞定當作於是年夏秋二季。

生查子 簡吴子似縣尉

高人千丈崖，太古儲冰雪。六月火雲時，一見森毛髮。俗人如盜泉，照影都昏濁。高處掛吾瓢，不飲吾寧渴。

【校】

〔題〕四卷本丁集作「簡子似」。

〔太古〕四卷本作「千古」。

〔照影都〕六十家詞本及四印齋本作「照影成」。

【箋注】

〔六月火雲〕黄庭堅戲和文潛謝穆父松扇詩：「張侯哦詩松韻寒，六月火雲蒸肉山。」

〔盜泉、吾寧渴〕尸子：「孔子過於盜泉，渴矣而不飲，惡其名也。」

〔掛瓢〕見卷二水龍吟（稼軒何必長貧閔）「挂瓢句」注。

【編年】

慶元六年（一二〇〇）。——詞中以「高人」「俗人」相比，當爲不勝俗客之苦時所作，「韓仲止山中見訪」之賀新郎亦有「醫俗士，苦無藥」句，二詞當作於同時。其時既已與趙晉臣唱和，是必在慶元六年趙氏既歸之後，吴氏尚未離去鉛山之前也。

夜游宫　苦俗客

幾箇相知可喜，才廝見説山説水。顛倒爛熟只這是。怎奈向，一回説，一回美。有箇尖新底，説底話非名即利。説得口乾罪過你。且不罪；俺略起，去洗耳。

【校】

〔奈向〕王詔校刊本、六十家詞本及四印齋本作「奈何」。

〔即利〕王詔校刊本及六十家詞本誤作「非利」。

〔説得〕王詔校刊本、六十家詞本及四印齋本作「説的」。

【箋注】

〔才廝見〕意即「一相見」。

〔怎奈向〕與「怎奈何」義同。陳匪石宋詞舉説秦觀八六子「怎奈向歡娱漸隨流水」，謂「向」字讀亨去聲。宋時方言，即晉人語之「甯馨」，今吴諺之「那亨」。

〔尖新底〕即「特殊的」、「别致的」。

〔罪過你〕意謂咎由自取也。

〔洗耳〕高士傳：「許由字武仲，堯致天下而讓焉，由以爲污，乃臨池洗耳。」

【編年】

疑慶元六年（一二〇〇）。——據題語，疑與寄吴子似之生查子及「韓仲止山中見訪」之賀新郎作於同一期内。

行香子 山居客至

白露園蔬，碧水溪魚，笑先生釣罷還鋤。小窗高卧，風展殘書。看北山移，盤谷序，輞川圖。　白飯青蒭，赤脚長鬚。客來時酒盡重沽。聽風聽雨，吾愛吾廬。笑本無心，剛自瘦，此君疎。

【校】

〔釣罷〕四卷本丙集作「網釣」。

〔笑本〕廣信書院本作「歎苦」，兹從四卷本。

【箋注】

〔北山移〕見卷三浣溪沙（細聽春山杜宇啼闋）「而今句」注。

〔盤谷序〕唐李愿歸隱盤谷，韓愈作送李愿歸盤谷序以贈之。

〔輞川圖〕輞川爲王維所居地，自爲圖。唐朝名畫録：「王維畫輞川圖，山谷鬱盤，雲水飛動，意出塵外，怪生筆端。」

〔白飯青蒭〕見本卷沁園春（我見君來閔）「青芻白飯」注。

〔赤脚長鬚〕韓愈寄盧仝詩：「一奴長鬚不裹頭，一婢赤脚老無齒。」

〔吾愛吾廬〕陶淵明讀山海經詩：「吾亦愛吾廬。」

〔笑本三句〕大徐本説文解字竹部笑字下引李陽冰刊定説文「從竹從夭義云：竹得風，其體夭屈，如人之笑。」「無心」、「此君」亦俱指竹言。

【編年】

右詞作年無考，姑附於苦俗客詞後。

品令　族姑慶八十，來索俳語

更休説，便是箇住世觀音菩薩；甚今年容貌八十歲，見底道纔十八。　莫獻壽星香燭，莫祝靈椿龜鶴。只消得把筆輕輕去，十字上添一撇。

【校】

〔靈椿龜鶴〕四卷本丙集作「重龜椿鶴」。

【箋注】

〔族姑〕未詳。或當爲辛次膺之女也。

〔觀音菩薩〕見卷二水龍吟（補陀大士虛空闕）「觀音補陀」注。

感皇恩　慶嬸母王恭人七十

七十古來稀，未爲稀有。須是榮華更長久。滿牀靴笏，羅列兒孫新婦。精神渾似箇，西王母。　遥想畫堂，兩行紅袖。妙舞清歌擁前後。大男小女，逐箇出來爲壽。一箇一百歲，一杯酒。

【校】

〔題〕四卷本丙集作「爲嬸母王氏慶七十」。

〔稀有〕廣信書院本作「希有」，兹從四卷本。

〔渾似〕四卷本作「渾是」。

【箋注】

〔七十句〕見卷一感皇恩（七十古來稀闋）「七十句」注。

〔滿牀句〕舊唐書崔神慶傳：「開元中，神慶子琳等皆至大官，每歲時家宴，組佩輝映，以一榻置笏，重疊於其上。」

〔新婦〕王得臣麈史卷中辨誤門：「今之尊者斥卑者之婦曰新婦，卑對尊稱其妻及婦人自稱則亦然。」

〔西王母〕太平廣記卷五十六引集仙録：「西王母者，九靈太妙龜山金母也。……生於神州伊川，厥姓侯氏。……周穆王時，……持白珪重錦，以爲王母壽。」

【編年】

右壽詞二首，品令所壽者若果係辛次膺之女，以次膺乾道六年卒時（次膺得年七十九）彼爲五十歲計，則其八十壽辰應在慶元六年。王恭人疑爲辛祐之之母，辛次膺之子媳。既有「遥想」云云句，則是遠道寄奉者，故作年亦莫可推考，姑一併置於此。

雨中花慢

登新樓，有懷趙昌甫、徐斯遠、韓仲止、吴子似、楊民瞻

舊雨常來，今雨不來，佳人偃蹇誰留？幸山中芋栗，今歲全收。貧賤交情落落，

古今吾道悠悠。怪新來却見：文反離騷，詩發秦州。　　功名只道，無之不樂；那知有更堪憂！怎奈向兒曹抵死，喚不回頭！石卧山前認虎，蟻喧牀下聞牛。爲誰西望，憑欄一餉，却下層樓。

【校】

〔題〕四卷本丙集無「趙」、「徐」、「韓」、「吴」、「楊」五字。

【箋注】

〔舊雨二句〕杜甫秋述：「秋，杜子卧病長安旅次，多雨生魚，青苔及榻，常時車馬之客，舊雨來，今雨不來。」

〔幸山中二句〕杜甫南鄰詩：「錦里先生烏角巾，園收芋栗未全貧。」

〔貧賤句〕見本卷臨江仙（夜語南堂新瓦響）「交情三句」注。

〔古今句〕杜甫發秦州詩：「大哉乾坤内，吾道長悠悠。」

〔文反句〕漢書揚雄傳：「又怪屈原文過相如，至不容，作離騷，自投江而死，悲其文，讀之未嘗不流涕也。以爲君子得時則大行，不得時則龍蛇，遇不遇命也，何必湛身哉。迺作書，往往摭離騷文而反之，自崏山投諸江流，以弔屈原，名曰反離騷。」

〔詩發句〕杜甫有發秦州詩，自注：「乾元二年自秦州赴同谷縣紀行。」按：杜詩發秦州，僅言秦州可去，同谷可居，有「無食問樂土，無衣思南州」句。而揚雄反離騷嘲屈原「不能回復舊都，何必湘淵與濤瀨」，則與其「劇秦美新」之論相呼應也。

〔怎奈向〕見本卷夜游宮（幾箇相知可喜）「怎奈向」注。

〔抵死〕總是，老是。

〔石卧句〕史記李將軍列傳：「廣出獵，見草中石，以爲虎而射之，中石没鏃。」

〔蟻喧句〕世説新語紕漏篇：「殷仲堪父病虚悸，聞牀下蟻動，謂是牛鬭。」

〔一餉〕即一晌，霎時之意。

又　吴子似見和，再用韻爲别

馬上三年，醉帽吟鞭，錦囊詩卷長留。悵溪山舊管，風月新收。明便關河杳杳，去應日月悠悠。笑千篇索價，未抵蒲桃，五斗涼州。　停雲老子，有酒盈尊，琴書端可銷憂。渾未解傾身一飽，淅米矛頭。心似傷弓塞鴈，身如喘月吴牛。曉天涼夜，月明誰伴，吹笛南樓？

【校】

〔題〕四卷本丁集無「吴」字。

〔吟鞭〕廣信書院本作「吟鞍」，兹從四卷本。
〔未解〕四卷本作「未辨」。
〔塞鴈〕廣信書院本作「寒鴈」，兹從四卷本。
〔曉天涼夜〕四卷本作「晚天涼也」。

【箋注】

〔錦囊句〕杜甫送孔巢父詩：「詩卷長留天地間。」錦囊見卷二江神子（梨花着雨晚來晴閿）「錦囊」注。

〔悵溪山二句〕黄庭堅贈李輔聖詩：「舊管新收幾粧鏡，流行坎止一虚舟。」任淵注云：「『舊管』『新收』本吏文書中語，山谷取用，所謂以俗爲雅也。」

〔日月悠悠〕詩邶風雄雉：「瞻彼日月，悠悠我思。」

〔笑千篇三句〕三國志卷三魏書明帝紀注引三輔決録：「中常侍張讓專朝政，孟他以蒲桃酒一斛遺讓，即拜涼州刺史。」「千篇索價」，如依「李白斗酒詩百篇」之句意釋之，則千篇之價應爲十斗（即一斛）。同此一斛酒也，孟他以之换得涼州刺史，而於此則千篇詩價猶不能抵其半（五斗）。三句首着一「笑」字，可知其爲寓有嘲諷意味之反語。

〔有酒二句〕陶淵明歸去來辭：「三徑就荒，松菊猶存。攜幼入室，有酒盈罇。……悦親戚之情話，樂琴書以消憂。」

〔傾身一飽〕陶淵明飲酒詩第十：「傾身營一飽，少許便有餘。」

〔淅米句〕晉書顧愷之傳：「桓玄時與愷之同在仲堪坐，共作了語，……復作危語。玄曰：『矛頭淅米劍頭炊。』仲堪曰：『百歲老翁攀枯枝。』……」

〔心似句〕戰國策楚策四：「鴈從東方來，更羸以虚發而下之。……故瘡未息，而驚心未去也。聞弦者，音烈而高飛，故瘡隕也。」晉書苻生載記：「傷弓之鳥，落於虚發。」

〔身如句〕世説新語言語篇：「滿奮畏風，在晉武帝坐，北窗作琉璃屏，實密似疎，奮有難色，帝笑之，奮答曰：『臣猶吴牛，見月而喘。』」

〔南樓〕見卷一水調歌頭（折盡武昌柳闋）「南樓佳處」注。

【編年】

慶元六年（一二〇〇）。——右二詞用同韻，當爲同時作。吴子似於慶元四年任鉛山尉，六年春杜叔高至鉛山訪稼軒時，子似亦曾同宿山寺（見浣溪沙詞題），知其時子似猶未去職。據前闋「山中芋栗」句，則此二詞之作當在六年秋也。

浪淘沙　送吴子似縣尉

金玉舊情懷，風月追陪，扁舟千里興佳哉。不似子猷行半路，却棹船回。　來歲菊花開，記我清杯。西風鴈過瑱山臺。把似倩他書不到，好與同來。

【校】

〔題〕四卷本乙集作「送子似」。

【箋注】

〔送吴子似〕陳文蔚送吴子似歸鄱陽詩：「憶昔舟泊雲錦溪，溪上故人知爲誰？讀書亭中不草草，永平人物入深討（子似著永平志）。平生梅子知我真，我乃晚遇情相親。古人事業貴悠久，歸歟訪我同門友。」

〔子猷句〕見卷二鷓鴣天（莫上扁舟訪剡溪閿）「莫上句」注。

〔瑱山臺〕安仁縣志卷七古蹟：「玉真臺在縣治後，進士柳敬德寓此讀書，刻玉真臺三字於石壁。」參本卷水調歌頭（唤起子陸子閿）「瑱山」注。

〔把似〕意即假如。

【編年】

慶元六年（一二〇〇）。

江神子 別吴子似，末章寄潘德久

看君人物漢西都。過吾廬，笑談初，便説「公卿，元自要通儒」。一自梅花開了後，長怕説，賦歸歟。　而今別恨滿江湖，怎消除？算何如：杖屨當時，聞早放教踈？今代故交新貴後，渾不寄，數行書。

【校】

〔題〕廣信書院本無「章」字，兹從四卷本丁集。四卷本無「吴」字。

〔消除〕四卷本作「銷除」。

【箋注】

〔潘德久〕光緒永嘉縣志卷十七：「潘檉字德久，號轉菴。……舉進士不第，用父任授右職，繼參戎幕。召試爲閤門舍人，授福建兵馬鈐轄。其題釣台云：『但得諸公依日月，不妨老子卧林丘。』爲人傳誦。嘗從使節出疆，有北征往來所賦，聲名籍甚。著有轉庵集。」葉適有詩悼路鈐舍人德久潘公三首。

〔賦歸歟〕論語公冶長：「子在陳曰：『歸與，歸與，吾黨之小子狂簡，斐然成章，不知所以裁之。』」

〔聞早〕趁早。

〔放教踈〕蘇軾送楊奉禮詩：「更誰哀老子，令得放踈慵。」又滿庭芳詞：「且趁閒身未老，須放我些子疏狂。」按：放與教義同。

〔今代三句〕蘇軾醉落魄蘇州閶門留別：「舊交新貴音書絶，惟有佳人，猶作殷勤別。」今查宋會要輯稿職官三四之一〇載嘉泰元年（一二〇一）十一月二十六日臣僚繳奏閤門舍人戴炬、潘樫不顧格法，僥求郡寄事，藉知潘德久之除閤門舍人，必即爲慶元五、六年内事。

【編年】

慶元六年（一二〇〇）。

行香子 博山戲呈趙昌甫、韓仲止

少日嘗聞：「富不如貧。貴不如賤者長存。」由來至樂，總屬閒人。且飲瓢泉，弄秋水，看停雲。　歲晚情親，老語彌真。記前時勸我慇懃：「都休殢酒，也莫論文。把相牛經，種魚法，教兒孫。」

【校】

〔題〕四卷本丁集作「博山簡昌甫、仲止」。

【箋注】

〔富不如二句〕後漢書逸民傳：「向長字子平，河内朝歌人也。……潛隱於家，讀易至損益卦，喟然歎曰：『吾已知富不如貧，貴不如賤，但未知死何如生耳。』」

〔殢酒、論文〕見本卷上西平（恨如新閿）「江天二句」注。

〔相牛經〕唐書藝文志有甯戚相牛經一卷。

鷓鴣天　有客慨然談功名，因追念少年時事，戲作

壯歲旌旗擁萬夫，錦襜突騎渡江初。燕兵夜娖銀胡䩮，漢箭朝飛金僕姑。追往事，歎今吾，春風不染白髭鬚。却將萬字平戎策，换得東家種樹書！

【校】

〔却將〕四卷本丁集作「都將」。

【箋注】

〔少年時事〕宋史稼軒本傳：「金主亮死，中原豪傑並起，耿京聚兵山東，稱天平節度使，節制山東、河北忠義軍馬。棄疾爲掌書記，即勸京決策南向。……紹興三十二年，京令棄疾奉表歸宋，高宗勞師建康，召見，嘉納之。……併以節度使印告召京。會張安國、邵進已殺京降金，棄疾還至海州，與衆謀曰：『我緣主帥命來歸朝，不期事變，何以復命？』乃約統制王世隆及忠義人馬全福等徑趨金營，安國方與金將酣飲，即衆中縛之以歸，金將追之不及。獻俘行在，斬安國於市。……棄疾時年二十三。」稼軒乾道乙酉進美芹十論劄子：「粤辛巳歲，逆亮南寇，中原之民，屯聚蠭起，

臣嘗鳩衆二千，隸耿京，爲掌書記，與圖恢復，共籍兵二十五萬，納款於朝。」洪邁稼軒記：「余謂侯本以中州雋人，抱忠仗義，章顯聞於南邦。齊虜巧負國，赤手領五十騎，縛取於五萬衆中，如挾毚兔，束馬銜枚，間關西奏淮，至通晝夜不粒食。」

〔壯歲句〕黄庭堅送范德孺知慶州詩：「春風旌旗擁萬夫。」

〔錦襜突騎〕後漢書光武帝紀：「會上谷太守耿況、漁陽太守彭寵各遣將吴漢、寇恂等將突騎來助擊王郎。」注：「突騎，言能衝突軍陣。」張孝祥水調歌頭凱歌上劉恭父：「少年荆楚劍客，突騎錦襜紅。」

〔燕兵句〕當指入金營擒張安國事。「娖」同「齪」，意爲整理。「銀胡䩮」，新唐書儀衛志：「諸隊仗佩弓箭胡䩮出鋪立廊下。」胡䩮亦作弧籙。廣韻：「弧籙，箭室也。」五代期内割據幽州之劉仁恭，其部隊編制中尚有「銀胡䩮都」之名。

〔金僕姑〕箭也。左傳莊公十一年：「公以金僕姑射南宫長萬。」

〔春風句〕歐陽修聖無憂詞：「好景能消光景，春風不染髭鬚。」

〔平戎策〕新唐書王忠嗣傳：「因上平戎十八策。」稼軒屢有奏疏論對金應進行軍事抗擊事，今集中尚存美芹十論等數篇。

〔種樹書〕史記秦始皇本紀：「所不去者，醫藥卜筮種樹之書。」韓愈送石處士赴河陽幕詩：「長把種樹書，人云避世士。」

【編年】

右二詞作年均無可考，以其意境甚相近，姑一併附次與韓、趙諸人唱和諸作之後。

哨遍 趙昌父之祖季思學士，退居鄭圃，有亭名魚計，宇文叔通爲作古賦。今昌父之弟成父，於所居鑿池築亭，榜以舊名，昌父爲成父作詩，屬余賦詞，余爲賦哨遍。莊周論「於蟻棄知，於魚得計，於羊棄意」。其義美矣；然上文論蝨託於豕而得焚，羊肉爲蟻所慕而致殘，下文將併結二義，乃獨置豕蝨不言，而遽論魚，其義無所從起；又間於羊蟻兩句之間，使羊蟻之義離不相屬，何耶？其必有深意存焉，顧後人未之曉耳。或言蟻得水而死，羊得水而病，魚得水而活；此最穿鑿，不成義趣。余嘗反覆尋繹，終未能得；意世必有能讀此書而了其義者，他日倘見之而問焉。姑先識余疑於此詞云爾

池上主人，人適忘魚，魚適還忘水。洋洋乎，翠藻青萍裏。想魚兮無便於此。嘗試思：莊周正談兩事，一明豕蝨一羊蟻。説蟻慕於羶，於蟻棄知；又説於羊棄意。

甚蝨焚於豖獨忘之，却驟說於魚爲得計？千古遺文，我不知言，以我非子。　噫。子固非魚，魚之爲計子焉知。河水深且廣，風濤萬頃堪依。有網罟如雲，鵜鶘成陣，過而留泣計應非。其外海茫茫，下有龍伯，飢時一啖千里。更任公五十犗爲餌，使海上人人厭腥味。似鵾鵬變化能幾。東遊入海此計，直以命爲嬉。古來謬算狂圖，五鼎烹死，指爲平地。嗟魚欲事遠遊時，請三思而行可矣。

【校】

〔義趣〕王詔校刊本及四印齋本改作「意趣」。

〔噫〕廣信書院本及王詔校刊本「噫」字在「子固非魚」下，兹從四印齋本。

【箋注】

〔季思學士〕劉宰漫塘文集章泉趙先生墓表：「先生姓趙氏，諱蕃，字昌父，其先自杭徙汴，由汴而鄭，南渡居信之玉山。曾祖暘，朝散大夫直龍圖閣，提舉江州太平觀。祖澤，迪功郎，海州朐山縣主簿，贈承議郎。」周必大平園續稿跋魚計亭賦：「蜀人宇文公虚中爲滎陽趙公叡作魚計亭賦，引物連類，開闔古今，深得東坡、潁濱之筆勢。……趙公子彦思，熙寧六年進士。其子諱暘字乂若，紹聖元年甲科。子澤，終朐山簿，生渙，終奉議郎，通判沅州。」按：魚計亭爲趙叡所造，各書所載均同，唯此詞題中稱季思學士，平園跋文則謂叡字彦思，未知孰是。又，據漫塘文及平園跋，均謂翽爲昌父之高祖，題中謂爲「昌父之祖」，亦誤。

〔宇文叔通〕宇文虚中字叔通，華陽人，大觀進士。宋室南渡，使金被留，金人號爲國師。後被誣謀反，全家焚死。宋人以其不忘故國，贈謚肅愍。宋史金史均有傳。

〔成父〕平園續稿跋魚計亭賦：「渙，……二字：蕃，學問過人，恬於進取，連任嶽祠，居以詩名。弟藏（一本作葳），亦嗜學好修。有子曰适，慶元已未擢第。距熙寧已百年而家學不絶。」玉山縣志卷十雜類：「史載趙蕃年八十七，亦不言兄弟。按：昌父弟成父，號定菴，見戴復古二老歌、葉水心魚計亭詩。鶴林玉露謂章泉趙昌甫兄弟俱隱玉山之下，蒼顔華髮，相從於泉石之間，皆年近九十。真人間至樂之事，亦人間希有之事也。」

〔莊周論至不相屬〕莊子徐無鬼篇：「有暖姝者，有濡需者，有卷婁者。……濡需者豕蝨是也：擇疏鬣，自以爲廣宮大囿；奎蹏曲隈，乳間股脚，自以爲安室利處；不知屠者之一旦鼓臂布草，操煙火，而己與豕俱焦也。……卷婁者舜也。羊肉不慕蟻，蟻慕羊肉，羊肉羶也。舜有羶行，百姓悦之。故三徙成都。……是以神人惡衆至，……故無所甚親，無所甚疏，抱德煬和，以順天下，此謂真人。於蟻棄知，於魚得計，於羊棄意。」

〔洋洋乎〕孟子萬章上：「昔者有饋生魚於鄭子産，子産使校人畜之池，校人烹之，反命曰：『始舍之，圉圉焉，少則洋洋焉，攸然而逝。』」

〔不知言〕論語堯曰篇：「不知言無以知人也。」

〔子固二句〕莊子秋水篇：「惠子曰：『我非子，固不知子矣；子固非魚矣，子之不知魚之樂全矣。』」

〔有網罟二句〕莊子外物篇：「魚不畏網而畏鵜鶘。」

〔過而句〕古樂府：「枯魚過河泣，何時悔復及。」

〔龍伯〕列子湯問篇：「龍伯之國有大人，舉足不盈數步，而暨五山之所，一釣而連六鼇，合負而趣歸其國。」

〔更任公二句〕莊子外物篇：「任公子爲大鉤巨緇，五十犗以爲餌，蹲乎會稽，投竿東海，旦旦而釣，期年不得魚。已而大魚食之，牽巨鉤錎没而下，騖揚而奮鬐，白波若山，海水震蕩。……任公子得若魚，離而臘之，自制河以東，蒼梧以北，莫不厭若魚者。」

〔似鵾鵬句〕莊子逍遥遊：「北冥有魚，其名爲鯤。鯤之大不知其幾千里也，化而爲鳥，其名爲鵬，鵬之背不知其幾千里也。」

〔五鼎句〕漢書主父偃傳：「丈夫生不五鼎食，死則五鼎烹耳。」

〔請三思句〕論語公冶長：「季文子三思而後行，子聞之曰：『再斯可矣。』」

【附録】

葉正則適詩（見水心集）

趙成父築亭上饒即用東里舊圃牓曰魚計

秦僑洛寓隨南公，新參復欲無開封。亭名若有土斷法，鄭圃豈在章泉中。舊魚遥應化龍去，今魚且復波中住。人爲魚計魚未知，今樂莫忘昔日悲。

【編年】

右詞作年莫考，澗泉集題魚計編後有「鄭圃賦留南渡久，瓢泉曲到老來平」句，據知此詞非作於移居瓢泉之初。疑最早亦當在慶元末年也。

新荷葉　再題傅巖叟悠然閣

種豆南山，零落一頃爲萁。歲晚淵明，也吟草盛苗稀。風流剗地，向尊前采菊題詩。悠然忽見，此山正繞東籬。　千載襟期，高情想像當時。小閣横空，朝來翠撲人衣。是中真趣，問騁懷遊目誰知。無心出岫，白雲一片孤飛。

【箋注】

〔種豆四句〕楊惲報孫會宗書：「其詩曰：『田彼南山，蕪穢不治，種一頃豆，落而爲萁。』」陶淵明歸田園居：「種豆南山下，草盛豆苗稀。」

〔剗地〕此處作「依舊」解。

〔是中真趣〕陶淵明飲酒詩：「此中有真意，欲辨已忘言。」

〔騁懷遊目〕王羲之蘭亭序：「所以遊目騁懷，足以極視聽之娱，信可樂也。」

〔無心二句〕歸去來辭：「雲無心以出岫，鳥倦飛而知還。」

又 趙茂嘉趙晉臣和韻，見約初秋訪悠然，再用韻

物盛還衰，眼看春葉秋萁。貴賤交情，翟公門外人稀。酒酣耳熱，又何須幽憤裁詩。茂林修竹，小園曲逕疎籬。秋以爲期，西風黄菊開時。拄杖敲門，任他顛倒裳衣。去年堪笑，醉題詩醒後方知。而今東望，心隨去鳥先飛。

【校】

〔題〕四卷本乙集作「初秋訪悠然」。

〔任他〕四卷本作「從他」。

【箋注】

〔物盛句〕淮南子道應訓：「物盛而衰，樂極則悲。」

〔貴賤二句〕見本卷臨江仙（夜語南堂新瓦響闋）「交情三句」注。

〔酒酣句〕見卷三定風波（金印纍纍佩陸離闋）「酒酣耳熱」注。

〔幽憤裁詩〕見卷二水調歌頭（君莫賦幽憤闋）「賦幽憤」注。

〔茂林修竹〕王羲之蘭亭序：「此地有崇山峻嶺，茂林修竹。」

鳥飛。」

〔秋以爲期〕詩衛風氓之蚩蚩：「將子無怒，秋以爲期。」

〔拄杖敲門〕蘇軾定惠院海棠詩：「不論人家與僧舍，拄杖敲門看修竹。」

〔顛倒裳衣〕詩齊風東方未明：「東方未晞，顛倒裳衣。」

〔心隨句〕韓愈奉使鎮州行次承天行營奉酬裴司空詩：「旋吟佳句還鞭馬，恨不身先去

【編年】

疑慶元六年（一二〇〇）。——右同韻新荷葉二首，當作於趙晉臣宦游初歸之年。姑次於此。其餘與晉臣有關各首，凡其作年不得確考者，均依廣信書院本之次第彙次於後。

婆羅門引　趙晉臣敷文張燈甚盛，索賦，偶憶舊游，末章因及之

落星萬點，一天寶焰下層霄。人間疊作僊鼇。最愛金蓮側畔，紅粉裊花梢。更鳴鼉擊鼓，噴玉吹簫。　曲江畫橋，記花月，可憐宵。想見閒愁未了，宿酒纔消。東風摇蕩，似楊柳十五女兒腰。人共柳那箇無聊？

【校】

〔題〕四卷本丙集「趙晉臣敷文」作「晉臣」，「索賦」上有「席上」二字。

【箋注】

〔金蓮〕謂燈燭。新唐書令狐綯傳：「還爲翰林承旨。夜對禁中，燭盡，帝以乘輿金蓮華炬送還。院吏望見，……皆驚。」范成大上元紀吴中節物詩自注亦謂：「蓮花燈最多。」

〔曲江〕曲江池在長安東南，爲唐代遊賞之地。此殆指東京開封。稼軒少時曾隨祖父贊居開封，因得於州橋觀燈。

〔似楊柳句〕杜甫絶句漫興九首：「隔户楊柳弱嫋嫋，恰似十五女兒腰。」

卜算子 用莊語

一以我爲牛，一以我爲馬。人與之名受不辭，善學莊周者。江海任虚舟，風雨從飄瓦。醉者乘車墜不傷，全得於天也。

【校】

〔我爲馬〕四卷本丁集作「吾爲馬」。

【箋注】

〔一以二句〕莊子應帝王篇：「泰氏，其卧徐徐，其覺于于，一以己爲馬，一以己爲牛，其知情信，其德甚真，而未始入於非人。」

〔人與句〕莊子天道篇：「昔者子呼我牛也而謂之牛，呼我馬也而謂之馬。苟有其實，人與之名而弗受，再受其殃。」

〔江海句〕莊子山木篇：「君其涉於江而浮於海，望之而不見其崖，愈往而不知其所窮。……方舟而濟於河，有虚船來觸舟，雖有惼心之人不怒。……人能虚己以遊，世其孰能害之。」

〔風雨三句〕莊子達生篇：「夫醉者之墜車，雖疾不死。骨節與人同而犯害與人異，其神全也。……彼得全於酒而猶若是，而況得全於天乎？聖人藏於天，故莫之能傷也。復讎者不折鏌干，雖有忮心者不怨飄瓦，是以天下平均，故無攻戰之亂。」

又　漫興三首

夜雨醉瓜廬，春水行秧馬。點檢田間快活人，未有如翁者。　掃禿兔毫錐，磨透銅臺瓦。誰伴揚雄作解嘲，烏有先生也。

【校】

〔題〕廣信書院本及四卷本丁集俱無題，兹從王詔校刊本補。

〔掃秃〕四卷本作「秃盡」。

【箋注】

〔瓜廬〕三國志魏志管寧傳裴注：「焦先及楊沛並作瓜牛廬止其中。……瓜當作蝸，……先等作圜舍形如蝸牛蔽，故謂之蝸牛廬。」

〔秧馬〕農具。蘇軾秧馬歌序：「予昔遊武昌，見農夫皆騎秧馬，以榆棗爲腹，欲其滑；以楸桐爲背，欲其輕；腹如小舟，昂其首尾；背如覆瓦，以便兩髀。雀躍於泥中，繫束藁其首以縛秧，日行千畦。」

〔掃秃句〕李白醉後贈王歷陽詩：「書秃千兔毫，詩裁兩牛腰。」

〔銅臺瓦〕春渚紀聞卷九：「相州魏武故都，所築銅雀臺，其瓦初用鉛丹雜胡桃油搗治火之，取其不滲，雨過即乾耳。後人於其故基，掘地得之，鑱以爲研，雖易得墨而終乏温潤，好事者但取其高古也。」

〔烏有先生〕見本卷水調歌頭（我亦卜居者闋）「無烏有三句」注。

又

珠玉作泥沙，山谷量牛馬。試上纍纍丘壠看，誰是强梁者？　水浸淺深簷，山壓高低瓦。山水朝來笑問人：「翁早去聲歸來也？」

【校】

〔翁早〕廣信書院本「早」字下無「去聲」二字，茲從四卷本丁集。

【箋注】

〔珠玉句〕杜牧阿房宫賦：「鼎鐺玉石，金塊珠礫，……奈何取之盡錙銖，用之若泥沙。」

〔山谷句〕史記貨殖列傳：「烏氏倮，畜牧，及衆，斥賣，求奇繒物，間獻遺戎王，戎王什倍其償，與之畜，畜至用谷量馬牛。」

〔纍纍丘壠〕古詩：「遥望是君家，松柏冢纍纍。」

〔强梁〕老子：「强梁者不得其死。」

〔早〕此處當爲「早晚」意，即何時也。

又

千古李將軍，奪得胡兒馬。李蔡爲人在下中，却是封侯者。　芸草去陳根，筧竹添新瓦。萬一朝家舉力田，舍我其誰也。

【校】

〔千古〕王詔校刊本及六十家詞本俱作「漢代」。

〔朝家〕四卷本丁集同，王詔校刊本、六十家詞本及四印齋本俱改作「朝廷」。

【箋注】

〔李將軍四句〕史記李將軍列傳：「李將軍廣者，隴西成紀人也。……以衛尉爲將軍，出鴈門擊匈奴，匈奴兵多，破敗廣軍，生得廣。……廣時傷病，置廣兩馬間，絡而盛卧廣，行十餘里，廣佯死，睨其旁有一胡兒騎善馬，廣暫騰而上胡兒馬，因推墮兒，取其弓，鞭馬南馳數十里，復得其餘軍。……初，廣之從弟李蔡，與廣俱事孝文帝。……元狩二年，代公孫弘爲丞相。蔡爲人在下中，名聲出廣下甚遠，然廣不得爵邑，官不過九卿，而蔡爲列侯，位至三公。」

〔筧竹〕引水之竹管。

〔力田〕據漢書載：惠帝四年舉民孝弟力田者復其身。又，文帝十二年詔賜三老孝弟力田等帛各有差。

〔舍我句〕孟子公孫丑下：「夫天未欲治平天下也；如欲治平天下，當今之世，舍我其誰也。」

又　用韻答趙晉臣敷文，趙有真得歸、方是閑二堂

百郡怯登車，千里輸流馬。乞得膠膠擾擾身，却笑區區者。　野水玉鳴渠，急雨珠跳瓦。一榻清風方是閑，真得歸來也。

【校】

〔題〕四卷本乙集作「答晉臣，渠有方是閒、真得歸二堂」。廣信書院本無「二」字，兹依四卷本增。

〔真得〕廣信書院本作「真是」，兹從四卷本。

【箋注】

〔百郡句〕百郡當泛指州郡。後漢書范滂傳：「滂登車攬轡，慨然有澄清天下之意。」

〔千里句〕三國志蜀志諸葛亮傳：「十二年，亮悉大衆由斜谷出，以流馬運。」注引魏氏春秋載木牛流馬之法。趙晉臣曾任江西漕，故云然。

〔膠膠擾擾〕莊子天道：「然則膠膠擾擾乎？」王安石芙蓉堂詩：「乞得膠膠擾擾身，五湖煙水替風塵。」

〔急雨句〕杜牧題池州弄水亭詩：「一鏡奩曲堤，萬瓦跳猛雨。」黄庭堅謝黄從善司業惠寄山泉詩：「晴江急雨看跳珠。」

〔一榻清風〕見卷二鷓鴣天（一榻清風殿影涼闕）「一榻清風」注。

〔方是閒〕遯齋閑覽：「予嘗於驛壁見人題兩句云：『謀生待足何時足？未老得閑方是閑。』」

又

萬里籋浮雲，一噴空凡馬。歎息曹瞞老驥詩，伏櫪如公者。　山鳥哢窺簷，野鼠飢翻瓦。老我癡頑合住山，此地菟裘也。

【箋注】

〔籋浮雲〕漢書禮樂志郊祀歌：「太乙況，天馬下。……籋浮雲，晻上馳。」

〔一噴句〕戰國策楚策四：「夫驥之齒至矣，服鹽車而上太行。……伯樂遭之，下車攀而哭之，解紵衣以冪之。驥於是俛而噴，仰而鳴，聲達於天，若出金石聲者。」杜甫丹青引：「斯須九重真龍出，一洗萬古凡馬空。」

〔歎息二句〕曹操龜雖壽詩：「老驥伏櫪，志在千里。烈士暮年，壯心不已。」

〔老我句〕五代史馮道傳：「無才無德癡頑老子。」

〔菟裘〕見卷二水調歌頭（日月如磨蟻闋）「菟裘」注。

定風波　賦杜鵑花

百紫千紅過了春，杜鵑聲苦不堪聞。却解啼教春小住，風雨，空出招得海棠魂。　恰似蜀宮當日女，無數，猩猩血染赭羅巾。畢竟花開誰作主？記取：大都花屬惜花人。

【校】

〔題〕四卷本乙集無「賦」字。

〔恰似〕四卷本及全芳備祖前集十七引並作「一似」。

【箋注】

〔百紫句〕王安石越人幕養花游其下詩：「幕天無日地無塵，百紫千紅占得春。野草自花還自落，落花還有惜花人。」

〔杜鵑句〕華陽國志蜀志謂當七國時，蜀有王曰杜宇，後改稱帝，號曰望帝。及禪位，隱於西山。時適二月子鵑鳥鳴，故蜀人悲子鵑鳥鳴。成都記：「望帝死，其魂化爲鳥，名曰杜鵑。」華陽風俗録：「杜鵑大如鵲而羽烏，其聲哀而吻有血。土人云：春至則鳴。聞其初聲則有離別之苦，人惡聞之。惟田家候其鳴則興農事。」

〔恰似二句〕司空曙杜鵑行：「古時杜宇稱望帝，魂作杜鵑何微細。……豈思昔日居深宫，嬪嬙左右如花紅。」

〔畢竟句〕蘇軾次韻王晉卿惠花詩：「若問此花誰是主，天教閑客管青春。」

〔大都句〕白居易游雲居寺贈穆三十六地主詩：「勝地本來無定主，大都山屬愛山人。」

又　再用韻和趙晉臣敷文

野草閑花不當春，杜鵑却是舊知聞。謾道不如歸去住，梅雨，石榴花又是離魂。　前殿羣臣深殿女，□數，赭袍一點萬紅巾。莫問興亡今幾主，聽取，花前毛羽已羞人。

【箋注】

〔舊知聞〕即舊交、舊友意。

〔前殿羣臣〕杜甫杜鵑行：「萬事反覆何所無，豈憶當殿羣臣趨。」

粉蝶兒　和趙晉臣敷文賦落梅

昨日春如、十三女兒學繡。一枝枝不教花瘦。甚無情，便下得，雨僝風僽。向園林鋪作地衣紅縐。　而今春似、輕薄蕩子難久。記前時送春歸後：把春波，都釀作，一江醇酎。約清愁楊柳岸邊相候。

【校】

〔題〕四卷本丙集作「和晉臣賦落花」。

〔醇酎〕四卷本作「春酎」。

【箋注】

〔十三女兒〕杜牧贈別二首：「娉娉裊裊十三餘。」

〔甚無情〕意即「真無情」。

〔便下得二句〕猶云「便忍使風雨來相折磨也」。

生查子　和趙晉臣敷文春雪

漫天春雪來，纔抵梅花半。最愛雪邊人，楚些裁成亂。　雪兒偏解歌，只要金杯滿。誰道雪天寒？翠袖闌干暖。

【校】

〔題〕四卷本丙集無。

【箋注】

〔楚些句〕楚辭招魂篇，句末均用「些」字。又各篇多用「亂曰」云云作結。

〔雪兒句〕孫光憲北夢瑣言：「唐韓定辭爲鎮州王鎔書記，聘燕，帥劉仁恭舍於賓館，命試幕客馬彧延接。馬有詩贈韓，意在徵其學問，韓亦于座上酬之曰：『……盛德好將銀筆述，麗詞堪與雪兒歌。』他日彧問以銀筆、雪兒之事，韓曰：『……雪兒者，李密之愛姬，能歌舞，每見賓僚文章有奇麗入意者，即付雪兒叶音律以歌之。』」

〔誰道二句〕反用杜甫佳人詩中「天寒翠袖薄」句意。

菩薩蠻　趙晉臣席上。時張菩提葉燈，趙茂嘉扶病攜歌者

看燈元是菩提葉，依然會説菩提法。法似一燈明，須臾千萬燈。　燈邊花更滿，誰把空花散。説與病維摩：而今天女歌。

【校】

〔題〕四卷本丙集作「晉臣張菩提葉燈，席上賦」。

〔天女歌〕句下四卷本注：「趙茂中扶病攜歌者來。」

【箋注】

〔菩提葉〕酉陽雜俎木篇：「菩提樹出摩伽陁國，蓋釋迦如來成道時樹。莖幹黄白，枝葉青翠，經冬不凋。至佛入滅日，國王人民大作佛事，收葉而歸，以爲瑞也。」周必大詩自註謂杭州報恩寺菩提葉燈最佳。武林舊事卷二燈品條：「有五色臘紙，菩提葉，若沙戲影燈，馬騎人物，旋轉如飛。」

〔法似二句〕楞嚴經：「有法門名無盡燈。無盡燈者：譬如一燈然千百燈，冥者皆明，明終不盡。」

〔誰把三句〕見卷二江神子（簟鋪湘竹帳籠紗閿）「病維摩四句」注。

水調歌頭　題趙晉臣敷文真得歸、方是閑二堂

十里深窈窕，萬瓦碧參差。青山屋上，流水屋下緑横溪。真得歸來笑語，方是閑中風月，剩費酒邊詩。點檢笙歌了，琴罷更圍棋。　王家竹，陶家柳，謝家池。知君勳業未了，不是枕流時。莫向癡兒説夢，且作山人索價，頗怪鶴書遲。一事定嗔我，已辦北山移。

【校】

〔題〕四卷本丁集「趙晉臣敷文」作「晉臣」。

〔笙歌〕四卷本作「歌舞」。

【箋注】

〔萬瓦句〕王安石即席詩：「曲沼溶溶泮盡澌，暖煙籠瓦碧參差。」蘇軾宿南山蟠龍寺詩：「起觀萬瓦鬱參差，目亂千岩散紅緑。」

〔青山二句〕蘇軾司馬君實獨樂園詩：「青山在屋上，流水在屋下。」

〔剩費〕猶云「甚費」、「大費」。

〔王家竹〕見卷二念奴嬌（兔園舊賞闋）「此君二句」注。

〔陶家柳〕陶淵明五柳先生傳：「先生不知何許人也，亦不詳其姓氏，門前有五柳樹，因以爲號焉。」

〔謝家池〕謝靈運詩有「池塘生春草」句。

〔枕流〕見卷二鷓鴣天（有甚閒愁可皺眉闋）「溪上枕」注。

〔莫向句〕「癡人説夢」一語不知起於何時，在北宋時已爲人所習用。如黄庭堅論陶淵明責子詩有云：「觀淵明此詩，想見其人慈祥戲謔。俗人便謂『淵明諸子皆不肖，而淵明愁歎見於詩』，所謂癡人前不得説夢也。」

〔山人索價〕韓愈寄盧仝詩：「少室山人索價高，兩以諫官徵不起。」注云：「李渤與仲兄涉偕隱盧山，久之徙終南少室山。」

〔鶴書〕孔稚珪北山移文：「及其鳴騶入谷，鶴書赴隴，形馳魄散，志變神動。」李善注引蕭子良古今篆隸文體曰：「鶴頭書與偃皮書，俱招板所用。在漢則謂之尺一簡。髣髴鵠頭，故有其稱。」

〔北山移〕見卷三浣溪沙（細聽春山杜宇啼闋）「而今句」注。

念奴嬌　趙晉臣敷文十月望生日，自賦詞，屬余和韻

看公風骨，似長松磊落，多生奇節。世上兒曹都蓄縮，凍芋旁堆秋瓞。結屋溪頭，境隨人勝，不是江山別。紫雲如陣，妙歌争唱新闋。　尊酒一笑相逢，與公臭味，菊茂蘭須悦。天上四時調玉燭，萬事宜詢黄髮。看取東歸，周家叔父，手把元龜説。祝公長似，十分今夜明月。

【校】

〔題〕四卷本丁集無「趙」及「敷文」三字。

【箋注】

〔看公三句〕晉書庾敳傳：「目（温）嶠森森如千丈松，雖礧砢多節，施之大厦，有棟梁之用。」

〔蓄縮〕漢書息夫躬傳注：「蓄縮謂怂於事也。」

〔凍芋句〕韓愈石鼎聯句詩：「秋瓜未落蒂，凍芋强抽萌。」

〔結屋溪頭〕趙晉臣居臨彭溪，見後太常引（論公耆德舊宗英閿）稼軒自注。

〔紫雲〕指歌妓。唐詩紀事卷五十六：「杜牧爲御史，分務洛陽，時李愿罷鎮閑居，聲伎豪侈，高會朝客，杜瞪目注視，問李云：『聞有紫雲者，孰是？』李指之，杜凝睇良久，曰：『名不虛得，宜以見惠。』李俯而笑，諸伎亦回首破顔。」

〔與公臭味〕黄庭堅再答晁仲詩：「秋堂一笑共燈滅，與公草木臭味同。」

〔玉燭〕爾雅釋天篇：「四時和謂之玉燭。」

〔黄髮〕謂老年也。尚書秦誓：「尚猷詢兹黄髮，則罔所愆。」

〔看取三句〕周武王崩，三監及淮夷叛，周公相成王，將東征，作大誥，中有云：「寧王遺我大寶龜，紹天明即命。」「元龜」即「大寶龜」，尚書各篇屢見。

喜遷鶯　謝趙晉臣敷文賦芙蓉詞見壽，用韻爲謝

暑風涼月，愛亭亭無數，緑衣持節。掩冉如羞，參差似妒，擁出芙渠花發。步襯

潘娘堪恨，貌比六郎誰潔？添白鷺，晚晴時公子，佳人並列。休説，搴木末；當日靈均，恨與君王别。心阻媒勞，交疎怨極，恩不甚兮輕絶。千古離騷文字，芳至今猶未歇。都休問；但千杯快飲，露荷翻葉。

【校】

〔題〕四卷本丁集無「謝趙」及「敷文」四字。芙蓉，花菴詞選作「荷花」。

〔芙渠〕花菴詞選作「芙蓉」。

【箋注】

〔亭亭〕周敦頤愛蓮説：「中通外直，不蔓不枝。香遠益清，亭亭浄植。」

〔掩冉〕亦作「奄冉」，和柔貌。

〔步襯潘娘〕南史齊東昏侯紀：「鑿金爲蓮華，以帖地，令潘妃行其上，曰：『此步步生蓮華也。』」

〔貌比六郎〕見卷二鷓鴣天（水底明霞十頃光闋）「蓮花似六郎」注。

〔添白鷺二句〕杜牧晚晴賦：「白鷺忽來，似風標之公子。」

〔搴木末至輕絶〕楚辭九歌湘君：「采薜荔兮水中，搴芙蓉兮木末。心不同兮媒勞，恩不甚兮輕絶。」

〔芳至今句〕離騷：「芳菲菲而難虧兮，芬至今猶未沫。」

〔露荷句〕荷葉喻酒杯。隋殷英童採蓮曲有「蓮葉捧成杯」句。露荷翻葉謂一飲傾杯。

洞仙歌 趙晉臣和李能伯韻，屬余同和。趙以兄弟皆有職名爲寵，詞中頗敍其盛，故末章有「裂土分茅」之句

舊交貧賤，太半成新貴。冠蓋門前幾行李。看匆匆西笑，争出山來，憑誰問：小草何如遠志？　悠悠今古事，得喪乘除，暮四朝三又何異。任掀天事業，冠古文章，有幾箇笙歌晚歲。況滿屋貂蟬未爲榮，記裂土分茅，是公家世。

【校】

〔題〕四卷本丁集無「趙」字，「兄弟」作「弟兄」。廣信書院本無「皆」字，兹據四卷本補。

〔西笑〕王詔校刊本、四印齋本作「哂笑」。

〔小草、掀天、分茅〕廣信書院本誤作「水草」、「軒天」、「分封」，兹從四卷本等。

〔事業〕四卷本作「勳業」。

【箋注】

〔李能伯〕八瓊室金石補正卷九十一載李處端浯溪題名云：「李處端能伯以乾道壬辰……」

據知能伯名處端。另據宋詩紀事補遺卷五十二，知處端原籍洛陽，爲李淑曾孫，處全之弟，乾道九年曾任江都令，後累官簽判鎮江府。

〔兄弟皆有職名〕趙晉臣爲士稱子，兄弟六人先後登進士第，時人名所居曰叢桂坊。晉臣、茂中諸人均歷任顯秩。據宋史世系表所載，六人者爲：朝請大夫直華文閣不遏，中奉大夫直敷文閣不迂，朝請郎不遂，贈通奉大夫不跡，朝請大夫不退，儒林郎不逕。

〔裂土分茅〕裂土謂裂地受封也。分茅者，古代王者均封五色土爲社，建諸侯則各割其方色土與之，使立社，燾以黄土，苴以白茅。用茅，取其潔也。見尚書禹貢傳。

〔看匆匆四句〕輯本桓譚新論祛蔽：「關東鄙語曰：『人聞長安樂，則出門西向而笑；如聞肉味美，則對屠門而大嚼。』」世説新語排調篇：「謝公（安）始有東山之志，嚴命屢臻，勢不獲已，始就桓公司馬。時人有餉桓公藥草，中有遠志，公取以問謝：『此藥又名小草，何一物而有二稱？』謝未即答，時郝隆在坐，應聲答曰：『此甚易解：處則爲遠志，出則爲小草。』謝甚有愧色。桓公目謝而笑曰：『郝參軍此過乃不惡，亦極有會。』」

〔得喪乘除〕韓愈三星行：「無善名以聞，無惡聲以揚，名聲相乘除，得少失有餘。」

〔暮四朝三〕莊子齊物論：「勞神明爲一，而不知其同也，謂之朝三。何謂朝三？狙公賦芧曰：『朝三而暮四。』衆狙皆怒。曰：『然則朝四而暮三。』衆狙皆悦。名實未虧而喜怒爲用，亦因是也。」

江神子　和李能伯韻呈趙晉臣

五雲高處望西清，玉階升，棣華榮。築屋溪頭，樓觀畫難成。長夜笙歌還起問：誰放月，又西沉？　家傳鴻寶舊知名。看長生，奉嚴宸。且把風流，水北畫耆英。咫尺西風詩酒社，石鼎句，要彌明。

【箋注】

〔五雲〕杜甫送李祕書赴杜相公幕詩：「五雲多處是三台。」五雲謂五色雲。

〔西清〕漢書司馬相如傳：「青龍蚴蟉於東廂，象輿婉僤於西清。」注：「西清者，西廂清淨之處也。」此指宫中。

〔玉階升〕當謂趙氏曾爲朝官或曾召對而言，其事莫可考矣。

〔棣華榮〕趙氏兄弟均有職名，見前闋洞仙歌。

〔溪頭〕趙氏居臨彭溪，見後太常引（論公耆德舊宗英闋）自注。

〔放〕教也。

〔鴻寶〕漢書劉向傳：「淮南有枕中鴻寶苑祕書，書言神仙使鬼物爲金之術，及鄒衍重道延命方，世人莫見。」

〔畫耆英〕司馬光洛陽耆英會序：「元豐中，文潞公留守西都，韓國富公納政在里第，自餘士大夫以老自逸於洛者，於時爲多。……一旦於韓公之第置酒相樂，賓主凡十有一人。既而圖形妙覺僧舍，時人謂之洛陽耆英會。」

〔石鼎二句〕韓愈石鼎聯句詩序：「衡山道士軒轅彌明，自衡山來，舊與劉師服進士衡湘中相識。……有校書郎侯喜新有能詩聲，夜與劉説詩，彌明在其側，……指鑪中石鼎謂喜曰：『子云能詩，能與我賦此乎？』劉往見衡湘間人説，云年九十餘矣，……不知其有文也；聞此説大喜，即援筆題其首兩句，次傳於喜，喜踴躍即綴其下云云。……劉與侯皆已賦十餘韻，彌明應之如響，皆穎脱含譏諷。夜盡三更，二子思竭不能續，因起謝曰：『尊師非世人也，某伏矣，願爲弟子，不敢更論詩。』」參本卷滿江紅（半山佳句闋）「記五更句」注。

西江月 和晉臣登悠然閣

一柱中擎遠碧，兩峯旁聳高寒。橫陳削就短長山，莫把一分增減。 我望雲煙目斷，人言風景天慳。被公詩筆盡追還，更上層樓一覽。

【校】

〔題〕廣信書院本作「悠然閣」，茲從四卷本丁集。

〔旁聳〕四卷本作「旁倚」。

〔削就〕王詔校刊本、六十家詞本及四印齋本作「削盡」。

〔更上層樓〕廣信書院本作「重上層梯」，兹從四卷本。

【箋注】

〔兩峯句〕杜甫九日藍田崔氏莊詩：「藍水遠從千澗落，玉山高並兩峯寒。」

〔莫把句〕宋玉登徒子好色賦：「增之一分則太長，減之一分則太短。」

〔更上句〕王之渙登鸛雀樓詩：「欲窮千里目，更上一層樓。」

破陣子　趙晉臣敷文幼女縣主覓詞

菩薩叢中惠眼，碩人詩裏蛾眉。天上人間真福相，畫就描成好靨兒。行時嬌更遲。

勸酒偏他最劣，笑時猶有些癡。更着十年君看取，兩國夫人更是誰。殷勤秋水詞。

【箋注】

〔縣主〕趙晉臣爲宋宗室，故其幼女得封縣主。

〔惠眼〕無量壽經：「慧眼見真，能渡彼岸。」

〔碩人句〕詩衛風碩人：「螓首蛾眉，巧笑倩兮，美目盼兮。」

〔最劣〕作「最善於」解。

〔兩國夫人〕據李心傳建炎以來朝野雜記甲集卷十二兩國夫人條及宋史宦者姦臣兩傳，知徽宗崇寧中特封濮安懿王女安定、普寧兩郡主。宣和五年童貫封徐、豫兩國公。此後，方有封兩國之制。高宗紹興十二年，秦檜進封兩國公，檜請改封其母爲秦、魏國夫人，此封兩國夫人之始也。時韓世忠夫人梁氏亦封兩國夫人。

〔秋水〕稼軒自稱。

西江月 和趙晉臣敷文賦秋水瀑泉

八萬四千偈後，更誰妙語披襟？紉蘭結佩有同心，唤取詩翁來飲。　鏤玉裁冰著句，高山流水知音。胸中不受一塵侵，却怕靈均獨醒。

【箋注】

〔八萬二句〕冷齋夜話卷七東坡廬山偈：「東坡遊廬山，至東林寺，作二偈，其一云：『溪聲便是廣長舌，山色豈非清淨身。夜來八萬四千偈，他日如何舉似人。』……山谷云：『此老人於般若横説豎説，了無剩語，非其筆端有口，亦安能吐此不傳之妙！』」

〔紉蘭句〕見卷二蝶戀花（九畹芳菲蘭佩好闋）「蘭佩」注。

〔高山句〕見卷一滿庭芳（傾國無媒闋）「高山流水」注。

〔胸中句〕黄庭堅次韻蓋郎中率郭郎中休官：「世態已更千變盡，心源不受一塵侵。」

〔靈均〕見卷二賀新郎（雲卧衣裳冷闋）「靈均句」注。

太常引　壽趙晉臣敷文。彭溪，晉臣所居

論公者德舊宗英。吴季子，百餘齡，奉使老於行，更看舞聽歌最精。　須同衛武，九十入相，菉竹自青青。富貴出長生，記門外清溪姓彭。

【校】

題下「彭溪，晉臣所居」六字，王詔校刊本及四印齋本俱移於「清溪姓彭」句下，並改「所居」爲「居也」。

【箋注】

〔彭溪〕鉛山縣志卷一：「彭溪，縣北二里，源出龔潭陂，轉彭溪橋六里至清風雙峽，入於溪。橋本姓彭人造，傳云彭籛之後也。」

〔論公句〕趙不迂爲宋之宗室。漢書景十三王敍傳：「河間賢明，禮樂是修，爲漢宗英。」

〔吴季子三句〕史記吴太伯世家：「壽夢有子四人，長曰諸樊，次曰餘祭，次曰餘眛，次曰季札。……季札封於延陵，故號曰延陵季子。」按：季子於王餘祭四年出使魯、齊、鄭、衛、晉諸國，王僚十三年復使於晉。自諸樊即位至此已有四十七年，然史記未云季子之年齡。趙晉臣爲宋宗室，故稼軒用吴季札相況。唯此處之所謂「奉使」，疑當指趙氏之先後出任廣東、江西等路轉運使等職而言也。餘參本卷婆羅門引（不堪鶗鴂）「趙晉臣」注。

〔更看舞句〕史記吴太伯世家：「王餘祭四年，吴使季札聘於魯，請觀周樂。爲歌周南、召南，曰：『美哉，始基之矣，猶未也。然勤而不怨。』……見舞象箾、南籥者，曰：『美哉，猶有憾。』」

〔須同三句〕詩衛風淇奥：「瞻彼淇奥，綠竹青青。」毛序：「淇奥，美武公之德也。有文章，又能聽其規諫，以禮自防，故能入相於周。」餘參卷二最高樓（金閨老閱）「又十歲句」注。

〔富貴二句〕莊子音義引世本：「彭祖，在商爲守藏史，在周爲柱下史。」按：世傳彭祖享壽最高，凡數百歲。

又 賦十四絃

仙機似欲織纖羅，髣髴度金梭。無奈玉纖何。却彈作清商恨多。　朱簾影裏，如花半面，絶勝隔簾歌。世路苦風波。且痛飲公無渡河。

【箋注】

〔世路句〕王安石世上詩：「可憐世上風波惡，最有仁賢不敢行。」

〔公無渡河〕古今注中卷：「霍里子高晨起刺船而櫂，有一白首狂夫披髮提壺，亂流而渡，其妻隨呼止之，不及，遂墮河水死，於是援箜篌而鼓之，作公無渡河之歌，聲甚悽愴。曲終，自投河而死。」

滿江紅　呈趙晉臣敷文

老子平生，元自有金盤華屋。還又要萬間寒士，眼前突兀。一舸歸來輕似葉，兩翁相對清如鵠。道如今吾亦愛吾廬，多松菊。　人道是，荒年穀；還又似，豐年玉。甚等閑却爲，鱸魚歸速？野鶴溪邊留杖屨，行人牆外聽絲竹。問近來風月幾篇詩？三千軸。

【箋注】

〔金盤華屋〕見卷二念奴嬌（對花何似）「華屋金盤」注。

〔還又要二句〕杜甫茅屋爲秋風所破歌：「安得廣厦千萬間，大庇天下寒士盡歡顔，風雨不動安如山！嗚呼，何時眼前突兀見此屋，吾廬獨破受凍死亦足。」

松菊猶存。」

〔兩翁句〕蘇軾題别子由詩後：「想見茅簷照水開，兩翁相對清如鵠。」

〔道如今二句〕陶淵明讀山海經詩：「衆鳥欣有託，吾亦愛吾廬。」又歸去來辭：「三徑就荒，

〔荒年穀、豐年玉〕世説新語賞譽篇：「世稱庾文康（亮）爲豐年玉，穉恭（翼）爲荒年穀。庾家論云是文康稱恭爲荒年穀，庾長仁（統）爲豐年玉。」

〔鱸魚歸速〕見卷一木蘭花慢（老來情味減闋）「秋晚句」注。

〔問近來句〕歐陽修寄王介甫詩：「翰林風月三千首，吏部文章二百年。」

又　遊清風峽，和趙晉臣敷文韻

兩峽嶄巖，問誰占清風舊築？更滿眼雲來鳥去，澗紅山緑。世上無人供笑傲，門前有客休迎肅。怕淒涼無物伴君時，多栽竹。　風采妙，凝冰玉。詩句好，餘膏馥。嘆只今人物，一夔應足。人似秋鴻無定住，事如飛彈須圓熟。笑君侯陪酒又陪歌，陽春曲。

【箋注】

〔清風峽〕鉛山縣志山川志：「狀元山，在縣西北五里，有清風洞，宋狀元劉煇讀書其中。東

即龍窟山，西有清風峽，空嵌嶄嵒，寒氣逼人。有讀書岩，天成石龕。」

〔澗紅句〕韓愈山石詩：「山紅澗碧紛爛漫。」

〔迎肅〕即迎拜。

〔詩句二句〕新唐書杜甫傳贊：「他人不足，甫乃厭餘，殘膏剩馥，沾丐後人。故元稹謂詩人以來未有如子美者。」

〔一夔句〕韓非子外儲説左：「魯哀公問于孔子曰：『吾聞夔一足，信乎？』對曰：『夔人也，何故一足？彼其無他異而獨通於聲，堯曰：如夔者一而足矣。使爲樂正。非一足也。』」

〔人似二句〕蘇軾與潘郭二生出郊尋春詩：「人似秋鴻來有信，事如春夢了無痕。」王直方詩話：「謝朓嘗語沈約曰：『好詩圓美流轉如彈丸。』故東坡答王鞏云：『新詩如彈丸。』又送歐陽季弼云：『中有清圓句，銅丸飛柘彈。』蓋詩貴圓熟也。」（按：謝朓語見南史王筠傳。）

〔陽春曲〕謂陽春白雪，楚曲。

鷓鴣天　和趙晉臣敷文韻

緑鬢都無白髮侵，醉時拈筆越精神。愛將蕪語追前事，更把梅花比那人。

回急雪，遏行雲。近時歌舞舊時情。君侯要識誰輕重，看取金杯幾許深。

【箋注】

〔回急雪〕指舞態。見卷二水調歌頭（簪履競晴晝闋）「回雪句」注。

〔遏行雲〕見卷二御街行（闌干四面山無數闋）「唱得句」注。

【編年】

右起婆羅門引（落星萬點闋），迄鷓鴣天（緑鬢都無白髮侵闋）共詞二十五首，以大多爲趙晉臣而作，故彙附於此。

又　祝良顯家牡丹一本百朵

占斷雕欄只一株，春風費盡幾工夫。天香夜染衣猶溼，國色朝酣酒未蘇。嬌欲語，巧相扶。不妨老幹自扶疎。恰如翠幕高堂上，來看紅衫百子圖。

【校】

〔酒未蘇〕王詔校刊本及四印齋本「酒」俱作「醉」。

【箋注】

〔祝良顯〕名籍事歷均未詳。

〔占斷〕即佔盡。

〔天香二句〕李濬松窗雜録：「會春暮，内殿賞牡丹花，上（文宗）頗好詩，因問（程）脩己曰：『今京邑傳唱牡丹花詩，誰爲首出？』對曰：『臣嘗聞公卿間多吟賞中書舍人李正封詩曰：天香夜染衣，國色朝酣酒。』……上笑謂賢妃曰：『粧鏡臺前宜飲以一紫金盞酒，則正封之詩見矣。』」

又 賦牡丹。主人以謗花，索賦解嘲

翠蓋牙籤幾百株，楊家姊妹夜遊初。五花結隊香如霧，一朵傾城醉未蘇。閒小立，困相扶，夜來風雨有情無？愁紅慘緑今宵看，却似吴宫教陣圖。

【校】

〔幾百、却似〕王詔校刊本及四印齋本俱作「數百」、「恰似」。

【箋注】

〔楊家二句〕舊唐書楊貴妃傳：「（楊貴妃）有姊三人，皆有才貌，玄宗並封國夫人之號，長曰大姨封韓國，三姨封虢國，八姨封秦國，並承恩澤，出入宫掖，勢傾天下。……玄宗每年十月幸華清池，國忠姊妹五家扈從，每家爲一隊，著一色衣，五家合隊，照映如百花之焕發，而遺鈿墜舄，瑟瑟珠翠，燦爛芳馥於路。……天寶十載，正月望夜，楊家五宅夜遊，與廣平公主騎從争西市門。……」松窗雜録：「開元中禁中初重木芍藥，即今牡丹也。得四本：紅、紫、淺紅、通白者。上因移植於興慶池東沉香亭前。會花方繁開，上乘月夜，召太真妃以步輦從。」蘇軾有虢國夫人夜遊圖詩。

〔吴宫教陣〕見卷二念奴嬌（對花何似闋）「似吴宫二句」注。

又　再賦

濃紫深黄一畫圖，中間更有玉盤盂。先裁翡翠裝成蓋，更點胭脂染透酥。香瀲灩，錦模糊。主人長得醉工夫。莫攜弄玉欄邊去，羞得花枝一朵無。

【校】

〔深黄〕四卷本丙集作「深紅」。

〔更有〕四卷本作「更著」。

【箋注】

〔玉盤盂〕見本卷臨江仙（祗恐牡丹留不住闋）「玉盤盂」注。

〔錦模糊〕杜甫送蔡希魯還隴右詩：「馬頭金匼匝，駝背錦模糊。」

〔弄玉〕稼軒賦白牡丹之念奴嬌（對花何似闋）有「最愛弄玉團酥，就中一朵曾入揚州詠」等句，疑弄玉即一種白牡丹之名稱。

又 再賦牡丹

去歲君家把酒杯，雪中曾見牡丹開。而今紈扇薰風裏，又見疎枝月下梅。歡幾許，醉方回。明朝歸路有人催。低聲待向他家道：「帶得歌聲滿耳來。」

【校】

〔題〕廣信書院本無題，兹從四卷本丁集。

【箋注】

〔去歲句〕王安石過外弟飲：「一自君家把酒杯，六年波浪與塵埃。」

【編年】

右賦牡丹之鷓鴣天四首，以廣信書院本次序，皆應爲慶元末年之作，因附於「和趙晉臣韻」之同調詞之後。

菩薩蠻 題雲巖

遊人占却巖中屋，白雲只在檐頭宿。嘑鳥苦相催，夜深歸去來。松篁通一徑，噤嵾山花冷。今古幾千年，西鄉小有天。

【校】

〔只在〕四卷本丙集作「只向」。

〔嚬鳥二句〕四卷本作「誰解探玲瓏，青山十里空。」

【箋注】

〔雲巖〕鉛山縣志：「雲巖在縣西十八里，直嵩山之前。松徑數百步，始至其巔。兩崖怪石峻嶒，有一穴，可容百人。雲出則雨降。」又上饒縣志：「雲巖在縣南六十里乾元鄉，巉岩峭拔，雲氣往來，中空如室，有石觀音、半面羅漢等形。」

〔白雲句〕陶淵明擬古九首：「青松夾路生，白雲宿簷端。」蘇軾和李太白詩：「白雲南山來，就我簷下宿。」

〔噤嵾〕即寒噤。

〔小有天〕茅君内傳：「大天之内有洞三十六所，第一王屋山之洞，周回萬里，名曰小有青虚之天。」杜甫秦州雜詩：「萬古仇池穴，潛通小有天。」

又　重到雲巖，戲徐斯遠

君家玉雪花如屋，未應山下成三宿。啼鳥幾曾催？西風猶未來。　山房連石徑，雲卧衣裳冷。倩得李延年，清歌送上天。

【箋注】

〔玉雪〕韓愈殿中少監馬君墓誌：「眼如畫，髮漆黑，肌肉玉雪，可念殿中君也。」

〔山下句〕後漢書襄楷傳：「浮屠不三宿桑下，不欲久生恩愛，精之至也。」

〔雲卧句〕見卷二賀新郎（雲卧衣裳冷闋）「雲卧句」注。

〔李延年〕見卷一滿江紅（天與文章闋）「傾國二句」注。

【編年】

慶元末。——右詞題中云「重到」，疑爲閒居瓢泉之後所作。朱熹於慶元中致鞏仲至書有云：「斯遠省闈不偶，家無内助，嗣續之計亦復茫然。急欲爲謀婚之計而未有其處，不知親舊間亦有可爲物色處否。」詳詞中戲語，或當在徐氏已經續婚之後，則最早當在慶元末年。前一首及後「雲巖道中」行香子之作年亦俱難考知，姑彙録於此。

行香子 雲巖道中

雲岫如簪，野漲挼藍。向春闌緑醒紅酣。青裙縞袂，兩兩三三。把麴生禪，玉版局，一時參。

拄杖彎環。過眼嵌巖。岸輕烏白髮鬖鬖。他年來種，萬桂千杉。

聽小綿蠻，新格磔，舊呢喃。

【校】

〔玉版局〕四卷本丙集作「玉板句」。

【箋注】

〔挼藍〕黄庭堅同世弼韻作寄伯氏在濟南兼呈六舅祠部詩：「山光掃黛水挼藍。」

〔青裙句〕蘇軾於潛女詩：「青裙縞袂於潛女。」

〔兩兩三三〕柳永夜半樂：「岸邊兩兩三三，浣紗遊女。」

〔麴生〕見卷二菩薩蠻（人間歲月堂堂去闋）「麴生」注。

〔玉版局〕冷齋夜話東坡戲作偈語條：「東坡又嘗要劉器之同參玉版和尚，至廉泉寺，燒筍而食，器之覺筍味殊勝，問此筍何名，東坡曰：『即玉版也。此老師善説法，要能令人得禪悦之味。』於是器之乃悟其戲。」

〔岸輕烏句〕王安石次吴氏女子韻：「孫陵西曲岸烏紗。」岸作「上推」解。烏紗帽質輕，故曰輕烏。帽本覆髮，上推之，則可見白髮鬖鬖也。

〔聽小綿蠻三句〕詩小雅綿蠻：「綿蠻黄鳥，止於丘隅。」本草：「鷓鴣生江南，鳴曰鉤輈格磔。」呢喃謂燕。

【附録】

沈雄古今詞話：「東坡有二韻事，見於行香子。秦、黄、張、晁爲蘇門四學士，每來必命取密雲龍供茶，家人以此記之。廖明略晚登東坡之門，公大奇之，一日，又命取密雲龍，家人謂是四學士，窺之，則廖明略也。坡爲賦行香子一闋。又嘗約劉器之參玉版和尚，至廉泉寺，燒筍而食，劉問之，東坡指筍曰：『此玉版僧最善説法，使人得禪悦味。』遂有『麴生禪，玉版局，一時參』之句，亦行香子也。」按：沈雄所舉後一事，蓋即本於冷齋夜話。夜話只云東坡戲作偈語，不云作詞。沈氏所引録之三語，實即稼軒此詞中句。其以爲東坡詞者，殆出於一時之誤記。龍沐勛東坡樂府箋引録古今詞話此段，並附加按語，以爲「後闋各本（蘇詞）俱失載」，亦誤。

洞仙歌

浮石山莊，余友月湖道人何同叔之别墅也。山類羅浮，故以名。同叔嘗作遊山次序榜示余，且索詞，爲賦洞仙歌以遺之。同叔頃遊羅浮，遇一老人，龐眉幅巾，語同叔云：「當有晚年之契。」蓋僊云

松關桂嶺，望青葱無路。費盡銀鈎榜佳處。悵空山歲晚，窈窕誰來，須著我，醉卧石樓風雨。　僊人瓊海上，握手當年，笑許君攜半山去。劖疊嶂卷飛泉，洞府淒

涼，又却怪先生多取。怕夜半羅浮有時還，好長把雲煙，再三遮住。

【校】

〔題〕「浮石山莊」四卷本丁集作「浮石莊」。

〔却怪〕廣信書院本作「却怕」，兹從四卷本。

【箋注】

〔何同叔〕宋史何異傳：「何異字同叔，撫州崇仁人，紹興二十四年進士。調石城主簿。……以寶章閣直學士知泉州，從所乞予祠。進寶章閣學士，轉一官致仕，卒年八十有一。異高自標致，有詩名，所著月湖詩集行世。」

〔羅浮山〕太平寰宇記：「南越志云：增城縣東有羅浮山，浮水出焉，是謂浮山。與羅山並體，故曰羅浮。非羽化莫有登其極者。……北通句曲之山，即茅君内傳所云『第七洞』，名『朱明耀真之天』。」又云：「羅浮二山隱天，唯石樓一路可登。」又云：「羅山絶頂曰飛雲峯，夜半見日。……其下與浮山相接處，有石如梁曰鐵橋。浮山之絶頂曰蓬萊峯，在鐵橋之西。」

〔遊山次序榜〕已佚。直齋書録解題卷八：「何氏山莊次序本末一卷，尚書崇仁何同叔撰。其别墅曰『三山小隱』。三山者：浮石山、巖石山、玲瓏山，其實一山也。周回數里。敍其景物次序爲此編。自號月湖，標韻清絶如神仙中人，膺高壽而終。其山聞今蕪廢矣。」

〔頃遊羅浮至蓋僊云〕夷堅三志辛集卷三何同叔遊羅浮條：「乾道初，何同叔以廣府節度推官督賦惠州，因遊羅浮，遇一道人，與語良久，殊爲契合。臨去言：『從今日以後，且領取三十年安樂。』授以心腎交感之法，……謂晚歲當遇至人。何退抵沖虛觀，詢道士：『適所見何人？房在何處？』皆曰：『無此人。』已而周行至黄野人祠堂，驚曰：『此是也。』何氣幹瘠緊，本自寡欲，生於甲寅，時年甫三十，既遇黄君，不復有疾苦。慶元丁巳歲，入爲太常少卿，爲同僚言此。……大兒以太社令在寺，預聞之，親得其所書如此。」貴耳集卷中：「月湖何文昌異爲廣幕，校文惠州，因遊羅浮，至大石樓，遇黄野人，一見便言：『做得尚書。年九十。』袖出一柑分食之。月湖由是清健無疾，後果如其言。或云：黄野人有云（？）箆，長三丈餘，止一節，授一箆於月湖。問其孫，未嘗有之。」

〔銀鉤〕書苑：「晉索靖草書絶代，名曰銀鉤蠆尾。」

〔石樓〕蘇軾遊羅浮山一首示兒子過，施元之注引鄒師正羅浮指掌圖：「山高三千六百丈，袤直五百里，周三百里。上有大小石樓，相去五里，皆高出雲表，登之可望滄海，夜半見日初出。」

〔又却怪句〕蘇軾越州張中舍壽樂堂詩：「但恐造物怪多取。」

【編年】

慶元末（一二〇〇）。——據「空山歲晚」句，右詞當作於何氏閒退之時。宋史何異傳文甚簡略，唯於韓侂胄當權時敍其廢退事緣云：「以太常少卿召，太廟芝草生，韓侂胄率百官觀焉。異謂其色白，慮生兵妖。侂胄不悅。又以劉光祖於異交密，言者遂以異在言路不彈丞相留正及受趙汝愚薦，劾罷之。久乃予祠。」據宋史全文卷二十九：「慶元五年八月辛巳，太廟太祖夾室柱生芝。壬午，京鏜率百官赴太廟觀芝。」知何異之罷歸，事在慶元五年，則此詞自應作於慶元五、六年間。

千年調　開山徑得石壁，因名曰蒼壁。事出望外，意天之所賜邪，喜而賦

左手把青霓，右手挾明月。吾使豐隆前導，叫開閶闔。周遊上下，徑入寥天一。覽玄圃，萬斛泉，千丈石。　鈞天廣樂，燕我瑶之席。帝飲予觴甚樂，賜汝蒼壁。嶙峋突兀，正在一丘壑。余馬懷，僕夫悲，下恍惚。

【校】

〔題〕四卷本丁集無「因名曰蒼壁」句，又「賦」下有「之」字。

〔玄〕四卷本作「縣」，並於其下跨注「平」字。

〔蒼壁〕四卷本作「蒼璧」。

【箋注】

〔豐隆〕離騷：「吾令豐隆乘雲兮。」注：「豐隆雲師，一曰雷師。」

〔閶闔〕離騷：「吾令帝閽開關兮，倚閶闔而望予。」注：「閶闔，天門也。」

〔周遊句〕離騷：「及余飾之方壯兮，周流觀乎上下。」

〔徑入句〕莊子大宗師篇：「安排而去化，乃入於寥天一。」按：寥天一謂天之空虚至一者。

〔玄圃〕離騷：「朝發軔於蒼梧兮，夕余至乎縣圃。」注云：「縣圃神山，在崑崙之上。」

〔鈞天句〕史記趙世家：「趙簡子疾，五日不知人。……居二日半，簡子寤，語大夫曰：『我之帝所甚樂，與百神遊於鈞天，廣樂九奏萬舞，不類三代之樂。……帝甚喜，賜我二笥，皆有副。』」

〔瑶之席〕九歌東皇太一：「瑶席兮玉瑱，盍將把兮瓊芳。」

〔余馬二句〕離騷：「僕夫悲余馬懷兮，蜷局顧而不行。」

臨江仙

蒼壁初開，傳聞過實，客有來觀者，意其如積翠、清風、巖石、玲瓏之勝，既見之，乃獨爲是突兀而止也，大笑而去。主人戲下一轉語，爲蒼壁解嘲

莫笑吾家蒼壁小，稜層勢欲摩空。相知惟有主人翁。有心雄泰華，無意巧玲瓏。

天作高山誰得料，解嘲試倩揚雄。君看當日仲尼窮，從人賢子貢，自欲學周公。

【校】

〔題〕廣信書院本作「戲爲山園蒼壁解嘲」，兹從四卷本丁集。

【箋注】

〔積翠〕謂積翠巖。

〔清風〕謂清風峽。

〔巖石、玲瓏〕謂何異别墅所在之浮石山，見本卷洞仙歌（松關桂嶺鬨）「遊山次序榜」注。

〔泰華〕謂泰山、華山。

〔天作高山〕詩周頌：「天作高山，大王荒之。」

〔解嘲句〕揚雄作解嘲。

〔君看三句〕論語子張篇：「叔孫武叔語大夫於朝曰：『子貢賢於仲尼。』」又：「陳子禽謂子貢曰：『子爲恭也，仲尼豈賢於子乎。』」述而篇：「子曰：『甚矣吾衰矣，久矣吾不復夢見周公。』」

【編年】

右二詞作年無可考。臨江仙題中以蒼壁與趙晉臣積翠巖相比擬，知爲移居瓢泉之晚期所作。

賀新郎

邑中園亭，僕皆爲賦此詞。一日，獨坐停雲，水聲山色，競來相娱，意溪山欲援例者，遂作數語，庶幾彷彿淵明思親友之意云

甚矣吾衰矣。悵平生交遊零落，只今餘幾！白髮空垂三千丈，一笑人間萬事。

問何物能令公喜？我見青山多嫵媚，料青山見我應如是。情與貌，略相似。一尊搔首東窗裏。想淵明停雲詩就，此時風味。江左沉酣求名者，豈識濁醪妙理。回首叫雲飛風起。不恨古人吾不見，恨古人不見吾狂耳。知我者，二三子。

【箋注】

〔甚矣句〕見前闋臨江仙「君看三句」注。

〔白髮句〕李白秋浦歌：「白髮三千丈，緣愁似箇長。」

〔能令公喜〕見卷二蝶戀花（何物能令公怒喜闋）「何物句」注。

〔我見句〕新唐書魏徵傳：「帝曰：『人言徵舉動疏慢，我但見其嫵媚耳。』」

〔一尊二句〕參本卷聲聲慢（停雲靄靄闋）「淵明停雲詩」注。

〔江左二句〕蘇軾和陶淵明飲酒詩：「道喪士失己，出語輒不情。江左風流人，醉中亦求名。淵明獨清真，談笑得此生。」杜甫晦日尋崔戢李封詩：「濁醪有妙理，庶用慰沉浮。」

〔雲飛風起〕漢高帝大風歌：「大風起兮雲飛揚，威加海内兮歸故鄉，安得猛士兮守四方。」

〔不恨句〕南史張融傳：「張融善草書，常自美其能。帝曰：『卿書殊有骨力，但恨無二王法。』答曰：『非恨臣無二王法，亦恨二王無臣法。』……常歎曰：『不恨我不見古人，所恨古人又不見我。』」餘參卷五永遇樂（千古江山闋）附録岳珂桯史稼軒論詞條。

又　再用前韻

烏倦飛還矣。笑淵明缾中儲粟，有無能幾。蓮社高人留翁語，我醉寧論許事。試沽酒重斟翁喜。一見蕭然音韻古，想東籬醉卧參差是。千載下，竟誰似。元龍百尺高樓裏，把新詩慇懃問我，停雲情味。北夏門高從拉攞，何事須人料理。翁曾道「繁華朝起」。塵土人言寧可用，顧青山與我何如耳。歌且和，楚狂子。

【箋注】

〔烏倦句〕歸去來辭：「雲無心以出岫，鳥倦飛而知還。」

〔笑淵明二句〕淵明歸去來辭序：「余家貧，耕植不足以自給，幼稚盈室，缾無儲粟。」陶靖節集注引蘇東坡云：「予偶讀淵明歸去來辭，云：『幼稚盈室，缾無儲粟』，……使缾有儲粟，亦甚微矣。此翁平生只於缾中見粟也耶。」

〔蓮社句〕見本卷漢宫春（行李溪頭闋）「知翁二句」注。

〔參差是〕白居易長恨歌：「中有一人字太真，雪膚花貌參差是。」

〔元龍句〕見卷一水龍吟（楚天千里清秋闋）「求田三句」注。

〔北夏句〕世説新語任誕篇：「任愷既失權勢，不復自檢括，或謂和嶠曰：『卿何以坐視元裒敗而不救？』和曰：『元裒如北夏門，拉攞自欲壞，非一木所能支。』」

〔須人料理〕世説新語簡傲：「桓（温）謂王（徽之）曰：『卿在府久，比當相料理。』」

〔繁華朝起〕淵明榮木詩：「采采榮木，於茲托根。繁華朝起，慨暮不存。」

〔顧青山句〕見卷三滿江紅（宿酒醒時闋）「顧君句」注。

〔歌且和二句〕論語微子篇：「楚狂接輿歌而過孔子曰：『鳳兮鳳兮，何德之衰。往者不可諫，來者猶可追。已而，已而，今之從政者殆而。』」

【編年】

嘉泰元年（一二〇一）。——右用同韻賀新郎二首，當是同時作。前闋詞題中謂「邑中園亭」已「皆爲賦此詞」，其意即謂鉛山之園亭，俱已爲賦賀新郎矣。今按本卷賀新郎調下詠鉛山園亭者計有五闋，其中題趙晉臣之積翠巖一闋作於慶元六年夏秋間，則此二詞自應作於稍後，即嘉泰元年之春。卷五北固亭懷古之永遇樂附録程史之記事，亦可證知此二詞實距稼軒守京口爲時不甚遠也。

柳梢青 辛酉生日前兩日，夢一道士話長年之術，夢中痛以理折之，覺而賦八難之辭

莫鍊丹難。黄河可塞，金可成難。休辟穀難。吸風飲露，長忍飢難。　勸君

莫遠遊難。何處有西王母難。休採藥難。人沉下土，我上天難。

【箋注】

〔八難〕漢書張良傳：「酈食其欲立六國後以樹黨，漢王刻印，將遣食其立之，以問張良，良發八難，漢王輟飯吐哺曰：『豎儒幾敗公事。』令趨銷印。」按：此詞以八「難」爲韻，一韻到底，蓋亦詞之一體。黃庭堅有題爲「效福唐獨木橋體作茶詞」之阮郎歸，即一韻到底。然此詞以「莫鍊丹」開頭，其下又有「休辟穀」、「休採藥」等，每句均指述道家一事，蓋即題中所謂「痛以理折之」者。

〔鍊丹〕道家均修鍊丹藥，食之以謀長生。晉書葛洪傳：「從祖玄，吳時學道得仙，號曰葛仙公，以其鍊丹祕術授弟子鄭隱。」

〔黃河二句〕漢書郊祀志：「康后聞文成死，而欲自媚於上，乃遣欒大入，因樂成侯求見言方。……大爲人長美言，多方略，而敢爲大言，處之不疑。大言曰：『臣常往來海中，見安期羨門之屬。……臣之師曰：黃金可成而河決可塞，不死之藥可得，僊人可致也。然臣恐効文成則方士皆掩口，惡敢言方哉！』」蘇軾寄吳德仁兼簡陳季常詩：「東坡先生無一錢，十年家火燒凡鉛。黃金可成河可塞，惟有雙鬢無由玄。」

〔辟穀〕道家謂神仙以辟穀爲下，然却粒則無滓濁，無滓濁則不漏，由此亦可入道。史記留侯世家：「願棄人間事，欲從赤松子遊耳。乃學辟穀，道引輕身。」集解：「服辟穀之藥，而静居行氣。」

〔吸風飲露〕莊子逍遥遊：「藐姑射之山，有神人居焉，肌膚若冰雪，綽約若處子，不食五穀，吸風飲露。」

〔勸君二句〕楚辭遠遊：「聞赤松之清塵兮，願承風乎遺則。」朱熹集注：「列仙傳：『赤松子，至崑山上，常止西王母石室，隨風雨上下。炎帝少女追之，亦得仙俱去。』」

【編年】

嘉泰元年（一二〇一）。

江神子　侍者請先生賦詞自壽

兩輪屋角走如梭，太忙些，怎禁他。擬倩何人，天上勸羲娥：何似從容來少住，傾美酒，聽高歌。　人生今古不消磨，積教多，似塵沙。未必堅牢，剗地事堪嗟。莫道長生學不得，學得後，待如何！

【校】

〔少住〕四卷本丁集作「小住」。

〔消磨〕四卷本作「須磨」。

〔事堪〕王詔本及四印齋本作「實堪」。

〔莫道〕四卷本作「漫道」。

【箋注】

〔兩輪句〕王安石客至當飲酒詩：「天提兩輪光，環我屋角走。自從紅顔時，照我至白首。」

〔羲娥〕日神羲和，月神嫦娥。

【編年】

嘉泰元年（一二〇一）。——右作於「辛酉生日前兩日」之柳梢青與「自壽」之江神子，意甚相近，知均此年之作。

臨江仙　壬戌歲生日書懷

六十三年無限事，從頭悔恨難追。已知六十二年非。只應今日是，後日又尋思。

少是多非惟有酒，何須過後方知。從今休似去年時：病中留客飲，醉裏和人詩。

【編年】

嘉泰二年（一二〇二）夏。

又

醉帽吟鞭花不住，却招花共商量。人生何必醉爲鄉。從教斟酒淺，休更和詩忙。一斗百篇風月地，饒他老子當行。從今三萬六千場。青青頭上髮，還作柳絲長。

【箋注】

〔從教〕猶言「任憑」。

〔一斗百篇〕杜甫飲中八仙歌：「李白斗酒詩百篇，長安市上酒家眠。」

〔饒他句〕「饒」爲「任」意，「當行」即「内行」。

〔三萬六千場〕見卷二鵲橋仙（豸冠風采闕）「三萬六千場」注。

又

簪花屢墮，戲作

鼓子花開春爛熳，荒園無限思量。今朝拄杖過西鄉。急呼桃葉渡，爲看牡丹忙。不管昨宵風雨横，依然紅紫成行。白頭陪奉少年場。一枝簪不住，推道帽簷長。

【箋注】

〔鼓子花句〕重修政和證類本草卷七旋花引本草衍義：「旋花蔓生，今河北、京西、關陝田野中甚多。……世又謂之鼓子花，言其形肖也。」能改齋漫録卷十一：「王元之謫齊安郡，民物荒涼，殊無況。營妓有不佳者，公作詩曰：『憶昔西都看牡丹，稍無顔色便心闌。而今寂寞山城裏，鼓子花開也喜歡。』然唐抒情集記朝士在外地觀野花追思京師舊遊詩云：『曾過街西看牡丹，牡丹未謝即心闌。如今變作村田眼，鼓子花開也喜歡。』蓋王刊定此詩耳。」

〔桃葉渡〕見卷一念奴嬌（晚風吹雨闋）「桃葉」注。

〔白頭句〕白居易重陽席上賦白菊詩：「還似今朝歌酒席，白頭翁入少年場。」

【編年】

右同韻臨江仙二首，前首語意與壬戌生日書懷之一首頗相近，故附綴於其後。

水龍吟　别傅倅先之。時傅有召命

只愁風雨重陽，思君不見令人老。行期定否？征車幾輛，去程多少？有客書來，長安却早去聲，傳聞追詔。問歸來何日？君家舊事，直須待，爲霖了。　從此蘭生蕙長，吾誰與玩兹芳草？自憐拙者，功名相避，去如飛鳥。只有良朋，東阡西陌，安排似巧。到如今巧處，依前又拙，把平生笑。

【校】

〔題〕廣信書院本作「别傅先之提舉，時先之有召命」。兹從四卷本乙集。

〔却早〕四卷本「早」字下無「去聲」二字。

【箋注】

〔只愁句〕潘大臨詩：「滿城風雨近重陽。」參卷二踏莎行（夜月樓臺閿）「重陽句」注。

〔思君句〕古詩十九首：「思君令人老，歲月忽已晚。」

〔征車句〕韓愈送楊少尹序：「不知楊侯去時，城門外送者幾人？車幾兩？馬幾匹？」

〔君家三句〕指傅説。尚書説命：「若歲大旱，用汝作霖雨。」

〔吾誰句〕楚辭九章思美人：「惜吾不及古之人兮，吾誰與玩此芳草？」

〔拙者〕潘岳閑居賦序：「雖通塞有遇，抑亦拙者之效也。」

【編年】

疑嘉泰二年（一二〇二）。——傅先之於慶元中宰龍泉縣，已見前婆羅門引箋注中。右詞題中稱傅倅，當在其曾任湖州通判之後。談鑰嘉泰吴興志卷首有傅氏序文，末署「嘉泰改元臘月，郡丞廣信傅兆敬序」。其於何時任滿而歸信上，今不可考，但至晚當不出嘉泰二年。既歸而復有召命，稼軒乃賦詞相送。嘉泰三年稼軒已起廢爲浙東帥，且據「中興行在雜買務雜賣場提轄官題名」，傅兆於嘉泰三年七月初十日任提轄官，當月丁母憂。故此詞當作於二年也。

又

老來曾識淵明，夢中一見參差是。覺來幽恨，停觴不御，欲歌還止。白髮西風，折腰五斗，不應堪此。問北窗高卧，東籬自醉，應别有，歸來意。　須信此翁未死，到如今凛然生氣。吾儕心事，古今長在，高山流水。富貴他年，直饒未免，也應無味。甚東山何事，當時也道，爲蒼生起。

【箋注】

〔參差是〕見前賀新郎（鳥倦飛還矣闋）「參差是」注。

〔凛然生氣〕世説新語品藻篇：「庾道季云：『廉頗、藺相如，雖千載上死人，懔懔恒如有生氣。』」

〔高山句〕見卷一滿庭芳（傾國無媒闋）「高山流水」注。

〔富貴二句〕世説新語排調篇：「謝安在東山居布衣時，兄弟已有富貴者，翕集家門，傾動人物。劉夫人戲謂安曰：『大丈夫不當如此乎？』謝乃捉鼻曰：『但恐不免耳。』」直饒，「即使」之意。

〔甚東山三句〕見本卷賀新郎（下馬東山路闋）「謝公三句」注。

【編年】

右詞作年無考，姑按廣信書院本次序附此。

鷓鴣天 和傅先之提舉賦雪

泉上長吟我獨清，喜君來共雪争明。已驚竝水鷗無色，更怪行沙蟹有聲。添爽氣，動雄情。奇因六出憶陳平。却嫌鳥雀投林去，觸破當樓雲母屏。

【箋注】

〔爽氣、雄情〕世説新語豪爽篇：「桓宣武平蜀，集參僚，置酒於李勢殿，巴蜀縉紳莫不來萃。桓既素有雄情爽氣，加爾日音調英發，敍古今成敗由人，存亡繫才，其狀磊落，一坐嘆賞。」

〔奇因句〕史記陳丞相世家：「陳丞相平者，陽武户牖鄉人也。……高帝南過曲逆，……乃詔御史更以陳平爲曲逆侯，盡食之，除前所食户牖。其後常以護軍中尉從攻陳豨及黥布，凡六出奇計，輒益邑，凡六益封。奇計或頗祕，世莫能聞也。」按：此因雪花六出而聯想及六出奇計之陳平也。

【編年】

右詞不見四卷本，提舉之稱不知是否後來所追改者。傅氏曾任何路提舉，其事在何年，今均無可考，唯其必在被召赴都之後則無可疑。以不能確知，姑附次於此。

賀新郎

嚴和之好古博雅，以嚴本莊姓，取蒙莊、子陵四事：曰濮上、曰濠梁、曰齊澤、曰嚴瀨，爲四圖，屬余賦詞。余謂蜀君平之高，揚子雲所謂「雖隋和何以加諸」者，班孟堅獨取子雲所稱述爲王貢諸傳序引，不敢以其姓名列諸傳，尊之也。故余以謂和之當併圖君平像，置之四圖之間，庶幾嚴氏之高節備焉。作乳燕飛詞使歌之

濮上看垂釣。更風流羊裘澤畔，精神孤矯。楚漢黄金公卿印，比着魚竿誰小？但過眼纔堪一笑。惠子焉知濠梁樂，望桐江千丈高臺好。煙雨外，幾魚鳥。古來如許高人少。細平章兩翁似與，巢由同調。已被堯知方洗耳，畢竟塵污人了。要名字人間如掃。我愛蜀莊沉冥者，解門前不使徵車到。君爲我，畫三老。

【校】

〔題〕四卷本丁集「余」字皆作「予」，「以謂」作「謂」，「高節」下有「者」字。

〔徵車〕四卷本作「徵書」。

【箋注】

〔嚴和之〕事歷未詳。陸游劍南詩稿卷五十有別嚴和之七絶二首，詩云：「器之魂逝已難招，尚有和之慰寂寥。今夜月明空歎息，想君孤棹泊溪橋。」「千里風煙行路難，旅舟應過子陵灘。人間富貴知何物，莫負君家舊釣竿。」詩中所云器之，爲陸游之友，劍南詩稿各卷凡陸游與之唱酬之詩均稱爲「莊器之賢良」，據項安世平菴悔稿卷七與莊賢良往三山訪陸提舉不值詩自注及卷九送莊賢良赴召試詩自注，知器之名治，福州人，寓居會稽之鏡湖。然宋會要輯稿選舉一一之三七，於淳熙十二年十月八日載池州守臣陳良祐奏福州布衣莊治堪應賢良方正能直言極諫科事，次葉於淳熙十三年六月十三日又載考試官言莊治試卷不合格，詔賜束帛事。知莊治實未取得賢良之正式名義。和之當爲器之兄弟行，唯不知其名耳。

〔嚴本莊姓〕漢明帝名莊，其時姓莊者遂大都改姓嚴。其後亦多有復其原姓者。

〔蒙莊〕史記老莊列傳謂「莊子蒙人也」，後世因稱莊子爲蒙莊。

〔濮上〕莊子秋水篇：「莊子釣於濮水，楚王使大夫二人往先焉，曰：『願以境内累矣。』莊子持竿不顧。」

〔濠梁〕見卷二滿江紅（笑拍洪崖闋）「非魚句」注。

〔子陵、齊澤、嚴瀨、羊裘〕後漢書逸民傳：「嚴光字子陵，一名遵，會稽餘姚人也。少有高名，與光武同遊學。及光武即位，乃變名姓，隱身不見。帝思其賢，乃令以物色訪之。後齊國上言有一男子披羊裘釣澤中。帝疑其光，乃備安車玄纁，遣使聘之，三反而後至。……除爲諫議大夫，不屈，乃耕於富春山。後人名其釣處爲嚴陵瀨焉。建武十七年，復特徵之不到。」

〔蜀君平〕高士傳：「嚴遵字君平，蜀人也。隱居不仕。嘗賣卜於成都市，日得百錢以自給。卜訖，則閉肆下簾，以著書爲事。」

〔揚子雲至尊之也〕漢書王吉、貢禹諸人列傳，其序引均録自揚子法言，其中稱述鄭子真等人事跡，謂：「谷口鄭子真不詘其志，耕於巖石之下，名震於京師。豈其卿，豈其卿？楚兩龔之絜，其清矣乎！蜀嚴湛冥，不作苟見，不治苟得，久幽而不改其操，雖隋和何以加諸？舉兹以旃，不亦寶乎！」

〔桐江〕即富春江，爲子陵釣臺所在地。

〔巢由至洗耳〕謂巢父、許由也。堯以天下讓巢父，巢父不受，更讓許由，由以爲污己，乃臨池洗耳。見高士傳。

〔塵污人〕見卷二水調歌頭（今日復何日闋）「醉把二句」注。

〔蜀莊沉冥〕揚子法言問明篇：「蜀莊沉冥，蜀莊之才之珍也。不作苟見，不治苟得，久幽而不改其操，雖隋和何以加諸。」

【編年】

陸游别和之詩作於嘉泰二年之春，則此詞應作於陸詩之後若干月日，然疑其作於瓢泉居第也。

南鄉子　送趙國宜赴高安户曹。趙乃茂嘉郎中之子。茂嘉嘗爲高安幕官，題詩甚多

日日老萊衣，更解風流蠟鳳嬉。膝上放教文度去，須知：要使人看玉樹枝。

剩記乃翁詩，緑水紅蓮覓舊題。歸騎春衫花滿路，相期：來歲流觴曲水時。

【校】

〔題〕四卷本丁集作「送筠州趙司户。茂中之子。茂中嘗爲筠州幕官，題詩甚多。」

【箋注】

〔趙國宜〕始末未詳。

〔高安〕郡名。唐置，原名靖州，後改筠州，宋曰筠州高安郡，屬江南西路。其地即今江西高安縣。

〔老萊衣〕孝子傳：「老萊子至孝，年七十，著五色斑斕衣，弄雛烏於親側。」

〔蠟鳳〕南史王僧虔傳：「僧虔，僧綽弟也。父曇首與兄弟集會子孫，任其戲。……僧綽採蠟燭珠爲鳳皇，僧達奪取打壞，亦復不惜。……或云僧虔採燭珠爲鳳皇，弘稱其長者云。」

〔膝上句〕世説新語方正篇：「王文度爲桓公長史，時桓爲兒求王女，王許咨藍田。既還，藍田愛念文度，雖長大猶抱著膝上。……」按：晉王坦之字文度，藍田謂其父王述。

〔玉樹〕世説新語言語篇：「謝太傅問諸子姪：『子弟亦何預人事，而正欲使其佳？』諸人莫有言者，車騎（謝玄）答曰：『譬如芝蘭玉樹，欲使其生於階庭耳。』」

〔緑水紅蓮〕見卷二水調歌頭（簪履競晴晝閑）「紅蓮幕」注。

【編年】

陳克齋集有送趙國宜赴筠州户掾詩云：「苦無多路旅程寬，正是江南緑打團。欲濕征衫梅雨細，不成客夢麥秋寒。官閒詩可頻搜句，親近書宜月問安。自笑無才媿之子，明時君禄詎能干。」據知趙氏之赴高安，其時節當在春夏之間，其年則無可確考，姑附於瓢泉諸作之後。

永遇樂　賦梅雪

怪底寒梅，一枝雪裏，直恁愁絶。問訊無言，依稀似妒，天上飛英白。江山一夜，瓊瑶萬頃，此段如何妒得。細看來風流添得，自家越樣標格。　晚來樓上，對花臨鏡，學作半粧宫額。着意争妍，那知却有，人妒花顔色。無情休問，許多般事，且自訪梅踏雪。待行過溪橋夜半，更邀素月。

【校】

〔直恁、江山〕王詔校刊本及六十家詞本俱作「只恁」、「江上」。

〔晚來〕四卷本丁集作「曉來」。

〔宮額〕廣信書院本、王詔本及六十家詞本俱脱「宮」字，兹從四卷本及四印齋本。

【箋注】

〔此段〕宋人常語，猶言「此」。如楊萬里釣雪舟中霜夜望月詩：「中秋不是欠此段。」陸游書適詩：「此段家風君試看。」又讀道書：「安得葛與陶，相從明此段！」

〔半粧〕南史梁元帝徐妃傳：「元帝徐妃諱昭佩，無容質，不見禮。帝三二年一入房。妃以帝眇一目，每知帝至，必爲半面妝以俟，帝見則大怒而去。」

〔宮額〕見卷二洞仙歌（冰姿玉骨關）「壽陽句」注。

【編年】右詞作年無考。廣信書院本置此詞於永遇樂戲賦辛字詞（烈日秋霜關）之前，今據以編列於此。

賀新郎　別茂嘉十二弟。鵜鴂杜鵑實兩種，見離騷補註

綠樹聽鵜鴂。更那堪鷓鴣聲住，杜鵑聲切。啼到春歸無尋處，苦恨芳菲都歇。

算未抵人間離别。馬上琵琶關塞黑，更長門翠輦辭金闕。看燕燕，送歸妾。將軍百戰身名裂。向河梁回頭萬里，故人長絶。易水蕭蕭西風冷，滿座衣冠似雪。正壯士悲歌未徹。啼鳥還知如許恨，料不啼清淚長啼血。誰共我，醉明月？

【校】

〔身名裂〕四卷本丙集作「身名列」。

【箋注】

〔茂嘉十二弟〕劉過龍洲詞有「送辛稼軒弟赴桂林官」之沁園春詞，有句云：「入幕來南，籌邊如北，翻覆手高來去棋。」詳此詞語意，蓋即作於「籌邊如北」之時，則劉詞當亦送茂嘉者。茂嘉事跡僅見此二詞中。

〔鵜鴂至補註〕宋洪興祖離騷補註：「禽經云：『嶲周，子規也。江介曰子規，蜀右曰杜宇。』又曰：『鶗鴂鳴而草衰。』注云：『鶗鴂，爾雅謂之鵙，左傳謂之伯趙。』然則子規、鶗鴂二物也。」鶗、鵜通。

〔芳菲都歇〕見卷一新荷葉（春色如愁闕）「鶗鴂芳菲」注。

〔馬上琵琶〕暗用漢王昭君出塞事。石崇樂府王明君辭序云：「昔公主嫁烏孫，令琵琶馬上作樂，以慰其道路之思，其送明君，亦必爾也。」

〔關塞黑〕杜甫夢李白詩：「魂返關塞黑。」

〔更長門句〕漢武帝時陳皇后失寵，退居長門宮。

〔看燕燕二句〕詩邶風燕燕毛傳云：「燕燕，衛莊姜送歸妾也。」列女傳：「定姜者，衛定公之夫人，公子之母也。公子既娶而死，其婦無子，定姜歸其婦，自送之，至於野。乃賦詩曰：『燕燕于飛，差池其羽，之子于歸，遠送于野。瞻望不及，涕泣如雨。』」

〔將軍三句〕李陵與蘇武詩：「攜手上河梁，游子暮何之？」將軍指李陵言。陵數與匈奴戰而終降匈奴，故謂爲「身名裂」也。司馬遷報任安書：「李陵既生降，隤其家聲。」漢書蘇武傳：「於是李陵置酒賀武曰：『……異域之人，一別長絶。』」

〔易水三句〕史記荊軻傳：「秦王之遇燕太子丹不善，故丹怨而亡歸，歸而求爲報秦王者。……於是尊荊卿爲上卿，舍上舍，……恣荊軻所欲，以順適其意。久之，……遂發。太子及賓客知其事者，皆白衣冠以送之。至易水之上，既祖，取道，高漸離擊筑，荊軻和而歌，爲變徵之聲，士皆垂淚涕泣。又前而歌曰：『風蕭蕭兮易水寒，壯士一去兮不復還。』復爲羽聲慷慨。士皆瞋目，髮盡上指冠。於是荊軻就車而去，終已不顧。」

〔還知〕此處「還」字應作「倘」或「如果」解。

【附録一】

劉改之過詞（見龍洲詞）

沁園春　送辛幼安弟赴桂林官

天下稼軒，文章有弟，看來未遲。正三齊盜起，兩河民散；勢傾似土，國泛如杯。猛士雲飛，狂胡灰滅，機會之來人共知。何爲者，望桂林西去，一騎星馳。　離筵不用多悲。唤紅袖佳人分藕絲。種黄柑千户，梅花萬里，等閑游戲，畢竟男兒。入幕來南，籌邊如北，翻覆手高來去棋。公餘且、畫玉簪珠履，倩米元暉。

【附録二】

劉永濟先生讀辛稼軒送茂嘉十二弟之賀新郎詞書後：談此詞者多以恨賦或擬恨賦相擬，以予考之，實本之唐人賦得詩，與李商隱詠「淚」之七律尤復相似。唐人集中有一種「賦得」體，後代沿爲應制詩定例，得某字五言八韻，即五言排律。唐人每用此體贈别：如韋應物賦得暮雨送李胄詩云：「楚江微雨裏，建業暮鐘時。漠漠帆來重，冥冥鳥去遲。海門深不見，浦樹遠含滋。相送情無限，沾襟比散絲。」高適賦得征馬嘶送劉評事充朔方判官詩云：「征馬向邊州，蕭蕭嘶不休。思深應帶别，聲斷爲兼秋。岐路風將遠，關山月共愁。贈君從此去，何日大刀頭！」兩詩體格極相似：韋詩前六句均賦雨，高詩中四句則征馬與送友兩面夾寫，而皆於結句中方表贈别之意。此點在稼軒此詞中亦同。李商隱詠「淚」之七律云：「永巷長年怨綺羅，離情終日思風波。湘江竹上痕無限，峴首碑前灑幾多！人去紫臺秋入塞，兵殘楚帳夜聞歌。朝來灞水橋邊過，未抵青袍送玉珂。」此詩題只一淚字，實亦賦得淚以送别。詩中列舉古人揮淚六事，句各一事，不相連續，至結二句方表送别之意，打破前人律詩起承轉合成規。稼軒此詞列舉别恨數事，打破前人前後二闋成規，與之正復相似。又，李詩用「未抵」字以承上作結，辛詞用「未抵」字以承上之啼鳥而起下之别恨；李詩用在列舉典實之後，辛詞用在列舉典實之前，殆所謂擬議以成其變化者歟？

永遇樂　戲賦辛字，送茂嘉十二弟赴調

烈日秋霜，忠肝義膽，千載家譜。得姓何年，細參辛字，一笑君聽取：艱辛做就，悲辛滋味，總是辛酸辛苦。更十分向人辛辣，椒桂擣殘堪吐。世間應有，芳甘濃美，不到吾家門户。比着兒曹，纍纍却有，金印光垂組。付君此事，從今直上，休憶對牀風雨。但贏得韡紋綯面，記余戲語。

【校】

〔題〕四卷本丁集無「茂嘉」二字，又「赴調」作「赴都」。

〔韡紋〕四卷本作「靴紋」。

【箋注】

〔烈日秋霜〕新唐書段秀實顔真卿傳：「英烈言言，如嚴霜烈日，可畏而仰哉！」蘇軾王元之畫像贊：「耿然如秋霜夏日，不可狎玩。」

〔椒桂句〕曾布有從駕詩二首，其一押「辛」字韻，蘇軾曾次韻以和；後又成再和二首，恐曾之厭其煩數，故於首篇結語云：「最後數篇君莫厭，擣殘椒桂有餘辛。」南宋初，蔡絛撰西清詩話乃云：「曾子開賦扈蹕詩，押辛字韻，韻窘束而往返絡繹不已，東坡厭之，復和云：『讀罷君詩何所似，擣殘薑桂有餘辛。』顧問客曰：『解此否？』謂唱首有辣氣故耳。」不唯顛倒事實，且至改竄原詩，則誣妄爲甚矣。

〔纍纍二句〕見卷二瑞鶴仙（黄金堆到斗闋）「金印句」注。

〔對牀風雨〕韋應物示全真元常詩：「寧知風雪夜，復此對牀眠。」蘇轍逍遥堂詩引：「轍幼從子瞻讀書，未嘗一日相舍。既壯，將遊宦四方，讀韋蘇州詩至『安知風雨夜，復此對牀眠』，惻然感之，乃相約早退爲閑居之樂。故子瞻始爲鳳翔幕府，留詩爲别曰：『夜雨何時聽蕭瑟。』其後子瞻通守餘杭，復移守膠西，而轍滯留於淮陽、濟南，不見者七年，熙寧十年二月始復會於澶濮之間，相從來徐，留百餘日，時宿於逍遥堂，追感前約，爲二小詩記之。」

〔鞾紋縐面〕歐陽修歸田録卷二：「京師諸司庫務皆由三司舉官監當，而權貴之家子弟親戚因緣請託不可勝數，爲三司使者常以爲患。田元均爲人寬厚長者，其在三司深厭于請者，雖不能從，然不欲峻拒之，每温言强笑以遣之。嘗謂人曰：『作三司使數年，强笑多矣，直笑得面似靴皮。』士大夫傳以爲笑，然皆服其德量也。」

【編年】

右二詞作年均無可考。據岳珂程史，劉改之於嘉泰三年方被稼軒延入幕府，其送茂嘉之官桂林，最早當在該年。詞中有「籌邊如北」語，知茂嘉之「如北」必在稼軒起廢之前，其赴調或即在由北邊歸來之後，是則二詞均當作於稼軒移居瓢泉期内。惜不得確知各在何年耳。

西江月　示兒曹，以家事付之

萬事雲煙忽過，百年蒲柳先衰。而今何事最相宜？宜醉宜遊宜睡。　早趁催科了納，更量出入收支。乃翁依舊管些兒：管竹管山管水。

【校】

〔題〕四卷本丙集作「以家事付兒曹示之」。

〔百年〕四卷本作「一身」。

【箋注】

〔雲煙〕蘇軾寶繪堂記：「譬之煙雲之過眼，百鳥之感耳，豈不欣然接之，去而不復念也。」

〔蒲柳先衰〕世説新語言語篇：「顧悦與簡文同年而髮早白，簡文曰：『卿何以先白？』對曰：『蒲柳之姿，望秋而落；松柏之質，經霜彌茂。』」

〔宜醉句〕陳與義菩薩蠻荷花：「南軒面對芙蓉蒲，宜風宜月還宜雨。」

【編年】

右詞作年無可考，既云「以家事付兒曹」，自當在諸子多已成年之後，姑編入瓢泉諸作中。

感皇恩　壽鉛山陳丞及之

富貴不須論，公應自有；且把新詞祝公壽。當年儒桂，父子同攀希有。人言金殿上，他年又。　冠冕在前，周公拜手，同日催班魯公後。此時人羨，緑鬢朱顔依舊。親朋來賀喜，休辭酒。

【校】

〔題〕四卷本丙集無「鉛山」二字。

【箋注】

〔陳丞及之〕淳熙三山志卷三一人物，紹熙元年庚戌余復榜：「陳與行，字叔達，羅源人。子擬，同榜。」又，「陳擬，字及之，羅源人。父與行，同榜。終通直郎。」

〔富貴三句〕史記蔡澤傳：「蔡澤者，燕人也。遊學于諸侯，小大甚衆，不遇，而從唐舉相，……乃曰：『富貴吾所自有，吾所不知者壽也，願聞之。』」

〔當年二句〕謂陳及之父子於紹熙元年（一一九〇）同榜進士及第。下「金殿」二句則祝其父子同登廟堂之上。

〔冠冕三句〕史記魯周公世家：「周公卒，子伯禽固已前受封，是爲魯公。」公羊傳文公十三年：「周公何以稱大廟于魯？封魯公以爲周公也。周公拜乎前，魯公拜乎後。曰：生以養周公，死以爲周公主。」

醜奴兒 和鉛山陳簿韻二首

鵝湖山下長亭路，明月臨關。明月臨關，幾陣西風落葉乾。　新詞誰解裁冰雪，筆墨生寒。筆墨生寒，會說離愁千萬般。

【校】

〔題〕四卷本丁集作「和陳簿」。

【箋注】

〔陳簿〕名籍及事歷均未詳。

〔鵝湖山〕鉛山縣志：「鵝湖山在縣東北，周迴四十餘里。其影入於縣南西湖。諸峯聯絡，若獅象犀猊，最高者峯頂三峯挺秀。鄱陽記云：『山上有湖多生荷，故名荷湖。東晉人龔氏居山蓄鵝，……更名鵝湖。』」

〔明月臨關〕王安石贈長寧僧首詩：「更邀明月夜臨關。」

又

年年索盡梅花笑，疎影黄昏。疎影黄昏，香滿東風月一痕。　清詩冷落無人寄，雪豔冰魂。雪豔冰魂，浮玉溪頭煙樹村。

【箋注】

〔索盡梅花笑〕杜甫舍弟觀赴藍田取妻子詩：「巡簷索共梅花笑，冷蘂疎枝半不禁。」

〔雪豔冰魂〕蘇軾再用前韻詩：「羅浮山下梅花村，玉雪爲骨冰爲魂。」

臨江仙　戲爲期思詹老壽

手種門前烏桕樹，而今千尺蒼蒼。田園只是舊耕桑。杯盤風月夜，簫鼓子孫忙。　七十五年無事客，不妨兩鬢如霜。緑窗剗地調紅粧。更從今日醉，三萬六千場。

【箋注】

〔詹老〕未詳。

〔手種句〕温庭筠西洲曲：「門前烏桕樹，慘淡天將曙。」

〔剗地〕此處應作「依舊」或「照樣」解。

〔更從二句〕見卷二鵲橋仙（豸冠風采閿）「三萬六千場」注。

玉樓春 有自九江以石中作觀音像持送者，因以詞賦之

琵琶亭畔多芳草，時對香爐峯一笑。偶然重傍玉溪東，不是白頭誰覺老。

補陀大士神通妙，影入石頭光了了。肯來持獻可無言，長似慈悲顏色好。

【校】

〔補陀、肯來〕王詔本及四印齋本俱作「普陀」、「看來」。

【箋注】

〔琵琶亭〕在江西九江縣西大江濱。唐白居易送客湓浦口，夜聞鄰舟琵琶聲，作琵琶行，後人因以名亭。

〔香爐峯〕在九江西南，廬山之北，奇峯突起，狀如香爐，故名。

〔玉溪〕江西信江源出玉山縣懷玉山，在玉山縣境曰玉溪，折西南至上饒縣境名上饒江。

〔補陀大士〕見卷二水龍吟（補陀大士虚空閣）「補陀大士」注。

鵲橋仙　贈鷺鷥

溪邊白鷺，來吾告汝：「溪裏魚兒堪數。主人憐汝汝憐魚，要物我欣然一處。白沙遠浦，青泥别渚，剩有鰕跳鰍舞。聽君飛去飽時來，看頭上風吹一縷。」

【校】

〔聽君〕四卷本丁集作「任君」。

河瀆神　女城祠，效花間體

芳草緑萋萋，斷腸絶浦相思。山頭人望翠雲旗，蕙肴桂酒君歸。　惆悵畫簷雙燕舞，東風吹散靈雨。香火冷殘簫鼓，斜陽門外今古。

【校】

〔題〕四卷本丙集「祠」作「詞」。

〔蕙肴桂酒〕四卷本作「蕙香佳酒」。

【箋注】

〔女城〕曹學佺大明一統名勝志江西信州鉛山縣：「女城山在縣東三十里。志云山形似乳，故以女名之。其處有蘗雲洞。」

〔蕙肴桂酒〕楚辭九歌東皇太一：「蕙肴蒸兮蘭藉，奠桂酒兮椒漿。」

〔靈雨〕楚辭九歌山鬼：「東風飄兮神靈雨。」

鷓鴣天　石門道中

山上飛泉萬斛珠，懸崖千丈落鼪鼯。已通樵逕行還礙，似有人聲聽却無。閑略彴，遠浮屠。溪南修竹有茅廬。莫嫌杖屨頻來往，此地偏宜着老夫。

【校】

〔山上飛泉〕明曹學佺大明一統名勝志及鉛山縣志引均作「山下流泉」。

【箋注】

〔石門〕大明一統名勝志及鉛山縣志均謂此詞爲詠鉛山縣女城山之蘗雲洞者。鉛山縣志卷一謂：「蘗雲洞在縣東三十里，極山之嶺，循澗六七里始至，有飛瀑臨其前洞之口，如門者三，中倚一石若屏狀，周旋可轉，最後懸一龍首，水出而竭。」石門殆即藥雲洞之洞口也。

〔落鼪鼯〕鼪，鼬屬；鼯，鼠屬。杜甫自閬州領妻子却赴蜀山行：「轉石驚魑魅，抨弓落狖鼯。」

〔略彴、浮屠〕蘇軾同王勝之遊蔣山詩：「略彴橫秋水，浮屠插暮煙。」略彴，小木橋也。

【編年】

右詞八首，作年均無法確考，以其中所見地名，知均作於移居鉛山期内。

稼軒詞編年箋注卷五

兩浙、鉛山諸什

浣溪沙　常山道中即事

北隴田高踏水頻，西溪禾早已嘗新，隔牆沽酒煑纖鱗。　忽有微涼何處雨，更無留影霎時雲。賣瓜人過竹邊村。

【校】

〔題〕四卷本丙集無「即事」二字。

〔煑〕四卷本作空格。

〔人過〕四卷本作「聲過」。

【箋注】

〔常山〕縣名，宋屬衢州，即今浙江常山縣。縣境内有常山，絶頂有湖，亦曰湖山。爲衢、信間往來必經之路，所謂「嶺路」也。

【編年】

嘉泰三年（一二〇三）。——稼軒於嘉泰三年以朝請大夫、集英殿修撰知紹興府，兼浙江東路安撫使。張淏會稽續志卷二安撫題名即以稼軒爲始，以續前志嘉泰初元之李大性，謂其於六月十一日到任。右詞中所述道中景物，如「踏水」、「嘗新」、「賣瓜」等，與其赴浙東帥任之時令恰相合，因推定其作年如上。

漢宮春　會稽蓬萊閣觀雨

秦望山頭，看亂雲急雨，倒立江湖。不知雲者爲雨，雨者雲乎。長空萬里，被西風變滅須臾。回首聽月明天籟，人間萬竅號呼。　誰向若耶溪上，倩美人西去，麋鹿姑蘇？至今故國人望，一舸歸歟。歲云暮矣，問何不鼓瑟吹竽？君不見王亭謝館，冷煙寒樹啼烏。

【校】

〔題〕廣信書院本漢宮春（亭上秋風闋）原題作「會稽秋風亭觀雨」，而並無觀雨之意境，此闋原題作「會稽蓬萊閣懷古」，却有「亂雲急雨」句，寫雨天景色。因逕將兩詞題中之「觀雨」與「懷古」二語詞互换。又，陽春白雪二引此詞，作「秋風亭」。

〔長空〕陽春白雪作「長安」。

〔誰向〕陽春白雪作「誰問」。

【箋注】

〔會稽蓬萊閣〕張淏會稽續志：「蓬萊閣在設廳後卧龍山之下，吴越錢鏐所建。淳熙元年其八世孫端禮重修。其名以蓬萊者，舊志云：『蓬萊山正偶會稽。元微之詩云：謫居猶得小蓬萊。錢公輔詩云：後人慷慨慕前修，高閣雄名由此起。故云。』……又四十八年，汪綱復修，綱自記歲月於柱云：『蓬萊閣，登臨之勝，甲於天下。』」

〔秦望山〕輿地紀勝卷十紹興府古跡：「秦望山在會稽東南四十里。輿地紀云：『在城南，爲衆峯之傑。』史記云：『秦始皇登之以望東海。』十道志云：『秦始皇登秦望山，使李斯刻石。其碑尚存。』」

〔看亂雲二句〕杜甫太清宫賦：「九天之雲下垂，四海之水皆立。」蘇軾有美堂暴雨詩：「天外黑風吹海立，浙東飛雨過江來。」

〔不知二句〕莊子天運：「雲者爲雨乎？雨者爲雲乎？」

〔長空二句〕維摩詰所説經上卷方便品第二：「是身如影，從業緣現。是身如響，屬諸因緣。是身如浮雲，須臾變滅。」蘇軾念奴嬌中秋：「憑高眺遠，見長空萬里，雲無留跡。」〔回首二句〕莊子齊物論：「汝聞人籟而未聞地籟，汝聞地籟而未聞天籟夫。……夫大塊噫氣，其名爲風，是唯無作，作則萬竅怒號。而獨不聞之翏翏乎。」

〔誰向三句〕會稽志：「若耶溪在會稽縣南二十五里，北流與鏡湖合。」按：若耶溪爲西子浣紗之所。吴越春秋謂越王句踐進西施於吴王闔廬。吴王得之，爲築姑蘇臺，游宴其上。又，相傳句踐滅吴，范蠡取西施泛舟五湖而去。史記淮南王安傳：「伍被悵然曰：『臣聞子胥諫吴王，吴王不用，乃曰：臣今見麋鹿游姑蘇之臺也。臣今亦見宫中生荆棘、露沾衣也。』」

〔一舸句〕杜牧杜秋娘詩：「西子下姑蘇，一舸逐鴟夷。」

〔歲云二句〕詩小雅小明：「歲聿云暮。」又，唐風山有樞：「子有酒食，何不日鼓瑟，且以喜樂，且以永日。」杜甫歲晏行：「歲云暮矣多北風，瀟湘洞庭白雪中。」戰國策齊策一：「蘇秦爲趙合從，説齊宣王曰：『……臨淄甚富而實，其民無不吹竽鼓瑟，擊筑彈琴，鬭鷄走犬，六博蹹踘者。』」

〔王亭謝館〕王謝爲東晉大族，多居會稽。王羲之曾宴集會稽山陰之蘭亭，謝安曾隱居會稽之東山。又，宋書謝靈運傳：「靈運父祖並葬始寧縣，並有故宅及墅，遂移籍會稽，修營別業，傍山帶江，盡幽居之美，……有終焉之志。作山居賦並自注以言其事。」「謝館」或指此。

【附録】

姜堯章夔和韻（見白石道人歌曲集）

漢宫春　次韻稼軒蓬萊閣

一顧傾吴，苧蘿人不見，煙杳重湖。當時事如對弈，此亦天乎。大夫仙去，笑人間千古須臾。

有倦客扁舟夜泛，猶疑水鳥相呼。秦山對樓自緑，怕越王故壘，時下樵蘇。只今倚闌一笑，然則非與。小叢解唱，倩松風爲我吹竽。更坐待千巖月落，城頭眇眇啼烏。

又 會稽秋風亭懷古

亭上秋風，記去年嫋嫋，曾到吾廬。山河舉目雖異，風景非殊。功成者去，覺團扇便與人疏。吹不斷斜陽依舊，茫茫禹跡都無。　千古茂陵詞在，甚風流章句，解擬相如。只今木落江冷，眇眇愁余。故人書報：「莫因循忘却蓴鱸。」誰念我新涼燈火，一編太史公書。

【校】

〔題〕「懷古」原作「觀雨」，今與前首題中末二字互换。

【箋注】

〔秋風亭〕張淏會稽續志：「秋風亭在觀風堂之側，其廢已久，嘉定十五年，汪綱即舊址再建。綱自記於柱云：『秋風亭辛稼軒曾賦詞，膾炙人口，今廢矣。余即舊基面東爲亭，復創數椽於後，以爲賓客往來館寓之地，當必有高人勝士如宋玉、張翰來游其間，遊目騁懷，幸爲我留，其毋遽起悲吟思歸之興云。』」按：續志此文，不著秋風亭創始於何人，唯據下引張鎡和章題中「稼軒帥浙東，作秋風亭成，以長短句寄余」諸語，知其爲稼軒手創也。

〔亭上二句、只今二句〕楚辭九歌：「帝子降兮北渚，目眇眇兮愁予。嫋嫋兮秋風，洞庭波兮木葉下。」

〔山河二句〕見卷二水龍吟（渡江天馬南來闋）「新亭句」注。

〔功成句〕戰國策秦策三：「蔡澤謂應侯曰：『四時之序，成功者去。』」

〔團扇〕見卷二朝中措（年年團扇怨秋風闋）「年年句」注。

〔茫茫句〕左傳襄四年：「虞人之箴曰：『芒芒禹跡，畫爲九州。』」史記夏本紀集解云：「越傳曰：『禹到大越，上苗山，大會計，爵有德，封有功，因而更名苗山曰會稽。』」

〔茂陵詞〕茂陵，漢武帝陵名。漢武帝秋風辭云：「秋風起兮白雲飛，草木黄落兮鴈南歸。蘭有秀兮菊有芳，懷佳人兮不能忘。汎樓船兮濟汾河，横中流兮揚素波。簫鼓鳴兮發棹歌，歡樂極兮哀情多。少壯幾時兮奈老何。」

〔擬相如〕漢書揚雄傳：「蜀有司馬相如，作賦甚弘麗温雅，雄心壯之，每作賦常擬以爲式。」

〔江冷〕見卷四玉樓春（人間反覆成雲雨闋）「楓落吴江」注。

〔蓴鱸〕見卷一木蘭花慢（老來情味減闋）「秋晚句」注。

〔新涼燈火〕韓愈符讀書城南：「時秋積雨霽，新涼入郊墟。燈火稍可親，簡編可卷舒。」

【附録】

丘、姜、張諸人和章

一、漢宮春　丘崈（見丘文定公詞）

和辛幼安秋風亭韻。癸亥中秋前二日

聞説瓢泉，占煙霏空翠，中著精廬。旁連吹臺燕榭，人境清殊。猶疑未足，稱主人胸次恢疏。天自與相攸佳處，除今禹會應無。　選勝卧龍東畔，望蓬萊對起，巖壑屏如。秋風夜涼弄笛，明月邀予。三英笑粲，更吴天不隔蓴鱸。新度曲銀鉤照眼，争看阿素工書。

二、漢宮春　姜夔（見白石道人歌曲集）

次韻稼軒

雲曰歸歟，縱垂天曳曳，終反衡廬。揚州十年一夢，俛仰差殊。秦碑越殿，悔舊遊作計全疎。分付與高懷老尹，管絃絲竹寧無。　知公愛山入剡，若南尋李白，問訊何如。年年鴈飛波上，愁亦關予。臨臯領客，向月邊攜酒攜鱸。今但借秋風一榻，公歌我亦能書。

三、漢宮春　張鎡（見南湖詞）

稼軒帥浙東，作秋風亭成，以長短句寄余，欲和久之，偶霜晴，小樓登眺，因次來韻，代書奉酬

城畔芙蓉，愛吹晴映水，光照園廬。清霜乍雕岸柳，風景偏殊。登樓念遠，望越山青補林疎。

人正在秋風亭上，高情遠解知無。江南久無豪氣，看規恢意概，當代誰如。乾坤盡歸妙用，何處非余。騎鯨浪海，更那須采菊思鱸。應會得文章事業，從來不在詩書。

又　答李兼善提舉和章

心似孤僧，更茂林脩竹，山上精廬。維摩定自非病，誰遣文殊。白頭自昔，歎相逢語密情疎。傾蓋處論心一語，只今還有公無。　最喜陽春妙句，被西風吹墮，金玉鏗如。夜來歸夢江上，父老歡予。荻花深處，喚兒童吹火烹鱸。歸去也絶交何必，更脩山巨源書。

【箋注】

〔李兼善〕名浹，彦穎子。葉適水心文集卷十九太府少卿福建運判直寶謨閣李公墓誌銘：「少卿諱浹，字兼善，有夙成之度。少游太學，諸生畏其能。授承務郎，監淮西惠民局，復鎖廳試禮部，詞致瓌特，有司異之。……改知徽州，尋提舉浙東常平。會稽督零税急，械繫滿府縣，值公攝帥，盡釋之。士民歌呼，叉手至額，曰：『真李参政兒也。』」張淏會稽續志浙東提舉：「李浹，嘉泰三年十月初八以朝散大夫到任。」

〔茂林脩竹〕蘭亭序：「此地有崇山峻嶺，茂林脩竹。」

〔維摩二句〕見卷二江神子（簟鋪湘竹帳籠紗閿）「病維摩四句」注。

〔白頭、傾蓋〕史記鄒陽列傳：「諺曰：白頭如新，傾蓋如故。何則，知與不知也。」索隱引家語云：「孔子遇程子於途，傾蓋而語。」

〔最喜三句〕宋玉對楚王問：「客有歌於郢中者，……其爲陽春白雪，國中屬而和者數十人。其曲彌高，其和彌寡。」世説新語文學：「孫興公作天台賦成，以示范榮期云：『卿試擲地，要作金石聲。』」

〔荻花二句〕唐鄭谷漁者詩：「一尺鱸魚新釣得，兒孫吹火荻花中。」

〔絶交、山巨源書〕晉山濤字巨源，與嵇康友善，爲吏部郎，欲舉康自代，康怨其不知己，因自説其不堪流俗而致絶交書。

又 答吴子似總幹和章

達則青雲，便玉堂金馬；窮則茅廬。逍遥小大自適，鵬鷃何殊。君如星斗，燦中天密密疎疎。荒草外自憐螢火，清光暫有還無。　千古季鷹猶在，向松江道我，問訊何如。白頭愛山下去，翁定嗔予：「人生謾爾，豈食魚必鱠之鱸。」還自笑君詩頓覺，胸中萬卷藏書。

【箋注】

〔玉堂金馬〕見卷二水調歌頭（萬事到白髮）「玉堂金馬」注。

〔逍遥二句〕蓋隱括莊子逍遥遊篇之大意。郭象逍遥遊注：「夫小大雖殊，而放於自得之場，則物任其性，事稱其能，各當其分，逍遥一也。」鵬鷃，參卷二水調歌頭（萬事幾時足）「鷃鵬斥鷃」注。

〔季鷹〕見卷一木蘭花慢（老來情味減）「秋晚句」注。

〔向松江二句〕杜甫送孔巢父謝病歸游江東兼呈李白詩：「南尋禹穴見李白，道甫問訊今何如。」

〔謾爾〕即「漫爾」，聊復爾爾之意。

〔豈食魚句〕詩陳風衡門：「豈其食魚，必河之魴。」

〔胸中句〕杜甫贈韋左丞丈：「讀書破萬卷，下筆如有神。」

上西平　會稽秋風亭觀雪

九衢中，杯逐馬，帶隨車。問誰解愛惜瓊華。何如竹外，静聽窣窣蟹行沙。自憐是，海山頭種玉人家。

紛如鬬，嬌如舞，纔整整，又斜斜。要圖畫還我漁簑。凍吟應笑，羌兒無分謾煎茶。起來極目，向彌茫數盡歸鴉。

【箋注】

〔杯逐馬二句〕韓愈詠雪贈張籍詩：「隨車翻縞帶，逐馬散銀杯。」

〔種玉〕搜神記卷十一：「楊公伯雍，……性篤孝，父母亡葬無終山，遂家焉。山高八十里，上無水，公汲水作義漿於阪頭，行者皆飲之。三年，有一人就飲，以一斗石子與之，使至高平好地有石處種之，云：『玉當生其中。』楊公未娶，又語云：『汝後當得好婦。』語畢不見，乃種其石。……有徐氏者，右北平著姓女，甚有行，時人求多不許，公乃試求徐氏，徐氏笑以爲狂，因戲云：『得白璧一雙來，當聽爲婚。』公至所種玉田中，得白璧五雙以聘，徐氏大驚，遂以女妻公。」

〔整整、斜斜〕黄庭堅詠雪奉呈廣平公詩：「夜聽疎疎還密密，曉看整整復斜斜。」

〔要圖畫句〕鄭谷雪中偶題：「江上晚來堪畫處，漁人披得一簑歸。」蘇軾謝人見和前篇詩：「漁簑句好應須畫，柳絮才高不道鹽。」

〔凍吟〕蘇軾謝人見和前篇：「忍凍孤吟筆退尖。」

〔羌兒句〕見卷二鷓鴣天（莫上扁舟訪剡溪閿）「淺斟句」注。

【編年】

嘉泰三年（一二〇三）。——右詞五首均作於嘉泰三年任浙東帥時。

滿江紅

紫陌飛塵，望十里雕鞍繡轂。春未老已驚臺榭，瘦紅肥緑。睡雨海棠猶倚醉，舞風楊柳難成曲。問流鶯能説故園無？曾相熟。　巖泉上，飛鳧浴。巢林下，棲禽宿。恨荼蘼開晚，謾翻紅玉。蓮社豈堪談昨夢，蘭亭何處尋遺墨？但羈懷空自倚秋千，無心蹴。

【校】

〔紅玉〕廣信書院本作「船玉」，兹從王詔校刊本及四印齋本。

【箋注】

〔紫陌句〕劉禹錫戲贈看花諸君子詩：「紫陌紅塵拂面來，無人不道看花回。」

〔雕鞍繡轂〕秦觀水龍吟：「小樓連苑横空，下窺繡轂雕鞍驟。」

〔瘦紅肥緑〕李清照如夢令詞：「應是緑肥紅瘦。」

〔楊柳〕折楊柳，六朝曲名。柳枝，唐曲名。

〔蓮社〕見卷四漢宫春（行李溪頭閬）「知翁二句」注。

〔蘭亭句〕王羲之曾與諸友於上巳日宴集於會稽山陰之蘭亭，自爲序文並自書之。

【編年】

嘉泰四年（一二〇四）。——詞中有「問故園」句，知非閒退期内之作。據「蓮社」、「蘭亭」二句，知在任浙東安撫使後，又據起數語，知必作於本年春臨安召見時。

生查子

梅子褪花時，直與黄梅接。煙雨幾曾開，一春江裏活。　富貴使人忙，也有閑時節。莫作路旁花，長教人看殺。

【箋注】

〔看殺〕世説新語容止篇：「衛玠從豫章至下都，人久聞其名，觀者如堵牆。玠先有羸疾，體不堪勞，遂成病而死。時人謂看殺衛玠。」

又　題京口郡治塵表亭

悠悠萬世功，矻矻當年苦。魚自入深淵，人自居平土。　紅日又西沉，白浪長東去。不是望金山，我自思量禹。

【箋注】

〔塵表亭〕北固山志卷二建置郡守宅：「郡守宅在正峯腰。……塵表亭，舊名婆羅，元祐中守林希於廣陵得婆羅三十本，植亭下。後陳居仁易名，在（丹陽）樓北隅。沈存中丹陽樓詩指此。」按：據宋史陳居仁傳，陳氏知鎮江事在知建寧府之後，又據攻媿集陳居仁行狀，推知陳氏守鎮江在慶元間。

〔悠悠四句〕均指夏禹治平水土事。漢書王褒傳：「勞筋苦骨，終日矻矻。」孟子滕文公下：「當堯之時，水逆行，氾濫於中國，蛇龍居之，民無所定。……使禹治之，禹掘地而注之海，驅蛇龍而放之菹，水由地中行，江淮河漢是也。險阻既遠，鳥獸之害人者消，然後人得平土而居之。」

〔金山〕輿地紀勝卷七鎮江府景物上：「金山，在江中，去城七里。舊名浮玉，唐李錡鎮潤州，表名金山。因裴頭陀開山得金，故名。」

【編年】

嘉泰四年（一二〇四）。——右生查子二詞，俱稼軒晚年所作。前闋有「直與黄梅接」、「一春江裏活」及「富貴使人忙」句，知爲本年三月知鎮江府之初所賦，後闋題塵表亭，亦當爲不久後所賦。

南鄉子　登京口北固亭有懷

何處望神州？滿眼風光北固樓。千古興亡多少事，悠悠，不盡長江滾滾流。

年少萬兜鍪，坐斷東南戰未休。天下英雄誰敵手？曹劉。生子當如孫仲謀。

【箋注】

〔京口〕見卷二蝶戀花（淚眼送君傾似雨闋）「京口」注。

〔北固亭〕讀史方輿紀要卷二十五鎮江府：「北固山在城北一里府治後，下臨長江。自晉以來，郡治皆據其上。三面臨水，迴嶺斗絶，勢最險固，因名，蓋郡之主山也。蔡謨起樓其上，以貯軍實，謝安復營葺之。……大同十年，武帝登望，久之曰：『此嶺下足須固守，然於京口，實乃壯觀』於是改樓曰北顧樓。」北固山志卷二建置：「北固樓在山上，晉蔡謨建。梁紀云：『大同十年春三月乙酉幸京口城北固樓，改名北顧。』乾道己丑守臣待制陳天麟補建，有碑記（嘉定甲戌，待制史彌堅命吏訪得，裂爲三而失其一）。樓或名亭。舊亭在郡圃後，紹熙壬子殿撰趙彦逾徙於山，西向。嘉泰壬戌閣學黄由增廣之。」

〔不盡句〕杜甫登高詩：「無邊落木蕭蕭下，不盡長江滚滚來。」蘇軾次韻前篇：「長江滚滚空自流。」

〔坐斷〕即「佔據住」之意。

〔天下二句〕三國志蜀先主傳：「是時曹公從容謂先主曰：『今天下英雄惟使君與操耳，本初之徒不足數也。』」

〔生子句〕三國志注引吴歷：「曹公出濡須，……堅守不出，權乃自來，乘輕船從濡須口入公軍，諸將皆以爲是挑戰者，欲擊之。公曰：『此必孫權，欲身見吾軍部伍也。』勑軍中皆精嚴，弓弩不得忘發。權行五六里，迴還作鼓吹，公見舟船、器仗、軍伍整肅，喟然歎曰：『生子當如孫仲謀，劉景升兒子若豚犬耳。』」

【附録】

重建北固樓記（節録）陳天麟（北固山志卷十二藝文）

予觀京口諸山起伏繚繞，出於城府，率如瓜蔓斿綴。今甘露最近江，迄立西鄉，而山南北皆（下闕）田，蓋昔江道也，與南史所云合矣。予於連滄觀之西爲亭，面之，而復其舊名，則甘露之爲北固，其亦安之而不辭矣。夫六朝之所以名山，蓋自固耳。其君臣厭厭若九泉下人，寧復有遠略？兹地控吴負楚，襟山帶江，登高北望，使人有焚龍庭、空漠北之志。神州陸沉殆五十年，豈無忠義之士奮然自拔，爲朝廷快宿憤，報不共戴天之讎，而乃甘心恃江爲固乎？則予是亭之復，不特爲登覽也。

按：北固山志卷七雜識：「陳天麟，右朝散郎，敷文閣，乾道四年任。」

【編年】

嘉泰四年（一二〇四）。

瑞鷓鴣　京口有懷山中故人

暮年不賦短長詞，和得淵明數首詩。君自不歸歸甚易，今猶未足足何時。

偷閒定向山中老，此意須教鶴輩知。聞道只今秋水上，故人曾榜北山移。

【箋注】

〔君自句〕唐崔塗春夕旅懷：「自是不歸歸便得，五湖煙景有誰争。」蘇軾次韻子由相地築亭種柳詩：「劍關大道車方軌，君自不去歸何難。」

〔今猶句〕參卷四滿江紅（幾箇輕鷗閑）「若要二句」注。

〔教鶴輩知、北山移〕南齊周彦倫初隱鍾山，後應詔出爲海鹽縣令，欲却過鍾山，孔稚珪乃假山靈之意移之，使不許得至，故名北山移文。中有句云：「至於還飈入幕，寫霧出楹，蕙帳空兮夜鶴怨，山人去兮曉猿驚。」此詞後章，蓋謂既已決定回向山中度晚歲，須將此意告知鶴猿，令其勿再怨驚也。

【附録】

韓澗泉滮和章（見澗泉詞）

瑞鷓鴣　辛鎮江有長短句，因韻偶成，愧非禹步爾

南蘭陵郡鷓鴣詞，底用登臨更賦詩。貴不能淫非一日，老當益壯未多時。　人間天上風雲會，眼底眉間歲月知。只有海門横北固，宦情隨牒想推移。

又　京口病中起登連滄觀偶成

聲名少日畏人知，老去行藏與願違。山草舊曾呼遠志，故人今又寄當歸。何人可覓安心法？有客來觀杜德機。却笑使君那得似：清江萬頃白鷗飛！

【校】

〔又寄〕王詔校刊本、四印齋本俱作「有寄」。

【箋注】

〔連滄觀〕輿地紀勝卷七鎮江府景物下：「連滄觀在府治，乃一郡之勝絶處也。」北固山志卷二建置：「連滄觀在正峯府治燕寢後，守胡世將（改）望海樓爲之（取王存中「連山湧滄江」句意），城中最高處也（即今府宅後城東北隅）。」

〔與願違〕嵇康幽憤詩：「事與願違。」王安石次韻酬王太祝詩：「飄然身與願相違。」

〔山草句〕見卷四洞仙歌（舊交貧賤闋）「看匆匆三句」注。

〔寄當歸〕蜀志姜維傳注引孫盛雜語：「姜維詣諸葛亮，與母相失。復得母書，令求當歸。維曰：『良田百頃，不在一畝；但有遠志，不在當歸。』」吴志太史慈傳：「太史慈字子義，東萊黄人也。……曹公聞其名，遺慈書，以篋封之；發省，無所道，而但貯當歸。」蘇軾寄劉孝叔詩：「故人屢寄山中信，只有當歸無别語。」

〔安心法〕契嵩傳法正宗記慧可傳：「神光曰：『我心未安，乞師與安。』尊者曰：『將心來與汝安。』曰：『覓心了不可得。』尊者曰：『我與汝安心竟。』」蘇軾和子由寄題孔平仲草菴詩：「逢人欲覓安心法，到處先爲問道菴。」

〔有客句〕莊子應帝王篇：「鄭有神巫曰季咸，知人之生死存亡，禍福壽夭。列子與之見壺子，出而謂列子曰：『嘻，子之先生死矣，弗活矣。……』列子入，泣涕沾襟，以告壺子，壺子曰：『鄉吾示之以地文，萌乎不震不正，是殆見吾杜德機也。』」按：杜謂杜塞，德機不發，故曰杜德機。

【附録】

顧炎武日知録卷十三辛幼安條

辛幼安詞：「山草舊曾呼遠志，故人今有寄當歸。」此非用姜伯約事也。吴志：「太史慈，東萊黄人也。後立功於孫策，曹公聞其名，遺慈書，以篋封之。發省無所道，但貯當歸。」幼安久宦南朝，未得大用，晚年多有淪落之感，亦廉頗思用趙人之意爾。觀其與陳同甫酒後之言，不可知其心事哉。

書顧亭林論稼軒詞後（稼軒集抄存卷末）辛啓泰

……公詞中「故人今有寄當歸」句，與蘇長公「山中故人應有招我歸來篇」句，意正相同。當歸故事，特泛用以對遠志，非指金言也。乃顧亭林以爲有廉頗思用趙人之意，而引稗説以證之，謬矣。公此詞作於知鎮江府時，年已六十餘，其仕宋亦幾四五十年，所不獲大用者，徒以不能事時宰相韓侂冑耳。初，公以周易筮得離，爲南方，志遂以定，金固非嘗試之國也。其時金宰相亦未必不如韓侂冑也。以暮齒而違筮言，以直道而思他適，以奮人而切新圖，雖庸夫且知其不可，況公常與晦菴、同父諸賢道德仁義相與切劘者乎？余既斥稗說，因讀日知録，遂並書其後。今按：顧亭林日知録爲習見之書，但其中論稼軒詞條之議論，確極謬誤，辛啓泰特作書後加以駁證，的當可取，故附著於顧氏文後，亦藉以表見鄙見之在此而不在彼也。

又

膠膠擾擾幾時休？一出山來不自由。秋水觀中山月夜，停雲堂下菊花秋。

隨緣道理應須會，過分功名莫强求。先去聲自一身愁不了，那堪愁上更添愁。

【校】

〔山月〕花草粹編六引，作「秋月」。

〔更添〕花草粹編作「又添」。

【箋注】

〔膠膠擾擾〕見卷四卜算子（百郡怯登車闕）「膠膠擾擾」注。

〔隨緣句〕景德傳燈録卷三十菩提達磨略辯大乘入道四行：「夫入道多途，要而言之，不出三種，一是理入，二是行入。……行入者，謂四行。…… 一，報冤行；二，隨緣行；三，無所求行；四，稱法之行。……隨緣行者，衆生無我，並緣業所轉，苦樂齊受，皆從緣生，若得勝報榮譽等事，是我過去宿因所感，今方得之，緣盡還無，何喜之有？得失從緣，心無增減，喜風不動，冥順於道，是故説言隨緣行也。……」

【編年】

嘉泰四年（一二〇四）。——右瑞鷓鴣三首，皆爲表述欲歸老山中之作，當在京口欲歸未得之時期内。開禧元年秋稼軒已罷歸，此三詞必係嘉泰四年秋所作，今依廣信書院本次序列置於此。

永遇樂　京口北固亭懷古

千古江山，英雄無覓，孫仲謀處。舞榭歌臺，風流總被，雨打風吹去。斜陽草樹，尋常巷陌，人道寄奴曾住。想當年金戈鐵馬，氣吞萬里如虎。　元嘉草草，封狼居胥，赢得倉皇北顧。四十三年，望中猶記，烽火揚州路。可堪回首，佛貍祠下，一片神鴉社鼓。憑誰問：廉頗老矣，尚能飯否？

【箋注】

〔斜陽二句〕見卷一酒泉子（流水無情闋）「春聲二句」注。

〔寄奴〕南朝宋武帝劉裕字德輿，小字寄奴。自其高祖隨晉渡江，即居於晉陵郡丹徒縣之京口里。

〔金戈鐵馬〕五代後唐李襲吉諭梁書：「毒手尊拳，交相於暮夜；金戈鐵馬，蹂踐於明時。」

〔元嘉〕南朝宋文帝年號。

〔封狼居胥〕史記驃騎列傳：「元狩四年春，上令大將軍青，驃騎將軍去病，將各五萬騎，……驃騎始爲出定襄，當單于。……約輕齎，絶大幕，涉獲章渠，以誅比車耆。……封狼居胥山，禪於姑衍，登臨翰海。」宋書王玄謨傳：「玄謨每陳北侵之策，上謂殷景仁曰：『聞玄謨陳説，使人有封狼居胥意。』」

〔倉皇北顧〕宋書索虜傳：「（元嘉八年）上以滑臺戰守彌時，遂至陷没，乃作詩曰：『逆虜亂疆埸，邊將嬰寇仇。……惆悵懼遷逝，北顧涕交流。』」

〔四十三年〕稼軒於紹興三十二年（一一六二）正月奉表南歸，至開禧元年（一二〇五）春於京口作此詞，恰爲四十三年。

〔烽火揚州路〕指隆興二年金兵渡淮攻陷濠州、滁州而至揚州事。

〔佛貍祠〕後魏太武帝小字佛貍，見宋書索虜傳。陸游入蜀記第二：「（乾道六年七月）四日，風便，解纜掛帆，發真州。……舟行甚疾，過瓜步山。山蜿蜒蟠伏，臨江起小峯，頗巉峻。絶頂有元魏太武廟。廟前大木可三百年，一井已智，傳以爲太武所鑿，不可知也。太武以宋文帝元嘉二十七年南侵，至瓜步，建康戒嚴，太武鑿瓜步山爲蟠道，於其上設氊廬，大會羣臣，疑即此地。王文公詩所謂『叢祠瓜步認前朝』是也。梅聖俞題廟云：『魏武敗忘歸，孤軍駐山頂。』按太武初未嘗敗，聖俞誤以佛貍爲曹瞞耳。」

〔憑誰問二句〕史記廉頗藺相如列傳：「廉頗居梁，久之，魏不能信用。趙以數困於秦兵，趙王思復得廉頗，廉頗亦思復用於趙。趙王使使者視廉頗尚可用否，廉頗之仇郭開多與使者金，令毁之。趙使者既見廉頗。廉頗爲之一飯斗米，肉十斤，被甲上馬，以示尚可用。趙使還報王曰：『廉將軍雖老，尚善飯，然與臣坐頃之，三遺矢矣。』趙王以爲老，遂不召。」

【附録一】

岳珂桯史稼軒論詞

辛稼軒守南徐，已多病謝客，予來筮仕委吏，實隸總所，例於州家殊參辰，旦望贄謁刺而已。余時以乙丑南宫試，歲前涖事僅兩旬，即謁告去。稼軒偶讀余通名啓而喜，又頗階父兄舊，特與其潔。余試既不利，歸官下，時一招去。稼軒有詞名，每燕必命侍姬歌其所作。特好歌賀新郎一詞，自誦其警句曰：「我見青山多嫵媚，料青山見我應如是。」又曰：「不恨古人吾不見，恨古人不見吾狂耳。」每至此，輒拊髀自笑，顧問坐客何如，皆歎譽如出一口。既而又作一永遇樂，序北府事，首章曰：「千古江山，英雄無覓，孫仲謀處。」又曰：「尋常巷陌，人道寄奴曾住。」其寓感慨者則曰：「可堪回首，佛貍祠下，一片神鴉社鼓。憑誰問廉頗老矣，尚能飯否。」特置酒召數客，使妓迭歌，益自擊節，徧問客，必使摘其疵，遜謝不可。客或措一二辭，不契其意，又弗答，然揮羽四視不止。余時年少，勇於言，偶坐於席側，稼軒因誦啓語，顧問再四，余率然對曰：「待制詞句，脱去今古軫轍，每見集中有『解道此句，真宰上訴，天應嗔耳』之序，嘗以爲其言不誣。童子何知，而敢有議？然必欲以范文正以千金求嚴陵祠記一字之易，則晚進尚竊有疑也。」稼軒喜，促膝亟使畢其說。余曰：「前篇豪視一世，獨首尾二腔警語差相似；新作微覺用事多耳。」於是大喜，酌酒而謂坐中曰：「夫君實中予痼。」乃味改其語，日數十易，累月猶未竟。其刻意如此。余既以一語之合，益加厚，頗取視其骫骳，欲以家世薦之朝，會其去，未果。

【附録二】

姜堯章夔和章

永遇樂　次稼軒北固樓韻

雲隔迷樓，苔封很石，人向何處？數騎秋煙，一篙寒汐，千古空來去。使君心在，蒼厓緑嶂，苦被北門留住。有尊中酒差可飲，大旗盡繡熊虎。　前身諸葛，來游此地，數語便酬三顧。樓外冥冥，江皋隱隱，認得征西路。中原生聚，神京耆老，南望長淮金鼓。問當時依依種柳，至今在否？

【編年】

開禧元年乙丑（一二〇五）。——詞中之「四十三年，望中猶記，烽火揚州路」諸句，當即指其

「壯歲旌旗擁萬夫，錦襜突騎渡江初」（鷓鴣天中語）之事而言，以此諸句及程史中所記諸事節次考之，知此詞爲開禧元年春作。立春後第五個戊日爲春社，稼軒本年秋即歸鉛山，不及在京口逢秋社。此詞有「神鴉社鼓」句，知應作於本年二三月間。白石和章，有「人向何處」句，顯係寫於稼軒已離京口歸鉛山之後，故以「數騎秋煙，一篙寒汐，千古空來去」諸句深致其感慨也。

玉樓春　乙丑京口奉祠西歸，將至仙人磯

江頭一帶斜陽樹，總是六朝人住處。悠悠興廢不關心，惟有沙洲雙白鷺。
仙人磯下多風雨，好卻征帆留不住。直須抖擻盡塵埃，卻趁新涼秋水去。

【箋注】

〔仙人磯〕未詳所在。

〔惟有句〕蘇軾再和潛師詩：「惟有飛來雙白鷺，玉羽瓊枝鬬清好。」

〔直須句〕白居易答州民：「宦情抖擻隨塵去。」游悟真寺：「抖擻塵埃衣，禮拜冰雪顔。」

【編年】

開禧元年（一二〇五）。

瑞鷓鴣　乙丑奉祠歸，舟次餘干賦

江頭日日打頭風，憔悴歸來邴曼容。鄭賈正應求死鼠，葉公豈是好真龍。孰居無事陪犀首，未辦求封遇萬松。却笑千年曹孟德，夢中相對也龍鍾。

【箋注】

〔乙丑奉祠〕宋會要輯稿職官七五之三七：「開禧元年七月二日新知隆興府辛棄疾與宫觀，理作自陳。」

〔餘干〕讀史方輿紀要：「餘干縣在饒州南百二十里，春秋時爲越西境，所謂干越也。漢爲餘汗縣，劉宋改汗爲干。隋平陳，縣屬饒州。」

〔打頭風〕逆風也。俗謂頂頭風。見卷三小重山（綠漲連雲翠拂空闋）「打頭風」注。

〔邴曼容〕漢書兩龔傳：「琅邪邴漢亦以清行徵用，至京兆尹，後爲太史大夫。……漢兄子曼容，亦養志自修，爲官不肯過六百石，輒自免去。」

〔鄭賈句〕戰國策秦策三：「鄭人謂玉未理者璞，周人謂鼠未腊者朴。周人懷朴過鄭賈，曰：『欲買朴乎？』曰：『欲之。』出其朴，視之，乃鼠也，因謝不取。今平原君自以賢顯名天下，然降其主父沙丘而臣之，天下之王尚猶尊之，是天下之王不如鄭賈之智也，眩於名不知其實也。」

〔葉公句〕新序雜事：「葉公子高之好龍，雕文畫之，於是天龍聞而示之，窺頭於牖，施尾於堂，葉公見之，五色無主。是葉公非好龍也，好其似龍非龍也。」

〔孰居句〕史記張儀列傳所附犀首傳：「犀首者魏之陰晉人也。名衍，姓公孫氏。」又，陳軫傳：「陳軫使於秦，過梁欲見犀首，……犀首見之，陳軫曰：『公何好飲也？』犀首曰：『無事也。』」莊子天運：「孰居無事，推而行是？」

〔未辨句〕漢書王莽傳：「居攝元年四月，安衆侯劉崇與相張紹謀曰：『安漢公莽專制朝政，必危劉氏。……吾率宗族爲先，海内必和。』紹等從者百餘人，遂進攻宛，不得入而敗。紹者，張竦之從兄也。竦與崇族父劉嘉詣闕自歸，莽赦弗罪，竦因爲嘉作奏，……願爲宗室倡始，父子兄弟負籠荷鍤，馳之南陽，豬崇宫室。……於是莽大説，……封嘉爲師禮侯，嘉子七人皆賜爵關内侯。後又封竦爲淑德侯。長安爲之語曰：『欲求封，過張伯松，力戰鬬，不如巧爲奏。』」按：竦字伯松。詞中作「萬松」，不知何故。

〔却笑二句〕其意或爲：曹操所作龜雖壽中雖有「烈士暮年，壯心未已」之句，然與之夢中相遇，却已是老態龍鍾之衰翁矣。稼軒蓋藉此爲自身暮年之出處遭遇解嘲也。

【編年】

開禧元年（一二〇五）。

臨江仙

老去渾身無着處，天教只住山林。百年光景百年心。更歡須歎息，無病也呻吟。

試向浮瓜沉李處，清風散髮披襟。莫嫌淺後更頻斟。要他詩句好，須是酒杯深。

【箋注】

〔老去句〕蘇軾豆粥詩：「我老此身無着處，賣書來向東家住。」景純見和復次韻贈之詩：「老去此身無處著，爲翁栽插萬松岡。」

〔浮瓜沉李〕見卷四南歌子（散髮披襟處闋）「浮瓜沉李」注。

又 停雲偶作

偶向停雲堂上坐，曉猿夜鶴驚猜。主人何事太塵埃？低頭還説向：「被召又還來。」

多謝北山山下老，殷勤一語佳哉：「借君竹杖與芒鞋，徑須從此去，深入白雲堆。」

【校】

〔還來〕王詔校刊本、六十家詞本及四印齋本俱作「重來」。

【箋注】

〔曉猿句〕見卷一沁園春（三徑初成闋）「鶴怨句」注。

〔北山山下老〕此蓋用北山移文故實，借指鉛山諸友。

〔竹杖、芒鞋〕蘇軾初入廬山：「芒鞋青竹杖，自挂百錢遊。」定風波沙湖道中遇雨：「竹杖芒鞋輕勝馬。」

瑞鷓鴣

期思溪上日千回，樟木橋邊酒數杯。人影不隨流水去，醉顔重帶少年來。疎蟬響澀林逾静，冷蝶飛輕菊半開。不是長卿終慢世，只緣多病又非才。

【箋注】

〔疎蟬句〕王籍若耶溪詩：「蟬噪林逾静，鳥鳴山更幽。」

〔長卿終慢世〕世説新語品藻篇注引高士傳司馬相如贊：「長卿慢世，越禮自放。犢鼻居市，不恥其狀。託疾避官，蔑此卿相。乃賦大人，超然莫尚。」

〔只緣句〕唐詩紀事卷二十三：「明皇以張説之薦，召孟浩然，令誦所作，乃誦『北闕休上書，南山歸敝廬。不才明主棄，多病故人踈。……』帝曰：『卿不求朕，豈朕棄卿？』」蘇軾喬太博見和復次韻答之：「非才更多病，二事可并案。」

【編年】

開禧元年（一二〇五）。——右臨江仙二首，廣信書院本均列置瓢泉諸詞之後，四卷本未收，詳詞意，均爲自鎮江歸鉛山後所賦。瑞鷓鴣一詞不唯列置鎮江及歸途所作同調諸詞之後，且與稼軒晚年所作和前人韻詩「昨日溪南鷄酒社，長卿多病不能臨」語意相同，知亦重歸鉛山之作，因彙録於此。

歸朝歡　丁卯歲寄題眉山李參政石林

見説岷峨千古雪，都作岷峨山上石。君家右史老泉公，千金費盡勤收拾。一堂真石室。空庭更與添突兀。記當時，長編筆硯，日日雲煙溼。　野老時逢山鬼泣，誰夜持山去難覓。有人依樣入明光，玉堦之下巖巖立。琅玕無數碧。風流不數平泉物。欲重吟，青葱玉樹，須倩子雲筆。

【校】

〔石室〕王詔校刊本誤作「石石」。

〔平泉〕廣信書院本作「平原」，茲從王詔校刊本及四印齋本。

【箋注】

〔眉山李參政〕宋史李壁傳：「李壁字季章，眉之丹稜人，父燾。」又宋史宰輔表：「開禧二年丙寅，七月癸卯，李壁自禮部尚書除參知政事。三年丁卯，十一月甲戌，李壁罷參知政事。」

〔石林〕李氏眉山宅第堂名。陸游劍南詩稿六十二，有乙丑歲寄題李季章侍郎石林堂詩一首，有句云：「侍郎築堂聚衆石，坐卧對之旰忘食。千金博取直易爾，要是尤物歸精識。」按：據詞中語意，石林堂上衆石應爲李仁甫所搜聚，放翁詩則謂係季章所聚，亦不知其孰是。又，程公許滄洲塵缶編卷二擬九頌小序云：「鴈湖先生李公，以嗣世之賢，爲儒林哲匠。參貳幾政，協謀鋤姦。……」其第五爲石林頌，有云：「胡拳拳兮石友，期歲晚兮相守。……彼平原兮森離立，紛品第兮羅甲乙。吾何嗜兮狷介，寧與汝兮同癖。……」

〔岷峨〕岷山在今四川松潘縣北，峨嵋山在今四川峨嵋縣西南，兩山相對如蛾眉。

〔右史老泉公〕蘇洵家有老人泉，因自號老泉。宋史李壁傳謂：「壁父子與弟𡌴皆以文學知名，蜀人比之三蘇。」故此詞以老泉擬李燾。又，燾曾屢爲史官，故稱右史。

〔長編〕宋史李燾傳：「李燾字仁甫，眉州丹稜人。……博極載籍，搜羅百氏，慨然以史自任。

本朝典故，尤悉力研覈。倣司馬光資治通鑑例，斷自建隆，迄於靖康，爲編年一書，名曰長編。」

〔誰夜句〕見卷四玉樓春（何人半夜推山去闋）「何人句」注。

〔明光〕見卷三清平樂（詩書萬卷闋）「明光殿」注。

〔巖巖立〕世説新語賞譽篇：「王公目太尉：巖巖清峙，壁立千仞。」又，同書容止篇：「嵇康身長七尺八寸，風姿特秀。……山公曰：『嵇叔夜之爲人也，巖巖若孤松之獨立。』」

〔平泉物〕王讜唐語林卷七：「平泉莊在洛城三十里，……莊周圍十餘里，臺榭百餘所，四方奇花異草與松石，靡不置其後。……怪石名品甚衆，各爲洛陽城族有力者取去，有禮星石、獅子石，好事者傳玩之。」原註：「禮星石，從廣一丈，厚尺餘，上有斗極之象。獅子石，高三四尺，孔竅千萬，遞相通貫，如獅子，首尾眼鼻皆全。」平泉爲唐李德裕園墅，此處切李姓。

〔青葱二句〕見卷四賀新郎（逸氣軒眉宇闋）「兒曹三句」注。

【編年】

開禧三年（一二〇七）。——此自臨安歸後作，時間當在夏季之後。

洞仙歌　丁卯八月病中作

賢愚相去，算其間能幾？差以毫釐繆千里。細思量義利，舜跖之分，孳孳者，等是鷄鳴而起。味甘終易壞，歲晚還知，君子之交淡如水。一餉聚飛蚊，其響如雷；深自覺昨非今是。羨安樂窩中泰和湯，更劇飲無過，半醺而已。

【箋注】

〔差以句〕大戴禮保傅：「失之毫釐，差之千里。」史記太史公自序集解：「一云『差以毫釐』，一云『繆以千里』。」

〔細思量四句〕孟子盡心上：「鷄鳴而起，孳孳爲善者，舜之徒也。鷄鳴而起，孳孳爲利者，蹠之徒也。欲知舜與蹠之分，無他，利與善之間也。」

〔味甘三句〕禮記表記：「故君子之接如水，小人之接如醴。君子淡以成，小人甘以壞。」莊子山木篇：「君子之交淡若水，小人之交甘若醴。君子淡以親，小人甘以絶。彼無故以合者，則無故以離。」按：稼軒此數句，蓋有感於晚年再出之遭遇。謝枋得祭辛稼軒先生墓記：「稼軒垂殁乃謂樞府曰：『侂胄豈能用稼軒以立功名者乎？稼軒豈肯依侂胄以求富貴者乎？』」可與此相參。

〔一餉二句〕漢書中山靖王傳：「夫衆喣漂山，聚蚊成雷；朋黨執虎，十夫橈椎。」韓愈醉贈張秘書詩：「雖得一餉樂，有如聚飛蚊。」

〔昨非今是〕陶潛歸去來辭：「覺今是而昨非。」

〔羨安樂窩三句〕宋史邵雍傳：「邵雍字堯夫。……初至洛，蓬蓽環堵，不芘風雨，……歲時耕稼，僅給衣食。名其居曰安樂窩，因自號安樂先生。旦則焚香燕坐，晡時酌酒三四甌，微醺即止，常不及醉也。」邵雍無名公傳：「性喜飲酒，嘗命之曰泰和湯。所飲不多，微醺而罷，不喜過量。」林下五吟詩：「安樂窩深初起後，太和湯釃酒半醺。」

【編年】

開禧三年（一二〇七）八月。——稼軒卒於九月十日，此絶筆也。

六州歌頭

西湖萬頃，樓觀矗千門。春風路，紅堆錦，翠連雲，俯層軒。風月都無際，蕩空藹，開絶境，雲夢澤，饒八九，不須吞。翡翠明璫，争上金堤去，勃窣媻姗。看賢王高會，飛蓋入雲煙。白鷺振振，鼓咽咽。　記風流遠，更休作，嬉遊地，等閑看。君不見：韓獻子，晉將軍，趙孤存；千載傳忠獻，兩定策，紀元勳。孫又子，方談笑，整乾坤。直使長江如帶，依前是〔存〕趙須韓。伴皇家快樂，長在玉津邊，只在南園。

【校】

「〔存〕趙須韓」「存」字原闕，以意逕補。

【箋注】

〔雲夢三句〕司馬相如子虛賦：「臣聞楚有七澤，嘗見其一，未覩其餘也。臣之所見蓋特其小小者耳，名曰雲夢。雲夢者方九百里，其中有山焉。……秋田乎青丘，徬徨乎海外，吞若雲夢者八九於其胸中，曾不蔕芥。」

〔翡翠三句〕子虛賦：「於是鄭女曼姬，被阿緆，揄紵縞，……錯翡翠之葳蕤，繆繞玉綏，眇眇忽忽，若神仙之髣髴。於是乃相與獠於蕙圃，媻姍勃窣而上乎金隄。」

〔白鷺二句〕詩魯頌有駜：「夙夜在公，在公明明。振振鷺，鷺于下。鼓咽咽，醉言舞。于胥樂兮。」

〔韓獻子三句〕史記韓世家：「晉景公之三年，晉司寇屠岸賈將作亂，誅靈公之賊趙盾，趙盾已死矣，欲誅其子趙朔。韓厥止賈，賈不聽，厥告趙朔令亡，朔曰：『子必能不絶趙祀，死不恨矣。』韓厥許之。及賈誅趙氏，厥稱疾不出。程嬰公孫杵臼之藏趙孤趙武也，厥知之。……於是晉作六卿，而韓厥在一卿之位，號爲獻子。晉景公十七年，病，卜大業之不遂者爲祟，韓厥稱趙成季之功，今後無祀，以感景公。景公問曰：『尚有世乎？』厥於是言趙武，而復與故趙氏田邑，續趙氏祀。」

〔千載三句〕宋史韓琦傳：「韓琦字稚圭，相州安陽人。……嘉祐六年，……帝既連失三王，自至和中，得疾不能御殿，中外惴恐，争以立嗣固根本爲言。……帝曰：『宫中嘗養二子，小者甚純，近不慧；大者可也。』琦請其名，帝以宗實告。宗實，英宗舊名也。琦等遂力贊之，議乃定。……乃下詔立爲皇子，明年，英宗嗣位。琦既輔立英宗，門人親客或從容語及定策事，琦必正色曰：『此仁宗聖德神斷，爲天下計，皇太后内助之力，臣子何與焉。』……帝寢疾，琦入問起居，言曰：『陛下久不視朝，願早建儲以安社稷。』帝頷之，即召學士草制立潁王。神宗立，拜司空兼侍中。……熙寧八年换節永興軍，再任，未拜而薨。年六十八。……帝發哀苑中，哭之慟。……發兩河卒爲治冢，瑑其碑曰『兩朝顧命定策元勳』。贈尚書令，謚曰忠獻。」

〔孫又子〕謂韓侂胄。宋史姦臣四韓侂胄傳：「韓侂胄字節夫，魏忠獻王琦曾孫也。」

〔長江如帶〕南史陳後主紀：「豈可以一衣帶水不拯之乎？」

〔玉津〕周密武林舊事卷四御園：「玉津園，嘉會門外。紹興間北使燕射於此。淳熙中孝宗兩幸，紹熙中光宗臨幸。」

〔南園〕韓侂胄園名。武林舊事卷五湖山勝概：「南園，中興後所創。光宗朝賜平原郡王韓侂胄，陸放翁爲記。」放翁逸稿上南園記：「慶元三年二月丙午，慈福有旨，以别園賜今平原郡王韓公。其地實武林之東麓，而西湖之水匯於其下。……公即受命，乃……葺爲南園。」按：武林舊事謂賜園事在光宗朝，顯誤。

西江月

堂上謀臣帷幄，邊頭猛將干戈。天時地利與人和，燕可伐與曰可。此日樓臺鼎鼐，他時劍履山河。都人齊和大風歌，管領羣臣來賀。

【校】

〔帷幄〕吴師道吴禮部詩話作「尊俎」。兹從四卷本丁集，下同。

〔猛將〕吴禮部詩話作「將士」。

〔此日〕吴禮部詩話作「今日」。

〔他時劍履〕吴禮部詩話作「明年帶礪」。

〔都人齊和〕吴禮部詩話作「大家齊唱」。

〔管領羣臣〕吴禮部詩話作「不日四方」。

【箋注】

〔天時句〕孟子公孫丑下：「天時不如地利，地利不如人和。」

〔燕可句〕孟子公孫丑下：「沈同以其私問曰：『燕可伐與？』孟子曰：『可。』」

〔大風歌〕史記高祖本紀：「高祖還歸過沛，留，置酒沛宫，悉召故人父老子弟縱酒，發沛中兒得百二十人，教之歌。酒酣，高祖擊筑，自爲歌詩曰：『大風起兮雲飛揚，威加海内兮歸故鄉，安得猛士兮守四方。』」

按：此詞又見劉過龍洲詞，字句與吴禮部詩話全同。

清平樂

新來塞北，傳到真消息：赤地居民無一粒，更五單于争立。　維師尚父鷹揚，熊羆百萬堂堂。看取黄金假鉞，歸來異姓真王。

【校】

〔新來〕稼軒集鈔存作「如今」，兹從吴禮部詩話。

〔傳到〕稼軒集鈔存作「傳得」，兹從吴禮部詩話。

【箋注】

〔新來四句〕葉紹翁四朝聞見録乙集開禧兵端條：「韓侂胄亟欲興兵北伐，先因生辰，使張嗣古（原注：時爲左史）假尚書，入敵中，因伺虚實。張即韓之甥也。使事告旋，引見未畢，韓已使人候之；引見畢，不容張歸，即邀至第，亟問張以敵事。張曰：『以某計之，敵未可伐，幸太師勿輕信人言。』韓默然。風國信所奏嗣古詣金廷，幾乎墜笏。免所居官。韓敗，張未嘗以語人也。韓後又遣李壁因使事往伺，壁歸，力以敵中赤地千里，斗米萬錢，與韃爲讐，且有内變。韓大喜。壁遂以是居政府。」按：據宋史寧宗紀及金史交聘表記載，李壁以開禧元年（一二〇五）六月奉命使金，賀金主生辰。（金章宗「天壽節」定於九月一日。）歸程以四十日計，亦應在十月十日抵臨安。永樂大典卷一〇八七六虜字韻引李壁鴈湖集開禧乙丑使虜回上殿劄子（劄子自署十月十二日），可證李壁於十月初歸臨安。韓侂胄生於紹興二十二年十月己巳，即十月八日（此月壬戌朔），則李壁之歸適逢韓氏生辰。慶元黨禁、吴禮部詩話均謂清平樂乃爲韓祝壽之作，能如此及時得知「新來塞北」之「真消息」，自係與韓氏過從甚密之人。而稼軒開禧元年十月正居鉛山家中，與臨安相隔遥遠，於此時安得以「新來塞北」數語壽韓，更支持其開邊之議？因知此詞必非稼軒所作。「赤地」句，金史章宗紀於泰和四年（一二〇四，宋嘉泰四年）二月載山東、河北旱，詔祈雨東北二嶽事，三、四、五月亦屢載祈雨於社稷、太廟以及「以久旱，下詔責躬」事，知是年必以旱災而致夏秋俱歉收。「五單于爭立」，漢書匈奴傳：「呼韓邪單于歸庭，數月，罷兵，使各歸故地。……其冬，都隆奇與右賢王共立日逐王薄胥堂爲屠耆單于，發兵數萬人東襲呼韓邪單于。……西方呼揭王來與唯犂當户謀，共讒右賢王，言欲自立爲烏藉單于。屠耆單于殺右賢王父子，後知其寃，復殺唯犂當户。於是呼揭王恐，遂叛去，自立爲呼揭單于。右奥鞬王聞之，即自立爲車犂單于。烏藉都尉亦自立爲烏藉單于。凡五單于。」又，據金史章宗紀及世宗、顯宗（章宗之父）、章宗諸子列傳，因顯宗早逝，章宗遂得以嫡長孫而繼承帝位。然即位之後，殘害其叔輩，疎忌其昆仲，迨其晚年，諸子俱已夭折，乃更啓宗室對皇位之覬覦。詞中此句，蓋不專指李壁使金一兩年内之事而言也。

〔維師句〕詩大雅大明：「維師尚父，時維鷹揚。涼彼武王，肆伐大商。會朝清明。」

〔黄金假鉞〕晉書文帝本紀：「文皇帝諱昭，……甘露元年春正月加大都督，奏事不名。……

秋八月庚申，加假黄鉞。」

〔異姓真王〕史記淮陰侯傳：「漢四年，平齊，（韓信）使人言漢王曰：『齊僞詐多變，反覆之國也。南邊楚，不爲假王以鎮之，其勢不定，願爲假王便。』當是時，楚方急圍漢王於榮陽，韓信使者至，發書，漢王大怒。……張良、陳平躡漢王足，……漢王亦悟，因復罵曰：『大丈夫定諸侯，即爲真王耳，何以假爲。』乃遣張良往立信爲齊王。」杜甫聞河北諸節度入朝絶句：「十二年來多戰場，天威已息陣堂堂。神靈漢代中興主，功業汾陽異姓王。」貴耳集卷中：「京師大相國寺有術士，蜀人，一命必得千。……顯肅后父鄭紳貧無藉，有姪居中在太學爲前廊，姪約同往議命，……術士先説紳命，只云：『異姓真王。』再説居中命，又云：『亦是異姓真王，因前命而發。』紳以后貴，積官果封王，居中作相，亦封華陽郡王。外戚生封王爵者自紳始。」劍南詩稿卷五十二韓太傅生日詩：「身際風雲手扶日，異姓真王功第一。」

【附録一】

慶元黨禁：「……侂胄用事十四年，威行宫省，權震天下。……視公卿如奴僕，宰相以下，匍匐走趨，一則恩王，二則恩王，甚者尊之以聖，呼以我王。……高文虎之子似孫爲祕書郎，因其誕日，獻詩九章，每章用一錫字，侂胄當之不辭。辛棄疾因壽詞贊其用兵，則用司馬昭假黄鉞、異姓真王故事。由是人疑其有異圖。」

辛啓泰編稼軒年譜，開禧二年紀事有云：「先生因韓侂胄將用兵，值其生日，作詞壽之云：

『如今塞北……』假鉞真王皆曹操司馬昭秉政時事。先生卒後爲倪正甫所論，盡奪遺恩，即指此詞。」

按：倪正甫彈章已佚，其劾稼軒事僅見鶴山集倪氏墓誌銘中，而亦語焉不詳，辛譜云云，未知所本。

【附録二】

吴禮部詩話：「『新來塞北……』又云：『堂上謀臣尊俎……』世傳辛幼安壽韓侂胄詞也。又有小詞一首，尤多俚談，不録。近讀謝疊山文，論李氏繫年録、朝野雜記之非，謂乾道間幼安以金有必亡之勢，願詔大臣預脩邊備，爲倉卒應變之計，此憂國遠猷也；今摘數語而曰『贊開邊』，借江西劉過、京師人小詞，曰：『此幼安作也。』忠魂得無冤乎。故今特爲拈出。」

【編年】

右三詞均爲壽韓侂胄或頌其功業者，以其見於四卷本及元人筆記，姑附於稼軒晚年詞作之後。西江月與六州歌頭二詞亦不知究係稼軒所作否也。

稼軒詞編年箋注卷六

補遺　共詞二十八首

生查子　和夏中玉

一天霜月明，幾處砧聲起。客夢已難成，秋色無邊際。　旦夕是重陽，菊有黄花蘂。只怕又登高，未飲心先醉。

【箋注】

〔夏中玉〕楊冠卿客亭類藁卷十四，有水調歌頭「贈維揚夏中玉」詞一闋，詞云：「形勝訪淮楚，騎鶴到揚州。……氣吞虹，才倚馬，爛銀鈎。功名年少餘事，雕鶚幾橫秋。行演絲綸天上，環倚玉皇香案，仙袂揖浮丘。落筆驚風雨，潤色焕皇猷。」餘不詳。

〔菊有句〕見卷二金菊對芙蓉（遠水生光闋）「菊有黄花」注。

菩薩蠻　和夏中玉

與君欲赴西樓約，西樓風急征衫薄。且莫上蘭舟，怕人清淚流。臨風橫玉管，聲散江天滿。一夜旅中愁，蛩吟不忍休。

念奴嬌　贈夏成玉

妙齡秀發，湛靈臺一點，天然奇絶。萬壑千巖歸健筆，掃盡平山風月。雪裏疏梅，霜頭寒菊，迥與餘花别。識人青眼，慨然憐我疏拙。遐想後日蛾眉，兩山横黛，談笑風生頰。握手論文情極處，冰玉一時清潔。掃斷塵勞，招呼蕭散，滿酌金蕉葉。醉鄉深處，不知天地空闊。

【箋注】

〔夏成玉〕疑爲夏中玉之昆仲，詞中有「掃盡平山風月」句，正可證其爲揚州人也。

〔靈臺一點〕莊子庚桑楚：「不可内於靈臺，靈臺者有持。」注云：「靈臺，心也。」裴度自題畫像：「一點靈臺，丹青莫狀。」

〔萬壑千巖〕世説新語言語：「顧長康從會稽還，人問山川之美，顧云：『千巖競秀，萬壑争流，草木蒙籠其上，若雲興霞蔚。』」

〔平山〕平山堂，歐陽修建，在揚州瘦西湖北蜀岡上，以登堂可見江南諸山，故名平山。避暑録話卷一：「歐陽文忠公在揚州作平山堂，壯麗爲淮南第一。堂據蜀岡，下臨江南數百里，真潤金陵三州，隱隱可見。」

〔青眼〕晉書阮籍傳：「籍能爲青白眼，見俚俗之士，以白眼對之。」

〔冰玉句〕晉書衛玠傳：「玠風神秀異，妻父樂廣有海内重名，議者以爲婦公冰清，女壻玉潤。」

〔金蕉葉〕見卷二謁金門（山吐月闋）「金蕉句」注。

【編年】

二夏事歷莫考。據念奴嬌「識人青眼，慨然憐我疏拙」句，疑右三詞作年甚早，蓋當南歸之初也。

又　謝王廣文雙姬詞

西真姊妹，料凡心忽起，共辭瑶闕。燕燕鶯鶯相並比，的當兩團兒雪。合韻歌喉，同茵舞袖，舉措脱體別。江梅影裏，迥然雙蘂奇絶。還聽別院笙歌，倉皇走報，笑語渾重疊。拾翠洲邊攜手處，疑是桃根桃葉。並蒂芳蓮，雙頭紅藥，不意俱攀折。今宵鴛帳，有同對影明月。

【校】

〔脱體〕彊邨叢書本稼軒詞補遺改作「□□」，末附朱孝臧校記云：「原本作『脱體』，誤。」

【箋注】

〔王廣文〕未詳。

〔西真句〕見卷二西江月（宮粉厭塗嬌額閿）「西真人」注。

〔燕燕句〕葉夢得石林詩話卷下：「張先郎中字子野，……年已八十餘，視聽尚精强，家猶蓄聲伎。子瞻嘗贈以詩云：『詩人老去鶯鶯在，公子歸來燕燕忙。』全用張氏故事戲之。」此詞用「燕燕鶯鶯」則以喻雙姬也。

〔的當〕恰是。

〔江梅〕即野梅，范成大梅譜謂：「遺核野生不經而栽接者，……花稍小而疏瘦有韻。」

〔別院笙歌〕秦觀海棠春詞：「宿酲未解宮娥報，道別院笙歌會早。」

〔拾翠洲〕唐陸龜蒙送李明甫之任南海詩：「居人愛近沉珠浦，候吏多來拾翠洲。」按：拾翠洲在今廣州西南，地屬南海縣，古有津亭。

〔桃根桃葉〕古今樂録：「晉王獻之愛妾名桃葉，其妹曰桃根，獻之嘗臨渡歌以送之。」李商隱燕臺詩冬詩：「當時歡向掌中銷，桃葉桃根雙姊妹。」

〔並蒂芳蓮〕杜甫進艇詩：「並蒂芙蓉本自雙。」

〔對影明月〕李白月下獨酌詩：「舉杯邀明月，對影成三人。」

又 三友同飲，借赤壁韻

論心論相，便擇術，滿眼紛紛何物。踏碎鐵鞋三百緉，不在危峯絶壁。龍友相逢，窪尊緩舉，議論敲冰雪。何妨人道，聖時同見三傑。自是不日同舟，平戎破虜，豈由言輕發。任使窮通相鼓弄，恐是真□難滅。寄食王孫，喪家公子，誰握周公髮？冰□皎皎，照人不下霜月。

【箋注】

〔赤壁韻〕謂蘇軾所賦「大江東去」之韻也。

〔論心二句〕荀子非相篇：「故相形不如論心，論心不如擇術。」

〔踏碎句〕古諺有「踏破鐵鞋無覓處，得來全不費工夫」之句，不知源於何時。

〔龍友〕三國志魏書管寧傳：「管寧字幼安，……與平原華歆、同縣邴原相友。」又華歆傳注引魏略：「歆與北海邴原、管寧俱游寧，三人相善，時人號三人爲一龍，歆爲龍頭，原爲龍腹，寧爲龍尾。」

〔窪尊〕顔真卿峴山石樽聯句：「李公登飲處，因石爲窪樽。」談遷嘉泰吳興志事物雜志：「石罇在烏程縣峴山。唐開元中李適之爲湖州别駕，每視事之餘，攜所親登山恣飲，望帝鄉時有一醉。後適之爲相，土人因呼爲李相石罇。大曆中，刺史顔真卿及門生弟姪多攜壺榼以浮，乃作故李相石罇宴集聯句。」

〔三傑〕漢高祖謂張良、韓信、蕭何三人皆人傑，世因稱爲三傑。

〔寄食句〕史記淮陰侯列傳：「淮陰侯韓信者，……常數從其下鄉南昌亭長寄食。數月，亭長妻患之，乃晨炊蓐食。食時信往，不爲具食，信亦知其意，怒，竟絶去。信釣於城下，諸母漂，有一母見信飢，飯信，竟漂數十日，信喜，謂漂母曰：『吾必有以重報母。』母怒曰：『大丈夫不能自食，吾哀王孫而進食，豈望報乎！』」

〔喪家句〕用信陵君事。史記魏公子列傳：「魏王怒公子之盜其兵符，矯殺晉鄙，公子亦自知也，已却秦存趙，使將將其軍歸魏，而公子獨與客留趙，……十年不歸。」

〔誰握句〕史記魯周公世家：「周公戒伯禽曰：『我一沐三握髮，一飯三吐哺，起以待士，猶恐失天下之賢人。』」

一剪梅

塵灑衣裾客路長。霜林已晚，秋蘂猶香。别離觸處是悲涼。夢裏青樓，不忍思量。

天宇沈沈落日黄。雲遮望眼，山割愁腸。滿懷珠玉淚浪浪。欲倩西風，吹到蘭房。

【箋注】

〔雲遮句〕王安石登飛來峯詩：「不畏浮雲遮望眼，自緣身在最高層。」

〔山割句〕柳宗元與浩初上人同看山寄京華親故詩：「海畔尖山似劍鋩，秋來處處割愁腸。」

〔蘭房〕見卷二念奴嬌（兔園舊賞闋）「幽蘭新闋」注。

又

歌罷尊空月墜西。百花門外，煙翠霏微。絳紗籠燭照于飛。歸去來兮，歸去來兮。

酒入香顋分外宜。行行問道：「還肯相隨？」嬌羞無力應人遲：「何幸如之，何幸如之！」

【箋注】

〔于飛〕詩邶風燕燕：「燕燕于飛，差池其羽，之子于歸，遠送于野。」

〔嬌羞句〕白居易長恨歌：「侍兒扶起嬌無力，始是新承恩澤時。」

眼兒媚　妓

煙花叢裏不宜他。絶似好人家。淡妝嬌面，輕注朱脣，一朵梅花。　相逢比着年時節，顧意又争些。來朝去也，莫因别箇，忘了人咱。

【箋注】

〔争些〕即「差些」。

〔咱〕語尾助詞。

烏夜啼　戲贈籍中人

江頭三月清明，柳風輕。巴峽誰知還是洛陽城。　春寂寂，嬌滴滴，笑盈盈。一段烏絲闌上記多情。

【箋注】

〔巴峽句〕蘇軾臨江仙詞,序云「龍丘子自洛之蜀,載二侍女,戎裝駿馬,至溪山佳處,輒留數日,見者以爲異人。……」詞上片云:「細馬遠馱雙侍女,青巾玉帶紅靴。溪山好處便爲家。誰知巴峽路,却見洛城花。」辛詞在巴峽見江頭景物(蘇詞則爲人物)似洛陽,故云「誰知還是洛陽城」。

〔烏絲闌〕袁文甕牖閒評卷六:「黄素細密,上下烏絲織成欄,其間用朱墨界行,此正所謂烏絲欄也。」

如夢令 贈歌者

韻勝仙風縹緲,的皪嬌波宜笑。串玉一聲歌,占斷多情風調。清妙,清妙,留住飛雲多少。

【箋注】

〔的皪句〕漢書司馬相如傳:「宜笑的皪。」郭璞曰:「的皪,鮮明貌也。」

〔留住句〕用響遏行雲意。列子湯問篇謂秦青善歌,「能使聲振林木,響遏行雲」。

【編年】

右詞七首,其中唯烏夜啼一首,或可據巴峽云云句而推測爲淳熙四年作於江陵者,餘六首作年均難考知，玩各詞語意，疑均爲稼軒早年之作，故彙録於此。

緑頭鴨　七夕

歎飄零，離多會少堪驚。又争如天人有信，不同浮世難憑。占秋初桂花散彩，向夜久銀漢無聲。鳳駕催雲，紅帷卷月，泠泠一水會雙星。素杼冷臨風休織，深訴隔年誠。飛光淺青童語款，丹鵲橋平。看人間争求新巧，紛紛女伴歡迎。避燈時采絲未整，拜月處蛛網先成。誰念監州，蕭條官舍，燭摇秋扇坐中庭。笑此夕金釵無據，遺恨滿蓬瀛。欹高枕梧桐聽雨，如是天明。

【箋注】

〔離多句〕張耒七夕歌：「七月七夕河邊渡，别多會少知奈何。」

〔又争如二句〕謂牛女雖一年一會，然終有憑準，不似人世之反覆無常也。

〔桂花〕指月光。周邦彦解語花上元詞：「桂華流瓦，纖雲散，耿耿素娥欲下。」

〔銀漢無聲〕蘇軾陽關曲中秋詞：「暮雲收盡溢清寒，銀漢無聲轉玉盤。」

〔泠泠至橋平〕荆楚歲時記：「天河之東有織女，天帝之子也，年年織杼勞役，織成雲錦天衣。天帝憐其獨處，許嫁河西牽牛郎。嫁後，遂廢織紝。天帝怒，責令歸河東，唯每年七月七日夜渡河一會。」風俗記：「織女七夕當渡河，使鵲爲橋。相傳七日鵲首無故皆髡，因爲梁以渡織女故也。」青童喻牛郎。陳邵通幽記載天女青童與趙旭歡娛事。

〔看人間至先成〕荆楚歲時記：「七夕，婦人結綵縷，穿七孔鍼，或以金銀鍮石爲鍼，陳瓜果於庭中以乞巧。有蟢子網於瓜上則以爲得。」

〔監州〕即通判。

〔笑此夕二句〕白居易長恨歌：「含情凝睇謝君王，一别音容兩渺茫。……惟將舊物表深情，鈿合金釵寄將去。……七月七日長生殿，夜半無人私語時。在天願爲比翼鳥，在地願爲連理枝。天長地久有時盡，此恨綿綿無絶期。」

〔梧桐聽雨〕温庭筠更漏子詞：「梧桐樹，三更雨，不道離情正苦。一葉葉，一聲聲，空階滴到明。」

【編年】

稼軒於紹興三十二年南歸後任江陰僉判，其後繼任廣德軍通判，乾道四年任建康通判。右詞有「誰念監州，蕭條官舍」句，未知究作於何時。

品令

迢迢征路，又小舸金陵去。西風黄葉，淡煙衰草，平沙將暮。回首高城，一步遠如一步。江邊朱户。忍追憶分攜處。今宵山館，怎生禁得，許多愁緒。辛苦羅巾，揾取幾行淚雨。

【箋注】

〔回首二句〕唐歐陽詹贈太原妓詩：「驅馬漸覺遠，回頭長路塵。高城已不見，况復城中人。」又，陸游老學庵筆記卷一：「建康城，李景所作，其高三丈，因江山爲險固。」

鷓鴣天　和陳提幹

剪燭西窗夜未闌，酒豪詩興兩聯緜。香噴瑞獸金三尺，人插雲梳玉一灣。傾笑語，捷飛泉。觥籌到手莫留連。明朝再作東陽約，肯把鸞膠續斷絃。

【箋注】

〔剪燭句〕李商隱夜雨寄北詩：「何當共剪西窗燭，却話巴山夜雨時。」

〔香噴二句〕羅隱詩：「噴香瑞獸金三尺，舞雪佳人玉一團。」

〔東陽〕浙東路婺州有東陽縣。建康府東有鎮亦名東陽。又沈約蕭齊時曾任東陽太守，人稱沈東陽，沈集中有豔情詩多首。

〔鸞膠〕見卷一滿庭芳（急管哀絃闋）「鸞膠」注。

謁金門　和陳提幹

山共水，美滿一千餘里。不避曉行並早起，此情都爲你。　不怕與人尤殢，只怕被人調戲。因甚無箇阿鵲地？没工夫説裏。

【箋注】

〔尤殢〕即尤雲殢雨。

〔因甚二句〕「阿鵲」，嚏聲也。「裏」猶今「哩」字。意謂未被人説及，故無嚏嚏也。

【編年】

右三詞皆應作於建康或往返於建康與其鄰近州郡之際。陳提幹名歷俱未詳，以詞中「明朝再作東陽約」句推考，稼軒與陳氏之聚會，必在東陽附近，知此東陽或爲建康東之東陽鎮。

賀新郎　和吴明可給事安撫

世路風波惡。喜清時邊夫袖手，□將帷幄。正值春光二三月，兩兩燕穿簾幕。

又怕箇江南花落。與客攜壺連夜飲，任蟾光飛上闌干角。何時唱，從軍樂？歸歟已賦居巖壑。悟人世正類春蠶，自相纏縛。眼畔昏鴉千萬點，□欠歸來野鶴。都不戀黑頭黄閣。一詠一觴成底事，慶康寧天賦何須藥。金盞大，爲君酌。

【校】

「□欠」稼軒集鈔存「欠」字與上句「點」字相接，兹從朱孝臧校本補一空格。

【箋注】

〔吴明可〕宋史吴芾傳：「吴芾字明可，台州仙居人。……知婺州，孝宗初即位，陛辭，……知紹興府。……權刑部侍郎，遷給事中，改吏部侍郎，以敷文閣直學士知臨安府。……提舉太平興國宫。……起知太平州。……知隆興府。芾前後守六郡，各因其俗爲寬猛，吏莫容奸，民懷惠利。再奉太平祠，屢告老，以龍圖閣直學士致仕。後十年卒，年八十。……晚退閑者十有四年，自號湖山居士。爲文豪健俊整。」

〔世路句〕歐陽修讀易詩：「昔賢軒冕如遺屣，世路風波偶脱身。」聖無憂：「世路風波險。」蘇軾李行中醉眠亭三首：「從教世路風波惡，賀監偏不水底眠。」

〔從軍樂〕王粲從軍詩：「從軍有苦樂，但問所從誰。」韓愈李正封晚秋郾城夜會聯句：「從軍古云樂，談笑青油幕。」

〔眼畔二句〕隋煬帝詩：「寒鴉千萬點，流水遶孤村。」杜甫野望：「獨鶴歸何晚，昏鴉已滿林。」

〔黑頭〕謂三公。世説新語識鑒篇：「諸葛道明初過江左，自名道明，名亞王、庾之下。先爲臨沂令，丞相謂曰：『明府當爲黑頭公。』」

〔黄閣〕見卷一滿江紅（鵬翼垂宫闕）「黄閣」注。

〔一詠句〕見卷一滿庭芳（急管哀絃闋）「一觴二句」注。

【編年】

右詞各本俱不收，唯見辛啓泰本補遺中。吴氏是否與稼軒相識，全無可考，因而此詞是否果爲稼軒所作，亦難遽斷。據朱文公文集吴氏神道碑，吴氏卒於淳熙十年，其致仕當在淳熙初元，奉祠閑退在乾道五六年頃。此詞有「歸歟」云云之句，必作於吴氏退隱之後。但題中仍以「給事安撫」相稱，疑當作於吴氏以直龍圖閣致仕之前，即乾道六年至乾道九年間。周必大近體樂府有「次江西帥吴明可韻」之醉落魄二首，題「庚寅四月」，即乾道六年。

漁家傲　湖州幕官作舫室

風月小齋模畫舫，緑窗朱户江湖樣。酒是短橈歌是槳。和情放，醉鄉穩到無風浪。　自有拍浮千斛釀，從教日日蒲桃漲。門外獨醒人也訪。同俯仰，賞心却在鴟夷上。

【箋注】

〔湖州〕三國吴於烏程置吴興郡，隋於吴興郡置湖州。宋曰湖州吴興郡，後改安吉州，屬兩浙西路。今浙江湖州市其舊治也。

〔醉鄉句〕李煜烏夜啼詞：「醉鄉路穩宜頻到，此外不堪行。」

〔拍浮〕世説新語任誕：「畢茂世（卓）云：『……拍浮酒池中便足了一生』」。

〔蒲桃漲〕見卷一賀新郎（柳暗淩波路闋）「葡萄漲」注。

〔獨醒〕楚辭卜居：「衆人皆醉我獨醒。」

〔鴟夷〕見卷二永遇樂（紫陌長安闋）「鴟夷二句」注。

出塞　春寒有感

鶯未老。花謝東風掃。鞦韆人倦綵繩閑，又被清明過了。　日長減破夜長眠，别聽笙簫吹曉。錦牋封與怨春詩，寄與歸雲縹緲。

【校】

〔調〕稼軒集鈔存原作「謁金門出塞」，朱孝臧稼軒詞補遺改爲「□□□出塞」，校記謂：「原作謁金門，誤。」按：花草粹編選李石謁金門一首，卷首目録於調名下注云「一名出塞」，據知兩調名可互用。出塞既作者所用調名，自不須加以改動。

【箋注】

〔鶯未老二句〕黄庭堅憶帝京黔州張倅生日詞：「更莫問花謝鶯老。」

踏莎行 春日有感

萱草齊階，芭蕉弄葉，亂紅點點團香蝶。過牆一陣海棠風，隔簾幾處梨花雪。

愁滿芳心，酒嘲紅頰，年年此際傷離別。不妨横管小樓中，夜闌吹斷千山月。

好事近 春日郊遊

春動酒旗風，野店芳醪留客。繫馬水邊幽寺，有梨花如雪。

山僧欲看醉魂醒，茗盌泛香白。微記碧苔歸路，裊一鞭春色。

又

花月賞心天，擡舉多情詩客。取次錦袍須貰，愛春醅浮雪。　黄鸝何處故飛來，點破野雲白。一點暗紅猶在，正不禁風色。

【箋注】

〔擡舉〕猶言「賞識」也。白居易霓裳羽衣舞歌：「妍媸優劣寧相遠，大都只在人擡舉。」

【編年】

右詞五首作年難考知，如係稼軒所作，當爲仕宦江淮時之詞，姑次於此。

江城子　戲同官

留仙初試砑羅裙，小腰身，可憐人。江國幽香，曾向雪中聞。過盡東園桃與李，還見此，一枝春。　庾郎襟度最清真，挹芳塵，便情親。南館花深，清夜駐行雲。拚却日高呼不起，燈半滅，酒微醺。

【箋注】

〔留仙句〕伶玄飛燕外傳：「帝於太液池作千人舟，號合宫之舟。后歌舞歸風送遠之曲。侍郎馮無方吹笙以倚后歌。中流歌酣，風大起，后揚袖曰：『仙乎仙乎，去故而就新，寧忘懷乎？』帝令無方持后裙，風止，裙爲之縐。他日，宫姝或襞裙爲縐，號留仙裙。」

〔可憐人〕謂可愛惜也。

〔江國至一枝春〕諸句均指梅言，或同官之侍者以梅姓或爲名也。

〔庾郎〕謂南齊庾杲之。南齊書庾杲之傳：「庾杲之字景行，新野人。少而貞立，學涉文義，起家奉朝請，巴陵王征西參軍。清貧自業，食惟有韮葅、瀹韮、生韮雜菜，或戲之曰：『誰謂庾郎貧？食鮭常有二十七種。』言三九也。」（按：「九」諧「韮」。）

惜奴嬌　戲同官

風骨蕭然，稱獨立，羣仙首。春江雪一枝梅秀。小樣香檀，映朗玉纖纖手。未久，轉新聲泠泠山溜。　曲裏傳情，更濃似，尊中酒。信傾蓋相逢如舊。別後相思，記敏政堂前柳。知否：又拚了一場消瘦。

【箋注】

〔小樣香檀〕指扇。

〔泠泠山溜〕古樂府：「山溜何泠泠。」

〔傾蓋〕史記鄒陽傳：「白頭如新，傾蓋如故。」

〔敏政堂〕永樂大典卷七二三六堂字韻引温州府志，謂「敏政堂即府廳，湯守遜書扁，左右皆有耳房」。又引撫州羅山志所載張季謨敏政堂記，謂敏政堂爲崇仁縣令張潚（字仲清，以通直郎知縣事）所建，記文自署淳熙七年孟秋。不知二者孰是。温州似爲稼軒平生未曾經行之地，崇仁爲江右一縣，詞中所指或即此。

【編年】

右二詞作年未詳，姑置於此。

水調歌頭　鞏采若壽

泰嶽倚空碧，汶水卷雲寒。萃兹山水奇秀，列宿下人寰。八世家傳素業，一舉手攀丹桂，依約笑談間。賓幕佐儲副，和氣滿長安。　分虎符，來近甸，自金鑾。政平訟簡無事，酒社與詩壇。會看沙隄歸去，應使神京再復，款曲問家山。玉佩揖空闊，碧霧翳蒼鸞。

【校】

〔汶水〕朱孝臧云：「原本作『汶文』，誤。」今逕改作「汶水」。

【箋注】

〔鞏采若〕名湘。武義人，廷芝子。紹興十二年（一一四〇）進士及第。歷任湖州守，明州長史，知廣州兼廣南東路安撫使等官。均散見宋會要輯稿各門。籍貫未詳，玩此詞意，其祖籍爲東平須城，在泰山汶水附近。葉水心文集有鞏仲至（豐）墓誌銘，謂鞏豐原籍鄆州須城，渡江寓居婺州之武義。鄆州之地，與泰山汶水相去不遠，頗疑鞏采若之祖籍亦在於斯。

〔賓幕句〕宋會要輯稿職官四八之三：「淳熙四年六月十二日，詔明州長史鞏湘除直敷文閣。以皇子魏王愷言湘贊佐有補故也。」按：據咸淳臨安志，乾道七年四月二十七日以皇太子領尹，置少尹。

〔和氣句〕柳宗元酬韶州裴曹長使君寄道州呂八大使詩：「德風流海外，和氣滿人寰。」

〔分虎符三句〕嘉泰吳興志卷十四郡守題名：「鞏湘，朝奉大夫，淳熙三年四月到，轉朝散大夫，四年十二月除明州長史。」按：鞏氏佐治臨安，有補政教，至明州長史任內方受褒獎，知其守吳興必與其佐治臨安相銜接。則此諸語必指其守吳興言也。

〔沙隄〕見卷二水調歌頭（相公倦台鼎闋）「沙堤」注。

【編年】

淳熙三年或四年（一一七六或一一七七）。——據詞中「分虎符」以下五句，知此詞蓋作於鞏湘守吴興時。

又　和馬叔度游月波樓

客子久不到，好景爲君留。西樓著意吟賞，何必問更籌。唤起一天明月，照我滿懷冰雪，浩蕩百川流。鯨飲未吞海，劍氣已横秋。　野光浮，天宇迥，物華幽。中州遺恨，不知今夜幾人愁。誰念英雄老矣，不道功名蕞爾，決策尚悠悠。此事費分説，來日且扶頭。

【箋注】

〔馬叔度〕名籍事歷均不詳。

〔月波樓〕王禹偁黄岡竹樓記：「因作小樓二間，與月波樓通。遠吞山光，平浥江瀨，幽闃遼敻，不可具狀。」文中所寫樓外景象，與詞中「野光浮，天宇迥，物華幽」相合，知即指黄岡月波樓也。葉水心文集有月波樓詩云：「愛君樓高出江上，百里江山開四向。」當亦指此。又，嘉興亦有月波樓，見至元嘉禾志。

〔鯨飲〕杜甫飲中八仙：「飲如長鯨吸百川。」

〔野光〕滕元發月波樓詩：「野色更無山遮斷，天光直與水相連。」

【編年】

淳熙四年（一一七七）。——稼軒本年差知江陵府兼湖北安撫，詞或作於是時。

霜天曉角 赤壁

雪堂遷客，不得文章力。賦寫曹劉興廢，千古事，泯陳跡。　望中磯岸赤，直下江濤白。半夜一聲長嘯，悲天地，爲予窄。

【箋注】

〔雪堂〕見卷二水調歌頭（寄我五雲字闋）「雪堂」注。

〔不得句〕見卷一滿江紅（笳鼓歸來闋）「渾未得二句」注。

〔賦寫句〕赤壁，爲劉備、孫權合力破曹操處。蘇軾赤壁賦：「西望夏口，東望武昌，山川相繆，鬱乎蒼蒼，此非孟德之困於周郎者乎？方其破荊州，下江陵，順流而東也，舳艫千里，旌旗蔽空，釃酒臨江，横槊賦詩，固一世之雄也，而今安在哉。」

〔磯岸赤〕陸游入蜀記第四：「至（黄州）竹樓，……樓下稍東即赤壁磯，亦茅岡爾，略無草木，故韓子蒼待制詩云：『豈有危巢與栖鶻，亦無陳跡但飛鷗。』」

〔半夜句〕後赤壁賦：「劃然長嘯，草木震動，山鳴谷應，風起水湧。」

〔悲天地二句〕杜甫送李校書詩：「每愁悔吝作，如覺天地窄。」

【編年】

淳熙四年（一一七七）。

好事近

春意滿西湖，湖上柳黄時節。瀕水霧窗雲户，貯楚宫人物。　一年管領好花枝，東風共披拂。已約醉騎雙鳳，翫三山風月。

【箋注】

〔楚宫〕李商隱過楚宫詩：「巫峽迢迢舊楚宫，至今雲雨暗丹楓。微生盡戀人間樂，只有襄王憶夢中。」太平寰宇記：「楚宫在巫山縣西北二百步，在陽臺古城内。即襄王所遊之地。」餘參卷四水龍吟（昔時曾有佳人闋）「看行雲四句」注。

滿江紅

老子當年，飽經慣花期酒約。行樂處輕裘緩帶，繡鞍金絡。明月樓臺簫鼓夜，梨花院落鞦韆索。共何人對飲五三鍾？顏如玉。　嗟往事，空蕭索。懷新恨，又飄泊。但年來何待，許多幽獨。海水連天凝遠望，山風吹雨征衫薄。向此際羸馬獨駸駸，情懷惡。

【箋注】

〔輕裘緩帶〕晉書羊祜傳：「祜鎮荊州，在軍常輕裘緩帶，身不披甲。」

〔梨花院落〕晏殊寓意詩：「梨花院落溶溶月。」

【編年】

紹熙四年或五年（一一九四或一一九五）。——據「海水」、「山風」句，此詞或作於福州。

蘇武慢　雪

帳暖金絲，杯乾雲液，戰退夜□飂飅。障泥繫馬，掃路迎賓，先借落花春色。歌竹傳觴，探梅得句，人在玉樓瓊室。喚吴姬學舞，風流輕轉，弄嬌無力。塵世换，老盡青山，鋪成明月，瑞物已深三尺。豐登意緒，婉娩光陰，都作暮寒堆積。回首驅羊舊節，入蔡奇兵，等閒陳跡。總無如現在，尊前一笑，坐中贏得。

【校】

〔夜□〕稼軒詞鈔存「夜」字下原無空格，兹從朱孝臧校本補入。

【箋注】

〔帳暖句〕杜陽雜編：「元載所幸薛瑶英，處金絲之帳。」

〔飃飉〕即飃戾。潘岳西征賦：「吐清風之飃戾。」

〔障泥句〕見卷二蝶戀花（淚眼送君傾似雨闋）「老馬至障泥」注。

〔掃路迎賓〕開元天寶遺事上掃雪迎賓條：「巨豪王元寶每至冬月大雪之際，令僕夫自本家坊巷口掃雪爲逕路，躬親立於坊巷前，迎揖賓客，就本家具酒炙宴樂之，爲暖寒之會。」

〔嬌無力〕見本卷一剪梅（歌罷尊空月墜西闋）「嬌羞句」注。

〔婉娩〕禮記内則：「女子十年不出，姆教婉娩聽從。」周禮九嬪注云：「婦容婉娩。」此云「婉娩光陰」，猶言光陰明媚，或大好光陰也。歐陽修漁家傲詞：「三月清明天婉娩。」

〔驅羊舊節〕漢書蘇武傳：「單于愈益欲降之，迺幽武置大窖中，絶不飲食。天雨雪，武卧齧雪與旃毛並咽之，數日不死。匈奴以爲神，乃徙武北海上無人處，使牧羝，羝乳乃得歸。武既至海上，廩食不至，掘野鼠、去草實而食之。杖漢節牧羊，卧起操持，節旄盡落。」

〔入蔡句〕唐書李愬傳：「愬字元直，有籌略，善騎射。……憲宗討吴元濟，……愬求自試，宰相李逢吉亦以愬可用，遂檢校左散騎常侍爲隋唐鄧節度使。……元和十一年十月……會大雨雪，天晦，凛風偃旗裂膚，馬皆縮慄，士抱戈凍死於道十一二。始發，吏請所向，愬曰：『入蔡州取吴元濟！』……行七十里，夜半至懸瓠城，雪甚，城旁皆鵝鶩池，愬令擊之以亂軍聲。……黎明雪止，愬入駐元濟外宅，蔡吏驚曰：『城陷矣！』」

【編年】

右蘇武慢一首，據「塵世换」四句，疑作於紹熙五年冬。蓋是年七月寧宗即位不久，稼軒即被劾，罷閩帥，復歸上饒，故有此數句。右詞二十八首，各本俱不載，唯見辛啓泰編稼軒集鈔存，云自永樂大典輯出者。鈔存中原共收三十六首，就中菩薩蠻（稼軒日向兒童説）一首，「爲葉丞相壽」之洞仙歌一首，「贈妓」之南鄉子一首，糖多令（淑景鬭清明）一首，「送粉卿行」之鵲橋仙一首，踏歌（攧厥）一首，均與四卷本相複，已分别編入本書各卷内，此不重出。鷓鴣天（「天上人間酒最尊」及「有箇仙人捧玉巵」）二首，則爲朱敦儒所作，見朱氏詞集樵歌中，此亦剔除。在此二十八首中，疑仍有誤收者。以無可確證，姑彙附於此，作補遺。又，辛啓泰原對補遺諸詞之排列，並無條理，既非按年排列，又不以詞調長短爲序，故今次重編，對各詞皆稍作考證，均依時代先後大致編年，以與本集各卷體例一致。

附録一

諸家贈酬詞目録

諸家贈酬詞（凡已收録於本書各卷之内者不重出）

水調歌頭　上辛幼安生日　韓玉（見東浦詞）

重午日過六，靈岳再生申。丰神英毅，端是天上謫仙人。夙藴機權才略，早歲來歸明聖，驚聳漢庭臣。言語妙天下，名德冠朝紳。　繡衣節，移方面，政如神。九重隆眷倚注，偉業富經綸。聞道山東出相，行拜紫泥飛詔，歸去秉洪鈞。壽嘏自天錫，安用擬莊椿。

水調歌頭　呈辛隆興　楊炎正（見西樵語業）

杖屨覓春色，行徧大江西。訪花問柳，都自無語欲成蹊。不道七州三壘，今歲五風十雨，全是太平時。征轡晚乘月，漁釣夜垂絲。　詩書帥，坐圍玉，麈揮犀。興方不淺，領袖風月過花期。只恐梅梢青子，已露調羹消息，金鼎待公歸。回首滕王閣，空對落霞飛。

賀新郎　寄辛潭州　楊炎正

夢裏驂鸞馭，望蓬萊不遠翩然，被風吹去。吹到楚樓煙月上，不記人間何處。但疑是蓬壺別所。縹緲霓裳天女隊，奉一仙滿把流霞舉。如喚我，醉中舞。　醉醒夢覺知何許。問瀟湘今日誰與，主盟尊俎。無限青春難老意，擬倩管絃寄與。待新築沙隄穩步。萬里雲霄都歷徧，却依前流水桃源路。留此筆，爲君賦。

滿江紅　辛帥生日　趙善括（見應齋雜著卷六）

海嶽儲祥，符昌運挺生賢哲。天賦與飄然才氣，凜然忠節。穎脱難藏沖斗劍，誓清行擊中流楫。二十年麾節徧江湖，恩威浹。　香檖直，雲峯列，觴羽急，鯨川竭。共介公眉壽，贊公賢業。出處已能齊二老，功名豈止超三傑。待吾皇千載帶金重，頭方黑。

醉蓬萊　前題　趙善括

正綵鈴墜蓋，玉燕投懷，夢符佳月。五百年前，誕中興人傑。杖策歸來，入關徒步，萬里朝金闕。貫日忠誠，淩雲壯氣，妙齡英發。　名鎮重湖，屢憑熊栻；恩滿西江，載分龍節。有志澄清，誓擊中流楫。談笑封侯，雍容謀國，看掀天功業。待與斯民，慶公華衮，祝公華髮。

洞仙歌　壽稼軒　楊炎正（見西樵語業）

帶湖佳處，彷彿真蓬島。曾對金尊伴芳草。見桃花流水，別是春風，笙歌裏，誰信東君會老。功名都莫問，總是神仙，買斷風光鎮長好。但如今經國手，袖裏偷閑，天不管、怎得關河事了。待貌取精神上淩煙，却旋買扁舟，歸來聞早。

鵲橋仙　壽稼軒　楊炎正

築成臺榭，種成花柳，更又教成歌舞。不知誰爲帶湖仙，收拾盡壺天風露。　閒中得味，酒中得趣，只恐天還也妒。青山縱買萬千重，遮不斷詔書來路。

滿江紅　壽稼軒　楊炎正

壽酒如澠，拚一醉勸君休惜。君不記濟河津畔，當年今夕：萬丈文章光焰裏，一星飛墜從南極。便御風乘興入京華，班卿棘。　君不是，長庚白；又不是，嚴陵客，只應是明王、夢中良弼。好把袖間經濟手，如今去補天西北。等瑶池侍宴夜歸時，騎箕翼。

好事近　辛幼安席上　韓元吉（見南澗甲乙稿卷七）

華屋翠雲深，雲外晚山千疊。眼底無窮春事，對楊枝桃葉。　老來沉醉爲花狂，霜鬢未曾鑷。幾許夜闌清夢，任翻成蝴蝶。

沁園春　寄辛承旨　劉過（見龍洲詞）

斗酒彘肩，風雨渡江，豈不快哉。被香山居士，約林和靖，與東坡老，駕勒吾回。坡謂「西湖，正如西子，濃抹淡妝臨鏡台」。二公者，皆掉頭不顧，只管銜杯。　白云「天竺飛來。圖畫裏崢嶸樓觀開。愛東西雙澗，縱橫水繞；兩峯南北，高下雲堆」。逋曰「不然，暗香浮動，爭似孤山先探梅」？須晴去，訪稼軒未晚，且此徘徊。

沁園春　寄辛稼軒　劉過

古豈無人，可以似吾、稼軒者誰？擁七州都督，雖然陶侃，神明機鑒，未必能詩。常袞何如，羊公聊爾，千騎東方侯會稽。中原事，縱匈奴未滅，畢竟男兒。　平生出處天知，算整頓乾坤終有時。問湖南賓客，侵尋老矣；江西户口，流落何之？盡日樓臺，四山屏障，目斷江山魂欲飛。長安道，算世無劉表，王粲疇依？

八聲甘州　秋夜奉懷浙東辛帥　張鎡（見南湖集卷十）

領千巖萬壑豈無人，唯見稼軒來。正松梧秋到，旌旗風動，樓觀雄開。俯檻何勞一笑，瀚海蕩纖埃。餘事了凫鷖，閒詠命樽罍。江左風流舊話，想登臨浩歎，白骨蒼苔。把龍韜藏去，遊戲且蓬萊。念鄉關偏憐霜鬢，愛盛名何似展真才。懷公處，夜深凝望，雲漢星回。

洞仙歌　黄木香贈辛稼軒　姜夔（見白石道人歌曲別集）

花中慣識，壓架玲瓏雪，乍見緗蕤閒琅葉。恨春風將了，染額人歸，留得箇、裊裊垂香帶月。　鵝兒真似酒，我愛幽芳，還比酴醾又嬌絶。自種古松根，待看黄龍，亂飛上蒼髯五鬣。更老仙添與筆端春，敢喚起桃葉，問誰優劣。

六州歌頭　送辛稼軒　程珌（見洺水詞）

向來抵掌，未必總談空。難偏舉，質三事，試從公：記當年，賦得一丘一壑，天鳶闊，淵魚静；莫擊磬，但酌酒，儘從容。一水西來他日，會從公，曳杖其中。問前回歸去，已笑白髮成蓬，不識如今，幾西風。　蒙莊多事，論虱豕，推羊蟻，未辭終。又驟説，魚得計，孰能通？歎如雲網罟，龍伯啖，眇難窮。凡三惑，誰使我，釋然融？豈是匏瓜者，把行藏盡付鴻濛？且從頭檢校，想見迎公，湖上千松。

摸魚兒　過期思稼軒之居，曹留飲於秋水觀，賦一詞謝之　章謙亨（見鉛山志）

想先生跨鶴歸去，依然上界官府。胸中丘壑經營巧，留下午橋別墅。堪愛處，山對起飛來萬馬平波駐。帶湖鷗鷺，猶不忍寒盟，時尋門外，一片芰荷浦。　秋水觀，環繞滔滔瀑布。參天古木奇古。雲煙只在闌干角，生出晚來微雨。東道主，愛賓客梅花爛熳開樽俎。滿懷塵土。掃蕩以無餘，□然如上，玉嶠翠瀛語。

水龍吟　酹辛稼軒墓。在分水嶺下　張埜（見古山樂府）

嶺頭一片青山，可能埋得淩雲氣？遐方異域，當年滴盡，英雄清淚。星斗撑腸，雲煙盈紙，縱横游戲。謾人間留得，陽春白雪，千載下，無人繼。　不見戟門華第，見蕭蕭竹枯松悴。問誰料理，帶湖煙景，瓢泉風味。萬里中原，不堪回首，人生如寄。且臨風高唱，逍遥舊曲，爲先生醉。

感皇恩　與客讀稼軒樂府全集　王惲（見秋澗樂府）

幽思耿秋堂，芸香風度，客至忘言孰賓主。一篇雅唱，似與朱絃細語。恍疑南澗坐，揮談塵。霽月光風，竹君梅侶，中有新亭淚如雨。力扶王略，志在中原一舉。丈夫心事了，驚千古。

沁園春 酹稼軒故居

張西巖（稼軒集鈔存引自永樂大典）

樂府以來，繼吾坡公，惟有稼軒。愛筆頭神彩，全非近代；胸中才氣，猶是中原。把百餘年，秦晁賀晏，前輩諸人都併吞。無能敵，放秋空一鶚，獨自騰騫。聲華舊塞乾坤。祇留得清貧與子孫。歎時雖暫用，幾迴北望，人常見忘，萬里南奔。谷變陵遷，故家零落，不見當年畫戟門。樽中酒，望雲山高處，遥酹英魂。

附録二

舊本稼軒詞集序跋文目録

舊本稼軒詞集序跋文

稼軒詞序

范開（稼軒詞甲集）

器大者聲必閎，志高者意必遠。知夫聲與意之本原，則知歌詞之所自出。是蓋不容有意於作爲，而其發越著見於聲音言意之表者，則亦隨其所蓄之淺深，有不能不爾者存焉耳。

世言稼軒居士辛公之詞似東坡，非有意於學坡也，自其發於所蓄者言之，則不能不坡若也。坡公嘗自言與其弟子由爲文□多而未嘗敢有作文之意，且以爲得於談笑之間而非勉强之所爲。公之於詞亦然：苟不得之於嬉笑，則得之於行樂；不得之於行樂，則得之於醉墨淋漓之際。揮毫未竟而客争藏去。或閑中書石，興來寫地，亦或微吟而不録，漫録而焚藳，以故多散逸。是亦未嘗有作之之意，其於坡也，是以似之。

雖然，公一世之豪，以氣節自負，以功業自許，方將斂藏其用以事清曠，果何意於歌詞哉，直陶寫之具耳。故其詞之爲體，如張樂洞庭之野，無首無尾，不主故常；又如春雲浮空，卷舒起滅，隨所變態，無非可觀。無他，意不在於作詞，而其氣之所充，蓄之所發，詞自不能不爾也。其間固有清而麗、婉而嫵媚，此又坡詞之所無，而公詞之所獨也。昔宋復古、張乖崖方嚴勁正，而其詞迺復有穠纖婉麗之語，豈鐵石心腸者類皆如是耶。開久從公游，其殘膏賸馥，得所霑焉爲多。因暇日裒集冥搜，才逾百首，皆親得於公者。以近時流佈於海内者率多贋本，吾爲此懼，故不敢獨閟，將以祛傳者之惑焉。淳熙戊申正月元日門人范開序。

辛稼軒集序

劉克莊（後村大全集卷九十八）

自昔南北分裂之際，中原豪傑率陷没殊域，與草木俱腐。雖以王景略之才，不免有失身苻氏之愧。□建炎省方晝淮而守者百三十餘年矣，其間北方驍勇自拔而歸，如李侯顯忠、魏侯勝，士大夫如王公仲衡、辛公幼安，皆著節本朝，爲名卿將。辛公文墨議論尤英偉磊落。乾道紹熙奏篇及所進美芹十論、上虞雍公九議，筆勢浩蕩，智略輻湊，有權書衡論之風。其策完顔氏之禍，論請絶歲幣，皆驗於數十年之後。符離之役，舉一世以咎任事將相，公獨謂張公雖未捷，亦非大敗，不宜罪去。又欲使李顯忠將精鋭三萬出山東，使王任、開趙、賈瑞輩領西北忠義爲前鋒。其論與尹少稷、王瞻叔諸人絶異。烏虖，以孝皇之神武，及公盛壯之時，行其説而盡其才，縱未封狼居胥，豈遂置中原於度外哉。機會一差，至於開禧，則向之文武名臣欲盡，而公亦老矣。余讀其書而深悲焉。

世之知公者，誦其詩詞，而以前輩謂有井水處皆倡柳詞，余謂耆卿直留連光景歌詠太平爾；公所作大聲鞺鞳，小聲鏗鍧，横絶六合，掃空萬古，自有蒼生以來所無。其穠纖綿密者亦不在小晏秦郎之下。余幼皆成誦。公嗣子故京西憲□欲以序見屬，未遣書而卒，其子肅具言先志。恨余衰憊，不能發斯文之光焰，而姑述其梗概如此。

按：右文惟見後村大全集，而其中錯訛特甚。如「完顔氏」作「元顔氏」，固爲避欽宗嫌名，但「尹少稷」上衍「君」字，「公所作」誤作「公所無」，「自有蒼生以來所無」脱「無」字，則其誤均顯然可見。九議第六，有「以精兵鋭卒步騎三萬，令李顯忠將之，由楚州出沭陽，鼓行而前」等語，序文檃括其意，而竟誤作「又欲使顯有大忠將精鋭三萬出山東」，兹亦據九議原文予以勘正。其餘紕漏尚多，以無可參校，姑仍之。

論稼軒詞　陳模子宏（見懷古録卷中）

蔡光工於詞，靖康間陷於虜中。辛幼安嘗以詩詞參請之，蔡曰：「子之詩則未也，他日當以詞名家。」故稼軒歸本朝，晚年詞筆尤好。嘗作賀新郎云：「緑樹聽啼鴂，更那堪杜鵑聲住，鷓鴣聲切。啼到春歸無尋處，苦恨芳菲都歇。算未抵人間離别：馬上琵琶關塞黑，更長門翠輦辭金闕。看燕燕，送歸妾。　將軍百戰身名裂。向河梁回頭萬里，故人長絶。易水蕭蕭西風冷，滿座衣冠似雪。正壯士悲歌未徹。啼鳥還知如此恨，料不啼清淚空啼血。誰伴我，醉明月？」此詞盡集許多怨事，全與太白擬恨賦手段相似。又，止酒賦沁園春云：「杯汝來前：老子今朝，點檢形骸。甚長年抱渴，咽如焦釜；於今喜眩，氣似奔雷。漫説劉伶，古今達者，醉後何妨死便埋。渾如此，歎汝於知己，真少恩哉。更憑歌舞爲媒。算合作平生鴆毒猜。況怨無小大，生於所愛；物無美惡，過則爲災。與汝成言：勿留亟去，吾力猶能肆汝杯。杯再拜，道『麾之則去，招則須來』。」此又如賓戲、解嘲等作，乃是把古文手段寓之於詞。賦築偃湖云：「疊嶂西馳，萬馬回旋，衆山欲東。正驚湍直下，跳珠倒濺；小橋橫截，缺月初弓。老合投閒，天教多事，檢點長身十萬松。吾廬小，在龍蛇影外，風雨聲中。争先見面重重。看爽氣朝來三四峯。似謝家子弟，衣冠磊落；相如庭户，車騎雍容。我覺其間：雄深雅健，如對文章太史公。新堤路，問偃湖何日，煙水濛濛？」説松而及謝家子弟，相如車騎，太史公文章，自非脱落故常者未易闖其堂奥。劉改之所作沁園春，雖頗似其豪，而未免於麄。

近時作詞者只説周美成、姜堯章等，而以稼軒詞爲豪邁，非詞家本色。潘紫岩牥云：「東坡爲詞詩，稼軒爲詞論。」此説固當，蓋曲者曲也，固當以委曲爲體；然徒狃於風情婉孌，則亦不足以啓人意。回視稼軒所作，豈非萬古一清風也哉。或曰：「美成、堯章，以其曉音律，自能撰詞調，故人尤服之。」

辛稼軒詞序

劉辰翁（須溪集卷六）

詞至東坡，傾蕩磊落，如詩如文，如天地奇觀，豈與羣兒雌聲學語較工拙；然猶未至用經用史，牽雅頌入鄭衛也。自辛稼軒前，用一語如此者必且掩口。及稼軒橫豎爛熳，乃如禪宗棒喝，頭頭皆是；又如悲笳萬鼓，平生不平事並巵酒，但覺賓主酣暢，談不暇顧。詞至此亦足矣。然陳同父效之，則與左太沖入羣媪相似，亦無面而返。嗟乎，以稼軒爲坡公少子，豈不痛快靈傑可愛哉，而愁髩齲齒作折腰步者閹然笑之。敕勒之歌拙矣，風吹草低之句，與大風起句高下相應，知音者少顧。稼軒胸中今古，止用資爲詞，非不能詩，不事此耳。

斯人北來，喑嗚鷙悍，欲何爲者；而讒擯銷沮，白髮橫生，亦如劉越石陷絶失望，花時中酒，託之陶寫，淋漓慷慨，此意何可復道，而或者以流連光景、志業之終恨之，豈可向癡人説夢哉！爲我楚舞，吾爲若楚歌，英雄感愴，有在常情之外，其難言者未必區區婦人孺子間也。世儒不知哀樂，善刺人，及其自爲，乃與陳若山等。嗟哉偉然，二丈夫無異。吾懷此久矣，因宜春張清則取稼軒詞刻之，復用吾請。清則少遊杭浙，有奇志逸氣，必能彷彿爲此詞者。

批點稼軒長短句序

李濂

稼軒辛忠敏公幼安，歷城人也。少與党懷英同師蔡伯堅。筮仕，決以蓍，懷英得坎，因留事金；稼軒得離，遂浩然南歸。紹興末，屢立戰功。嘗作九議暨美芹十論上之，皆切中時務。累官兵部侍郎、樞密都承旨。晚年解印綬歸，僑寓鉛山之期思，帶湖瓢泉，渚煙谿月，稼軒吟嘯於其間，亦樂矣哉。

今鉛山縣南二里許，有稼軒書院，而分水嶺下，厥墓在焉。

余家藏稼軒長短句十二卷，蓋信州舊本也，視長沙本爲多。序曰：

稼軒有逸才，長於填詞，平生與朱晦菴、陳同父、洪景盧、劉改之輩相友善。晦菴答稼軒啓有曰：「經綸事業，股肱王室之心；游戲文章，膾炙士林之口。」劉改之氣雄一世，其寄稼軒詞有曰：「古豈無人，可以似吾稼軒者誰？」後百餘年，邯鄲張埜過其墓而以詞酹之曰：「嶺頭一片青山，可能埋得淩雲氣？」又曰：「謾人間留得，陽春白雪，千載下，無人繼！」觀同時之所推奬，異代之所追慕，則稼軒人品之豪，詞調之美，概可見已。晦菴之没也，時黨禁方嚴，稼軒獨爲文哭之。卒之日，家無餘財，僅遺平生著述數帙而已。烏虖，賢哉！

長短句凡五百六十八闋，余歸田多暇，稍加評點，間於登臺步壠之餘，負耒荷鋤之夕，輒歌數闋，神爽暢越，蓋超然不覺塵思之解脱也。惜乎世鮮刻本。開封貳郡歷城王侯詔讀而愛之，曰：「余忝爲稼軒鄉後進，請壽諸梓，願惠一言以爲觀者先。」余聊摭稼軒之取重於當時後世者如此。其中妙思警句，則評附本篇云。

嘉靖丙申春二月嵩渚山人李濂川父書於碧雲精舍。

跋六十家詞本稼軒詞

毛晉

蔡元工於詞，靖康中陷虜庭。稼軒以詩詞謁見，蔡曰：「子之詩則未也，他日當以詞名家。」故稼軒晚年卜築奇獅，專工長短句，累五百首有奇。但詞家争鬬穠纖，而稼軒率多撫時感事之作，磊落英多，絶不作妮子態。宋人以東坡爲詞詩，稼軒爲詞論，善評也。古虞毛晉記。

稼軒詞提要

四庫全書總目提要集部詞曲類

稼軒詞四卷（江蘇巡撫採進本），宋辛棄疾撰。棄疾有南燼紀聞，已著録。其詞慷慨縱橫，有不可一世之概，於倚聲家爲變調；而異軍特起，能於翦紅刻翠之外，屹然别立一宗，迄今不廢。觀其才氣俊邁，雖似乎奮筆而成，然岳珂程史記棄疾自誦賀新涼、永遇樂二詞，使座客指摘其失，珂謂賀新涼詞首尾二腔語句相似，永遇樂詞用事太多，棄疾乃自改其語，日數十易，累月猶未竟，其刻意如此云云，則未始不由苦思得矣。

書録解題載稼軒詞四卷，又云：「信州本十二卷，視長沙本爲多。」此本爲毛晉所刻，亦爲四卷，而其總目又註原本十二卷，殆即就信州本而合併之歟。其集舊多訛異，如二卷内醜奴兒近一闋，前半是本調，殘闕不全，自「飛流萬壑」以下則全首係洞仙歌，蓋因洞仙歌五闋即在此調之後，舊本遂誤割第一首以補前詞之闕，而五闋之洞仙歌遂止存其四。近萬樹詞律中辨之甚明，此本尚未及訂正。其中「歎輕衫帽幾許紅塵」句，據其文義，「帽」字上尚有一脱字，樹亦未經勘及，斯足證掃葉之喻矣。今並詳爲勘定。其必不可通而無別本可證者，則姑從闕疑之義焉。

稼軒集鈔存序

法式善

萬載辛子敬甫，奇士也。嘗攜一硯來游京師，禮邸汲修主人雅愛重之，薦以館，不就。與予議論古今上下，輒以宋辛忠敏公著作散佚爲念。予嘗於播芳大全文粹、鐵網珊瑚、各郡縣志、宋人詩話諸書録出稼軒詩文十餘首，敬甫並詞刻之，冠以所編年譜，殿尾則反復千餘言，辨述作之真僞是非，既詳且盡，而益求所謂稼軒集者不已。會朝廷開唐文館，予効編纂之役，約同事見公詩文胥籤識，補從前陋略。金匱孫平叔編修適亦以是諉予，蓋其識敬甫有日矣。

忠敏之在當時也，陳同父謂與朱子、子師同係四海之望，至謝疊山則直以聖賢之學歸之。公豪邁英爽過東坡，乃於朱子、南軒諸賢，尊崇悅服，違禁忌不顧，此非篤於道、得於心者不能也，豈特節義文章爲不朽哉。

兹從永樂大典各韻中採得詩文及詞若干首，皆世所未有。敬甫彙前編，統名曰稼軒集鈔存，刻以行世，足以慰天下學者慕望之心，而其心則尚未有已也。

敬甫先世出東平，於公爲别派，合併書之。

嘉慶十五年七月朔日，日講起居注官唐文館總纂官左春坊左庶子梧門法式善拜手序。

編輯稼軒集鈔存記

辛啓泰

忠敏公稼軒集，史莫詳卷數，刻本既亡，各體文字流傳殊少。新城王氏僅於後邨詩話見其詩一首，四庫全書有美芹十論、詞四卷，外間亦不多得。啓泰曾從法時帆先生借汲古閣詞本於楊蓉裳員外，重刻之，附以詩十首，文二首，將藉以求全集也。既欲購唐荆川史纂右編鈔録十論，適時帆先生有撰集唐文之役，孫平叔太史亦雅以公文字爲汲汲，相與集散篇於永樂大典中，得奏議及駢體文共二十八篇，古今體一百十首，較前已十倍過之，而史所謂思陵詔跋、朱子祭文皆不及見。且此所得長短句凡五十首多出四卷外，則全集遺佚不少也。

庚午，啓泰教習期滿，冒暑往來二先生家，次第鈔録其稿。適南旋，鋟板於豫章，因合前刻編次之，統名曰稼軒集鈔存。又雜採各集中有關於公者，附録以備覽。

竊維公全集，靈爽馮之，世必有寶而藏之者。顧文章之出，待時抑待人，好古闡幽如二先生，誠足感也已。

嘉慶十六年春仲萬載後學辛啓泰謹志。

跋元大德刻稼軒詞　黄丕烈

余素不解詞，而所藏宋元諸名家詞獨富。如汲古閣珍藏秘本書目所載原稿皆在焉。然皆精鈔舊鈔，而無有宋元槧本。頃從郡故家得此元刻稼軒詞，而歎其珍秘無匹也。稼軒詞卷帙多寡不同，以此十二卷者爲最善，毛氏亦從此鈔出，惜其行款體例有不同耳。其十一卷中四之五一葉，亦即是卷七之八一葉之例，非文有脱落而故强就之也。是書得此補足，澗蕢據毛鈔以增補闕葉，非憑空撰出者可比，而洞仙歌中缺一字，鈔本亦無，因以墨釘識之。其幾還舊觀。至於是書精刻，純乎元人松雪翁書，而俗子不知，妄爲描寫，可謂浮雲之汙。甚至强作解事，校改原文，如卷十中爲人慶八十席上戲作有云：「人間八十最風流，長貼在兒兒額上。」校者云：「下兒字當作孫。」澗蕢以爲兒兒或是奴家之稱，二語之意，當以八字作眉字解。如此則改兒爲孫，豈不大可笑乎。本擬滅此幾字，恐損古書，故凡遇俗手描寫處，皆不滅其痕，後之明眼人當自領之。

嘉慶己未黄丕烈識。

又

顧千里

文獻通考：「稼軒詞四卷。陳氏曰：『信州本十二卷，視長沙爲多。』」此元大德間所刊，以卷數考之，蓋出於信州本。宋史藝文志云：「辛棄疾長短句十二卷。」亦即此也。嘉慶己未，蕘圃買得於骨董肆内，缺三葉，出舊藏汲古閣鈔本，命予補之，因拾卷中所有之字集而爲之，所無者僅十許耳。既成，遂識數語於後。七月二十二日澗薲書。

校刻稼軒詞記

王鵬運

光緒丁亥九月，從楊鳳阿同年假元大德信州書院十二卷本，校毛刻一過。按毛本實出元刻，特體例既别，又併十二卷爲四，爲不同耳。元本所缺三葉，毛皆漏刻，又無端奪去新荷葉、朝中措各一闋。尤可笑者，元本第六卷缺處，醜奴兒近後半適與洞仙歌飛流萬壑一首相接，毛遂牽連書之，幾似醜奴兒近有三疊，令人無從句讀。又鵲橋仙壽詞「長貼在兒兒額上」句，校者妄書「下兒字當作孫」，爲顧澗薲黄蕘圃所嗤，毛刻於此正改作「兒孫」，是以確知其出於此也。中間譌奪，觸處皆是。然亦有元本譌奪而毛刻是正之處。顧跋謂元本奪葉用汲古閣鈔本校補，何以此本缺處又適與元刻相符，殊不可解。

往年刻雙白漱玉詞成，即擬續刊蘇辛二集，以無善本而止。今此本既已校正，聞鳳阿家尚有宋槧眉山樂府，倘再假我以畢此志，其爲益爲何如耶。

又，稼軒詞向以信州十二卷者爲足本，莫子偲經眼録有跋萬載辛氏編刻稼軒全集云：「詞五卷，校汲古閣本增多三十六闋。」按毛本雖云四卷，實併十二爲四，并非不足。其間缺漏，亦只校元本共少十闋，不知辛氏所補云何。附誌以俟知者。

先冬三日半塘老人記。

校刊稼軒詞成率成三絶於後　王鵬運

曉風殘月可人憐，婀娜新詞競筦絃。何似三郎催羯鼓，夙酲餘穢一時捐。

層樓風雨黯傷春，煙柳斜陽獨愴神。多少江湖憂樂意，漫呼青兕作詞人。

信州足本銷沉久，汲古叢編亥豕多。今日雕鐫撥雲霧，廬山真面問如何。

校刊稼軒詞成再記　王鵬運

是刻既成，適同里況夔笙孝廉周儀來自蜀中，攜有萬載辛啓泰編刻稼軒全集，其長短句四卷，悉仍毛刻，詩文四卷，詞補遺一卷，則云自永樂大典鈔出。補詞共三十六闋，内唯洞仙歌壽葉丞相一闋已見元刻。近又見明人李濂評點稼軒詞，爲萬曆間刻本，始知毛刻誤處皆沿襲於此。安得蕘圃所云毛鈔舊本一爲讎勘也。半塘再記。

按：右四跋俱見四印齋刻稼軒長短句。

跋四卷本稼軒詞

梁啓超

文獻通考著録稼軒詞四卷（宋史藝文志同），而引直齋書録解題注其下云：「信州本十二卷，視長沙爲多。」或誤以爲此四卷者即長沙本，實則直齋所著録乃長沙本，只一卷耳。十二卷之信州本，宋刻無傳，黄蕘夫舊藏之元大德間廣信書院本，今歸聊城楊氏，而王半塘四印齋據以翻雕者，即彼本也。可見稼軒詞在宋有三刻：一爲長沙一卷本，二爲信州十二卷本，三即四卷本。明清以來傳世者惟信州本，毛刻六十一家詞亦四卷，實乃割裂信州本以求合通考之卷數，毛氏常態如此，不足深怪，而使讀者或疑毛王二刻不同源、而毛刻即通考與宋志之舊，則大不可也。

近武進陶氏景印宋元本詞集，中有稼軒詞甲乙丙三集，其編次與毛王本全别，文字亦多異同，余讀之頗感興趣，顧頗怪其何以卷數畸零，與前籍所著録者悉無合也。嗣從直隸圖書館假得明吴文恪訥所輯唐宋名賢百家詞，其稼軒集正採此本，而丁集赫然在焉，乃拍案叫絶，知馬貴與所見四卷本固未絶於人間也。甲集卷首有淳熙戊申正月元日門人范開序，稱「開久從公游，暇日裒集冥搜，才逾百首，皆親得於公者。以近時流佈於海内者率多贋本，吾爲此懼，故不敢獨閟，將以袪傳者之惑焉」。范開貫歷無考，然信州本有贈送酬和范先之之詞多首，而此本凡先之皆作廓之，蓋一人而有兩字，開與先與廓義皆相屬，疑即是人，誠從公游最久矣。戊申爲淳熙十五年，稼軒四十九歲，知甲集所載皆四十八歲以前作。稼軒年壽雖難確考，但六十八歲尚存，則集中有明證，乙丙丁三集所收，則戊申後十餘年間作也。其是否並出范開裒録，抑他人續輯，下文當更論之。

此本最大特色，在含有編年意味。蓋信州本以同調名之詞彙録一處，長調在先，短調在後，少作晚作，無從甄辨。此本閲數年編輯一次，雖每首作年難一一確指，然某集所收爲某時期作品，可略推見。

考稼軒以二十九歲通判建康府，三十一歲知滁州，三十五歲提點江西刑獄，三十七歲知江陵府，三十八歲移帥隆興（江西），僅三月被召内用，旋出爲湖北轉運副使，四十歲移湖南，尋知潭州兼湖南安撫，四十二三歲之間轉知隆興府兼江西安撫，五十間（？）以言者落職，久之主管沖佑觀，五十二歲起福建提點刑獄，旋知福州兼福建安撫，五十四歲被召還行在，五十六歲落職家居，五十九歲復職奉祠，六十一二歲間起知紹興府兼浙東安撫，六十五歲知鎮江府，明年乞祠歸，六十七歲差知紹興府又轉江陵府，皆辭免，未幾遂卒。其生平仕歷大略如此。以上所考，據本傳，參以本集題注等，雖未敢謂十分正確，大致當不謬。

此本甲集編成在戊申元日，明見范序，其所收諸詞，皆四十八歲前官建康滁州湖北湖南江西時所作，既極分明。乙集於宦閩時之詞一首未見收録，可推定其編輯年當在紹熙二年辛亥以前，所收詞以戊申己酉庚戌等年爲大宗，亦間補收丁未以前之作。丙集自宦閩詞起收，其最末一首爲辛酉生日，蓋壬子至辛酉十年間、五十三歲至六十二歲之作，中間强半爲落職家居時也。丁集所收詞，時代頗廣漠難辨，似是雜補前三集之所遺。惟有一點極當注意者，稼軒晚年帥越、帥鎮江時諸名作，如登會稽蓬萊閣、京口北固亭懷古諸篇，皆未收録。北固亭懷古詞云：「四十三年，望中猶記，烽火揚州路。」稼軒於紹興三十二年以忠義軍掌書記奉表歸朝，以嘉泰四年知鎮江府，相距恰四十三年。作此詞時年六十六，幾最晚作矣。此决非棄而不取，實緣編集時尚未有此諸詞耳。然則丁集之編，當與丙集略同時，其年雖不能確指，要之四集皆在稼軒生存時已編成，則可斷言也。若欲爲稼軒詞編年，憑藉兹本，按歷年游宦諸地之次第，旁考其來往人物，蓋可什得五六。就中江西一地，稼軒家在廣信，而數度宦隆興（南昌），故在江西所作詞及贈答江西人之詞，集中最多，其時代亦最難梳理，略依此本甲乙丙三集所先後收録，劃分爲數期，而推考其爲某期所作，雖未能盡正確，抑亦不遠也。

惟四集中丙丁集所甄採，似不如甲乙集之精嚴，其字句間與信州本有異同者，甲乙集多佳勝，丙丁集時或劣誤，似非同出一手編輯。若吾所忖度范廓之即范開之説果不謬，則似甲乙集皆范輯，丙丁集則非范輯。蓋辛范分攜，在紹熙元二年間，廓之赴行在，稼軒起爲閩憲，故丙集中即無復與廓之往還之作。廓之既不侍左右，自無從檢集篋稿，他人因其舊名而續之，未可知也。

信州本共得詞五百七十二首，此本四集合計，除其複重，共得四百二十七首，但其中却有二十首爲信州本所無者，内四首辛敬甫補遺本有之。丙集有六州歌頭一首，丁集有西江月一首，皆諛頌韓平原作。西江月之非辛詞，吴禮部詩話引謝疊山文已明辨之；六州歌頭當亦是嫁名。本傳稱：「朱熹歿，僞學禁方嚴，門生故舊至無送葬者，棄疾爲文往哭之。」時稼軒之年已六十一矣，其於韓不憚批其逆鱗如此，以生平澹榮利尚氣節之人，當垂暮之年而謂肯作此無聊之媚竈耶？范序謂懼流佈者多贋本，此適足證丙丁集之未經范手釐訂爾。

戊辰中元，新會梁啓超。

跋稼軒集外詞

梁啓超

此所謂集外者，謂信州十二卷本稼軒長短句所未收也。其目如下：

生查子　和夏中玉（一天霜月明）　　滿江紅（老子當年）

菩薩蠻（稼軒日向兒曹説）　此首亦見稼軒詞甲集。　　菩薩蠻　和夏中玉（與君欲赴西樓約）

一翦梅（塵灑衣裾客路長）　　一翦梅（歌罷尊空月墜西）

念奴嬌　謝王廣文雙姬詞（西真姊妹）

念奴嬌　贈夏成玉（妙齡秀發）

惜奴嬌　戲同官（風骨蕭然）

糖多令　（淑景鬭清明）　此首亦見乙集。

眼兒媚　妓（煙花叢裏不宜他）

鷓鴣天　和陳提幹（翦燭西窗夜未闌）

□□□　出塞春寒有感（鶯未老）

鵲橋仙　送粉卿行（轎兒排了）

好事近　（花月賞心天）

水調歌頭　和馬叔度游月波樓（客子久不到）

賀新郎　和吴明可給事安撫（世路風波惡）

霜天曉角　赤壁（雪堂遷客）

緑頭鴨　七夕（歎飄零離多會少）

品令　（迢迢征路）

念奴嬌　三友同飲借赤壁韻（論心論相）

江城子　戲同官（留仙初試砑羅裙）

南鄉子　贈妓（好箇主人家）　此首亦見稼軒詞乙集。

踏歌　（攧厥看精神）　此首亦見甲集。

如夢令　贈歌者（韻勝仙風漂渺）

踏莎行　春日有感（萱草齊階）

謁金門　和陳提幹（山共水）

好事近　春日郊遊（春動酒旗風）

好事近　（春意滿西湖）

水調歌頭　鞏采若壽（泰嶽倚空碧）

漁家傲　湖州幕官作舫室（風月小齋模畫舫）

蘇武慢　雪（帳暖金絲）

烏夜啼　戲贈籍中人（江頭三月清明）

右三十三首，見辛敬甫啓泰輯稼軒集（朱氏彊邨叢書稼軒詞補遺本），皆采自永樂大典者。原輯共三十六首，内洞仙歌壽葉丞相一首已見信州本，鷓鴣天二首（天上人間酒最尊。有箇仙人捧玉巵)則誤采朱希真樵歌，今皆删去。

南歌子　(萬萬千千恨)

右一首見稼軒詞甲集(陶氏涉園景宋本，乙丙集同)。甲集本有三首爲信州本所無，内菩薩蠻一首(稼軒日向兒曹説)踏歌一首(攧厥看精神)皆已見辛輯，不復録。

浣溪沙　贈子文侍人名笑笑(儂是嶔崎可笑人)　　鵲橋仙　贈人(風流標格)

行香子　(歸去來兮)　　一翦梅　(記得同燒此夜香)

虞美人　(夜深困倚屏風後)

右五首見稼軒詞乙集。乙集原有八首爲信州本所無，内糖多令一首(淑景鬬清明)南鄉子一首(好箇主人家)鵲橋仙一首(轎兒排了)皆已見辛輯，不復録。

六州歌頭　(西湖萬頃)　　西江月　題阿卿影像(人道偏宜歌舞)

清平樂　(春宵睡重)　　菩薩蠻　贈周國輔侍人(畫樓影蘸清溪水)

右四首見稼軒詞丙集。

祝英臺近　(緑楊堤青草渡)　　鷓鴣天　(一片歸心擬亂雲)

鷓鴣天　(欲上高樓去避愁)　　西江月　(堂上謀臣帷幄)

右四首見稼軒詞丁集(吴文恪唐宋名賢百家詞鈔本)。

金菊對芙蓉　重陽(遠水生光)

右一首見草堂詩餘。

凡四十八首，散在各本，可最收繕寫。稼軒詞自陳直齋即已推信州本爲最備，信州本有詞五百七十二首，益以此所録，都爲六百二十首，辛詞傳世者盡是矣。惟此四十八首在辛詞中價值何若，則有更待評量者。案稼軒甲集范開序稱「近時流佈於海内者率多贋本」，甲集編成於淳熙戊申，時稼軒方在中年，而范開已有慨於贋本之混真，此後尚二十年，稼軒齒益尊，名益盛，則嫁名之作益多，蓋意中事耳。丁集所收西江月「堂上謀臣帷幄」一首，謝疊山已明辨其爲京師士人所作，不容以寃忠魂（見吴禮部詩話）。考韓侂胄下詔伐金，在開禧二年，此西江月決當作於彼時（據詞中「天時地利與人和，燕可伐與曰可」及「此日樓臺鼎鼐，明年帶礪山河」等語），依畢氏續通鑑，則稼翁已於開禧元年乙丑前卒，雖繫年未確，然翁於乙丑解鎮江（京口）帥任，奉祠西歸，兩見本集題注，翁蒞京口似未及一年，所以遽解職之原因雖不可確考，以理勢度之當是不贊開邊之議，故或自引退，或爲執政所排，歸後方飾巾待盡（翁蓋卒於開禧三年），安肯更學勢利市兒獻頌朝貴，此不待疊山之辨已可一言而決也。六州歌頭亦侂胄封王時媚竈之作，事同一律，集中於其年有戊午拜復職奉祠之命鷓鴣天一詞，文云：「老退何曾説着官，今朝放罪上恩寬，便支香火真祠俸，更綴文書舊殿班。扶病脚，洗衰顔，快從老病借衣冠。此身忘世渾容易，使世相忘却自難。」此種懷抱，此種意興，豈是作「看賢王高會，飛蓋入雲煙」等語之人耶？惟彼兩詞皆學稼軒而頗能貌襲者，意當時傳誦甚盛，編集者無識，率爾掺收，正乃范開所謂「吾爲此懼」耳。永樂大典所載佚詞，内失調名一首，題爲出塞字樣，稼軒生平無從出塞；又漁家傲一首，題有湖州幕官字樣，稼軒宦跡未到湖州；似皆屬贋鼎。自餘數十首，或妓席游戲題贈，或朋輩酬應成篇，即使真出稼軒，在集中亦不爲上乘（諸佚詞中要以丁集之祝英臺近「緑楊堤青草渡」一首爲巨擘）。大抵辛詞傳本以范氏所編甲集爲最謹嚴可信，惜僅及中年之作，不能盡全豹，乙集倘亦出范手，但編成亦僅後四年耳。（甲乙集所收出信州本外者共十一首，皆當認爲真辛詞。）信州本蓋輯於稼軒身後，故自少作以迄絶筆皆蒐采不遺。信州爲稼軒釣游地，門人後學甚多，其慎擇或不讓范開，在宋代辛詞諸刻中當最爲完善。此諸佚詞或爲輯者所曾見而淘棄者，今重事掇拾，毋亦過而存之云爾。

戊辰孟秋，啓超記。

稼軒詞丁集校輯記

趙萬里（校輯宋金元人詞）

辛稼軒詞，自宋迄元，版本可考者得三本焉：一曰長沙坊刻一卷本，今已無傳，見直齋書録解題。二曰信州刻十二卷本，直齋書録解題、宋史藝文志並著於録，傳世有元大德己亥廣信書院刊本。此本流傳最廣，明嘉靖間大梁李濂重刻之，毛氏汲古閣再刻之。毛本雖併爲四卷，然其章次與信州本合，其沿誤與李本同，蓋即自李本出，非真見原本也。劉須溪集六載辛稼軒詞序，稱宜春張清則取稼軒詞刻之，是宋末又有宜春張氏刻本。宜春於宋世屬袁州，或與信州本相近。三曰四卷本，馬端臨通考著於録。天津圖書館藏吴文恪訥四朝名賢詞本，以甲乙丙丁分卷，較信州本互有出入，蓋即通考所云之四卷本。武進陶氏嘗據影宋殘本刊入叢書中，而缺其丁集，今吴本丁集獨完，辛詞四卷本殆以此爲碩果矣。

余嘗據花菴詞選、陽春白雪、全芳備祖、草堂詩餘諸書所引以校四卷本及信州本，凡異於信州本者大都與四卷本合，且所載亦罕出四卷本外者，足徵四卷本乃當時通行本，而信州本爲晚出，無可疑也。

然辛詞除此三本外恐尚有他本。法式善自永樂大典録出佚詞，除洞仙歌「爲葉丞相壽」一首已載信州本第六卷、四卷本甲集，鷓鴣天二首爲朱希真詞外，餘則見於四卷本者僅菩薩蠻「稼軒日向兒曹説」、南鄉子「贈妓」、唐多令「淑景鬬清明」、踏歌、鵲橋仙「送粉卿行」等五首；其他生查子等二十八首，諸本俱未載。設大典所引非誣，則辛詞必尚有他刻。劉後村大全集九十八載辛稼軒集序中盛稱其詞：「横絶六合，掃空萬古，穠纖綿密不在小晏、秦郎下。」是宋世稼軒文集必附載其詞，而大典所引殆據集本矣。惜法氏録自大典者僅佚詞數十首，至其他不佚諸闋，亦未據他本校之，其有無異同更不可知矣。兹遂録四卷本丁集全卷如後，明鈔本多誤字，其顯見者悉爲改正。並據信州本校之，以補陶本之遺。

新會梁先生啓超嘗據以草稼軒年譜，且認爲有編年意味，有跋語考之甚詳；顧於自來辛詞版刻，迄未真切言之，故聊發其概焉。萬里記。

跋毛鈔本稼軒詞

夏敬觀

右毛鈔稼軒詞甲乙丙丁集四卷，明吳文恪公訥曾輯入四朝名賢詞，當與此同出一源。稼軒詞在清代二百餘年間，倚聲家幾於人手一編，大率毛氏汲古閣刊本最爲通行。萬載辛啓泰編刊全集，其長短句四卷悉仍毛刊；補遺一卷，云自永樂大典鈔出。黄蕘圃獲元大德廣信書院刊本十二卷，其次第與毛刊無異，毛特變其體例，化十二卷爲四卷耳。顧澗蘋爲蕘圃據毛鈔增補缺葉，所謂毛鈔，殆即刊汲古閣詞之底本歟。此甲乙丙丁四卷本，蕘翁蓋未之見也。元大德刊本，至光緒間，臨桂王氏四印齋、海豐吳氏石蓮庵始傳刊之。獨此四卷本最晚出，武進陶氏刊其前三卷，海寧趙萬里補印丁卷，顧皆未見毛鈔原本也。

以毛刊、辛刊、王刊三本與此本對校，吳刊與王刊同。如念奴嬌賦雨巖之「喚做真閒客」句，「客」字是叶，而三本均作「箇」，則失一韻。烏夜啼之「酒頻中」句，是用三國徐邈事，三本「頻」皆作「杯」。玉樓春之「日高猶苦聖賢中」句，亦是用徐邈事，王本知其誤而校正之矣，毛辛二刊本則「中」作「心」。定風波之「昨夜山公倒載歸」句，是用晉山簡事，三本「公」皆作「翁」，則不典矣。稼軒詞往往以鄉音叶韻，全集中不勝枚舉。江神子博山道中書王氏壁詞，前結「不争多」句，以

「多」字入佳麻韻叶，此其例甚夥： 如玉蝴蝶杜叔高書來戒酒一首，用「多」、「何」、「呵」，江神子「簟鋪湘竹帳垂紗」一首，用「多」、「摩」、「何」、「麽」，鷓鴣天「自古高人最可嗟」一首，用「多」、「駞」，上西平「九衢中」一首，用「蓑」字，皆叶入佳麻韻； 江神子「兩輪屋角走如梭」一首，用「沙」、「加」，鷓鴣天「困不成眠奈夜何」一首，用「家」字，皆叶入歌戈韻； 而三本「不争多」之「多」字皆作「些」，以下半闋「晚寒些」之「些」字與上重複，則作「晚寒咱」，試問「晚寒咱」成何語句。又如浣溪沙之「臺倚崩崖玉滅瘢」句，是用漢書王莽傳「美玉可以滅瘢」，此詞用元寒韻之「瘢」、「言」、「軒」，與真諄韻「皴」、「村」同叶，殆亦其鄉音如此； 如沁園春「老子平生」一首，用「寃」「園」入真諄韻亦其例，而三本「瘢」皆作「痕」，匪特不典，且忘「言」「軒」亦在元寒韻。 此類妄爲竄改之迹實不可掩。 他若沁園春「杯汝知乎」一首，詞尾小注「用邴原事」四字，而毛辛二刊本則以此注冠於「甲子相高」一首之題上，云「用邴原事壽趙茂嘉郎中」，王氏知其非是而校正之矣。稼軒詞用典甚富，前一首末「用邴原事」固無須自注，此必後人所加，刊者誤冠次首題上，其跡猶可推想。 又感皇恩題「讀莊子有所思」，三本皆作「讀莊子聞朱晦菴即世」，詳此詞未有追挽朱子之意，且朱子不言老莊，稼軒奈何於讀莊子時追念朱子耶？ 此六字不知從何而來，亦必後人妄增。 此本兩題均無其語。 略舉數端，已足證此鈔之優於元大德刊本，微論毛辛兩刊矣。 此外可借以校正三本之訛者尚不可勝數，備載校記，不復贅焉。

己卯臘盡，新建夏敬觀跋。

又

張元濟

光緒季年，余爲涵芬樓收得太倉謏聞齋顧氏藏書，中有汲古閣毛氏精寫稼軒詞甲乙丙三集，詫爲罕見。取與所刊宋六十一家詞相校，則絶然不同：刊本以詞調長短爲次，此則以撰作先後爲次也。久思覆印，以缺丁集，不果行。未幾，雙照樓景印宋金元明人詞刊是三集，顧不言其所自來，而行款悉合，意必同出一源，然何以亦缺丁集，殆分散後而始傳録者歟。吾友趙斐雲據鈔明吴文恪輯本補印丁集，同一舊鈔，滋多誤字，拾遺補闕，美猶有憾。去歲斐雲南來，語余：近見某估得精寫丁集，爲虞山舊山樓趙氏故物，正可配涵芬樓本，且或爲一書兩析者。余蹤跡得之，介吾友潘博山、顧起潛索觀，果如斐雲言，毛氏印記與前三集悉同，且原裝亦未改易，遂斥重金得之。龍劍必合，不可謂非書林佳話矣。婭壻夏劍丞精於倚聲，亟亟假閲，謂與行世諸本有霄壤之别，定爲源出宋槧。余初不能無疑，回環覆誦，乃知毛氏寫校，即一點一畫之微亦不肯輕率從事；丹鉛雜出，其爲字不成、暨空格未填補者，凡數十見，蓋爲當時校而未竟之書。然即此未竟之工，尤足證其有獨具之勝：如乙集最高樓第三首答晉臣：「甚唤得雪來白倒雪，□唤得月來香殺月。」諸本空格均作「便」，而是本塗去者却是「便」字。水龍吟（第二見）第一首過南劍雙溪樓「峽□□江對起」，諸本「峽」下二字均作「束蒼」，而是本塗去者，上爲「夾」字，下却是「蒼」字。鷓鴣天第二首席上再用韻「落日殘□更斷腸」，諸本空格均作「鴉」，而是本塗去者却是「鴉」字。又第三首敗棋賦梅雨，「漠漠輕□撥不開」，諸本空格均作「陰」，而是本塗去者却是「陰」字。丙集玉蘭花慢第二首，題上饒郡圃翠微樓，「笙歌霧鬢□鬟」，諸本空格均作「風」，而是本塗去者却是「風」字。踏莎行賦稼軒集經句：「日之夕矣□□下」，諸本「夕矣」下二字均作「牛羊」，而是本塗去者却是「牛羊」二字。雨中花慢登新樓有懷昌父斯遠仲止子似民瞻：「舊雨常來，今□不來。」諸本空格均作「雨」，而是本塗去者却是「雨」字。揣其所以塗改之故，必爲誤書而非本字，諸本臆改適蹈其非。其他竄補，與既塗之字絶不同者爲數尤夥，原存空格亦大都填注，無迹可尋，以上文之例推之，絶不能與原書脗合。得見是本，殊令人有猶及闕文之感矣。

稼軒詞爲世推重，余既得此僅存之本，且賴良友之助得爲完璧，其何敢不公諸同好。劍丞既爲之書後，胡君文楷又取行世諸本勘其異同，撰爲校記，其爲是本獨有而不見於他本者，亦一一臚舉。今俱附印於後，俾閲者有所參覈。

范開序謂「哀集冥搜，才逾百首」，是編乃有四百三十九首。梁任公疑丙丁二集未經范手釐訂，然即甲乙二集亦已得二百二十五首，或范序專爲甲集而作，乙集而下，續序不無散佚。又諸家所刊在是編外者有詞一百七十九首，豈即出於范序所言近時流佈海内之贋本歟？吾甚望他日或有更勝之本出，得以一釋斯疑也。

民國紀元二十有九年二月四日海鹽張元濟。

書諸家跋四卷本稼軒詞後

鄧廣銘

稼軒詞自來傳誦極廣，而歷代刻本實未多見。劉後村集有辛稼軒集序，於稼軒詞備極稱揚，可知此全集中必包括詞集在内（後村詩話後集亦謂「辛詩爲長短句所掩，集有詞無詩」），此一本也。岳珂桯史稼軒論詞條有云：「待制詞句脱去古今軫轍，每見集中有『解道此句，真宰上訴，天應嗔耳』之序，嘗以爲其言不誣。」所引序文不見於現行各本之中，當爲另一本也。元王惲玉堂嘉話卷五，載：「徒單侍講與孟解元駕之亦善誦記。取新刊本稼軒樂府吴子音前序，一閲即誦，亦一字不遺。」云是「新刊」，而吴序亦復不見於他本，則又爲一本也。劉辰翁須溪集有稼軒詞序，謂是宜春張清則刻，其在宋末或元初雖莫可考，要之又嘗有此一本也。以上四本既均無傳，其編次，其篇卷，其各本相互間及其與現存諸本間之關係各何若，俱所不曉。兹僅就現存各本而論，雖優劣互殊，究其本源均不出四卷本及十二卷本二者。

十二卷本收有「丁卯八月病中作」之洞仙歌，丁卯即稼軒卒年，則其編刊必在稼軒卒後。此本之流傳至今者，有元大德三年廣信書院孫粹然張公俊之刻本（原爲聊城楊氏海源閣藏書，今歸北京圖書館）。依此本重刻者，明嘉靖中有歷城王詔校刊於開封之本，有李濂序文及批點。毛晉收入六十名家詞中者，則又由王詔本出，唯删去序文批點，且併十二卷爲四卷，以牽合文獻通考及宋史藝文志所著録之卷數而已。有清一代之研讀稼軒詞者，毛本幾爲唯一之憑藉（四庫所收亦毛本，當纂修時竟不能得一别本以相參校，可見）。辛啓泰刻入稼軒集鈔存中者亦即此本。顧王詔刻本頗不免於明人刻書率意竄亂之惡習，甚至有因祖本偶有脱葉，遂乃牽合前後絶不相干之二詞而爲一者，毛刻亦均未能是正。光緒中臨桂王氏四印齋取六十家詞中之稼軒詞而重刻之，復據廣信書院本還原其卷第，而對自王詔以來各本誤處亦稍稍有所勘正。此十二卷本流傳之梗概也。

四卷本中，凡稼軒晚年帥浙東、守京口時作品，概未收録，則各集之刊成當均在宋寧宗嘉泰三年前。直齋書録解題、文獻通考及宋史藝文志所著録者均是此本，南宋人所徵引之稼軒詞與此本亦率多相合，蓋當時最爲通行也。明吴訥採入唐宋名賢百家詞，汲古閣亦有影宋精抄之本。然在有清二百餘年中獨寂然無聞。十數年前，武進陶氏始影刻甲乙丙三集，行款闕筆等與汲古閣抄本俱同。疑即出於汲古閣抄本者。梁啓超於得此影刊三卷之後，又於天津圖書館發見吴訥之唐宋名賢百家詞本，對此四卷本曾一再爲文表揚，世人乃加注意。惜此百家詞爲極拙劣之抄本，錯訛極多，不能卒讀。陶本刻印雖精而校勘欠審，魯魚亥豕亦所不免。涵芬樓於光緒末收得汲古閣精抄之甲乙丙三集原本，後即列名於四部叢刊三編預告中，而以缺丁集故，迄未印行。一九三九年春滬上書賈突持丁集一册赴北平張允亮氏處求售，索價甚昂，張氏以誤記涵芬樓收有四集全帙，遂即退還其書。事爲趙萬里先生所知，料度其或即毛抄原本，而又深恐其從此再致亡佚，遂於是年夏間赴滬之便蹤跡得之，見其字跡行款及其前後收藏印記，知果與涵芬樓所藏前三集爲一書，乃亟告張元濟先生購得之，不唯使汲古閣舊物得成完璧，且即爲之影印流佈，而宋刊四卷本之原面目亦依稀隱約可藉以推見。此又四卷本由晦復彰之經過也。

汲古閣影抄四卷本之精審，由涵芬樓新印本所附校記及夏敬觀、張元濟跋文中已可概見。其餘勝處，梁啓超亦已言之綦詳。雖然，猶有可以補充之一事：十二卷本之題語及詞中字句，多經後來改定之處，改動後之字句大都較勝於四卷本，則當是稼軒晚歲所手訂者。然見於詞題中之辛氏友朋，其名姓、字號、官爵等亦間有通各卷各闋而悉改從一律者：如與傅先之唱和諸作，大多以「提舉」相稱，而傅氏曾任知縣，曾充通判，曾領漕事，各詞實不盡作於其既充提舉之後；又如與徐衡仲唱和之作，其以「撫幹」相稱者，亦未必均作於徐氏充福建安撫司幹官之後。凡此等處，四卷本均一仍原作時所著之稱謂而未改。吾人於千載下而欲對其各詞作年稍加鉤考，此實爲極好之資據。且范開序甲集有云：「公之於詞，苟不得之於嬉笑，則得之於行樂；不得之於行樂，則得之於醉墨淋漓之際；……或閒中書石，興來寫地。」四卷本題語既未經後來改動，故其賓朋雜遝、觥籌交錯之勝跡留存獨多。如甲集滿江紅「折盡荼蘼」闋，題云：「稼軒居士花下與鄭使君惜別，醉賦。侍者飛卿奉命書。」着語未多，風流盡得；十二卷本改爲「餞鄭衡州厚卿席上再賦」，非特意趣較遜，亦且失却一段故實矣。

此外則梁、夏、張諸跋及胡文楷校記中，亦尚多未盡的當之處，茲略申所見如下：

梁啓超跋首謂稼軒詞在宋有三刻，除四卷本及十二卷本外，另一爲長沙之一卷本。其言曰：「文獻通考著録稼軒詞四卷（宋史藝文志同），而引直齋書録解題注其下云：『信州本十二卷，視長沙本爲多。』或誤以爲此四卷者即長沙本，實則直齋所著録乃長沙本，只一卷耳。」今按：書録解題所著録之稼軒詞亦明言爲四卷，其下注文，與文獻通考所引正同，並無「一卷」字樣。且直齋於歌詞類起南唐二主詞、陽春録等，中包于湖詞、稼軒詞，迄於鶴林詞、笑笑詞，共凡百家，於笑笑詞下有總括之注文云：「自南唐二主詞而下，皆長沙書坊所刻，號百家詞。其前數十家皆名公之作，其末亦多有濫吹者，市人射利，欲富其部帙，不暇擇也。」是已指明其所著録之四卷本稼軒詞即其注中之所謂長沙本者，梁氏必謂另是一本，誤矣。

梁跋謂四卷本之最大特色爲含有編年意味，張跋亦謂他本以詞調長短爲次，四卷本則以撰作先後爲次。按：所謂編年意味者，實僅能適用於甲集，而其適用之程度，亦祇可謂凡見甲集中者必爲某年以前之作，其中編次，雖非嚴格依詞調長短爲先後，然仍是同調之詞彙録一處，其撰作之先後實不能依編次順序以求之也。

梁跋謂：「甲集編成在戊申元旦，明見范序，其所收諸詞皆四十八歲前官建康、滁州、湖北、湖南、江西所作，既極分明。」今按：此説有范序之作年爲證，似可無問題矣，而實亦不然。甲集凡同調之詞均彙録一處，獨聲聲慢、滿江紅二調均於卷末重見，其滿江紅「折盡荼蘼」闋，與十二卷本改正之題語相參，知其爲送鄭厚卿赴衡州守任之作。查永樂大典衡字韻中載有南宋人所修衡州圖經志之全文，其中於南宋一代之郡守所載甚詳，而在孝光兩朝之鄭姓者，僅有鄭如崈一人，爲繼劉清之之後任者；到任於淳熙十五年四月，至紹興元年正月被劾去。「崈」與「厚」義甚相近，知稼軒所餞送之鄭厚卿必即淳熙十五年抵衡州之鄭如崈。然則餞詞之作亦必在十五年春荼蘼方開之時。據此推知甲集卷尾重出二調中之各詞，必爲書將刻成時又陸續收得者，其中亦必有若干首爲淳熙十四年後之新作，非皆作於稼軒四十八歲之前也。

梁跋又云：「乙集於宦閩時之詞，一首未見收録，可推定其編輯年當在紹熙二年辛亥以前。」此亦不然。查乙集清平樂「詩書萬卷」闋題云：「壽趙民則提刑，時新除，且素不喜飲。」趙民則名像之，楊誠齋爲作行狀，有云：「改西外知宗，……未幾即拜福建路提點刑獄公事。建台之始，風采一新。未幾，請爲祠官，丞相京公鏜遺公書……」據福建通志宋代職官文臣提刑門，稼軒之後爲盧彦德（即屢見稼軒詞中之盧國華），盧後即趙像之。樓鑰攻媿集中有趙像之除福建提刑制，亦在福建提刑盧彦德除本路運判制之後。據此諸事，知趙民則之除提刑乃在稼軒帥閩之時（稼軒帥閩有送盧國華由閩憲移漕建安詞），其時已爲紹熙五年甲寅矣。梁氏後於所作稼軒年譜中，將最高樓「吾衰矣」闋編置帥閩諸作之末，其考證有云：「此詞題中雖無三山等字樣，細推當爲閩中作。……故以附閩詞之末。」而此詞原即爲乙集所收録者。是則梁氏已不能堅守己説；殆於編撰年譜之頃，已察知跋語所云之有誤乎。

梁跋又云：「丙集自宦閩詞起收，其最末一首爲辛酉生日，蓋壬子至辛酉十年間，五十三歲至六十二歲之作。」今按：丙集鷓鴣天「聚散匆匆不偶然」闋，題云「離豫章别司馬漢章大監」，乃淳熙五年去江西帥任時作；滿庭芳「傾國無媒」闋乃和洪景伯韻者，洪氏原作今存盤洲集中，詞下自注爲「辛丑春日作」，則淳熙八年稼軒再度帥江西時也。此均遠在稼軒繡衣使閩之前十餘年，不得謂爲「自宦閩詞起收」。

夏跋謂：「稼軒詞往往以鄉音叶韻，全集中不勝枚舉。……如浣溪沙之『臺倚崩崖玉滅瘢』句，是用漢書王莽傳『美玉可以滅瘢』，此詞用元、寒韻之『瘢』、『言』、『軒』，與真、諄韻『顰』、『村』同叶，殆亦其鄉音如此。而三本『瘢』皆作『痕』，匪特不典，且忘『言』、『軒』亦在元寒韻。此類妄爲竄改之迹實不可掩。」今按：夏氏此見甚卓。其所指之詞見四卷本丙集，其在十二卷本中者，則自王詔校刊本至四印齋本確皆改「瘢」爲「痕」。當吾未見大德廣信書院原刻本時，曾疑此項改動乃稼軒所自爲之者，因十二卷本中此首之後尚有用同韻之一首，起句爲「妙手都無斧鑿痕」，不押「瘢」字，遂推想以爲是必在後闋未作之時，前闋已既改定矣。及檢對大德刻本，見兩首起句全押「瘢」字，乃知改「瘢」爲「痕」，蓋始於王詔校刊本，若非出自李濂，殆即出自王詔。夏氏因未得見大德刻本，故未能發此覆耳。

夏跋又云：「感皇恩題『讀莊子有所思』，三本皆作『讀莊子聞朱晦庵即世』。詳此詞未有追挽朱子之意，且朱子不言老莊，稼軒奈何於讀莊子時追念朱子耶？此六字不知從何而來，亦必爲後人妄增。」今按，感皇恩全詞云：「案上數編書，非莊即老。會説忘言始知道，萬言千句，自不能忘堪笑。朝來梅雨霽，青天好。　一壑一丘，輕衫短帽，白髮多時故人少。子雲何在，應有玄經遺草。江河流日夜，何時了？」前片云云，自是讀莊子之所感，後片之白髮句，則明是聞故人噩耗而發者，而子雲以下諸語，更爲最適合於朱晦庵身分之悼語。玄經句用以喻朱氏註釋經傳之各著述，江河二句則係隱括杜甫「爾曹身與名俱滅，不廢江河萬古流」詩句，以反諷當時攻道學禁僞學之徒者，實寓有若干隱痛在内。當丙集刊佈之時，韓侂胄勢燄正盛，蓋不欲以此引惹糾紛，故於題中削去刺人耳目之朱晦庵云云而改著「有所思」三字以爲代；洎夫十二卷本編刻之時，則韓氏已被誅戮，遂得無所避忌而復其原題之舊，此絶非不明曲折之人所能憑空增入者也。至其所以將莊子與朱氏牽連於一處者，則題中一「聞」字即足爲最好之説明，必是適在稼軒披讀莊子之頃，遽得朱氏之死訊也。夏氏將此一字輕輕放過，遂致不得其解矣。

張跋謂：「諸家所刊，在是編外者，有詞一百七十九首，豈即出於范序所言近時流佈海内之贋本歟？」今按：四卷本編刻於稼軒在世之時，故凡稼軒晚年帥浙東守京口諸作皆不及收録，而在此期内所作各詞，如「會稽秋風亭觀雨」之漢宮春，「京口北固亭懷古」之永遇樂等，不惟時人爭相傳誦，而一時詞人如姜白石張南湖等人亦均有和章；另據岳珂桯史之記事，則知凡此諸詞不但確爲稼軒所作，且均爲稼軒極得意之作，此斷斷不容稍存疑念者。十二卷本編次體例頗精嚴，稍涉輕儇或拙濫之作，尚多擯而不録，更無論於贋鼎矣。是則其餘之一百七十餘首，凡載在十二卷本内者均不生真僞問題，張氏於此，蓋不免疑所不當疑矣。且范開之所編定者甲集也，其中所收才逾百首而已，此明見范氏序文者也，後來所出乙丙丁三集是否亦出范氏手編，頗不可知，必如張氏所云，應須並此三集中之各詞亦置諸可疑之列，又何止以一百七十九首爲限哉。此尤爲説之必不可通者矣。

夏張兩先生如是云云者，蓋皆爲證實四卷本所以較他本優勝之故。然四卷本佳處故自有在，且兩先生與梁任公跋語中所舉他例已極繁夥，盡足證明四卷本之優越而有餘，實無須再假藉於此數端以爲重，更無待於過分貶抑他本而始顯見。然則右之駁難，雖似爲他本辨解，而於四卷本之價值固無絲毫之減損也。

涵芬樓影印四卷本，分裝二册，而校勘記乃另成一巨册，其量不爲不多，宜其詳實可憑也，而竟又不然。玆姑舉數例，略見一斑：

壹、四卷本與各本均異而爲校記所漏列者：

一、丙集三十二至三十四葉，凡詞十一首，均列置浣溪沙調名之下，而其中實雜有攤破浣溪沙四首，此兩調字句多寡不同，自來詞家亦不混爲一談，不知此處何竟參差互出。在十二卷本中，將攤破浣溪沙另行編次，而彙録於添字浣溪沙（四印齋本俱改作山花子）調名之下。此其所關非小，不知校者何以存而不論。

二、乙集鷓鴣天「千丈陰崖百丈溪」闋，前片末句爲「橫理庚庚定自奇」，此乃脱胎於山谷詩句者，故十二卷本於句下有注云：山谷聽摘阮歌云：「玄璧庚庚有橫理。」乙集無此注文，校記中亦未之及。

貳、四卷本僅與某某本不同而校記誤以爲與各本全異者：

一、甲集滿江紅「鵬翼垂空」闋，「料想寶香黄閣夢」句，毛本辛本「黄」誤作「熏」，王氏四印齋本不誤，而校記乃云「三本『黄』作『熏』」。

二、乙集一枝花「千丈擎天手」闋，「雙眉長恁皺」句，毛本辛本脱「恁」字，王本不脱，而校記乃云「三本無『恁』字」。

叁、四卷本與三本全不同而校記誤以爲僅與某某本異者：

一、甲集木蘭花慢「老來情味減」闋，「共西風只等送歸船」句，王、毛、辛三本「等」俱作「管」，而校記只云「毛本辛本『等』作『管』」。

二、乙集水調歌頭「寒食不小住」闋，「小」字三本俱作「少」，而校記只云「毛本辛本『小』作『少』」。

肆、四卷本與各本不同處被校記妄加改動者：

一、乙集生查子「青山非不佳」闋，四卷本題作「獨遊西岩」，三本俱無題，而校記以爲「王本『西』作『雨』」。

二、丙集浣溪沙「細聽春山杜宇啼」闋，題爲「泉湖道中，赴閩憲，别諸君」。三本均作「壬子春，赴閩憲，别瓢泉」。而校記乃云「三本作『季春赴閩憲，别瓢泉』」。

校書如秋風中掃落葉，自來從事於此者即多深感其難，然苟慎審爲之，疏漏亦非絶不可免。且辛啓泰本出於毛氏六十家詞本，毛本出於王詔本，王本今猶具存，則校勘之時捨毛辛二本而獨取王本及四印齋本相與參覆可也，今乃捨本逐末，反致顧此失彼，以如此巨量之校語，乃使人絶不敢稍存信心，殊爲遺憾耳。

一九四〇年七月寫於昆明靛花巷三號

一九五八年六月改寫於北京大學

稼軒詞索引（以調名首字筆劃爲序）

調名（首句）	廣信書院本卷第	四卷本卷第	本書卷頁	備　注
一枝花（千丈擎天手）	卷五	乙集	卷三頁　四九五	
一剪梅（獨立蒼茫醉不歸）	卷七	乙集	卷一頁　三八	
又（憶對中秋丹桂叢）	同右	無	卷二頁　二三四	
又（記得同燒此夜香）	無	乙集	卷二頁　二三五	
又（塵灑衣裾客路長）	無	無	卷六頁　八三五	原見稼軒集鈔存
又（歌罷尊空月墜西）	無	無	卷六頁　八三五	同右
一落索（羞見鑑鸞孤却）	卷十二	甲集	卷二頁　三三〇	
又（錦帳如雲處高）	同右	無	卷二頁　四一二	
八聲甘州（把江山好處付公來）	卷六	甲集	卷一頁　四九	
又（故將軍飲罷夜歸來）	同右	丙集	卷二頁　二九七	

卜算子（脩竹翠羅寒）	卷十一	丁集	卷二頁 三六八
又（紅粉靚梳粧）	同右	丁集	卷二頁 三六九
又（欲行且起行）	同右	丁集	卷二頁 三六九
又（盜跖倘名丘）	同右	丁集	卷四頁 五一四
又（一以我爲牛）	同右	丁集	卷四頁 七一七
又（夜雨醉瓜廬）	同右	丁集	卷四頁 七一八
又（珠玉作泥沙）	同右	丁集	卷四頁 七二〇
又（千古李將軍）	同右	丁集	卷四頁 七二一
又（百郡怯登車）	同右	乙集	卷四頁 七二二
又（萬里籋浮雲）	同右	無	卷四頁 七二三
又（剛者不堅牢）	同右	丁集	卷二頁 三五七
又（一箇去學仙）	同右	丁集	卷四頁 五一三
又（一飲動連宵）	同右	丁集	卷四頁 五一二
上西平（九衢中）	卷六	無	卷五頁 七九六
又（恨如新）	同右	無	卷四頁 六七八
千年調（左手把青霓）	卷七	丁集	卷四頁 七五四
又（巵酒向人時）	同右	無	卷二頁 二二五

又（可憐今夕月）	同右	丙集	卷四頁 五九〇
水調歌頭（落日塞塵起）	卷三	甲集	卷一頁 八四
又（落日古城角）	同右	無	卷一頁 三六
又（我飲不須勸）	同右	乙集	卷一頁 六七
又（折盡武昌柳）	同右	甲集	卷一頁 一〇〇
又（帶湖吾甚愛）	同右	甲集	卷二頁 一五五
又（白日射金闕）	同右	甲集	卷二頁 一五九
又（寄我五雲字）	同右	乙集	卷二頁 一五六
又（官事未易了）	同右	無	卷一頁 一一九
又（千里渥洼種）	同右	無	卷一頁 四
又（造物故豪縱）	同右	甲集	卷一頁 六一
又（今日復何日）	同右	甲集	卷二頁 一七五
又（千古老蟾口）	同右	無	卷二頁 一七七
又（君莫賦幽憤）	同右	甲集	卷二頁 一七九
又（上古八千歲）	同右	甲集	卷二頁 二八八
又（上界足官府）	同右	乙集	卷二頁 一九四
又（萬事到白髮）	同右	甲集	卷二頁 二二二

又（萬事幾時足）	同右	丁集	卷二頁　四二一
又（高馬勿捶面）	同右	丁集	卷四頁　五三四
又（簪履競晴晝）	無	無	卷二頁　三七八　原見詩淵第二十五册
又（客子久不到）	無	無	卷六頁　八五〇　原見稼軒集鈔存
又（泰嶽倚空碧）	無	無	卷六頁　八四八　同右
水龍吟（楚天千里清秋）	卷五	甲集	卷一頁　四六
又（渡江天馬南來）	同右	甲集	卷二頁　二〇二
又（玉皇殿閣微涼）	同右	甲集	卷二頁　二一五
又（斷崖千丈孤松）	同右	乙集	卷二頁　二八五
又（倚欄看碧成朱）	同右	乙集	卷二頁　四三八
又（補陀大士虛空）	同右	乙集	卷二頁　二四九
又（稼軒何必長貧）	同右	乙集	卷二頁　三一七
又（被公驚倒瓢泉）	同右	丁集	卷二頁　三一八
又（聽兮清珮瓊瑶些）	同右	乙集	卷四頁　五〇八
又（舉頭西北浮雲）	同右	乙集	卷三頁　四九九
又（昔時曾有佳人）	同右	丙集	卷四頁　五一五
又（只愁風雨重陽）	同右	乙集	卷四頁　七六四

又(三三兩兩誰家女)　同右　丙集　卷四頁　五七三
又(悠悠莫向文山去)　同右　無　卷二頁　三七三
又(有無一理誰差別)　同右　丁集　卷四頁　六四七
又(客來底事逢迎晚)　同右　丁集　卷四頁　五九五
又(琵琶亭畔多芳草)　同右　無　卷四頁　七八三
又(江頭一帶斜陽樹)　同右　無　卷五頁　八一一
玉蝴蝶(古道行人來去)　卷三　丙集　卷四頁　六八一
又(貴賤偶然渾似)　同右　丁集　卷四頁　六八二
生查子(昨宵醉裏行)　卷十二　甲集　卷二頁　二九四
又(誰傾滄海珠)　同右　甲集　卷二頁　二九四
又(去年燕子來)　同右　丙集　卷二頁　四四一
又(溪邊照影行)　同右　乙集　卷二頁　二五一
又(青山招不來)　同右　丁集　卷二頁　四四二
又(青山非不佳)　同右　乙集　卷二頁　四四三
又(高人千丈崖)　同右　丁集　卷四頁　六九五
又(漫天春雪來)　同右　丙集　卷四頁　七二六
又(梅子褪花時)　同右　無　卷五頁　七九九

又（梨花着雨晚來晴）	同右	乙集	卷二頁二三七
又（玉簫聲遠憶驂鸞）	同右	甲集	卷二頁三三〇
又（寶釵飛鳳鬢驚鸞）	同右	乙集	卷二頁三二一
又（梅梅柳柳鬪纖穠）	同右	甲集	卷二頁二三五
又（一川松竹任橫斜）	同右	甲集	卷二頁二三九
又（簟鋪湘竹帳籠紗）	同右	丁集	卷二頁四三二
又（亂雲擾擾水潺潺）	同右	丙集	卷四頁五一九
又（暗香橫路雪垂垂）	同右	無	卷二頁四三三
又（看君人物漢西都）	同右	丁集	卷四頁七〇五
又（兩輪屋角走如梭）	同右	丁集	卷四頁七六一
又（五雲高處望西清）	同右	無	卷四頁七三五
行香子（好雨當春）	卷七	丙集	卷三頁四八六
又（白露園蔬）	同右	丙集	卷四頁六九七
又（少日嘗聞）	同右	丁集	卷四頁七〇七
又（雲岫如簪）	卷七	丙集	卷四頁七四九
又（歸去來兮）	無	乙集	卷四頁五二二
西江月（千丈懸崖削翠）	卷十	甲集	卷一頁九一

杏花天（病來自是於春嬾）	卷十二	甲集	卷二頁 二二八
又（牡丹昨夜方開徧）	同右	無	卷四頁 五二六
又（牡丹比得誰顔色）	同右	乙集	卷四頁 五二七
沁園春（三徑初成）	卷二	甲集	卷一頁 一三六
又（佇立瀟湘）	同右	甲集	卷一頁 一三八
又（老子平生）	同右	無	卷二頁 七四一
又（有美人兮）	同右	無	卷二頁 四二八
又（我試評君）	同右	無	卷二頁 四二九
又（我醉狂吟）	同右	無	卷二頁 四三一
又（疊嶂西馳）	同右	丁集	卷四頁 五四〇
又（有酒忘杯）	同右	乙集	卷四頁 五四一
又（一水西來）	同右	乙集	卷四頁 五〇五
又（杯汝來前）	同右	丙集	卷四頁 五五四
又（杯汝知乎）	同右	丙集	卷四頁 五五七
又（甲子相高）	同右	丁集	卷四頁 六二三
又（我見君來）	同右	丙集	卷四頁 六二五
阮郎歸（山前燈火欲黄昏）	卷十二	甲集	卷一頁 一一〇

又(少年橫槊)　同右　乙集　卷二頁　三一三

又(對花何似)　同右　甲集　卷二頁　二六〇

又(風狂雨橫)　同右　無　卷二頁　四四八

又(江南盡處)　同右　乙集　卷三頁　四九七

又(疎疎淡淡)　同右　乙集　卷三頁　四九八

又(倘來軒冕)　同右　乙集　卷二頁　四〇〇

又(道人元是)　同右　乙集　卷二頁　四〇二

又(洞庭春晚)　同右　無　卷二頁　四〇四

又(看公風骨)　同右　丁集　卷四頁　七三〇

又(爲沽美酒)　同右　丙集　卷四頁　五七六

又(龍山何處)　同右　丁集　卷四頁　六六九

又(君詩好處)　同右　丁集　卷四頁　六七一

又(未須草草)　同右　丙集　卷四頁　六五四

又(是誰調護)　同右　無　卷四頁　六五六

又(西真姊妹)　無　無　卷六頁　八三一　原見稼軒集鈔存

又(論心論相)　無　無　卷六頁　八三三　同右

又(妙齡秀發)　無　無　卷六頁　八三〇　同右

又（玄入参同契）	同右	乙集	卷二頁 二二六
又（散髮披襟處）	同右	丙集	卷四頁 五四三
又（萬萬千千恨）	無	甲集	卷一頁 九〇
品令（更休説）	卷十二	丙集	卷四頁 六九八
昭君怨（長記瀟湘秋晚）	卷十二	甲集	卷一頁 一三五
又（夜雨剪殘春韭）	同右	無	卷二頁 二九八
又（人面不如花面）	同右	丙集	卷二頁 二九九
柳梢青（姚魏名流）	卷十二	乙集	卷二頁 三八一
又（白鳥相迎）	同右	無	卷三頁 五〇三
又（莫鍊丹難）	同右	丙集	卷四頁 七五九
洞仙歌（江頭父老）	卷六	甲集	卷一頁 五一
又（冰姿玉骨）	同右	無	卷二頁 二八二
又（飛流萬壑）	同右	甲集	卷二頁 二八三
又（松關桂嶺）	同右	丁集	卷四頁 七五一
又（婆娑欲舞）	同右	丁集	卷二頁 二〇〇
又（舊交貧賤）	同右	丁集	卷四頁 七三三
又（賢愚相去）	同右	無	卷五頁 八一八

又（草木於人也作疎）	同右	丙集	卷四頁　五九六
又（百世孤芳肯自媒）	同右	乙集	卷四頁　五二五
又（梅子生時到幾回）	同右	乙集	卷四頁　五二三
又（儂是嵚崎可笑人）	無	乙集	卷一頁　六
浪淘沙（身世酒杯中）	卷十一	丙集	卷二頁　三一〇
又（不肯過江東）	同右	乙集	卷四頁　五二八
又（金玉舊情懷）	同右	乙集	卷四頁　七〇四
破陣子（擲地劉郎玉斗）	卷八	丁集	卷一頁　九二
又（醉裏挑燈看劍）	同右	丁集	卷二頁　三五二
又（少日春風滿眼）	同右	丙集	卷二頁　三五四
又（菩薩叢中惠眼）	同右	無	卷四頁　七三七
又（宿麥畦中雉鷕）	同右	丙集	卷四頁　六三六
祝英臺近（寶釵分）	卷七	甲集	卷一頁　一四三
又（水縱橫）	同右	丁集	卷三頁　五〇七
又（緑楊堤）	無	丁集	卷一頁　一四六
粉蝶兒（昨日春如）	卷七	丙集	卷四頁　七二五
烏夜啼（江頭醉倒山公）	卷十二	甲集	卷二頁　二六二

又(人言我不如公)	同右	甲集	卷二頁 二六二
又(晚花露葉風條)	同右	丙集	卷二頁 四一八
又(江頭三月清明)	無	無	卷六頁 八三六 原見稼軒集鈔存
婆羅門引(落花時節)	卷七	丙集	卷四頁 六六三
又(緑陰啼鳥)	同右	丙集	卷四頁 六六五
又(龍泉佳處)	同右	丁集	卷四頁 六六六
又(不堪鶗鴂)	同右	無	卷四頁 六六七
又(落星萬點)	同右	丙集	卷四頁 七一六
御街行(闌干四面山無數)	卷七	乙集	卷二頁 三六七
又(山城甲子冥冥雨)	同右	乙集	卷二頁 三六六
惜分飛(翡翠樓前芳草路)	卷十二	乙集	卷一頁 一四七
惜奴嬌(風骨蕭然)	無	無	卷六頁 八四七 原見稼軒集鈔存
清平樂(柳邊飛鞚)	卷十	甲集	卷二頁 二四三
又(茅簷低小)	同右	甲集	卷二頁 二七八
又(遶牀飢鼠)	同右	甲集	卷二頁 二四四
又(連雲松竹)	同右	甲集	卷二頁 二七九
又(斷崖脩竹)	同右	甲集	卷二頁 二七九

又（靈皇醮罷）	同右	丁集	卷二頁 一九八	
又（月明秋曉）	同右	丁集	卷二頁 三九〇	
又（東園向曉）	同右	丙集	卷二頁 三九〇	
又（少年痛飲）	同右	丙集	卷二頁 四三六	
又（此身長健）	同右	乙集	卷二頁 四一〇	
又（詩書萬卷）	同右	乙集	卷三頁 四九二	
又（清泉犇快）	同右	乙集	卷二頁 四三七	
又（清詞索笑）	同右	丁集	卷四頁 六四四	
又（雲煙草樹）	同右	丁集	卷四頁 五八三	
又（溪回沙淺）	同右	無	卷四頁 六四四	
又（春宵睡重）	同右	丙集	卷四頁 五二六	
又（新來塞北）	無	無	卷五頁 八二四	原見吳禮部詩話
添字浣溪沙（豔杏妖桃兩行排）	卷十一	丙集	卷四頁 五三六	
又（句裏明珠字字排）	同右	無	卷四頁 五三七	
又（記得瓢泉快活時）	同右	無	卷三頁 四六七	
又（日日閒看燕子飛）	同右	無	卷四頁 五四四	
又（酒面低迷翠被重）	同右	丙集	卷四頁 五四四	

又（年年黄菊豔秋風）　同右　乙集　卷二頁　四三四

又（年年金蘂豔西風）　同右　乙集　卷二頁　四三五

又（年年團扇怨秋風）　同右　丙集　卷二頁　四三五

減字木蘭花（僧窗夜雨）　卷十一　無　卷一頁　一四八

又（昨朝官告）　同右　無　卷一頁　一四九

又（盈盈淚眼）　同右　甲集　卷一頁　一一二

菩薩蠻（青山欲共高人語）　卷十一　甲集　卷一頁　四三

又（錦書誰寄相思語）　同右　乙集　卷二頁　二一八

又（江搖病眼昏如霧）　同右　無　卷一頁　四四

又（鬱孤臺下清江水）　同右　甲集　卷一頁　五八

又（西風都是行人恨）　同右　無　卷一頁　一五二

又（功名飽聽兒童説）　同右　無　卷二頁　三〇三

又（無情最是江頭柳）　同右　甲集　卷二頁　三〇四

又（送君直上金鑾殿）　同右　無　卷二頁　三九四

又（人間歲月堂堂去）　同右　無　卷二頁　三九四

又（香浮乳酪玻璃盌）　同右　甲集　卷二頁　三二五

又（阮琴斜挂香羅綬）　同右　乙集　卷二頁　三九六

又（老大那堪説）	同右	乙集	卷二頁 三四六
又（細把君詩説）	同右	乙集	卷二頁 三四九
又（翠浪吞平野）	同右	丙集	卷三頁 四五六
又（覓句如東野）	同右	丙集	卷三頁 四五九
又（碧海成桑野）	同右	無	卷三頁 四六二
又（緑樹聽鵜鴂）	同右	丙集	卷四頁 七七三
又（下馬東山路）	同右	丁集	卷四頁 六〇九
又（曾與東山約）	同右	丁集	卷四頁 六八九
又（拄杖重來約）	同右	丁集	卷四頁 六九〇
又（聽我三章約）	同右	丁集	卷四頁 六九二
又（甚矣吾衰矣）	同右	丙集	卷四頁 七五六
又（鳥倦飛還矣）	同右	無	卷四頁 七五八
又（路入門前柳）	同右	丁集	卷四頁 六五〇
又（肘後俄生柳）	同右	無	卷四頁 六五一
又（濮上看垂釣）	同右	丁集	卷四頁 七六八
又（逸氣軒眉宇）	同右	丁集	卷四頁 五四五
又（世路風波惡）	無	無	卷六頁 八四一 原見稼軒集鈔存

感皇恩（春事到清明）	卷七	甲集	卷一頁　二五
又（七十古來稀）	同右	乙集	卷一頁　六九九
又（七十古來稀）	同右	丙集	卷四頁　六九九
又（案上數編書）	同右	丙集	卷四頁　六八七
又（富貴不須論）	同右	丙集	卷四頁　七八〇
又（露染武夷秋）	無	無	卷三頁　四九三　原見詩淵第二十五册
新荷葉（人已歸來）	卷七	甲集	卷一頁　四〇
又（春色如愁）	同右	甲集	卷一頁　四二
又（種豆南山）	同右	丁集	卷四頁　七一四
又（物盛還衰）	同右	乙集	卷四頁　七一五
又（曲水流觴）	同右	丙集	卷四頁　六三一
又（曲水流觴）	同右	丁集	卷四頁　六三一
瑞鶴仙（黄金堆到斗）	卷五	乙集	卷二頁　四〇六
又（雁霜寒透幕）	同右	無	卷三頁　四九六
又（片帆何太急）	同右	丁集	卷三頁　五〇一
瑞鷓鴣（暮年不賦短長詞）	卷九	無	卷五頁　八〇二
又（聲名少日畏人知）	同右	無	卷五頁　八〇四

又(膠膠擾擾幾時休)	同右	無	卷五頁 八〇六
又(江頭日日打頭風)	同右	無	卷五頁 八一二
又(期思溪上日千回)	同右	無	卷五頁 八一五
虞美人(羣花泣盡朝來露)	卷十一	乙集	卷二頁 三九八
又(翠屏羅幕遮前後)	同右	乙集	卷二頁 二一九
又(一杯莫落他人後)	同右	乙集	卷二頁 二二〇
又(當年得意如芳草)	同右	乙集	卷四頁 五二九
又(夜深困倚屏風後)	無	乙集	卷二頁 二二一
摸魚兒(更能消幾番風雨)	卷五	甲集	卷一頁 九六
又(望飛來半空鷗鷺)	同右	甲集	卷一頁 五四
滿江紅(鵬翼垂空)	卷四	甲集	卷一頁 七
又(快上西樓)	同右	甲集	卷一頁 一五
又(美景良辰)	同右	無	卷一頁 一七
又(點火櫻桃)	同右	無	卷一頁 一九
又(可恨東君)	同右	甲集	卷一頁 一一三
又(家住江南)	同右	乙集	卷一頁 二
又(落日蒼茫)	同右	甲集	卷一頁 五六

又(絶代佳人)	同右	乙集	卷二頁 三六四
又(紫陌飛塵)	同右	無	卷五頁 七九八
又(宿酒醒時)	同右	丙集	卷三頁 四八一
又(漢節東南)	同右	無	卷三頁 四七四
又(幾箇輕鷗)	同右	丙集	卷四頁 五七八
又(半山佳句)	同右	無	卷四頁 六五八
又(我對君侯)	同右	丁集	卷四頁 五七九
又(老子平生)	同右	無	卷四頁 七四一
又(兩峽嶄巖)	同右	無	卷四頁 七四二
又(老子當年)	無	無	卷六頁 八五三 原見稼軒集鈔存
滿庭芳(傾國無媒)	卷六	丙集	卷一頁 一二一
又(急管哀絃)	同右	無	卷一頁 一二四
又(柳外尋春)	同右	甲集	卷一頁 一二六
又(西崦斜陽)	同右	丙集	卷四頁 五八五
漢宮春(春已歸來)	卷六	丙集	卷一頁 一
又(行李溪頭)	同右	乙集	卷四頁 五七七
又(秦望山頭)	同右	無	卷五頁 七八八

又（何物能令公怒喜）	同右	無	卷二頁　一七三
踏莎行（夜月樓臺）	卷七	無	卷二頁　三八八
又（弄影闌干）	同右	無	卷二頁　三八九
又（進退存亡）	同右	丙集	卷二頁　一六一
又（吾道悠悠）	同右	無	卷四頁　五九一
又（萱草齊階）	無	無	卷六頁　八四五　原見稼軒集鈔存
踏歌（攧厥）	無	甲集	卷二頁　三二七
醉太平（態濃意遠）	卷十二	無	卷二頁　四一七
醉花陰（黄花漫説年年好）	卷十二	丁集	卷二頁　四一六
醉翁操（長松）	卷六	丁集	卷二頁　三八五
憶王孫（登山臨水送將歸）	卷十二	乙集	卷二頁　四一九
糖多令（淑景鬪清明）	無	乙集	卷一頁　一五〇
謁金門（遮素月）	卷十二	丁集	卷二頁　三八二
又（山吐月）	同右	丁集	卷二頁　三八三
又（歸去未）	同右	無	卷四頁　五六六
又（山共水）	無	無	卷六頁　八四一　原見稼軒集鈔存
錦帳春（春色難留）	卷十二	丙集	卷四頁　六七八

又（手種門前烏桕樹）　同右　無　卷四頁　七八二
又（手撚黃花無意緒）　同右　無　卷四頁　五六五
又（憶醉三山芳樹下）　同右　丁集　卷四頁　五三〇
又（冷雁寒雲渠有恨）　同右　無　卷四頁　五三二
又（一自酒情詩興嬾）　同右　丙集　卷四頁　五六一
又（夜語南堂新瓦響）　同右　丁集　卷四頁　五六二
又（六十三年無限事）　同右　無　卷四頁　七六二
又（窄樣金杯教換了）　同右　無　卷四頁　五六三
又（莫笑吾家蒼壁小）　同右　丁集　卷四頁　七五五
又（鼓子花開春爛熳）　同右　丙集　卷四頁　七六三
又（醉帽吟鞭花不住）　同右　無　卷四頁　七六三
又（祇恐牡丹留不住）　同右　無　卷四頁　五七四
又（老去渾身無着處）　同右　無　卷五頁　八一四
又（偶向停雲堂上坐）　同右　無　卷五頁　八一四
醜奴兒（晚來雲淡秋光薄）　卷十一　無　卷二頁　二三三
又（尋常中酒扶頭後）　同右　無　卷二頁　二三四
又（煙蕪露麥荒池柳）　同右　甲集　卷二頁　二四〇

又（溪邊白鷺）	同右	丁集	卷四頁　七八四
又（少年風月）	同右	無	卷四頁　六七七
又（風流標格）	無	乙集	卷四頁　五五一
又（轎兒排了）	無	乙集	卷四頁　五五二
蘇武慢（帳暖金絲）	無	無	卷六頁　八五三　原見稼軒集鈔存
蘭陵王（一丘壑）	卷一	丙集	卷四頁　五一〇
又（恨之極）	同右	無	卷四頁　六一八
驀山溪（小橋流水）	卷六	丙集	卷四頁　五九七
又（飯蔬飲水）	同右	丙集	卷四頁　五八二
又（畫堂簾捲）	無	無	卷四頁　五九八　原見詩淵第二十五册
鷓鴣天（聚散匆匆不偶然）	卷九	丙集	卷一頁　七二
又（別恨粧成白髮新）	同右	無	卷一頁　七六
又（樽俎風流有幾人）	同右	無	卷一頁　七七
又（晚日寒鴉一片愁）	同右	甲集	卷二頁　三二六
又（陌上柔桑破嫩芽）	同右	乙集	卷二頁　三二七
又（撲面征塵去路遥）	同右	甲集	卷一頁　七八
又（唱徹陽關淚未乾）	同右	甲集	卷一頁　七九

又(山上飛泉萬斛珠)　同右　乙集　卷四頁　七八五
又(漠漠輕陰撥不開)　同右　乙集　卷二頁　二七五
又(句裏春風正剪裁)　同右　丙集　卷二頁　四四五
又(千丈冰溪百步雷)　同右　乙集　卷二頁　二七六
又(雞鴨成羣晚未收)　同右　丙集　卷二頁　二七七
又(春入平原薺菜花)　同右　乙集　卷二頁　二六八
又(水荇參差動緑波)　同右　丁集　卷四頁　五九九
又(石壁虚雲積漸高)　同右　丙集　卷四頁　六三七
又(欹枕婆娑兩鬢霜)　同右　乙集　卷四頁　五一八
又(掩鼻人間臭腐場)　同右　丙集　卷四頁　六二七
又(翰墨諸公久擅場)　同右　丙集　卷四頁　六二八
又(自古高人最可嗟)　同右　丙集　卷四頁　六〇〇
又(抛却山中詩酒窠)　同右　無　卷三頁　四七一
又(點盡蒼苔色欲空)　同右　丙集　卷三頁　四八三
又(病繞梅花酒不空)　同右　丙集　卷三頁　四八四
又(桃李漫山過眼空)　同右　無　卷三頁　四八五
又(出處從來自不齊)　同右　丁集　卷四頁　六〇一

又（秋水長廊水石間）	同右	丁集	卷四頁　六四〇
又（萬事紛紛一笑中）	同右	丙集	卷四頁　五八四
又（欲上高樓去避愁）	無	丁集	卷三頁　五〇二
又（一片歸心擬亂雲）	無	丁集	卷一頁　一五一
又（剪燭西窗夜未闌）	無	無	卷六頁　八四〇　原見稼軒集鈔存
戀繡衾（夜長偏冷添被兒）	卷十二	無	卷一頁　一四八

再版後記

家父鄧廣銘有關南宋愛國詞人辛棄疾（稼軒）的研究，主要有辛稼軒年譜、辛棄疾（稼軒）傳、稼軒詞編年箋注、辛稼軒詩文箋注等四部著述傳世，被學人譽爲這一領域中的「史家絶唱」。其中，稼軒詞編年箋注（修定本）一書，尤其是家父積數十年之功，研究心血凝聚之結晶。

稼軒詞編年箋注與家父的許多著作一樣，在他一生中經過了反復的修改、增訂乃至大幅改寫。本書初稿於一九三七年至一九三九年間編撰完成；五十年代中，在原基礎上修訂補充後，一九五六年首次交出版社印行；一九六二年進行首次增訂；十年浩劫之後，一九七八年由上海古籍出版社重印。經長達十四年之久的再度修訂補充，增訂三版於一九九三年再由上海古籍出版社出版；該書面世後，受到了海内外學術界的廣泛好評。就在這一增訂本出版之後，家父又陸續進行新的修訂補充，以他顫抖卻有力的筆觸，留下的改動多達百餘處。從一九三七年到一九九七年，這一部專著的創作歷程前後竟達整整六十年之久。

家父生前與上海古籍出版社有着長期密切的學術合作關係，稼軒詞編年箋注的數次修訂出版，都是在該社直接支持下完成的。二〇〇六年夏，高克勤先生代表社方與我們聯繫，希望再度印行稼軒詞編年箋注，以嘉惠學林；得知家父留有新的修訂，當即表示會充分反映到新版增訂本中。家父遺願得以實現，學界得以獲睹修訂後的成就，我們衷心地感謝上海古籍出版社的鼎力襄助。

鄧小南　丙戌初冬於臺灣新竹清華園

稼軒詞編年箋注

[宋]辛棄疾　著
鄧廣銘　箋注

圖書在版編目(CIP)數據

稼軒詞編年箋注／(宋)辛棄疾著；鄧廣銘箋注.
—上海：上海古籍出版社，2016.8(2023.12 重印)
(中國古典文學叢書〔典藏版〕)
ISBN 978-7-5325-7979-2

Ⅰ.①稼… Ⅱ.①辛… ②鄧… Ⅲ.①宋詞—注釋
Ⅳ.①I222.844

中國版本圖書館 CIP 數據核字(2016)第 037990 號

中國古典文學叢書〔典藏版〕
稼軒詞編年箋注
(全二册)
［宋］辛棄疾 著
鄧廣銘 箋注
上海古籍出版社出版發行
(上海市閔行區號景路 159 弄 1-5 號 A 座 5F　郵政編碼 201101)
(1)網址:www.guji.com.cn
(2)E-mail:guji1@guji.com.cn
(3)易文網網址:www.ewen.co
浙江新華數碼印務有限公司印刷
開本 890×1240　1/32　印張 32.25　插頁 13　字數 550,000
2016 年 8 月第 1 版　2023 年 12 月第 7 次印刷
印數 9,551—10,650
ISBN 978-7-5325-7979-2
I·3018　定價：198.00 元

典藏

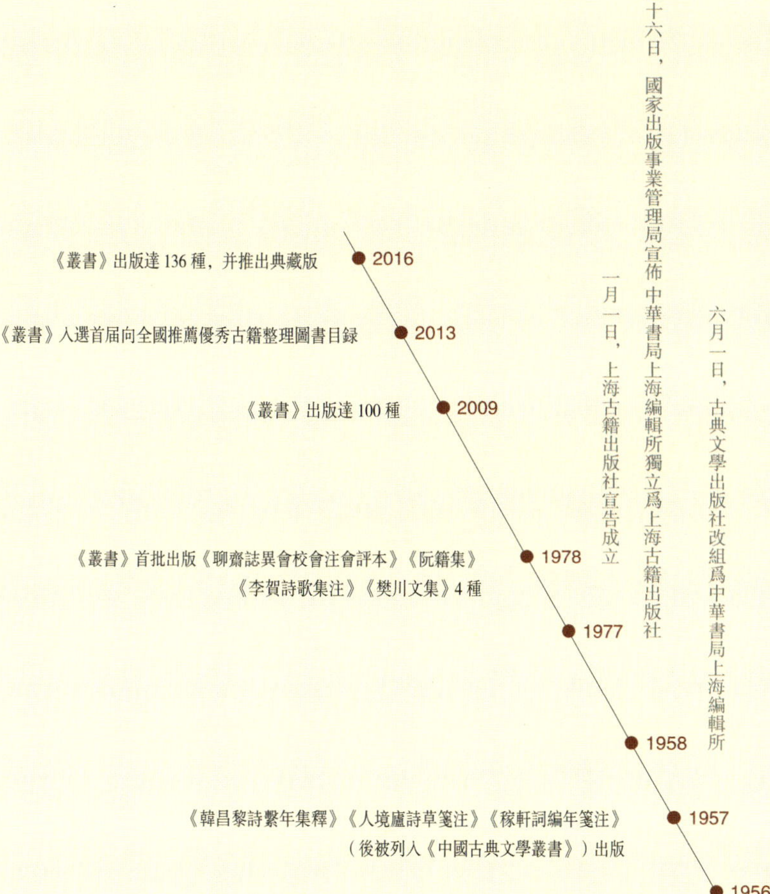

2016
《叢書》出版達136種，并推出典藏版
2013
《叢書》入選首屆向全國推薦優秀古籍整理圖書目録
2009
《叢書》出版達100種
1978
《叢書》首批出版《聊齋誌異會校會注會評本》《阮籍集》《李賀詩歌集注》《樊川文集》4種
一月一日，上海古籍出版社宣告成立
1977
十二月二十六日，國家出版事業管理局宣佈中華書局上海編輯所獨立爲上海古籍出版社
1958
六月一日，古典文學出版社改組爲中華書局上海編輯所
1957
《韓昌黎詩繫年集釋》《人境廬詩草箋注》《稼軒詞編年箋注》（後被列入《中國古典文學叢書》）出版
1956
十一月一日，古典文學出版社成立

鄧廣銘（一九〇七－一九九八），字恭三。山東臨邑人。曾任北京大學教授。

稼軒長短句卷之一

哨遍

秋水觀

蝸角鬬爭左觸右蠻一戰連千里君試思方寸此心微總虛空并包無際喻此理何言泰山毫末從來天地一稊米嗟小大相形鳩鵬自樂之二蟲又何知記跖行仁義孔丘非更殤樂長年老彭悲火鼠論寒氷蟄語熱定誰同異　噫貴賤隨時連城纔

元大德本《稼軒長短句》

稼軒詞編年箋注

例言

一、辛詞刊本，系統凡二：曰四卷本，今可得見者有汲古閣影宋鈔本、吳訥唐宋名賢百家詞本；曰十二卷本，今可得見者有李濂批點本、王氏四印齋影元大德廣信書院本。茲編即依據上述各本，彙合比勘，益以法式善辛啟泰所輯辛詞補遺，共得詞六百二十有　首。

一、法式善辛啟泰所輯辛詞補遺，為詞凡三十六首，據云皆採自永樂大典者。其中見於四卷本者四首，見於信州本者一首，誤收朱希真樵歌者二首。所餘之二十九首，就其題中所及之人地事蹟考之，如「出塞春寒有感」等，與辛氏事歷多難脗合，疑其間贗品尚多，以無可確証，姑錄而存之。

一、趙斐雲（萬里）先生曾取花庵詞選、陽春白雪、全芳備祖，以及草堂詩餘、翰墨全書等，與四卷本及信州本精校一過，茲編各詞校語，什九皆迻錄趙

鄧廣銘先生手稿

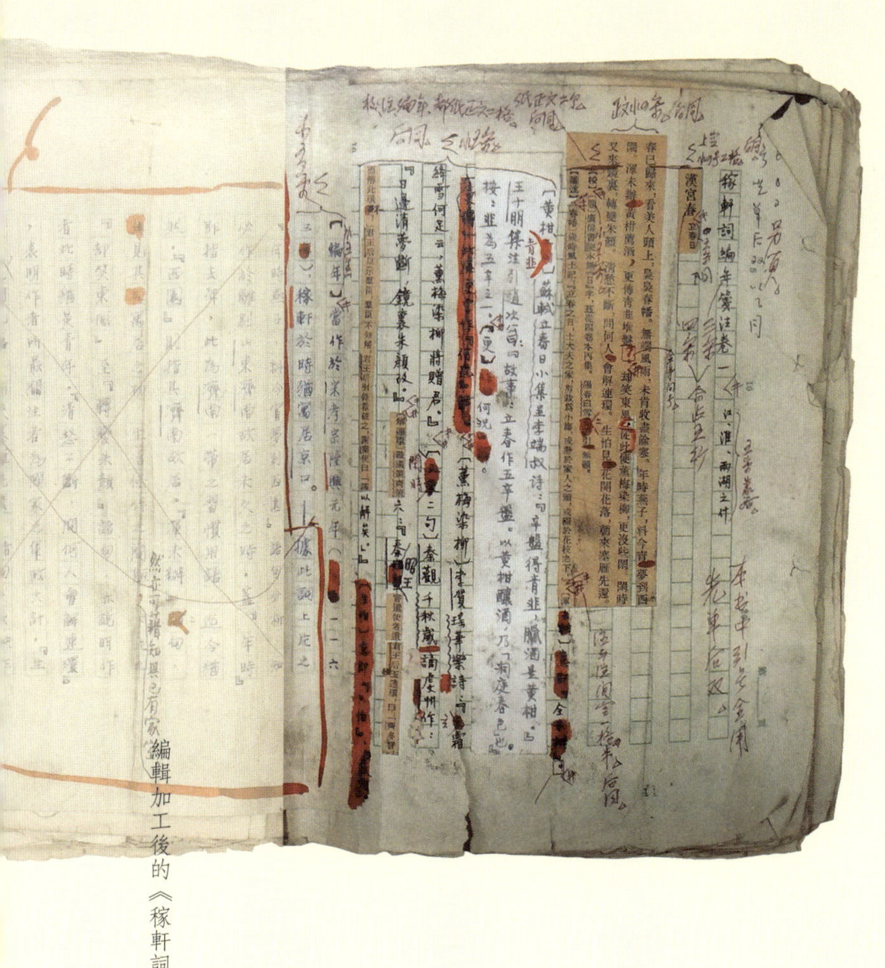

編輯加工後的《稼軒詞編年箋注》原稿

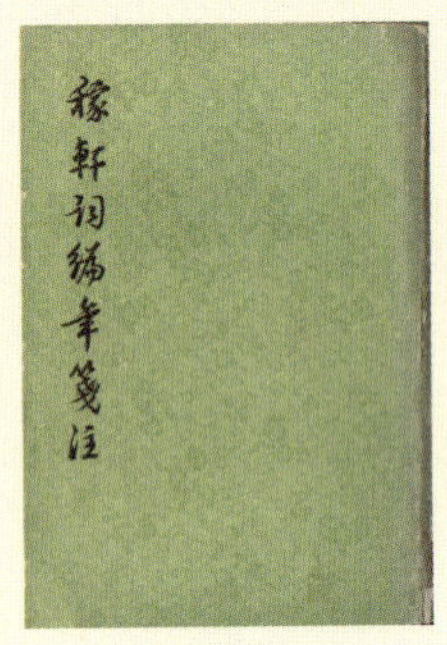

①

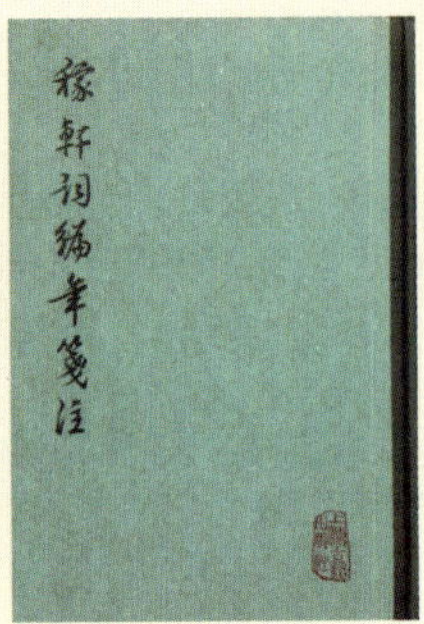

②

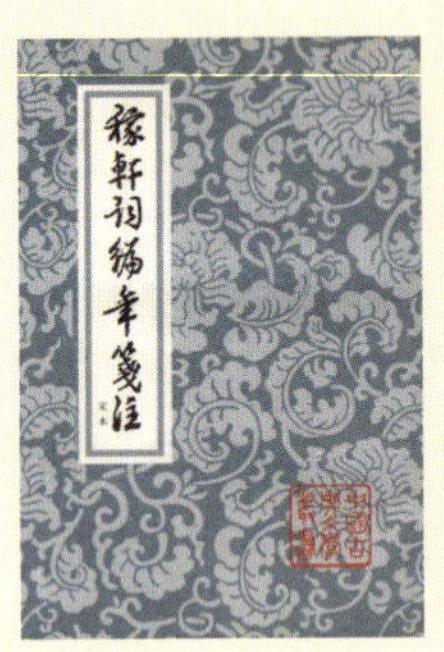

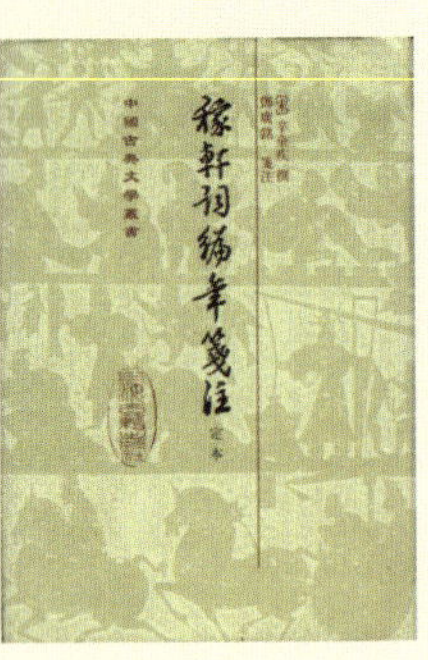

③

本社歷年諸版書影

① 一九五七年版
② 一九七八年版
③ 《中國古典文學叢書》版

稼軒詞編年箋注總目

增訂三版題記

一

自從一九七八年上海古籍出版社將稼軒詞編年箋注又一次重印之後，由於印數較大，發行面較廣，各地的讀者和專家當中，有很多人先後致函給我，提出了一些需要訂正或補充的意見。這使我受到了很多的教益，同時，也受到了很大的鞭策。我不能把這一大批很可寶貴的意見束置高閣，若罔聞知。於是，從進入八十年代之初，我就又斷斷續續地對這本箋注進行修訂和補充工作。到今天，爲時已整整十四個年頭了，而我也已經年届耄耋，精力衰憊，記性恍惚，手臂顫抖，作字維艱，只好把這項補正工作告一結束。雖還不應説是草草收兵，但在工作的過程當中，總經常會發生一些「欲罷不能，既竭吾才」和「雖欲從之（指各地來函中的種種建議），未由也已」的感覺。

除這些外來的因素之外，在我自己，在一九六二年進行了那次增訂之後，也時常想到對於辛詞的編年隸事大作一番調整。原因之一，是元大德年間，廣信書院刊行的十二卷本稼軒長短句的影印本剛剛出版，我看到之後，就在增訂再版題記當中寫道："廣信書院所刊十二卷本，對於同調各詞的排列，大致上也是以寫作先後爲序的。當時我還只是粗略地翻讀一過，就已察覺到一些最明顯的例證，如：凡是經范開編入稼軒詞甲集中的各詞，在廣信書院的刊本中，大都編列在各調的最前面，而凡其作於閩憲或閩帥任上的諸詞，則全無置列帶湖所作同調諸詞（此專指其詞題中著有明確年代者）之前者。以後我更進一步細考這個版本的淵源，知其必出自曾任京西南路提刑的稼軒嗣子所編定，由稼軒之孫辛肅請求劉克莊寫了序文（見後村大全集卷九十八）、嗣即在上饒予以刊行的那部只收詞而不收詩的辛稼軒集（見後村詩話後集卷二）。既是如此，則凡收録於廣信書院本中的全部辛詞，自不至有贋品羼入；而其中對同調各詞的編置次第，對於辛詞的編年也具有極大的參考價值。其中雖也間有先後參差錯出之處，那大概是出於編集者見聞之所不及、推考之偶爾不當之所致。對於這類問題之凡有蛛絲馬迹可考者，自當另行考求其寫作時次；其確實難於考定者，則斟酌編置於可以考定作者之同調某首之前或後。本擬根據這一新的認識立即着手進行改編，不料不久就發生了繼續到十年之久的"文化大革命"，遂致在一九七八年重印時，所用的仍是一九六二年增訂的那個舊版。

另一原因，是我在八十年代之初，經鉛山縣檔案館的友人，輾轉借到了鉛山辛氏宗譜的第一本（據説全書共五本，其餘四本，藏有此譜的辛姓人家祕而不肯示人）。這一本宗譜中所收録的資料，出於明清人僞造者什居七八，但有一篇宋兵部侍郎賜紫金魚袋（辛公）稼軒歷仕始末，儘管其中脱誤甚多，却確是出自南宋末年人手筆，因而是極富史料價值的一篇文字。清朝嘉慶年間江西萬載縣辛啓泰編寫的辛稼軒年譜中，對於稼軒誕生的年月日時以及稼軒逝世後家中的景況，必即是根據此文寫成的。只因辛啓泰並未因編撰稼軒年譜而去廣泛地翻閲有關書册，從而對於這篇歷仕始末也未能充分加以利用。

元刻廣信書院十二卷本稼軒長短句是經過清代的著名校勘家黄丕烈、顧廣圻等人校勘過的，依照此本翻刻的王鵬運的四印齋印本，更爲近代研究辛詞者所易見。但直到要編寫稼軒年譜問世的梁啓超，都没能從中覺察出它所涵藴的這一特徵，自鄶以下更不足論了。

宋兵部侍郎賜紫金魚袋（辛公）稼軒歷仕始末一文，對於述寫辛稼軒的生平事蹟自極重要。我在三十年代所編撰的稼軒年譜中，凡其僅僅以辛啓泰所編年譜爲依據者，除有關稼軒子嗣後裔部分外，幾均可在此文中找得其更較原始之出處。而從宋孝宗乾道元年至三年的稼軒行蹤，過去長時期内未得解決，我還曾經根據詞中涉及吴江的幾句話，而假定此三年爲稼軒被投閑置散而流落吴江的時期。從歷仕始末中却看到了他在任江陰軍簽判之後繼即改任廣德軍通判，遂使多年空白藉得填補。於此可見，歷仕始末對於稼軒詞的編年也有極大的用處。單是其中的「初寓京口」一句，便遞送給我們一道信息：辛稼軒在「錦襜突騎渡江初」的紹興三十二年（一一六二)，便已有了家室，亦即和稍前於他寓居京口的范邦彦之女、范如山之妹成婚了。其時稼軒爲二十三歲，女方年齡亦與之相當。這樣，我就把原編入「作年莫考諸什」中的一首作於立春日的漢宮春，認定爲稼軒渡江後第一篇創作。因爲，據詞中的「年時燕子，料今宵夢到西園」句，知其違別故鄉濟南僅及一年；「却笑東風……又來鏡裏，轉變朱顏」諸句，爲稼軒以「朱顏」形容自己面貌僅有的一次，知其確作於青年期内；而「渾未辦黄柑薦酒，更傳青韭堆盤」兩句，也正説明新建立的家庭，在飲食居住等條件上還都很簡陋。既確定稼軒與其夫人爲同齡，則據其「壽内子」的浣溪沙詞中之「兩人百歲恰乘除」句，又可斷定此詞必作於淳熙十六年(一一八九)家居上饒之時(至其專言「壽内子」者，則必是二人僅爲同年，而出生月日並不相同之故)。從上舉二三例證，當可概見歷仕始末這一短文所寓有的史料價值，是大可予以充分考索和利用的。

既有因稼軒詞編年箋注在一九七八年的大量印行而引致讀者提示給我的無數補正意見，又有我從影印元刻本稼軒長短句受到啓發而久積於懷的要把編年大作一番調整的篤願，又從鉛山辛氏宗譜獲見自萬載辛啓泰以後二百年來的辛詞研究者都未得見的宋兵部侍郎賜紫金魚袋(辛公)稼軒歷仕始末；這次的對稼軒詞編年箋注和辛稼軒年譜的大幅度增補訂正工作，就在這種種主客觀的形勢下開始了。至其成爲一種馬拉松式的工作，前後持續了十年以上的時間，則是我的始料所不及的。

二

回想半個世紀之前，當我最初着手於稼軒詞編年箋注的編撰時，業師傅斯年先生曾告誡我說，最好能把書名中的「箋注」改爲「箋證」，亦即只把涉及稼軒詞本事的時、地、人等等考索清楚，把寫作的背景烘托清楚即足；對於典故的出處則可斟酌其關係之重要與否，有選擇地注出，而不必一一遍加鈎稽；至其脱化於前人詩詞之語句，則注之不可勝注，自以一概不注爲宜；各詞寫作年月，其明確易知者固可爲之編定，却不應曲事牽合，强爲繫年，以免或失魯莽，或失穿鑿。傅先生還鄭重地向我説道，千萬不能把此書作成仇兆鰲的杜詩詳註那樣，仇書作得確實够詳、够繁瑣了，但那只是供小孩子閲讀用的，對於真正研究杜詩的人究竟能起多大作用呢？（以上僅記其大意如此。）對於傅先生的這些意見，有的我在編寫詞箋的過程中接受了，所以從一九五七年的印本直到一九七八年的印本的第五卷，都標著爲作年莫考諸什，而在另外的五卷中，明確加以繫年的，共不過二百二三十首。對於典故出處及詞句之脱化前人者之處理，則只是部分地接受了傅先生的意見而非完全照辦，所以在書前的例言當中，就寫有這樣一條：「兹編之注釋，唯以徵舉典實爲重。其在詞藻方面，則融經鑄史，驅遣自如，原爲辛詞勝場之一，故凡其確爲脱意前人或神化古句者，亦皆爲之尋根抉原，注明出典；至如字句之訓詁以及單詞片語之偶與古作相合者，均略而不注。」儘管在初稿當中，也有許多並不符合這些原則之處。至於書名，我也没有把「箋注」改爲「箋證」。

不料一九五七年初版印行之後，不久就有人發表文章，批評這本書的注釋過於簡陋了；也還有幾位素不相識的專家學者，例如劉永滔、李伯勉諸先生，直接寫信給我，連續不斷地提供我許多應當增補的資料；再結合我自己隨時覺察到的一些應行補正之處，便動手進行了一些修改和增補。以後於每次印行前又遞加修正，成爲一九六二、一九六三和一九七八諸年的印本。這幾次印行的版本，在箋注的一些方面已經突破了初版例言和題記當中所設定的各種準則了。

把兩宋的詞人劃分爲豪放派和婉約派，我自來是並不認爲十分恰當的。但不論分與不分，辛稼軒在兩宋詞人當中應是名列前茅的大作家，其影響之大，感染力之强，都爲其他詞人的作品之所不能比擬，我想，這已經是得到了公認的一樁事實。其所以能够如此，除了因爲他是一個民族志士和英雄豪傑人物，當全民族正處於最艱苦困難的時期，他能够懷着高昂的激越奮發情緒，代表着那一代人而唱出時代的最强音，亦即具有最高的思想境界和最深厚的感情原素之外，在其寫作的布局命意和藝術加工方面，必定也有遠非其他詞人所可跂及之處。而這些，又必定都是出於辛稼軒的生活、學識和藝術的素養，而決非臨時濬之使深、築之使高的。然而我自己，却是一個從來不曾涉及於詩詞創作領域的人，既然不曾有這方面的實踐，怎能對稼軒詞的寫作技藝有確切而且深透的理解呢？因此，不論在編寫這本箋注的初稿時，或在一九六二年以及今次的增訂修改過程中，對於這一問題，我一直爲了藏拙，避而不談。只因在一九六二年以來的印本中，我把略論辛稼軒及其詞一文置諸卷首，題目雖標明了「論稼軒詞」，實際上所論却只是極爲膚淺的幾點。那位素未謀面而却爲這本詞箋的增改已經提供了無數意見的劉永濬先生（他已在十年浩劫中去世），看到我的這篇文字之後，又特地寫信給我，對辛詞在寫作方面的特點，提出了幾條意見。遺憾的是，當他在世之時未及將此信收録於辛詞箋注當中，現在就趁此書增訂改版的機會，全文照録於此，聊以稍補本書的闕失，稍袪我的幾許遺憾，並藉與讀者共賞。

再版增入略論辛稼軒及其詞一文，爲讀者先介紹作者及作品之概要，確屬必要。文中對政治方面陳敍甚詳，關於詞的藝術特點方面，只提創作態度一點，似太單薄。以濬之意，此文不啻詞集的代序也。

辛詞如感皇恩上片述讀莊子的感想，下片述聞朱晦菴即世的感慨；六州歌頭告鶴三事，上片述二事，下片述一事；賀新郎上片述離別三事，下片述二事；又一闋「賦琵琶」，則將琵琶故實分别在上下片吟詠：都打破了前後兩片成規。辛詞喜掉書袋，他的用事，如前述賀新郎等，都是堆垛式的，我認爲這是一種堆假山的手法，也和别人不同。辛的白話詞，是效法李易安的。除醜奴兒近外，如尋芳草（「調陳莘叟憶内」）、糖多令（「淑景鬭清明」）、好事近（「醫者索酬勞」）、鵲橋仙（「送粉卿行」）、西江月（「醉裏且貪歡笑」）等，雖是白話詞，却都是文人吐屬，和柳耆卿一派的市井腔調頗有不同。這三點似乎都可以作介紹。當否請酌。

劉永濬先生信中對於幾首辛詞的寫作技巧的論析，雖已全録於此，但也只能起發凡起例的作用，他所没有論述的大量的辛詞，就請辛詞的研究者們憑靠各自的理解和認知去進行辨析吧，這對我來説依然是無能爲力的。

除了對辛詞的結構和布局，從形式上探求其藝術手法外，對於大量的辛詞的意藴，即其託言於此而寄意言外的所謂「寄託」，自也應予以探索和闡發。但這所謂寄託，只能以具有深遠隱微的旨意爲限，而並不是打啞謎，作密電碼，因而不能用猜謎底、破密碼和作紅樓夢索隱的辦法去考求和對待。然而前代詞家之闡發辛詞之寄託者，却每每不免於那樣的取向。儘管其中也偶有「不幸而言中」之處，而一般説來，則或出穿鑿，或出附會，我却是大都不以爲然的。我在撰寫此書的初稿時，在例言中所列的如下一條：「明悉典實則詞中之涵義自見，揆度本事則作者之宅心可知。越此而往，舉凡鑿空無據之詞，游離寡要之説，所謂『衹謂攬心、胡爲析理』者，兹編概不闌入。寧冒釋事忘意之譏，庶免或臆或固之失。」説穿了，這一條就全是針對上述那種取向而發的。我也常暗自發笑，我的這種做法，大似王安石注經時對「先儒傳注，一切廢不用」的辦法了。所以，在這本箋注先後印行了幾版之後，一位友人告我説：不論他或其他讀者，從此書所得的印象，同樣是：它是出自一個歷史學者之手，而決非出於一個文學家或文學史家之手的。這個評語的涵義，不論其爲知我罪我，我總認爲它是非常恰當和公允的。

三

稼軒詞編年箋注一九七八年的重印本，印數爲二十五萬册，印行僅及一年即全部銷售一空，總應算作暢銷書吧。其所以能够暢銷，主要是因爲十年浩劫剛剛結束，各地的學術研究工作蓬勃開展，青年學子的讀書和學習的氣氛也異常濃厚，對這本書的需求量自也隨之加大。然而好景不常，到了八十年代的中期，學術文化以及出版界的情況便都發生了巨大的逆轉：在大氣候中，學術研究氣氛似乎已成了過眼雲煙，而青年學子的厭學情緒也突然襲來，以致出版界再也不肯考慮這本編年箋注及其同類書的印行問題了。這就是造成我在這篇題記開頭所説的這次修訂增補工作的馬拉松式的主要原因。

在進行修訂增補的最初階段，我本是把我自己的一些想法（例如充分利用廣信書院本各個詞調的序列重行編年，把原標「作年莫考諸什」的第五卷取消，把其中所收各詞儘可能考求其作年，或彙集於作年可考諸詞的前後，等等），把先後所收到的各地讀者來信中所提大量意見，一律交付與遠在哈爾濱一所中學執教的辛更儒君（我把借到的一本鉛山辛氏宗譜也轉借與他，協助他先寫了一篇介紹歷仕始末的文章，並要他在修訂詞箋、年譜時加以充分利用），請他按照我所訂立的幾條原則加以篩選，填補在適當的地方。另外，舊版中引用詩文所注出典太簡略之處（例如引用論語、孟子中的話而未注篇名，引用古人詩文而未注出題目之類），也請他代爲查補。

辛更儒君接受了這一任務後，剪裁舊本，填補新注，有時須寫爲蠅頭小楷，添入字裏行間，費心、費力、費時均極多，頗爲可感。只因從一九六二年以來的各次重印本中，對於某些與詞旨不甚相關的語詞也往往做了注釋，到一九七八年的印本銷行之後，讀者來函中屬於此類的增補意見因亦更多。辛君未能嚴加剔除，遂致較前更嫌蕪雜。更由於我和辛君共同商酌的時間不够多，在編年和隸事方面，也間有未能取得一致意見之處。在他整理修定竣事之後，我雖又從頭到尾草草檢核一過，也多少有所改正，但終不免有些疏略。到一九八五年的夏秋之際，便把全稿寄交上海古籍出版社去審查。出乎意料的是，出版社對此書此次的審查工作特別重視，委託給一位對古代詩詞有精湛研究的老編審陳振鵬先生去做。陳先生對於這本稼軒詞編年箋注的審查工作，嚴肅認真，一絲不苟。他簽貼了數以百計的意見，將全稿寄回，要我參照修改。我翻讀之後，覺得他的意見無不確切諦當：他對於原箋原注中的錯誤，都指點得切中要害；他所建議添換的新的箋注，也都使本書在質量上得到很大提高。例如：

一、在注釋稼軒作於福州的賀新郎（「覓句如東野」闋）中的「對玉塔微瀾深夜」句時，舊版中我原引用了蘇軾江月五首之一中的「一更山吐月，玉塔卧微瀾」兩句，雖已算找到他所從脱化的古句，但對此句及蘇軾原句的意義，還等於並未作出解釋。陳先生乃於簽條中録出蘇軾詩序全文，並引録陸游入蜀記七月十六日的一段記事云：「是夜月白如晝，影入溪中，摇蕩如玉塔，始知東坡『玉塔卧微瀾』之句爲妙也。」以爲據此可知「玉塔」乃指月在水中之倒影。遂使蘇詩辛詞俱獲確解。繼又指明查慎行注蘇詩謂玉塔指惠州豐湖旁之大聖塔之非是，這也解除了讀者的另一誤解：當時有一讀者自福州來信説，淳熙三山志卷七公廨門載：「澄瀾閣，舊西湖樓基，待制趙公汝愚創建。」澄亦作澂，則辛詞中之「微瀾」或即原作「澂瀾」云云。今既知辛詞此句確由蘇詩脱化而來，又知「玉塔」確爲月在水中之倒影，則澂瀾閣之説自無法成立，因玉塔無法卧樓閣中也。

二、世人共知辛稼軒喜在詞中「掉書袋」，却未必都知在他的書袋當中之豐富貯藏，乃是三教九流兼收並蓄的。這自然爲注釋者增加了一定的難度，儻不能跟蹤追尋，便必致多所漏略。例如他的「别成上人併送性禪師」的浣溪沙，開頭的兩句「梅子生時到幾回，桃花開後不須猜」，即均自禪宗機鋒語脱化而來，而我在已經印行的各版中却均未作注。這次訂補，僅將「桃花開後」句在景德傳燈録中找出其淵源，在陳振鵬先生的審查簽條中却把「梅子生時」一句的淵源從五燈會元中找出，不唯將全文録示，並告以景德傳燈録卷七所載此事，而文較簡略，不能表見事之原委，故不宜用。

陳振鵬先生簽提的類似這樣的一些珍貴意見，舉不勝舉，我全已把它們訂補到這次的修訂本中去了。這些意見，既足以表見陳先生對我國古典詩詞具有精湛的研究，也足以説明他的學識的博洽，更足以反映出，他對於一部書稿的審定工作做得如何嚴肅認真。這種種美德，求之於當今各出版社的編審、編輯人員當中，即使不能説絶無僅有，大概也應是屈指可數的吧。因此，我雖迄今與他未得一晤，我却要遥認他爲我的益友，並在此向他致敬致感。

如前文所説，我是一個已經進入耄耋之年的人，老眼昏花，手臂顫抖，查閲書籍，改寫注文，工作效率之低下，經常影響到工作情緒之低落，遲遲復遲遲，也是造成馬拉松式的原因之一，以致到今天纔得告了結。

在此我還須説明，這本箋注雖始終是用我一個人的名字刊行的，但若非從撰寫初稿以來就得到夏承燾、蔣禮鴻諸先生的大力幫助；若非在它幾次刊行的過程中又得到劉永滑、李伯勉諸位素未識面的先生的大力幫助，以及廣大讀者所提示的大量意見；若非從一九七八年以來又得到更大數量的讀者的來函，和陳振鵬先生的大力幫助，它是絶對不會呈現爲目前這個差强人意的增訂三版本的。

另外，詩淵中收有辛詞數十首，經過辛更儒君加以核對，其爲行世諸本稼軒詞集所不收者僅爲以下三首：

水調歌頭（「簪履競晴晝」闋）

感皇恩（「露染武夷秋」闋）

蕎山溪(「畫堂簾捲」闋)現一併收録編次於此增訂本中。與前此印行各版所收之六百二十六首相加,共爲詞六百二十九首。

四

題記到此本已結束,然而我却還想「曲終奏雅」。

從寫作藝術到語詞涵藴,從隱婉到寄託,從意象到境界,都置之不論,對於一本辛詞箋注來説,總是令人遺憾的極大缺陷。這原也是使我多年以來極感尴尬困窘、經常耿耿於懷的一個問題。所幸是,在近十多年内,我從各地的報刊上,讀到了加拿大英屬哥倫比亞大學教授葉嘉瑩女士(華裔)的許多篇縱論唐宋詩詞的文章,其中包括了論稼軒詞的許多篇。其文章議論皆渾融灑脱,恢閎開廓,曲彙旁通,而又全都在於反覆闡發其主題。用四川大學教授繆彦威(鉞)先生在靈谿詞説後記中的話來説,那就是:一方面葉教授和繆先生本人一樣,「由於多年來創作實踐的經驗,深知其中甘苦,因而更能理解、探求古代作家在其作品中所藴含的幽情微旨,而賞析其苦心孤詣的精湛藝術」;另一方面,則是葉教授之論文學,「能兼融中西,自建體系,汲取中國傳統文字理論之靈悟慧解,而運用西方思辨之法作清徹透闢之分析説明」。其「研治中國古典詩詞,觀察鋭敏，思考深沉，既能旁搜遠紹，又能索隱（廣銘按：此非紅樓夢索隱式之索隱）探微，所樹立之精義，開拓創新，論證詳覈」。繆先生的這些話，是綜括了葉教授的全部講論詩詞的文章而發的，但如專用在她論述稼軒詞的幾篇文章上，也無不確切諦當。葉教授論稼軒詞的文章現在收入她與繆鉞先生合寫的靈谿詞説中的，雖只是論辛棄疾詞一篇，而這一篇論文的主旨，却是要把辛詞内容的方面之廣與風格的變化之多，作一次「將『萬殊』歸於『一本』的嘗試」。她寫道：

第一，我們該注意到的是，辛詞中感發之生命，原是由兩種互相衝擊的力量結合而成的。一種力量是來自他本身内心所凝聚的帶着家國之恨的想要收復中原的奮發的衝力，另一種力量則是來自外在環境的，由於南人對北人之歧視以及主和與主戰之不同，因而對辛棄疾所形成的一種讒毁擯斥的壓力，這兩種力量之相互衝擊和消長，遂在辛詞中表現出了一種盤旋激蕩的多變的姿態，這自然是使得辛詞顯得具有多種樣式與多種層次的一個主要的原因。第二，我們該注意到的，則是辛詞中之感發生命，雖然與當日的政局及國勢往往有密切之關係，但辛氏却絶不輕易對此做直接的敍寫，而大多是以兩種形象做間接的表現。一種是大自然界的景物之形象，另一種則是歷史中古典之形象。這種寫法，一則固然可能由於辛氏對於直言時政有所避忌，再則也可能是由於辛氏本身原具有强烈的感發之資質，其寫景與用典並不僅是由於有心以之爲託喻，而且也是由於他對於眼前之景物及心中之古典本來就有一種豐富的聯想及强烈的感發。這自然是使得辛詞顯得具有多種變化與多種層次的另一個重要的原因。

在這裏，她確實寫出了辛詞的「由一本演爲萬殊的變化」的契機所在，甚至對幾百年來詞家所常道及的，寓貶抑之意多於贊揚的所謂「掉書袋」，也得到極爲通達的解釋，讀來令人深有怡然理順之快感。在此之後，她引録了稼軒的題爲「過南劍雙溪樓」的水龍吟詞全文，並結合題爲「登建康賞心亭」之水龍吟、「更能消幾番風雨」之摸魚兒諸詞加以闡發解析，作爲其對辛詞「一本萬殊之特質」的例證。

葉文又進而從語言方面和形象方面談辛詞的藝術手段。她寫道：

辛詞既能用古又能用俗，在詞史上可以説是語彙最爲豐富的一位作者，而尤以其用古方面最爲值得注意。……其更可注意者，乃是他即使在「别開天地，横絶古今」、「牽雅、頌入鄭、衛」的「大聲鏜鞳」的作品中，却也仍保有了詞之曲折含藴的一種特美，雖然極爲豪放，但却絶無淺率質直之病，這纔是辛氏最爲了不起的使千古其他詞人皆莫能及的最爲可貴的成就。……

在論述辛詞在使用形象方面之藝術手段時，葉文又引録了題爲「靈山齊菴賦」的沁園春詞的全文，而依循她認爲「關懷國計民生一心想恢復中原的志意與理念，一直是其貫穿於萬殊之中的一本」這一主旨而進行剖析和闡發，所論也極爲精彩。我在此只摘引其闡發詞中「檢校長身十萬松」句的一段爲例：

……而下句之「檢校長身十萬松」，則又把此一份不甘投閒置散的心情結合着眼前的景物做了極爲形象化的敍寫，遂於言外表現了極深重的悲慨。而其感發之作用則主要乃在辛氏於「十萬松」之名物形象之上所用的「長身」兩字的形容詞，以及「檢校」兩字的動詞。蓋「檢校」乃檢閱軍隊之意，「長身」乃將松擬人之語。曰「檢校長身十萬松」，是直欲將十萬松視爲十萬長身勇武的壯士之意，則辛氏之自憾不能指揮十萬大軍去恢復中原的悲慨，豈不顯然可見。而此詞開端之將羣山擬比爲回旋奔馳之萬馬的想像，則又正與此句之將松樹擬比爲十萬大軍的想像互相映襯生發，遂使此詞傳達出一份强大的感發之力量。

我對葉嘉瑩教授論辛棄疾詞的鈔引到此爲止。我希望這本箋注的讀者，儘可能都親自去閱讀她的這篇原作的全文，這主要不是爲了「奇文共欣賞」，而是要藉以補拙著的一大缺陷，以提高和加深對稼軒作品的領悟。

鄧廣銘　一九九一年六月二十日初稿，九月十五日改完於北京大學之朗潤園

初版題記

這本稼軒詞編年箋注，是我在一九三七到一九三九兩年多的時間内編寫起來的，距今已經是將近二十年的事了。一九四一年曾由商務印書館排好書版，後以紙張缺乏，一直未能付印。近兩年内，我又斷斷續續地就稿本進行了一些修改和補充，成爲現在即將付印的這一本。

我是一個從事於歷史科學工作的人，對於我國的一些古典文學名著和偉大作家，雖也喜歡閱讀，有所愛好，但也只是有所愛好和喜歡閱讀而已；對於其中的任何一部名著或任何一位作家，都不曾進行過深入的研究。我之所以從事於這部稼軒詞編年箋注的編寫工作，事實上也仍是在我鑽研歷史問題的過程中所經行的一段彎路。是因爲，在一九三五到一九三七年間，我正在攻治兩宋和遼金歷史上的一些問題，特别是有關宋遼和宋金之間的和戰問題，以及這一歷史時期内的政治經濟和思想學術方面的一些問題。在工作的進行當中，南宋的幾個比較突出的富有愛國思想的學士大夫和社會活動家，例如大倡功利主義的陳龍川（陳亮），以愛國詩人著稱於世的陸放翁（陸游）和具有多方面才智的英雄豪傑人物辛稼軒等人，便特别吸引了我的注意，使我發生了很大的興趣。他們的一些言論著作和實際活動，都加深了我對於當時某些事件和問題的理解和認識。在一一六〇到一二〇七這四十多年内的宋金鬭争當中，辛稼軒更佔有比較重要的地位。爲求明瞭他在這一歷史時期内的具體活動和主要貢獻，我便去翻覽前人已經寫成的幾種著述：清代辛啓泰所編的稼軒年譜和稼軒集抄存，近人梁啓超所編的辛稼軒先生年譜和梁啓勳所編的稼軒詞疏證等等。不料在翻讀過上述各書之後，我所希圖解決的問題竟完全没有獲得解決。關於辛稼軒如何起而反抗金人的統治，關於他在投歸南宋以後四十多年之内的用舍行藏諸大端，載在上舉諸書當中的，彼此之間既有種種的分歧，而取與當時一些有關的歷史事件相參證，也幾乎全都不能入扣合拍。真所謂治絲愈棼。既不能「因人成事」，這便使我下定決心，要繞行大段彎路，要親自動手編寫一本稼軒年譜，如有可能，且要把稼軒詞的寫作時次加以排比。

辛稼軒的詩文集早已失傳了，在現存的一些南宋後期人的文集内也找不到他的行狀碑銘之類的比較直接、比較完整的傳記資料。因而，在我既經決定要從事這一工作之後，凡披覽所及，只要是南宋以來的史册或他種書誌，我總要注意其中有無關涉到稼軒及其親朋師友的什麽記載，有時且專爲這一目的而去翻檢某些書籍。只要在其中遇到有關材料，我便細大不捐地一一齊鉤稽出來，以期借助於這樣一些一鱗半爪的積累，最後能够把辛稼軒的生平行實逗攏得比較完備一些。在這樣進行了長時期的搜討之後，果然得到了差强人意的收穫，我便把採摭所得的這些資料，分別用來編寫辛稼軒的年譜和稼軒詞的編年與箋證。

辛稼軒在寫作歌詞時候，往往喜歡「掉書袋」，在歌詞當中使用很多的史事和典故，致使閲讀稼軒詞的人們必須隨時去翻檢一些書册，否則對詞中涵義便常有無從索解之感。爲其如此，我在對稼軒詞進行箋證工作的同時，就也把詞中所使用的典故、往事和成語等等一併作了注釋，想使此後閲讀稼軒詞者，有了這部編年箋注在手，不必另有翻檢之勞，即可大致求得其解了。

在這部書中，關於箋證和編年部分，是我用力較多的部分，但是，其中必然還存在着一些問題，例如有的地方還可以考索得更加精確，有的地方又過於執着或竟失之穿鑿之類。關於典故和成語的注釋部分，因爲不是我主要功力之所在，所存在的問題更可能較多。有少量的典故和成語，我只是從一些「類事之家」的書籍當中，或從前代某些詩文集的注釋當中稗販而來，在此等處所，所標舉的卷第篇目既很簡略，所舉書名也會間有現今已經失傳之書，甚至所標注的也可能並非最原始的出典。例如：在注釋辛詞「虎踞龍蟠何處是」一句時，我所引用的張勃的吴録，注釋「白羽風生」句時所引用的裴啓語林，就都是早已失傳的書，我是從太平御覽轉引來的。

我既不是研究文學史和古典文學的，對於詞章一道更屬外行，因此，就編寫稼軒詞的編年箋注這一工作來説，我並不是一個比較合適的人；也因此，在我已經編寫成的這部書中，便不可避免地要有很多疎漏差謬之處。凡此種種，我在誠懇地期待着看到這部書的朋友們給予指正和幫助。

在最近對這部書的修訂工作上，蔣禮鴻、盛静霞兩位先生曾給以很多的幫助，謹在此表示感謝。

鄧廣銘　一九五六年十一月十八日，寫於北京大學歷史系

稼軒詞編年箋注序

夏承燾

李杜以降，詩之門户盡闢矣，非縱横排奡，不能開徑孤行爲昌黎也。詞至東坡，花間蘭畹夷爲九馗五劇矣，其突起爲深陵奥谷、爲高江急峽，若昌黎之爲詩者，稼軒也。二子者，遭際胸襟無一同，而同其文術轉跡之時會，乾、淳、嘉泰之詞，固猶詩之元和、長慶也。

今觀稼軒，若題瓢泉之效招魂，酌中秋之摹天問，與夫沁園春、六州歌頭之賦齊庵、對鶴語，鋪排起伏一綜於漢賦，揫班、揚以侶秦、柳，固昌黎之遺則也。至如蘭陵王之述夢、賀新郎之别弟，以及哨徧諸章之解莊，雲譎波駭，千彙萬態，尤樂章之至奇；喻之於詩，非猶北征之後而有南山、月蝕耶？雖云身世境會，坡、稼本不盡同，而文事尚變，推演遞漸，固亦勢運所必然。由是而後村，而須溪，浸假蜕玉蝴蝶、最高樓而爲元曲，譬夫高山轉石，不至地不止焉。耳食者乃譁然以舊格曩規繩稼軒，豈通變之見哉。

予友鄧君恭三治文史，瞭然於遷嬗之故，出其緒餘，爲稼軒年譜，並箋其詞，曩予獲見一二，驚爲罕覯。頃恭三自北平游滇，道出上海，乃得讀其全稿。鈎稽之廣，用思之密，洪興祖、顧嗣立之於昌黎，殆無以過。既寫定，辱以一言爲屬。

昔元遺山論韓詩，以爲江山潮陽之筆，非東野詩囚所能望；今之詞家，好標舉夢窗，其下者幽闇弇閉尤甚於郊、島。得恭三兹編以鼓舞之，蔚爲風會，國族精魂將怙以振滌，豈第稼軒功臣，與洪、顧比肩已哉。

二十八年十二月，永嘉夏承燾敬序。

夏先生的這篇序文，既論述了詞的流變，論述了稼軒詞在宋詞中的地位，並對三十年代中國詞壇的取向表示了意見，是一篇很重要的文章。在四十年代初，此書此序雖已由商務印書館排版付型，而以紙張短缺，迄未印行。一九五五年轉交上海古典文學出版社重排，出版社因故而未能刊出，我對此深感歉咎。今藉此增訂改版機會，把序文一字不易地冠諸卷首，然終猶痛惜夏先生之不及見也！

鄧廣銘附記　一九九一年六月二十日

略論辛稼軒及其詞

一、一個奮發激昂、始終一節的愛國志士

辛稼軒從事於各種社會活動、並且也從事於詩文歌詞創作活動的年代，是從公元一一六一到一二〇七這四十六年。

在這一時期之內，統治着淮水以北廣大中原、華北地區的金國，其實力雖已逐漸衰頹下去，對中原、華北地區漢族人民的橫暴的奴役和壓榨，却不但絲毫没有放鬆，且反而在隨時加緊；對於積貧積弱、腐朽無能的南宋政權，它也依然是一個極大的威脅。因而，貫通於這一時期的主要歷史課題，和它的稍前與稍後的幾十年内仍然一樣，是南方的漢族人民與其文化如何得免於女真鐵騎的蹂踐、摧殘乃至毁滅，以及北方漢族人民如何從女真貴族的奴役壓榨之下解脱出來的問題。所以，實際上作了這一特定時期的起訖標誌的，主要的還不是辛稼軒個人參加社會

活動和他本人的死亡等事件，而是：一一六一年爲金主完顏亮所發動、後來却招致了自身潰敗後果的女真兵馬的南侵之役，和一二〇六到一二〇七年爲韓侂胄所發動、後來也同樣招致了自身潰敗後果的南宋軍隊的北伐之役。這兩次戰役，以及介居於這兩次戰役之間的宋金兩國間的其他鬭争，辛稼軒幾乎每一次都是很奮勇地投身在内，爲保衛漢族人民及其文化的安全而貢獻出他的智能和力量。

完顏亮是在一一五三年把金的首都從東北的會寧府遷到燕京的，在此以後，他便連續不斷地向漢族地區居民大量地簽兵徵餉，積極從事於對南宋進行軍事侵犯的準備。到一一六一年，漢族人民對女真統治者的「怨已深、痛已鉅而怒已盈」〔一〕，便趁着完顏亮親自督率大軍南侵的時機，相互聚結起義。爆發於現今山東省中部、泰山周圍的山區中的起義軍，同時就有兩支：一支的領導人是濟南的一個農民，名叫耿京；另一支的領導人便是剛滿二十一歲的青年知識分子辛稼軒。耿京領導的一支，由於勞動人民踴躍參加，很快就發展壯大起來，但一般出身於地主階級的知識分子却都還徘徊顧望，不肯去廁身於這個農民所領導的行列中，辛稼軒却帶領他所聚合的兩千人率先投歸耿京的旗幟下，擔任了耿京軍的「掌書記」，和耿京共同擘畫一切，使得這支起義軍更加迅速地發展壯大起來。

起義軍的活動，動摇了金政權在中原和華北地區的統治，也嚴重地影響了南侵金軍的士氣軍心。當完顏亮操切地迫令金軍於三日内渡江南下時，軍中將吏便同謀把他殺害，一面派人去與南宋議和，一面便引軍北還。南宋政府只以金軍撤退爲莫大之幸，不敢設想利用金國的混亂局勢，與中原、華北地區的起義民軍密切配合，進一步反擊敵人。辛稼軒這時遂向耿京建議，要主動地去與南宋政府聯繫，以便雙方協同作戰，給予女真統治者以致命打擊。嗣後他即與賈瑞等人奉派爲起義軍的代表，去與南宋政府進行商洽。

不料在辛稼軒等人南下之後，起義軍中的部將張安國被金人所收買，把耿京陰謀殺害，把起義軍大部遣散，劫持着另一部分去投降了金人。金政府立即派張安國去做濟州（今山東鉅野縣）的知州。辛稼軒北返復命，抵達海州纔得到這一事變的消息，就在那裏組合了五十名起義軍人，馳騎直趨濟州，於五萬人衆中把叛徒張安國捉獲，縛置馬上，當場又號召了上萬的士兵起而反正，並即帶領他們南向急馳，渴不暇飲，飢不暇食，直到渡過淮水纔得休息。

年輕的辛稼軒，初出茅廬，就以這樣一些英雄行爲受到社會各階層的景仰稱贊，在反抗女真統治者的鬬爭當中，長時期起着鼓舞人心的作用。

南宋政府從來就是害怕抗金義兵的，辛稼軒「壯歲旌旗擁萬夫」而南下之後，首先便被解除了武裝，稍後又被派往江陰軍去做簽判；他部衆萬餘人，只被當作南下的流民而散置在淮南各州縣當中。

宋孝宗受禪繼位之後，起用主戰派的張浚主持軍政，於一一六三年對金發動軍事攻勢，不幸在符離地方爲金人所敗，於是張浚等人又被排斥出政府，主和派的人物和議論又在南宋政府中佔了優勢。辛稼軒在這時不顧自身官職如何低微，挺身而出，獨抒所見，就宋金雙方的和與戰的前途具體分析，寫成論文十篇，名之曰美芹十論，於一一六五年奏陳給孝宗皇帝。在論文的序引當中，他首先指出，對金的鬭争亟應争取主動，不要使「和戰之權常出於敵」。儘管張浚的符離之敗使宋方遭到很大損失，但與秦檜當政期内所奉行的屈辱政策相較，攻戰雖敗，終於還表現出一些生氣；而秦檜爲求媚敵，對士氣和民心極力加以摧抑銷鑠，其所起的壞作用却是十分酷烈的。因而，萬不可爲了這一戰役的挫敗，就要改變乃至放棄恢復大計。這些論斷充分表明，不論在如何艱困局勢下，辛稼軒對於抗金鬭争的勝利信念都是堅定不移的。

十論的前三篇，論證了金國外强中乾的情況，分析了金政權統治區域内漢族人民對女真統治者的憎惡、怨恨和仇視情緒之日甚，及金的最高統治集團中人互相傾軋、猜忌和殘殺的真相，因而得出結論説，金不但不可怕，而且有「離合之釁」可乘。十論的後七篇，就南宋方面應如何充實其實力，轉被動爲主動，抓緊時機進軍恢復等事提出意見，並作了具體規劃。他以爲首先應當破除普遍存在於士大夫間的，認爲「南北有定勢，吴楚之脆弱不足以争衡於中原」的一種謬見，破除了這種謬見，纔可以有信心，談自治。他建議：遷都金陵，並停止交納給金朝的歲幣。這樣作，内可以作三軍之氣，外可以破敵人之心，造成進取的氣勢，中原之民也將有所恃而勇於起爲内應。他主張要主動地「出兵以攻人」，不要被動地「坐而待人之攻」；要進而戰於敵人之地，不要退而戰於自己之地。因此他具體指陳，出兵伐金應先從山東入手。山東民氣勁勇，樂爲内應，而金人在山東的軍事布置又比較薄弱，故兵出山東，則山東指日可下，攻下山東則河朔必望風而震，進攻幽燕也便大有可能了。

一一七〇年，虞允文正在南宋政府做宰相，他是曾於一一六一年在采石打敗過金軍的人，在當時的高級官員當中，他也是一個比較有朝氣、敢作敢爲的人。辛稼軒希望他真能在抗金鬬爭中建立一番功業，便又寫成九篇論文，名曰九議，陳獻給他。九議的内容，除包括了美芹十論中的一些重要論點而外，還有：一，對敵鬬爭應當「勿欲速」和「能任敗」，不要因小勝小敗而輕易改變成算。二，應當儘可能利用敵方的弱點，擴大其内部的矛盾。三，打擊敵人，恢復國土，是關係到國家和生民的大業，不是屬於皇帝或宰相的私事，因而他們不能只着眼於私人利害而避開這一任務。

不論在十論或在九議當中，辛稼軒不但提供了自己的智計韜略，而且也貫注了充沛的熱情和必勝的信念。他希望藉此能對南宋的當權人物給以鼓舞，把他們拔出於消沉畏縮的氣氛之中，把勇氣和戰鬬情緒振作昂揚起來。然而，不論十論或九議，不論在宋孝宗或虞允文那裏，都没有换回辛稼軒所預期的反應，他們甚或根本就不曾加以重視。儘管如此，到十論和九議逐漸傳布開去之後，由於其中的議論「英偉磊落」〔二〕，却終於把一些希望、信心和力量給予了具有民族意識的漢族各階層的人員，喚起或提高了他們的戰鬬精神。剛滿三十歲的辛稼軒，不但早已「以氣節自負，以功業自許」，當時的一些愛國志士以及更廣大的社會人羣，也都已認識出他是一個結合了多方面才能主張抗戰的有志之士，而以必能建立豐功偉業期待於他了。

但是，不論金國内部各種矛盾的爆發多少次給予南宋以可乘之機，不論中原和華北的漢族人民如何殷切地企望南宋政府用軍事力量把他們從女真貴族的壓榨下拯救出來，自然更不論辛稼軒和其他愛國志士們如何殷切期待一個效命於民族鬭争的機會，南宋的最高統治集團總是不敢把抗金鬭争任務列入日程之内，不敢把人民的力量發動起來，把它引導到反抗金人的鬭争上去。因此，辛稼軒不但在投歸南宋的最初幾年只是浮沉於下級僚吏之中，即在他的才幹謀略已經有所表見，已被公認爲有作爲的人物時，也還只是在江西、湖北、湖南等地作了幾任地方官。從一一八二年到一二〇三年，在這漫長的二十年的歲月之内，除曾一度出任福建路的提刑和安撫使共不滿三年外，他是完全被南宋政府棄置不用的。

一二〇三年，獨攬政治軍事大權的韓侂胄，爲求提高自身的威望，要起用一些負有時譽的人物，要發動對金的軍事攻勢，要建立一番功業。辛稼軒在這年之前本是韓侂胄所極力排斥的一人，這年夏天竟又被他起用爲浙江東路的安撫使。一二〇四年春初被皇帝召見，改命爲鎮江知府。當他被召見時，愛國詩人陸放翁特地寫了一首長詩送他，把他和管仲、蕭何相比，勸他不要介意於過去的受排斥，而要勇往直前地把克復中原的事業擔當起來〔三〕。當他到鎮江去上任之日，鎮江的學者劉宰也在歡迎書中把他比作張良和諸葛亮，而且説道：「敢因晝戟之來，遂賀輿圖之復。」〔四〕這些都反映出當時一般士大夫們對辛稼軒的期待之殷切與遠大。

辛稼軒這時一方面明確斷言金國必亂必亡，另方面却又認爲南宋還並未曾具備對金用兵取勝的條件。他以爲，不應當像南朝宋文帝元嘉年中對拓跋魏的軍事那樣：不精確估計雙方實力的對比，就草率地盲目進取，那反而是只會「贏得倉皇北顧」的。因而，他向宋寧宗和韓侂胄强調提出：應當大力從事於準備工作，應當把對金用兵的事委託給元老重臣，「務爲倉猝可以應變之計」〔五〕。而這所謂元老重臣，他必是當仁不讓地也把自己包括在内的。所以他到鎮江上任之後，立即布置了軍事進取的準備工作：先派遣人員深入金國，去偵察其兵馬數目、屯戍地點、將帥姓名、帑廩位置等，又趕做軍裝一萬套，要在沿邊各地招募土丁以應敵〔六〕。

韓侂胄和他所引進到政府中的，大都是一些紈絝之徒，他們和北宋末年的蔡京、童貫、王黼等是同一流的人物。對金作戰的主張既已取得社會輿論的贊同、支持，他們便認爲這是極易建立的功勳，是唾手可得的功名，竟不願意再假手别人，或與别人共成其事。因此，辛稼軒做鎮江知府還不滿十五個月，一切施設還没有安排妥當，便又被韓侂胄及其僂儸論劾爲「好色貪財」，把他罷免。一個老而益壯，生氣勃勃如虎〔七〕，而且自願獻身於抗金戰綫上的辛稼軒，只得再回到鉛山去過田園生活了。此後不久，韓侂胄以郭倬、皇甫斌等人率師伐金，不幸正如辛稼軒所擔憂的，這次戰役只换來一個慘敗的結局。到一二〇七年秋，南宋的大仇未復，大恥未雪，辛稼軒的平生志願百無一酬〔八〕，這個南宋愛國詞人，還不滿六十八歲，就賫志以殁了。

二、一個有幹才、有作爲的地方官

從一一七二到一二〇七這三十五年内，辛稼軒先後兩次在上饒和鉛山賦閑家居，就佔去了二十年以上的歲月，另外的十多年雖仕宦於外，而被南宋政府所委派的職務，絶大多數是州郡的長官或某一路的監司。儘管當時士大夫階層中許多人都替他感到委屈，認爲這是「大材小用」，然而，凡是辛稼軒仕履所及之地，不論爲時久暫，在地方事業方面總都有一番興建。

一一七二年，辛稼軒被派作滁州的知州。滁州地僻且瘠，且屢經兵燹災荒，這時候的景況是：城郭已蕩然爲墟，人民則編茅結葦，寄居於瓦礫之場，市上没有商販，居民甚至於養不起鷄豚。辛稼軒到任之後，看到了這種蕭條景象，也看到了這裏的農民們都是樂於服田力穡、勤於治生的，他便首先申請南宋政府把這裏的民户前此所欠繳的課税全部豁免，把此後的課税定額減輕，並把徵收期限放寬，以便農民能盡力於壠畝，流亡在外的也樂於再回到本鄉本業。對於行商坐賈的税收額也加以輕減，並在州城之内興築了一些邸店客舍，以招徠商販，振興商業。在這一系列的措施之下，經過了半年多的時光，滁州的景象便大爲改觀，「人情愉愉，上下綏泰，樂生興事，民用富庶，……荒陋之氣一洗而空」了〔九〕。

從一一七五到一一八一這幾年，辛稼軒宦遊於江南東、西和荆湖南、北諸路，擔任過提點刑獄、轉運副使、安撫使等職務。從六十年代中葉開始，在上述地區之内曾屢次爆發過小規模起義事件：一一六五年（宋孝宗乾道元年），以政府向各地民户强制派銷乳香作爲導火綫，在湖南郴州爆發了李金領導的起義；一一七五年（孝宗淳熙二年），以賴文政爲首的幾百名販賣私茶的人起事於湖北，流轉於湖南、江西等地，這次事變後來就是由辛稼軒帶兵到江西去撲滅了的；一一七八——七九兩年内，以政府强制徵購糧米過於苛暴爲導火綫，爆發了以連州的李晞、郴州的陳峒等人爲首的武裝暴動；一一七九年在湖南廣西交界處還爆發了以李接、陳子明爲首的起義。這些事件反映了什麽問題？爆發這些事件的基本原因何在？辛稼軒巡回往復於這些地區，察視詢訪爲日既久之後，對於這兩個問題得到了具體的答案。他在一一七九年任湖南轉運副使時，上書給宋孝宗，對當時農民的疾苦之所在，亦即不斷爆發小規模武裝暴動的基本原因之所在，作了如下的描述和分析：

自臣到任之初，見百姓遮道自言嗷嗷困苦之狀。臣以謂斯民無所愬，不去爲盜，將安之乎？臣一一按奏，所謂誅之則不可勝誅。臣試爲陛下言其略：陛下不許多取百姓斗麵米，今有一歲所取反數倍於前者；陛下不許將百姓租米折納見錢，今有一石折納至三倍者。並耗言之，横斂可知。陛下不許科罰人户錢貫，今則有旬日之間追二三千户而科罰者；又有已納足租税而復科納者；有已納足、復納足，又誣以違限而科罰者。有違法科賣醋錢、寫狀紙、由子、户帖之屬，其錢不可勝計者。軍興之際，又有非軍行處所，公然分上中下户而科錢，每都保至數百千者。有以賤價抑買、貴價抑賣百姓之物，使之破蕩家業，自縊而死者。有二、三月間便催夏税錢者。其他暴徵苛斂，不可勝數。然此特官府聚斂之弊爾；流弊之極，又有甚者：州以趣辦財賦爲急，縣有殘民害物之政而州不敢問；縣以併緣科斂爲急，吏有殘民害物之狀而縣不敢問；吏以取乞貨賂爲急，豪民大姓有殘民害物之罪而吏不敢問。故田野之民，郡以聚斂害之，縣以科率害之，吏以取乞害之，豪民大姓以兼併害之，而又盜賊以剽殺攘奪害之，臣以謂「不去爲盜將安之乎」，正謂是耳。且近年以來，年穀屢豐，粒米狼戾，而盜賊不禁乃如此，一有水旱乘之，臣知其弊有不可勝言者。民者國之根本，而貪濁之吏迫使爲盜，今年勦除，明年掃蕩，譬之木焉，日刻月削，不損則折。臣不勝憂國之心，實有私憂過計者。欲望陛下深思致盜之由，講求弭盜之術，無恃其有平盜之兵也〔一〇〕。

辛稼軒是南宋統治階級當中的一員，儘管他的目的是爲了鞏固南宋王朝的統治，但他畢竟還能揭露了當時社會的矛盾。這在當時的統治階級當中，雖還不能説絶無而僅有，但也實在不是很多的。

辛稼軒任湖南轉運副使不久，即改知潭州兼湖南安撫使。一一八〇年春，他下令給湖南路的各州郡，動用官倉中所存糧食，大募民工，濬築陂塘。這樣做，一則可以在青黄不接的時候解決一部分飢民的問題；二則陂塘修成便可使一路農田大得灌溉之利〔一一〕。在同一年内，他還創置了一支二千五百人的飛虎軍，戰馬鐵甲，一應俱全。只是在修造營栅時候，適逢雨季，所需要的二十萬片瓦無法燒造，辛稼軒下令給長沙城内外的居民，要每家供送二十片瓦，限兩日内送往營房基地，當即付與瓦價一百文。所需瓦片在兩天内便如數湊足。爲了擴展道路，所需石塊數量也很大，辛稼軒調發在押的囚徒到長沙城北駝嘴山去開鑿，按照各人罪情輕重，規定其所應供送石塊數目，作爲贖罪代價。石塊也在短期内如數湊足〔一二〕。一一八一年，辛稼軒改知隆興府兼江南西路安撫使，其時江西各地正遭逢嚴重旱災，他到任之後，立即在各州縣的大街要道上張貼出八個大字的布告：「閉糴者配，强糴者斬」〔一三〕。前一句是逼迫囤積糧米的人家必須把它糶賣出來，後一句則是嚴禁缺糧人家向囤糧户强行劫奪，反映了辛稼軒官僚地主階級的反動立場。但這一簡捷了當的措施，在當時也收到一定的效果，甚至到元、明、清諸代也還被流傳爲救荒史上的佳話。

辛稼軒從鞏固南宋王朝的統治出發，揭露和批評了南宋小朝廷對外妥協求和、對内横徵暴斂壓榨人民的做法。一二〇三年，他六十四歲，被起用爲知紹興府兼浙江東路安撫使，他到任後就向寧宗皇帝奏陳本路害農最甚的六件事，請求明令停罷，並着各路的監司和朝内監察人員糾察，凡州縣官吏犯有這類害農罪行的，即加彈劾罷免。其所舉六事之一，便是：「輸納歲計有

餘，又爲折變，高估趣納，以飽私囊。」〔一四〕

從上舉事例，可以看出：辛稼軒的作風是，勇往直前，果決明快；在他作地方官的時期內，他比較關心下層人民在生活和生產等方面的問題，對他們的疾苦病痛根源具有一定程度的理解，而且也曾經實行了一些有利於農業生產的措施。像他這樣的一個地方官，在歷史上應該給予一定的地位和適當的評價。

三、論稼軒詞

辛稼軒一生所寫作的歌詞，爲數很多，流傳到現今的只是其中的一部分，共還有六百二十多首，在現存兩宋詞人的作品當中，是數量最多的一家。就辛稼軒所寫作的這些歌詞的形式和它的内容來說，其題材之廣闊，體裁之多種多樣，用以抒情，用以詠物，用以鋪陳事實或講説道理，有的「委婉清麗」，有的「穠纖綿密」，有的「奮發激越」，有的「悲歌慷慨」，其豐富多彩也是兩宋其他詞人的作品所不能比擬的。

然而，辛稼軒之所以比兩宋其他詞人獲得更高的聲譽，其所以在我國文學史上應該佔有崇高的地位，上述諸端雖也都是重要原因，而其最主要的原因却還别有所在。

擺在南宋人民面前的歷史課題和鬬争任務，主要的是以下兩個：一個是，不但要能抵抗得住女真的兵馬，使其不至再隨時南侵，而且要更進一步，把女真貴族在中原和華北的統治根本推翻。這一歷史使命，就是從南宋統治階級的根本利益來看，爲求解除嚴重的軍事威脅，也同樣是絶對必要的。在辛稼軒的心目中，也只有統治階級可能把全國的力量加以組織和引導，纔可望把這一任務勝利完成。另一個是，對於南宋政權的專制淫威和苛暴剥削，必須給以强有力的打擊、反抗，以求能把下層人民自身的生活和生産條件稍加改善。

假如我們承認，一個優秀的文藝作家，不會不關心其祖國的前途和命運，不會不積極投身到時代的漩渦中去；假如我們承認，優秀的文學藝術作品，必須能反映它那時代的主要社會矛盾及其他現實問題；那麽，南宋一代的文人學士們所應加以揭發或暴露、描繪或歌頌的，便只應當以與上述問題有關的事項爲其主題和主體，而不應當是此外的其他任何東西。然而，南宋一代的文人學士們，一部分則鑽到「理學」的領域中去，雖也揭櫫出「民胞物與」的口號，却把與「民」與「物」最密切相關的一些事全不加以理會，甚至把理財、用兵等事也全鄙爲俗務，不屑一顧，終日只是玩弄概念，故作玄虚，藉口於修身養性、正心誠意，實際上只是以此作爲逃避現實的桃花源。還有一部分，則又只把目光和心力全都貫注在猥瑣庸俗的個人生活上面，吟風弄月，留連光景，在其作品中所描述、所表現的，只是社會生活當中一些次要的乃至全無重要意義的節目，例如良辰美景、離愁别恨之類。詞藻雖或有巧拙美醜之不同，情致却大都頽廢低沉，是只可供清客貴婦人們淺斟低唱、娱情解悶之用的，全然缺乏生命力的一些靡靡之音。雖是寫在漫天烽火的緊張鬬争年代，其中却顯現不出絲毫的戰鬬緊張氣氛。

真正能够集中表現當時人民反抗民族壓迫的願望和要求，因而也就成爲南宋文壇上的中流砥柱的，是陸放翁和辛稼軒等人。

辛稼軒既然是當時民族鬬争戰綫上的一員戰士，是一個始終很英勇地參加這一火熱鬬争的人，平生又「以氣節自負，以功業自許」，以這樣的一個人而藉歌詞作爲「陶寫之具」，他的歌詞就必然和那一時代的現實有着密切的聯繫。這種與社會現實的密切關聯，在辛稼軒的作品當中具體表現爲以下各種特點：

第一，辛稼軒對於侵佔了中原和華北的女真統治者具有强烈的仇恨感，具有要復仇雪恥的强烈願望，因而，充盈於他的各個時期和各種形式的作品之内的，是一種躍然紙上的壯健奮發的積極進取精神。他以報仇雪恥、整頓乾坤的事業自勉，也經常以此策勵他的朋輩。例如，當他守滁州時，曾在一次登樓遠眺時觸景生情，因而寫成一首聲聲慢以見意：

> 今年太平萬里，罷長淮千騎臨秋。憑欄望：有東南佳氣，西北神州。

對於做建康留守的史正志，他鼓勵他説：

> 袖裏珍奇光五色，他年要補天西北。（滿江紅）

對於做宰相的葉衡，他鼓勵他說：

好都取山河獻君王，看父子貂蟬，玉京迎駕。（洞仙歌）

對於一個要到漢水流域赴任的人，他策勉他說：

漢水東流，都洗盡髭胡膏血。人盡說，君家飛將，舊時英烈：破敵金城雷過耳，談兵玉帳冰生頰。想王郎結髮賦從戎，傳遺業。（滿江紅）

在餞送張堅去守漢中時，他首先想到漢中是西漢肇興王業的地方，在當前，豈不也是進取關中的大好基地嗎？他因而寫成木蘭花慢一首以示此意：

漢中開漢業，問此地，是耶非？想劍指三秦，君王得意，一戰東歸。

然而他所面對的現實情況，却又不能不使他有所感慨：

落日胡塵未斷，西風塞馬空肥！

當鄭汝諧在知信州任上被宋孝宗召見時，他賦詞相送，加以鼓舞，說道：

聞道是：君王着意，太平長策。此老自當兵十萬，長安正在天西北。（滿江紅）

對於具有高度愛國熱情而却始終不得其用的陳亮，他更懷着無限敬愛和同情，特地「賦壯詞以寄之」：

> 醉裏挑燈看劍，夢回吹角連營。八百里分麾下炙，五十絃翻塞外聲。沙場秋點兵。馬作的盧飛快，弓如霹靂弦驚。了却君王天下事，贏得生前身後名。可憐白髮生！（破陣子）

第二，南宋的統治集團中人，既大都是文恬武嬉，沉迷於醉夢腐朽的生活當中，而一般飄浮在社會上層的文人學士，又大都寄情於聲色，或把時光消磨在玩弄虛玄概念上。對於這樣的政風和士習，辛稼軒在其痛心和憎恨之餘，便時常在其歌詞當中給予一些潑辣尖鋭的批評和抗議，冷諷和熱嘲。例如，他的「休去倚危欄，斜陽正在，煙柳斷腸處」之句，寓意雖並不十分顯露，然已使得宋孝宗大不高興〔一五〕；爲慶祝韓元吉的壽辰而作的水龍吟，則很明顯地是借王衍作爲南宋統治集團和社會上層人物的替身而痛加指斥了：

> 渡江天馬南來，幾人真是經綸手？長安父老，新亭風景，可憐依舊！夷甫諸人，神州沉陸，幾曾回首？算平戎萬里，功名本是，真儒事，公知否？

一般「騷人墨客」只把離愁別恨、兒女情懷作爲抒寫的主題，而整個國家、民族所遭遇到的嚴重災難和深仇大恨，却幾乎在他們的作品内容中佔不到地位，辛稼軒也在歌詞中對此有所責問：

今古恨，幾千般，只應離合是悲歡？江頭未是風波惡，別有人間行路難！（鷓鴣天）

他自己，被南宋政府長時期投置閑散之地，有時雖也勉强找一些話語來開解自己，説什麽：

萬事到白髮，日月幾西東。羊腸九折歧路，老我慣經從。竹樹前溪風月，鷄酒東家父老，一笑偶相逢。此樂竟誰覺？天外有冥鴻。（水調歌頭）

而他的真情實況，却老是在殷切地繫念着國家民族興亡的大問題，他的愁和恨也全都集中在這裏：

近來愁似天來大，誰解相憐？誰解相憐？又把愁來做個天。　都將今古無窮事，放在愁邊。放在愁邊，却自移家向酒泉。（醜奴兒）

他對自己之壯志難伸、之被人隨意擺佈，也常常在歌詞當中以諷刺、牢騷語句表示憤慨：

緑漲連雲翠拂空，十分風月處，著衰翁。垂楊影斷岸西東。君恩重：教且種芙蓉！（小重山）

還自笑，人今老。空有恨，縈懷抱。記江湖十載，厭持旌纛。瓠落我材無所用，易除殆類無根潦。（滿江紅）

不念英雄江左老，用之可以尊中國。歎詩書萬卷致君人，翻沉陸。（滿江紅）

壯歲旌旗擁萬夫，錦襜突騎渡江初。燕兵夜娖銀胡𩎟，漢箭朝飛金僕姑。追往事，歎今吾：春風不染白髭鬚。却將萬字平戎策，換得東家種樹書。（鷓鴣天）

不向長安路上行，却教山寺厭逢迎。味無味處求吾樂，材不材間過此生。（鷓鴣天）

難道此生將終於再得不到爲國家、爲民族、爲生民而效命的機會了嗎？在實在感到不能忍耐時，他便再藉歌詞來抒發這種鬱悶情懷：

笑吾廬，門掩草，徑封苔。未應兩手無用，要把蟹螯杯。説劍論詩餘事，醉舞狂歌欲倒，老子頗堪哀。白髮寧有種，一一醒時栽。（水調歌頭）

老去渾身無著處，天教只住山林。百年光景百年心。更歡須歎息，無病也呻吟！（臨江仙）

第三，辛稼軒不但在仕宦期内能注意下層人民的疾苦，採取一些爲他們興利除害的措施，在其歌詞當中，也常常流露出對農民問題的關切。穀物的豐收或歉斂，農夫的愁眉或笑語，便常是他所注意的。例如，在他的一首浣溪沙詞中就有這樣的幾句描述：

父老争言雨水匀。眉頭不似去年顰。殷勤謝却甑中塵。

對於正在仕宦途中的友朋，辛稼軒也總是勸勉他們要關心國計民生，注意發展農業生產。例如，在餞送鄭如密去做衡州守的席上所賦水調歌頭有句云：

文字起騷雅，刀劍化耕蠶。看使君，於此事，定不凡。莫信君門萬里，但使民歌五袴，歸詔鳳凰銜。

有的朋友如果真地這樣做到了，他便加以歌頌。例如，他在信州守王桂發離職時所賦水調歌頭有句云：

我輩情鍾休問，父老田頭説尹，淚落獨憐渠。秋水見毫髮，千尺定無魚。

在信州通判黃某離職時所賦玉樓春有句云：

往年巃嵸堂前路，路上人誇通判雨。去年拄杖過瓢泉，縣吏垂頭民歎語。

第四，這纔應當談到本節開端處所提及的那一特點：辛稼軒不但把詞用來詠物、抒情，而且用以寫景、敍事，用以寄感慨，發議論。唯其能够隨歌詠和抒寫對象之不同而隨心所欲地運用各種曲調，故就稼軒詞的體裁和形式而論，也都是脱落蹊徑、不主故常的，其繁富多樣也遂爲南宋其他詞人之所不能比擬。再則，他雖是在戎馬倉皇之中成長起來的，但他閲讀的書籍十分廣博，記憶力也很强。特別是在閒居上饒、鉛山期内，插架書籍甚多，可以經常地出則「搜羅萬象」，入則「馳騁百家」〔一六〕，胸中遂也貯有萬卷之富。所以在他寫作歌詞時候，能把經史百家隨心如意地驅策在他的筆下，因此，使用典故之多，也成爲稼軒詞的一個很突出的特點。凡此諸處，都可以體現出稼軒詞在藝術、技巧方面的卓越成就。

綜括上述諸事，即：辛稼軒對國家和民族存亡的深切憂慮，對祖國大好河山的無限熱愛，對淪陷在金人鐵騎下中原地區的鄉土和人民的緬懷和同情，對南宋政府腐朽統治、賣國行徑的指責和諷刺，對自己壯志難酬的滿腔悲憤，以及他的博學多聞，作品題材之廣闊與體裁之多種多樣，更通過他的圓熟精練的藝術手法表達出來，這種種條件合攏在一起，就使得稼軒詞充滿了生動深厚的現實内容，具有洪亮的聲響和充沛的感染力量。從南宋以來，雖即有人以爲稼軒詞豪放雄渾，非詞家正宗，但同時也就有人爲之辯解，以爲若不如此，而單在「風情婉孌」方面兜圈子，「則亦不足以啓人意」〔一七〕。我是完全同意後一種議論的。正是因爲辛稼軒開拓了歌詞的領域，纔使他能够異軍特起，「於剪紅刻翠之外別立一宗」〔一八〕的。也正因爲如此，當辛稼軒在世之時，他的詞就已成爲一般具有愛國思想的文人寫作歌詞時争相摹擬的榜樣，他的朋輩更直接受到他的影響，因而也寫出了不少慷慨激越的篇章。在辛稼軒去世之後，涵蘊在他的作品中的這種振聾發聵、唤醒戰鬭精神的雄偉力量，對後代讀者也繼續起着啓迪和鼓舞作用。

以上所論，是只指稼軒詞中最具有特色、最富有代表性的一部分而言，是只指其中反映辛稼軒愛國思想的那一部分精華而言，而不是説全部稼軒詞都是合於上舉諸條件的。在稼軒詞中，還有很多首是寫得「情致纏綿、詞意婉約」的。這一部分，正因其符合於詞家之所謂正宗的作風，它們的好處，也就和當時一般詞人的作品没有本質上的差别了。歷來談及此事的，多舉「晚春」的祝英臺近一首爲證，以爲「此曲昵狎温柔，魂銷意盡，才人伎倆真不可測」。實則屬於這一類的單純抒情作品，在稼軒詞中是還可以舉出許多首的，這在范開第一次編刊稼軒詞時就已在序文中説，其中有許多是「清而麗、婉而嫵媚」的了。這部分作品只足説明：所謂正宗詞人的長技者，在以豪放雄渾著名的辛稼軒的筆下，不但並不短缺，較之别人且竟是更能優爲之的。然而，不論怎樣，稼軒詞之所以可貴，却畢竟不在這一方面。另外，稼軒詞中也有一些意興頹唐、意境凡近的篇章，這些詞歷來不曾受到重視，不曾發生過多少影響，在我們，也姑且置之於存而不論之列吧。

最後，我要徵引宋人的一段筆記，通過其中一件故事來看取辛稼軒的創作態度。岳珂程史中的稼軒論詞條記一事説：

稼軒以詞名。每燕，必命侍姬歌其所作。特好歌賀新郎一詞。自誦其警句曰：「我見青山多嫵媚，料青山見我應如是。」又曰：「不恨古人吾不見，恨古人不見吾狂耳。」每至此，輒拊髀自笑，顧問座客何如，皆歎譽如出一口。既而又作一永遇樂，序北府事。首章曰：「千古江山，英雄無覓、孫仲謀處。」又曰：「尋常巷陌，人道寄奴曾住。」其寓感慨者則曰：

「可堪回首，佛狸祠下，一片神鴉社鼓。憑誰問：廉頗老矣，尚能飯否？」特置酒，召數客，使妓迭歌，益自擊節。徧問客，必使摘其疵，遜謝不可。客或措一二辭，不契其意，又弗答，然揮羽四視不止。余時年少，勇於言。偶坐於席側，稼軒因誦啓語，顧問再四，余率然對曰：「待制詞句，脱去今古軫轍，……童子何知，而敢有議？然必欲如范文正以千金求嚴陵祠記一字之易，則晚進尚竊有疑也。」稼軒喜，促膝亟使畢其説。余曰：「前篇豪視一世，獨首尾二腔警語差相似。新作微覺用事多耳。」於是大喜，酌酒而謂座中曰：「夫君實中予痼！」乃味改其語，日數十易，累月猶未竟。其刻意如此。

由此可見，辛稼軒的學識儘管博洽，才氣儘管磅礴，而他的作品，却大都是經過千錘百鍊的工夫纔得完成，並不是靈感一到即率爾操筆、一揮而就的。

鄧廣銘　一九六一年十二月三日，改舊作於北京大學之朗潤園

【注】

〔一〕美芹十論觀釁第三。

〔二〕劉克莊後村大全集卷九十八辛稼軒集序。

〔三〕陸游劍南詩稿卷五十七送辛稼軒殿撰造朝詩。

〔四〕劉宰漫塘文集卷十五賀辛待制棄疾知鎮江啓。

〔五〕李心傳建炎以來朝野雜記乙集卷十八丙寅淮漢蜀口用兵事目。

〔六〕程珌洺水集(嘉靖本)丙子輪對劄子之二。

〔七〕劉過龍洲集呈稼軒詩有「精神此老健於虎,紅頰白鬚雙眼青」句。陸游劍南詩稿卷八十寄趙昌甫詩亦有「君看幼安氣如虎,一病遽已歸荒墟」句。

〔八〕謝枋得疊山集卷七祭辛稼軒先生墓記。

〔九〕周孚蠹齋鉛刀編卷廿三滁州奠枕樓記。崔敦禮宫教集卷六,代嚴子文作滁州奠枕樓記。

〔一〇〕辛稼軒詩文鈔存,淳熙己亥論盗賊劄子。

〔一一〕輯本宋會要稿水利四。

〔一二〕參據宋史辛棄疾傳和羅大經鶴林玉露卷十二臨事之智條。

〔一三〕宋史辛棄疾傳。

〔一四〕馬端臨文獻通考田賦考五。

〔一五〕羅大經鶴林玉露卷四辛幼安詞條。

〔一六〕劉宰漫塘文集卷十五賀辛待制棄疾知鎮江啓。

〔一七〕陳模懷古録卷中論稼軒詞條。

〔一八〕四庫全書總目提要詞曲類稼軒詞條。

後　記

每當我重閲略論辛稼軒及其詞一文時，對文末引録的那條岳珂程史的記載，總感覺頗有問題。原因是，岳珂在這條記事中，一則説稼軒「特好歌賀新郎一詞，自誦其警句」云云；再則説「既而又作一永遇樂序北府事」云云。

我在熟讀之後，越來越感到費解的是：稼軒既然認爲岳珂的意見「實中予痼」（打中了「掉書袋」的要害），從而重加玩味，進行改寫，天天琢磨，然而經過累月修改的刻意經營，這幾句詞究竟改成什麽樣的結果了呢？根據現在（應當説是從南宋一直流傳到現在的）所能看到的不只一種版本的稼軒詞來説，我們得出的答案只有一個，那就是：其實是原封未動，連一個字也没有改。

這究竟是怎麽一回事呢？難道岳珂此段記事完全是在扯謊嗎？我在此不無遺憾地説，鐵一般的事實，證明岳珂確實是爲了炫示自身如何受到辛稼軒的重視，而特地寫此一段扯謊文字的。

岳珂的著作，除桯史外還有好幾種，其中最重要的則是他所編撰的金佗稡編和金佗續編。稡編中的鄂王行實編年和籲天辨誣録都是出自他的手筆，他却不顧史實真相，只爲發揮其孝子慈孫的用心，而爲岳飛編造了許多嘉言懿行，採取了决非歷史學者所應採取的態度與手法。準此而推論之，則他在桯史中的這段記載之不够真實，更決非出於我的武斷了。

至於稼軒詞之具有千錘百煉的工夫，從各種版本的稼軒詞集中同一首詞之間而多有不同的字句，即可得知一些消息，正無須用岳珂的這段記事來作證，特别是在我既已察知其確爲謊言之後。然而我之所以不把前文的最後一段斷然删去者，則是因爲，不論在我發表前篇文字的前或以後，引用桯史這段記事而論述辛詞者，都大有人在，可見誤信岳珂此言者正復不少。因特不删去前文的尾巴，而就此論證其純屬岳珂捏造的謊言，藉以袪除受誤於岳珂者之惑云。

鄧廣銘　寫於一九九一年三月十六日

例言

一、辛詞刊本，系統凡二：曰四卷本，其總名爲稼軒詞，而分甲乙丙丁四集。今可得見者有汲古閣影宋鈔本，吴訥唐宋名賢百家詞本。曰十二卷本，名曰稼軒長短句，今可得見者有元大德己亥廣信書院刊本，明代王詔校刊、李濂批點本，汲古閣刊宋六十名家詞本，清末王氏四印齋刻本。兹編即依據上述各本，彙合比勘，益以法式善辛啓泰所輯辛詞補遺，及自永樂大典、清波别志、草堂詩餘等書中輯得之諸首，共得詞六百二十六首。

一、法式善辛啓泰所輯辛詞補遺，爲詞凡三十六首。據云皆輯自永樂大典者。其中見於四卷本及廣信書院本者共六首，誤收朱希真樵歌者二首。所餘之二十八首，就其題中所涉及之人地事蹟考求，與辛氏事歷多不能吻合，疑其間誤收者尚多，以無可確證，姑録而存之。

一、趙斐雲萬里先生曾取黄昇花菴詞選、趙聞禮陽春白雪、陳沂孫全芳備祖，以及草堂詩餘、翰墨全書等，與四卷本及四印齋本讐校一過。兹編各詞校語，多有就趙先生校本中迻録者。

各詞正文之取捨從違，只隨文義而定，並不專主一本。其間若有棄取失當之處，讀者仍可就詞後校語自行斟酌。

一、廣信書院之十二卷本，爲辛氏身後所刊布，其中所收詞視四卷本爲多，字句既多所改定，而題語亦較詳明，玆編各卷各詞字句，依從斯本之處爲獨多。故凡從四卷本某集，或從其他某書者，均於校語中詳爲標舉；凡從廣信書院本者，則唯舉他書異文而不云玆從某本，藉免辭費。其屬於廣信書院本系統之諸刊本，相互間如有歧異，亦各分別列舉。

一、辛詞囊括經史，貫穿百家，鄭箋未作，讀者致憾。近年以來，應此需求而成書者，有已刊之梁啓勳稼軒詞疏證及未刊之鄭騫稼軒詞校注。兩書作者於辛氏生平事歷均未加考求，故徵事均極疎陋，編次亦俱失倫序。治絲愈棼，取義云何。爰不揣譾陋，妄爲此作。雖疑文剩義，所在多有，究未能盡愜於私衷；而時事古典，貫串證發，亦或不無一善之可取也。

一、玆編參考所及，範圍雖廣，而所偏重者則爲宋元二代之史籍、文集、志乘、筆記之屬。諸書中之記載，凡直接或間接足以考明辛氏友輩之事蹟者，莫不盡量搜採，而其間亦有絶難者在：朋輩相稱，不以官職，則以字號，而史籍志乘之著録體例，則多直書姓名，不稱字銜。彼此歧出，併合爲難。即如見於水調歌頭（折盡武昌柳闋）題中之周總領，使非先由宋會要中考知其時總領兩湖餉事之人，則於八閩通志中所載周嗣武之事歷必致等閑滑過；嗣後即將姓名考知，又必茫然不記何書曾記其事歷。似此類者，勢不得不迴環翻讀各書。凡其因翻檢之不周、迴環之未至而致遺漏者，深願今後能續有所獲，加以補正。

一、兹編之注釋，唯以徵舉典實爲重。其在詞藻方面，則融經鑄史、驅遣自如，原爲辛詞勝場之一，故凡其確爲脱意前人或神化古句者，亦皆爲之尋根抉原，注明出典；至如字句之訓詁以及單詞片語之偶與古作相合者，均略而不注。

一、明悉典實則詞中之涵義自見，揆度本事則作者之宅心可知。越此而往，舉凡鑿空無據之詞，游離寡要之説，所謂「祇謂攪心，胡爲析理」者，兹編概不闌入。寧冒釋事忘意之譏，庶免或臆或固之失。

一、關於辛詞之編年，梁任公啓超所編辛稼軒先生年譜中擬有「編年詞略例附説」云：「全集詞題中記某年作者僅十九首，詞句中可證明爲某年作者亦僅二十餘首。但先生歷年宦跡及家居年分略可考定，其中當然有有疑問者，但上下亦不過一兩年間。故題中句中地名，多足爲編年之助。在某地所與往還唱和之人，分别部居亦十得五六，故人名又可爲編年之助。」又，宋四卷本之稼軒詞甲乙丙丁集，雖非純粹編年，然甲集爲先生門人范開手編，有淳熙戊申（十五年）元日自序，則所收諸作斷無在丁未除夕以後者可知。乙丙丁集編成年月雖無考，然以吾鉤稽所得，則乙集無帥閩以後作，丙丁集無帥越以後作，幾可認爲絶對的原則。甲乙集時代頗分明，丙丁集則通各時代皆有。略以此本畫出一時代的粗綫，然後將各時代游宦或家居時之地與人互相證勘，其年分明確者隸於本年，不甚明確者則總載或附録於某地宦跡之末一年，則雖不敢謂爲正確之編年，然失之亦不遠矣。」今按，梁氏所舉各例，如謂甲集無丁未除夕以後之作，乙集無帥閩以後之作等，均未爲精當；然其所定區劃年限之方法則甚是。茲編之編年及彙列年分不甚明確諸詞，大體均以梁氏所提出之方法爲準則。比核史文，引據時事，苦心精力，所費至多。雖其中未能鬭榫合鍵，與夫爲求詳審轉失穿鑿者，必所難免，唯是駕空騁詞，既所未敢，則即容有扞格紕漏之處，亦或不至過甚過多也。

一、茲編與拙撰辛稼軒年譜，互爲表裏。辛氏一生之仕歷行實，爲是編所不能包舉者，均詳見年譜之内。即對一事一人之考求，彼此亦互有詳略。讀其書須知其人，讀者幸取相參稽。

一、茲編自着手迄於完成，爲時凡兩年以上。其間關於體例之商酌，資料之搜討，書籍之通假以至注文之更定等事，所受益於趙斐雲、夏瞿禪承燾兩先生者至多，銘感不忘，書誌謝忱。

鄧廣銘　一九四〇年春，於昆明靛花巷

稼軒詞編年箋注目録

卷一　江、淮、兩湖之什　共詞八十八首　起南歸之初（一一六三）迄宋孝宗淳熙八年（一一八一）

卷二　帶湖之什　共詞二百二十八首

起宋孝宗淳熙九年（一一八二）迄
宋光宗紹熙三年（一一九二）

卷三　七閩之什

共詞三十六首　起宋光宗紹熙三年（一一九二）迄紹熙五年（一一九四）

卷四　瓢泉之什　共詞二百二十五首

起宋光宗紹熙五年（一一九四）迄宋寧宗嘉泰二年（一二〇二）

卷五　兩浙、鉛山諸什　共詞二十四首　起宋寧宗嘉泰三年（一二〇三）迄宋寧宗開禧三年（一二〇七）

稼軒詞編年箋注卷一

江、淮、兩湖之什

漢宮春 立春日

春已歸來，看美人頭上，裊裊春幡。無端風雨，未肯收盡餘寒。年時燕子，料今宵夢到西園。渾未辨黄柑薦酒，更傳青韭堆盤？ 却笑東風從此，便薰梅染柳，更没些閑。閑時又來鏡裏，轉變朱顔。清愁不斷，問何人會解連環。生怕見花開花落，朝來塞鴈先還。

【校】

〔題〕廣信書院本無「日」字，兹從四卷本丙集。陽春白雪二引無題。

【箋注】

〔春幡〕歲時風土記：「立春之日，士大夫之家，剪裁爲小旙，或懸於家人之頭，或綴於花枝之下。」

〔渾〕全。

〔黄柑、青韭〕蘇軾立春日小集呈李端叔詩：「辛盤得青韭，臘酒是黄柑。」王十朋集注引趙次公曰：「故事：立春作五辛盤。以黄柑釀酒，乃『洞庭春色』也。」按：韭爲五辛之一。又，蘇軾洞庭春色詩，題下有小引云：「安定郡王以黄柑釀酒，謂之『洞庭春色』，色香味三絶，以餉其猶子德麟。德麟以飲予。爲作此詩。」

〔更〕何能再。

〔薰梅染柳〕李賀瑶華樂詩：「玄霜絳雪何足云，薰梅染柳將贈君。」

〔閑時二句〕秦觀千秋歲謫虔州作：「日邊清夢斷，鏡裏朱顔改。」

〔解連環〕戰國策齊策六：「秦昭王嘗遣使者遺君王后玉連環，曰：『齊多智，而解此環不？』君王后以示羣臣，羣臣不知解，君王后引錐椎破之，謝秦使曰：『謹以解矣。』」

【編年】

此詞當作於稼軒南歸後之第一個立春之日。今查紹興三十二年臘月二十二日（公元一一六三年一月二十八日）立春，時宋孝宗受禪即位已及半年，其改元隆興則猶在七日之後也。時稼軒居於京口。

滿江紅　暮春

家住江南，又過了清明寒食。花徑裏一番風雨，一番狼籍。紅粉暗隨流水去，園林漸覺清陰密。算年年落盡刺桐花，寒無力。 庭院靜，空相憶。無説處，閑愁極。怕流鶯乳燕，得知消息。尺素如今何處也？綵雲依舊無蹤跡。謾教人羞去上層樓，平蕪碧。

【校】

〔題〕廣信書院本無，茲從四卷本乙集。

〔紅粉句〕四卷本作「流水暗隨紅粉去」。

〔刺桐〕廣信書院本誤作「拆桐」，茲從四卷本等。

〔綵雲〕四卷本作「彩雲」。王詔校刊本及四印齋本作「緑雲」。

【箋注】

〔暗隨流水〕秦觀望海潮洛陽懷古：「無奈歸心，暗隨流水到天涯。」

〔尺素〕古樂府飲馬長城窟行：「客從遠方來，遺我雙鯉魚。呼童烹鯉魚，中有尺素書。」

〔綵雲〕李白鳳凰曲：「影滅綵雲斷。」

【編年】

隆興二年（一一六四）作於江陰。——隆興元年夏，宋孝宗採納張浚之建議，對金發動軍事進攻，在初戰小捷之後，金方以重兵反擊，符離之役，宋師全軍潰退。據此詞前片起句，知其作於南歸後之第二個暮春。其下之「一番風雨，一番狼籍」，蓋即暗指符離之慘敗而言。其時稼軒正在江陰軍簽判任上。

水調歌頭　壽趙漕介菴

千里渥洼種，名動帝王家。金鑾當日奏草，落筆萬龍蛇。帶得無邊春下，等待江山都老，教看鬢方鴉。莫管錢流地，且擬醉黄花。　唤雙成，歌弄玉，舞緑華。一觴爲飲千歲，江海吸流霞。聞道清都帝所，要挽銀河仙浪，西北洗胡沙。回首日邊去，雲裏認飛車。

【箋注】

〔趙介菴〕韓元吉南澗甲乙稿卷二十一直寶文閣趙公墓誌銘：「吾友趙德莊，……諱彦端，德莊其字也。於宣祖皇帝爲八世孫。……年十七應進士舉，遂登紹興八年禮部第。主臨安府錢塘縣簿，公卿貴人争識之。聲名籍甚。……除直顯謨閣，爲江南東路計度轉運副使。……以小疾得主管台州崇道觀。餘干號佳山水，所居最勝。日與賓客觴詠自怡，好事者以爲有曠達之風。……享年五十有五，卒以淳熙二年七月四日。……其所爲文，類之爲十卷，自號介菴居士集云。」

〔渥洼〕漢書武帝紀：「元鼎四年六月，得寶鼎后土祠旁，秋，馬生渥洼水中，作寶鼎天馬之歌。」李斐注：「南陽暴利長屯田敦煌界，數於此水旁見羣馬，中有奇者，舉凡馬異，來飲此水，利長久之收得其馬，獻之，欲神異此馬，云從水中出。」杜甫遣興詩：「君看渥洼種，態與駑駘異。」

〔落筆句〕温庭筠秘書省有賀監知章題詩筆力遒健風尚高遠拂塵尋玩因此有作：「出籠鸞鶴歸遼海，落筆龍蛇滿壞牆。」

〔錢流地〕新唐書劉晏傳：「諸道巡院皆募駛足，置驛相望。四方貨殖低仰，及它利害，雖甚遠，不數日即知。是能權萬貨重輕，使天下無甚貴賤而物常平，自言如見錢流地上。」

〔雙成〕相傳有仙女名董雙成，爲西王母侍女，煉丹宅中，丹成得道，自吹玉簫，駕鶴昇去。漢武内傳：「王母命侍女董雙成吹雲和之笙。」

〔弄玉〕列仙傳：「蕭史者，秦穆公時人，善吹簫。穆公女弄玉好之，公妻焉。弄玉日就蕭史學簫作鳳鳴，感鳳來止，一旦夫妻同隨鳳飛去。」

〔緑華〕真誥運象篇：「萼緑華者，自云是南山人，女子，年可二十上下，青衣，顔色絶整。以升平三年十一月十日夜降羊權家，授權尸解藥，並詩一篇，火澣布手巾一方，金玉條脱各一枚。」

按：本事詞稱趙彦端居京口時，風軒月館，名妓艷姬，倍於他所，人皆以羣仙目之，其中最勝者十人，曾爲之各賦鷓鴣天詞。稼軒此數句援董雙成等女仙三人，蓋亦所謂「以羣仙目之」也。

〔流霞〕論衡道虚篇：「河東項曼斯好道學仙，委家亡去，三年而返。曰：『去時有數仙人，將我上天，離月數里而止。居月之旁，其寒悽愴。口飢欲食，輒飲我流霞一杯。每飲一杯，數月不飢。』」

〔清都〕列子周穆王篇：「清都紫微，鈞天廣樂，帝之所居。」

〔要挽二句〕杜甫洗兵馬：「安得壯士挽天河，浄洗甲兵長不用。」李白永王東巡歌：「爲君談笑浄胡沙。」

〔日邊〕喻朝廷。

〔飛車〕帝王世紀：「奇肱氏能爲飛車，從風遠行。」

【編年】

乾道四年（一一六八）九月。——據趙公墓誌銘及景定建康志，趙氏於乾道三年冬至五年春領江東漕事，其時稼軒亦正通判建康，此詞必即是時所作。丘崈文定公詞有「爲趙漕德莊壽」之水調歌頭一闋，後章云：「記長庚，曾入夢，恰而今。根黄橘緑，可人風物是秋深。九日明朝佳節，得得天教好景，供與醉時吟。從此壽千歲，一歲一登臨。」據知趙氏生辰當在重陽節前一二日，與此詞「醉黄花」句亦正相符也。

浣溪沙　贈子文侍人，名笑笑

儂是嶔崎可笑人，不妨開口笑時頻。有人一笑坐生春。　歌欲顰時還淺笑，醉逢笑處却輕顰。宜顰宜笑越精神。

【箋注】

〔子文〕稼軒有與嚴子文唱和之水調歌頭一闋，崔敦禮宫教集有代嚴子文作之奠枕樓記，知此子文當即嚴子文。鮑廉重修琴川志：「嚴焕字子文，登紹興十二年第。調徽州新安教授，通判建康府，知江陰軍，遷太常丞，出爲福建市舶，終朝奉大夫。焕長於書，筆法尤精。」

〔儂是句〕晉書桓彝傳：「桓彝字茂倫，雅爲周顗所重，顗嘗歎曰：『茂倫嶔崎歷落，固可笑人也。』」按，此詞所贈者既名笑笑，故每句皆着一笑字。

〔開口笑〕莊子盜跖：「其中開口而笑者，一月之中不過四五日而已矣。」杜牧九日齊山登高詩：「塵世難逢開口笑，菊花須插滿頭歸。」

〔坐生春〕韓愈酒中留上襄陽李相公詩：「銀燭未消窗送曙，金釵半醉座生春。」

【編年】

乾道四年或五年（一一六八或一一六九）。——據景定建康志，嚴子文於乾道二年至五年通判建康府，四年，稼軒與爲同官，其後二人行蹤差池，因疑此詞作於此二年内。

滿江紅　建康史帥致道席上賦

鵬翼垂空，笑人世蒼然無物。又還向九重深處，玉階山立。袖裏珍奇光五色，他年要補天西北。且歸來談笑護長江，波澄碧。　佳麗地，文章伯。金縷唱，紅牙拍。看尊前飛下，日邊消息。料想寶香黄閣夢，依然畫舫青溪笛。待如今端的約鍾山，長相識。

【校】

〔題〕「史帥致道」四卷本甲集作「史致道留守」。

〔又還〕四卷本作「還又」。

〔青溪〕廣信書院本作「清溪」，兹從四卷本。

【箋注】

〔史帥致道〕乾隆揚州志卷二十八人物門：「史正志字志道，紹興二十一年進士。丞相陳康伯薦於朝，除樞密院編修。……高宗視師江上，上恢復要覽五篇。車駕駐建康，言三國六朝形勢與今日不同，要當無事則都錢塘，有事則幸建康。詔下集議，從之。尋除司農寺丞。孝宗即位，除度支員外郎。後因論左帑南庫西庫窠名差互，忤時相，以散官謫永州，尋復原官。除右文殿修撰知静江府，未赴而罷。後歸老姑蘇，號吴門老圃。有建康志、菊譜。」景定建康志卷十四建炎以來年表：「乾道三年九月二十四日，左朝奉郎充集英殿修撰史正志知府事，兼沿江水軍制置使兼提舉學事。乾道六年二月二十二日改知成都府。」

〔鵬翼〕莊子逍遥遊：「有鳥焉，其名爲鵬，背若泰山，翼若垂天之雲。」

〔九重〕楚辭九辯：「君之門以九重。」

〔山立〕樂記：「揔干而山立。」

〔袖裏二句〕史記補三皇本紀：「女媧氏末年，諸侯有共工氏，與祝融戰，不勝而怒，乃頭觸不周山崩，天柱折，地維缺，女媧乃煉五色石以補天，斷鼇足以立四極，聚蘆灰以止滔水，以濟冀州。於是地平天成，不改舊物。」淮南子天文訓：「昔者共工與顓頊争爲帝，怒而觸不周之山，天柱折，地維絶。天傾西北，故日月星辰移焉；地不滿東南，故水潦塵埃歸焉。」

〔佳麗地〕謝朓入朝曲：「江南佳麗地，金陵帝王州。」

〔文章伯〕杜甫暮春過鄭監湖亭汎舟詩：「海内文章伯，湖邊意緒多。」

〔金縷〕唐杜秋娘金縷衣曲：「勸君莫惜金縷衣，勸君惜取少年時。」

〔紅牙拍〕紅牙爲樂器名，即拍板，亦名牙板，因其色紅，故曰紅牙。宋史錢俶傳：「太平興國三年，俶貢紅牙樂器二十二事。」俞文豹吹劍續録：「東坡在玉堂日，有幕士善歌，因問：『我詞比柳耆卿何如？』對曰：『柳郎中詞，只好十七八女孩兒，按執紅牙拍，歌楊柳岸曉風殘月；學士詞，須關西大漢，執鐵綽板，唱大江東去。』公爲之絶倒。」

〔黄閣〕漢舊儀：「丞相聽事門曰黄閣。不敢洞開朱門，以别於人主，故以黄塗之，謂之黄閣。」

〔青溪笛〕景定建康志卷十八溪澗：「青溪，吴大帝赤烏四年鑿，東渠名青溪，通城北塹潮溝，闊五丈，深八尺，以洩玄武湖水，發源鍾山而南流，經京，出今青溪閘口，接於秦淮。及楊溥城金陵，青溪始分爲二。在城外者自城濠合於淮，今城東竹橋西北接後湖者，青溪遺跡固在。但在城内者悉皆堙塞，惟上元縣治南迤邐而西，循府治東南出至府學牆下，皆青溪之舊曲。水通秦淮，而鍾山水源久絶矣。」晉書桓伊傳：「王徽之赴召京師，泊舟青溪側。素不與徽之相識。伊於岸上過，船中客稱伊小字，曰：『此桓野王也。』徽之便令人謂伊曰：『聞君善吹笛，試爲我一奏。』伊是時已貴顯，素聞徽之名，便下車踞胡牀，爲作三調，弄畢，便上車去，賓主不交一言。」

〔端的〕確實。

〔鍾山〕景定建康志卷十七山阜：「鍾山一名蔣山，在城東北一十五里，周迴六十里，高一百五十八丈。東連青龍山，西接青溪，南有鍾浦，下入秦淮，北接雉亭山。漢末有秣陵尉蔣子文逐盜死事於此，吴大帝爲立廟，封曰蔣侯。大帝祖諱鍾，因改曰蔣山。按丹陽記：京師南北並連山嶺，而蔣山岧嶤嶷異，其形象龍，實作揚都之鎮。諸葛亮云『鍾山龍蟠』，蓋謂此也。」

念奴嬌　登建康賞心亭，呈史留守致道

我來弔古，上危樓，贏得閒愁千斛。虎踞龍蟠何處是？只有興亡滿目。柳外斜

陽，水邊歸鳥，隴上吹喬木。片帆西去，一聲誰噴霜竹？　却憶安石風流，東山歲晚，淚落哀箏曲。兒輩功名都付與，長日惟消棋局。寶鏡難尋，碧雲將暮，誰勸杯中緑？江頭風怒，朝來波浪翻屋。

【校】

〔題〕「史留守致道」四卷本甲集作「史致道留守」。花菴詞選題作「登賞心亭」。

〔興亡〕王詔校刊本作「江山」。

【箋注】

〔賞心亭〕景定建康志卷二十二：「賞心亭在下水門之城上，下臨秦淮，盡觀覽之勝。丁晉公謂建。」

〔虎踞龍蟠〕太平御覽卷一五六州郡一引張勃吴録：「劉備曾使諸葛亮至京，因覩秣陵山阜，歎曰：『鍾山龍盤，石頭虎踞，此帝王之宅。』」李商隱詠史詩：「北湖南埭水漫漫，一片降旗百尺竿。三百年間同曉夢，鍾山何處有龍盤？」

〔噴霜竹〕黄庭堅念奴嬌詞，題云：「八月十七日同諸甥待月，有客孫彦立者善吹笛，有名酒酌之。」其結句云：「孫郎微笑，坐來聲歕霜竹。」

〔却憶至棋局〕南齊書王儉傳：「儉常語人曰：『江左風流宰相惟有謝安。』蓋自比也。」晉書謝安傳：「謝安字安石，……寓居會稽，與王羲之及高陽許詢、桑門支遁游處，出則漁弋山水，入則言詠屬文，無處世意。……安雖放情丘壑，然每游賞必以妓女從。……屢違朝旨，高卧東山。……時安弟萬爲西中郎將，總藩任之重，……及萬廢黜，安始有仕進志。……時苻堅强盛，疆埸多虞，諸將敗退相繼，安遣弟石及兄子玄等應機征討，所在尅捷。……玄等既破堅，有驛書至，安方對客圍棋，看書既竟，便攝放牀上，了無喜色，棋如故。客問之，徐答云：『小兒輩遂已破賊。』安雖受朝寄，……然東山之志始末不渝。雅志未就，遂遇疾篤。」又，桓伊傳：「伊字叔夏，……善音樂，盡一時之妙，爲江左第一。……時謝安壻王國寶專利無檢行，安惡其爲人，每抑制之。及孝武末年，嗜酒好内，而會稽王道子昏醟尤甚，惟狎昵諂邪，於是國寶讒諛之計稍行於主相之間，而好利險詖之徒以安功名盛極而構會之，嫌隙遂成。帝召伊飲讌，安侍坐，帝命伊吹笛，伊神色無忤，即吹爲一弄，乃放笛云：『臣於箏分乃不及笛，然自足以韻合歌管，請以箏歌。』……伊便撫箏而歌怨詩曰：『爲君既不易，爲臣良獨難，忠信事不顯，乃有見疑患。……』聲節慷慨，俯仰可觀。安泣下沾衿，乃越席而就之，捋其鬚曰：『使君於此不凡！』帝甚有愧色。」唐張固幽閒鼓吹：「宣宗坐朝，令狐相進李遠爲杭州，宣宗曰：『比聞李遠詩云：長日唯銷一局棋。豈可以臨郡哉？』對曰：『詩人之言不足有實也。』」

〔寶鏡句〕李濬松窗雜録載漁人於秦淮得古銅鏡，照之盡見臟腑，腕戰而墜，李德裕窮索水底而不可復得事，疑爲此句出典。

〔碧雲句〕江淹擬休上人怨别詩：「日暮碧雲合，佳人殊未來。」柳永洞仙歌詞：「傷心最苦，竚立對碧雲將暮。」

〔誰勸句〕白居易和夢得遊春詩一百韻：「行看鬚間白，誰勸杯中緑？」

〔江頭二句〕杜甫觀李固請司馬弟山水圖詩：「高浪垂翻屋，崩崖欲壓牀。」陸游南唐書史虚白傳：「元宗南遊豫章，次蠡澤，虚白鶴裘藜杖，迎謁道旁，元宗駐蹕勞問曰：『處士居山亦嘗有所賦乎？』曰：『近得谿居詩一聯。』使誦之，曰：『風雨揭却屋，渾家醉不知。』元宗變色。」蘇軾次韻劉景文登介亭詩：「濤江少醞藉，高浪翻雪屋。」

千秋歲　金陵壽史帥致道。時有版築役

塞垣秋草，又報平安好。尊俎上，英雄表。金湯生氣象，珠玉霏談笑。春近也，梅花得似人難老。　莫惜金尊倒，鳳詔看看到。留不住，江東小。從容帷幄去，整頓乾坤了。千百歲，從今盡是中書考。

【校】

〔題〕四卷本甲集作「爲金陵史致道留守壽」。花菴詞選作「建康壽史致道」。

〔帷幄去〕花菴詞選作「帷幄裏」。

【箋注】

〔版築役〕景定建康志卷十四建炎以來年表乾道四年記事：「正志以蔡寬夫宅基創貢院，重建新亭、東冶亭、二水亭，移放生池於青溪，建青溪閣。」五年記事：「正志重修鎮淮橋、飲虹橋，上爲大屋數十楹，極其壯麗。」同書卷二十城闕志建康府城條：「乾道五年，留守史正志因城壞復加修築，增立女牆。」

〔又報句〕酉陽雜俎續集卷十支植下：「童子寺有竹一窠，纔長數尺。相傳其寺綱維每日報竹平安。」

〔英雄表〕蘇軾張安道樂全堂詩：「我公天與英雄表，龍章鳳姿照魚鳥。」

〔珠玉句〕晉書夏侯湛傳：「咳唾成珠玉，揮袂出風雲。」胡毋輔之傳：「彦國吐佳言……霏霏不絶。」李白妾薄命：「咳唾落九天，隨風生珠玉。」

〔得似〕怎似。

〔莫惜句〕蔡挺喜遷鶯詞：「太平也，且歡娱，不惜金尊頻倒。」

〔看看〕猶言「轉眼」。

〔江東小〕史記項羽本紀：「江東雖小，地方千里。」

〔從容句〕新唐書房琯傳贊：「遭時承平，從容帷幄，不失爲名宰。」張孝祥水調歌頭凱歌上劉恭父：「聞道璽書頻下，看即沙堤歸路，帷幄且從容。」

〔整頓句〕杜甫洗兵馬：「二三豪俊爲時出，整頓乾坤濟時了。」

〔中書考〕漢武帝置中書令，掌禁中書記。至唐則以中書、尚書、門下爲三省，其令長俱爲宰相。舊唐書郭子儀傳：「史臣裴洎曰：汾陽事上誠藎，臨下寬厚，天下以其身爲安危者殆二十年，校中書令考二十有四。富貴壽考，繁衍安泰，哀榮終始，人道之盛，此無缺焉。」

【編年】

乾道五年（一一六九）。——丘密文定公詞有「爲建康史帥志道壽」之水龍吟一闋，其後章有「新築沙堤，暫占熊夢，恰經長至」等語，知史氏生辰適在冬至日之後。史氏帥建康時所興工役雖甚多，然據「金湯生氣象」句，則似唯有修築建康府城及增立女牆事足以當之。因知此詞爲乾道五年冬所作。餘二詞當亦其年前後所作，因彙録於前。

滿江紅　中秋寄遠

快上西樓，怕天放浮雲遮月。但平聲喚取玉纖橫管，一聲吹裂。誰做冰壺涼世界，最憐玉斧修時節。問嫦娥孤令有愁無？應華髮。　雲液滿，瓊杯滑。長袖舞，清歌咽。歎十常八九，欲磨還缺。但願長圓如此夜，人情未必看承別。把從前離恨總成歡，歸時説。

【校】

〔但〕廣信書院本「但」字下無「平聲」二字，兹從四卷本甲集。

〔横管〕四卷本作「横笛」。

〔涼世界〕四卷本作「浮世界」。

〔孤令〕四卷本作「孤冷」。

〔長袖舞〕四卷本作「長袖起」。

〔但願〕四卷本作「若得」。

〔總成歡〕王詔校刊本及六十家詞本俱作「總包藏」。

【箋注】

〔但唤取二句〕葉夢得石林詩話卷上：「晏元獻公留守南都，王君玉……爲府簽判。……賓主相得，日以賦詩飲酒爲樂，佳時勝日未嘗輒廢也。嘗遇中秋陰晦，齋廚夙爲備，公適無命。既至夜，君玉密使人伺公，曰已寢矣。君玉亟爲詩以入，曰：『只在浮雲最深處，試憑絃管一吹開。』公枕上得詩大喜，即索衣起，徑召客治具，大合樂。至夜分，果月出，遂樂飲達旦。」何薳春渚紀聞卷七：「東坡先生和崗字詩云：『一聲吹裂翠崖崗。』薳家藏公墨本，詩後注云：『昔有善笛者，能爲穿雲裂石之聲。』別不用事也。」

〔冰壺〕許渾天竺寺題葛洪井：「月寒冰在壺。」

〔最憐句〕酉陽雜俎天咫門：「鄭仁本表弟遊嵩山，見一人枕一幞物，方眠熟，即呼之，且問其所自，其人笑曰：『君知月乃七寶合成乎？常有八萬二千户修之，予即一數。』因開幞，有斤鑿數事。」王安石題扇詩：「玉斧修成寶月團，月邊仍有女乘鸞。」

〔雲液〕謂酒。白居易對酒閒吟贈老者詩：「雲液灑六腑。」

〔長袖舞〕韓非子五蠹篇：「鄙諺曰：『長袖善舞，多錢善賈。』此言多資之易爲工也。」

〔十常八九〕黄庭堅用明發不寐有懷二人爲韻寄李秉彝德叟詩：「人生不如意，十事常八九。」

〔但願句〕蘇軾水調歌頭詞：「但願人長久，千里共嬋娟。」

〔看承別〕別樣看待。郭應祥中秋後一夕作鷓鴣天詞，亦有「自緣人意看承別，未必清輝減一分」句。

又 中秋

美景良辰，算只是可人風月。況素節揚輝長是，十分清徹。着意登樓瞻玉兔，何人張幕遮銀闕？倩蜚廉得得爲吹開，憑誰説？ 弦與望，從圓缺。今與昨，何區別？羨夜來手把，桂花堪折。安得便登天柱上，從容陪伴酬佳節。更如今不聽麈談清，愁如髮。

【箋注】

〔美景句〕謝靈運擬魏太子鄴中集詩序：「天下良辰美景，賞心樂事，四者難並。」

〔素節〕初學記：「秋節曰素節。」

〔玉兔〕傅玄擬天問：「月中何有？白兔擣藥。」

〔蜚廉〕一作飛廉，風伯也。見風俗通義。

〔得得〕僧貫休入蜀詩：「一瓶一鉢垂垂老，萬水千山得得來。」按：得得即特地之意。〔登天柱〕唐皇甫枚三水小牘卷上趙知微雨夕登天柱峯翫月條：「九華山道士趙知微，乃皇甫玄真之師。……諷誦道書，鍊志幽寂，隱跡數十年，遂臻玄牝。……去歲中秋，自朔霖霪，至於望夕。玄真謂同門生曰：『甚惜良宵而值苦雨！』語頃，趙君忽命侍童曰：『可備酒果。』遂徧召諸生謂曰：『能昇天柱峯翫月不？』諸生雖强應，而竊以謂濃陰駃雨如斯，若果行，將有墊巾角、折屐齒之事。少頃，趙君曳杖而出，諸生景從。既闢荆扉，而長天廓清，皓月如晝。捫蘿援篠，及峯之巔。趙君處玄豹之茵，諸生藉芳草列侍。俄舉巵酒，詠郭景純遊仙詩數篇。諸生有清嘯者，步虛者，鼓琴者。以至寒蟾隱於遠岑，方歸山舍。既各就榻，而淒風苦雨，暗晦如前。衆方服其奇致。」

〔麈談清〕世說新語容止篇：「王夷甫容貌整麗，妙於談玄，恒捉白玉柄麈尾，與手都無分別。」

又

點火櫻桃，照一架荼蘼如雪。春正好見龍孫穿破，紫苔蒼壁。乳燕引雛飛力弱，流鶯喚友嬌聲怯。問春歸不肯帶愁歸，腸千結。　　層樓望，春山疊。家何在？煙波隔。把古今遺恨，向他誰說？蝴蝶不傳千里夢，子規叫斷三更月。聽聲聲枕上勸人歸，歸難得。

【校】

〔春正好句〕「見」字疑衍。萬樹詞律滿江紅又一體下注云：「按前後段中俱用七字兩句，萬無用八字而前後參差者。……稼軒多一見字，皆係誤傳，即當時偶筆，亦是差處。」

【箋注】

〔龍孫〕僧贊寧筍譜雜説篇：「俗間呼筍爲龍孫。」

〔蝴蝶二句〕莊子齊物論：「昔者莊周夢爲胡蝶，栩栩然胡蝶也；自喻適志與，不知周也。俄然覺，則蘧蘧然周也。不知周之夢爲胡蝶與，胡蝶之夢爲周與？」禽經：「春夏有鳥若云『不如歸去』，乃子規也。」崔塗春夕旅懷詩：「蝴蝶夢中家萬里，杜鵑枝上月三更。……自是不歸歸便得，五湖煙景有誰爭？」

【編年】

右滿江紅三首，廣信書院本俱編置於同調詞之前列，知作年皆較早。其中「點火櫻桃」闋，思歸山東之情，與本卷第一首漢宫春詞同，故均姑置於乾道中期。

念奴嬌　西湖和人韻

晚風吹雨，戰新荷聲亂，明珠蒼璧。誰把香奩收寶鏡，雲錦周遭紅碧。飛鳥翻空，遊魚吹浪，慣趁笙歌席。坐中豪氣，看君一飲千石。遥想處士風流，鶴隨人去，已作飛仙伯。茆舍疎籬今在否，松竹已非疇昔。欲說當年，望湖樓下，水與雲寬窄。醉中休問，斷腸桃葉消息。

【校】

〔調〕咸淳臨安志三十三引作「酹江月」。
〔周遭紅碧〕四卷本甲集作「紅涵湖碧」。
〔慣趁〕花菴詞選及臨安志並作「慣聽」。
〔看君〕四卷本作「看公」。
〔已作〕四卷本作「老作」。

〔飛仙伯〕臨安志及王詔校刊本並作「飛仙客」。

〔踈籬〕花菴詞選及臨安志並作「竹籬」。

【箋注】

〔新荷、雲錦〕文同題守居園池横湖詩：「一望見荷花，天機織雲錦。」蘇軾和文與可洋川園池横湖詩：「貪看翠蓋擁紅粧，不覺湖邊一夜霜。卷却天機雲錦段，從教匹練寫秋光。」

〔遥想二句〕處士指林逋，字君復，杭州錢塘人。結廬西湖之孤山，二十年足不及城市，號西湖處士。夢溪筆談卷十：「林逋隱居杭州孤山，常畜兩鶴，縱之則飛入雲霄盤旋，久之復入籠中。逋常泛小艇遊西湖諸寺，有客至逋所居，則一童子出，應門延客坐，爲開籠放鶴，良久，逋必棹小船而歸，蓋嘗以鶴飛爲驗也。」

〔飛仙〕十洲記：「蓬萊山周迴五千里，有圓海繞山，無風而洪波百丈，不可往來，唯飛仙能到其處耳。」

〔茆舍二句〕武林舊事卷五湖山勝概：「孤山舊有……巢居閣、林處士廬，今皆不存。」

〔望湖樓〕咸淳臨安志卷三十二：「望湖樓在錢塘門外一里，一名看經樓。乾德五年錢忠懿王建。」蘇軾六月二十七日望湖樓醉書五首：「黑雲翻墨未遮山，白雨跳珠亂入船。捲地風來忽吹散，望湖樓下水如天。」

〔桃葉〕古樂府注：「王獻之愛妾名桃葉，嘗渡此，獻之作歌送之曰：桃葉復桃葉，渡江不用楫。但渡無所苦，我自迎接汝。」

【編年】

乾道六年或七年（一一七〇或一一七一）。——右詞見四卷本甲集，當是仕宦期内之作。查稼軒於賦閑居信州前凡三次居官臨安，其任期較長者，厥唯乾道六七兩年任司農寺主簿時，兹姑假定此詞即該期内所作。

好事近 西湖

日日過西湖，冷浸一天寒玉。山色雖言如畫，想畫時難邈。前弦後管夾歌鍾，纔斷又重續。相次藕花開也，幾蘭舟飛逐。

【箋注】

〔冷浸句〕李賀江南弄：「江上團團貼寒玉。」按：寒玉喻月光。秦觀臨江仙詞：「微波渾不動，冷浸一天星。」

〔難邈〕即難以描畫之意。杜甫丹青引贈曹將軍霸：「先帝天馬玉花驄，畫工如山貌不同。……即今漂泊干戈際，屢貌尋常行路人。」韓愈楸樹詩有「不得畫師來貌取」句，一本「貌」即作「邈」。朱熹校昌黎集於此詩後注云：「貌，音邈。」後晉天福四年寫本漢將王陵變亦有句云：

「詔太史官邈其夫人靈在金牌之上。」知凡用「貌」作描繪解者，唐宋間人蓋皆讀作「邈」字，間亦寫作「邈」字也。

【編年】

右詞輯自永樂大典二二六五卷湖字韻，詞集各刊本均未收。作年無可考，姑附次西湖詞之後。

青玉案 元夕

東風夜放花千樹。更吹落，星如雨。寶馬雕車香滿路。鳳簫聲動，玉壺光轉，一夜魚龍舞。　蛾兒雪柳黄金縷，笑語盈盈暗香去。衆裏尋他千百度，驀然迴首，那人却在，燈火闌珊處。

【校】

〔題〕陽春白雪引無題。

〔夜放、更吹、笑語〕陽春白雪作「未放」、「早吹」、「笑靨」。

【箋注】

〔花千樹、星如雨〕皆謂燈。東京夢華録謂正月十六日晚京城各坊巷「各以竹竿出燈毬於半空，遠近高低，若飛星然」。左傳莊七年：「星殞如雨。」蘇味道正月十五日夜詩：「火樹銀花合，星橋鐵鎖開。」

〔寶馬句〕郭利貞上元詩：「九陌連燈影，千門度月華。傾城出寶騎，匝路轉香車。」

〔玉壺〕指月，故繼以「光轉」二字，亦或指燈。武林舊事卷二元夕條：「燈之品極多，每以蘇燈爲最。……福州所進，則純用白玉，晃耀奪目，如清冰玉壺，爽徹心目。」

〔魚龍舞〕漢書西域傳贊「漫衍魚龍角抵之戲」句下師古注云：「魚龍者爲舍利之獸，先戲於庭極畢，乃入殿前，激水化成比目魚，跳躍漱水，作霧障日，畢，化成黃龍八丈，出水敖戲於庭，炫燿日光。」夏竦奉和御製上元觀燈詩：「魚龍漫衍六街呈，金鎖通宵啓玉京。」

〔蛾兒雪柳〕東京夢華録卷六正月十六日條：「市人賣玉梅、夜蛾、蜂兒、雪柳……。」宣和遺事十二月預賞元宵條：「宣和六年正月十四夜，奉聖旨宣萬姓。有那快行家，手中把着金字牌，喝道『宣萬姓』。少刻，京師民有似雲浪，盡頭上帶着玉梅、雪柳、鬧蛾兒，直到鰲山下看燈。」陳元靚歲時廣記卷十一引歲時雜記：「都城仕女有插戴燈毬燈籠，大如棗栗，如珠茸之類。又賣玉梅、雪梅、雪柳、菩提葉及蛾蜂兒等，皆繒楮爲之。」

【編年】

右詞見於四卷本甲集，據詞中觀燈、尋芳之情節，疑作於首次官臨安時。

感皇恩 滁州壽范倅

春事到清明，十分花柳。喚得笙歌勸君酒。酒如春好，春色年年依舊。青春元不老，君知否？ 席上看君：竹清松瘦。待與青春鬭長久。三山歸路，明日天香襟袖。更持金盞起，爲君壽。

【校】

〔題〕四卷本甲集作「爲范倅壽」。

〔依舊〕四卷本作「如舊」。

〔金盞〕四卷本作「銀盞」。

【箋注】

〔滁州〕東魏置南譙州，隋改置滁州。唐、宋因之。宋屬淮南東路。即今安徽滁縣。

〔范倅〕滁州府志職官通判：「范昂，乾道六年任。」宋會要輯稿職官一〇之九：「乾道八年正月十四日詔滁州州縣官到任任滿，依次邊舒州州縣官推賞。先是，權通判滁州范昂陳請，故有是詔。」據知此范倅即范昂。唯范氏事歷別無可考，並其字里亦莫得而知。

〔三山句〕三山本指海上三仙山蓬萊、方壺、瀛洲，自漢代學者以東觀爲道家蓬萊山（見後漢書寳章傳），後人遂有以「三山」、「三島」、「蓬萊」、「瀛洲」等爲館閣之稱者，如唐太宗設瀛洲館以待學士是也。劉禹錫鶴歎詩序：「樂天爲秘書監，不以鶴隨，置之洛陽第，……因作鶴歎以贈樂天。」詩云：「一院春草長，三山歸路迷。」陳師道答寇十一惠朱櫻詩：「故人憐一老，輟食寄三山。」時後山在館中。詳詞中此句之意，蓋即以館閣從官期范倅也。〔天香襟袖〕蘇軾和子由除夜元日省宿致齋詩：「朝回兩袖天香滿。」浣溪沙彭門送梁左藏：「歸來衫袖有天香。」

【編年】

乾道八年（一一七二）春。——據周孚奠枕樓記，知稼軒之守滁始於乾道八年春正月，又據滁州府志，知范昂之繼任者爲燕世良，亦於八年莅任。更據稼軒送范氏之木蘭花慢，知范氏之去任當在八年中秋之前，而此詞則春間所作也。

又　壽范倅

七十古來稀，人人都道：不是陰功怎生到。松姿雖瘦，偏耐雪寒霜曉。看君雙鬢底，青青好。　樓雪初晴，庭闈嬉笑。一醉何妨玉壺倒。從今康健，不用靈丹仙草。更看一百歲，人難老。

【校】

〔題〕廣信書院本無，兹從四卷本乙集。永樂大典卷二二六〇八老字韻作「壽人七十」。

〔雪寒霜曉〕四卷本作「雲寒霜冷」。

【箋注】

〔范倅〕前闋滁州壽范倅之感皇恩，起句爲「春事到清明，十分花柳」，與本闋之「雪寒霜曉」及「樓雪初晴」諸語，時令不合，則此范倅與彼范倅蓋非一人。劉宰漫塘集三十四范如山行述，謂如山之父名邦彦，仕金爲蔡州之新息縣令，紹興辛巳以其縣歸宋。如山之女弟歸稼軒先生。牟巘陵陽集十五書范雷卿家譜，謂范邦彦南歸之後，添差湖州之長興縣丞，其後改簽書鎮江軍節度使判官廳事，召赴都堂審查，又改爲添差通判鎮江府。至順鎮江志，謂范邦彦之通判鎮江在乾道四年以後，年七十四卒於任所。曩曾據上引諸文，以爲此闋所壽之范倅應即爲范邦彦。然審思之亦殊未合。范邦彦爲稼軒婦翁，似不應逕呼爲「范倅」，且據漫塘集及陵陽集，范邦彦未仕則有「河朔孟嘗」之稱號，既仕爲金之新息縣令，則率豪傑開蔡州城以迎宋師，因與稼軒忠義相知。是則范邦彦並非庸庸碌碌、無志業可以稱述者，而詞中僅泛泛然稱道其「陰功」，則與范邦彦之行誼亦顯不相符。因知舊日之箋注爲非是。至此范倅究爲何人，恐終難確考矣。

〔七十句〕杜甫曲江之二：「酒債尋常行處有，人生七十古來稀。」

〔難老〕詩魯頌泮水：「既飲旨酒，永錫難老。」

【編年】范倅既不知究係何人，此詞作年因亦難定。姑依廣信書院本次第，附次於「滁州壽范倅」一首之後。

聲聲慢　滁州旅次登奠枕樓作，和李清宇韻

征埃成陣，行客相逢，都道幻出層樓。指點簷牙高處，浪涌雲浮。今年太平萬里，罷長淮千騎臨秋。憑欄望：有東南佳氣，西北神州。　千古懷嵩人去，還笑我，身在楚尾吴頭。看取弓刀陌上，車馬如流。從今賞心樂事，剩安排酒令詩籌。華胥夢，願年年人似舊游。

【校】

〔題〕四卷本甲集作「旅次登樓作」。花菴詞選作「滁州作，奠枕樓」。

〔浪涌〕四卷本作「浪擁」。

〔還笑〕四卷本作「應笑」。

〔看取〕花菴詞選作「見説」。

【箋注】

〔奠枕樓〕稼軒於乾道八年守滁州時所創建，用以安輯民庶，收容商旅者也。崔敦禮宫教集奠枕樓記：「郡之酤肆，舊頹廢不治，市區寂然，人無以爲樂，侯乃易而新之。……即館之旁，築逆旅之邸，宿息屏蔽，罔不畢備。納車聚橐，各有其所。四方之至者，不求皆予之以歸。自是流逋四來，商旅畢集。……既又揭樓於邸之上，名曰奠枕，使其民登臨而歌舞之。」

〔李清宇〕蠹齋鉛刀編卷二十四送李清宇序：「延安李君清宇，予始識之於滁。與之語，歡甚。視其所去取與所趨避，鮮有不與予同者。」王千秋審齋詞有「和李清宇」之好事近一闋。

〔東南佳氣〕後漢書光武帝紀：「蘇伯阿爲王莽使至南陽，遥望舂陵郭，唶曰：『氣佳哉，鬱鬱葱葱然。』」

〔千古句〕輿地紀勝卷四十二滁州景物下：「懷嵩樓即今北樓，唐李德裕貶滁州，作此樓，取懷歸嵩洛之意。」滁州府志古蹟志：「贊皇樓，在州治後統軍池上。唐刺史李德裕建。後改名懷嵩，一名北樓。」李文饒文集别集七懷嵩樓記：「懷嵩，思解組也。……余憂傷所侵，疲苶多病，嘗驚北叟之福，豈忘東山之歸。此地舊隱曲軒，傍施僻塊，竹樹陰合，簷檻晝昏，喧雀所依，涼飇罕至。余盡去危堞，敞爲虚樓；剪榛木而始見前山，除密篠而近對嘉樹；延清輝於月觀，留愛景於寒榮。晨憩宵遊，皆有殊致。周視原野，永懷嵩峯。肇此佳名，且符夙尚。盡庾公不淺之意，寫仲宣極望之心。貽于後賢，斯乃無愧。」

〔楚尾吴頭〕方輿勝覽：「豫章之地爲楚尾吴頭。」按：滁州亦古代吴楚交界之地，故亦可稱「楚尾吴頭」。

〔弓刀陌上〕黄庭堅寄叔父夷仲詩：「弓刀陌上望行色，兒女燈前語夜深。」

〔賞心樂事〕見前滿江紅（美景良辰闋）「美景句」注。

〔剩〕此處作「儘」解。

〔華胥夢〕列子黄帝篇：「黄帝……晝寢而夢遊於華胥氏之國。華胥氏之國在弇州之西，台州之北，不知斯齊國幾千萬里；蓋非舟車足力之所及，神遊而已。其國無師長，自然而已；其民無嗜慾，自然而已。……黄帝既寤，怡然自得。」

【編年】

乾道八年（一一七二）。——玩詞中語意，當是作於奠枕樓初成之時。

又

嘲紅木犀。余兒時嘗入京師禁中凝碧池，因書當時所見

開元盛日，天上栽花，月殿桂影重重。十里芬芳，一枝金粟玲瓏。管絃凝碧池上，記當時風月愁儂。翠華遠，但江南草木，煙鎖深宫。　只爲天姿冷澹，被西風醞釀，徹骨香濃。枉學丹蕉，葉底偷染妖紅。道人取次裝束，是自家香底家風。又怕

是，爲淒涼長在醉中。

【校】

〔題〕四卷本甲集「嘲」作「賦」。

〔葉底〕四卷本作「葉展」。

【箋注】

〔京師禁中凝碧池〕京師指開封。李濂汴京遺蹟志卷八臺池園苑門：「凝碧池在陳州門裏繁臺之東南。唐爲牧澤，宋真宗時改爲池。」按：陳州門爲開封外城南門之一，非皇城門，所記凝碧池之方位與稼軒所云在禁中者不合，不知何故。稼軒謂「兒時嘗入京師」，指隨其祖父居汴京事。美芹十論奏進劄子：「臣之家世，受廛濟南，……大父臣贊，以族衆拙於脱身，被汙虜官，留京師，歷宿亳，涉沂海，非其志也。」辛啓泰稼軒年譜載辛贊曾知開封府。

〔開元句〕開元爲唐玄宗年號。其時唐稱極盛，蓋以喻北宋盛時。杜甫憶昔二首：「憶昔開元全盛日，小邑猶藏萬家室。」

〔管絃句〕明皇雜録：「天寶末，禄山陷西京，大會凝碧池，梨園子弟，欷歔泣下。樂工雷海青擲樂器西向大慟。王維陷賊中，潛賦詩云：『秋槐零落深宮裏，凝碧池頭奏管絃。』」

〔翠華遠〕皇帝之旗以翠羽爲飾。此指宋徽宗、欽宗爲金人所虜北去事。

〔偷染妖紅〕蘇軾浣溪沙徐州藏春閣園中：「化工餘力染夭紅。」語本和述古冬日牡丹四首之一：「一朵妖紅翠欲流，……化工只欲呈新巧。」是「夭紅」即「妖紅」。

〔道人句〕芍藥譜：「取次妝，淡紅多葉也。色絶淡，條葉正類緋，多葉亦平頭也。」取次即造次，作「隨便」或「草草」解。

〔是自家句〕宋釋曉瑩羅湖野録載晦堂禪師爲黄庭堅説法，「時當暑退涼生，秋香滿院。晦堂乃曰：『聞木犀香乎？』公曰聞。晦堂曰：『吾無隱乎爾。』公欣然領解。」後因常以「木犀香」爲三教教門中典故。詞中因有「道人家風」之聯想。

【編年】

此詞廣信書院本編次於同調「滁州登奠枕樓」一首之後，「上饒送黄倅赴調」一首之前，作年不可確考，因附次於此。

木蘭花慢 滁州送范倅

老來情味減，對別酒，怯流年。況屈指中秋，十分好月，不照人圓。無情水都不管，共西風只管送歸船。秋晚蓴鱸江上，夜深兒女燈前。　征衫便好去朝天。玉殿正思賢。想夜半承明，留教視草，却遣籌邊。長安故人問我，道愁腸殢酒只依然。目斷秋霄落鴈，醉來時響空弦。

【校】

〔題〕花菴詞選作「送滁州范倅」。

〔怯流年〕花菴詞選作「惜流年」。

〔況〕花菴詞選作「更」。

〔只管〕四卷本甲集及花菴詞選並作「只等」。

〔承明〕花菴詞選作「恩綸」。

〔愁腸殢酒〕四卷本作「尋常泥酒」。

〔響空弦〕四卷本作「嚮空絃」。

【箋注】

〔對別酒二句〕蘇軾江城子東武雪中送客：「對尊前，惜流年。」

〔秋晚句〕世説新語識鑒篇：「張季鷹辟齊王東曹掾，在洛，見秋風起，因思吴中菰菜、蓴羹、鱸魚膾，曰：『人生貴得適意爾，何能羈宦數千里以要名爵？』遂命駕便歸。」

〔夜深句〕參前聲聲慢（征埃成陣閿）「弓刀陌上」注。

〔承明〕漢書嚴助傳：「君厭承明之廬，勞侍從之事。」注：「承明廬在石渠閣外。直宿所止曰廬。」西都賦：「承明金馬，著作之庭。大雅宏達，於兹爲羣。」

〔視草〕舊唐書職官志翰林院條：「玄宗即位，張説等召入禁中，謂之翰林待詔。……或詔從中出，雖宸翰所揮，亦資其檢討，謂之視草。」

〔愁腸殢酒〕韓偓有憶詩：「愁腸殢酒人千里。」

〔目斷二句〕目斷猶云目極或目盡。戰國策楚策四：「更羸與魏王處京臺之下，仰見飛鳥，更羸謂魏王曰：『臣爲君引弓虚發而下鳥。』……有間鴈從東方來，更羸以虚發而下之。魏王曰：『然則射可至此乎？』更羸曰：『此孽也。……故瘡未息而驚心未去也。聞弦音烈而高飛，故瘡隕也。』」蘇軾次韻王雄州送侍其涇州詩：「聞道名城得真將，故應驚羽落空弦。」

【編年】

乾道八年（一一七二）。

西江月　爲范南伯壽

秀骨青松不老，新詞玉佩相磨。靈槎準擬泛銀河，剩摘天星幾箇。南伯去歲七月生子。

莫枕樓頭風月，駐春亭上笙歌。留君一醉意如何？金印明年斗大。

【校】

〔題〕廣信書院本作「壽范南伯知縣」，兹從四卷本丁集。花菴詞選無題。

〔注〕「箇」字下注文，四卷本無。

〔樓頭〕四卷本及花菴詞選並作〔樓東〕。

【箋注】

〔范南伯〕劉宰故公安范大夫行述：「公諱如山，字南伯，邢台人。……南軒先生張公帥荊南，志在經理中原，以公北土故家，知其豪傑，熟其形勢，辟差辰州盧溪令，改攝江陵之公安，實欲引以自近。公治官猶家，撫民若子，人思之至今。……女弟歸稼軒先生辛公棄疾，辛與公皆中州之豪，相得甚。辛詞有『萬里功名莫放休』之句，蓋以屬公。公賦詩自見，亦曰：『伊人固可笑，歷落復崎嶔。略無資身策，而有憂世心。窮途每爲慟，抱膝空長吟。』其志尚可想。牀頭常置淵明詩一編，開誦至『傾壺無餘瀝，窺竈不見煙』，輒掩卷曰：『是中有樂地，惟此翁知之。』……公歲晚居貧而好客，客至輒飭家人趣治具，無則典衣繼之，須盡乃白。」

〔靈槎句〕博物志卷十：「天河與海通，近世有人居海渚者，年年八月有浮槎去來，不失期。人有奇志，立飛閣於槎上，多齎糧，乘槎而去。」

〔剩〕此處作「多」解。

〔駐春亭〕未詳，疑亦滁州之一亭也。

〔金印句〕世説新語尤悔篇：「王大將軍起事，丞相兄弟詣闕謝，周侯深憂。諸王始入，甚有憂色，丞相呼周侯曰：『百口委卿。』周直過不應。既入，苦相存活。既釋，周大説，飲酒。及出，諸王故在門，周曰：『明年殺諸賊奴，當取金印如斗大，繫肘後。』」

【編年】

乾道八年（一一七二）。——稼軒於乾道八年初蒞滁州即創建奠枕樓，據後章首句，當是范氏於其時至滁訪晤，稼軒因爲賦此詞也。

水調歌頭

落日古城角，把酒勸君留。長安路遠，何事風雪敝貂裘？散盡黄金身世，不管秦樓人怨，歸計狎沙鷗。明夜扁舟去，和月載離愁。　功名事，身未老，幾時休？詩書萬卷，致身須到古伊周。莫學班超投筆，縱得封侯萬里，憔悴老邊州。何處依劉客，寂寞賦登樓。

【箋注】

〔敝貂裘〕戰國策秦策一：「蘇秦始將連衡説秦惠王，……書十上而説不行，黑貂之裘敝，黄金百斤盡。」餘參本卷水調歌頭（落日塞塵起闋）「季子二句」注。

〔散盡句〕李白魏郡别蘇明府因北游詩：「洛陽蘇季子，劍戟森詞鋒。……黄金數百鎰，白璧有幾雙。散盡空掉臂，高歌賦還邛。」

〔秦樓〕李白憶秦娥詞：「簫聲咽，秦娥夢斷秦樓月。」

〔狎沙鷗〕列子黄帝篇：「海上之人有好鷗鳥者，每旦之海上，從鷗鳥遊，鷗鳥之至者百數而不止。其父曰：『吾聞鷗鳥皆從汝游，汝取來吾玩之。』明日之海上，鷗鳥舞而不下。」

〔詩書二句〕杜甫奉贈韋左丞丈二十二韻詩：「讀書破萬卷，下筆如有神。……致君堯舜上，再使風俗淳。」伊周，伊尹與周公旦，分别爲商、周之開國勳臣。晉傅玄答程曉詩：「伊周作弼，王室惟康。」

〔莫學三句〕後漢書班超傳：「班超字仲升，扶風平陵人。家貧，常爲宫傭書。嘗輟業投筆歎曰：『大丈夫無他志略，猶當效傅介子、張騫，立功異域，以取封侯，安能久事筆研間乎？』其後行詣相者，……相者指曰：『生燕頷虎頸，飛而食肉，此萬里侯相也。』……留焉耆半歲，慰撫之，於是西域五十餘國悉皆納質内屬焉。……封超爲定遠侯。……超以久在異域，年老思土。十二年，上疏曰：『……蠻夷之俗，畏壯侮老。臣超犬馬齒殲，常恐年衰，奄忽僵仆，孤魂棄捐。……臣不敢望到酒泉郡，但願生入玉門關。……』書奏，帝感其言，乃徵超還。……超在西域三十一年，……十四年八月至洛陽，……九月卒，年七十一。」晁補之摸魚兒東皋寓居：「功名浪語。便做得班超，封侯萬里，歸計恐遲暮。」

〔何處二句〕文選王粲登樓賦五臣注：「時董卓作亂，仲宣避難荊州依劉表，遂登江陵城樓，因懷歸而有此作，述其進退危懼之情也。」

【編年】

淳熙元年（一一七四）冬。——玩右詞語意，當是送人赴行都之作。據「依劉客」語，疑是作於任江東安撫司參議官時。蓋此後稼軒所任多爲方面大吏，似不得再以此自稱矣。

一剪梅　遊蔣山，呈葉丞相

獨立蒼茫醉不歸。日暮天寒，歸去來兮。探梅踏雪幾何時；今我來思，楊柳依依。

白石岡頭曲岸西，一片閒愁，芳草萋萋。多情山鳥不須啼。桃李無言，下自成蹊。

【校】

〔題〕四卷本乙集無題。

〔白石岡〕四卷本作「白石江」。

【箋注】

〔蔣山〕即鍾山，參前滿江紅（鵬翼垂空闋）「鍾山」。〔葉丞相〕宋史葉衡傳：「葉衡字夢錫，婺州金華人。紹興十八年進士第。……有言江淮兵籍僞濫，詔衡按視，賜以袍帶鞍馬弓矢，且命衡措置民兵，咸稱得治兵之要。知荆南、成都、建康府，除户部尚書，除簽書樞密院事，拜參知政事。……拜右丞相兼樞密使。……上諭執政，選使求河南，……（湯邦彦）聞衡對客有訕上語，奏之，上大怒，即日罷相。……詔衡自便，復官與祠。年六十二薨，贈資政殿學士。」

〔獨立句〕杜甫樂遊園歌：「此身飲罷無歸處，獨立蒼茫自詠詩。」

〔今我二句〕詩小雅采薇：「昔我往矣，楊柳依依。今我來思，雨雪霏霏。」

〔白石岡〕王安石出金陵詩：「白石岡頭草木深。」中書即事詩：「何時白石岡頭路，度水穿雲取次行。」李壁注謂建康東有白土岡，江寧縣城南十五里有石子岡，而不詳白石岡之所在。按：此詞既云「白石岡頭曲岸西」，則此地必在蔣山之西，與曲折北流之秦淮河相鄰。若然，則白石岡殆即石子岡也。范成大曉行詩云：「馬上誰驚千里夢，石頭岡下小車聲。」此范氏自吳中赴金陵途中所作，題下自注：「官塘驛。」葉衡淳熙元年帥建康，招稼軒爲參議官，比至而葉衡被召，白石岡頭蓋爲二人曾同遊之處也。

〔桃李二句〕史記李將軍列傳贊：「傳曰：『其身正，不令而行；其身不正，雖令不從。』其李將軍之謂也。……諺曰：『桃李不言，下自成蹊。』」

【編年】

淳熙元年（一一七四）春。——據景定建康志卷十四建炎以來年表，葉衡於淳熙元年正月二十六日帥建康，二月即召赴行在。而據周孚蠹齋鉛刀編卷十送辛幼安詩，稼軒赴建康時恰逢春分時節，則此詞乃稼軒送別葉氏之後獨自重遊蔣山時奉呈葉氏之作，詞中有「楊柳」、「芳草」可證。葉氏於時未爲丞相，題中丞相之稱，蓋後來所追改也。

新荷葉　和趙德莊韻

人已歸來，杜鵑欲勸誰歸？绿樹如雲，等閒付與鶯飛。兔葵燕麥，問劉郎幾度沾衣。翠屏幽夢，覺來水繞山圍。有酒重攜，小園隨意芳菲。往日繁華，而今物是人非。春風半面，記當年初識崔徽。南雲鴈少，錦書無箇因依。

【校】

〔付與〕四卷本甲集作「借與」。

【箋注】

〔人已二句〕見前滿江紅（點火櫻桃闋）「蝴蝶二句」注。

〔绿樹二句〕丘遲與陳伯之書：「暮春三月，江南草長，雜花生樹，羣鶯亂飛。」

〔兔葵二句〕本事詩：「劉尚書禹錫，自屯田員外左遷朗州司馬，凡十年始徵還。方春，作贈看花諸君子詩曰：『紫陌紅塵拂面來，無人不道看花回。玄都觀裏桃千樹，盡是劉郎去後栽。』其詩一出，傳於都下，有素嫉其名者，白於執政，又誣其有怨憤。他日見時宰，與坐，慰問甚厚，既辭，即曰：『近有新詩，未免爲累，奈何？』不數日，出爲連州刺史。其自敍云：『貞元二十一年春，余爲屯田員外，時此觀未有花。是歲出牧連州，至荆南，又貶朗州司馬。居十年，詔至京師，人人皆言：有道士手植仙桃滿觀，盛如紅霞，遂有前篇以記一時之事。旋又出牧，於今十四年，始爲主客郎中，重遊玄都，蕩然無復一樹，唯兔葵燕麥動摇於春風耳。因再題二十八字，以俟後再遊。時大和二年三月也。』詩曰：『百畝庭中半是苔，桃花浄盡菜花開。種桃道士歸何處，前度劉郎今又來。』」按：稼軒於乾道四年通判建康府，淳熙元年重歸建康充帥屬，故詞中有「人已歸來」和「劉郎幾度沾衣」句。

〔水繞山圍〕黄庭堅次韻石七三六言詩：「欲行水繞山圍，但見鯤化鵬飛。」

〔物是人非〕曹丕與朝歌令吴質書：「節同時異，物是人非，我勞如何。」

〔崔徽〕蘇軾章質夫寄惠崔徽真詩，宋援注：「崔徽，河中倡婦也。裴敬中以興元幕使河中，與徽相從者累月。敬中使罷，還，徽不能從，情懷怨抑。後數月，東州幕白知退將自河中歸，徽乃託人寫真，因捧書謂知退曰：『爲妾謂敬中：崔徽一旦不及卷中人，徽且爲卿死矣。』元稹爲作崔徽歌。」

〔因依〕意爲「依託」或「憑藉」。

【附録】

趙德莊彦端原唱二首（見介庵詞）

新荷葉

欲暑還涼，如春有意重歸。春若歸來，任他鶯老花飛。輕雷澹雨，似晚風欺得單衣。簷聲驚醉，起來新緑成圍。　回首分攜，光風冉冉菲菲。曾幾何時，故山疑夢還非。鳴琴再撫，將清恨都入金徽。永懷橋下，繫船溪柳依依。　雨細梅黄，去年雙燕還歸。多少繁紅，盡隨蝶舞蜂飛。陰濃緑暗，正麥秋猶衣羅衣。香凝沉水，雅宜簾幕重圍。　繡扇仍攜，花枝塵梁芳菲。遥想當時，故交往往人非。天涯再見，悦情話景仰清徽。可人懷抱，晚期蓮社相依。

又　再和前韻

春色如愁，行雲帶雨纔歸。春意長閒，遊絲盡日低飛。閒愁幾許，更晚風特地吹衣。小窗人静，棋聲似解重圍。　光景難攜，任他鶗鴂芳菲。細數從前，不應詩酒皆非。知音絃斷，笑淵明空撫餘徽。停杯對影，待邀明月相依。

【校】

〔題〕四卷本甲集作「再和」。

【箋注】

〔行雲句〕賀鑄芳心苦詞：「返照迎潮，行雲帶雨。」

〔鶗鴂芳菲〕離騷：「恐鵜鴂之先鳴兮，使夫百草爲之不芳。」漢書揚雄傳注：「鶗鴂一名子規，一名杜鵑，常以立夏鳴，鳴則衆芳皆歇。」廣韻：「鶗鴂春分鳴則衆芳生，秋分鳴則衆芳歇。」

〔絃斷〕晉書陶潛傳：「性不解音，而蓄素琴一張，絃徽不具。每朋酒之會，則撫而和之，曰：『但識琴中趣，何勞絃上聲。』」

〔停杯二句〕李白月下獨酌詩：「舉杯邀明月，對影成三人。」

【編年】

淳熙元年（一一七四）。——韓元吉南澗甲乙稿趙德莊墓誌謂趙氏於任江東轉運副使之後，移福建提刑，過闕，留爲左司郎中，遷太常少卿，復丐外，除知建寧府。淳熙二年卒於家。其卒前一二年，爲廢退家居時期。宋會要輯稿選舉三四之二四載：「乾道六年六月六日，詔太常少卿趙彦端直寶文殿，知建寧府。」則趙氏歸餘干當爲乾道末年事。趙氏原唱有「曾幾何時，故山疑夢還非」與「可人懷抱，晚期蓮社相依」句，知皆作於閒退期内。而稼軒和章蓋淳熙元年出任江東安撫司參議，重歸建康時所作，故前章有「人已歸來」數語，又感歎與趙氏相違，故有「有酒重攜，小園隨意芳菲。往日繁華，而今物是人非」諸句。

菩薩蠻　金陵賞心亭爲葉丞相賦

青山欲共高人語，聯翩萬馬來無數。煙雨却低回，望來終不來。　人言頭上髮，總向愁中白。拍手笑沙鷗，一身都是愁。

【校】

〔題〕四卷本甲集無「金陵」二字。

【箋注】

〔青山句〕蘇軾越州張中舍壽樂堂詩：「青山偃蹇如高人，常時不肯入官府。高人自與山有素，不待招邀滿庭户。」

〔人言四句〕白居易白鷺詩：「人生四十未全衰，我爲愁多白髮垂。何故水邊雙白鷺，無愁頭上也垂絲。」

又

江搖病眼昏如霧，送愁直到津頭路。歸念樂天詩：「人生足別離。」　雲屏深夜語，夢到君知否？玉筯莫偷垂，斷腸天不知。

【箋注】

〔歸念二句〕武瓘勸酒詩有「花發多風雨，人生足別離」句，蓋稼軒誤記爲樂天詩。

〔玉筯〕眼淚。白氏六帖：「魏甄后面白，淚雙垂如玉筯。」劉孝威獨不見詩：「誰憐雙玉筯，流面復流襟。」

【編年】

淳熙元年（一一七四）。——右菩薩蠻二首，廣信書院本將第二首編次於同調賦鬱孤臺一首前，知亦作於任江西提刑之先。以上片有「江搖」二句，姑置於本年所作賞心亭詞之後。

太常引　建康中秋夜爲呂叔潛賦

一輪秋影轉金波。飛鏡又重磨。把酒問姮娥：被白髮欺人奈何！　乘風好去，長空萬里，直下看山河。斫去桂婆娑，人道是清光更多。

【校】

〔題〕「呂叔潛」廣信書院本作「呂潛叔」，兹從四卷本丙集。四卷本無「夜」字。

【箋注】

〔呂叔潛〕汪應辰文定集卷十五有與呂叔潛書，中有「魏公再相」及「伯恭今安在，兩日前作書託韓無咎附便」等語。陳巖肖庚溪詩話卷下有呂叔潛大虬云云記事一則，知呂氏名大虬。查呂祖謙東萊集卷九呂氏家傳，大虬爲呂好問孫，乃祖謙之諸父。

〔金波〕謂月。漢書禮樂志郊祀歌：「月穆穆以金波。」

〔飛鏡句〕喻月重圓。玉臺新詠古絶句四首：「破鏡飛上天。」吴兢樂府古題要解藁砧今何在：「破鏡飛上天，言月半當還也。」

〔被白髮句〕薛能春日使府寓懷詩：「青春背我堂堂去，白髮欺人故故生。」

〔斫去二句〕杜甫一百五日夜對月詩：「斫却月中桂，清光應更多。」韓愈月蝕詩效玉川子作：「玉階桂樹閑婆娑。」

【編年】

淳熙元年（一一七四）。——呂叔潛始末既未得詳，右詞作年因亦難得的知。但據「白髮欺人」句推之，似以作於二次官建康時爲較合。

水龍吟 登建康賞心亭

楚天千里清秋，水隨天去秋無際。遥岑遠目，獻愁供恨，玉簪螺髻。落日樓頭，斷鴻聲裏，江南游子。把吴鉤看了，欄干拍徧，無人會，登臨意。　休説鱸魚堪鱠，儘西風季鷹歸未？求田問舍，怕應羞見，劉郎才氣。可惜流年，憂愁風雨，樹猶如此！倩何人喚取，紅巾翠袖，揾英雄淚？

【校】

〔題〕花菴詞選作「賞心亭」。

〔遠目〕四卷本甲集作「遠日」。

〔紅巾〕四卷本作「盈盈」。

【箋注】

〔遥岑句〕韓愈城南聯句：「遥岑出寸碧，遠目增雙明。」

〔玉簪句〕韓愈送桂州嚴大夫詩：「山如碧玉簪。」皮日休縹緲峯詩：「似將青螺髻，撒在明月中。」

〔落日句〕杜甫越王樓歌：「樓頭落日半輪明。」

〔斷鴻句〕柳永玉蝴蝶詞：「斷鴻聲裏，立盡斜陽。」

〔吴鈎〕吴越春秋闔閭内傳：「闔閭命於國中作金鈎，令曰：『能爲善鈎者賞之百金。』有人殺其二子，以血釁金，成二鈎，獻於闔閭。……王曰：『何以異於衆夫子之鈎乎？』……鈎師向鈎而呼二子名：『吴鴻、扈稽，我在於此，王不知汝之神也。』聲絶於口，兩鈎俱飛，着父之胸。吴王大驚，乃賞百金，遂服而不離身。」沈括夢溪筆談卷十九：「唐人詩多用吴鈎者，吴鈎，刀名也，刃彎，今南蠻用之，謂之葛黨刀。」杜甫後出塞詩：「少年别有贈，含笑看吴鈎。」李賀南園詩：「男兒何不帶吴鈎，收取關山五十州。」

〔欄干句〕王闢之澠水燕談録卷四：「劉孟節先生概，青州壽光人。少師种放，篤古好學，酷嗜山水，而天姿絶俗，與世相齟齬，故久不仕。……少時多居龍興僧舍之西軒，往往憑欄静立，懷想世事，吁唏獨語，或以手拍欄干。嘗有詩曰：『讀書誤我四十年，幾回醉把欄干拍。』」

〔無人會二句〕宋僧文瑩湘山野録卷上：「金陵賞心亭，丁晉公出鎮日重建也。秦淮絶致，清在軒檻。取家篋所寳袁安卧雪圖張於亭之屏，乃唐周昉絶筆。……偶一帥遂竊去，以市畫蘆鴈掩之。後君玉王公琪復守是郡，登亭留詩曰：『千里秦淮在玉壺，江山清麗壯吴都。昔人已化遼天鶴，舊畫難尋卧雪圖。冉冉流年去京國，蕭蕭華髮老江湖。殘蟬不會登臨意，又噪西風入座隅。』此詩與江山相表裏，爲貿畫者之蕭斧也。」

〔休説二句〕參前木蘭花慢（老來情味減）「秋晚句」注。

〔求田三句〕三國志魏志陳登傳：「許汜與劉備共在荆州牧劉表坐，表與備共論天下人，汜曰：『陳元龍湖海之士，豪氣不除。』備問汜：『君言豪，寧有事耶？』汜曰：『昔遭亂，過下邳，見元龍，元龍無客主之意，久不相與語，自上大牀卧，使客卧下牀。』備曰：『君有國士之名，今天下大亂，帝主失所，望君憂國忘家，有救世之意；而君求田問舍，言無可采，是元龍所諱也，何緣當與君語！如小人，欲卧百尺樓上，卧君於地，何但上下牀之間耶！』」

〔憂愁風雨〕蘇軾滿庭芳詞：「百年裏，渾教是醉，三萬六千場。思量，能幾許，憂愁風雨，一半相妨。」

〔樹猶如此〕世説新語言語篇：「桓公北征，經金城，見前爲琅琊時種柳已皆十圍，慨然曰：『木猶如此，人何以堪！』攀枝執條，泫然流淚。」按：庾信枯樹賦作「樹猶如此」。

【編年】

淳熙元年（一一七四）。——右詞充滿牢騷憤激之氣，且有「樹猶如此」語，疑非首次官建康時作。蓋當南歸之初，自身之前途功業如何，尚難測度；嗣後乃仍復沉滯下僚，滿腹經綸，迄無所用，迨重至建康，登高眺遠，胸中積鬱乃不能不以一吐爲快矣。

八聲甘州 壽建康帥胡長文給事。時方閱折紅梅之舞，且有錫帶之寵

把江山好處付公來，金陵帝王州。想今年燕子，依然認得，王謝風流。只用平時尊俎，彈壓萬貔貅。依舊鈞天夢，玉殿東頭。　看取黄金横帶，是明年準擬，丞相封侯。有紅梅新唱，香陣卷温柔。且畫堂通宵一醉，待從今更數八千秋。公知否：邦人香火，夜半纔收。

【校】

〔題〕「壽建康帥胡長文給事」，四卷本甲集作「爲建康胡長文留守壽」。

〔畫堂〕四卷本作「華堂」。

【箋注】

〔胡長文〕吴郡志卷二十七人物門：「胡元質字長文，長洲人。幼穎悟，年未冠，遊太學。紹興十八年進士高第，亦有隱行。……侍經帷，直史筆，參掌内外制，給事黄門，知貢舉。帝眷特厚，爲書王褒聖主得賢臣頌及親製論以賜。出守當塗、建業、成都，皆有政績。」紹興十八年同年小録：「胡元質，一甲第十人，字長文，年二十二，十月初三日生。」

〔錫帶之寵〕宋制：凡各路撫帥之職務振舉者，多遣中使賜金帶。見於建康志者，有乾道五年十一月御札獎諭史正志及賜金帶一事。胡氏賜帶事失載。

〔金陵句〕謝朓入朝曲：「江南佳麗地，金陵帝王州。」參前念奴嬌（我來弔古闋）「虎踞龍蟠」注。

〔想今年三句〕景定建康志：「烏衣巷在秦淮南，晉南渡，王、謝諸名族居此。」劉禹錫烏衣巷詩：「舊時王謝堂前燕，飛入尋常百姓家。」

〔鈞天夢〕史記趙世家：「趙簡子疾，五日不知人，大夫皆懼，醫扁鵲視之。……居二日半，簡子寤，語大夫曰：『我之帝所甚樂，與百神遊於鈞天，廣樂，九奏萬舞。』」

〔有紅梅二句〕折紅梅爲一種樂舞。歌舞者疑均爲女子，一如唐明皇之所謂風流陣，故云「香陣卷温柔」也。

〔八千秋〕莊子逍遥遊：「上古有大椿者，以八千歲爲春，八千歲爲秋。」

【編年】

淳熙元年（一一七四）。——據建康志卷十四，淳熙元年五月十一日朝議大夫充龍圖閣待制胡元質知府事。六月四日召赴行在奏事，七月除敷文閣直學士回府，十二月十一日召赴行在。是年十月初三日爲胡氏四十八歲壽辰，右詞必即作於是日。

洞仙歌 壽葉丞相

江頭父老，説新來朝野，都道今年太平也。見朱顔緑鬢，玉帶金魚，相公是，舊日中朝司馬。

遥知宣勸處：東閤華燈，别賜仙韶接元夜。問天上幾多春，只似人間，但長見精神如畫。好都取山河獻君王；看父子貂蟬，玉京迎駕。

【校】

〔題〕四卷本甲集作「爲葉丞相作」。

〔宣勸處〕花菴詞選作「宣勸後」。

【箋注】

〔舊日句〕宋史司馬光傳：「居洛陽十五年，天下以爲真宰相，田夫野老皆號爲司馬相公，婦人孺子亦知其爲君實也。帝崩，赴闕臨，衛士望見，皆以手加額曰：『此司馬相公也。』所至民遮道聚觀，馬至不得行。」

〔玉帶金魚〕唐宋三品以上官之服飾。韓愈示兒詩：「不知官高卑，玉帶懸金魚。」

〔宣勸〕詩話總龜前集卷二十七：「宣勸字，東坡數使之。其一即和王仲至喜雪御筵詩曰：『宣勸不多心自醉。』其一和蔣潁叔端門觀燈詩：『十分宣勸恐難勝。』」

〔東閤〕漢書公孫弘傳：「公孫弘自起徒步，數年，至宰相封侯，於是起客館、開東閤，以延賢人，與參謀議。」

〔仙韶〕唐書禮樂志：「文宗詔太常卿馮定采開元雅樂，製雲韶法曲，樂成，改法曲爲仙韶曲。」

〔貂蟬〕貂蟬爲侍從貴臣所着冠上之飾，其制爲冠上加黄金璫，附蟬爲飾，並插以貂尾。「父子貂蟬」事不詳。

【編年】

淳熙二年（一一七五）。——據紹興十八年同年小録，葉衡爲是年五甲第一百十八人，年二十七，正月十九日生。據宋史孝宗紀，葉衡於淳熙元年二月被召入朝，六月除參知政事，十一月除右丞相。此詞有「江頭父老」、「遥知宣勸」等語，應係淳熙二年正月稼軒尚在建康之日，爲應祝葉氏五十四歲壽辰而作。

酒泉子

流水無情，潮到空城頭盡白，離歌一曲怨殘陽。斷人腸。　　東風官柳舞雕牆。三十六宫花濺淚，春聲何處説興亡。燕雙雙。

【箋注】

〔潮到句〕劉禹錫金陵五題：「山圍故國周遭在，潮打空城寂寞回。」

〔三十六宫〕駱賓王帝京篇：「漢家離宫三十六。」

〔花濺淚〕杜甫春望詩：「感時花濺淚，恨别鳥驚心。」

〔春聲二句〕周邦彦西河詠金陵：「燕子不知何世，向尋常巷陌、人家相對，如説興亡斜陽裏。」

【編年】

右詞作年莫考，但據其感慨興亡之意，及「雕牆」、「三十六宫」等語，知必作於一都城之内。據「潮到空城」及「燕説興亡」句，可定爲在金陵時所作，因附編於二次官金陵諸作之後。

摸魚兒　觀潮上葉丞相

望飛來半空鷗鷺，須臾動地鼙鼓。截江組練驅山去，鏖戰未收貔虎。朝又暮。誚慣得吴兒不怕蛟龍怒。風波平步。看紅旆驚飛，跳魚直上，蹙踏浪花舞。　憑誰問，萬里長鯨吞吐，人間兒戲千弩。滔天力倦知何事，白馬素車東去。堪恨處：人道是屬鏤怨憤終千古。功名自誤。謾教得陶朱，五湖西子，一舸弄煙雨。

【校】

〔題〕陽春白雪三引作「潮」。

〔誚慣〕四卷本甲集作「誚慣」。

〔屬鏤怨〕四卷本及陽春白雪並作「子胥寃」。

【箋注】

〔動地鼙鼓〕白居易長恨歌：「漁陽鼙鼓動地來，驚破霓裳羽衣曲。」

〔組練〕左傳襄公三年：「春，楚子重伐吴，……使鄧廖帥組甲三百，被練三千以侵吴。」注：「組甲被練皆戰備也。組甲，漆甲成組文，被練，練袍。」蘇軾催試官考較戲作詩：「八月十八潮，壯觀天下無。鵾鵬水擊三千里，組練長驅十萬夫。」

〔鏖戰句〕列子黄帝篇：「黄帝與炎帝戰於阪泉之野，帥熊、羆、狼、豹、貙、虎爲前驅。」范仲淹觀潮詩：「勢雄驅島嶼，聲怒戰貔貅。」

〔悄慣得句〕蘇軾八月十五日看潮五絶：「吴兒生長狎濤淵，冒利輕生不自憐。」悄慣得，直縱容得之意。

〔看紅旆三句〕吴自牧夢粱録卷四觀潮：「杭人有一等無賴不惜性命之徒，以大綵旗或小清凉繖，紅緑繖兒，各繫繡色緞子滿竿，伺潮出海門，百十爲羣，執旗泅水上，以迓子胥。弄潮之戲，或有手脚執五小旗浮潮頭而戲弄。」

〔長鯨吞吐〕左思吴都賦：「長鯨吞航，修鯢吐浪。」

〔人間句〕宋史河渠志：「淛江通大海，日受兩潮。梁開平中錢武肅王始築捍海塘，在候潮門外，水晝夜衝激，版築不就，因命强弩數百以射潮頭，又致禱胥山祠。既而潮避錢塘東擊西陵，遂造竹器積巨石，植以大木。堤岸既固，民居乃奠。」蘇軾八月十五日看潮五絶：「安得夫差水犀手，三千强弩射潮低。」

〔白馬三句〕枚乘七發狀曲江波濤有云：「其少進也，浩浩溰溰，如素車白馬帷蓋之張。」太平廣記卷二九一伍子胥條：「伍子胥累諫，吴王賜屬鏤劍而死。……自是，自海門山潮頭洶高數百尺，越錢塘漁浦方漸低小。……時有見子胥乘素車白馬在潮頭之中，因立廟以祠焉。」史記吴太伯世家：「十一年復北伐齊，越王勾踐率其衆以朝吴，厚獻遺之，吴王喜，惟子胥懼，曰：『是棄吴也。』……吴王不聽，使子胥於齊，子胥屬其子於齊鮑氏，還報吴王，吴王聞之大怒，賜子胥屬鏤之劍以死。將死，曰：『樹吾墓上以梓，令可爲器，抉吾眼置之吴東門，以觀越之滅吴也。』」集解：「王愠曰：『孤不使大夫得有見。』乃盛以鴟夷投之江。」正義：「吴俗傳云：子胥亡後，越從松江北開渠至横山東北，築城伐吴。子胥乃與越軍夢，令從東南入破吴。越王即移向三江口岸，立壇殺白馬祭子胥，杯動酒盡，越乃開渠，子胥作濤，盪羅城東開入滅吴。」

〔謾教三句〕史記越王勾踐世家：「范蠡以爲大名之下，難以久居，且勾踐爲人，可與同患，難與處安樂，乃裝其輕寶珠玉……浮海出齊，變姓名，自謂鴟夷子皮（索隱云：以吴王殺子胥而盛以鴟夷，今蠡自以有罪，故爲號也。）……止於陶，以爲此天下之中，交易有無之通路，爲生可以致富矣。於是自謂陶朱公。」又，相傳謂范蠡獻西施於吴王，吴滅後，蠡復取西施同舟泛五湖而去。杜牧杜秋娘詩：「西子下姑蘇，一舸逐鴟夷。」

【編年】

淳熙二年（一一七五）。——稼軒於淳熙二年被召，入爲倉部郎官，此詞當作於七月赴江西提刑任之前。

滿江紅　贛州席上呈太守陳季陵侍郎

落日蒼茫，風纔定片帆無力。還記得眉來眼去，水光山色。倦客不知身遠近，佳人已卜歸消息。便歸來只是賦行雲，襄王客。　此箇事，如何得？知有恨，休重憶。但楚天特地，暮雲凝碧。過眼不如人意事，十常八九今頭白。笑江州司馬太多情，青衫濕。

【校】

〔題〕四卷本甲集作「贛州席上吴陳季陵太守」。

〔遠近〕四卷本作「近遠」。

【箋注】

〔贛州〕在今江西省南部，爲章、貢二水合流之地。隋、唐爲虔州，宋紹興二十三年改贛州。故治即今江西贛縣。

〔陳季陵〕贛州府志卷四十二名宦：「陳天麟，字季陵，宣城人，紹興進士。自廣德簿知襄陽事，所至有惠政。尋知贛州。時茶商寇贛、吉間，天麟預爲守備，民恃以安。江西憲臣辛棄疾討賊，天麟給餉補軍，事平，棄疾奏：『今成功，實天麟之方略也。』」宛陵羣英集：「陳天麟字季陵，紹興中進士，累官集賢殿修撰。嘗編易三傳及西漢、南北史、左氏徽節等書，所著曰攖寧居士集。」

〔還記得二句〕王觀卜算子詞：「水是眼波横，山是眉峯聚，欲問行人去那邊，眉眼盈盈處。」蘇軾臨江仙惠州改前韻：「水光都眼浄，山色總眉愁。」

〔賦行雲〕楚襄王與宋玉遊於雲夢之臺，望高唐之觀，其上獨有雲氣，崪兮直上，忽兮改容，須臾之間，變化無窮，玉因作高唐賦以紀其事。序中有高唐神女「旦爲行雲，暮爲行雨」語。

〔過眼二句〕晉書羊祜傳：「祜歎曰：天下不如意，恒十居七八，故有當斷不斷，天與不取，豈非更事者恨於後時哉！」參前滿江紅（快上西樓闋）「十常八九」注。

〔笑江州二句〕白居易貶江州司馬，因送客湓浦，聞長安倡女夜彈琵琶，始覺有遷謫意，遂作琵琶行。其結句云：「座中泣下誰最多？江州司馬青衫濕。」

【編年】

淳熙二年（一一七五）。——稼軒於淳熙二年任江西提刑，於是年九月撲滅茶商軍。陳氏於次年即去職（參年譜淳熙三年），知此詞必作於二年茶商軍既平之後也。

菩薩蠻　書江西造口壁

鬱孤臺下清江水，中間多少行人淚。西北望長安，可憐無數山。　青山遮不住，畢竟東流去。江晚正愁余，山深聞鷓鴣。

【校】

〔西北望〕四卷本甲集作「東北是」。

〔東流〕廣信書院本及四卷本作「江流」。兹從王詔校刊本、六十家詞本、四印齋本及鶴林玉露卷四引此詞。

【箋注】

〔造口〕在今江西萬安縣西南六十里，有皂口溪，水自此入贛江。皂口即造口也。

〔鬱孤臺〕在今江西贛縣西南。贛州府志：「鬱孤臺，一名賀蘭山。隆阜鬱然孤峙，故名。唐李勉爲刺史，登臺北望，慨然曰：『予雖不及子牟，心在魏闕一也。鬱孤豈令名乎。』乃易匾爲望闕。」王象之輿地紀勝江南西路贛州：「鬱孤臺……隆阜鬱然，孤起平地數丈，冠冕一郡之形勝。而襟帶千里之山川。」

〔清江〕江西袁江與贛江合流處，舊亦稱清江。此處當指贛江言。

〔西北句〕杜甫小寒食舟中詩：「愁看直北是長安。」李商隱桂州路中作：「欲成西北望，又見鷓鴣飛。」劉攽九日詩：「可憐西北望，白日遠長安。」

〔青山二句〕陳師道送何子温移亳州詩：「闗山遮極目，汴泗只東流。」

〔正愁余〕楚辭九歌湘夫人：「目眇眇兮愁予。」蘇軾和邵同年戲贈賈秀才詩：「煙波渺渺正愁予。」

【附録】

羅大經鶴林玉露卷四辛幼安詞：「其題江西造口詞云：『鬱孤臺下清江水，中間多少行人淚。

西北是長安，可憐無數山。青山遮不住，畢竟東流去。江晚正愁余，山深聞鷓鴣。』蓋南渡之初，虜人追隆祐太后御舟至造口，不及而還，幼安自此起興。『聞鷓鴣』之句，謂恢復之事行不得也。」

按：自羅大經創爲此説，世之釋稼軒此詞者莫不承用以爲資據，而其實羅説非也。金人追隆祐太后事，宋史后妃傳所記如下：「會防秋迫，命劉寧止制置浙江，衛太后往洪州。……仍命滕康、劉珏權知三省樞密院事，從行。……既至洪州，議者言金人自蘄黄渡江，陸行二百餘里即到洪州。帝憂之，命劉光世屯江州，光世不爲備，金人遂自大冶縣徑趣洪州。康、珏奉太后行次吉州，金人追急，太后乘舟夜行，質明至太和縣，舟人景信反，楊惟忠兵潰，失宫人一百六十。康、珏俱遁，兵衛不滿百，遂往虔州。」三朝北盟會編於建炎三年十一月二十三日記隆祐離吉州，「質明至太和縣，又進至萬安縣，兵衛不滿百人，滕康、劉珏、楊惟忠皆竄山谷中，惟有中官何漸、使臣王公濟、快行張明而已。金人追至太和縣，太后乃自萬安縣至皂口，捨舟而陸，遂幸虔州。」並不謂有追至造口之事。宋史高宗紀及護衛太后之劉珏、滕康二人傳並金史宗弼傳等，亦均未及其事。鶴林玉露金人追隆祐至造口不及而還之説凡數見，當俱出傳聞之誤。此詞前章「西北望長安」句，疑是用李勉登鬱孤臺北望故事。亦即李白登金陵鳳凰臺詩中所謂「長安不見使人愁」之意。蓋自李勉事流傳之後，至其地者即多聯想及此，故蘇軾虔州八景圖詩亦有一首云：「濤頭寂寞打城還，章貢臺前暮靄寒。倦客登臨無限思，孤雲落日是長安。」此與詞中「望長安」二句意境已極相近矣。稼軒詞中屢以「西北」喻中原神州，此詞亦以西北長安喻宋之故都汴京，藉寓北歸願望。羅大經謂「『聞鷓鴣』之句謂恢復之事行不得也」，殊爲差謬。稼軒一生奮發有爲，其恢復素志、勝利信心，由壯及老，不曾稍改，何得在南歸未久即生「恢復之事行不得」之念哉！

【編年】

淳熙二、三年（一一七五或一一七六）。——右詞作年雖難確考，但據建炎以來繫年要録，江南西路提點刑獄司自紹興末年即設置贛州，迄孝宗時未再遷徙。鬱孤臺爲贛州附近一名勝，亦稼軒任江西提刑時所時常經行之地，則此詞必作於此時期內。

水調歌頭 和王正之右司吴江觀雪見寄

造物故豪縱，千里玉鸞飛。等閒更把，萬斛瓊粉蓋玻瓈。好卷垂虹千丈，只放冰壺一色，雲海路應迷。老子舊遊處，回首夢耶非。謫仙人，鷗鳥伴，兩忘機。掀髯把酒一笑，詩在片帆西。寄語煙波舊侶：聞道蓴鱸正美，休裂芰荷衣。上界足官府，汗漫與君期。

【校】

〔造物〕六十家詞及四印齋本俱作「造化」。

〔玻瓈〕四卷本甲集作「頗黎」。

〔休裂〕四卷本作「休製」。

【箋注】

〔王正之〕樓鑰攻媿集卷九十九朝議大夫祕閣修撰致仕王公墓誌銘：「紹興三十二年有旨：王正己不畏彊禦，節概可稱，三省詳加訪問，其人如在，可與甄録。尋召赴行在。……公字伯仁父，舊字正之，至今以舊字行。……以葉丞相之薦，除尚書吏部員外郎，權右司郎官，遂爲真。葉公去國，公亦遭論，再奉祠。除嚴州，改婺州，内引奏事，尤加褒納。……慶元二年三月二日屬疾，却藥不進，翌日終於正寢。享年七十有八。」寶慶四明志卷八敍人：「王正己字正之，勳長子也。……以叔祖珩任爲豐城主簿，連帥張澄俾對，易理曹。時相姻黨王鈇家豫章，家舍亡瑞香花，與一富民有他憾，因誣之，帥諷理曹文致其罪，正己直之，忤帥意，稱疾尋醫以歸。孝宗聞之，既踐阼，詔以不畏强禦，節概可嘉，自泰州海陵縣召對，改令入官。淳熙初，訪求廉吏，參政葉衡舉正己辭聘事以聞，召對，上語輔臣曰：『王正己望之儼然，即之甚温。』史忠定王浩再相，論朋黨事，上曰：『葉衡既去，人以王正己爲其黨，朕固留之。雖衡所引，其人自賢，則知朕不以朋黨待臣下也。』正己凡四典郡，六爲部使者，終太府卿、祕閣修撰致仕。」

〔吴江〕即松江。吴郡志卷十八：「松江在郡南四十五里，禹貢三江之一也。……南與太湖接。垂虹跨其上，天下絶景也。」

〔造物句〕蘇軾遊白水山詩：「偉哉造物真豪縱，攫土摶沙爲此弄。」

〔垂虹〕吴郡志卷十七：「利往橋即吴江長橋也。慶曆八年縣尉王廷堅所建。有亭曰垂虹，而世併以名橋。續圖經云：『東西千餘尺，前臨太湖洞庭三山，横跨松江，行者晃漾天光水色中，海内絶景，唯遊者自知之，不可以筆舌形容也。』」

〔雲海路〕蘇軾江城子東武雪中送客：「路漫漫，玉花翻，雲海光寬，何處是超然？」

〔謫仙人〕新唐書李白傳：「李白至長安，往見賀知章，知章見其文，歎曰：『子謫仙人也。』」

〔鷗鳥二句〕李商隱贈田叟詩：「鷗鳥忘機翻浹洽，交親得路昧平生。」又太倉箴：「海翁忘機，鷗故不飛。」參前水調歌頭（落日古城角闋）「狎沙鷗」注。

〔蓴鱸〕參前木蘭花慢（老來情味減闋）「秋晚句」注。

〔休裂句〕離騷：「製芰荷以爲衣兮，集芙蓉以爲裳。」孔稚圭北山移文：「焚芰製而裂荷衣，抗塵容而走俗狀。」文選五臣注：「芰製荷衣，隱者之服。言皆焚裂之，舉騁塵俗之容狀。」

〔上界句〕韓愈奉酬盧給事詩：「上界真人足官府。」

〔汗漫〕淮南子道應訓：「盧敖遊乎北海，見一士焉，曰：『吾與汗漫期於九垓之外，吾不可以久駐。』」

【編年】

淳熙二、三年（一一七五或一一七六）。——據樓攻媿集，王正之於葉衡爲相時任右司郎官。另據宋會要輯稿職官七二之二：「（淳熙二年閏九月）十九日，右司員外郎王正己放罷。以言者論其所居之職，廢法徇情，爲害滋甚，故有是命。」詞中有「蓴鱸正美，休裂芰荷衣」句，其唱和蓋在王氏已罷右司之後。

滿江紅

漢水東流，都洗盡髭胡膏血。人盡説君家飛將，舊時英烈：破敵金城雷過耳，談兵玉帳冰生頰。想王郎結髮賦從戎，傳遺業。　腰間劍，聊彈鋏。尊中酒，堪爲別。況故人新擁，漢壇旌節。馬革裹屍當自誓，蛾眉伐性休重説。但從今記取楚樓風，庾臺月。

【校】

〔庾臺月〕廣信書院本「庾臺月」原作「裴臺月」，羌無故實，「裴」字顯誤。王詔校刊本及六十家詞本作「楚臺風，庾樓月」，又顯係臆改，庾樓在武昌，非江陵景物也。且因一字誤而改及六字，亦殊孟浪。今查，宋王象之輿地紀勝卷六四江陵府景物上載，枝江縣有庾臺，註云：「相傳爲庾子山宅也。」既謂「相傳」，當難信從。且枝江與楚樓所在之沙市相去遼遠，亦殊難合。近承湖北沙市修志館中友人告知，明末清初人孔伯靡（渠本明宗室，入清，因避禍，改姓名爲孔自來，字伯靡）編撰之江陵志餘載，江陵城東五里故堤内有庾信臺，註云：「今庾信樓基也，或即其宅。」今按：此條似較爲可信，故即據以逕改「裴臺」爲「庾臺」，冀以息數百年來之紛紜。

【箋注】

〔飛將〕史記李將軍列傳：「廣居右北平，匈奴聞之，號曰漢之飛將軍，避之數歲，不敢入右北平。」王昌齡出塞詩：「但使龍城飛將在，不教胡馬度陰山。」亦係指李廣言。

〔金城、玉帳〕顔之推觀我生賦：「守金城之湯池，轉絳宮之玉帳。」張淏雲谷雜記：「唐藝文志有玉帳經一卷，乃兵家厭勝之方位，謂主將於其方置軍帳，則堅不可犯，猶玉帳然。」

〔談兵句〕蘇軾寄高令詩：「論極冰霜繞齒牙。」又浣溪沙詞：「論兵齒頰帶風霜。」

〔想王郎句〕三國志魏書王粲傳：年十七，司徒辟，詔除黄門侍郎，以西京擾亂，皆不就，乃之荆州劉表。……魏國既建，拜侍中。曹操於建安二十年三月西征張魯於漢中，張魯降。是行也，侍中王粲作從軍詩五首以美其事。漢書李廣傳：「結髮與匈奴大小七十餘戰。」

〔腰間二句〕戰國策齊策四：「齊人有馮諼者，貧乏不能自存，使人屬孟嘗君，願寄食門下，孟嘗君笑而受之。……居有頃，倚柱彈其劍歌曰：『長鋏歸來乎，食無魚。』」

〔漢壇句〕漢書高帝紀：「於是漢王齋戒，設壇場，拜信爲大將軍。」

〔馬革句〕後漢書馬援傳：「方今匈奴烏桓尚擾北邊，欲自請擊之。男兒要當死於邊野，以馬革裹屍還葬耳，何能卧牀上在兒女子手中耶！」

〔蛾眉伐性〕枚乘七發：「皓齒蛾眉，命曰伐性之斧；甘脆肥醲，命曰腐腸之藥。」

〔楚樓〕項安世平庵悔稿卷十宋帥移廚就市樓併飯胡黎州（自注：澹庵之子。）詩，首聯云：「天明喜氣滿沙頭，小隊行廚下楚樓。」（按：在宋孝宗光宗寧宗三朝，亦即項安世在世之年，湖北帥無宋姓者，故可斷言此詩題中「宋」字爲「辛」字之誤。）又據袁説友東塘集卷七詠楚樓詩，題下自注云：「樓在沙市，規模宏廣，東西皆見江山，郡中以之爲酒肆。」詩云：「東江風月夜潮平，西望巫山白帝城。止爲山川增楚觀，惜哉徒沸市廛聲。」李曾伯可齋雜著卷二八登江陵沙市楚樓詩：「壯麗中居荆楚會，風流元向蜀吴誇。樓頭恰稱元龍卧，切勿輕嗤作酒家。」（按：袁説友與稼軒同年生，李曾伯晚於稼軒六十歲，然皆南宋人，其所描繪之沙市楚樓情況當與稼軒居官江陵時之現實情況相去不遠，故引録二人之詩於此。至楚樓始建於何時，則難考知。或謂「楚樓風」乃泛指江陵之風物而言，非實指某樓，説似未諦，因下句之裴臺斷非虚指，則楚樓亦不得爲虚指也。）

〔庾臺〕即庾子山江陵宅遺址，詳本詞校語。

【編年】

淳熙四年（一一七七）。——據「漢水東流」與「記取楚樓風、裴臺月」數句，知此詞應爲稼軒任湖北安撫使時送别李姓友人之官他地之作。其中「想王郎結髮賦從戎」二句意，係謂此友人取法王粲之賦從軍詩，而結髮從戎以傳飛將李廣之遺業也。王粲字仲宣，本山陽高平人，爲避董卓之亂而至荆州依劉表，其從軍詩即在荆山所賦。輿地紀勝謂南宋時江陵府城東南隅尚有仲宣樓，故詞中語及之也。

水調歌頭 淳熙丁酉，自江陵移帥隆興，到官之三月被召，司馬監、趙卿、王漕餞別。司馬賦水調歌頭，席間次韻。時王公明樞密薨，坐客終夕爲興門户之歎，故前章及之

我飲不須勸，正怕酒尊空。別離亦復何恨，此別恨匆匆。頭上貂蟬貴客，苑外麒麟高塚，人世竟誰雄？一笑出門去，千里落花風。　孫劉輩，能使我，不爲公。余髮種種如是，此事付渠儂。但覺平生湖海，除了醉吟風月，此外百無功。毫髮皆帝力，更乞鑑湖東。

【校】

〔題〕四卷本乙集「三月」作「二月」。

〔苑外〕廣信書院本、四卷本及王詔校刊本作「花外」。兹從四印齋本。

〔一笑出門〕王詔校刊本、六十家詞本及四印齋本作「出門一笑」。

【箋注】

〔司馬監〕據鷓鴣天（聚散匆匆不偶然闋）詞題，知司馬監即司馬漢章。漢章名倬，見洪邁夷堅志丁十六浙西提舉條。宋史司馬朴傳：「朴字文季。……靖康初，金人次汴郊，命朴使之，二酋

問朴家世，具以告，喜曰：『賢者之後也。』待之加禮。……二帝將北遷，又貽書請存立趙氏，金人憚之，挾以北去，且悉取其孥。開封儀曹趙鼎爲匿其長子倬於蜀，故得免。」涑水司馬氏源流集略卷四馬騤撰修復宋太師温國司馬文正公祠墓記：「初，金虜挾公姪孫兵部侍郎朴北去，悉取其孥，趙忠簡爲匿其長子倬於蜀，因家敘州。」按：宋史及司馬氏源流集略均不載司馬漢章之歷官本末，今據宋會要及建炎以來繫年要録，知其於紹興末年曾知房州及德安府，乾道、淳熙中知襄陽府兼京西南路安撫使，任户部員外郎，江西京西湖北總領，江南東路提點刑獄。此處以監相稱，知司馬漢章其時正任江西京西湖北總領。

〔趙卿〕未詳。

〔王漕〕宋史王希吕傳：「淳熙二年除吏部員外郎。……加直寶文閣、江西轉運副使。五年，召爲起居郎，除中書舍人。」陳亮與吕伯恭正字書：「辛幼安、王仲衡俱召還。」仲衡爲王希吕之字。稼軒之被召還朝較王氏或稍早，則此詞題中所指必即希吕也。

〔王公明〕周必大玉堂雜記卷二：「乾道七年七月二十六日，……是時參知政事王公明炎在蜀三年，屢求歸。」據知公明爲王炎之字。宋宰輔編年録卷十七：「乾道九年正月己丑，王炎罷樞密使。——炎自乾道四年二月除簽書樞密院事，五年二月除參知政事，七年七月拜樞密使，依前四川宣撫使。是年正月罷。執政凡五月。」餘詳年譜淳熙五年記事。

〔門户之歎〕一、宋史孝宗本紀：「乾道六年三月乙丑，以晁公武王炎不協，罷四川制置使，歸宣撫司。」二、周必大省齋文稿十四王炎除樞密使御筆跋：「乾道七年七月二十六日，國忌假，……御藥甘澤賫御札來，除王炎爲樞密使，依舊宣撫（四川）。……初，炎與宰相虞允文不相能，屢乞罷歸，允文薦權吏部侍郎王之奇爲代。……暨宣炎制，宰相以下皆莫測云。」三、宋宰輔編年録卷十七：「王炎，淳熙元年十二月以觀文殿學士太中大夫知潭州，二年五月臣僚論蔣芾、王炎、張説欺君之罪，並詔落職居住。炎落觀文殿學士，袁州居住。三年七月上宣諭龔茂良等曰：『有一事，累日欲與卿言。昨湯邦彦論蔣芾、王炎、張説三人者，朕思之，王炎似無大過，非二人之比。』茂良等奏：『仰見聖明洞照。邦彦論王炎事多非其實，人皆能言之。宜蒙聖恩寬貸。』上曰：『未欲便與差遣，且令自便。』三年十二月，中大夫新知荆南府王炎復資政殿大學士，以赦恩檢舉也。」

〔頭上貂蟬〕宋史輿服志：「貂蟬冠一名籠巾，織籐，漆之，形正方如平巾幘，飾以銀，前有銀花，上綴玳瑁蟬，左右爲三小蟬，銜玉鼻，左插貂尾。三公親王侍祠、大朝會，則加於進賢冠而服之。」

〔苑外句〕杜甫曲江詩：「江上小堂巢翡翠，苑邊高冢卧麒麟。」

〔一笑句〕黄庭堅水仙花詩：「出門一笑大江横。」

〔孫劉三句〕三國志魏志辛毗傳：「時中書監劉放、令孫資見信於主，制斷時政，大臣莫不交好，而毗不與往來。毗子敞諫曰：『今劉孫用事，衆皆影附，大人宜小降意，和光同塵，不然必有謗言。』毗正色曰：『主上雖未稱聰明，不爲闇劣；吾之立身，自有本末，就與劉孫不平，不過令吾不作三公而已，何危害之有焉。』」

〔余髪句〕左傳昭三年：「齊侯田於莒，盧蒲嫳見，泣且請曰：『余髪如此種種，余奚能爲？』」注：「嫳，慶封之黨，襄二十八年放之於境。種種，短也，自言衰老，不能復爲害。」

〔湖海〕見前水龍吟（楚天千里清秋閡）「求田三句」注。

〔除了二句〕蘇軾秀州報本禪院鄉僧文長老方丈詩：「我除搜句百無功。」

〔毫髪句〕漢書張耳陳餘傳：「耳子敖嗣立，高祖過趙，趙王體甚卑，高祖甚慢之，趙相貫高怒曰：『請爲殺之。』敖曰：『君何言之誤！先王亡國，賴皇帝得復國，德流子孫，秋毫皆帝力也。』」

〔鑑湖〕一名鏡湖。在今浙江紹興縣南。新唐書隱逸傳：「賀知章天寶初病，夢遊帝居，乃請爲道士，還鄉里，詔許之，以宅爲千秋觀而居。又請周公湖數頃爲放生池，有詔賜鏡湖剡川一曲。」蘇軾次韻子由使契丹至涿州見寄四首：「那知老病渾無用，欲向君王乞鏡湖。」

【編年】

淳熙五年戊戌（一一七八）。——據詞題中語，知此詞之作與王炎之卒蓋在同時；唯王氏宋史無傳，宋宰輔編年録亦不載其生卒。稼軒自隆興被召之年月，史亦無文可考。但題中雖云淳熙丁酉自江陵移帥隆興，而據在隆興帥任内之措施考之，知其蒞任必在丁酉歲杪（參年譜），其被召離任，當在戊戌年之晚春也。

霜天曉角 旅興

吴頭楚尾，一棹人千里。休説舊愁新恨，長亭樹，今如此！　宦游吾倦矣，玉人留我醉：明日落花寒食，得且住，爲佳耳。

【校】

〔題〕廣信書院本無題，兹從四卷本甲集、王詔校刊本及四印齋本。花菴詞選作「惜别」。

〔落花〕四卷本作〔萬花〕。

【箋注】

〔吴頭句〕見前聲聲慢（征埃成陣闋）「楚尾吴頭」注。

〔樹今如此〕見前水龍吟（楚天千里清秋闋）「樹猶如此」注。

〔宦游句〕史記司馬相如傳：「相如歸而家貧，無以自業，素與臨邛令王吉相善，吉曰：『長卿久宦游不遂，而來過我。』」又：「長卿故倦游，雖貧，其人材足依也。」

〔明日三句〕晉人帖：「天氣殊未佳，汝定成行否？寒食近，且住爲佳爾。」

【編年】

淳熙五年（一一七八）。——據此詞起句，知是離豫章時作。稼軒前後二次帥江西，第二次之去職，事在淳熙八年冬季，與此詞所述時令不合，知此詞作於淳熙五年。

鷓鴣天　離豫章，别司馬漢章大監

聚散匆匆不偶然，二年歷偏楚山川。但將痛飲酬風月，莫放離歌入管絃。縈緑帶，點青錢。東湖春水碧連天。明朝放我東歸去，後夜相思月滿船。

【校】

〔歷偏〕四卷本丙集作「偏歷」。

【箋注】

〔聚散句〕歐陽修浪淘沙詞：「聚散苦匆匆，此恨無窮。」

〔二年句〕稼軒於淳熙三年由江西提刑調京西轉運判官，四年差知江陵府兼湖北安撫，其年秋冬間又還知隆興兼江西安撫，二年之内所至莫非楚地。張孝祥鷓鴣天淮雨爲老人壽：「農桑欲偏楚山川。」

〔莫放句〕歐陽修别滁詩：「我亦且如常日醉，莫教管絃作離聲。」莫放猶言莫教、莫使。

〔點青錢〕杜甫漫興詩：「糝徑楊花鋪白氈，點溪荷葉疊青錢。」

〔東湖句〕韋莊菩薩蠻：「春水碧於天，畫船聽雨眠。」東湖在豫章郡治東南，輿地紀勝江南西路隆興府：「洪州，春秋戰國時屬楚，秦屬九江郡，漢高帝始置豫章郡。東湖在郡治東南，周廣五里。」唐書地理志：「南昌縣南有東湖，元和三年刺史韋丹開南塘斗門以節江水。」

〔明朝二句〕陳師道過杭留别曹無逸朝奉詩：「後夜相思隔煙水。」張孝祥鷓鴣天荆州别同官：「今宵拚醉花迷坐，後夜相思月滿川。」

【編年】

淳熙五年（一一七八）。

念奴嬌 書東流村壁

野棠花落，又匆匆過了，清明時節。剗地東風欺客夢，一夜雲屏寒怯。曲岸持觴，垂楊繫馬，此地曾輕别。樓空人去，舊遊飛燕能説。聞道綺陌東頭，行人曾見，簾底纖纖月。舊恨春江流不斷，新恨雲山千疊。料得明朝，尊前重見，鏡裏花難折。也應驚問：近來多少華髮！

【校】

〔調〕花菴詞選作「酹江月」。

〔題〕花菴詞選作「春恨」。陽春白雪一引無題。

〔野棠〕王詔校刊本、六十家詞本及四印齋本作「野塘」。

〔又匆匆〕陽春白雪作「甚匆匆」。

〔一夜〕六十家詞本及四印齋本作「一枕」。

〔雲屏〕花菴詞選及陽春白雪作「銀屏」。

〔輕别〕花菴詞選及陽春白雪作「經别」。

〔曾見〕四卷本作「長見」。

〔不斷〕四卷本作「未斷」，花菴詞選作「不盡」。

【箋注】

〔東流村壁〕趙蕃淳熙稿卷四有重九前一日東流道中詩，首聯云：「明日乃重九，今晨更天涯。」韓淲澗泉集卷六有歸舟過東流丘簿清足軒詩，首聯云：「依船江頭看修竹，誰家有軒號清足？」又卷七有東流值雨詩，全詩云：「客恨何時了？蕭蕭雨未晴。異鄉無伴處，荒村少人行。樹色巡簷碧，江聲遶枕清。且憑閑景物，陶寫小詩成。」據諸詩語意，知東流爲其時江行泊駐之所，且富遊觀之勝，故趙韓二氏均覽物興感而有所賦詠。其必爲池州之東流縣，當無可疑。玩此詞各語，亦江行途中所作，則東流村壁者，乃指東流縣境内之某村，非村以東流名也。梁啓超於韻文與情感中解釋此詞，謂東流爲「徽、欽二帝北行所經之地」，蓋誤。

〔野棠三句〕沈約早發定山詩：「野棠開未落，山英發欲然。」按：起數句，蓋脱胎於李後主烏夜啼詞：「林花謝了春紅，太匆匆。常恨朝來寒雨晚來風。」

〔剗地〕有「只是」、「無端」、「依然」諸義。

〔垂楊句〕蘇軾漁家傲感舊：「垂楊繫馬恣輕狂。」

〔樓空二句〕白居易燕子樓詩序：「徐州故張尚書有愛妓曰盼盼，善歌舞，雅多風態。……尚書既殁，歸葬東洛，而彭城有張氏舊第，第中有小樓名燕子，盼盼念舊愛而不嫁，居是樓十餘年，幽獨塊然，於今尚在。」（按：張愔任徐州刺史達七年之久，元和初以工部尚書召。白詩序中之張尚書即愔也。舊來多釋爲愔父建封，蓋誤。）蘇軾永遇樂夜宿燕子樓：「燕子樓空，佳人何在，空鎖樓中燕。」

〔行人二句〕蘇軾江城子詞：「門外行人，立馬看弓彎。」龍沐勛東坡樂府箋云：「弓彎，謂美人足也。稼軒詞『聞道綺陌東頭，行人曾見，簾底纖纖月』，疑從坡詞脱化。」按：蘇詞「弓彎」應指新月，不指美人足。辛詞「簾底」句當係指簾裏美人。但周密浩然齋雅談亦謂：「辛幼安嘗有句云：『聞道綺陌東頭，行人曾見，簾底纖纖月。』則以月喻足，無乃太褻乎！」

〔舊恨句〕李煜虞美人詞：「問君能有幾多愁？恰似一江春水向東流。」

〔尊前二句〕謂己别有所歡，不能再相親近。黄庭堅沁園春：「鏡裏拈花，水中捉月，覷着無由得近伊。」

〔近來句〕蘇軾念奴嬌詞：「多情應笑我，早生華髮。」

【編年】

淳熙五年（一一七八）。——據詞中起語，知爲清明過後所作。淳熙十五年前，稼軒宦游踪跡之可考者，唯淳熙五年自江西帥召爲大理少卿，其時間適在清明節左右，因次於此。

鷓鴣天　和張子志提舉

別恨粧成白髮新，空教兒女笑陳人。醉尋夜雨旗亭酒，夢斷東風輦路塵。騎騄駬，籋青雲。看公冠佩玉階春。忠言句句唐虞際，便是人間要路津。

【校】

〔別恨〕王詔校刊本、六十家詞本及四印齋本俱作「別後」。四卷本無此首。

【箋注】

〔張子志〕未詳。

〔陳人〕此爲「舊人」或「老人」之意。蘇軾次韻答陳述古詩：「但愁新進笑陳人。」

〔騄駬〕一作綠耳，爲周穆王八駿之一。史記秦本紀：「造父以善御得幸於周穆王，得驥、温驪、驊騮、騄耳之駟。」集解謂八駿「皆因其毛色以爲名號」。

〔籋青雲〕「籋」同「躡」。漢書禮樂志郊祀歌：「籋浮雲，晻上馳。」

〔忠言二句〕古詩十九首：「何不策高足，先據要路津？」杜甫奉贈韋左丞丈二十二韻詩：「自謂頗挺出，立登要路津。致君堯舜上，再使風俗淳。」

又

樽俎風流有幾人，當年未遇已心親。金陵種柳歡娛地，庾嶺逢梅寂寞濱。樽似海，筆如神。故人南北一般春。玉人好把新粧樣，淡畫眉兒淺注脣。

【箋注】

〔當年句〕韓愈答楊子書：「不待相見，相信已熟；既相見，不要約，已相親。」王安石和貢父燕集之作：「心親不復異新舊。」

〔金陵種柳〕南史張緒傳：「益州獻蜀柳數株，枝條甚長，狀若絲縷。時芳林苑始成，武帝以植於靈和殿前，常賞玩。」按齊武帝芳林苑在金陵。

〔庾嶺逢梅〕庾嶺在江西南部，唐張九齡於開元四年開鑿嶺路，多植梅，因又稱梅嶺。曲江集卷十一有開鑿大庾嶺路序。

〔寂寞濱〕韓愈答崔立之書：「耕於寬閒之野，釣於寂寞之濱。」王安石送李祕校南歸詩：「江湖勝事從今數，肯但悲歌寂寞濱。」

〔淡畫句〕蘇軾成伯席上贈所出妓川人楊姐詩：「生來真個好相宜，深注唇兒淺畫眉。」

又　代人賦

撲面征塵去路遥，香篝漸覺水沉銷。山無重數周遭碧，花不知名分外嬌。人歷歷，馬蕭蕭。旌旗又過小紅橋。愁邊剩有相思句，摇斷吟鞭碧玉梢。

【校】

〔題〕廣信書院本無題，兹從四卷本甲集。花菴詞選作「東陽道中」。

〔沉銷〕花菴詞選作「沉消」。

【箋注】

〔山無句〕賀鑄感皇恩詞：「回首舊遊，山無重數。」劉禹錫金陵懷古詩：「山圍故國周遭在。」

〔人歷歷〕白居易遊悟真寺詩一百三十韻：「却顧來時路，縈紆映朱欄。歷歷上山人，一一遥可觀。」

〔馬蕭蕭〕詩小雅車攻：「蕭蕭馬鳴。」

又 送人

唱徹陽關淚未乾，功名餘事且加餐。浮天水送無窮樹，帶雨雲埋一半山。今古恨，幾千般；只應離合是悲歡？江頭未是風波惡，別有人間行路難。

【校】

〔題〕廣信書院本無題，兹從四卷本甲集。

〔只應〕王詔校刊本及四印齋本作「只今」。

【箋注】

〔唱徹句〕王維送元二使安西詩：「渭城朝雨浥輕塵，客舍青青柳色新。勸君更盡一杯酒，西出陽關無故人。」後入樂府，名渭城曲，别名陽關曲、陽關，爲送別之曲。李商隱贈歌妓：「紅綻櫻桃含白雪，斷腸聲裏唱陽關。」

〔浮天二句〕許渾呈裴明府詩：「江村夜漲浮天水，澤國秋生動地風。」楊徽之嘉陽川詩：「浮花水入瞿塘峽，帶雨雲歸越巂州。」

〔只應句〕蘇軾水調歌頭丙辰中秋：「人有悲歡離合，月有陰晴圓缺，此事古難全。」

〔江頭二句〕劉禹錫竹枝詞：「瞿塘嘈嘈十二灘，人言道路古來難。長恨人心不如水，等閑平地起波瀾。」又白居易太行路：「行路難，不在水，不在山，只在人情反覆間。」

【編年】

淳熙五年（一一七八）——右鷓鴣天四首，或云「夢斷輦路」，或云「當年金陵種柳」；第三首題作「代人賦」，即用別人語氣而爲自己寫照者，詞中有「去路遥」及「山無重數」句，第四首有「江頭」句，知均爲本年自豫章赴行在途中所作。今全依廣信書院本順序編次於此。

滿江紅　題冷泉亭

直節堂堂，看夾道冠纓拱立。漸翠谷羣仙東下，珮環聲急。誰信天峯飛墮地，傍湖千丈開青壁。是當年玉斧削方壺，無人識。　山木潤，琅玕溼。秋露下，瓊珠滴。向危亭横跨，玉淵澄碧。醉舞且摇鸞鳳影，浩歌莫遣魚龍泣。恨此中風物本吾家，今爲客。

【校】

〔題〕廣信書院本無「題」字，兹從四卷本甲集。

〔誰信〕四卷本作「聞道」。

〔風物〕四卷本作「風月」。

【箋注】

〔冷泉亭〕咸淳臨安志卷二十三：「冷泉亭在飛來峯下，唐刺史河南元藇建，刺史白居易記，刻石亭上。」白居易冷泉亭記：「東南山水餘杭郡爲最，就郡言靈隱寺爲尤，由寺觀冷泉亭爲甲。亭在山下，水中央，寺西南隅。高不倍尋，廣不累丈，而撮奇得要，地搜勝概，物無遁形。……山樹爲蓋，巖石爲屏，雲從棟生，水與階平。」

〔直節二句〕「直節」謂竹，「冠纓」謂松。

〔珮環聲〕謂水聲。柳宗元至小丘西小石潭記：「隔篁竹，聞水聲，如鳴珮環。」

〔誰信句〕咸淳臨安志卷二十三引晏殊輿地志：「晉咸和中，西僧慧理登兹山，歎曰：『此是中天竺國靈鷲山之小嶺，不知何年飛來。佛在世日多爲仙靈所隱，今此亦復爾耶？』因挂錫造靈隱寺，號其峯曰飛來。」

〔方壺〕列子湯問篇：「渤海之東，有大壑焉。……其中有五山焉：一曰岱輿，二曰員嶠，三曰方壺，四曰瀛洲，五曰蓬萊。其山高下周旋三萬里。……所居之人皆仙聖之種。」

〔浩歌句〕范成大愛雪歌：「歌呼達曉魚龍愁。」

〔吾家〕指濟南。按濟南有大明湖趵突泉諸名勝，景色佳麗，略似西湖，故稼軒有此聯想。

又　再用前韻

照影溪梅，悵絶代佳人獨立。便小駐雍容千騎，羽觴飛急。琴裏新聲風響珮，筆端醉墨鴉棲壁。是使君文度舊知名，今方識。高欲卧，雲還濕。清可漱，泉長滴。快晚風吹贈，滿懷空碧。寶馬嘶歸紅旆動，龍團試水銅瓶泣。怕他年重到路應迷，桃源客。

【校】

〔佳人〕四卷本甲集作「幽人」。

〔便小駐〕四卷本作「更小駐」。

〔使君〕廣信書院本作「史君」，兹從四卷本。

〔文度〕王詔校刊本、六十家詞本及四印齋本作「文雅」。

〔今方識〕四卷本作「方相識」。

〔高欲卧四句〕四卷本作「清可漱，泉長滴。高欲卧，雲還濕」。

〔吹贈〕廣信書院本作「吹帽」，兹從四卷本。

〔龍團〕四卷本作「團龍」。

〔試水〕四卷本作「試碾」。

【箋注】

〔悵絶代句〕李延年歌：「北方有佳人，遺世而獨立。」杜甫佳人詩：「絶代有佳人。」

〔雍容〕史記司馬相如傳：「相如車騎，雍容甚都。」

〔千騎〕漢樂府相和歌，羅敷自誇其夫壻，有云：「東方千餘騎，夫壻居上頭。……三十侍中郎，四十專城居。」

〔羽觴句〕李白春夜宴桃李園序：「飛羽觴而醉月。」

〔筆端句〕蘇軾次韻王鞏南遷初歸詩：「平生痛飲處，遺墨鴉棲壁。」按：蘇轍亦有「筆端大字鴉棲壁」句。

〔文度〕晉書王坦之傳：「坦之字文度，弱冠與郗超俱有重名。時人爲之語曰：『盛德絶倫郗嘉賓，江東獨步王文度。』」

〔高欲卧二句〕杜甫遊龍門奉先寺詩：「雲卧衣裳冷。」

〔龍團〕茶名。葉夢得石林燕語：「建州歲貢大龍鳳團茶。仁宗時蔡君謨擇茶之精者爲小龍團十斤以獻。」

〔銅瓶泣〕蘇軾歧亭詩：「醒時夜向闌，唧唧銅瓶泣。」

〔怕他年二句〕陶淵明桃花源記，謂武陵捕魚人至桃花源，中有人，乃避秦亂而至其地者，不復知世間興亡事。既出，便扶向路處處誌之。及郡下，詣太守説如此，太守即遣人隨之往，尋向所誌，遂迷不復得路。

【編年】

淳熙五年（一一七八）。——右滿江紅二首，用同韻，知兩詞之寫作，先後相接，據廣信書院本順序，前一首必作於本年在臨安任大理少卿時，故同録於此。

水調歌頭　舟次揚州，和楊濟翁、周顯先韻

落日塞塵起，胡騎獵清秋。漢家組練十萬，列艦聳層樓。誰道投鞭飛渡，憶昔鳴髇血污，風雨佛貍愁。季子正年少，匹馬黑貂裘。今老矣，搔白首，過揚州。倦游欲去江上，手種橘千頭。二客東南名勝，萬卷詩書事業，嘗試與君謀。莫射南山虎，直覓富民侯。

【校】

〔題〕四卷本甲集作「舟次揚州和人韻」。

〔層樓〕四卷本作「高樓」。

【箋注】

〔楊濟翁〕名炎正，吉水人。楊邦乂之孫。楊萬里誠齋詩話：「予族弟炎正，字濟翁。……年五十二乃登第。初任寧遠簿，甚爲京丞相所知。」按：據宋會要輯稿職官門各卷之記事，知楊氏於慶元中任吏部架閣，嘉定中改大理司直，並歷守藤、瓊等州。其早年或曾久居京口或揚州，故與寓居京口之稼軒相識甚早。

〔周顯先〕未詳。稼軒詩集有和周顯先韻之七絶二首。

〔組練〕見前摸魚兒（望飛來半空鷗鷺闋）「組練」注。

〔投鞭〕晉書苻堅載記：「堅曰：『以吾之衆，投鞭於江，足斷其流。』」

〔飛渡〕晉書杜預傳：「預又遣牙門管定、周旨、伍巢等率奇兵八百，汎舟夜渡，以襲樂鄉。吴都督孫歆震恐，與伍延書曰：『北來諸軍乃飛渡江也。』」

〔憶昔二句〕史記匈奴傳謂匈奴頭曼單于之太子冒頓作鳴鏑，令左右曰：「鳴鏑所射而不悉射者斬之。」後從其父頭曼獵，以鳴鏑射頭曼，其左右亦皆隨鳴鏑而射殺頭曼。佛貍爲北魏太武帝小字，曾率師南侵至長江北岸。二句蓋指金主亮南侵爲部屬所殺而言。兩朝綱目備要卷十三載金主亮被殺於揚州瓜洲鎮之龜山寺。

〔季子二句〕戰國策趙策：「李兑送蘇秦明月之珠，和氏之璧，黑貂之裘，黄金百鎰，蘇秦得以爲用，西入於秦。」季子，蘇秦字。（宋高宗紹興三十一年辛巳，金主亮大舉南侵，稼軒與耿京舉義山東，其後金主亮師喪身死，稼軒亦奉表南歸。本闋前章云云，蓋均稼軒自述之詞也。）

〔橘千頭〕襄陽耆舊傳：「李衡爲丹陽太守，遣人往武陵龍陽汜洲上作宅，種橘千株。臨死，勑兒曰：『吾州里有千頭木奴，不責汝食，歲上匹絹，亦當足用耳。』」

〔東南名勝〕資治通鑑卷一一二晉紀胡三省注：「江東人士，其名位通顯於時者，率謂之佳勝、名勝。」

〔莫射句〕史記李將軍列傳：「廣家與故潁陰侯孫屏野居藍田南山中，射獵。」「天子乃召拜廣爲右北平太守。……廣出獵，中草中石，以爲虎而射之，中石没鏃，視之石也。因復更射之，終不能復入石矣。廣所居郡聞有虎，嘗自射之。居右北平射虎，虎騰傷廣，廣亦竟射殺虎。」

〔富民侯〕漢書西域傳：「自武帝初通西域，罷校尉，屯田渠犂。是時軍旅連出，師行三十二年，海内虚耗。……上既悔遠征，……由是不復出軍，而封丞相車千秋爲富民侯，以明休息，恩養富民也。」

【附録】

楊濟翁炎正原唱（見西樵語業）

水調歌頭　登多景樓

寒眼亂空闊，客意不勝秋。强呼斗酒發興，特上最高樓。舒卷江山圖畫，應答龍魚悲嘯，不暇顧詩愁。風露巧欺客，分冷入衣裘。　忽醒然，成感慨，望神州。可憐報國無路，空白一分頭。都把平生意氣，只做如今憔悴，歲晚若爲謀。此意仗江月，分付與沙鷗。

滿江紅　江行，簡楊濟翁、周顯先

過眼溪山，怪都似舊時曾識。還記得夢中行偏，江南江北。佳處徑須攜杖去，能消幾緉平生屐。笑塵勞三十九年非，長爲客。　吴楚地，東南拆。英雄事，曹劉敵。被西風吹盡，了無塵跡。樓觀纔成人已去，旌旗未卷頭先白。歎人間哀樂轉相尋，今猶昔。

【校】

〔題〕四卷本甲集作「江行，和楊濟翁韻」。花菴詞選作「感興」。

〔還記得句〕四卷本作「是夢裹尋常行徧」。

〔塵勞〕四卷本作「塵埃」。

〔東南拆〕四卷本作「東南拆」。

〔塵跡〕四卷本及花菴詞選作「陳迹」。

〔纔成〕王詔校刊本及四印齋本作「甫成」。

〔人間〕王詔校刊本、四印齋本改作「人生」。

【箋注】

〔能消句〕世説新語雅量篇：「祖士少好財，阮遥集好屐，並恒自經營，同是一累而未判其得失。人有詣祖，見料視財物；或有詣阮，見自吹火蠟屐，因歎曰：『未知一生當着幾量屐。』神色閑暢。於是勝負始分。」

〔三十九年非〕淮南子原道訓：「凡人中壽七十歲，然而趨舍指湊，日以自悔也，以至於死。故蘧伯玉年五十而有四十九年非。」王安石省中詩：「身世自知還自笑，悠悠三十九年非。」

〔吳楚二句〕杜甫登岳陽樓詩：「吳楚東南坼，乾坤日夜浮。」

〔英雄二句〕蜀志先主傳：「時獻帝舅車騎將軍董承辭受帝衣帶中密詔，當誅曹公，先主未發，是時曹公從容謂先主曰：『今天下英雄，唯使君與操耳，本初之徒，不足數也。』先主方食，失匕箸。」

〔樓觀句〕蘇軾送鄭户曹詩：「樓成君已去，人事固多乖。」

【編年】

淳熙五年（一一七八）。——右二詞均爲江行之作，且均與楊、周二人相唱和者，自必作於同時。楊濟翁詞集西樵語業中與稼軒唱和之作甚多，就其「寄辛潭州」「呈辛隆興」諸題考之，亦可證知其與稼軒之相識必甚早。稼軒行蹤，唯於淳熙五年由大理少卿出領湖北漕時有泝江之行且必即由其早年寓居之京口出發，外此則均往返於湖、贛之間，揚州非所路經，故二詞必淳熙五年所作。是年稼軒三十九歲。

南鄉子

隔户語春鶯，纔掛簾兒斂袂行。漸見淩波羅襪步，盈盈，隨笑隨顰百媚生。

着意聽新聲，盡是司空自教成。今夜酒腸難道窄，多情，莫放紗籠蠟炬明。

【校】

〔難道〕四卷本乙集作「還道」。

〔紗籠〕四卷本作「籠紗」。

【箋注】

〔春鶯〕北宋王詵有歌姬名囀春鶯。此處意含雙關。

〔淩波羅襪步〕曹植洛神賦：「淩波微步，羅襪生塵。」

〔司空句〕雲溪友議卷中中山悔條：「中山公（劉禹錫）謂諸賓友曰：『昔赴吴臺，揚州大司馬杜公鴻漸爲余開宴，沉醉歸驛亭。似醒，見二女子在旁，驚非我有也，乃曰：「郎中席上與司空詩，特令二樂妓侍寢。」且醉中之作都不記憶。明旦修啓陳謝，杜公亦優容之。』詩曰：『高髻雲鬟宫樣粧，春風一曲杜韋娘。司空見慣尋常事，斷盡蘇州刺史腸。』」

〔莫放〕莫教。

【編年】

右詞廣信書院本列置「舟行記夢」一詞之前，今仍其次序。

又　舟行記夢

欹枕艣聲邊，貪聽咿啞聒醉眠。夢裏笙歌花底去；依然，翠袖盈盈在眼前。

别後兩眉尖。欲説還休夢已闌。只記埋寃前夜月，相看，不管人愁獨自圓。

【校】

〔題〕四卷本甲集作「舟中記夢」。

〔夢裏〕四卷本作「夢作」。

【箋注】

〔欹枕句〕蘇軾祝英臺近惜别：「欹枕聽鳴艣。」

〔埋寃〕即埋怨。

南歌子

萬萬千千恨，前前後後山。傍人道我轎兒寬。不道被他遮得望伊難。　今夜

江頭樹，船兒繫那邊。知他熱後甚時眠？萬萬不成眠後有誰扇？

【箋注】

〔熱後、眠後〕「後」爲語助詞，與「啊」同。

西江月　江行采石岸，戲作漁父詞

千丈懸崖削翠，一川落日鎔金。白鷗來往本無心，選甚風波一任。　別浦魚肥堪鱠，前村酒美重斟。千年往事已沉沉，閒管興亡則甚？

【校】

〔題〕四卷本甲集作「漁父詞」。

【箋注】

〔采石〕在今安徽當塗縣西北，爲江流最狹之地。歷代南北征戰，多於此渡江。後漢興平二年孫策渡江攻劉繇，晉咸寧五年王渾帥師取吴，梁太清二年侯景渡江趣建康，隋開皇九年韓擒虎濟師破陳，宋開寶七年曹彬渡江取南唐，紹興三十一年虞允文邀擊金主亮南犯之師，均在此地。

〔一川句〕一川即「一片」。廖世美好事近詞：「落日水鎔金，天淡暮煙凝碧。」李清照永遇樂詞：「落日鎔金，暮雲合碧。」

〔選甚句〕「選甚」即「不論甚麽」。李獻民雲齋廣録唐御史條：「御史唐介一日挈家渡淮，至中流忽有大風，波濤泛濫，舟人甚恐，以爲不免飼魚鼈矣。公乃朗吟詩云：『聖宋非狂楚，清淮異汨羅。平生仗忠信，今日任風波。』日暮，舟濟南岸，衆乃欣然。」

〔閒管句〕蘇軾將軍樹詩：「不會人間閑草木，豫人何事管興亡？」「則甚」即「做甚」。

【編年】

疑淳熙五年（一一七八）。——右三詞均見四卷本甲集，甲集刊成於淳熙十四年，該年以前江行之可考者唯淳熙五年之出領湖北漕一事，因彙録於此。

破陣子　爲范南伯壽。時南伯爲張南軒辟宰盧溪，南伯遲遲未行，因作此詞勉之

擲地劉郎玉斗，挂帆西子扁舟。千古風流今在此，萬里功名莫放休。君王三百州。

燕雀豈知鴻鵠，貂蟬元出兜鍪。却笑盧溪如斗大，肯把牛刀試手不？壽君雙玉甌。

【校】

〔題〕四卷本丁集「盧溪」作「瀘溪」，「作此詞勉之」作「賦此詞勉之」。

【箋注】

〔張南軒〕宋史道學張栻傳：「張栻字敬夫，丞相浚子也。……除左司員外郎，……在朝未期歲，而召對至六七，所言大抵皆修身務學，畏天恤民，抑僥倖，屏讒諛，於是宰相益憚之，而近習尤不悅。退而家居累年，孝宗念之，詔除舊職，知静江府，經略安撫廣南西路。……孝宗聞栻治行，詔特進秩，知寶文閣，因任。尋除祕閣修撰，荆湖北路轉運副使，改知江陵府，安撫本路。……詔以右文殿修撰提舉武夷山沖佑觀。……卒時年四十有八。」按：南軒，張氏自號也。

〔盧溪〕縣名，宋屬辰州，隸荆湖北路。

〔擲地句〕史記項羽本紀：「沛公旦日從百餘騎來見項王，至鴻門。……項王即日因留沛公與飲。……亞父者，范增也。……數目項王，舉所佩玉玦以示之者三，項王默然不應。……坐須臾，沛公起如廁，……於是遂去，乃令張良入謝曰：『沛公不勝桮杓，不能辭，謹使臣良奉白璧一雙，再拜獻大王足下；玉斗一雙，再拜奉大將軍足下。』……項王則受璧置之坐上；亞父受玉斗置之地，拔劍撞而破之，曰：『唉，豎子不足與謀！奪項王天下者必沛公也，吾屬今爲之虜矣。』」

〔挂帆句〕春秋時，越之諸暨有苧羅山若耶溪，旁有東施家、西施家。西施色美，范蠡獻之吴王。其後吴滅，蠡復取西施乘扁舟遊五湖而不返。（按：起兩句用范增范蠡事，切范南伯姓。）

〔三百州〕據宋史地理志，宋自太祖太宗結束五代十國分裂割據局面，迨宣和間，全國共有京府四，府三十，州二百五十四，監六十三，合計有府州監三百五十一。此云三百州，蓋包括南宋統治區域與中原舊疆而約略言之。

〔燕雀句〕史記陳涉世家：「陳涉少時，嘗與人傭耕，輟耕之壟上，悵恨久之，曰：『苟富貴，無相忘。』傭者笑而應曰：『若爲傭耕，何富貴也！』陳涉太息曰：『嗟乎，燕雀安知鴻鵠之志哉！』」

〔貂蟬句〕南齊書周盤龍傳：「出爲持節都督兗州緣淮諸軍事，平北將軍、兗州刺史，進爵侯，加領東平太守。盤龍表年老才弱，不可鎮邊，求解職；見許，還爲散騎常侍、光禄大夫。世祖戲之曰：『卿著貂蟬，何如兜鍪？』盤龍曰：『此貂蟬從兜鍪中出耳。』」按：兜鍪即盔，戰時所着之冠。貂蟬，參前洞仙歌（江頭父老閱）「貂蟬」注。

〔如斗大〕南史宗慤傳：「慤爲豫州，典籤多所違執，慤怒曰：『我年六十，得一州如斗大，不能復與典籤共論之。』」

〔牛刀〕論語陽貨篇：「子之武城，聞弦歌之聲，夫子莞爾而笑曰：『割鷄焉用牛刀！』」

【編年】

淳熙五年（一一七八）。——據朱文公文集張敬夫神道碑，張氏於淳熙五年六月内自静江移帥荆湖北路，稼軒亦於是年出爲湖北漕副，此詞當爲已至湖北後所作。

臨江仙　爲岳母壽

住世都知菩薩行，仙家風骨精神。壽如山岳福如雲。金花湯沐誥，竹馬綺羅羣。　　更願昇平添喜事，大家禱祝殷勤。明年此地慶佳辰：一杯千歲酒，重拜太夫人。

【校】

〔都知〕四卷本乙集作「都無」。

〔綺羅羣〕王詔校刊本及四印齋本改作「綺羅裙」。

【箋注】

〔金花句〕宋敏求春明退朝録卷中：「凡官誥之制，……郡夫人常使金花羅紙七張，法錦褾袋。」漢書外戚傳：「鄧皇后新野君湯沐邑萬户。」顔師古注云：「凡言湯沐邑者，謂以其賦税供湯沐之具也。」漫塘文集卷三十四故公安范大夫及夫人張氏行述：「夫人張氏，家鉅鹿，少以同郡結姻，稟資孝敬。姑趙夫人，皇叔士經女，貴重，夫人事之惟謹，甚暑不敢挾扇。有以姑命至，必拱立而聽。」按：稼軒岳母爲趙士經之女，則此句之意，蓋謂其既享高壽，且將有封賞也。蘇軾送程建用詩：「會看金花詔，湯沐奉朝請。」

〔竹馬〕後漢書郭伋傳：「童兒數百，各騎竹馬。」

【編年】

至晚當在淳熙五年（一一七八）。——據「明年此地」句，知此詞非遠地寄奉者。稼軒及其岳家均寓居鎮江，在淳熙六年以前，稼軒曾數度居官臨安，其時當有可能至鎮江爲岳母祝壽；非然者則是范南伯宰公安時，奉母以行，於時稼軒將漕湖北，公安適在部封之内，因得就近賦詞以賀。淳熙六年之後，稼軒宦遊湘贛，大都挈眷同行，無緣再得至其岳家矣。

摸魚兒　淳熙己亥，自湖北漕移湖南，同官王正之置酒小山亭，爲賦

更能消幾番風雨？匆匆春又歸去。惜春長怕花開早，何况落紅無數。春且住。見説道天涯芳草無歸路。怨春不語。算只有殷勤，畫簷蛛網，盡日惹飛絮。　長門事，準擬佳期又誤。蛾眉曾有人妬。千金縱買相如賦，脈脈此情誰訴？君莫舞。君不見玉環飛燕皆塵土！閑愁最苦。休去倚危欄，斜陽正在，煙柳斷腸處。

【校】

〔題〕花菴詞選作「暮春」。草堂詩餘作「春晚」。絶妙好詞無題。鶴林玉露作「晚春」。

〔長怕〕四卷本甲集及陽春白雪卷三作「長恨」。

〔無歸路〕四卷本作「迷歸路」。

〔縱買〕陽春白雪作「莫買」。

〔誰訴〕陽春白雪作「難訴」。

〔危欄〕四卷本作「危樓」。

【箋注】

〔同官王正之〕據樓鑰攻媿集卷九十九王正之墓誌銘，王正之淳熙六年任湖北轉運判官，故稱「同官」。

〔小山亭〕輿地紀勝荆湖北路鄂州：「紹興二年復置荆湖北路轉運副使，治鄂州。有副使、判官東西二衙。」又：「小山在東漕衙之乖崖堂。」

〔消〕消受、經受。

〔見説道句〕蘇軾點絳脣詞：「歸不去，鳳樓何處？芳草迷歸路。」

〔畫簷句〕蘇軾虛飄飄詩：「畫簷蛛結網。」

〔長門〕昭明文選長門賦序：「孝武皇帝陳皇后，時得幸，頗妬，别在長門宫，愁悶悲思，聞蜀郡成都司馬相如天下工爲文，奉黄金百斤，爲相如、文君取酒，因於解悲愁之辭。而相如爲文以悟主上，皇后復得幸。」

〔蛾眉句〕離騷：「衆女嫉予之蛾眉兮，謡諑謂予以善淫。」

〔玉環〕新唐書后妃傳：「玄宗貴妃楊氏，號太真，得幸。善歌舞，邃曉音律，且智籌警穎，迎意輒悟，帝大悦，遂專房宴。宮中號娘子，儀體與皇后等。天寶初，進册貴妃。安禄山反，以誅國忠爲名，且指言妃及諸姨罪。及西幸至馬嵬，陳玄禮等以天下計誅國忠，已死，軍不解，帝遣力士問故，曰：『禍本尚在。』帝不得已，與妃訣，引而去，縊路祠下。」按：玉環，楊貴妃小字，見太真外傳。

〔飛燕〕漢書外戚傳：「孝成趙皇后，本長安宮人，……及壯，屬陽阿主家，學歌舞，號曰飛燕。成帝嘗微行出過陽阿主作樂，上見飛燕而説之，召入宮，大幸。有女弟復召入，俱爲倢伃。……姊弟顓寵十餘年。」

〔皆塵土〕趙飛燕外傳附伶玄自敍：「伶玄字子于，潞水人，學無不通。……哀帝時，子于老休，買妾樊通德，有才色，知書，頗能言趙飛燕姊弟故事。子于閑居命言，厭厭不倦。子于語通德曰：『斯人俱灰滅矣！當時疲精力馳騖嗜欲蠱惑之事，寧知終歸荒田野草乎！』」

〔危欄、斜陽〕蘇舜欽春日晚晴詩：「誰見危欄外，斜陽盡眼平。」

【附録一】

趙無咎善括和章（見應齋雜著）

摸魚兒　和辛幼安韻

喜連宵四郊春雨，紛紛一陣紅去。東君不愛閒桃李，春色尚餘分數。雲影住。任繡勒香輪且阻尋芳路。農家相語：漸南畝浮青，西江漲緑，芳沼點萍絮。　西成事，端的今年不誤。從他蝶恨蜂妬。鶯啼也怨春多雨，不解與春分訴。新燕舞。猶記得雕梁舊日空巢土。天涯勞苦。望故國江山，東風吹淚，渺渺在何處。

【附録二】

鶴林玉露卷四辛幼安詞：「辛幼安晚春詞云：『更能消幾番風雨，……』（按：所載詞句與四卷本全同）詞意殊怨。斜陽煙柳之句，其與『未須愁日暮，天際乍輕陰』（按此爲程顥和司馬光諸人禊飲詩中句）者異矣。使在漢唐時，寧不賈種豆種桃之禍哉。愚聞壽皇見此詞頗不悅，然終不加罪，可謂盛德也已。」

【附録三】

謝疊山注解唐詩選卷二李涉春晚遊鶴林寺詩注云：「此詩有愛惜人才之意。……辛稼軒中年被劾凡一十六章，不堪讒諂，遂賦摸魚兒云：『更能消幾番風雨，匆匆春又歸去。惜春長怕花開早，何況亂紅無數。』正得此詩遺意。」　按：稼軒於淳熙己亥前之三二年內，轉徙頻繁，均未能久於其任。其中年被劾乃淳熙八年後事，因知謝説之非。詞中「蛾眉曾有人妒」句，與稼軒淳熙己亥論盜賊劄子中之「臣孤危一身久矣」、「年來不爲衆人所容」，語意正同。

【編年】

淳熙六年（一一七九）。

水調歌頭 淳熙己亥，自湖北漕移湖南，周總領、王漕、趙守置酒南樓，席上留别

折盡武昌柳，挂席上瀟湘。二年魚鳥江上，笑我往來忙。富貴何時休問，離别中年堪恨，憔悴鬢成霜，絲竹陶寫耳，急羽且飛觴。序蘭亭，歌赤壁，繡衣香。使君千騎鼓吹，風采漢侯王。莫把離歌頻唱，可惜南樓佳處，風月已淒涼。「在家貧亦好」，此語試平章。

【校】

〔題〕四卷本甲集無「淳熙己亥」四字，「總」上脱「周」字，「王」字下脱「漕」字。

〔離歌〕四卷本作「驪駒」。

【箋注】

〔周總領〕宋會要輯稿職官五二之一七，有淳熙四年三月十五日命度支員外郎周嗣武往四川總領所點檢驅磨五年内錢物收支記事一則；又職官七二之二七，有淳熙六年九月二十七日總領周嗣武、漕臣陳延年劾罷知鄂州趙善括之記事一則。參合兩事觀之，知周總領必即周嗣武。八閩通志卷六十四建寧府人物：「周嗣武字功甫，浦城人，因之孫。祖蔭補官，知臨川縣，賑濟有方，催

科不急。赴闕奏利民三事，擢主管官告院，除太府丞，提舉江西常平事。江西民輸役錢，官司規其羨，變省陌爲足陌，嗣武奏復舊。改湖北提刑，以平蠻傜功進直敷文閣。召對，除度支郎官，命使蜀稽考財計，奏乞停成都、潼川兩路科買一年，以寬民力，又奏蠲興元茶息錢引二十萬。入對，除太府少卿，湖廣總領。召爲户部侍郎，尋卒。」

〔王漕〕據前闋摸魚兒題中「同官王正之」一語，知王漕即王正己。

〔趙守〕宋會要輯稿職官七二之二七：「淳熙六年九月二十七日知鄂州趙善括放罷。以總領周嗣武、漕臣陳延年言趙善括增起税務課額至十倍，多添民間賃地錢，强令拍户沽買私酒，白納利錢，侵都統司課額故也。」又，趙善括應齋雜著有和稼軒之摸魚兒一闋，知此趙守即趙善括。楊萬里誠齋集卷八三應齋雜著序：「淳熙季年，孝宗皇帝一日御垂拱殿顧見廷臣，天顔怡愉，因問左右：『宗子在廷者爲誰，凡若干人？』皆謹對曰：『無之。』……而應齋居士趙無咎是時方高卧南州，狎東湖之鷗，弄西山之雲，遠追徐孺，近訪山谷，賦詩把酒，與一世相忘，訖不求諸公之舉，而諸公亦無求無咎者。……予自乾道辛卯在朝列，時無咎爲蘇州别駕，已聞其名。後十八年予再補外，過豫章，始識之。至其家，見門巷蕭然，槐柳蔚然，知其爲幽人高士之廬也，而其人老矣。……無咎諱善括，嘗知鄂州，終官朝請大夫。撥煩決疑，所至名跡焯焯云。」

〔南樓〕輿地紀勝荆湖北路鄂州景物上：「南樓，在郡治正南黄鵠山頂，後改爲白雲閣。元祐間知州方澤重建，復舊名。」

〔武昌柳〕晉書陶侃傳：「嘗課諸營種柳，都尉夏施盜官柳植之於己門，侃後見，駐車問曰：『此是武昌西門前柳，何因盜來種此？』」

〔二年句〕蘇軾常潤道中有懷錢塘寄述古：「二年魚鳥渾相識，三月鶯花付與公。」又留別雩泉詩：「二年飲泉水，魚鳥亦相識。」

〔離別句〕世説新語言語篇：「謝太傅語王右軍曰：『中年傷於哀樂，與親友別輒作數日惡。』王曰：『年在桑榆，自然至此。正賴絲竹陶寫。』」

〔富貴句〕楊惲報孫會宗書：「人生行樂耳，須富貴何時。」

〔序蘭亭〕晉王羲之有蘭亭序，作於永和九年之上巳日。

〔歌赤壁〕蘇軾有赤壁賦二篇，又有赤壁懷古之念奴嬌一闋。按：赤壁爲周瑜大破曹操大軍處，其地在今湖北嘉魚縣東北江濱。今武昌縣東南有地曰赤磯，亦名赤壁。

〔繡衣〕漢武帝時置繡衣直指官，衣繡衣，持斧，分部討姦治獄。宋代各路之提點刑獄使即其官也。

〔使君句〕見前滿江紅（照影溪梅闋）「千騎」注。

〔南樓佳處〕晉書庾亮傳載亮在武昌，諸佐吏殷浩之徒乘秋夜往共登南樓，俄而不覺亮至，徐曰：「老子於此處興復不淺。」

〔在家句〕唐戎昱中秋感懷詩：「遠客歸去來，在家貧亦好。」

【編年】

淳熙六年（一一七九）。

滿江紅 賀王帥宣子平湖南寇

笳鼓歸來，舉鞭問何如諸葛？人道是匆匆五月，渡瀘深入。白羽風生貔虎譟，青溪路斷鼪鼯泣。早紅塵一騎落平岡，捷書急。　三萬卷，龍頭客。渾未得，文章力。把詩書馬上，笑驅鋒鏑。金印明年如斗大，貂蟬却自兜鍪出。待刻公勳業到雲霄，浯溪石。

【校】

〔題〕四卷本甲集及花菴詞選題中無「帥」字。

〔人道是〕陽春白雪外集作「人盡道」。

〔白羽風生〕廣信書院本「羽」誤作「虎」，此從四卷本。王詔校刊及四印齋本「風生」作「生風」。

〔貔虎譟〕花菴詞選及陽春白雪作「貔虎嘯」。

〔鼪鼯〕四卷本、花菴詞選及陽春白雪作「猩鼯」。

〔平岡〕花菴詞選作平「崗」。

〔龍頭〕四卷本作「龍韜」。

〔待刻〕陽春白雪作「待勒」。

〔到雲霄〕花菴詞選「到」作「等」。四卷本作「到□雲」。陽春白雪作「上磨崖」。

【箋注】

〔王師宣子平湖南寇〕陸游渭南文集卷三十四尚書王公墓誌銘：「公諱佐，字宣子，會稽山陰人。……二十有一以南省高選奉廷對，爲第一。……徙知潭州，連進祕閣修撰、集英殿修撰。淳熙六年正月郴州宜章縣民陳峒竊發，俄破道州之江華，桂陽軍之藍山、臨武，連州之陽山縣。旬日有衆數千，郴、道、連、永、桂陽軍皆驚。公奏乞荆鄂精兵三千，未報。公度不可待，而見將校無可用者，流入馮湛適在州，……遂檄湛帶元管權湖南路兵馬鈐轄，統制軍馬。即日令湛自選潭州廂禁軍及忠義寨凡八百人，即教場誓師遣行。……五月朔日詰旦分五路進兵。賊初詐降，實欲繕治寨栅，阻險以抗官軍。公得其情，督兵甚峻。及馳入隘口，賊果立寨栅，未及成，聞官軍至，狼狽出戰。既敗，又退失所憑，乃皆潰走。……湛遂誅陳峒，函首來獻。」

〔笳鼓至深入〕南史曹景宗傳：「天監五年魏中山王英游鍾離，圍徐州刺史昌義之，武帝詔景宗督衆軍援義之。……凱旋之後，景宗振旅凱入，帝於華光殿宴飲連句，令左僕射沈約賦韻，景宗不得韻，意色不平，啓求賦詩，帝曰：『卿伎能甚多，人才英拔，何必止在一詩。』景宗已醉，求作不已。詔令約賦韻，時韻已盡，唯餘競、病二字，景宗便操筆，斯須而成。其辭曰：『去時兒女悲，歸來笳鼓競。借問行路人，何如霍去病？』帝歎不已。」晉書山簡傳謂簡鎮襄陽，每出嬉遊，有兒童歌曰：「舉鞭問葛彊，何如并州兒？」彊家在并州，簡愛將也。諸葛亮出師表：「受命以來，夙夜憂歎，恐託付不效，以傷先帝之明，故五月渡瀘，深入不毛。」按：據王宣子墓誌及宋史孝宗紀謂王氏之討陳峒，以五月朔日分五路進兵，同月乙亥「郴寇平」，是其事始末與諸葛亮渡瀘南征之時令正同。

〔白羽句〕裴啓語林：「諸葛武侯乘素輿，葛巾白羽扇，指麾三軍。」蘇軾與歐育等六人飲酒詩：「苦戰知君便白羽，……引杯看劍坐生風。」

〔青溪〕當是王氏行軍所經由之路，未詳所在。

〔鼪鼯〕鼪通作狌，或作猩。宋人每用以侮辱其時之少數民族。如宋史蠻夷傳有云：「狌鼯之性，便於跳梁。或以讎隙相尋，或以饑饉所逼，長嘯而起。」

〔早紅塵句〕杜牧過華清宮絶句：「一騎紅塵妃子笑，無人知是荔支來。」

〔平岡〕義同平野。

〔龍頭客〕三國志魏志華歆傳注引魏略：「歆與北海邴原、管寧俱遊學，三人相善，時人號三人爲一龍，歆爲龍頭，原爲龍腹，寧爲龍尾。」梁顥及第詩：「也知年少登科好，争奈龍頭屬老成。」按：王宣子於紹興十八年戊辰舉進士第一。

〔渾未得二句〕劉禹錫書懷寄河南尹兼簡分司崔賓客詩：「一生不得文章力，百口空爲飽煖家。」

〔詩書馬上〕史記陸賈傳：「陸生時時前説稱詩書，高帝罵之曰：『迺公居馬上而得之，安事詩書！』陸生曰：『居馬上得之，寧可以馬上治之乎？』」

〔金印句〕見前西江月（秀骨青松不老闋）「金印句」注。

〔貂蟬句〕見前破陣子（擲地劉郎玉斗闋）「貂蟬句」注。

〔浯溪石〕元結浯溪銘序：「溪在湘水之南，北匯於湘。愛其勝異，遂家溪畔，命曰浯溪。」又，元結大唐中興頌：「湘江東西，中直浯溪，石崖天齊。可磨可鐫，刊此頌焉，可千萬年。」按：浯溪在今湖南祁陽縣西南五里。

【附録】

齊東野語卷七王宣子討賊條

王佐宣子帥長沙日，茶賊陳豐嘯聚數千人，出没旁郡。朝廷命宣子討之。時馮太尉湛謫居在焉，宣子乃權宜用之。諜知賊巢所在，乘日晡放飯少休時，遣亡命卒三十人持短兵以前，湛自率五百人繼其後，徑入山寨。豐方抱孫獨坐，其徒皆無在者，卒覩官軍，錯愕不知所爲，亟鳴金嘯集，已無及矣。於是成擒，餘黨亦多就捕。宣子乃以湛功聞於朝，於是湛以勞復元官，宣子增秩。辛幼安以詞賀之，有云：「三萬卷，龍頭客，渾未得，文章力。把詩書馬上，笑驅鋒鏑。金印明年如斗大，貂蟬元自兜鍪出。」宣子得之，疑爲諷己，意頗銜之。殊不知陳後山亦嘗用此語送蘇尚書知定州云：「枉讀平生三萬卷，貂蟬當復作兜鍪。」幼安正用此。然宣子尹京之時，嘗有書與執政云：「佐本書生，歷官處自有本末，未嘗得罪於清議。今乃蒙置諸士大夫所不可爲之地，而與數君子接踵而進，除目一傳，天下士人視佐爲何等類？終身之累，孰大於此！」是亦宣子之本心耳。

【編年】

淳熙六年（一一七九）。

按：郴縣起事民軍首領各史傳均作陳峒，野語作陳豐，誤。

木蘭花慢　席上送張仲固帥興元

漢中開漢業，問此地，是耶非？想劍指三秦，君王得意，一戰東歸。追亡事今不見，但山川滿目淚沾衣。落日胡塵未斷，西風塞馬空肥。　一編書是帝王師。小試去征西。更草草離筵，匆匆去路，愁滿旌旗。君思我回首處，正江涵秋影鴈初飛。安得車輪四角，不堪帶減腰圍。

【校】

〔題〕四卷本甲集「送」作「呈」。花菴詞選無「席上」二字。

〔一編〕廣信書院本作「一篇」，茲從四卷本及花菴詞選。

【箋注】

〔張仲固〕劉宰京口耆舊傳：「張堅字仲固，郊恩補承務郎，再擢紹興甲戌進士第。……湯公鵬舉爲御史中丞，薦爲臺簿，父綱亦以耆德召，父子連舟東上，時以爲榮。……除江南西路轉運判官，居一歲，興元擇牧，難其人，遂畀帥節。在興元教閲義士，勸課農桑，惟日孜孜，……民甚德之。而堅以勤瘁得疾。八月除户部郎中、四川總領，視事甫旬日卒。」宋會要輯稿瑞異二之二五：「淳熙八年七月十七日詔：『去年諸路州軍有旱傷去處，其監司守臣修舉荒政，民無浮殍，各與除職轉官。』既而……江西運副錢佃、知興元府張堅、知隆興府辛棄疾、……廣南路提點坑冶李大正各轉一官。」同書職官四八之一三八：「（淳熙）九年三月二十七日，……以知興元府張堅奏……」

〔興元〕讀史方輿紀要：「興元禹貢爲梁州地，秦、漢以來皆曰漢中。宋平孟蜀，升爲興元府，屬利州東路。」

〔漢中句〕漢高祖因漢中以成帝業。

〔三秦〕史記高祖本紀：「項羽自立爲西楚霸王，……更立沛公爲漢王，王巴、蜀、漢中，都南鄭。三分關中，立秦三將：章邯爲雍王，都廢丘；司馬欣爲塞王，都櫟陽；董翳爲翟王，都高奴。」

〔劍指至東歸〕漢書高帝紀：「（韓信）因陳羽可圖、三秦易併之計，漢王大説，遂聽信策，部署諸將。……五月，漢王引兵從故道出襲雍，雍王邯迎擊漢陳倉，雍兵敗，……漢王遂定雍地。……秋八月，……塞王欣、翟王翳皆降漢。」

〔追亡事〕史記淮陰侯列傳：「信數與蕭何語，何奇之。至南鄭，諸將行道亡者數十人，信度何等已數言上，上不我用。即亡。何聞信亡，不及以聞，自追之。人有言上曰：『丞相何亡。』上大怒，如失左右手。居一二日，何來謁上，上且怒且喜，罵何曰：『若亡何也？』何曰：『臣不敢亡也，臣追亡者。』上曰：『若所追者誰？』何曰：『韓信也。』上復罵曰：『諸將亡者以十數，公無所追，追信，詐也。』何曰：『諸將易得耳，至如信者，國士無雙。王必欲長王漢中，無所事信；必欲争天下，非信無所與計事者。』」

〔但山川句〕唐李嶠汾陰行：「山川滿目淚沾衣，富貴榮華能幾時？不見祇今汾水上，惟有年年秋鴈飛。」

〔一編句〕史記留侯世家：「良嘗閒，從容步遊下邳圯上，有一老父，出一編書，曰：『讀此，則爲王者師矣。』旦日，視其書，乃太公兵法也。」

〔正江涵句〕杜牧九日齊山登高詩：「江涵秋影鴈初飛，與客攜壺上翠微。」

〔車輪四角〕陸龜蒙古意詩：「君心莫淡薄，妾意正栖託。願得雙車輪，一夜生四角。」

〔帶減腰圍〕沈約與徐勉書：「老病，百日數旬，革帶嘗應移孔，以手握臂，率計月小半分。」杜甫傷秋詩：「嬾慢頭時櫛，艱難帶減圍。」

【編年】

淳熙六年冬或七年春（一一七九或一一八〇）。——據宋會要，張仲固之帥興元應始於七年，且淳熙七年江西運副錢佃即有「修舉荒政」事，而於八年與張堅等同時被獎轉官，則張、錢之交代江西漕運事當在淳熙六年秋（劍南詩稿卷十一有送錢仲耕修撰詩，即錢氏由福建移漕江西時，陸游在建州爲之送行之作，編年爲淳熙六年五月），隆興興元相距遥遠，旅途須經數月，意張氏必係淳熙六年秋季由江西啓程赴興元，而此詞應爲途次輾轉經由湖南路某地時，稼軒餞别所賦，其時間至晚當在淳熙七年之春。唯是詞中有「君思我回首處，正江涵秋影鴈初飛」等句，一似稼軒即將赴江西帥任者，於史實頗難吻合，此則較爲費解耳。

阮郎歸　耒陽道中爲張處父推官賦

山前燈火欲黄昏。山頭來去雲。鷓鴣聲裏數家村。瀟湘逢故人。　揮羽扇，整綸巾。少年鞍馬塵。如今憔悴賦招魂。儒冠多誤身。

【校】

〔題〕四卷本甲集作「耒陽道中」。

〔燈火〕四卷本作「風雨」。

【箋注】

〔耒陽〕縣名，宋屬衡州，隸荆湖南路。

〔張處父〕未詳。據下片云云，疑亦與稼軒在山東同時舉兵反抗金朝統治者。

〔瀟湘句〕梁柳惲江南曲：「洞庭有歸客，瀟湘逢故人。」

〔羽扇、綸巾〕三才圖會：「諸葛巾，一名綸巾。諸葛武侯嘗服綸巾，執羽扇，指揮軍事。」

〔招魂〕楚辭篇名。

〔儒冠句〕杜甫贈韋左丞丈：「紈袴不餓死，儒冠多誤身。」

【編年】

淳熙六年或七年（一一七九或一一八〇）。——稼軒於淳熙六年領湖南漕事，尋改湖南安撫使，此詞當因按視州郡時忽逢故人張氏而作，其爲六年抑七年，則莫得確知。

霜天曉角

暮山層碧。掠岸西風急。一葉軟紅深處，應不是，利名客。　玉人還佇立。緑窗生怨泣。萬里衡陽歸恨，先倩鴈，寄消息。

【箋注】

〔軟紅〕謂紅塵。蘇軾次韻蔣潁叔錢穆父從駕景靈宫詩：「半白不羞垂領髪，軟紅猶戀屬車塵。」自注：「前輩戲語：西湖風月，不如東華軟紅塵土。」

〔佇立、怨泣〕詩邶風燕燕：「之子于歸，遠于將之。瞻望弗及，佇立以泣。」

〔萬里句〕衡陽，縣名，宋屬衡州。其地有回鴈峯。高適送王少府貶長沙詩：「巫峽啼猿數行淚，衡陽歸鴈幾封書。」杜甫歸鴈詩：「萬里衡陽鴈，今年又北歸。」

【編年】

淳熙六年或七年（一一七九或一一八〇）。——據詞中「衡陽歸恨」句，知作於居官湖南時。因次於此。

減字木蘭花　長沙道中，壁上有婦人題字，若有恨者，用其意爲賦

盈盈淚眼。往日青樓天樣遠。秋月春花。輸與尋常姊妹家。　水村山驛。日暮行雲無氣力。錦字偷裁。立盡西風鴈不來。

【校】

〔題〕四卷本甲集作「記壁間題」。

【箋注】

〔青樓〕曹植美女篇：「借問女何居，乃在城南端。青樓臨大路，高門結重關。」

〔秋月春花〕李煜虞美人詞：「春花秋月何時了，往事知多少？」

【編年】

淳熙六年或七年（一一七九或一一八〇）。

滿江紅 暮春

可恨東君，把春去春來無跡。便過眼等閑輸了，三分之一。晝永暖翻紅杏雨，風晴扶起垂楊力。更天涯芳草最關情，烘殘日。湘浦岸，南塘驛。恨不盡，愁如織。算年年辜負，對他寒食。便恁歸來能幾許，風流早已非疇昔。憑畫欄一綫數飛鴻，沉空碧。

【校】

〔風晴〕六十家詞本作「風清」。

〔如織〕四卷本甲集作如積。

〔辜負〕四卷本作「孤負」。

〔早已〕四卷本作「已自」。

【箋注】

〔把春去三句〕清毛先舒南唐拾遺記：「李後主作紅羅亭子，四面栽紅梅花，作豔曲歌之。韓熙載歌云：『桃李不須誇爛漫，又輸了春風一半。』時已割淮南與周矣。」

〔南塘驛〕未詳。

〔愁如織〕張孝祥滿江紅詞：「但長洲茂苑草萋萋，愁如織。」

又

敲碎離愁，紗窗外風摇翠竹。人去後吹簫聲斷，倚樓人獨。滿眼不堪三月暮，舉頭已覺千山緑。但試把一紙寄來書，從頭讀。　相思字，空盈幅；相思意，何時足。滴羅襟點點，淚珠盈掬。芳草不迷行客路，垂楊只礙離人目。最苦是立盡月黄昏，欄干曲。

【校】

〔試把〕四卷本乙集作「試將」。

【箋注】

〔風摇翠竹〕秦觀滿庭芳詞：「風摇翠竹，疑是故人來。」

〔千山緑〕李賀河南府試十二月樂詞：「千山濃緑生雲外。」

又

倦客新豐，貂裘敝征塵滿目。彈短鋏青蛇三尺，浩歌誰續？不念英雄江左老，用之可以尊中國。歎詩書萬卷致君人，翻沉陸。休感慨，澆醽醁。人易老，歡難足。有玉人憐我，爲簪黄菊。且置請纓封萬户，竟須賣劍酧黄犢。甚當年寂寞賈長沙，傷時哭。

【校】

〔感慨〕四卷本乙集作「感歎」。

〔澆醽醁〕四卷本作「年華促」。

〔甚當年〕四卷本作「歎當年」。

【箋注】

〔倦客句〕舊唐書馬周傳：「馬周字賓王，清河茌平人也。少孤貧好學，尤精詩傳，落拓不爲州里所敬。武德中補博州教授，日飲醇酎，不以講授爲事，刺史達奚恕屢加咎責，……遂感激西遊長安。宿於新豐逆旅，主人唯供諸商販而不顧待，周遂命酒一斗八升，悠然獨酌，主人深異之。」

〔貂裘句〕見前水調歌頭（落日古城角闋）「敝貂裘」注。

〔彈短鋏〕見前滿江紅（漢水東流闋）「腰間二句」注。

〔青蛇〕郭元振寶劍篇：「精光黯黯青蛇色，文章片片緑龜鱗。」韋莊秦婦吟：「匣中秋水拔青蛇，旗上高風吹白虎。」

〔歎詩書句〕參前水調歌頭（落日古城角闋）「詩書二句」注。

〔沉陸〕莊子則陽：「其聲銷，其志無窮，其口雖言，其心未嘗言，方且與世違而心不屑與之俱，是陸沉者也。」注云：「人中隱者譬無水而沉也。」

〔醽醁〕亦作酃渌，酒名。盛弘之荆州記：「渌水出豫章康樂縣，其間烏程鄉有酒官，取水爲酒，酒極甘美，與湘東酃湖，年常獻之，世稱酃渌酒。」

〔有玉人二句〕蘇軾千秋歲徐州重陽作：「美人憐我老，玉手簪金菊。」

〔請纓〕漢書終軍傳：「南越與漢和親，乃遣軍使南越，説其王，欲令入朝，比内諸侯。軍自請受長纓，必羈南越王而致之闕下。」

〔賣劍〕漢書龔遂傳：「遂見齊俗奢侈，好末技，不田作，迺躬率以儉約，勸民務農桑。……民有帶持刀劍者，使賣劍買牛，賣刀買犢。」

〔甚當年二句〕漢書賈誼傳：「賈誼，洛陽人也。……爲長沙王太傅。……爲梁懷王太傅。……是時匈奴彊，侵邊，……誼數上疏陳政事，多所欲匡建。其大略曰：『臣竊惟事勢，可爲痛哭者一，可爲流涕者二，可爲長太息者六。』」

【附録】

岳珂桯史稼軒論詞

是時潤有貢士姜君玉（瑩中），嘗與余游。……攜康伯可順菴樂府一袠相示，中有滿江紅，作於婺女潘子賤席上者，如「詩書萬卷致君人，番沉陸」、「且置請纓封萬户，徑須賣劍酬黄犢。慟當年寂寞賈長沙，傷時哭」之句，與稼軒集中詞全無異。伯可蓋先四五十年。君玉亦疑之。然余讀其全篇，則他語却不甚稱，似不及稼軒出一格律。所攜乃板行，又故本，殆不可曉也。

又

風捲庭梧，黄葉墜新涼如洗。一笑折秋英同賞，弄香挼蘂。天遠難窮休久望，樓高欲下還重倚。拚一襟寂寞淚彈秋，無人會。　今古恨，沉荒壘。悲歡事，隨流水。想登樓青鬢，未堪憔悴。極目煙横山數點，孤舟月淡人千里。對嬋娟從此話離愁，金尊裏。

【編年】

右滿江紅四首，廣信書院本均列置於淳熙八年和洪景盧一首之前。「可恨東君」闋有「湘浦岸」數句，知必作於長沙。餘三闋作年不可確考，今全依廣信本次第，彙録於淳熙六、七年諸作之間。

賀新郎

柳暗淩波路。送春歸猛風暴雨，一番新緑。千里瀟湘葡萄漲，人解扁舟欲去。又檣燕留人相語。艇子飛來生塵步，唾花寒唱我新番句。波似箭，催鳴櫓。黄陵祠下山無數。聽湘娥泠泠曲罷，爲誰情苦。行到東吴春已暮，正江闊潮平穩渡。望金雀觚稜翔舞。前度劉郎今重到，問玄都千樹花存否。愁爲倩，么絃訴。

【校】

〔淩波〕四卷本乙集作「清波」。

【箋注】

〔淩波、生塵〕曹植洛神賦：「淩波微步，羅襪生塵。」

〔葡萄漲〕李白襄陽歌：「遥看漢水鴨頭緑，恰似葡萄初醱醅。」宋祁蝶戀花詞：「雨過蒲萄新漲緑。」蘇軾武昌西山詩：「春江緑漲葡萄醅，武昌官柳知誰栽。」

〔又檣燕句〕杜甫發潭州詩：「岸花飛送客，檣燕語留人。」

〔黄陵祠〕水經注湘水條：「黄陵水上承大湖，湖水西流，逕二妃廟南，世謂之黄陵廟。言舜之陟方也，二妃從征，溺於湘江，神遊洞庭之淵，出入瀟湘之浦，故民爲立祠於水側。」按：黄陵山在今湖南湘陰縣北四十五里。

〔湘娥〕郭璞江賦稱湘妃爲湘娥。杜甫湘夫人祠南夕望詩：「湘娥倚暮花。」

〔江闊句〕王灣次北固山下：「潮平兩岸闊，風正一帆懸。」

〔望金雀句〕班固西都賦：「周廬千列，徼道綺錯，輦路經營，修途飛閣。……設璧門之鳳闕，上觚稜而棲金爵。」文選五臣注：「鳳闕，闕名也。南有璧門。觚稜，闕角也。角上棲金爵，金爵，鳳也。」蘇軾元祐三年春帖子詞皇太妃閣：「雪殘鳥鵲喜，翔舞下觚稜。」

〔前度二句〕見前新荷葉（人已歸來闕）「兔葵二句」注。

〔么絃〕唐詩紀事載：「劉夢得曰：詩僧多出江右，么絃孤韻，瞥入人耳，非大音之樂。」按：么絃，爲琵琶第四絃，最細，故稱么絃。歐陽修千秋夢詞：「莫把絲絃撥，怨極絃能説。」

【編年】

淳熙七年（一一八〇）。——玩詞中語意，當是在長沙時送人歸臨安之作。

水調歌頭　和趙景明知縣韻

官事未易了，且向酒邊來。君如無我，問君懷抱向誰開？但放平生丘壑，莫管旁人嘲罵，深蟄要驚雷。白髮還自笑，何地置衰頹。　五車書，千石飲，百篇才。新詞未到，瓊瑰先夢滿吾懷。已過西風重九，且要黄花入手，詩興未關梅。君要花滿縣，桃李趁時栽。

【箋注】

〔趙景明〕名奇瑋，與葉水心、丘宗卿等俱相友善。於淳熙六年宰江陵縣，八年任滿替歸。葉水心文集卷六送趙景明知江陵縣詩云：「吾友趙景明，材絶世不近。疎通無流連，豪俊有細謹。尤精人間事，照見肝鬲隱。忽然奮鬚髯，萬事供指準。漢士興伐胡，唐軍業誅鎮。久已受褒封，誰能困嘲擯。四十七年前，時節憂患盡。去作江陵公，風雨結愁慍。……勉發才鈞機，一射强虜殞。」趙氏行誼據此略可概見。（餘參年譜淳熙八年記事。）

〔官事句〕晉書傅咸傳：「楊駿弟濟素與咸善，與咸書曰：『江海之流混混，故能成其深廣也。天下大器，非可稍了，而相觀每事欲了。生子癡，了官事，官事未易了也。』」

〔問君句〕杜甫奉待嚴大夫詩：「身老時危思會面，一生懷抱向誰開？」簡薛華醉歌：「千里猶殘舊冰雪，百壺且試開懷抱。」

〔平生丘壑〕漢書敍傳：「漁釣於一壑，則萬物不奸其志；栖遲於一丘，則天下不易其樂。」張方平都官葉舒郎中歸三衢詩：「一丘一壑平生志。」

〔莫管句〕蘇軾定惠院寓居月夜偶出詩：「但當謝客對妻子，倒冠落佩從嘲罵。」

〔深蟄句〕莊子天運篇：「蟄蟲始作，吾驚之以雷霆。」

〔五車書〕莊子天下篇：「惠施多方，其書五車。」

〔百篇才〕杜甫飲中八仙歌：「李白一斗詩百篇，長安市上酒家眠。」

〔瓊瑰句〕左傳成公十七年：「聲伯夢涉洹，或與己瓊瑰食之，泣而爲瓊瑰，盈其懷。從而歌之曰：『濟洹之水，贈我以瓊瑰。歸乎歸乎，瓊瑰盈吾懷乎。』」集解謂：「淚下化爲珠玉滿其懷。」蘇軾送鄭户曹詩：「遲君爲坐客，新詩出瓊瑰。」

〔詩興句〕杜甫和裴迪逢早梅相憶見寄詩：「東閣官梅動詩興，還如何遜在揚州。」

〔君要二句〕晉潘岳爲河陽縣令，於縣境内偏植桃李，時人稱爲花縣。庾信春賦：「河陽一縣併是花。」

【編年】

淳熙七年（一一八〇）。——趙景明宰江陵縣三年，於淳熙八年秋東歸，見後沁園春（佇立瀟湘閿）箋注及編年。此詞下片有「新詞未到」和「桃李趁時栽」云云數句，知作於趙氏東歸過豫章之先，因編於此年。

滿庭芳 和洪丞相景伯韻

傾國無媒，入宫見妬，古來顰損蛾眉。看公如月，光彩衆星稀。袖手高山流水，聽羣蛙鼓吹荒池。文章手，直須補袞，藻火粲宗彝。　癡兒公事了，吴蠶纏繞，自吐餘絲。幸一枝粗穩，三徑新治。且約湖邊風月，功名事欲使誰知。都休問，英雄千古，荒草没殘碑。

【校】

〔題〕四卷本丙集作「和洪景伯丞相韻」。

【箋注】

〔洪丞相景伯〕宋史洪适傳：「适字景伯，皓長子也。……皓使朔方，适年甫十三，能任家事。……紹興十二年與弟遵同中博學宏詞科。……後三年，弟邁亦中是選。由是三洪文名滿天下。……乾道元年五月，遷翰林學士，仍兼中書舍人。……十二月，拜尚書右僕射、同中書門下平章事、兼樞密使。未幾春霖，适引咎乞退，林安宅抗疏論适，既而臺臣復合奏。三月，除觀文殿學士，提舉江州太平興國宫，尋起知紹興府、浙東安撫使，再奉祠。淳熙十一年薨，年六十八。謚文惠。适以文學聞望，遭時遇主，自兩制一月入政府，又四閲月居相位，又三月罷政。然無大建明，以究其學。家居十有六年，兄弟鼎立，子孫森然，以著述吟詠自樂。近世備福，鮮有及之。」

〔傾國句〕韓愈縣齋有懷詩：「誰爲傾國媒，自許連城價。」

〔入宫二句〕離騷：「衆女嫉余之蛾眉兮，謡諑謂余以善淫。」史記鄒陽傳：「故女無美惡，入宮見妬。」駱賓王討武曌檄：「入宮見妬，蛾眉不肯讓人。」

〔看公二句〕淮南子説林訓：「百星之明，不如一月之光。」

〔高山流水〕列子湯問篇：「伯牙善鼓琴，鍾子期善聽。伯牙鼓琴，志在高山，鍾子期曰：善哉，峨峨兮若泰山；志在流水，鍾子期曰：善哉，洋洋兮若江河。」

〔聽羣蛙句〕南齊書孔稚珪傳：「孔稚珪字德璋，會稽山陰人也。……不樂世務，居宅盛營山水，憑几獨酌，傍無雜事，門庭之内，草萊不剪，中有蛙鳴，或問之曰：『欲爲陳蕃乎？』稚珪笑曰：『我以此當兩部鼓吹，何必期效仲舉。』」

〔補袞〕詩大雅烝民：「袞職有闕，維仲山甫補之。」

〔藻火句〕尚書益稷：「予欲觀古人之象：日月星辰，山龍華蟲，作會宗彝；藻火粉米，黼黻絺繡，以五采彰施於五色，作服。」注：「會，五采也，……宗廟彝樽，亦以山龍華蟲爲飾。」又云：「天子服日月而下，諸侯自龍袞而下至黼黻，士服藻火。」藻、火皆衣飾圖形。

〔癡兒句〕見前水調歌頭（官事未易了闋）「官事句」注。

〔幸一枝二句〕莊子逍遥遊：「許由曰：『鷦鷯巢於深林，不過一枝。』」庾信小園賦：「若夫一枝之上，巢父得安巢之所。」陶淵明歸去來辭：「三徑就荒，松菊猶存。」蘇軾除夜病中贈段屯田詩：「三徑初成貲，一枝有餘煖。」

【附録】

洪景伯（适）原唱二首（見盤洲文集卷八十）

滿庭芳　辛丑春日作

華髮蒼顔，年年更變，白雪輕犯雙眉。六旬過四，七十古來稀。問柳尋花興嬾，拈笻杖閑遶園池。尊中有，青州從事，無意喚瓊彝。　人生何處樂？樓臺院落，吹竹彈絲。奈壯懷銷鑠，病費醫治。漫道游魚聽瑟，絃緑綺山水誰知。盤洲怨，盟鷗間闊，瘞鶴立新碑。

又　景盧有南昌之行，用韻惜别，兼簡司馬漢章

雨洗花林，春回柳岸，窗間列岫横眉。老來光景，生怕聚談稀。何事扁舟西去，收杖屨契闊魚池。流觴近，詩筒暫歇，焉用虎文彝。　良辰懷舊事，海棠花下，笑摘垂絲。歎五年一别，萬病難治。幾處繡衣塵跡，歌舞地烏鵲曾知。君今去，珠簾暮捲，山雨拂崇碑。（漢章作山雨樓，景盧爲之記）

又　和洪丞相景伯韻，呈景盧内翰

急管哀絃，長歌慢舞，連娟十樣宫眉。不堪紅紫，風雨曉來稀。惟有楊花飛絮，依舊是萍滿方池。酴醿在，青虬快剪，插徧古銅彝。　誰將春色去？鸞膠難覓，絃斷朱絲。恨牡丹多病，也費醫治。夢裏尋春不見，空腸斷怎得春知？休惆悵，一觴一詠，須刻右軍碑。

【校】

〔題〕四卷本甲集作「和洪丞相韻，呈景盧舍人」。

〔曉來稀〕廣信書院本作「曉稀稀」，兹從四卷本。

〔方池〕四卷本、王詔校刊本及四印齋本作「芳池」。

〔朱絲〕王詔校刊本及四印齋本作「蛛絲」。

〔腸斷〕王詔校刊本及四印齋本作「斷腸」。

【箋注】

〔景盧内翰〕宋史洪邁傳：「邁字景盧。皓季子也。……乾道二年復知吉州，入對，遂除起居舍人。……三年，遷起居郎，拜中書舍人，兼侍讀，直學士院，仍參史事。父忠宣，兄适、遵皆歷此三職，邁又踵之。……六年除知贛州，……尋知建寧府。……（淳熙）十一年知婺州，……明年，召對，……紹熙改元，……明年，再上章告老，進龍圖閣學士。尋以端明殿學士致仕，是歲卒，年八十。贈光禄大夫，謚文敏。邁兄弟皆以文章取盛名，躋貴顯，邁尤以博洽受知，孝宗謂其文備衆體。邁考閲典故，漁獵經史，極鬼神事物之變。……」

〔急管句〕鮑照白紵歌：「古稱渌水今白紵，催絃急管爲君舞。」

〔長歌慢舞〕白居易長恨歌：「緩歌慢舞凝絲竹，盡日君王看不足。」

〔連娟〕宋玉神女賦：「眉聯娟以蛾揚兮，朱脣的其若丹。」司馬相如上林賦：「長眉連娟，微睇緜藐。」

〔十様宫眉〕海録碎事：「唐明皇令畫工畫十眉圖，一曰鴛鴦眉，二曰小山眉，三曰五嶽眉，四曰三峯眉，五曰垂珠眉，六曰月稜眉，七曰分稍眉，八曰涵煙眉，九曰拂雲眉，十曰倒暈眉。」晏幾道鷓鴣天詞：「十様宫眉捧壽觴。」

〔惟有二句〕蘇軾水龍吟次韻章質夫楊花：「曉來雨過，遺蹤何在？一池萍碎。」自注云：「楊花落水爲浮萍，驗之信然。」

〔誰將句〕韓愈晚春詩：「誰收春色將歸去？慢緑妖紅半不存。」

〔鸞膠〕漢武外傳：「西海獻鸞膠，武帝弦斷，以膠續之，弦兩頭遂相著，終日射不斷。帝大悦，名續弦膠。」

〔一觴二句〕王羲之蘭亭序：「一觴一詠，亦足以暢敍幽情。」羲之仕晉爲右軍將軍。

又　遊豫章東湖再用韻

柳外尋春，花邊得句，怪公喜氣軒眉。陽春白雪，清唱古今稀。曾是金鑾舊客，記鳳凰獨遶天池。揮毫罷，天顔有喜，催賜尚方彝。公在詞掖嘗拜尚方賓彝之賜。只今江海上，鈞天夢覺，清淚如絲。算除非痛把，酒療花治。明日五湖佳興，扁舟去一笑誰知。溪堂好，且拚一醉，倚杖讀韓碑。堂記公所製。

【校】

〔題〕四卷本甲集無題。永樂大典卷二二六六湖字韻引作「遊東湖」。

〔尚方〕四卷本作「上方」。

〔注〕「寶彝」四卷本、永樂大典作「寶鼎」。

〔江海上〕廣信書院本作「江遠上」，玆從四卷本及永樂大典。王詔校刊本及四印齋本作「江山遠」。

【箋注】

〔陽春白雪〕宋玉對楚王問：「客有歌於郢中者，其始曰下里巴人，國中屬而和者數千人；其爲陽阿薤露，國中屬而和者數百人；其爲陽春白雪，國中屬而和者不過數十人。……其曲彌高，其和彌寡。」

〔金鑾舊客〕文獻通考學士院：「故事：學士掌內庭書詔，指揮邊事，曉達機謀，天子機事密命在焉，不當豫外司公事，蓋防纖微間或漏省中語。故學士院常在金鑾殿側。……前朝因金鑾坡以爲門名，與翰林院相接，故爲學士者稱金鑾以美之。」容齋隨筆卷十六兄弟直四垣條：「紹興二十九年，予仲兄始入西省，至隆興二年伯兄繼之，乾道三年予又繼之，相距九歲。予作謝表云：『父子相承，四上鑾坡之直；弟兄在望，三陪鳳閣之遊。』」

〔鳳凰獨遶天池〕天池謂禁苑中之池沼，亦稱鳳池或鳳凰池。文獻通考中書省：「魏、晉以來中書監令掌贊詔命，記會時事，典作文書。以其地在樞近，多承寵任，是以人因其位謂之鳳凰池焉。」

〔天顔有喜〕杜甫紫宸殿退朝詩：「天顔有喜近臣知。」

〔釣天句〕見前八聲甘州（把江山好處付公來闋）「釣天夢」注。

〔五湖、扁舟〕見前破陣子（擲地劉郎玉斗闋）「挂帆句」注。

〔溪堂、韓碑〕韓愈有鄆州溪堂詩，詩前有長序，記溪堂修建因由，當時即將此詩此序刻石於鄆州。此處蓋以指司馬漢章之山雨樓及洪景盧之山雨樓記。

〔堂記公所製〕據詞中語句及自注，知稼軒此次之遊東湖，蓋與洪景盧偕往。洪景伯原唱自注謂「司馬漢章作山雨樓，景盧爲之記」，稼軒此注當亦指此。予曩曾以此注爲指洪景盧所作之稼軒記而言，蓋誤。稼軒上饒居第之經始，據新居上梁文知在淳熙七年，本年春容已次第落成，然依此詞前後語意觀之，似以指山雨樓記爲合。又洪氏稼軒記云：「繪圖畀予曰：『吾甚愛吾軒，爲吾記。』」知稼軒記係洪氏與稼軒會晤之後，據所畀信上居第之營造圖樣而作。非洪氏初抵豫章之日，於匆遽之間所寫就也。

【編年】

淳熙八年（一一八一）春。——右滿庭芳三首，據洪景伯原唱題中語，知均作於淳熙八年春季。宋會要輯稿職官七二之二八，於淳熙七年五月載洪邁以求瓊花故而罷知建寧府事，其後當即家居鄱陽。八年春間有南昌之行，景伯賦詞餞送，稼軒因亦用韻而相與酬答。據景伯詞中「流觴近」句，其抵南昌時節當在上巳左右也。

滿江紅　席間和洪景盧舍人，兼簡司馬漢章大監

天與文章，看萬斛龍文筆力。聞道是一詩曾換，千金顔色。欲説又休新意思，强啼偷笑真消息。算人人合與共乘鸞，鑾坡客。　傾國豔，難再得。還可恨，還堪憶。看書尋舊錦，衫裁新碧。鶯蝶一春花裏活，可堪風雨飄紅白。問誰家却有燕歸梁，香泥濕。

【校】

〔題〕四卷本甲集無「景盧」及「大監」四字。

〔曾换〕四卷本作「曾賜」。

【箋注】

〔看萬斛句〕韓愈病中贈張籍詩：「龍文百斛鼎，筆力可獨扛。」

〔算人人句〕「人人」爲對女子之暱稱。鸞謂鳳凰。此當用蕭史弄玉故事。劉向列仙傳載，秦

穆公時有蕭史者善吹簫，穆公以女弄玉妻之。蕭史日教弄玉作鳳鳴，居數年，鳳凰來止。又數年，夫婦皆隨鳳凰飛去。

〔鑾坡〕見前滿庭芳（柳外尋春闋）「金鑾舊客」注。

〔傾國二句〕漢書外戚傳：「李延年性知音，善歌舞。武帝愛之，……延年嘗侍上，起舞而歌曰：『北方有佳人，絶世而獨立。一顧傾人城，再顧傾人國。寧不知傾城與傾國，佳人難再得。』」

〔衫裁句〕蘇軾次韻王郎子立風雨有感詩：「爲君裁春衫，高會開桂籍。」

〔鶯蝶句〕李賀秦宫詩：「皇天厄運猶曾裂，秦宫一生花底活。」秦宫，後漢梁冀之嬖奴，得寵内舍。

〔問誰家二句〕據洪景伯送景盧往南昌之滿庭芳自注，司馬漢章其時已作山雨樓，二句云云，蓋即指山雨樓而言。

【編年】

淳熙八年（一一八一）。——據洪文敏公年譜，自淳熙二年至七年，景盧均在建寧守任，知稼軒前此兩次官江西時均無緣與之相值，此詞當亦八年所賦。

西河　送錢仲耕自江西漕移守婺州

西江水，道似西江人淚。無情却解送行人，月明千里。從今日日倚高樓，傷心煙樹如薺。

會君難，别君易。草草不如人意。十年著破繡衣茸，種成桃李。問君可是厭承明，東方鼓吹千騎。對梅花更消一醉。看明年調鼎風味。老病自憐憔悴。過吾廬定有，幽人相問：歲晚淵明歸來未？

【校】

〔題〕「移守婺州」四卷本甲集作「赴婺州」。

〔道似句〕四卷本作「道是西風人淚。」

〔看明年〕四卷本作「有明年」。

【箋注】

〔錢仲耕〕重修琴川志：「錢佃字仲耕，弱冠入太學，登紹興十五年進士第。……累遷左右司檢正，兼權吏、兵、工三侍郎。出爲江西路轉運副使。時盜賴文正起武陵，朝廷調兵討之，佃餽餉不乏。繼使福建，再使江西，奏蠲諸郡之逋。淳熙八年，婺州饑，且缺守，上曰：『錢某可守郡。』既至，荐饑禱雨，鬚髮爲白。勸分移粟，所活口七十餘萬。政甲一路。……佃忠信恭寬，臨政不求赫赫聲，以安民爲先務。所至得民。家不取盈，捐橐裝買田，贍合族，名曰義莊。」

〔西江〕指贛江。

〔煙樹如薺〕顏氏家訓卷三勉學篇引羅浮山記：「望平地樹如薺。」戴暠度關山詩：「今上關山望，長安樹如薺。」孟浩然秋登萬山寄張五詩：「天邊樹若薺，江畔洲如月。」

〔十年句〕錢仲耕於淳熙初年即出任江西運副，繼使福建，再使江西，雖尚未及十年，然爲時已甚久，故舉成數以言之也。

〔種成桃李〕韓詩外傳：「春樹桃李，夏得蔭其下，秋得食其實。」唐狄仁傑喜薦士，當時有「天下桃李盡出公門」之譽。李絢和杜祁公致仕詩：「收得桑榆歸物外，種成桃李滿人間。」

〔承明〕見前木蘭花慢（老來情味減闋）「承明」注。

〔東方句〕見前滿江紅（照影溪梅闋）「千騎」注。

〔對梅花二句〕尚書説命下：「若作和羹，爾惟鹽梅。」

【附録】

丘宗卿密和章（見文定公詞）

西河　餞錢漕仲耕移知婺州奏事，用幼安韻

清似水，不了眼中供淚。今宵忍聽唱陽關，暮雲千里。可堪客裏送行人，家山空老春薺。　道別去，如許易。離合定非人意。幾年回首望龍門，近纔御李。也知追詔有時來，匆匆今見歸騎。　整弓刀，徒御喜。舉離觴飲嚼無味。端的慰人憔悴。想天心注倚，方深應是，日日傳宣公來未？

【編年】

淳熙八年（一一八一）。——丘宗卿爲繼錢仲耕之後任江西漕使者，其交接當爲本年春季，此詞及丘氏和章即作於是時。又龍川文集卷二十一與辛幼安殿撰書有「聞往往寄詞與錢仲耕」語，知稼軒與錢氏唱和當不止此一首，惜已無可考尋矣。

賀新郎 賦滕王閣

高閣臨江渚。訪層城空餘舊跡，黯然懷古。畫棟珠簾當日事，不見朝雲暮雨。但遺意西山南浦。天宇修眉浮新緑，映悠悠潭影長如故。空有恨，奈何許。 王郎健筆誇翹楚。到如今落霞孤鶩，競傳佳句。物換星移知幾度，夢想珠歌翠舞。爲徙倚闌干凝竚。目斷平蕪蒼波晚，快江風一瞬澄襟暑。誰共飲？有詩侶。

【校】

〔題〕四卷本丁集無題。

【箋注】

〔滕王閣〕輿地紀勝：「滕王閣在南昌郡城之西，唐高祖之子滕王元嬰所建也。夾以二亭，南曰壓江，北曰挹秀。」

〔高閣句〕王勃滕王閣詩：「滕王高閣臨江渚，佩玉鳴鸞罷歌舞。畫棟朝飛南浦雲，珠簾暮捲西山雨。閒雲潭影日悠悠，物换星移幾度秋。閣中帝子今何在？檻外長江空自流。」

〔西山南浦〕輿地紀勝江南西路隆興府：「西山在新建西大江之外，高二千丈，周三百里。寰宇記云：『又名南昌山。』」同書：「南浦亭在隆興府廣潤門外，下瞰南浦，往來舟艤於此。」

〔天宇句〕韓愈南山詩：「天宇浮修眉，濃緑畫新就。」黄庭堅念奴嬌同諸甥待月：「斷虹霽雨，浄秋空，山染脩眉新緑。」

〔奈何許〕「許」字爲語助詞。

〔王郎句〕新唐書王勃傳：「勃過鍾陵，九月九日，都督大宴滕王閣，宿命其壻作序，以夸客；因出紙筆徧請，客莫敢當，至勃，抗然不辭。都督怒，起更衣，遣吏伺其文輒報，一再報，語益奇，乃矍然曰：『天才也。』」摭言：「閻公以紙筆巡讓賓客，勃不辭讓。公大怒，拂衣而起，專令人伺其下筆。第一報云：『南昌故郡，洪都新府。』公曰：『亦是老生常談。』又報云：『星分翼軫，地接衡廬。』公聞之，沉吟不言。又云：『落霞與孤鶩齊飛，秋水共長天一色。』公矍然而起曰：『此真天才，當垂不朽矣。』」「翹楚」出詩周南漢廣，喻傑出之物。

〔物换二句〕均用王勃滕王閣詩中句。

【編年】

淳熙八年（一一八一）夏。——據「江風一瞬澄襟暑」句，知右詞必作於夏季。稼軒首次帥江西，爲時僅三月而被召，去職時尚在暮春，因知此詞作於第二次帥江西時。

昭君怨　豫章寄張守定叟

長記瀟湘秋晚：歌舞橘洲人散。走馬月明中，折芙蓉。　今日西山南浦，畫棟珠簾雲雨。風景不爭多，奈愁何。

【校】

〔題〕四卷本甲集無「守」字。

【箋注】

〔張守定叟〕名杓，浚之次子。宋史張杓傳：「杓字定叟。……知衢州，兄栻喪，無壯子，請祠以營葬事。主管玉局觀，遷湖北提舉常平。奏事，帝大喜，諭輔臣曰：『張浚有子如此。』改浙西，督理荒政。蘇、湖二州皆闕守，命兼攝焉。……遷兩浙轉運判官，未幾以直徽猷閣升副使，改知臨安府。……杓天分高爽，吏材敏給，遇事不凝滯，多隨宜變通，所至以治辦稱。南渡以來論尹京者以杓爲首。」

〔長記四句〕張浚自紹興末年即家居潭州，卒後葬衡山。淳熙七年二月張栻卒，杓請祠營葬，即應家居潭州。時稼軒知潭州兼湖南安撫，故定叟得從遊於瀟湘橘洲之上。橘洲，在湖南長沙縣西湘江中。方輿勝覽：「湘江中有四洲，曰：橘洲、直洲、誓洲、白水洲。夏月水泛，惟此不没。土多美橘，故名。」

〔今日二句〕見前賀新郎（高閣臨江渚闋）「高閣句」及「西山南浦」注。

【編年】

淳熙八年（一一八一）。——據詞中前章數語，知是稼軒第二次帥豫章時所作。

沁園春　帶湖新居將成

三徑初成，鶴怨猿驚，稼軒未來。甚雲山自許，平生意氣；衣冠人笑，抵死塵埃。意倦須還，身閒貴早，豈爲蓴羹鱸鱠哉。秋江上，看驚弦鴈避，駭浪船回。　東岡更葺茅齋。好都把軒窗臨水開。要小舟行釣，先應種柳；疏籬護竹，莫礙觀梅。秋菊堪餐，春蘭可佩，留待先生手自栽。沉吟久，怕君恩未許，此意徘徊。

【校】

〔題〕花菴詞選題作「退閒」。

〔貴早〕花菴詞選作「要早」。

〔東岡〕花菴詞選作「東崗」。

【箋注】

〔帶湖〕在信州府城靈山門外。韓淲周國正約過茶山帶湖詩：「從容出處易，緬懷聚散難。記此野城北，望望横靈山。」

〔三徑初成〕蘇軾次韻周邠詩：「南遷欲舉力田科，三徑初成樂事多。」餘見前滿庭芳（傾國無媒閱）「一枝二句」注。

〔鶴怨句〕孔稚珪北山移文：「至於還飈入幕，寫霧出楹，蕙帳空兮夜鶴怨，山人去兮曉猿驚。」

〔甚〕當作「爲甚」解。

〔衣冠二句〕白居易遊悟真寺詩：「斗擻塵埃衣，禮拜冰雪顔。」抵死，老是、總是。

〔蓴羹鱸鱠〕見前木蘭花慢（老來情味減閲）「秋晚句」注。

〔驚弦鴈避〕庾信周大將軍襄城公鄭偉墓志銘：「麋興麗箭，鴈落驚弦。」

〔軒窗臨水〕陸游老學菴筆記六：「會稽鏡湖之東，地名東關，有天花寺。吕文靖嘗題詩云：『賀家湖上天花寺，一一軒窗向水開。不用閉門防俗客，愛閑能有幾人來？』」蘇軾再和楊公濟梅花十絶：「白髮思家萬里回，小軒臨水爲花開。」送賈訥倅眉詩：「父老得書知我在，小窗臨水爲君開。」

〔秋菊二句〕離騷：「朝飲木蘭之墜露兮，夕餐秋菊之落英。」又：「扈江蘺與辟芷兮，紉秋蘭以爲佩。」

【附録】

趙無咎善括和章二闋（見應齋雜著卷六）

沁園春　和辛帥

虎嘯風生，龍躍雲飛，時不再來。試憑高望遠，長淮清淺；傷今懷古，故國氛埃。壯志求申，匈奴未滅，早以家爲何謂哉。多應是，待着鞭事了，稅駕方回。　稼軒聊爾名齋。笑學請樊遲心未開。似南陽高卧，莘郊自樂，磻磯韜略，傅野鹽梅。植杖亭前，集山樓下，五桂三槐次第栽。功名遂，向急流勇退，肯恁徘徊。

問舍東湖，招隱西山，惠然肯來。有闘香蘭桂，無窮幽趣；隔溪車馬，何處輕埃。微利虛名，朝榮暮辱，笑爾焉能浼我哉。閒欹枕，被幽禽喚覺，午夢驚回。　無言獨坐南齋，好喚取芳樽相對開。待醒時重醉，疎簾透月；醉時還醒，畫角吹梅。無用千金，休懸六印，荆棘誰能滿地栽。人間世，任遊鯤獨運，斥鷃低徊。

又　送趙景明知縣東歸，再用前韻

佇立瀟湘，黄鵠高飛，望君未來。被東風吹墮，西江對語；急呼斗酒，旋拂征埃。

却怪英姿，有如君者，猶欠封侯萬里哉。空贏得，道江南佳句，只有方回。錦帆畫舫行齋。悵雪浪黏天江影開。記我行南浦，送君折柳；君逢驛使，爲我攀梅。落帽山前，呼鷹臺下，人道花須滿縣栽。都休問，看雲霄高處，鵬翼徘徊。

【校】

〔題〕四卷本甲集「趙景明知縣」作「趙江陵」。

〔未來〕四卷本作「不來」。

〔被東風〕廣信書院本作「快東風」，兹從四卷本。

〔吹墮〕廣信書院本作「吹斷」，兹從四卷本。

〔征埃〕廣信書院本作「塵埃」，兹從四卷本。

【箋注】

〔趙景明知縣東歸〕據項安世平庵悔稿送趙令奇暐赴江陵及江陵送趙知縣二詩，知趙氏之宰江陵，事在淳熙六年至八年。項氏江陵送趙知縣次首云：「别離底處最堪憐，君上吴船我蜀船。從此相思真萬里，重來何止又三年。司州刺史髭如戟（浙漕丘宗卿），國子先生瘦似椽（太學正葉正則）。二子有情須問訊，爲言重九到西川。」據知趙氏之離江陵蓋在重九前不久，其繞道豫章相會應在稍後之時。

〔佇立三句〕謂淳熙七年稼軒在湖南，與趙氏有詞章往來而未能晤面，至此方得聚首也。九歌湘君：「望夫君兮未來，吹參差兮誰思。」

〔却怪三句〕見前水調歌頭（落日古城角闋）「莫學三句」注。

〔道江南二句〕宋賀鑄字方回。黄庭堅寄賀方回詩：「少游醉卧古藤下，誰與愁眉唱一杯？解道江南斷腸句，只今惟有賀方回。」

〔雪浪黏天〕王安石舟還江南阻風有懷伯兄詩：「白浪黏天無限斷。」

〔南浦送君〕江淹别賦：「送君南浦，傷如之何。」

〔君逢二句〕荆州記：「陸凱與范曄相善，自江南寄梅花一枝詣長安與曄。贈詩曰：『折梅逢驛使，寄與隴頭人。江南無所有，聊贈一枝春。』」

〔落帽山〕陶淵明集晉故征西大將軍長史孟府君傳：「君諱嘉，字萬年。……爲征西大將軍譙國桓温參軍。……九月九日，温遊龍山，參佐畢集，……有風吹君帽，墮落，温目左右及賓客勿言，以觀其舉止，君初不自覺。」讀史方輿紀要卷七十八湖廣江陵縣：「龍山在城西北十五里，桓温九日登高，孟嘉落帽處也。」

〔呼鷹臺〕水經注沔水條：「襄陽城東……沔水中有漁梁洲，……水南有層臺，號曰景升臺，蓋劉表治襄陽之所築也。表性好鷹，嘗登此臺歌野鷹來曲。」

〔花須滿縣栽〕見前水調歌頭（官事未易了闋）「君要二句」注。

〔鵬翼〕見前滿江紅（鵬翼垂空闋）「鵬翼」注。

【附録】

丘宗卿密和章二闋（見文定公詞）

沁園春　景明告行，頗動懷歸之念，偶得帥卿詞，因次其韻。前闋奉送，後闋以自見云

雨趁輕寒，風作秋聲，燕歸鴈來。動天涯羈思，登山臨水；驚心節物，極目煙埃。客裏逢君，纔同一笑，何遽言歸如此哉。別離久，算不應興盡，却棹船回。　主人下榻高齋，更點檢笙歌頻宴開。便留連不到，迎春見柳；也須小駐，度臘觀梅。花上盈盈，閨中脈脈，應念胡麻正好栽。從教去，正危闌望斷，小倚徘徊。

匏繫彌年，江北江南，羨君去來。笑山横南浦，朝來爽致；文書堆案，胸次生埃。放曠如君，拘縻如我，試問人生誰樂哉。真難學，是留得且住，欲去須回。　何時竹屋茅齋，去相傍爲鄰三徑開。撰小窗臨水，危亭當巘；隨宜有竹，著處須梅。坐讀黄庭，手援紫藟，一寸丹田時自栽。當餘暇，更與君來往，林下徘徊。

【編年】

淳熙八年（一一八一）秋。

菩薩蠻

稼軒日向兒童説：帶湖買得新風月。頭白早歸來，種花花已開。　功名渾是

錯，更莫思量着。見説小樓東，好山千萬重。

【校】

〔兒童〕稼軒集鈔存作「兒曹」，兹從四卷本甲集。廣信書院本無此首。

【箋注】

〔頭白句〕杜甫不見詩：「匡山讀書處，頭白好歸來。」蘇軾送表弟程六知楚州詩：「功成頭白早歸來，共藉梨花作寒食。」

〔小樓〕洪邁稼軒記：「東岡西阜，北墅南麓，……集山有樓，婆娑有室，信步有亭，滌硯有渚。」小樓當即指集山樓言。

【編年】

淳熙八年（一一八一）。——右詞亦帶湖宅第已成而尚未歸去時之作。

蝶戀花　和趙景明知縣韻

老去怕尋年少伴。畫棟珠簾，風月無人管。公子看花朱碧亂，新詞攪斷相思怨。涼夜愁腸千百轉。一鴈西風，錦字何時遣？畢竟啼烏才思短，喚回曉夢天涯遠。

【校】

〔題〕四卷本乙集題作「和江陵趙宰」。

【箋注】

〔朱碧亂〕王僧孺夜愁示諸賓詩：「誰知心眼亂，看朱忽成碧。」

【編年】

淳熙八年（一一八一）。——據「畫棟珠簾」句，知此詞亦作於豫章。蓋必趙景明於離去豫章之後，有詞惜別，稼軒因賦和章以爲報也。

祝英臺近　晚春

寶釵分，桃葉渡，煙柳暗南浦。怕上層樓，十日九風雨。斷腸片片飛紅，都無人管；更誰勸啼鶯聲住。　鬢邊覷。試把花卜歸期，才簪又重數。羅帳燈昏，哽咽夢中語：是他春帶愁來；春歸何處，却不解帶將愁去。

【校】

〔調〕四卷本甲集作「祝英臺令」。

〔題〕花菴詞選作「春晚」。絶妙好詞及陽春白雪均無題。

〔片片〕花菴詞選及絶妙好詞作「點點」。

〔更誰勸〕四卷本、花菴詞選及絶妙好詞作「倩誰喚」。

〔啼鶯〕四卷本及花菴詞選作「流鶯」。

〔試把〕廣信書院本作「應把」，兹從四卷本及花菴詞選、陽春白雪。

〔歸期〕四卷本作「心期」。

〔哽咽〕四卷本、花菴詞選、陽春白雪作「嗚咽」。

〔却不解〕花菴詞選作「又不解」。

〔帶將愁去〕四卷本作「將愁歸去」。陽春白雪作「和愁將去」。

【箋注】

〔寶釵分〕梁陸罩閨怨：「自憐斷帶日，偏恨分釵時。……欲以别離意，獨向蘼蕪悲。」白居易長恨歌：「惟將舊物表深情，鈿合金釵寄將去。釵留一股合一扇，釵擘黄金合分鈿。」元稹會真詩：「寶釵行彩鳳。」段成式劍俠傳虬髯叟條：「吕用之在維揚日，佐渤海王擅政害人。……有商人劉損挈家乘巨船，自江夏至揚州。用之凡遇公私來船，悉令覘其行止。劉妻裴氏有國色，用之以陰事下劉獄，納裴氏。劉獻金百兩免罪。雖脱非横，然亦憤惋，因成詩三首曰：『寶釵分股合無緣，魚在深淵鶴在天。……』」王明清玉照新志卷四：「紹興己卯，張安國爲右史，明清與仲信兄在左。鄭舉善、郭世模從范、李大正正之、李泳子永多館於安國家。春日，諸友同遊西湖，至普安寺，於窗户間得玉釵半股，青蚨半文，想是遊人歡洽所分授，偶遺之者。各賦詩以記其事，歸以録似安國，安國云：『我當爲諸公考校之。』明清云：『淒涼寶鈿初分際，愁絶清光欲破時。』安國云：『仲言宜在第一。』」按：據此知分釵贈別之制，南宋猶盛行。

〔桃葉渡〕晉王獻之與妾作別處。六朝事類編類卷五：「圖經云：『（桃葉渡）在（江寧）縣南一里秦淮口。桃葉者，晉王獻之妾名也，其妹曰桃根。』」餘參本卷念奴嬌（晚風吹雨闋）「桃葉」注。

〔暗南浦〕江淹別賦：「春草碧色，春水淥波，送君南浦，傷如之何。」王安石晚歸詩：「煙迴重重柳，川低渺渺河。不愁南浦暗，歸伴有嫦娥。」

〔試把至重數〕花卜之法未詳，當是以所簪花瓣之單雙，占離人歸信之準的，故云「才簪又重數」也。

〔是他三句〕劉克莊後村詩話前集：「雍陶送春詩云：『今日已從愁裏去，明年更莫共愁來。』稼軒詞云：『是他春帶愁來，春歸何處，却不解和愁將去。』雖用前語而反勝之。」李邴洞仙歌柳花：「又恐伊家忒踈狂，驀地和春，帶將歸去。」

【附録】

張端義貴耳集下：「吕婁，即吕正己之妻，淳熙間姓名亦達天聽。……舊京畿有二漕，一吕摺，一吕正己。摺家諸姬甚盛，必約正己通宵飲。吕婁一日大怒，踰牆相詈，摺之子，一彈碎其冠。

事徹孝皇，兩漕即日罷。今止除一漕自此始。呂婁有女事辛幼安，因以微事觸其怒，竟逐之。今稼軒桃葉渡詞因此而作。」

按：據臨安志卷五十，呂正己與呂搢於乾道九年同任兩浙轉運判官。宋會要輯稿職官七二之一二：「淳熙二年二月二十二日，兩浙轉運副使呂搢、呂正己並放罷，以言者論二人僥求進用，勢既相軋，互相攻擊故也。」同書職官七二之二一於淳熙五年載呂正己罷浙西提刑之事云：「正己閨門之內，醜聲著聞。每所居官，政由內出。昨守鎮江，致禁囚越獄竄逸，乃歸過於司理以自免。故有是命。」陸游渭南文集卷三十五夫人孫氏墓誌銘亦有云：「朝議大夫直顯謨閣呂公正己之夫人，性堅正，善持家法，凡家人必責以法度，不知者以爲過嚴。」是則貴耳集所記呂正己之仕歷及其夫人之嚴毅性行，並不誣罔。然呂氏身爲顯宦，而謂其有女事稼軒，事甚難解。以別無相反或相成之材料可資參證，特附存其說，以俟再考。

又

緑楊堤，青草渡，花片水流去。百舌聲中，喚起海棠睡。斷腸幾點愁紅，啼痕猶在，多應怨夜來風雨。　別情苦。馬蹄踏偏長亭，歸期又成誤。簾捲青樓，回首在何處？畫梁燕子雙雙，能言能語，不解説相思一句。

惜分飛　春思

翡翠樓前芳草路，寶馬墜鞭暫駐。最是周郎顧，尊前幾度歌聲誤。　望斷碧雲空日暮，流水桃源何處？聞道春歸去，更無人管飄紅雨。

【校】

〔題〕廣信書院本及四卷本乙集俱無題，兹從王詔校刊本及四印齋本補入。

〔暫駐〕四卷本作「曾駐」。

〔尊前〕廣信書院本無此二字，兹從四卷本。

【箋注】

〔翡翠樓〕未詳。

〔周郎顧〕三國志吴志周瑜傳：「瑜少精意於音樂，雖三爵之後，其有闕誤，瑜必知之，知之必顧，故時人謡曰：『曲有誤，周郎顧。』」

〔望斷句〕見前念奴嬌（我來弔古闋）「暮雲」注。

〔流水桃源〕見前滿江紅（照影溪梅闋）「怕他年二句」注。

〔紅雨〕李賀將進酒詩：「桃花亂落如紅雨。」

戀繡衾　無題

夜長偏冷添被兒。枕頭兒移了又移。我自是笑别人底，却元來當局者迷。如今只恨因緣淺，也不曾抵死恨伊。合下手安排了，那筵席須有散時。

【校】

〔夜長、下手〕王詔校刊本及四印齋本作「長夜」、「手下」。

〔抵死〕廣信書院本作「底死」，兹從王詔校刊本及四印齋本。

【箋注】

〔當局者迷〕舊唐書元竹沖傳：「當局稱迷，傍觀見審。」

〔抵死〕總是、老是意。

減字木蘭花　宿僧房有作

僧窗夜雨，茶鼎熏爐宜小住。却恨春風，勾引詩來惱殺翁。　狂歌未可，且把一尊料理我。我到亡何，却聽儂家陌上歌。

【校】

〔題〕廣信書院本無題，兹從王詔校刊本及四印齋本補。

〔儂家〕王詔校刊本、六十家詞本及四印齋本作「農家」。

【箋注】

〔料理〕猶言「安排」。

〔亡何〕意即更無餘事。漢書袁盎傳：「徙爲吴相，辭行，種謂盎曰：『南方卑溼，君能日飲無何，時説王毋反而已。』」

〔陌上歌〕蘇軾陌上花序云：「遊九仙山，聞里中兒歌陌上花。父老云：吴越王妃每歲春必歸臨安，王以書遺妃曰：『陌上花開，可緩緩歸矣。』吴人用其語爲歌。」

又

昨朝官告，一百五年村父老。更莫驚疑，剛道人生七十稀。　使君喜見，恰限華堂開壽宴。問壽如何？百代兒孫擁太婆。

【箋注】

〔剛道〕猶言「偏説」、「硬説」。

〔人生七十稀〕見前感皇恩（七十古來稀闋）「七十句」注。

糖多令

淑景鬬清明，和風拂面輕。小杯盤同集郊坰。着箇簷兒不肯上，須索要，大家行。　行步漸輕盈，行行語笑頻。鳳鞋兒微褪些根。忽地倚人陪笑道：「真箇是，脚兒疼。」

【校】

〔着箇〕稼軒集鈔存「着」上有「頓」字，此從四卷本乙集。

〔簷兒〕稼軒集鈔存作「轎兒」。

〔忽地〕稼軒集鈔存「忽」上有「驀」字。

【箋注】

〔須索〕須得也。

〔微褪些根〕劉過沁園春詠美人足，亦有「銷金樣窄，……笑教人款捻，微褪些跟」等語。其意當爲，因難忍窄鞋束縛之苦，故褪足移後，致後跟露出也。

南鄉子 贈妓

好箇主人家，不問因由便去嗏。病得那人妝晃子，巴巴，繫上裙兒穩也哪。別淚没些些，海誓山盟總是賒。今日新歡須記取，孩兒，更過十年也似他。

【校】

〔題〕四卷本乙集無，兹從稼軒集鈔存。廣信書院本無此首。

〔晃子〕四卷本作「晃了」，兹從稼軒集鈔存。

【箋注】

〔賒〕渺茫難憑之意。

【編年】

右起祝英臺近（寶釵分闋），迄南鄉子，共詞八首，均似中年居官時所作，以無可確考，姑彙録於此。

鷓鴣天

一片歸心擬亂雲，春來諳盡惡黄昏。不堪向晚簷前雨，又待今宵滴夢魂。

爐燼冷，鼎香氛。酒寒誰遣爲重温？何人柳外橫雙笛，客耳那堪不忍聞。

又

困不成眠奈夜何，情知歸未轉愁多。暗將往事思量徧，誰把多情惱亂他。些底事，誤人哪。不成真箇不思家。嬌癡却妒香香睡，唤起醒鬆説夢些。

【箋注】

〔香香〕當是侍女名。

〔醒鬆〕「醒」亦作「惺」，稼軒有贈人之鵲橋仙詞，起句即作「風流標格，惺鬆言語」。周邦彦詞有「惺鬆言語勝聞歌」句，毛滂詞有「略成輕醉早醒鬆」句。陳元龍片玉詞注：「惺鬆，猶清輕也。」

菩薩蠻

西風都是行人恨，馬頭漸喜歸期近。試上小紅樓，飛鴻字字愁。　闌干閑倚處，一帶山無數。不似遠山橫，秋波相共明。

【箋注】

〔試上二句〕秦觀減字木蘭花詞：「因倚危樓，過盡飛鴻字字愁。」

〔遠山〕指眉。西京雜記：「文君姣好，眉色如望遠山。」

【編年】

右詞三首，作年均無可確考，唯玩其語意，均似中年宦游思歸之作，姑彙附於此。

稼軒詞編年箋注卷二 帶湖之什

水調歌頭 盟鷗

帶湖吾甚愛，千丈翠奩開。先生杖屨無事，一日走千回。凡我同盟鷗鷺，今日既盟之後，來往莫相猜。白鶴在何處，嘗試與偕來。　破青萍，排翠藻，立蒼苔。窺魚笑汝癡計，不解舉吾杯。廢沼荒丘疇昔，明月清風此夜，人世幾歡哀。東岸緑陰少，楊柳更須栽。

【校】

〔杖屨無事〕花菴詞選作「無事杖屨」。

〔鷗鷺〕四卷本甲集作「鷗鳥」。

〔相猜〕花菴詞選作「嫌猜」。

【箋注】

〔一日句〕杜甫三絶句：「門外鸕鷀去不來，沙頭忽見眼相猜。自今已後知人意，一日須來一百回。」又百憂集行：「一日上樹能千回。」

〔凡我三句〕左傳僖九年：「齊侯盟諸侯於葵丘曰：『凡我同盟之人，既盟之後，言歸於好。』」

〔窺魚〕黄庭堅劉邦直送早梅水仙花詩：「白鷺窺魚凝不知。」

〔廢沼句〕洪邁稼軒記：「郡治之北可里所，故有曠土存，三面附城，前枕澄湖如寶帶。……而前乎相攸者皆莫識其處。」

〔明月句〕蘇軾後赤壁賦：「月白風清，如此良夜何。」

〔東岸二句〕杜甫舍弟占歸草堂檢校聊示此詩：「東林竹影薄，臘月更須栽。」

又　嚴子文同傅安道和前韻，因再和謝之

寄我五雲字，恰向酒邊開。東風過盡歸鴈，不見客星回。聞道瑣窗風月，更着詩翁杖屨，合作雪堂猜。子文作雪齋，寄書云：「近以旱，無以延客。」歲旱莫留客，霖雨要渠來。

短燈檠，長劍鋏，欲生苔。雕弓掛壁無用，照影落清杯。多病關心藥裹，小摘親鉏菜甲，老子政須哀。夜雨北窗竹，更倩野人栽。

【校】

〔題〕四卷本乙集作「嚴子文同傅安道和盟鷗韻，和以謝之。」

〔酒邊開〕四卷本作「酒邊來」。

〔聞道〕廣信書院本作「均道」，兹從四卷本。

〔注〕「猜」字下四卷本無注。

〔短燈檠〕四卷本作「短檠燈」。

【箋注】

〔傅安道〕名自得，泉州人。歷任福建轉運副使、浙東提點刑獄等官。晚年閒廢，杜門自守，客至則觴酒論文，道説古今，唱酬詩什，以相娱樂。蒼顔白髮，意氣偉然，未嘗以留落不偶幾微見於顔面。淳熙十年卒，年六十八。見朱文公文集傅氏行狀。李心傳建炎以來朝野雜記乙集卷八「傅安道不見曾覿」條亦謂傅氏「喜吏事，工文章，而性復高簡。」據宋會要輯稿職官七二之二一，知傅氏於淳熙五年八月罷浙東提刑，此後即閒居泉州以終。

〔五雲字〕新唐書韋陟傳：「常以五采牋爲書記，使侍妾主之，其裁答受意而已，皆有楷法，陟唯署名。自謂所書陟字若五朵雲，時人慕之，號郇公五雲體。」按：陟爲韋安石子，安石卒贈郇國公，陟襲其封號，故人稱郇公。

〔客星〕後漢書嚴光傳：「共偃卧，光以足加帝腹上。明日，太史奏：『客星犯御座甚急。』帝笑曰：『朕故人嚴子陵共卧耳。』」

〔雪堂〕蘇軾於元豐二年貶黄州，寓居臨皋亭，就東坡築雪堂，號東坡居士。見東坡先生年譜。

〔霖雨句〕尚書説命上：「説築傅巖之野，惟肖，爰立作相，王置諸左右，命之曰：『……若歲大旱，命汝作霖雨。』」按，「客星」句以嚴光況嚴子文，此句乃以傅説況傅安道也。

〔短燈檠〕韓愈短燈檠歌：「太學儒生東魯客，二十辭家來射策。夜書細字綴語言，兩目眵昏頭雪白。此時提攜當案前，看書到曉那能眠。一朝富貴還自恣，長檠高張照珠翠。吁嗟世事無不然，牆角君看短檠棄。」

〔長劍鋏〕見卷一滿江紅（漢水東流闋）「腰間二句」注。

〔雕弓二句〕應劭風俗通義卷九世間多有見怪驚怖以自傷者條：「予之祖父郴爲汲令，以夏至日詣見主簿杜宣，賜酒。時北壁上有懸赤弩，照於杯，形如蛇，宣畏惡之，然不敢不飲，其日便得胸腹痛切。妨損飲食，大用羸露，攻治萬端不爲愈。後郴因事過至宣家窺視，問其變故，云畏此蛇，蛇入腹中。郴還聽事，思惟良久，顧見懸弩，必是也。則使門下史將鈴下侍，徐扶輦載宣於故處設酒，杯中故復有蛇。因謂宣：『此壁上弩影耳，非有他怪。』宣遂解，甚夷懌。由是瘳平。」又晉書樂廣傳載一事，與此相類。蘇軾劉顗宫苑退老於廬山石碑菴詩：「雕弓掛壁恥言勳，笑入漁樵便作羣。」

〔多病句〕杜甫酬郭十五判官詩：「藥裹關心詩總廢，花枝照眼句還成。」

〔小摘句〕杜甫有客詩：「自鋤稀菜甲，小摘爲情親。」

〔老子句〕後漢書馬援傳：「諸曹時白外事，援輒曰：『此丞掾之任，何足相煩，頗哀老子，使得遨遊。』」

又 湯朝美司諫見和，用韻爲謝

白日射金闕，虎豹九關開。見君諫疏頻上，談笑挽天回。千古忠肝義膽，萬里蠻煙瘴雨，往事莫驚猜。政恐不免耳，消息日邊來。　笑吾廬，門掩草，徑封苔。未應兩手無用，要把蟹螯杯。説劍論詩餘事，醉舞狂歌欲倒，老子頗堪哀。白髮寧有種，一一醒時栽。

【校】

〔題〕四卷本甲集「湯朝美司諫」作「湯坡」。

〔談笑〕四卷本作「高論」。

【箋注】

〔湯朝美〕京口耆舊傳卷八湯邦彦傳：「邦彦，鵬舉孫，字朝美。以祖蔭入官。主崑山簿。未幾，中乾道壬辰博學宏詞科。丞相虞允文一見如舊，除樞密院編修官。允文宣撫四川，辟充大使司幹辦公事。明年允文薨。……時孝宗鋭意遠略，邦彦自負功名，議論英發，上心傾向之，除祕書丞、起居舍人，兼中書舍人，擢左司諫兼侍讀。論事風生，權幸側目。上手書以賜，稱其『以身許國，志若金石，協濟大計，始終不移』。及其他聖意所疑，輒以諏問。使金還，坐貶。淳熙末，復故官，歸鄉里，其才益老，朝廷將收用之，未幾卒。」另據宋會要輯稿職官五一之二六，謂湯邦彦於淳熙三年四月，以臣僚言其「奉使虜廷，頗乖使指，……又於虜廷輒有所受」，於是詔邦彦送新州編管。

〔虎豹句〕楚辭招魂：「魂兮歸來，君無上天些。虎豹九關，啄害下人些。」

〔見君至義膽〕漫塘集卷十九頤堂集序：「頤堂先生司諫湯公，……薄舉子業不爲，去試博學鴻詞科，一上即中選。同時之士，亦有與公文相軋者，而公意氣激昂，議論慷慨，獨穎脱而出，故貴名之起如轟雷霆。……（淳熙二年）秋八月出使，又明年三月以使事謫。中間立螭坳，登諫垣，演綸鳳閣，勸講金華，君臣之間，氣合道同，言聽諫行，僅期月耳。」

〔萬里句〕湯氏被謫送新州編管，新州爲今廣東新興縣。

〔政恐句〕世説新語排調篇：「初，謝安在東山居布衣時，兄弟已有富貴者，翕集家門，傾動人物。劉夫人戲謂安曰：『大丈夫不當如此乎？』謝乃捉鼻曰：『但恐不免耳。』」

〔未應二句〕世説新語任誕篇：「畢茂世云：『一手持蟹螯，一手持酒杯，……便足了一生。』」

〔説劍句〕張祜到廣陵詩：「逢人説劍三攘臂，對鏡吟詩一掉頭。」蘇軾與梁左藏會飲傅國博家：「將軍破賊自草檄，論詩説劍均第一。」

〔老子句〕見前首「老子句」注。

〔白髮句〕黄庭堅次韻裴仲謀同年詩：「白髮齊生如有種，青山好去坐無錢。」

【編年】

淳熙九年（一一八二）。——右同韻水調歌頭三首，當是同時作。稼軒於淳熙八年歲杪方解官而歸，前闋必作於九年春初，其時嚴子文必正任福建市舶，與傅安道同居泉州，稼軒以詞寄視，得其和章，因有次闋之作也。劉宰頤堂集序謂湯朝美於淳熙三年被謫，謫後八年始得歸。韓元吉送湯朝美還金壇詩有「幾年卧新州，……揭來靈山隈」等句，知湯氏於謫居新州數年後又量移近裹之信州。據此詞推考，湯氏至晚於淳熙八年冬已移居信州矣。

踏莎行　賦稼軒，集經句

進退存亡，行藏用舍。小人請學樊須稼。衡門之下可棲遲，日之夕矣牛羊下。　去衛靈公，遭桓司馬。東西南北之人也。長沮桀溺耦而耕，丘何爲是棲棲者。

【箋注】

〔進退句〕易乾文言：「亢之爲言也，知進而不知退，知存而不知亡，知得而不知喪。其惟聖人乎，知進退存亡而不失其正者，其惟聖人乎。」

〔行藏句〕論語述而篇：「子謂顔淵曰：『用之則行，舍之則藏，唯我與爾有是夫。』」

〔小人句〕論語子路篇：「樊遲請學稼，子曰：『吾不如老農。』請學爲圃，曰：『吾不如老圃。』樊遲出，子曰：『小人哉，樊須也！上好禮，則民莫敢不敬；上好義，則民莫敢不服；上好信，則民莫敢不用情。夫如是，則四方之民襁負其子而至矣，焉用稼？』」史記仲尼弟子列傳：「樊須，字子遲。」

〔衡門句〕詩陳風衡門：「衡門之下，可以棲遲。泌之洋洋，可以樂飢。」

〔日之夕句〕詩王風君子于役：「日之夕矣，羊牛下來。」

〔去衛二句〕論語衛靈公篇：「衛靈公問陳於孔子，對曰：『俎豆之事則嘗聞之矣，軍旅之事未之學也。』明日遂行，在陳絶糧，從者病，莫能興。」孟子萬章上：「孔子不悦於魯、衛，遭宋桓司馬，將要而殺之，微服而過宋。是時孔子當阨。」

〔東西句〕禮記檀弓上：「孔子既得合葬於防，曰：『吾聞之：古者墓而不墳。今丘也，東西南北之人也，不可以弗識也。』」

〔長沮句〕論語微子篇：「長沮、桀溺耦而耕，孔子過之，使子路問津焉。」

〔丘何爲句〕論語憲問篇：「微生畝謂孔子曰：『丘何爲是栖栖者與？無乃爲佞乎？』孔子曰：『非敢爲佞也，疾固也。』」

【編年】

疑淳熙九年（一一八二）。——右詞作年難確定。玩全詞語意，當是居於帶湖之初所作，兹姑附次於盟鷗詞之後。

蝶戀花　和楊濟翁韻，首句用丘宗卿書中語

點檢笙歌多釀酒。蝴蝶西園，暖日明花柳。醉倒東風眠永晝，覺來小院重攜手。　可惜春殘風雨又。收拾情懷，閒把詩僝僽。楊柳見人離別後，腰肢近日和他瘦。

【校】

〔題〕四卷本甲集無「首句用丘宗卿書中語」九字。

〔永晝〕廣信書院本作「晝錦」，兹從四卷本。王詔校刊本作「晝錦」，四印齋本作「錦晝」。

〔雨又〕廣信書院本及王詔校刊本並作「又雨」，兹從四卷本。

〔閒把〕四卷本作「長把」。

【箋注】

〔丘宗卿〕宋史丘崈傳：「丘崈字宗卿，江陰軍人，隆興元年進士。爲建康府觀察推官，丞相虞允文奇其才，奏除國子博士。……知鄂州，移江西轉運判官，提點浙東刑獄。……崈儀狀魁傑，機神英悟，嘗慷慨謂人曰：『生無以報國，死願爲猛將以滅敵。』其忠義性然也。」

〔閒把句〕猶言「閒來只以詩爲陶寫之具」也。僝僽，折磨、煩惱、使之憔悴之意。

【附録】

楊濟翁炎正原唱（見西樵語業）

蝶戀花　稼軒坐間作，首句用丘六書中語

點檢笙歌多釀酒。不放東風，獨自迷楊柳。院院翠陰停永晝，曲闌隨處堪垂手。　昨日解酲今夕又。消得情懷，長被春僝僽。門外馬嘶人去後，亂紅不管花消瘦。

又　繼楊濟翁韻餞范南伯知縣歸京口

淚眼送君傾似雨。不折垂楊，只倩愁隨去。有底風光留不住，煙波萬頃春江艣。　老馬臨流癡不渡，應惜障泥，忘了尋春路。身在稼軒安穩處，書來不用多行數。

【箋注】

〔京口〕即今鎮江。元和郡縣志：「孫權自吳徙治丹徒，號曰京城。後徙建業，於此置京口鎮。」

〔有底〕所有的。

〔老馬至障泥〕世説新語術解篇：「王武子（濟）善解馬性。嘗乘一馬，著連錢障泥，前有水，終日不肯渡。王云：『此必是惜障泥。』使人解去，便徑渡。」蘇軾與周長官李秀才遊徑山詩：「癡馬惜障泥，臨流不肯渡。」按：障泥，馬韉之兩旁下垂者，用以障蔽塵土，故名。亦稱蔽泥。

〔書來句〕黄庭堅新喻道中寄元明詩：「但知家裏俱無恙，不用書來細作行。」

【附録】

楊濟翁炎正原唱（見西樵語業）

蝶戀花　别范南伯

離恨做成春夜雨。添得春江，剗地東流去。弱柳繫船都不住，爲君愁絶聽鳴艣。君到南徐芳草渡，想得尋春，依舊當年路。後夜獨憐回首處，亂山遮隔無重數。

又　席上贈楊濟翁侍兒

小小年華才月半。羅幕春風，幸自無人見。剛道羞郎低粉面，旁人瞥見回嬌盼。

昨夜西池陪女伴。柳困花慵，見説歸來晚。勸客持觴渾未慣，未歌先覺花枝顫。

【校】

〔年華〕四卷本甲集作「華年」。

【箋注】

〔小小句〕謂年僅十五。

〔羞郎〕唐元稹會真記中詩句：「爲郎憔悴却羞郎。」

【編年】

疑淳熙九年（一一八二）。——右蝶戀花三首，其中「餞范南伯歸京口」一首爲四卷本所不載，餘二首並見四卷本甲集。其作年雖均難確考，然楊濟翁既與丘宗卿甚相熟，疑楊氏曾在隆興任帥屬，迨稼軒罷官歸廣信，楊氏亦隨同前往，客居甚久，故得一同餞送范氏並接讀丘宗卿來書也。因推定其作年如上。

六幺令　用陸氏事，送玉山令陸德隆侍親東歸吴中

酒羣花隊，攀得短轅折。誰憐故山歸夢，千里蓴羹滑。便整松江一棹，點檢能言鴨。故人歡接。醉懷霜橘，墮地金圓醒時覺。　長喜劉郎馬上，肯聽詩書説。誰

對叔子風流，直把曹劉壓？更看君侯事業，不負平生學。離觴愁怯。送君歸後，細寫茶經煮香雪。

【校】

〔題〕四卷本甲集無「侍親東歸吴中」六字。

〔霜橘〕四卷本作「雙橘」。

【箋注】

〔陸德隆〕按玉山縣志所著宋代縣令甚簡略，其中陸姓者有陸翼言一人，汪應辰文定集昭烈廟記則謂陸翼年曾於淳熙中任玉山令。蘇州府志選舉志謂翼年等爲吴縣人，知「翼」字爲吴縣陸族之聯名字，則翼言亦必爲吴縣人，疑即稼軒所餞送之陸德隆也。陸氏其他事歷莫考，唯曾丰緣督集有「别陸德隆、黄叔萬」詩，起數語爲「辛丑隨浮梗，鍾陵得盍簪。潛藩門若市，斂板客如林。氣宇黄陂闊，詞源陸海深。二豪談正劇，一座口俱瘖」。

〔攀得句〕藝文類聚卷七一引東觀漢記：「第五倫爲會稽守，爲事徵，百姓攀轅扣馬呼曰：『捨我何之！』」

〔故山歸夢〕李商隱歸墅詩：「故山歸夢喜，先入讀書堂。」

〔千里句〕世説新語言語篇：「陸機詣王武子，武子前置數斛羊酪，指以示陸曰：『卿江東何以敵此？』陸云：『有千里蓴羹，但未下鹽豉耳。』」

〔便整二句〕甫里文集附録楊文公談苑：「唐陸龜蒙善爲賦，絶妙。……相傳龜蒙多智數，狡獪，居笠澤。有内養自長安使杭州，舟出舍下，小童奴以小舟驅羣鴨出，内養彈其一緑頭雄鴨，折頸。龜蒙遽舍出，大呼云：『此緑鴨有異，善人言，適將獻狀本州，貢天子，今持此死鴨以詣官自言耳。』内養少長宮禁，不知外事，信然，甚驚駭，厚以金帛遺之，龜蒙乃止。因徐問龜蒙曰：『此鴨何言？』龜蒙曰：『常自呼其名。』巧捷多類此。」

〔故人三句〕三國志吴志陸績傳：「績年六歲，於九江見袁術，術出橘，績懷三枚去，拜辭，墮地，術謂曰：『陸郎作賓客而懷橘乎？』績跪答曰：『欲歸遺母。』術大奇之。」

〔長喜二句〕劉郎指漢高帝言。餘見卷一滿江紅（笳鼓歸來闋）「詩書馬上」注。

〔誰對二句〕晉書羊祜傳：「祜字叔子，泰山南城人也。……在軍常輕裘緩帶，身不被甲。……吴西陵督步闡舉城來降，吴將陸抗攻之甚急，詔祜迎闡，祜率兵五萬出江陵。……祜與陸抗相對，使命交通，抗稱祜之德量雖樂毅、諸葛孔明不能過也。抗嘗病，祜饋之藥，抗服之無疑心，人多諫抗，抗曰：『羊祜豈酖人者。』時談以爲華元、子反復見於今日。」曹劉指魏與蜀言。

〔不負句〕舊唐書陸贄傳：「贄以受人主殊遇，不敢愛身，事有不可，極言無隱。朋友規之，以爲太峻，贄曰：『吾上不負天子，下不負吾所學，不恤其他。』」

〔細寫句〕唐陸羽字鴻漸，竟陵人。隱苕溪，杜門著書，有茶經三卷。

又 再用前韻

倒冠一笑，華髮玉簪折。陽關自來淒斷，却怪歌聲滑。放浪兒童歸舍，莫惱比鄰鴨。水連山接。看君歸興，如醉中醒夢中覺。　江上吳儂問我，一一煩君說：坐客尊酒頻空，賸欠真珠壓；手把漁竿未穩，長向滄浪學。問愁誰怯。可堪楊柳，先作東風滿城雪。

【校】

〔坐客〕廣信書院本缺此二字，兹從四卷本甲集。王詔校刊本及四印齋本俱作「忍使」。

〔真珠〕王詔校刊本及四印齋本俱作「珍珠」。

【箋注】

〔陽關二句〕見卷一鷓鴣天（唱徹陽關淚未乾闋）「唱徹句」注。白居易晚春欲攜酒尋沈四著作先以六韻寄之詩：「最憶陽關唱，真珠一串歌。」自注：「沈有謳者，善唱『西出陽關無故人』詞。」

〔放浪二句〕杜甫將赴成都草堂寄嚴鄭公詩：「休怪兒童延俗客，不教鵝鴨惱比鄰。」王安石和惠思歲二日二絶：「爲嫌歸舍兒童聒。」

〔如醉句〕蘇軾江城子詞：「夢中了了醉中醒。」

〔坐客句〕後漢書孔融傳：「及退閑職，賓客日盈其門，常歎曰：『坐上客恒滿，尊中酒不空，吾無憂矣。』」

〔牘欠句〕意即甚少釀造。「真珠」寓酒。羅隱江南行：「夜槽壓酒銀船滿。」李賀將進酒詩：「琉璃鍾，琥珀濃，小槽酒滴真珠紅。」稼軒臨江仙詞（冷鴈寒雲渠有恨闋）亦有「多病近來渾止酒，小槽空壓新醅」句。

〔手把二句〕言尚未習慣於賦閒生涯。楚辭漁父：「漁父莞爾而笑，鼓枻而去，乃歌曰：『滄浪之水清兮，可以濯吾纓；滄浪之水濁兮，可以濯吾足。』」

【編年】

淳熙九年（一一八二）。——右六幺令二首，當是同時作。玩其語意，亦均爲送別玉山令陸德隆者。查曾丰緣督集有别陸德隆黄叔萬詩，序云：「歲在辛丑，始識陸德隆、黄叔萬於江西帥辛大卿坐上，握手論交而去。戊申又會於中都，德隆得倅夔，叔萬得宰公安，言别次韻贈之。」疑陸氏於此後即去爲玉山令。陳亮於淳熙十年致書稼軒，有「去年東陽一宗子來自玉山，具説辱見問甚詳，且言欲幸臨教之」等語，知稼軒該年有玉山之行。當是其時適值陸氏之去，因賦此詞以送之也。

太常引　壽韓南澗尚書

君王着意履聲間，便合押，紫宸班。今代又尊韓，道吏部文章泰山。一杯千歲，問公何事，早伴赤松閒？功業後來看，似江左風流謝安。

【校】

〔題〕四卷本甲集作「壽南澗」。

〔便合〕四卷本作「便令」。

【箋注】

〔韓南澗〕陸心源宋史翼韓元吉傳：「韓元吉字無咎，開封雍丘人，門下侍郎維之元孫。徙居信州之上饒。所居之前有澗水，號南澗。詞章典麗，議論通明，爲故家翹楚。乾道三年除江東轉運判官。八年權吏部侍郎。九年權禮部尚書，賀金生辰使。凡所以覘敵者，雖駐車乞漿，下馬盥手，遇小兒婦女，皆以言挑之，往往得其情。淳熙元年，以待制知婺州。明年移知建安府。旋召赴行在，以朝議大夫試吏部尚書，進正奉大夫，除吏部尚書。五年，乞州郡，除龍圖閣學士，復知婺州。東萊呂祖謙其婿也。元吉少受業於尹和靖之門。與葉夢得、陸游、沈明遠、趙蕃、張浚相唱和。政事文學爲一代冠冕。著有易繫辭解、焦尾集、南澗甲乙稿。」

〔君王句〕漢書鄭崇傳：「鄭崇字子游，本高密大族，世與王家相嫁娶。……哀帝擢爲尚書僕射，數求見，諫争，上初納用之，每見曳革履，上笑曰：『我識鄭尚書履聲。』」

〔押紫宸班〕宋制，凡朝會奏事，例由參知政事、宰相分日知印押班，餘官則隨班朝謁。押班蓋即領班之意。紫宸，殿名。唐會要大明宮條：「開元十六年施敬本等連名上疏曰：紫宸殿者陛下所以饗萬國、朝諸侯，人臣致敬之所，猶玄極可見不可得而升也。」

〔道吏部句〕韓愈官至吏部侍郎。新唐書韓愈傳贊：「自愈之没，其言大行，學者仰之如泰山北斗云。」歐陽修寄王介甫詩：「翰林風月三千首，吏部文章二百年。」

〔赤松〕史記留侯世家：「今以三寸舌爲帝者師，封萬户，位列侯，此布衣之極，於良足矣，願棄人間事，欲從赤松子游耳。」王琪國老談苑卷二載魏野詩：「西祀東封俱禮畢，好來相伴赤松遊。」

〔江左風流謝安〕南史王儉傳：「儉嘗謂人曰：『江左風流宰相惟有謝安。』」

【編年】

淳熙九年（一一八二）。——稼軒於淳熙九年方定居廣信，南澗之卒在淳熙十四年，其間所賦韓氏壽詞，現存者凡有五闋，其水龍吟兩闋，題中已明著其作年爲甲辰與乙巳，慶韓氏七十之水調歌頭一闋，爲淳熙十四年作，所餘則此闋與「席上用王德和推官韻」之水調歌頭而已。王德和官信約在淳熙十年前後，而此詞中有「問公何事，早伴赤松閒」句，疑是壽韓詞中最早之一首。

蝶戀花

洗盡機心隨法喜。看取尊前，秋思如春意。誰與先生寬髮齒，醉時惟有歌而已。

歲月何須溪上記，千古黄花，自有淵明比。高卧石龍呼不起，微風不動天如醉。

【箋注】

〔機心〕莊子天地篇：「有機械者必有機事，有機事者必有機心。」成玄英疏：「有機關之器者，必有機動之務，有機動之務者，必有機變之心。」

〔法喜〕維摩詰所説經卷中佛道品第八：「於是維摩詰以偈答曰：『智度菩薩母，方便以爲父，一切衆導師，無不由是生。法喜以爲妻，慈悲心爲女。』」蘇軾和淵明止酒詩：「子室有孟光，我室惟法喜。」按：佛語法喜，謂見法生歡喜。

〔寬髮齒〕人老則齒落髮白，故多用齒髮爲年齡徵象。寬髮齒即寬延齒落髮白之期，亦即延年益壽之意。

〔高卧句〕蘇軾寄吴德仁兼簡陳季常詩：「溪堂醉卧呼不醒，落花如雪春風顛。」

〔微風句〕黄庭堅二月丁卯喜雨吴體爲北門留守文潞公作：「微風不動天如醉，潤物無聲春有功。」

又

何物能令公怒喜？山要人來，人要山無意。恰似哀箏絃下齒，千情萬意無時已。

自要溪堂韓作記，今代機雲，好語花難比。老眼狂花空處起，銀鉤未見心先醉。

【箋注】

〔何物句〕世説新語寵禮篇：「王珣、郗超並有奇才，爲大司馬所眷拔，珣爲主簿，超爲記室參軍。超爲人多鬚，珣狀短小，於時荆州爲之語曰：『髯參軍，短主簿，能令公喜，能令公怒。』」

〔自要句〕韓愈有鄆州溪堂詩，見卷一滿庭芳（柳外尋春闋）「溪堂、韓碑」注。此處蓋兼指韓南澗。南澗從兄名元龍字子雲，仕終直龍圖閣，浙西提刑，與南澗俱以文學顯名當世，故下句擬之陸機、陸雲。

〔今代機雲〕晉書陸機陸雲傳：「陸機字士衡，吴郡人也。……少有異才，文章冠世。……天才秀逸，辭藻宏麗。張華嘗謂之曰：『人之爲文常患才少，而子更患其多。』……雲字士龍，少與兄機齊名，雖文章不及機，而持論過之。號曰二陸。」

〔銀鉤〕書苑：「晉索靖草書絶代，名曰銀鉤蠆尾。」白居易鷄距筆賦：「搦之而變成金距，書之而化出銀鉤。」

【編年】

淳熙九年（一一八二）。——右蝶戀花二首，作年難考定。據後闋語意，疑是帶湖居第落成之後，賦此向南澗求作記文者，因編次於此。

水調歌頭　九日遊雲洞，和韓南澗尚書韻

今日復何日，黄菊爲誰開。淵明謾愛重九，胸次正崔嵬。酒亦關人何事，政自不能不爾，誰遣白衣來。醉把西風扇，隨處障塵埃。　爲公飲，須一日，三百杯。此山高處東望，雲氣見蓬萊。翳鳳驂鸞公去，落佩倒冠吾事，抱病且登臺。歸路踏明月，人影共徘徊。

【校】

〔題〕四卷本甲集無「尚書」二字。

〔謾〕四卷本作「漫」。

〔踏明月〕四卷本作「有明月」。

【箋注】

〔雲洞〕南澗甲乙稿雲洞詩題下自注云：「在信州西。」詩云：「揮策度窮谷，撑空見樓臺。丹崖幾千仞，中有佛寺開。老僧如巳公，麿門走蒿萊。下馬問所適，搴衣指崔嵬。飛欄倚石磴，曠蕩無纖埃。坐久意頗愜，爽氣生樽罍。仙棺是何人？白骨藏莓苔。舉酒一酹之，慨然興我懷。丹砂固未就，白鶴何時來？不若生前樂，長嘯御此杯。」上饒縣志卷五山川志：「雲洞在縣西三十里開

化鄉，天欲雨則興雲。」

〔淵明句〕陶潛九日閑居詩序：「余閑居，愛重九之名。」詩有「日月依辰至，舉俗愛其名」之句，湯漢注：「魏文帝書云：『九爲陽數，而日月並應，俗嘉其名，以爲宜於長久。』」

〔胸次句〕黄庭堅次韻子瞻武昌西山：「平生四海蘇太史，酒澆不下胸崔嵬。」又送王郎：「酒澆胸次之磊隗。」陶潛九日閑居詩：「酒能祛百慮，菊爲制頹齡。如何蓬廬士，空視時運傾！塵爵恥虚罍，寒華徒自榮。斂襟獨閑謡，緬焉起深情。」即其胸中之鬱結不平也。

〔政自句〕晉書謝安傳：「謂温曰：『安聞諸侯有道，守在四鄰，明公何須壁後置人邪？』温笑曰：『政自不能不爾耳。』遂笑語移日。」

〔白衣〕續晉陽秋：「陶潛九日無酒，出籬邊悵望久之，見白衣人至，乃王弘送酒使也。即便就酌，醉而後歸。」

〔醉把二句〕晉書王導傳：「於時庾亮以望重地逼，出鎮於外，……而執朝廷之權，既據上流，擁强兵，趨向者多歸之。導内不能平，常遇西風起，舉扇自蔽，徐曰：『元規塵污人。』」

〔須一日二句〕李白襄陽歌：「百年三萬六千日，一日須傾三百杯。」

〔雲氣句〕史記封禪書：「蓬萊、方丈、瀛洲此三神山者，其傳在勃海中，未至，望之如雲。」王直方詩話：「『壁門金闕倚天開，五見宫花落古槐。明日扁舟滄海去，却將雲氣望蓬萊。』此劉貢甫詩也，自館中出知曹州時作。舊云『雲裏』，荆公改作『雲氣』。」

〔翳鳳驂鸞〕意駕鸞鳳而登仙也。杜甫寄韓諫議詩：「或騎麒麟翳鳳凰。」杜牧早春閤下寓直詩：「王喬在何處？清漢正驂鸞。」張孝祥水調歌頭與喻子才登金山：「揮手從茲去，翳鳳更驂鸞。」

〔落佩句〕杜牧晚晴賦：「若予者則謂何如，倒冠落佩兮與世闊疎，敖敖休休兮，真徇其愚而隱居者乎。」

〔抱病句〕杜甫九日五首：「重陽獨酌杯中酒，抱病起登江上臺。」

〔歸路二句〕李白月下獨酌詩：「月既不解飲，影徒伴我身。我歌月徘徊，我舞影淩亂。」蘇軾同王勝之遊蔣山詩：「歸來踏人影，雲細月娟娟。」

【附録】

韓無咎元吉原唱（見南澗甲乙稿卷七）

水調歌頭　雲洞

今日我重九，莫負菊花開。試尋高處攜手，躡屐上崔嵬。放目蒼崖千仞，雲護曉霜成陣，知我與君來。古寺倚修竹，飛檻絶纖埃。　笑談間，風滿座，酒盈杯。仙人跨海休問，隨處是蓬萊。（洞有仙骨巖。）落日平原西望，彭角秋深悲壯，戲馬但荒臺。細把茱萸看，一醉且徘徊。

又　再用韻，呈南澗

千古老蟾口，雲洞插天開。漲痕當日，何事洶湧到崔嵬。攫土摶沙兒戲，翠谷蒼崖幾變，風雨化人來。萬里須臾耳，野馬驟空埃。　笑年來，蕉鹿夢，畫蛇杯。黄花憔悴風露，野碧漲荒萊。此會明年誰健，後日猶今視昔，歌舞只空臺。愛酒陶元亮，無酒正徘徊。

【箋注】

〔漲痕二句〕此處記述雲洞内有漲水之痕跡，至判斷其地當年爲川海，可見稼軒對遠古海陸之降升變遷，曾有所探索。

〔攫土句〕蘇軾遊白水山詩：「偉哉造物真豪縱，攫土摶沙爲此弄。」

〔翠谷句〕詩小雅十月之交：「百川沸騰，山冢崒崩，高岸爲谷，深谷爲陵。」

〔化人〕列子周穆王：「西極之國，有化人來。」蘇軾和黄龍清老詩：「静嘿堂中有相憶，清江誰遣化人來。」

〔野馬句〕莊子逍遥遊：「野馬也，塵埃也。」注：「青春之時，陽氣發動，遥望藪澤，猶如奔馬，故謂之野馬。揚土曰塵，塵之細者曰埃。」

〔蕉鹿夢〕列子周穆王篇：「鄭人有薪於野者，遇駭鹿，禦而擊之，斃之，恐人見之也，遽而藏諸隍中，覆之以蕉，不勝其喜；俄而遺其所藏之處，遂以爲夢焉。順途而詠其事。傍人有聞者，用其言而取之，既歸，告其室人曰：『向薪者夢得鹿而不知其處，吾今得之，彼直真夢者矣。』室人曰：『若將是夢見薪者之得鹿耶，詎有薪者耶？今真得鹿，是若之夢真耶？』夫曰：『吾據得鹿，何用知我夢彼夢耶。』」

〔畫蛇杯〕見本卷水調歌頭（寄我五雲字闋）「雕弓二句」注。

〔此會句〕杜甫九日藍田崔氏莊詩：「明年此會知誰健，醉把茱萸仔細看。」五百家註杜詩云：「蘇氏曰：阮瞻九日會親友曰：『人生如風中燭，樽酒何必拒其滿。不知明年今日再開此會，是誰强健。』」

〔後日句〕王羲之蘭亭序：「固知一死生爲虛誕，齊彭、殤爲妄作，後之視今，亦猶今之視昔，悲夫！」

〔愛酒句〕蘇軾乘舟過賈收詩：「愛酒陶元亮，能詩張志和。」

又 再用韻答李子永提幹

君莫賦幽憤，一語試相開：長安車馬道上，平地起崔嵬。我愧淵明久矣，猶借此翁湔洗，素壁寫歸來。斜日透虛隙，一綫萬飛埃。　斷吾生，左持蟹，右持杯。買山自種雲樹，山下劚煙萊。百鍊都成繞指，萬事直須稱好，人世幾興臺。劉郎更堪笑，剛賦看花回。

【校】

〔題〕四卷本甲集無「提幹」二字。

〔猶借〕四卷本作「獨借」。

【箋注】

〔李子永〕黄昇花菴詞選卷五：「李子永名泳。」又：「李子大名洪，家世同登桂籍，躋膴仕，號淮甸儒族。子大，其弟漳、泳、洤、淛，皆以文鳴，有李氏花萼詞五卷，其姪直倫爲之序。廬陵人。」陳振孫直齋書録解題：「廬陵李氏兄弟五人：洪子大，漳子清，泳子永，洤子召，淛子秀，皆有官閥。」江西詩徵卷十六：「李泳字子永，號蘭澤，廬陵人，淳熙中嘗爲溧水令，又爲坑冶司幹官。」按：上引各書均謂李氏兄弟爲廬陵人，但花菴詞選則又謂李子大家世號淮甸儒族，殊爲牴牾。查樓鑰攻媿集卷五十二檗菴居士文集序云：「江都李氏，名族也。余生晚，猶及識將作監端民平叔及其子泳，皆有詩聲。」是子永實揚州人也。又查李洪芸菴類稿陳貴謙序，謂洪爲李正民方叔之子，而李正民即已酉航海記及大隱集之作者，亦揚州人也。蓋端民、正民俱李定之孫。王明清揮麈前録卷四有云：「李定字資深，元豐御史中丞。其孫方叔正民兄弟皆顯名一時。揚州人。」各書俱不載其遷徙里居事，知花萼集中李氏羣從斷不得爲廬陵人。揚州府志人物志中又有：「李直養字無害，正民之孫，紹熙元年攝華亭令。」其人與序花萼集之李直倫必爲兄弟行，則直倫亦不得爲廬陵人也。因知花菴詞選中之「廬陵」必爲「廣陵」之誤。其後書録解題及江西詩徵乃沿襲其誤而未加深考，世遂誤認諸李爲廬陵人矣。（説本勞格讀書雜識。）

〔賦幽憤〕晉書嵇康傳：「東平吕安服康高致，每一相思，千里命駕，康友而善之。後安爲兄所枉訴，以事繫獄，辭相引證，遂復收康。康性慎言行，一旦縲紲，乃作幽憤詩。」劉琨傳：「初，琨之去晉陽也，慮及危亡而大恥不雪，……每見將佐，發言慷慨，悲其道窮，欲率部曲死於賊壘。斯謀未果，竟爲匹磾所拘，……爲五言詩贈其别駕盧諶，……託意非常，攄暢幽憤，遠想張陳，感鴻門白登之事，用以激諶。」

〔一語句〕東坡減字木蘭花詞：「一語相開，匹似當初本不來。」

〔崔嵬〕詩周南卷耳：「陟彼崔嵬。」毛傳：「土山之戴石者。」説文「嵬」字云：「山石崔嵬，高而不平也。」稼軒水調歌頭三闋中，於「崔嵬」或用其本義，或用其引申義。此闋謂平地上忽起高山，意指仕途中每多意外風波也。

〔素壁句〕白氏六帖：「王子敬過戴安道，飲酣，安道求子敬文，子敬攘臂大言曰：『我辭翰雖不如古人，與君一掃素壁。』今山陰草堂碑是也。」

〔斜日二句〕景德傳燈録卷十三圭峯禪源諸詮序：「虚隙日光，纖埃擾擾；清潭水底，影像昭昭。」蘇軾和陶雜詩十一首：「斜日照孤隙，始知空有塵。」

〔斷〕了也。

〔左持蟹二句〕見本卷水調歌頭（白日射金闕）「未應二句」注。

〔買山〕世説新語言語篇：「支道林因人就深公買印山，深公答曰：『未聞巢由買山而隱。』」

〔山下句〕聶夷中田家詩：「父耕原上田，子斸山下荒。」

〔百鍊句〕應劭漢書注云：「説者以金剛百鍊不耗。」劉琨贈盧諶詩：「何意百鍊剛，化爲繞指柔。」

〔萬事句〕世説新語注引司馬徽别傳：「徽有人倫鑒，居荆州，知劉表性暗，必害善人，乃囊括不談議時人。有以人物問徽者，初不辨其高下，每輒言佳。其婦諫曰：『人質所疑，君宜辨論，而一皆言佳，豈人所以咨君之意乎。』徽曰：『如君所言亦復佳。』其婉約遜遁如此。」黄庭堅次韻任道食荔支有感詩：「一錢不值程衛尉，萬事稱好司馬公。」

〔輿臺〕左傳昭七年：「天有十日，人有十等：王臣公，公臣大夫，大夫臣士，士臣皁，皁臣輿，輿臣隸，隸臣僚，僚臣僕，僕臣臺。」

〔劉郎二句〕參卷一新荷葉（人已歸來閿）「兔葵二句」注。

【編年】

淳熙九年（一一八二）。右同韻水調歌頭三首，當爲同時作。弋陽縣志：「李泳子永，……淳熙六年爲坑冶司幹官，分局信州，次年被檄至弋陽。」據知李氏之任期，適至淳熙九年而滿，稼軒與相過從，必即在初居信上之時。

又提幹李君索余賦秀野、緑遶二詩，余詩尋醫久矣，姑合二榜之意，賦水調歌頭以遺之。然君才氣不減流輩，豈求田問舍而獨樂其身耶

文字覷天巧，亭榭定風流。平生丘壑，歲晚也作稻粱謀。五畝園中秀野，一水田將緑遶，穲稏不勝秋。飯飽對花竹，可是便忘憂？　吾老矣，探禹穴，欠東遊。君家風月幾許，白鳥去悠悠。插架牙籤萬軸，射虎南山一騎，容我攬鬚不？更欲勸君酒，百尺卧高樓。

【箋注】

〔詩尋醫〕蘇軾七月五日詩：「避謗詩尋醫，畏病酒入務。」

〔求田問舍〕見卷一水龍吟（楚天千里清秋闋）「求田三句」注。

〔文字句〕韓愈答孟東野詩：「規模背時利，文字覷天巧。人皆餘酒肉，子獨不得飽。」

〔丘壑〕見卷一水調歌頭（官事未易了闋）「平生丘壑」注。

〔稻粱謀〕杜甫同諸公登慈恩寺塔詩：「君看隨陽鴈，各有稻粱謀。」

〔五畝句〕蘇軾司馬君實獨樂園詩：「中有五畝園，花竹秀而野。」

〔一水句〕王安石書湖陰先生壁詩：「一水護田將緑遶，兩山排闥送青來。」

〔羅秠〕稻名。

〔可是〕即「何至」、「豈能」意。

〔探禹穴〕史記太史公自序：「二十而南遊江、淮，上會稽，探禹穴。」杜甫送孔巢父謝病歸遊江東兼呈李白詩：「南尋禹穴見李白，道甫問訊今何如。」

〔君家句〕歐陽修寄王介甫詩：「翰林風月三千首，吏部文章二百年。」翰林指李白，故此云君家。

〔插架句〕韓愈送諸葛覺往隨州讀書詩：「鄴侯家多書，插架三萬軸。一一懸牙籤，新若手未觸。」按：唐李泌封鄴侯。

〔射虎句〕見卷一水調歌頭（落日塞塵起闋）「莫射句」注。

〔攬鬚〕蘇軾次韻答邦直子由詩：「瀟灑使君殊不俗，尊前容我攬鬚不？」晉書桓伊傳：「伊便撫箏而歌怨詩，……聲節慷慨，俯仰可觀。（謝）安泣下沾衿，乃越席而就之，捋其鬚曰：『使君於此不凡！』」

〔百尺句〕見卷一水龍吟（楚天千里清秋闋）「求田三句」注。

小重山　席上和人韻送李子永提幹

旋製離歌唱未成，陽關先畫出，柳邊亭。中年懷抱管絃聲。難忘處：風月此時情。夜雨共誰聽？儘教清夢去，兩三程。商量詩價重連城。相如老，漢殿舊知名。

【校】

〔題〕四卷本甲集無「提幹」二字。

【箋注】

〔陽關二句〕蘇軾書林次中所得李伯時歸去來陽關二圖後查慎行補注：「張芸叟（舜民）畫墁集云：『京兆安汾叟赴辟臨洮幕府，南舒李伯時自畫陽關圖並詩以送行。』」查注本並附李伯時詩云：「畫出離筵已愴神，那堪真別渭城春。渭城柳色休相惱，西出陽關有故人。」餘見卷一鷓鴣天（唱徹陽關淚未乾闋）「唱徹句」注。

〔中年句〕見卷一水調歌頭（折盡武昌柳闋）「離別句」注。

〔夜雨句〕蘇軾送劉寺丞赴餘姚詩：「中和堂後石楠樹，與君對牀聽夜雨。」

〔連城〕史記廉頗藺相如列傳：「趙惠文王時，得楚和氏璧，秦昭王聞之，使人遺趙王書，願以十五城請易璧。」後因謂和氏璧爲連城璧。

〔相如二句〕史記司馬相如列傳：「相如既奏大人之頌，天子大説。……相如既病免，家居茂陵，天子曰：『司馬相如病甚，可往從悉取其書，若不然，後失之矣。』」

【編年】

淳熙九年（一一八二）。——李氏之爲提幹，始於淳熙六年，則其去職至晚當在九年，韓元吉南澗甲乙稿有送李子永赴調改秩詩，中有句云：「會課未妨更美秩，趣班聊喜近天顔。」則子永離信後蓋即入爲朝官也。

賀新郎　賦水仙

雲卧衣裳冷。看蕭然風前月下，水邊幽影。羅襪生塵凌波去，湯沐煙波萬頃。愛一點嬌黄成暈。不記相逢曾解佩，甚多情爲我香成陣？待和淚，收殘粉。靈均千古懷沙恨，記當時匆匆忘把，此仙題品。煙雨淒迷僝僽損，翠袂摇摇誰整？謾寫入瑶琴幽憤。絃斷招魂無人賦，但金杯的皪銀臺潤。愁殢酒，又獨醒。

【校】

〔調〕陽春白雪作「賀新涼」。

〔題〕陽春白雪無「賦」字。

〔生塵〕四卷本甲集作「塵生」，陽春白雪及全芳備祖前集引並同四卷本。

〔煙波〕四卷本作「煙江」。

〔收殘粉〕陽春白雪及全芳備祖並作「揾殘粉」。

〔記當時〕四卷本作「□當時」。陽春白雪及全芳備祖並作「恨當時」。

〔此仙〕全芳備祖及翰墨全書後戊集卷五引並作「此花」。

〔搖搖〕翰墨大全作「輕輕」。

〔獨醒〕全芳備祖作「還醒」。

【箋注】

〔雲卧句〕杜甫遊龍門奉先寺詩：「天闕象緯逼，雲卧衣裳冷。」

〔羅襪句〕黄庭堅王充道送水仙花詩：「淩波仙子生塵襪，水上輕盈步微月。是誰招此斷腸魂，種作寒花寄幽絶。」餘見卷一賀新郎（柳暗淩波路闋）「淩波、生塵」注。

〔解佩〕神仙傳：「江妃二女，游於江濱，逢鄭交甫，交甫不知何人也，目而挑之，女遂解佩與之。行數步，空懷無佩，女亦不見。」

〔靈均句〕史記屈原列傳：「上官大夫短屈原於頃襄王，頃襄王怒而遷之，屈原至於江濱，……乃作懷沙之賦。」離騷：「字余曰靈均。」王嘉拾遺記卷十：「屈原以忠見斥，隱於沅湘，……被王逼逐，乃赴清泠之水，楚人思慕，謂之水仙。」

〔孱僽〕見本卷蝶戀花（點檢笙歌多釀酒闋）「閒把句」注。

〔瑶琴幽憤〕琴調有水仙操。晉嵇康有幽憤詩。

〔但金杯句〕楊萬里千葉水仙花詩有序云：「世以水仙爲金盞玉臺，蓋單葉者甚似真有一酒醆，深黄而金色。至千葉水仙，其中花片捲皺密蹙，一片之中，下輕黄而上淡白，如染一截者，與酒杯之狀殊不相似，而千葉者乃真水仙云。」

又　賦海棠

著厭霓裳素。染胭脂苧羅山下，浣沙溪渡。誰與流霞千古醖，引得東風相誤。從臾入吴宫深處。鬢亂釵横渾不醒，轉越江剗地迷歸路。煙艇小，五湖去。　當時倩得春留住，就錦屏一曲種種，斷腸風度。纔是清明三月近，須要詩人妙句。笑援筆慇懃爲賦。十樣蠻牋紋錯綺，粲珠璣淵擲驚風雨。重唤酒，共花語。

【箋注】

〔霓裳素〕楚辭九歌東君：「青雲衣兮白霓裳」。

〔苧羅山〕吴越春秋句踐陰謀篇：「越王得苧蘿山鬻薪之女曰西施。」注云：「苧蘿山在諸暨縣南五里，西施、鄭旦所居。下臨浣江，江中有浣紗石。」

〔流霞〕見卷一水調歌頭（千里渥洼種闋）「流霞」注。

〔從臾〕即慫恿、鼓動。

〔吴宫〕越王句踐爲吴所敗，乃以西施獻於吴王夫差，深得寵幸。

〔鬢亂句〕太真外傳：「上皇登沉香亭召太真妃子，妃子時卯醉未醒，命力士從侍兒扶掖而至。妃子醉顔殘妝，鬢亂釵横，不能再拜。上皇笑曰：『豈是妃子醉，直海棠睡未足耳。』」

〔轉越江三句〕世傳越復平吴，西施仍隨范蠡去，後隨范蠡泛舟湖中。「剗地」在此應作「無端」或「反而」解。

〔斷腸風度〕嫏嬛記卷中引采蘭雜志：「昔有婦人思所歡不見，輒涕泣，恒灑淚於北牆之下，後灑處生草，其花甚媚，色如婦面，……名曰斷腸花，又名八月春，即今之秋海棠也。」

〔十樣蠻牋〕蜀牋譜：「謝公有十色牋。……楊文公億談苑載韓浦寄弟詩云：『十樣蠻牋出益州，寄來新自浣花頭』，謝公牋出於此乎？」楊慎升菴詩話卷一引宋趙朴成都古今記謂十樣爲：「深紅、粉紅、杏紅、明黄、深青、淺青、深緑、淺緑、銅緑、淺雲十色。」

〔驚風雨〕杜甫寄李白二十韻：「筆落驚風雨，詩成泣鬼神。」

又 賦琵琶

鳳尾龍香撥。自開元霓裳曲罷，幾番風月？最苦潯陽江頭客，畫舸亭亭待發。記出塞黄雲堆雪。馬上離愁三萬里，望昭陽宫殿孤鴻没。絃解語，恨難説。遼陽驛使音塵絶。瑣窗寒輕攏慢撚，淚珠盈睫。推手含情還却手，一抹梁州哀徹。千古事雲飛煙滅。賀老定場無消息，想沉香亭北繁華歇。彈到此，爲嗚咽。

【校】

〔題〕四卷本乙集作「聽琵琶」。

〔淚珠〕王詔校刊本、六十家詞本、四印齋本作「珠淚」。

【箋注】

〔鳳尾句〕鄭嵎津陽門詩：「玉奴琵琶龍香撥。」自注云：「貴妃妙彈琵琶，其樂器聞於人間者，有邏沙檀爲槽，龍香柏爲撥者。」蘇軾聽琵琶詩：「數絃已品龍香撥，半面猶遮鳳尾槽。」

〔自開元句〕白居易新樂府法曲注：「霓裳羽衣曲，起於開元，盛於天寶。」又長恨歌：「漁陽鼙鼓動地來，驚破霓裳羽衣曲。」

〔最苦二句〕白居易琵琶行序云：「元和十年，予左遷九江郡司馬。明年秋，送客湓浦口，聞船中夜彈琵琶者。聽其音，錚錚然有京都聲。……予出官二年，恬然自安，……是夕始有遷謫意。」詩有云：「潯陽江頭夜送客，楓葉荻花秋瑟瑟。……忽聞水上琵琶聲，主人忘歸客不發。」又，鄭文寶詠柳詩：「亭亭畫舸繫寒潭，直到行人酒半酣。」

〔記出塞三句〕蓋用王昭君琵琶出塞故事。石崇樂府王明君辭序云：「昔公主嫁烏孫，令琵琶馬上作樂，以慰其道路之思。其送明君，亦必爾也。」歐陽修明妃曲：「不識黄雲出塞路，豈知此聲能斷腸。」三輔黄圖卷二：「未央宫有增城、昭陽殿。」

〔絃解語二句〕杜甫詠懷古跡：「千載琵琶作胡語，分明怨恨曲中論。」

〔遼陽句〕李白憶秦娥：「樂遊原上清秋節，咸陽古道音塵絶。」沈佺期獨不見詩：「十年征戍憶遼陽。白狼河北音書斷。」（按：白狼河在遼陽境。）温庭筠訴衷情詞：「遼陽音信稀，夢中歸。」毛文錫何滿子詞：「夢斷遼陽音信，那堪獨守空閨。」

〔輕攏慢撚〕琵琶行：「低眉信手續續彈，説盡心中無限事。輕攏慢撚抹復挑，初爲霓裳後六幺。」

〔推手句〕釋名卷七釋樂器：「枇杷，本出於胡中，馬上所鼓也。推手前曰枇，引手却曰杷，象其鼓時，因以爲名也。」（按：史焰通鑑釋文引釋名此條作「琵琶」，據知枇杷本亦作琵琶。）歐陽修明妃曲：「推手爲琵却手琶，胡人共聽亦咨嗟。」

〔梁州哀徹〕元稹連昌宫詞：「逡巡大徧梁州徹，色色龜兹轟陸續。」按，琵琶曲有濩索梁州。見蔡寬夫詩話。

〔賀老句〕元稹連昌宫詞：「夜半月高絃索鳴，賀老琵琶定場屋。」按：賀老謂賀懷智，開元、天寶時之善彈琵琶者。

〔沉香亭北〕李白清平調：「解釋春風無限恨，沉香亭北倚闌干。」雍録：「興慶宫圖龍池東有沉香亭。」餘參卷二念奴嬌（對花何似闋）「沉香亭二句」注。

【編年】

右賦水仙、海棠、琵琶之賀新郎詞三首，當均爲稼軒賦閑時所作。廣信書院本置三詞於淳熙十五年贈陳同父一詞之前，知爲帶湖之作。賦琵琶詞且置於淳熙七年所作「柳暗淩波路」之後，知作年亦不當過晚。今姑依廣信本次第編置於淳熙九年諸作之後。

滿江紅　送湯朝美司諫自便歸金壇

瘴雨蠻煙，十年夢尊前休説。春正好故園桃李，待君花發。兒女燈前和淚拜，鷄豚社裏歸時節。看依然舌在齒牙牢，心如鐵。活國手，封侯骨。騰汗漫，排閶闔。待十分做了，詩書勳業。當日念君歸去好，而今却恨中年别。笑江頭明月更多情，今宵缺。

【校】

〔題〕四卷本甲集作「送湯朝美自便歸」。

〔活國〕四卷本作「治國」。

〔當日〕四卷本作「常日」。

【箋注】

〔題語〕湯朝美事歷已詳本卷水調歌頭(白日射金闕闋)箋注中。彼於淳熙三年因罪貶謫,送邊遠之新州編管,後遇赦量移信州,後再遇赦而得「自便」歸還金壇(宋爲江南東路鎮江府之屬縣)。

〔春正好二句〕唐語林卷六補遺:「韓退之有二妾,一曰絳桃,一曰柳枝,皆能歌舞。初使王庭湊,至壽陽驛絶句云:『別來楊柳街頭樹,擺亂春風只欲飛。惟有小園桃李在,留花不發待郎歸。』……蓋寄意二姝。逮歸,柳枝逾垣遁去,家人追獲;故鎮州初歸詩云:『自是專寵絳桃矣。』」

〔兒女句〕詩話總龜前集卷九:「山谷對余言,謝師厚七言絶類老杜,但人少知之耳。如『倒著衣裳迎户外,盡呼兒女拜燈前』,編之杜集無愧也。」

〔鷄豚句〕韓愈南溪始泛詩:「願爲同社人,鷄豚燕春秋。」張演(一説王駕)社日詩:「鵝湖山下稻粱肥,豚栅鷄棲對掩扉。桑柘影斜春社散,家家扶得醉人歸。」

〔看依然句〕説苑敬慎篇:「常摐有疾,老子往問焉。……張其口而示老子曰:『吾舌存乎?』老子曰:『然。』『吾齒存乎?』老子曰:『亡。』常摐曰:『子知之乎?』老子曰:『夫舌之存也,豈非以其柔耶?齒之亡也,豈非以其剛耶?』曰:『嘻,是已。』」蘇軾送劉攽通判泰州詩:「君不見阮嗣宗臧否不挂口,莫誇舌在牙齒牢,是中惟可飲醇酒。」

〔活國〕南史王廣之傳:「子珍國爲南譙太守,發米散財以賑窮乏,高帝手勑云:『卿愛人活國，甚副吾意。』」按：湯氏亦有以私積賑窮乏事。京口耆舊傳云：「邦彦性開爽，善論，樂施與，少時頗有積穀，盡散以拯鄉黨之急。平時周人之急，惟力是視。南歸坐貧，自譬乾義井云。」

〔封侯骨〕漢書翟方進傳：「爲小史，號遲頓不及事，數爲掾史所詈辱。方進自傷，迺從汝南蔡父相，問己能所宜，蔡父大奇其形貌，曰：『小史有封侯骨，當以經術進。』」

〔騰汗漫〕淮南子道應訓：「『吾與汗漫期於九垓之外，吾不可以久駐。』若士舉臂而竦身，遂入雲中。」

〔排閶闔〕離騷：「倚閶闔而望予。」淮南子原道訓：「昔者馮夷大丙之御也，……經紀山川，蹈騰崑崙，排閶闔，淪天門。」

〔中年別〕見卷一水調歌頭（折盡武昌柳闋）「離別句」注。

【編年】

淳熙十年（一一八三）。——據劉宰頤堂集序，知湯氏之歸金壇當在淳熙十年。詞中有「春正好」句，必作於十年春間。

水調歌頭　席上用王德和推官韻，壽南澗

上界足官府，公是地行仙。青氈劍履舊物，玉立近天顔。莫怪新來白髮，恐是當

年柱下，道德五千言。南澗舊活計，猿鶴且相安。歌秦缶，寶康瓠，世皆然。不知清廟鐘磬，零落有誰編。莫問行藏用舍，畢竟山林鐘鼎，底事有虧全？再拜荷公賜，雙鶴一千年。公以雙鶴見壽。

【校】

〔題〕四卷本乙集作「和德和上南澗韻」。「王」廣信書院本誤作「黃」，兹改正，考證詳箋注中。

〔近天顔〕四卷本作「侍天顔」。

〔莫問〕四卷本作「堪笑」。

〔畢竟〕四卷本作「試問」。

〔注〕「一千年」下注文四卷本無。

【箋注】

〔王德和〕韓元吉南澗甲乙稿卷五有送王德和赴調改秩詩，卷七有「席上次韻王德和」之水調歌頭一闋，用韻與稼軒此詞全同，知二人所和爲同一人，而其人姓氏，韓集中均作「王」不作「黃」。查上饒縣志秩官志中，淳熙間任推官者有王寧一人，而不著其人之字里。李心傳建炎以來朝野雜記乙集卷二十龍州蕃部寇邊條有「郭杲與總賦官王寧德和不叶」等語，知王德和即王寧，而廣信書院本之作「黃德和」者，以黃王聲似而致誤也。江陰縣志卷十六人物志鄉賢：「王寧字德和，三魁鄉薦，乾道丙戌中乙科，終中奉大夫、直徽猷閣。逮事三朝，凡所歔歷，綽有休聞。有笑菴集十卷。」

〔上界二句〕韓愈酬盧給事曲江荷花行見寄詩：「上界真人足官府，豈如散仙鞭笞鸞鳳終日相追陪。」楞嚴經：「衆生堅固，服餌草木，藥道圓成，名地行仙。」蘇軾以拄杖壽張安道詩：「先生真是地行仙，住世因循五百年。」顧況集五源訣：「番陽仙人王遥琴子高言：『下界功滿方超上界，上界多官府，不如地仙快活。』」

〔青氈句〕晉書王獻之傳：「夜卧齋中，有偷人入其室，盜物都盡，獻之徐曰：『偷兒，青氈我家舊物，可特置之。』羣盜驚走。」

〔劍履〕漢官儀：「上公九命則劍履。」

〔柱下〕史記張丞相列傳索隱：「周秦皆有柱下史，謂御史也。所掌及侍立恒在殿柱之下，故老聃爲周柱下史。」

〔道德句〕老子有道德經五千言。

〔猿鶴句〕見卷一沁園春（三徑初成閿）「鶴怨句」注。

〔歌秦缶〕李斯上秦始皇書：「夫擊甕扣缶，彈筝搏髀而歌，嗚嗚快耳者，真秦之聲也。」史記廉頗藺相如列傳：「趙王鼓瑟，……藺相如前曰：『趙王竊聞秦王善爲秦聲，請奉盆缶秦王，以相娱樂。』……於是秦王不懌，爲一擊缶。」集解：「缶者，瓦器，所以盛酒漿，秦人鼓之以節歌也。」

〔寶康瓠〕賈誼弔屈原賦：「斡棄周鼎兮而寶康瓠。」爾雅釋器：「康瓠謂之甈。」疏曰：「即壺也，説文云破瓠是也。」

〔不知二句〕據宋史樂志載，北宋之樂凡六改作，至徽宗時製大晟樂，金部樂器有景鐘鎛鐘編鐘等，石部有特磬編磬。迨靖康之難，樂器皆亡。南渡之後大抵用先朝之舊，而不詳古今製作之本原。又蘇軾和田國博喜雪詩：「歲豐君不樂，鐘磬幾時編。」

〔行藏句〕見本卷踏莎行（進退存亡闋）「行藏句」注。

〔山林鐘鼎〕杜甫清明詩：「鐘鼎山林各天性，濁醪粗飯任吾年。」

【附録】

韓南澗詞（見南澗甲乙稿卷七）

水調歌頭　席上次韻王德和

世事不須問，我老但宜仙。南溪一曲，獨對蒼翠與孱顏。月白風清長夏，醉裏相逢林下，欲辯已忘言。無客問生死，有竹報平安。　少年期，功名事，覓燕然。如今憔悴，蕭蕭華髮抱塵編。萬里蓬萊歸路，一醉瑤臺風露，因酒得天全。笑指雲階夢，今夕是何年。

【編年】

淳熙十年（一一八三）。——康熙上饒縣志卷十二載淳熙十年癸卯推官王寧所撰之修學記一文，據知王德和任信州推官在淳熙十年前後。九年稼軒既已有太常引詞壽南澗，則此詞自當爲十年之作。

清平樂　爲兒鐵柱作

靈皇醮罷，福禄都來也。試引鵷鶵花樹下，斷了驚驚怕怕。　從今日日聰明，更宜潭妹嵩兄。看取辛家鐵柱，無災無難公卿。

【箋注】

〔鐵柱〕當是乳名，未詳爲稼軒第幾子。稼軒詩集有哭𤲰十五章，其中有「汝方遊浩蕩，萬里挾雄鐵」之句，以詩意推測，辛𤲰必即此詞中乳名鐵柱者。嵩、𤲰、潭當皆爲稼軒仕宦東南期間所得之子女。嵩應爲淳熙三年（一一七六）於京西轉運判官任上所生，𤲰應爲淳熙五年（一一七八）於江西安撫任上所生，潭則應爲淳熙六或七年（一一七九或一一八〇）居官湖南時所生之女。淳熙八年稼軒退居上饒之後，以稼名軒，其子之名皆從「禾」字旁，唯𤲰早夭，或未及改也。又，稼軒有題鵝湖壁一詩：「昔年留此苦思歸，爲憶啼門玉雪兒。鸞鵠飛殘梧竹冷，只今歸興却遲遲。」詩作於淳熙十五、十六年冬春之間，亦爲懷𤲰之作（以哭𤲰詩中有「玉雪色可愛，金石聲更清」句與之相合）。據詩之語意，可以推知，辛𤲰之夭折，蓋在淳熙十年之後，與寫作數首「鵝湖歸，病起作」之鷓鴣天詞同時，其年齡不過五六歲也。

〔靈皇二句〕當係宋代爲兒童祈福之一種習俗。

〔試引二句〕當係宋代爲兒童避除驚嚇之一種習俗。據詞意，知此兒多病易受驚，哭⿷匚齎詩「昨宵北窗下，不敢高聲語，悲深意顛倒，尚疑驚著汝」數句可參。

〔無災句〕蘇軾洗兒戲作：「人皆養子望聰明，我被聰明誤一生。惟願孩兒愚且魯，無災無難到公卿。」

【編年】

淳熙十年（一一八三）前。——既已考知鐵柱即辛⿷匚齎，則此詞必作於淳熙八年稼軒賦閒居帶湖之後，其作年不得晚於淳熙十年，故編次於淳熙十一年諸作之前。

臨江仙 即席和韓南澗韻

風雨催春寒食近，平原一片丹青。溪頭喚渡柳邊行。花飛蝴蝶亂，桑嫩野蠶生。

綠野先生閒袖手，却尋詩酒功名。未知明日定陰晴。今宵成獨醉，却笑衆人醒。

【校】

〔題〕四卷本乙集作「和南澗韻」。

〔溪頭〕四卷本作「溪邊」。

【箋注】

〔緑野先生〕新唐書裴度傳：「時閹豎擅威，天子擁虚器，搢紳道喪；度不復有經濟意，乃治第東都集賢里，沼石林叢，岑繚幽勝。午橋作別墅，具燠館涼臺，號緑野堂，激波其下。度野服蕭散，與白居易、劉禹錫爲文章，把酒窮晝夜相歡，不問人間事。」

〔閒袖手〕韓愈祭柳子厚文：「巧匠旁觀，縮手袖間。」

〔今宵二句〕楚辭漁父：「舉世皆濁我獨清，衆人皆醉我獨醒，是以見放。」

【編年】

右詞作年無可考，姑列於甲辰年壽韓詞之前。

洞仙歌　開南溪初成賦

婆娑欲舞，怪青山歡喜。分得清溪半篙水。記平沙鷗鷺，落日漁樵，湘江上，風景依然如此。　東籬多種菊，待學淵明，酒興詩情不相似。十里漲春波，一棹歸來，只做箇五湖范蠡。是則是一般弄扁舟，争知道他家，有箇西子。

【校】

〔題〕四卷本丁集作「所居犮山爲仙人舞袖形。」

【箋注】

〔婆娑句〕爾雅釋訓：「婆娑，舞也。」郭璞注：「舞者之容。」

〔半篙水〕蘇軾鄆州新堂月夜詩：「池中半篙水，池上千尺柳。」

〔東籬句〕陶潛飲酒詩：「採菊東籬下，悠然見南山。」

〔一棹至西子〕見卷一摸魚兒（望飛來半空鷗鷺閿）「謾教三句」注。

【編年】

淳熙十年（一一八三）。——右詞作年難確考。據丁集詞題云云，知此詞當爲閑居帶湖初年所作。其時離湘未久，故湘江風景猶依稀未忘。今兹定爲淳熙十年者，以其有「東籬種菊」句，是必已曾於帶湖度一春秋矣。

唐河傳　傚花間體

春水，千里，孤舟浪起，夢攜西子。覺來村巷夕陽斜。幾家，短牆紅杏花。

晚雲做造些兒雨。折花去，岸上誰家女。太狂顛。那邊，柳綿，被風吹上天。

【校】

〔題〕「體」四卷本丙集作「集」。

〔狂顛〕廣信書院本誤作「顛狂」，兹從四卷本。

〔那邊〕四卷本作「那岸邊」。

【箋注】

〔花間體〕花間集，書名，五代蜀趙崇祚編。爲長短句最初之總集。其爲體多濃豔秀麗，蓋詞之初體本如此也。

〔春水三句〕蘇軾次韻王定國南遷回見寄詩：「桃花春漲孤舟起。」

【編年】

右詞作年無考。以與上詞意近，姑附次於此。

水龍吟　甲辰歲壽韓南澗尚書

渡江天馬南來，幾人真是經綸手？長安父老，新亭風景，可憐依舊。夷甫諸人，神州沉陸，幾曾回首！算平戎萬里，功名本是，真儒事，公知否。　況有文章山斗，對桐陰滿庭清晝。當年墮地，而今試看：風雲犇走。緑野風煙，平泉草木，東山歌酒。待他年整頓，乾坤事了，爲先生壽。

【校】

〔題〕四卷本甲集作「爲韓南澗尚書壽，甲辰歲」。花菴詞選作「壽韓南澗」。花草粹編卷十一引同。

〔公知否〕四卷本、花菴詞選及花草粹編作「君知否」。

【箋注】

〔渡江句〕晉書元帝紀：「太安之際，童謡云：『五馬浮渡江，一馬化爲龍。』及永嘉中，……王室淪覆，帝與西陽、汝南、南頓、彭城五王獲濟，而帝竟登大位焉。」張孝祥滿江紅詞：「渡江天馬龍爲匹。」

〔長安句〕晉書桓温傳：「温遂統步騎四萬發江陵，水軍自襄陽入均口，至南鄉，步自淅川，以征關中。……温進至霸上，（苻）健以五千人深溝自固，人皆安堵復業，持牛酒迎温於路者十八九，耆老感泣曰：『不圖今日復見官軍！』」

〔新亭句〕世説新語言語篇：「過江諸人，每至美日，輒相邀新亭，藉卉飲宴。周侯（顗）中坐而歎曰：『風景不殊，正自有山河之異！』皆相視流淚。唯王丞相（導）愀然變色曰：『當共勠力王室，克復神州，何至作楚囚相對。』」

〔夷甫二句〕晉書桓温傳：「温自江陵北伐，……過淮、泗，踐北境，與諸寮屬登平乘樓眺矚中原，慨然曰：『遂使神州陸沉，百年丘墟，王夷甫諸人不得不任其責！』」按：夷甫，王衍字；平乘樓指船。晉書王衍傳載：「(衍)妙善玄言，唯談老莊爲事。……拜尚書令、司空、司徒，衍雖居宰輔之重，不以經國爲念，而思自全之計。……及石勒、王彌寇京師，以衍都督征討諸軍事、持節、假黄鉞以距之。……舉軍爲石勒所破，……自説少不豫事，欲求自免，因勸勒稱尊號，勒怒曰：『君名蓋四海，身居重任，少壯登朝，至於白首，何得言不豫世事邪！破壞天下，正是君罪。』……使人夜排牆填殺之。」

〔功名二句〕荀子儒效：「彼大儒者雖隱於窮閻漏屋，無置錐之地，而王公不能與之争名；……用百里之地，而千里之國莫能與之争勝；笞捶暴國，齊一天下，而莫能傾也。是大儒之徵也。」

〔文章山斗〕見本卷太常引(君王着意履聲間闋)「道吏部句」注。

〔桐陰〕按：北宋有兩韓氏並盛，一爲相州韓氏，一爲潁川韓氏。潁川韓氏京師第門前多植桐木，故世稱「桐木韓家」，以别於相州韓琦。韓無咎有桐陰舊話十卷，記其家世舊事。(參直齋書録解題及四庫提要桐陰舊話條。)

〔當年句〕黄庭堅次韻邢敦夫詩：「渥洼麒麟兒，墮地志千里。」又次韻子瞻送李豸詩：「驥子墮地追風日，未試千里誰能識。」

〔風雲句〕後漢書劉玄傳：「聖公靡聞，假我風雲。」李賢注：「言聖公初無所聞，假我中興風雲之便。」蘇軾和張昌言喜雨詩：「百神奔走會風雲。」

〔緑野句〕見本卷臨江仙(風雨催春寒食近闋)「緑野先生」注。

〔平泉草木〕宋王讜唐語林卷七:「平泉莊去洛城三十里。……莊周圍十餘里,臺榭百餘所。四方奇花異草與松石,靡不置其後。石上皆刻『支遁』二字,後爲人取去。其所傳鴈翅檜、珠子柏、蓮房玉蕊等,僅有存者。(原注:檜葉婆娑,如鴻鴈之翅。柏實皆如珠子,叢生葉上,香聞數十步。蓮房玉蕊,每跗萼之上,花分五朵,而實同其一房也。)怪石名品甚衆,各爲洛陽城族有力者取去,有禮星石、獅子石,好事者傳玩之。」

〔東山歌酒〕晉書謝安傳:「謝安寓居會稽,雖放情丘壑,然每遊賞,必以妓女從。」餘參卷一念奴嬌(我來弔古闋)「却憶至棋局」注。

〔待他年二句〕見卷一千秋歲(塞垣秋草闋)「整頓句」注。

【編年】

淳熙十一年(一一八四)。

滿江紅 送李正之提刑入蜀

蜀道登天,一杯送繡衣行客。還自歎中年多病,不堪離别。東北看驚諸葛表,西南更草相如檄。把功名收拾付君侯,如椽筆。　兒女淚,君休滴。荆楚路,吾能說。要新詩準備，廬山山色。赤壁磯頭千古浪，銅鞮陌上三更月。正梅花萬里雪深時，須相憶。

【校】

〔題〕四卷本甲集無「入蜀」二字。

〔看驚〕六十家詞本作「看賸」。

〔廬山〕四卷本作「廬江」。

【箋注】

〔李正之〕王明清玉照新志卷四：「紹興己卯，張安國爲右史，明清與仲信兄在左。鄭舉善、郭世模從范、李大正正之、李泳子永多館於安國家。……俯仰今四十餘年矣，主賓六人俱爲泉下之塵。明清獨苟存於世。」知李正之名大正，與李子永諸人同爲張孝祥安國之客。建安縣志卷六人物志：「李大正字正之，乾道中尉遂昌，去爲會稽令，念遂民不忘，求知其邑事。既至，判滯案，均賦稅。淳熙中由提點知南安軍，理賦稅，計利害，皆窮源剔末，所蒞事判決如流，毫髮快人心。」按：李氏仕歷建安縣志所載過簡，據宋會要輯稿、建炎以來朝野雜記及韓南澗膽泉銘及范成大壺天觀題名所載，李氏於乾道中及淳熙中，曾兩度任江淮、荆浙、福建、廣南路提點坑冶鑄錢公事，其後又任利州路提刑及四川都大茶馬各官。據趙蕃淳熙稿及韓元吉南澗甲乙稿中與李氏往還各詩文觀之，李氏當時必亦寓居信州，故與信上諸人過從均繁，友誼均深。坑冶司分設饒、贛二州，而信州在其時爲産銅主要地區，故李氏身任泉使而常駐信州。又彭龜年止堂集卷十三迎李泉使啓：「擢從輔郡，出擁軺封。……恭惟某官文出胸中之渾厚，學非紙上之拘攣。視天下事，無煩簡劇易之不周；置諸公間，以獻納論思而甚允。嘗締班於九寺，旋分節於三官。人皆惜施設之未充，士已知經畫之已立。」李氏學行，由此略可概見。

〔蜀道句〕李白蜀道難：「蜀道之難，難於上青天。」

〔還自歎二句〕見卷一水調歌頭（折盡武昌柳闋）「離别句」注。

〔諸葛表〕諸葛亮出師北伐曹魏，有出師表上蜀漢後主。

〔相如檄〕司馬相如有喻巴蜀檄。史記司馬相如傳：「相如爲郎數歲，會唐蒙使略通夜郎西僰中，發巴蜀吏卒千人，郡又多爲發轉漕萬餘人，用興法誅其渠帥，巴蜀民大驚恐。上聞之，乃使相如責唐蒙，因喻告巴蜀民以非上意。」

〔如椽筆〕晉書王珣傳：「珣夢人以大筆如椽與之。既覺，語人曰：『此當有大手筆事。』」

〔荆楚二句〕韓愈題臨瀧寺詩：「潮陽未到吾能説，海氣昏昏水拍天。」按，李正之由信入蜀，荆楚是其必經之途，故有此及「廬山、赤壁」數句。

〔新詩準備〕蘇軾和張昌言喜雨詩：「秋來定有豐年喜，剩有新詩準備君。」

〔赤壁磯〕一曰赤鼻磯，在今湖北黄岡縣西北，即蘇東坡誤以爲周瑜破曹操之赤壁而爲前後赤壁賦者也。又，東坡赤壁懷古之念奴嬌，起云：「大江東去，浪淘盡千古風流人物。」

〔銅鞮陌〕隋書音樂志上：「初，梁武帝在雍鎮，有童謡云：『襄陽白銅蹄，反縛揚州兒。』識者言白銅謂金色，蹄謂馬也。及義師之興，實以鐵騎，揚州之士皆面縛。果如謡言。」後人改蹄爲鞮，未知何義。銅鞮陌謂襄陽。雍陶送客歸襄陽舊居詩：「唯有白銅鞮上月，水樓閑處待君歸。」

〔正梅花二句〕杜甫寄楊五桂州譚詩：「五嶺皆炎熱，宜人獨桂林。梅花萬里外，雪片一冬深。聞此寛相憶，爲邦復好音。」

【編年】

淳熙十一年（一一八四）。——據韓南澗膽泉銘（此文僅見鉛山縣志藝文志，輯本南澗甲乙稿失收），李正之之再任諸路坑冶提點，事在淳熙八年，至十一年應即任滿。周益公文集有與「利路李憲大正」書稿二通，列於淳熙十二年内；又，南澗甲乙稿卷十九，有爲李大正之父李文淵所作墓碑，碑載李文淵卒於紹興十六年（一一四六），後四十年（當爲淳熙十二年，即一一八五年）方作此墓碑，其中謂「二子：大卞，今爲朝散郎知澧州；大正，朝散郎，潼州府路提點刑獄」；宋會要輯稿職官七二之四四，於淳熙十三年三月亦載有利路提刑李大正奏劾知洋州李師夔刑獄淹延一事。知李氏之入蜀任提刑，即在其泉使年滿之後。詞中有「梅花萬里」句，則必在十一年冬季也。

蝶戀花　用趙文鼎提舉送李正之提刑韻，送鄭元英

莫向樓頭聽漏點。説與行人，默默情千萬。總是離愁無近遠，人間兒女空恩怨。

錦繡心胸冰雪面。舊日詩名，曾道空梁燕。傾蓋未償平日願，一杯早唱陽關勸。

【校】

〔題〕四卷本乙集作「送鄭元英」。花菴詞選作「別意」。

〔樓頭〕四卷本及花菴詞選並作「城頭」。

【箋注】

〔趙文鼎〕花菴詞選卷四：「趙文鼎，名善扛，號解林居士，詩詞甚富，蓋趙德莊之流也。」據宋史宗室世系表，知善扛爲太宗第四子元份之六世孫。又趙蕃淳熙稿有「呈趙蘄州善扛」詩，知其曾任蘄州守；有「寄趙文鼎」詩，起句爲「殷勤寄謝湖州牧」，知其曾任湖州守；又有「奉寄斯遠，兼屬文鼎處州、子永提屬」詩五首，則又曾守處州。據嘉泰吴興志郡守題名，知其於淳熙九年二月知湖州，八月以憂去。外此其守各州郡之年月，及其曾任何路提舉，則均無可考。但既與信州人士多所往還，必亦寓居上饒者。章泉稿憶趙蘄州善扛詩有「吾州憶當南渡初，居有曾、吕守則徐。……爾來風流頗寂寞，南池二公也不惡。李今作州大如斗，公更蘄春方待守」諸語，疑趙氏與李正之爲比鄰也。又，花菴詞選卷四載趙文鼎「乙未生朝作」之感皇恩詞，首句爲：「七十古來稀，吾生已半。」乙未爲淳熙二年（一一七五），是年趙氏爲三十五歲，則應生於紹興十一年。

〔鄭元英〕據歸朝歡（萬里康成西走蜀闋）及玉樓春（悠悠莫向文山去闋）二詞題語，知其爲福建文山人。歸朝歡有「藥市船歸」句，蓋曾居官成都。疑其入蜀與李正之在同時，故用趙文鼎送李韻以相送也。

〔人間句〕韓愈聽穎師彈琴詩：「昵昵兒女語，恩怨相爾汝。」

〔錦繡心胸〕蘇軾寄高令詩：「詩成錦繡開胸臆。」

〔冰雪面〕莊子逍遥遊：「藐姑射之山，有神人居焉，肌膚若冰雪，綽約若處子。」白居易遊悟寺詩：「禮拜冰雪顔。」

〔舊日二句〕隋薛道衡有「暗牖懸蛛網，空梁落燕泥」之句，最爲一時所傳誦。

〔傾蓋句〕韓詩外傳卷二：「孔子遭齊程本子於剡之間，傾蓋而語終日，有間，顧子路曰：『……夫詩不云乎：邂逅相遇，適我願兮。』」

〔陽關〕見卷一鷓鴣天（唱徹陽關淚未乾闋）「唱徹句」注。

【編年】

淳熙十一年（一一八四）。

又　客有「燕語鶯啼人乍遠」之句，用爲首句

燕語鶯啼人乍遠。却恨西園，依舊鶯和燕。笑語十分愁一半，翠圍特地春光暖。

只道書來無過鴈，不道柔腸，近日無腸斷。柄玉莫摇湘淚點，怕君喚作秋

風扇。

【箋注】

〔燕語句〕皇甫冉春思詩：「鶯啼燕語報新年，馬邑龍堆路幾千。」分類草堂詩餘載朱敦儒念奴嬌詞，内有「燕語鶯啼人乍遠，還是他鄉寒食」二句，稼軒之客蓋襲用其句也。

〔近日句〕蘇軾臨江仙送王緘：「坐上别愁君未見，歸來欲斷無腸。」

〔湘淚〕湘竹亦稱湘妃竹。博物志：「堯之二女，舜之二妃，曰湘夫人。舜崩蒼梧，二妃追至，哭帝極哀，淚染於竹，故斑斑如淚痕。」

〔秋風扇〕班婕妤怨歌行詠合歡扇云：「常恐秋節至，涼風奪炎熱。棄捐篋笥中，恩情中道絶。」

【編年】

右詞廣信書院本緊次於同調「莫向樓頭聽漏點」之後，其寫作時次或當相去不遠，因録於此。

鷓鴣天　徐衡仲惠琴不受

千丈陰崖百丈溪，孤桐枝上鳳偏宜。玉音落落雖難合，横理庚庚定自奇。山谷聽摘阮歌云：「玄璧庚庚有横理。」　人散後，月明時。試彈幽憤淚空垂。不如却付騷人手，留和南風解愠詩。

【校】

〔題〕廣信書院本「徐衡仲」下有「撫幹」二字，兹從四卷本乙集。

〔玉音〕廣信書院本作「玉香」，兹從四卷本。

〔注〕「奇」字下注文四卷本無。

【箋注】

「徐衡仲」上饒縣志卷二十二孝友傳：「徐安國字衡仲，號西窗。紹興壬子進士（紹興疑當作紹熙）。幼育於龔氏，後事龔氏父母，養生送死，克供子職。年逾五十，爲岳州學官，遷連山令。有感於正本明宗之義，言於朝，願歸徐姓，詔可，遂別爲龔氏立後而身歸於徐。時徐姓父母俱存，兄安仁、安蹈、弟安通皆無故。相與孝養二老，名所居之堂曰一樂堂，張南軒爲之記。」張南軒文集卷十三一樂堂記：「上饒徐衡仲幼育於龔氏，後長，讀書取科第，事龔氏父母養生送終，克共其子事。年踰五十矣，游宦四方，求友訪道，有感於昔人正本明宗之義，乃言於朝，願歸徐姓，詔可其請。方是時，衡仲之父母俱存，合百有五十六春秋，而其伯氏某、仲氏某及其季某亦皆無故。……他日伯氏取孟子所謂一樂者以名其居之堂，而衡仲求予爲記。予惟念往歲道岳陽，衡仲適爲其州學官，相與語於洞庭之野，愴然及兹事。今衡仲中誠懇惻，卒能成就其志。又爲龔氏調護，立之後人。……衡仲名安國，今爲連山令。」永樂大典卷三五二五門字韻引岳陽志，載王樞重建譙門記一文，云：「乾道八年正月庚辰，左朝請郎、權通判岳州……王樞記，左迪功郎充岳州州學教授龔安國書。」楊萬里題徐衡仲西窗詩編：「江東詩老有徐郎，語帶江西句子香。秋月春花入牙頰，松風澗水出肝腸。居仁衣鉢新分似，吉甫波瀾並取將。嶺表舊游君記否？荔枝林裏折桄榔。」據此知徐氏爲江西詩派中人也。

〔孤桐句〕莊子秋水：「南方有鳥，其名爲鵷鶵，非梧桐不止，非練實不食，非醴泉不飲。」鵷鶵即鳳之同類。

〔玉音句〕後漢書耿弇傳：「帝謂弇曰：『將軍前在南陽，建此大策，常以爲落落難合；有志者事竟成也。』」

〔橫理庚庚〕漢書文帝紀：「代王報太后，計猶豫未定，卜之，兆得大橫。占曰：『大橫庚庚，余爲天王，夏啓以光。』」服虔注云：「庚庚，橫貌也。」

〔幽憤〕見本卷水調歌頭（君莫賦幽憤闋）「賦幽憤」注。

〔南風解愠〕文選琴賦注引尸子：「舜作五絃之琴以歌南風：『南風之薰兮，可以解吾民之愠。』是舜歌也。」孔子家語辯樂解：「昔者舜彈五絃之琴，造南風之詩，其詩曰：『南風之薰兮，可以解吾民之愠兮。南風之時兮，可以阜吾民之財兮。』」

又　用前韻，和趙文鼎提舉賦雪

莫上扁舟訪剡溪，淺斟低唱正相宜。從教犬吠千家白，且與梅成一段奇。

香暖處，酒醒時，畫簷玉筯已偷垂。笑君解釋春風恨，倩拂蠻牋只費詩。

【校】

〔題〕四卷本乙集作「和趙文鼎雪」。

〔訪剡溪〕四卷本作「向剡溪」。

〔筯〕廣信書院本誤作「筋」，此從四卷本。

【箋注】

〔莫上句〕世説新語任誕篇：「王子猷居山陰，夜大雪，眠覺，開室，命酌酒，四望皎然，因起傍偟，詠左思招隱詩。忽憶戴安道，時戴在剡，即便夜乘小舟就之，經宿方至。造門，不前而返。人問其故，王曰：『吾本乘興而行，興盡而返，何必見戴。』」

〔淺斟句〕柳永鶴沖天詞：「忍把浮名，換了淺斟低唱。」蘇軾趙成伯家有姝麗吟春雪謹依元韻詩中有自注云：「世傳陶穀學士買得党太尉家故妓，遇雪，陶取雪水烹團茶，謂妓曰：『党家應不識此。』妓曰：『彼粗人，安有此景，但能於銷金暖帳中淺斟低唱，喫羊羔兒酒耳。』陶默然，媿其言。」

〔犬吠千家白〕南方少雪，故犬見之多驚異而吠。柳宗元答韋中立書：「僕來南二年，冬大雪，踰嶺，被南越中數州，數州之犬皆蒼黄吠噬狂走者累日。」

〔一段奇〕蘇軾次韻王鞏留別：「不辭千里別，成此一段奇。」

〔解釋春風恨〕李白清平調：「解釋春風無限恨，沉香亭北倚闌干。」

〔蠻牋〕天中記：「唐中國紙未備，故唐人詩多用『蠻箋』字。」餘參本卷賀新郎（著厭霓裳素闋）「十樣蠻牋」注。

【編年】

〔疑淳熙〕十一年（一一八四）。——右鷓鴣天二首，用同韻，當作於一時。其作年雖無可考，唯次闋題中既標明爲和趙文鼎之作，與「送鄭元英」之蝶戀花當相先後。今即附編該詞之後。

水龍吟　次年南澗用前韻爲僕壽，僕與公生日相去一日，再和以壽南澗

玉皇殿閣微涼，看公重試薰風手。高門畫戟，桐陰閣道，青青如舊。蘭佩空芳，蛾眉誰妒？無言搔首。甚年年却有，呼韓塞上，人爭問：公安否？　金印明年如斗。向中州錦衣行晝。依然盛事：貂蟬前後，鳳麟飛走。富貴浮雲，我評軒冕，不如杯酒。待從公痛飲，八千餘歲，伴莊椿壽。

【校】

〔題〕花菴詞選題作「再壽韓南澗」。

〔殿閣〕花菴詞選作「金殿」。
〔重試〕花菴詞選「作一試」。
〔聞道〕四卷本甲集作「閤道」。
〔行書〕花菴詞選作「如書」。
〔從公〕花菴詞選作「從今」。
〔莊椿〕花菴詞選作「莊松」。

【箋注】

〔玉皇二句〕新唐書柳公權傳：「文宗嘗召與聯句，帝曰：『人皆苦炎熱，我愛夏日長。』公權屬曰：『薰風自南來，殿閣生微涼。』他學士亦屬繼，帝獨諷公權者，以爲情詞皆足。命題於殿壁。」餘參本卷鷓鴣天（千丈陰崖百丈溪）「南風解愠」注。

〔高門句〕唐制，三品以上官員得私門立戟。

〔桐陰二句〕參本卷水龍吟（渡江天馬南來）「桐陰」注。

〔蛾眉句〕見卷一摸魚兒（更能消幾番風雨）「蛾眉句」注。

〔呼韓三句〕漢時匈奴有呼韓邪單于。王闢之澠水燕談録卷二君臣：「韓魏公元勳舊德，夷夏具瞻。每（遼）使至於國，必問侍中（按：指魏公）安否。」按，韓元吉曾於乾道九年以禮部尚書出使金國，賀金主生辰，故以韓琦擬之。

〔金印句〕見卷一西江月（秀骨青松不老闋）「金印句」注。

〔中州〕南澗本潁川人，南渡後方寓居上饒。中州，河、濟之間也。

〔錦衣行書〕史記項羽本紀：「富貴不歸故鄉，如錦衣夜行，誰知之者。」後代遂以富貴歸故鄉爲錦衣晝行。韓琦有晝錦堂。此數句乃以復歸中州相期也。

〔貂蟬句〕見卷一洞仙歌（江頭父老闋）「貂蟬」注。

〔鳳麟〕禮記禮運：「鳳皇麒麟，皆在郊藪。」本謂祥瑞，後用以擬才俊之士。蘇軾送子由使契丹詩：「不辭馹騎凌風雪，要使天驕識鳳麟。」陸游哀北詩：「窮追殄犬羊，旁招出鳳麟。努力待傳檄，勿謂吴無人！」

〔富貴句〕論語述而篇：「不義而富且貴，於我如浮雲。」

〔我評二句〕世説新語任誕篇：「張季鷹縱任不拘，時人號爲『江東步兵』。或謂之曰：『卿乃可縱適一時，獨不爲身後名耶？』答曰：『使我有身後名，不如即時一杯酒。』」

〔八千二句〕見卷一八聲甘州（把江山好處付公來闋）「八千秋」注。

【附録】

韓無咎元吉和詞（見南澗詩餘）

水龍吟　壽辛侍郎

南風五月江波，使君莫袖平戎手。燕然未勒，渡瀘聲在，宸衷懷舊。卧占湖山，樓横百尺，詩成千首。正菖蒲葉老，芙蕖香嫩，高門瑞，人知否？　涼夜光躔牛斗，夢初回長庚如畫。明年看取，纛旗南下，六贏西走。功畫凌煙，萬釘寶帶，百壺清酒。便留下朥馥，蟠桃分我，作歸來壽。

按：韓無咎此詞，聚珍叢書本南澗甲乙稿失收。彊村叢書中有南澗詩餘一卷，收南澗佚詞數十首，右詞亦在其中，云是據吴伯宛校補本南澗甲乙稿收録者。吴氏校補原書未見，不知其輯自何處。題云「壽辛侍郎」，當係後來所追改者，稼軒晚年方除兵部侍郎，其時南澗謝世已二十年矣。

【編年】

淳熙十二年（一一八五）。

菩薩蠻　乙巳冬南澗舉似前作，因和之

錦書誰寄相思語？天邊數徧飛鴻數。一夜夢千回，梅花入夢來。　漲痕紛樹髮，霜落沙洲白。心事莫驚鷗，人間千萬愁。

【校】

〔題〕廣信書院本作「用前韻」，茲從四卷本乙集。「南澗」四卷本誤作「前間」，茲改正。

〔沙洲〕廣信書院本作「瀟湘」，茲從四卷本。

【箋注】

〔前作〕指卷一「金陵賞心亭爲葉丞相賦」之菩薩蠻而言。

〔錦書至入夢來〕此追憶葉衡。葉氏於淳熙二年乙未罷右相，淳熙十年卒。此詞蓋因韓南澗淳熙十二年乙巳舉似前作而寄追思也。

〔漲痕句〕張祜和岳州徐員外雲夢新亭詩：「樹失湘潭髮。」

〔鷺鷗〕杜甫題玄武禪師屋壁詩：「錫飛常近鶴，杯度不驚鷗。」

【編年】

淳熙十二年（一一八五）。

虞美人　壽趙文鼎提舉

翠屏羅幕遮前後，舞袖翻長壽。紫髯冠佩御爐香，看取明年歸奉萬年觴。

今宵池上蟠桃席，咫尺長安日。寶煙飛焰萬花濃，試看中間白鶴駕仙風。

【校】

〔題〕四卷本乙集作「趙文鼎生日」。

【箋注】

〔紫髯冠〕李白司馬將軍歌：「紫髯如戟冠崔嵬。」

〔看取句〕後漢書班超傳：「班超字仲升，扶風平陵人。使西域，超欲因此叵平諸國，乃上書請兵曰：『……竊冀未便僵仆，目見西域平定，陛下舉萬年之觴，薦勳祖廟，佈大喜於天下。』書奏，帝知其功可成。」劉貢父詩話：「自唐以來，試進士詩號省題，近時能詩者亦時有佳句。滕甫西旅來王云：『……傳聞漢都護，歸奉萬年觴。』」

〔池上蟠桃〕池謂瑶池。十洲記：「東海有山，名度索山，上有大桃樹，蟠屈三千里，曰蟠桃。」

又　送趙達夫

一杯莫落他人後，富貴功名壽。胸中書傳有餘香，看寫蘭亭小字記流觴。　問誰分我漁樵席，江海消閒日。看君天上拜恩濃，却怕畫樓無處着春風。

【校】

〔題〕廣信書院本作「用前韻」，兹從四卷本乙集。

〔他人〕四卷本作「吾人」。

〔看寫〕王詔校刊本脱「看」字，六十家詞本及四印齋本作「寫得」。

〔看君〕廣信書院本作「看看」，兹從四卷本。

〔却怕〕四卷本作「却恐」。

〔春風〕四卷本作「東風」。

【箋注】

〔趙達夫〕袁燮絜齋集卷十八運判龍圖趙公墓誌銘：「公諱充夫，字可大，魏悼王之七世孫也。始名達夫，字兼善，孝宗爲更名，公併字易焉。……從外舅寓居信之鉛山。……通判湖州，守臨汀、嘉興、吴興三郡，奉祠，……擢提舉淮東常平茶鹽公事，直祕閣、福建轉運判官，告老，……陞龍圖閣致其事。」

又

夜深困倚屏風後，試請毛延壽。寶釵小立白翻香，旋唱新詞猶誤笑持觴。

四更山月寒侵席，歌舞催時日。問他何處最情濃？却道「小梅摇落不禁風」。

【箋注】

〔毛延壽〕西京雜記：「漢元帝時，有杜陵毛延壽，善畫人形，醜好老少必得其真。」

〔四更句〕杜甫月詩：「四更山吐月。」

【編年】

疑當作於淳熙十二、三年（一一八五或一一八六）。右同韻虞美人三首，當爲同時作。淳熙十一年冬有「用趙文鼎提舉送李正之提刑韻送鄭元英」之蝶戀花，右三詞當作於其後。但韓元吉卒於淳熙十四年夏，而南澗甲乙稿卷五有挽趙文鼎之七律一首，知趙文鼎之卒必在十四年之前，故約略推定三詞之作年如上。永樂大典本臨汀志謂趙充夫於紹熙元年四月二十七日以朝散郎知汀州，三年五月二十五日除秀州，均不在淳熙年内，則此中送趙達夫之一首，殆爲送其赴湖州通判任而作也。

水調歌頭　和信守鄭舜舉蔗菴韻

萬事到白髮，日月幾西東。羊腸九折歧路，老我慣經從。竹樹前溪風月，鷄酒東家父老，一笑偶相逢。此樂竟誰覺，天外有冥鴻。　味平生，公與我，定無同。玉堂金馬，自有佳處着詩翁。「好鎖雲煙窗户，怕入丹青圖畫，飛去了無蹤。」此語更癡絶，真有虎頭風。

【校】

〔題〕四卷本甲集無「信守」二字。

【箋注】

〔鄭舜舉〕青田縣志人物志：「鄭汝諧字舜舉，紹興丁丑進士。穎悟貫洽，出入五經，權衡諸史。辛稼軒見之，曰：『老子胸中兵百萬。』丞相洪景伯薦於朝，孝宗書於御屏曰：『鄭汝諧威而能惠。』授兩浙轉運判官。時兩浙苦旱，舉行荒政。轉江西轉運使。……入爲大理少卿，持公論釋陳亮。歷官吏部侍郎。既老，以徽猷閣待制致仕。自號東谷居士。居鄉多惠愛，邑人生祠之。」元鄭陶孫論語意原跋：「曾大父東谷先生，宋紹熙初，由江南西路提點刑獄遷轉運副使，會帥府諸臺適皆闕官，躬佩五司之印而總聽之，曾不知其爲煩劇也。暇則詣學，親爲諸生講析疑義。未幾被召。」

〔蔗菴〕南㵎甲乙稿題鄭舜舉蔗菴詩：「吾州富佳山，修竹連峻嶺。……豈知刺史宅，跬步閟清景。古木盤城隅，石徑幽且迴。……鄭公閉閤暇，獨步毘廬頂。曰『此氣象殊』，逍遥步方永。」據知蔗菴爲鄭氏居第，在上饒城隅一山巔。

〔萬事句〕王安石愁臺詩：「萬事因循今白髮，一年容易即黄花。」

〔歧路〕列子説符：「楊子之鄰人亡羊，既率其黨，又請楊子之竪追之。楊子曰：『嘻，亡一羊何追者之衆？』鄰人曰：『多歧路。』既反，問：『獲羊乎？』曰：『亡之矣。』曰：『奚亡之？』曰：『歧路之中又有歧焉，吾不知所之，所以反也。』」

〔一笑句〕蘇軾遊西菩寺詩：「一笑相逢那易得。」

〔冥鴻〕揚雄法言問明卷第六：「鴻飛冥冥，弋人何篡焉。」注：「君子潛神重玄之域，世網不能制禦之。」

〔定無同〕世説新語文學篇：「阮宣子有令聞，太尉王夷甫見而問曰：『老莊與聖教同異？』對曰：『將無同。』」

〔玉堂金馬〕史記滑稽列傳：「金馬門者，宦署門也，門傍有銅馬，故謂之金馬門。」揚雄解嘲：「今子幸得遭明盛之世，處不諱之朝，與羣賢同行，歷金門，上玉堂，有日矣。」應劭曰：「金門，金馬門也。」晉灼曰：「黄圖有大玉堂、小玉堂殿也。」

〔好鎖三句〕當均爲鄭舜舉語。

〔此語二句〕世説新語巧藝篇注引續晉陽秋曰：「愷之尤好丹青，妙絶於時。曾以一廚畫寄桓玄，皆其絶者。深所珍惜，悉糊題其前。桓乃發廚後取之，好加理復。愷之見封題如初，而畫並不存，直云『妙畫通靈，變化而去，如人之登仙矣。』」按：顧愷之字長康，小字虎頭。世謂顧有三絶：畫絶，文絶，癡絶。

【編年】

淳熙十二年（一一八五）。——據宋會要輯稿食貨七〇之七四，載淳熙十二年三月辛執進呈權發遣信州鄭汝諧云云一事，知鄭氏之守信當始於十二年春，建造居第疑即在該年内也。

千年調 蔗菴小閣名曰卮言，作此詞以嘲之

卮酒向人時，和氣先傾倒。最要然然可可，萬事稱好。滑稽坐上，更對鴟夷笑。寒與熱，總隨人，甘國老。　少年使酒，出口人嫌拗。此箇和合道理，近日方曉。學人言語，未會十分巧。看他們，得人憐，秦吉了。

【校】

〔題〕「蔗菴」廣信書院本作「庶菴」，兹從王詔校刊本及四印齋本。

【箋注】

〔卮言〕莊子寓言篇：「寓言十九，重言十七，卮言日出，和以天倪。」經典釋文卷二十八莊子音義下寓言第二十七：「卮言，字略云：『卮，圓酒器也。』王云：『夫卮器，滿即傾，空則仰，隨物而變，非執一守固者也。施之於言而隨人從變，已無常主者也。』」

〔然然可可〕莊子寓言篇：「惡乎然？然於然。惡乎不然？不然於不然。惡乎可？可於可。惡乎不可？不可於不可。物固有所然，物固有所可。無物不然，無物不可。」

〔萬事句〕見本卷水調歌頭（君莫賦幽憤闋）「萬事句」注。

〔滑稽二句〕揚雄酒賦：「鴟夷、滑稽（按：二者均酒器），腹如大壺。」

〔寒與熱三句〕本草草部上品之上：「甘草，國老，味甘平，無毒，主五臟六腑寒熱邪氣。」注引藥性論云：「甘草，……諸藥衆中爲君，治七十二種乳石毒，解一千二百般草木毒，調和使諸藥有功，故號國老之名。」

〔秦吉了〕唐會要卷九十八林邑國：「有結遼鳥，能解人語，亦謂之結了鳥，蓋夷音訛也。」白居易新樂府秦吉了：「秦吉了，出南中。彩毛青黑花頸紅。耳聰心慧舌端巧，鳥語人言無不通。」范成大桂海虞衡志志禽篇：「秦吉了如鸜鴿，紺黑色，丹味黄距，目下連頂有深黄文，頂毛有縫，如人分髮。能人言，比鸚鵡尤慧。大抵鸚鵡如兒女，吉了聲則如丈夫。出邕州溪洞中。」

【編年】

右詞當作於和鄭舜舉蔗菴韻水調歌頭之後，因附於此。

南歌子　獨坐蔗菴

玄入參同契，禪依不二門。細看斜日隙中塵，始覺人間何處不紛紛。　病笑春先到，閒知嬾是真。百般啼鳥苦撩人。除却提壺此外不堪聞。

【校】

〔題〕「蔗菴」廣信書院本作「庶菴」，兹從四卷本乙集。

〔細看〕四卷本作「静看。」

〔先到〕四卷本作「先老」。

〔閒知〕四卷本作「閒憐」。

【箋注】

〔参同契〕書名。葛洪神仙傳稱魏伯陽作。名参同契者，謂以周易、黄老、爐火三家相参同，歸於一方，契大道也。

〔禪依句〕「不二門」，佛家語，即「不二法門」。佛教謂有八萬四千法門，不二法門在諸法門之上，能直見聖道者也。維摩經：「文殊師利問維摩詰：『何等是不二法門？』維摩默然不應。殊曰：『善哉善哉，無有文字言語，是真不二法門也。』」。

〔隙中塵〕劉禹錫有僧言羅浮事詩：「下視生物息，霏如隙中塵。」

〔嬾是真〕杜甫漫成：「近識峨嵋老，知余嬾是真。」

〔提壺〕鳥名。蓋以鳴聲而得名。王禹偁初入山聞提壺鳥詩：「遷客由來長合醉，不煩幽鳥道提壺。」

【編年】

疑淳熙十三年（一一八六）。——此詞作年難確知。唯稼軒之獨坐蔗菴，必在鄭舜舉尚未去信之前，因編次於此。

杏花天

病來自是於春嬾。但別院笙歌一片。蛛絲網徧玻璨盞，更問舞裙歌扇！　有多少鶯愁蝶怨，甚夢裏春歸不管。楊花也笑人情淺，故故沾衣撲面。

【箋注】

〔但別院句〕秦觀海棠春詞：「宿酲未醒宫娥報，道別院笙歌會早。」

〔更問〕豈可問。

〔故故〕頻頻，亦可作「故意」或「特意」解。

【編年】

疑淳熙十三年（一一八六）。——右詞見四卷本甲集。「獨坐蔗菴」之南歌子詞中有「病笑春先到，閒知嬾是真」語，與此詞之時令及「病來自是於春嬾」等語所述意興正相合，因附次於此。

念奴嬌　和韓南澗載酒見過雪樓觀雪

兔園舊賞，悵遺蹤，飛鳥千山都絶。縞帶銀杯江上路，惟有南枝香別。萬事新奇，青山一夜，對我頭先白。倚巖千樹，玉龍飛上瓊闕。莫惜霧鬢雲鬟，試教騎鶴，去約尊前月。自與詩翁磨凍硯，看掃幽蘭新闋。便擬明年，人間揮汗，留取層冰潔。此君何事，晚來曾爲腰折。

【校】

〔題〕四卷本甲集無「韓」字。

〔雲鬟〕四卷本作「風鬟」。

〔明年〕四卷本作「□□」。

〔曾爲〕四卷本作「還易」。

【箋注】

〔兔園句〕西京雜記卷二：「梁孝王好營宮室苑囿之樂，作曜華之宮，築兔園，園中有百靈山、……鴈池，……其諸宮觀相連延，亘數十里。」謝惠連雪賦：「歲將暮，時既昏，寒風積，愁雲繁。梁王不悦，遊於兔園。……俄而微霰零，密雪下。王乃歌北風於衛詩，詠南山於周雅。」

〔悵遺蹤二句〕柳宗元江雪詩：「千山鳥飛絶，萬徑人蹤滅。孤舟蓑笠翁，獨釣寒江雪。」

〔縞帶句〕韓愈詠雪贈張籍詩：「隨車翻縞帶，逐馬散銀杯。」

〔南枝〕謂梅。白孔六帖：「大庾嶺上梅，南枝落，北枝開。」

〔青山二句〕劉禹錫蘇州白舍人寄新詩有歎早白無兒之句因以贈之：「雪裏高山頭白早，海中仙果子生遲。」

〔玉龍句〕蔡絛西清詩話：「華州狂子張元，天聖間坐累終身，每託興吟詠，如雪詩：『戰退玉龍三百萬，敗鱗殘甲滿空飛。』……怪譎類是。」

〔幽蘭新闋〕宋玉諷賦：「臣嘗行至，主人獨有一女，置臣蘭房之中，臣援琴而鼓之，爲幽蘭白雪之曲。」

〔層冰〕楚辭招魂：「層冰峨峨，飛雪千里。」

〔此君二句〕「此君」指竹。世説新語任誕篇：「王子猷嘗暫寄人空宅住，便令種竹。或問：『暫住何煩爾？』王嘯詠良久，直指竹曰：『何可一日無此君？』」下句蓋謂晚來積雪厚重，壓竹使彎曲也。

【編年】

右詞不知作於何年。南澗卒於淳熙十四年夏，則此詞至晚當作於十三年冬，因附於十三年壽韓詞後。

臨江仙

小靨人憐都惡瘦，曲眉天與長顰。沉思歡事惜腰身。枕添離别淚，粉落却深勻。翠袖盈盈渾力薄，玉笙嫋嫋愁新。夕陽依舊倚窗塵。葉紅苔蘚碧，深院斷無人。

【箋注】

〔惡瘦〕猶云怪瘦或好瘦也。

〔深院句〕李商隱訪人不遇留别館：「閑倚繡簾吹柳絮，日高深院斷無人。」

又

逗曉鶯啼聲昵昵，掩關高樹冥冥。小渠春浪細無聲。井牀聽夜雨，出蘚轆轤青。碧草旋荒金谷路，烏絲重記蘭亭。彊扶殘醉遶雲屏。一枝風露濕，花重入疎櫺。

【箋注】

〔金谷〕晉書石崇傳：「崇有别館在河陽之金谷。」按此處蓋指所居之山園，非實指石崇之金谷園也。

〔烏絲句〕陳櫄負暄野録卷下：「蘭亭序用鼠鬚筆書烏絲欄繭紙。」

〔風露濕、花重〕杜甫春夜喜雨詩：「曉看紅濕處，花重錦官城。」

又

春色饒君白髮了，不妨倚緑偎紅。翠鬟催喚出房櫳。垂肩金縷窄，蘸甲寶杯濃。

睡起鴛鴦飛燕子，門前沙暖泥融。畫樓人把玉西東。舞低花外月，唱徹柳邊風。

【箋注】

〔翠鬟句〕黄庭堅清人怨戲效徐庾慢體：「秋水無言度，荷花趁意紅。主人敬愛客，催喚出房櫳。」此詩首二句寫女子，亦即詞中之「翠鬟」也。

〔蘸甲〕猗覺寮雜記：「酒斟滿，捧觴必蘸指甲。牧之云：『爲君蘸甲十分飲。』」

〔睡起二句〕杜甫絶句：「泥融飛燕子，沙暖睡鴛鴦。」

〔玉西東〕玉東西謂酒杯，以趁韻故，作「玉西東」。

〔舞低二句〕晏幾道鷓鴣天詞：「舞低楊柳樓心月，歌盡桃花扇底風。」

又

金谷無煙宮樹緑，嫩寒生怕春風。博山微透暖薰籠。小樓春色裏，幽夢雨聲中。別浦鯉魚何日到，錦書封恨重重。海棠花下去年逢。也應隨分瘦，忍淚覓殘紅。

【箋注】

〔宫樹緑〕韋應物送王主簿詩：「禁鐘春雨細，宫樹野煙和。」元稹連昌宫詞：「初過寒食一百六，店舍無人宫樹緑。」

〔博山〕指香鑪。西京雜記卷一：「長安巧工丁緩，……作九層博山香鑪，鏤爲奇禽怪獸，窮諸靈異。」

〔别浦二句〕古樂府飲馬長城窟行：「客從遠方來，遺我雙鯉魚。呼童烹鯉魚，中有尺素書。」

〔隨分〕照例或相應之意。

〔覓殘紅〕王建宫詞：「樹頭樹底覓殘紅，一片西飛一片東。」

醜奴兒 醉中有歌此詩以勸酒者，聊櫽括之

晚來雲淡秋光薄，落日晴天。落日晴天，堂上風斜畫燭煙。　從渠去買人間恨，字字都圓。字字都圓，腸斷西風十四絃。

【箋注】

〔十四絃〕陸游劍南詩稿卷十二長歌行：「人歸華表三千歲，春入箜篌十四絃。」稼軒亦有太常引詞「賦十四絃」（見卷四），詞中用「公無渡河」故事，因知十四絃蓋即箜篌。

又

尋常中酒扶頭後，歌舞支持。歌舞支持，誰把新詞喚住伊。　臨岐也有旁人笑，笑已爭知。笑已爭知：明月樓空燕子飛。

【箋注】

〔明月句〕見卷一念奴嬌（野棠花落）「樓空二句」注。

一剪梅　中秋無月

憶對中秋丹桂叢。花在杯中，月在杯中。今宵樓上一尊同。雲濕紗窗，雨濕紗窗。　渾欲乘風問化工。路也難通，信也難通。滿堂惟有燭花紅。杯且從容，歌且從容。

又

記得同燒此夜香，人在回廊，月在回廊。而今獨自睚昏黄，行也思量，坐也思量。

錦字都來三兩行，千斷人腸，萬斷人腸。鴈兒何處是仙鄉？來也恓惶，去也恓惶。

【箋注】

〔錦字句〕晉書列女傳：「竇滔妻蘇氏，名蕙，字若蘭，善屬文。滔苻堅時爲秦州刺史，被徙流沙，蘇氏思之，織錦爲迴文旋圖詩以贈滔，宛轉循環以讀之，詞甚悽惋。」「都來」意即「總共」。

【編年】

右詞八首，作年均難確考。然以廣信書院本次第推知，皆賦閒帶湖時期所作，其時間又不容過晚，因彙録於淳熙十三年遊鵝湖諸作之前。

江神子　和人韻

梅梅柳柳鬬纖穠。亂山中，爲誰容？試着春衫，依舊怯東風。何處踏青人未去？呼女伴，認驕驄。　兒家門户幾重重。記相逢，畫樓東。明日重來，風雨暗殘紅。可惜行雲春不管，裙帶褪，鬢雲鬆。

【校】

〔畫樓〕四卷本甲集作「畫橋」。

【箋注】

〔爲誰容〕變用「女爲悦己者容」句意。

〔兒家句〕唐蔣維翰春女怨：「兒家門户重重閉。」

又　和人韻

膹雲殘日弄陰晴。晚山明，小溪横。枝上綿蠻，休作斷腸聲。但是青山山下路，春到處，總堪行。　當年綵筆賦蕪城。憶平生，若爲情？試把靈槎，歸路問君平。花底夜深寒較甚，須拚却，玉山傾。

【校】

〔春到處〕廣信書院本作「青到處」，兹從四卷本甲集。

〔試把〕四卷本作「試取」。

〔寒較甚〕四卷本作「寒色重」。

【箋注】

〔綿蠻〕詩小雅綿蠻：「緜蠻黄鳥，止於丘隅。」

〔賦蕪城〕鮑照有蕪城賦。文選五臣注云：「宋孝武帝時臨海王子頊鎮荆州，明遠爲其下參軍，隨至廣陵，子頊叛逆。照見廣陵故城荒蕪，乃漢吴王濞所都，濞亦叛逆，爲漢所滅，照以子頊事同於濞，遂感爲此賦以諷之。」

〔試把二句〕博物志：「天河與海通，近世有人居海渚者，年年八月有浮槎去來不失期。人有奇志，立飛閣於槎上，多齎糧，乘槎而去。至一處，有城郭狀，屋舍甚嚴，遥望宫中多織婦，見一丈夫牽牛渚次飲之，此人問此是何處，答曰：『君還至蜀郡問嚴君平則知之。』」

〔玉山傾〕世説新語容止篇：「山公曰：『嵇叔夜之爲人也，巖巖若孤松之獨立；其醉也，傀俄若玉山之將崩。』」劉肅大唐新語卷十：「舊制：京城内，金吾曉暝傳呼以戒行者，馬周獻封章，始置街鼓，俗號鼕鼕，公私便焉。有道人裴翛然，雅有篇詠，善畫，好酒，常戲爲渭川歌，詞曰：『遮莫鼕鼕動，須傾湛湛杯。金吾儻借問，報道玉山頹。』甚爲時人所賞。」

又 和人韻

梨花着雨晚來晴。月朧明，淚縱横。繡閣香濃，深鎖鳳簫聲。未必人知春意思，還獨自，遶花行。　酒兵昨夜壓愁城。　太狂生，轉關情。　寫盡胸中，磈磊未全平。却與平章珠玉價，看醉裏，錦囊傾。

【校】

〔題〕廣信書院本無題，兹從四卷本乙集。

〔月朧〕廣信書院本誤作「月籠」，兹從四卷本等。

【箋注】

〔鳳簫〕見卷一滿江紅（天與文章閿）「算人人句」注。

〔酒兵句〕南史陳暄傳：「酒猶兵也，兵可千日而不用，不可一日而不備；酒可千日而不飲，不可一飲而不醉。」黄庭堅行次巫山宋楙宗遣騎送折花廚醞詩：「攻許愁城終不開，青州從事斬關來。」

〔太狂生〕張泌浣溪沙詞：「依稀聞道太狂生。」「生」字爲語助詞，無義。與「太」字同用，如太憨生、太瘦生等。

〔胸中磈磊〕世説新語任誕篇：「王孝伯問王大：『阮籍何如司馬相如？』王大曰：『阮籍胸中壘塊，故須酒澆之。』」

〔錦囊〕新唐書李賀傳：「每旦日出，騎弱馬，從小奚奴，背古錦囊，遇所得，書投囊中，及暮歸，足成之。」

【編年】

右江神子三首，兩首見四卷本甲集，第三首不見甲集，但用韻與第二首同，其作平均不得晚於淳熙十四年。因彙録於博山道中諸詞之前。

又　博山道中書王氏壁

一川松竹任横斜，有人家，被雲遮。雪後踈梅，時見兩三花。比着桃源溪上路，風景好，不争多。　旗亭有酒徑須賒，晚寒些，怎禁他。醉裏匆匆，歸騎自隨車。白髮蒼顔吾老矣，只此地，是生涯。

【校】

〔不争多〕廣信書院本作「不争些」。

〔晚寒些〕廣信書院本作「晚寒咱」。兹俱從四卷本甲集。

【箋注】

〔博山〕輿地紀勝江南東路信州：「博山在永豐西二十里，古名通元峯，以形似廬山香爐峯，故改今名。」

〔一川〕即「一片」或「滿地」。

〔有人家二句〕杜牧山行詩：「白雲生處有人家。」

〔桃源〕陶淵明桃花源記：「晉太元中，武陵人捕魚爲業，緣溪行，忽逢桃花林，夾岸數百步，中無雜樹，芳草鮮美，落英繽紛。」按：稼軒有送元濟之歸豫章之江神子詞，自注：「桃源乃王氏酒壚，與濟之作別處。」

〔不争多〕即差不多。廣信書院本作「不争些」，即「不差些」意。

〔歸騎句〕韓愈嘲少年詩：「祇知閑信馬，不覺誤隨車。」

醜奴兒　書博山道中壁

煙蕪露麥荒池柳，洗雨烘晴。洗雨烘晴，一樣春風幾樣青。　提壺脱袴催歸去，萬恨千情。萬恨千情，各自無聊各自鳴。

【校】

〔調〕四卷本甲集作「採桑子」。

〔煙蕪〕四卷本作「煙迷」。

〔露麥〕廣信書院本作「露麦」，兹從四卷本。

【箋注】

〔烘晴〕宋璟梅花賦：「愛日烘晴，桂蟾凍夜，又如神人，來自姑射。」

〔提壺、脱袴、催歸〕俱鳥名，以其鳴聲而得名者也。

又 書博山道中壁

少年不識愁滋味，愛上層樓。愛上層樓，爲賦新詞强説愁。　而今識盡愁滋味，欲説還休。欲説還休，却道「天涼好箇秋」！

【校】

〔題〕廣信書院本無，兹從四卷本丙集。

【箋注】

〔少年句〕陳慥無愁可解詞：「光景百年，看便一世，生來不識愁味。」

〔欲説還休〕李清照鳳凰臺上憶吹簫詞：「生怕閒愁暗恨，多少事欲説還休。」

又

此生自斷天休問，獨倚危樓。獨倚危樓，不信人間別有愁。　君來正是眠時節，君且歸休。君且歸休，説與西風一任秋。

【箋注】

〔此生句〕杜甫曲江三章：「自斷此生休問天，杜曲幸有桑麻田。」

〔君來二句〕宋書陶潛傳：「貴賤造之者，有酒輒設，潛若先醉，便語客：『我醉欲眠卿可去。』」

醜奴兒近　博山道中效李易安體

千峯雲起，驟雨一霎兒價。更遠樹斜陽，風景怎生圖畫！青旗賣酒，山那畔別有人家。只消山水光中，無事過這一夏。　午醉醒時，松窗竹户，萬千瀟灑。野鳥飛來，又是一般閑暇。却怪白鷗，覷着人欲下未下。舊盟都在，新來莫是，別有説話？

【校】

〔調〕四卷本甲集脱「近」字。

〔一霎兒〕四卷本作「一霎時」。

〔人家〕四卷本作「人間」。

〔這一夏〕王詔校刊本及六十家詞本作「者一霎」，四印齋本作「者一夏」。

〔又是一般〕自「般」字以下，王詔校刊本及六十家詞本全脱。

【箋注】

〔李易安〕李清照號易安居士，北宋末南宋初人。禮部郎濟南李格非之女，建康帥趙明誠之妻。南渡後不久趙即病故。清照工詩文，尤以詞擅名。其所作詞，善於將尋常習用語言，隨手拈來，度入音律，鍊句精巧，意境清新，卓然爲宋代一大家。所著李易安集十二卷已佚，現僅後人所輯之漱玉詞一卷行世。

〔舊盟〕稼軒於退歸帶湖新居之初，有「盟鷗」之水調歌頭一闋。

清平樂　博山道中即事

柳邊飛鞚，露濕征衣重。宿鷺窺沙孤影動，應有魚蝦入夢。　一川明月疏星，浣紗人影娉婷。笑背行人歸去，門前稚子啼聲。

【校】

〔露濕〕王詔校刊本及四印齋本作「霧濕」。

〔窺沙孤影〕四卷本甲集作「驚窺沙影」。

〔明月〕四卷本作「淡月」。

〔浣紗〕廣信書院本、王詔校刊本及四卷本作「浣沙」。兹從四印齋本。

【箋注】

〔鞚〕馬勒。

又 獨宿博山王氏菴

遶牀飢鼠，蝙蝠翻燈舞。屋上松風吹急雨，破紙窗間自語。　平生塞北江南，歸來華髮蒼顔。布被秋宵夢覺，眼前萬里江山。

【箋注】

〔塞北〕稼軒於南歸前，曾兩隨計吏北抵燕山，見進美芹十論劄子，此當爲稼軒足跡所至最北之地，亦即此處所指之塞北。

鷓鴣天 博山寺作

不向長安路上行，却教山寺厭逢迎。味無味處求吾樂，材不材間過此生。

寧作我，豈其卿。人間走徧却歸耕。一松一竹真朋友，山鳥山花好弟兄。

【箋注】

〔博山寺〕廣豐縣志：「博山寺在邑西南崇善鄉，本名能仁寺，五代時天台韶國師開山，有繡佛羅漢留傳寺中。宋紹興間悟本禪師奉詔開堂，辛稼軒爲記。」嘉靖永豐縣志卷四人物：「辛幼安名棄疾，其先歷城人，後家鉛山，往來於永豐博山寺，舊有辛稼軒讀書堂。」

〔味無味〕老子：「爲無爲，事無事，味無味。」

〔材不材間〕莊子山木篇：「明日弟子問於莊子曰：『昨日山中之木以不材得終其天年，今主人之鴈以不材死，先生將何處？』莊子笑曰：『周將處乎材與不材之間。』」

〔寧作我〕世説新語品藻篇：「桓公少與殷侯齊名，常有競心。桓問殷：『卿何如我？』殷云：『我與我周旋久，寧作我。』」

〔豈其卿〕揚雄法言問神卷第五：「或曰：『君子病没世而無名，盍勢諸名卿，可幾也。』曰：『君子德名爲幾，梁、齊、趙、楚之君，非不富且貴也，惡乎成名？谷口鄭子真不屈其志而耕乎巖石之下，名震於京師。豈其卿，豈其卿。』」

〔人間句〕蘇軾江城子詞：「夢中了了醉中醒，只淵明，是前生。走徧人間，依舊却躬耕。」

〔一松句〕元結丐論：「古人鄉無君子，則與雲山爲友；里無君子，則與松竹爲友；座無君子，則與琴酒爲友。」

〔山鳥句〕杜甫岳麓山道林二寺行：「一重一掩吾肺腑，山鳥山花共友于。」

點絳唇　留博山寺，聞光風主人微恙而歸，時春漲斷橋

隱隱輕雷，雨聲不受春回護。落梅如許，吹盡牆邊去。　春水無情，礙斷溪南路。憑誰訴？寄聲傳語，没箇人知處。

【箋注】

〔光風主人〕未詳。

又

身後虛名，古來不换生前醉。青鞋自喜，不踏長安市。　竹外僧歸，路指霜鐘寺。孤鴻起，丹青手裏，剪破松江水。

【校】

〔虛名〕四卷本丁集作「功名」。

【箋注】

〔身後二句〕見本卷水龍吟（玉皇殿閣微涼閿）「我評二句」注。

〔霜鐘寺〕張繼楓橋夜泊詩：「月落烏啼霜滿天，江楓漁火對愁眠。姑蘇城外寒山寺，夜半鐘聲到客船。」

〔丹青二句〕杜甫題王宰畫山水圖歌：「安得并州快剪刀，剪取吴淞半江水。」

念奴嬌　賦雨巖，效朱希真體

近來何處，有吾愁，何處還知吾樂。一點凄涼千古意，獨倚西風寥廓。並竹尋泉，和雲種樹，唤做真閑客。此心閑處，未應長藉丘壑。　休説往事皆非，而今云是，且把清尊酌。醉裏不知誰是我，非月非雲非鶴。露冷松梢，風高桂子，醉了還醒却。北窗高卧，莫教啼鳥驚著。

【校】

〔題〕四卷本甲集無「效朱希真體」五字。

〔寥廓〕廣信書院本作「寥闊」，兹從四卷本。

〔並竹〕王詔校刊本及四印齋本作「剪竹」。

〔閑客〕廣信書院本作「閒箇」，茲從四卷本。

〔未應〕四卷本作「不應」。

〔露冷松梢〕四卷本作「露冷風高」。

〔風高桂子〕四卷本作「松梢桂子」。

【箋注】

〔雨巖〕澗泉集卷十二有詩題爲「朱卿入雨巖，本約同遊，一詩呈之」。詩云：「雨巖只在博山限，往往能令俗駕回。挈杖失從賢者去，住菴應喜謫仙來。中林卧壑先藏野，盤石鳴泉上有梅。早夕金華鹿田寺，斯遊重省又遐哉。」輿地紀勝江南東路信州：「博山在永豐縣西二十里。……唐德韶禪師建剎其中，寺後有卓錫泉。」

〔朱希真〕宋史文苑傳：「朱敦儒字希真，河南人。……志行高潔，雖爲布衣而有朝野之望。……素工詩及樂府，婉麗清暢。」花菴詞選：「朱希真名敦儒，博物洽聞，東都名士。南渡初以詞章擅名。天資曠遠，有神仙風致。」按：朱希真有樵歌三卷行於世。

〔休説二句〕陶淵明歸去來辭：「實迷途其未遠，覺今是而昨非。」

〔北窗句〕陶淵明與子儼等疏：「常言五六月中，北窗下卧，遇涼風暫至，自謂是羲皇上人。」

水龍吟 題雨巖。巖類今所畫觀音補陀。巖中有泉飛出，如風雨聲

補陀大士虚空，翠巖誰記飛來處？蜂房萬點，似穿如礙，玲瓏窗户。石髓千年，已垂未落，嶙峋冰柱。有怒濤聲遠，落花香在，人疑是，桃源路。　又説春雷鼻息，是卧龍彎環如許。不然應是：洞庭張樂，湘靈來去。我意長松，倒生陰壑，細吟風雨。竟茫茫未曉，只應白髮，是開山祖。

【校】

〔補陀〕王詔校刊本及四印齋本俱作「普陀」。

【箋注】

〔觀音補陀、補陀大士〕觀音即觀世音之略稱，自唐初避李世民諱，故省去「世」字，菩薩名，亦稱觀自在菩薩。法華經：「苦惱從生，一心稱名，菩薩即時觀其音聲，皆得解脱，以是名觀世音。」「補陀」者，華嚴經謂有補陀洛伽山，且謂係善財童子第二十八參觀音菩薩説法處。稼軒此詞題中所稱之「觀音補陀」及首句所稱之「補陀大士」，當均指觀音菩薩而言。稼軒另有賦石中觀音像之玉樓春（琵琶亭畔多芳草闋）一首，其中亦有「補陀大士神通妙」句。蓋南宋學人多誤以補陀大士

爲觀音菩薩之另一稱號也。

〔蜂房三句〕黄庭堅題落星寺詩：「蜂房各自開户牖。」

〔桃源路〕參本卷江神子（一川松竹任横斜闋）「桃源」注。

〔春雷鼻息〕韓愈石鼎聯句詩序：「道士倚牆，鼻息如雷鳴。」元稹八駿圖詩：「鼻息吼春雷，蹄聲裂寒瓦。」

〔洞庭張樂〕莊子天運篇：「北門成問於黄帝曰：『帝張咸池之樂於洞庭之野，吾始聞之懼，復聞之怠，卒聞之而惑。蕩蕩默默，乃不自得。』帝曰：『汝殆其然哉。吾奏之以人，徵之以天，行之以禮義，建之以太清。』」

〔湘靈〕楚辭遠遊：「使湘靈鼓瑟兮，令海若舞馮夷。」

〔開山祖〕釋氏多擇名山，建立寺觀。其始創基業者，謂之開山祖師。後來對於凡首創一宗一派者均以是稱之。

山鬼謠　雨巖有石，狀怪甚，取離騷九歌，名曰山鬼，因賦摸魚兒，改今名

問何年此山來此？西風落日無語。看君似是羲皇上，直作太初名汝。溪上路，

算只有紅塵不到今猶古。一杯誰舉？笑我醉呼君，崔嵬未起，山鳥覆杯去。須記取：昨夜龍湫風雨。門前石浪掀舞。四更山鬼吹燈嘯，驚倒世間兒女。依約處，還問我：清游杖屨公良苦。神交心許。待萬里攜君，鞭笞鸞鳳，誦我遠遊賦。石浪，菴外巨石也，長三十餘丈。

【校】

〔調〕廣信書院本作「摸魚兒」，茲從四卷本甲集。

〔題〕廣信書院本「狀怪甚」作「狀甚怪」，「改今名」作「改名山鬼謠」，茲均從四卷本。

〔注〕「遠遊賦」下注文，四卷本無。

【箋注】

〔四更句〕杜甫移居公安山館詩：「山鬼吹燈滅，廚人語夜闌。」

〔鞭笞句〕見本卷水調歌頭（上界足官府闋）「上界句」注。

〔遠遊賦〕遠遊，楚辭篇名。

生查子 獨遊雨巖

溪邊照影行，天在清溪底。天上有行雲，人在行雲裏。高歌誰和余？空谷清音起。非鬼亦非仙，一曲桃花水。

【校】

〔題〕四卷本乙集無「獨」字。

【箋注】

〔非鬼句〕蘇軾夜泛西湖五絶句：「湖光非鬼亦非仙，風恬浪静光滿川。」

〔桃花水〕水衡記：「黄河二月三月水，名桃花水。」

蝶戀花　月下醉書雨巖石浪

九畹芳菲蘭佩好。空谷無人，自怨蛾眉巧。寶瑟泠泠千古調，朱絲絃斷知音少。

冉冉年華吾自老。水滿汀洲，何處尋芳草？喚起湘纍歌未了。石龍舞罷松風曉。

【校】

〔題〕「雨巖」四卷本甲集誤作「兩巖」。

【箋注】

〔九畹〕離騷：「余既滋蘭之九畹兮，又樹蕙之百畝。」

〔蘭佩〕離騷：「扈江離與辟芷兮，紉秋蘭以爲佩。」

〔空谷〕杜甫佳人詩：「絶代有佳人，幽居在空谷。」

〔自怨句〕離騷：「衆女嫉余之娥眉兮，謡諑謂余以善淫。」

〔朱絃句〕杜甫寄岳州賈司馬六丈巴州嚴八使君兩閣老詩：「朱絲有斷絃。」岳飛小重山詞：「欲將心事付瑶琴，知音少，絃斷有誰聽。」

〔冉冉句〕離騷：「老冉冉其將至兮，恐修名之不立。」

〔湘纍〕揚雄反離騷：「欽弔楚之湘纍。」注：「諸不以罪死曰纍。屈原赴湘死，故曰湘纍。」

又 用前韻，送人行

意態憨生元自好。學畫鴉兒，舊日偏他巧。蜂蝶不禁花引調，西園人去春風少。

春已無情秋又老。誰管閒愁，千里青青草。今夜倩簪黄菊了。斷腸明日霜天曉。

【校】

〔題〕四卷本乙集作「送行人」。

〔明日〕四卷本作「明月」。

【箋注】

〔意態三句〕隋遺録：「煬帝幸江都，洛陽人獻合蔕迎輦花，帝令御車女袁寶兒持之，號曰司花女。時召虞世南草征遼指揮德音勅於帝側，寶兒注視久之，帝謂世南曰：『昔傳飛燕可掌上舞，朕常謂儒生飾於文字，豈人能若是乎？及今得寶兒，方昭前事。然多憨態。今注目於卿，卿才人，可便嘲之。』世南應詔爲絶句曰：『學畫鴉黄半未成，垂肩嚲袖太憨生。緣憨却得君王惜，長把花枝傍輦行。』」蘇軾浣溪沙席上贈楚守田待問小鬟：「學畫鴉兒正妙年。」又，「憨生」之「生」字爲語助詞。

〔不禁〕不耐。

〔千里句〕後漢書五行志：「獻帝踐阼之初，京師童謡曰：『千里草，何青青。十日卜，不得生。』」按：「千里草」爲董，「十日卜」爲卓。疑稼軒此詞，爲送董姓侍者而賦也。

定風波　用藥名招婺源馬荀仲遊雨巖。馬善醫

山路風來草木香。雨餘涼意到胡牀。泉石膏肓吾已甚，多病，隄防風月費篇章。　孤負尋常山簡醉，獨自，故應知子草玄忙。湖海早知身汗漫，誰伴？只甘松竹共淒涼。

【校】

〔題〕四卷本乙集無「婺源」二字。

【箋注】

〔藥名〕詞中嵌有木香、雨餘涼（禹餘糧）、石膏、防風、常山、知（梔）子、海早（藻）、甘松等藥名。

〔馬荀仲〕事歷未詳。

〔泉石句〕新唐書田遊巖傳：「入箕山，居許由祠旁，自號由東鄰。高宗幸嵩山，親至其門，游巖野服出拜，帝謂曰：『先生比佳否？』對曰：『臣所謂泉石膏肓，煙霞痼疾者。』」

〔山簡醉〕世説新語任誕篇：「山季倫爲荆州，時出酣暢，人爲之歌曰：『山公時一醉，徑造高陽池。日暮倒載歸，酩酊無所知。復能乘駿馬，倒著白接䍦。舉手問葛彊，何如并州兒。』高陽池在襄陽，彊是其愛將，并州人也。」季倫，晉山簡字。

〔故應知〕蘇軾張先生詩：「熟視空堂竟不言，故應知我未天全。」

〔身汗漫〕見本卷滿江紅（瘴雨蠻煙闋）「騰汗漫」注。

又 再和前韻，藥名

仄月高寒水石鄉。倚空青碧對禪房。白髮自憐心似鐵，風月，使君子細與平章。平昔生涯筇竹杖，來往，却慚沙鳥笑人忙。便好賸留黄絹句，誰賦，銀鈎小草晚天涼。

【校】

〔題〕廣信書院本無「再和前韻」四字，兹從四卷本乙集。

〔禪房〕四卷本作「禪牀」。

〔使君〕廣信書院本作「史君」，兹從四卷本。

〔平昔〕四卷本作「已判」。

【箋注】

〔藥名〕詞中嵌有寒水石、空青、髮自（法子，即半夏）、憐（蓮）心、使君子、筇（邛）竹、慚沙（蠶砂）、留（硫）黄、小草（即遠志）等藥名。

〔使君句〕王安石和微之藥名勸酒詩：「史君子細看流光。」

〔賸留〕即多留。

〔黄絹句〕世説新語捷悟篇：「魏武嘗過曹娥碑下，楊修從，碑背上見題作『黄絹幼婦，外孫齏臼』八字，魏武謂修曰：『解不？』答曰：『解。』魏武曰：『卿未可言，待我思之。』行三十里，魏武乃曰：『吾已得。』令修别記所知，修曰：『黄絹，色絲也；於字爲絶。幼婦，少女也；於字爲妙。

外孫，女子也；於字爲好。虀臼，受辛也；於字爲辭。所謂絶妙好辭也。』」

〔銀鈎〕見本卷蝶戀花（何物能令公怒喜闋）「銀鈎」注。

【編年】

右起江神子（梅梅柳柳鬭纖穠闋），迄定風波（仄月高寒水石鄉闋），共詞二十一首，當非一時所作，唯其中有數首見於四卷本甲集，則是淳熙十五年（一一八八）以前之作爲多。以其多與博山寺及雨巖有關，姑彙録於此。

滿江紅 遊南巖，和范廓之韻

笑拍洪崖，問「千丈翠巖誰削？」依舊是西風白鳥，北村南郭。似整復斜僧屋亂，欲吞還吐林煙薄。覺人間萬事到秋來，都摇落。　　呼斗酒，同君酌。更小隱，尋幽約。且丁寧休負，北山猿鶴。有鹿從渠求鹿夢，非魚定未知魚樂？正仰看飛鳥却膺人，回頭錯。

【校】

〔范廓之〕廣信書院本作「范先之」，兹從四卷本甲集。

〔白鳥〕四卷本作「白馬」。

【箋注】

〔南巖〕上饒縣志山川志：「南巖一名盧家巖，在縣治西南十里，朱子讀書處。谺然空嵌，可容數百人。巖下朱子祠及僧舍十數楹，不假瓦覆，雖大雨無簷漏聲。有文公祠、大義石、一滴泉、千人室、五級峯、百丈壁、開鑑塘、濯纓井八景。歷代名人多題詠焉。」明龔斆次韻吳自修遊南巖詩：「溪南十里南巖寺，老柏經年泣象龍。林屋山光春皎皎，石闌雲影午重重。勝遊佳客身親到，惠寄新詩手自封。南渡老臣遺墨在，想因忠憤久填胸。」

〔范廓之〕廣信書院本「廓之」均作「先之」，蓋爲避宋寧宗之嫌名而改者。按：廓之當即編次稼軒詞甲集之范開，爲范祖禹後裔。參年譜淳熙九年記事。

〔笑拍洪崖〕神仙傳：「衛叔卿歸華山，漢武帝令叔卿子度求之，見其父與數人博，度問曰：『向與博者爲誰？』叔卿曰：『是洪崖先生、王子晉、薛容也。』」郭璞遊仙詩：「左挹浮丘袖，右拍洪崖肩。」

〔似整復斜〕杜牧臺城曲：「整整復斜斜，隋旃簇晚沙。」

〔覺人間二句〕楚辭九辯：「悲哉秋之爲氣也，蕭瑟兮草木摇落而變衰。」

〔小隱〕王康琚反招隱詩：「小隱隱陵藪，大隱隱朝市。」

〔北山猿鶴〕見卷一沁園春（三徑初成闋）「鶴怨句」注。

〔有鹿句〕見本卷水調歌頭（千古老蟾口闋）「蕉鹿夢」注。

〔非魚句〕莊子秋水篇：「莊子與惠子遊於濠梁之上，莊子曰：『儵魚出遊從容，是魚之樂也。』惠子曰：『子非魚，安知魚之樂！』莊子曰：『子非我，安知我不知魚之樂？』」

〔正仰看二句〕杜甫漫成之二：「江皐已仲春，花下復清晨。仰面貪看鳥，回頭錯應人。」

又 和廓之雪

天上飛瓊，畢竟向人間情薄。還又跨玉龍歸去，萬花摇落。雲破林梢添遠岫，月臨屋角分層閣。記少年駿馬走韓盧，掀東郭。　吟凍鴈，嘲飢鵲。人已老，歡猶昨。對瓊瑶滿地，與君酬酢。最愛霏霏迷遠近，却收擾擾還寥廓。待羔兒酒罷又烹茶，揚州鶴。

【校】

〔題〕廣信書院本作「和范先之雪」，兹從四卷本甲集。

〔月臨〕廣信書院本作「月明」，兹從四卷本。

〔寥廓〕廣信書院本作「空闊」，蓋因避宋寧宗嫌名而改，兹從四卷本。

【箋注】

〔飛瓊〕漢武内傳：「王母乃命侍女許飛瓊鼓震靈之簧。」按：此處之飛瓊，蓋亦兼指降雪事。

〔玉龍〕見本卷念奴嬌（兔園舊賞闋）「玉龍句」注。

〔韓盧、東郭〕戰國策齊策三：「韓子盧者，天下之疾犬也；東郭逡者，海内之狡兔也。韓子盧逐東郭逡，環山者三，騰山者五，兔極於前，犬廢於後，犬兔俱罷，各死其處。田父見之，無勞勌之苦而擅其功。」

〔瓊瑶〕韓愈酬王二十舍人雪中見寄詩：「今朝踏作瓊瑶跡。」

〔羔兒酒〕本草綱目載宋宣和年化成殿羊羔酒真方，用糯米肥羊肉等與麴同釀，十日熟。餘見本卷鷓鴣天（莫上扁舟訪剡溪闋）「淺斟句」注。

〔揚州鶴〕殷芸小説：「有客相從，各言所志：或願爲揚州刺史，或願多貲財，或願騎鶴上昇，其一人曰：『腰纏十萬貫，騎鶴上揚州，欲兼三者。』」蘇軾於潛僧緑筠軒詩：「若對此君仍大嚼，世間那有揚州鶴。」

念奴嬌　賦白牡丹，和范廓之韻

對花何似？似吴宫初教，翠圍紅陣。欲笑還愁羞不語，惟有傾城嬌韻。翠蓋風流，牙籤名字，舊賞那堪省。天香染露，曉來衣潤誰整？　最愛弄玉團酥，就中一朵，曾入揚州詠。華屋金盤人未醒，燕子飛來春盡。最憶當年，沉香亭北，無限春風恨。醉中休問，夜深花睡香冷。

【校】

〔題〕「范廓之」廣信書院本作「范先之」，兹從四卷本甲集。

【箋注】

〔似吴宫二句〕史記孫子列傳：「孫子武者，齊人也。以兵法見於吴王闔廬，……闔廬曰：『可試以婦人乎？』曰：『可。』於是許之。出宫中美女，得百八十人，孫子分爲二隊，以王之寵姬二人各爲隊長，皆令持戟。……婦人左右前後跪起，皆中規矩繩墨，無敢出聲。」

〔天香二句〕唐李正封牡丹詩：「國色朝酣酒，天香夜染衣。」

〔弄玉團酥〕玉、酥當均形容白色，弄玉、團酥當均爲形容白牡丹之色澤。

〔一朵、揚州詠〕雲谿友議卷中辭雍氏條：「崔涯者吴楚之狂生也，與張祜齊名。每題一詩於倡肆，無不誦之於衢路。譽之則車馬繼來，毁之則杯盤失錯。……又嘲李端端：『黄昏不語不知行，鼻似煙囱耳似鐺。……』端端得此詩，憂心如病。使院飲迴，遥見二子，再拜兢灼，伏望哀之。又重贈一絶句粉飾之，於是大賈居豪競臻其户。贈詩曰：『覓得黄騮被綉鞍，善和坊裏取端端。揚州近日渾成詫，一朵能行白牡丹。』」

〔華屋金盤〕蘇軾詠定惠院東土山海棠詩：「自然富貴出天姿，不待金盤薦華屋。」

〔沉香亭二句〕松窗雜録：「開元中，禁中初重木芍藥，即今牡丹也。得四本：紅、紫、淺紅、通白者，上因移植於興慶池東沉香亭前。會花方繁開，上乘月夜，召太真妃，以步輦從。……命李龜年持金花箋宣賜翰林學士李白，進清平調詞三章。」清平調三首有云：「解釋春風無限恨，沉香亭北倚闌干。」

〔夜深花睡〕蘇軾海棠詩：「只恐夜深花睡去，高燒銀燭照紅粧。」

烏夜啼　山行，約范廓之不至

江頭醉倒山公。月明中。記得昨宵歸路笑兒童。　溪欲轉，山已斷，兩三松。一段可憐風月欠詩翁。

【校】

〔題〕「范廓之」廣信書院本作「范先之」，兹從四卷本甲集。

【箋注】

〔江頭句〕見本卷定風波（山路風來草木香闋）「山簡醉」注。

又　廓之見和，復用前韻

人言我不如公。酒杯中。更把平生湖海問兒童。　千尺蔓，雲葉亂，繫長松。

却笑一身纏繞似衰翁。

【校】

〔題〕廣信書院本「廓之」作「先之」，「用前韻」作「用韻」，兹從四卷本甲集。

〔酒杯中〕四卷本作「酒頻中」。

〔問〕廣信書院本誤作「間」，兹從四卷本等。

【箋注】

〔人言句〕世説新語方正篇：「王述轉尚書令，事行便拜。文度曰：『故應讓杜許。』藍田云：『汝謂我堪此不？』文度曰：『何爲不堪？但克讓自是美事，恐不可闕。』藍田慨然曰：『既云堪，何爲復讓！人言汝勝我，定不如我。』」

〔平生湖海〕用「陳元龍湖海之士，豪氣不除」語，見卷一水龍吟（楚天千里清秋闋）「求田三句」注。

定風波 大醉歸自葛園，家人有痛飲之戒，故書於壁

昨夜山公倒載歸，兒童應笑醉如泥。試與扶頭渾未醒，休問，夢魂猶在葛家溪。　欲覓醉鄉今古路，知處：温柔東畔白雲西。起向緑窗高處看，題徧；

劉伶元自有賢妻。

【校】

〔題〕四卷本乙集作「大醉自諸葛溪亭歸，窗間有題字令戒飲者，醉中戲作」。

〔山公〕廣信書院本作「山翁」，兹從四卷本。

〔欲覓句〕四卷本作「千古醉鄉來往路。」

【箋注】

〔葛園、葛家溪〕太平寰宇記江南西道信州：「葛溪水出上饒縣靈山，過當縣李誠鄉，在〔弋陽〕縣西二里。昔歐冶子居其側，以此水淬劍，又有葛仙冢焉，因曰葛水。」葛園不詳。

〔昨夜二句〕李白襄陽歌：「襄陽小兒齊拍手，攔街争唱白銅鞮。傍人借問笑何事，笑殺山公醉如泥。」餘見本卷定風波（山路風來草木香闋）「山簡醉」注。

〔醉鄉〕唐王績有醉鄉記。

〔温柔句〕飛燕外傳：「后德嫕計，是夜進合德，帝大悦，以輔屬體，無所不靡，謂爲温柔鄉。謂嫕曰：『吾老是鄉矣，不能效武皇帝求白雲鄉也。』」

〔劉伶句〕世説新語任誕篇：「劉伶病酒，渴甚，從婦求酒，婦捐酒毁器，涕泣諫曰：『君飲太過，非攝生之道，必宜斷之。』伶曰：『甚善。我不能自禁，唯當祝鬼神，自誓斷之耳，便可具酒肉。』婦曰：『敬聞命。』……伶跪而祝曰：『天生劉伶，以酒爲名。一飲一斛，五斗解酲。婦人之言，慎不可聽。』」

鷓鴣天　送廓之秋試

白苧新袍入嫩涼，春蠶食葉響迴廊。禹門已準桃花浪，月殿先收桂子香。鵬北海，鳳朝陽，又擕書劍路茫茫。明年此日青雲上，却笑人間舉子忙。

【校】

〔題〕廣信書院本「廓之」作「范先之」，茲從四卷本乙集。

〔白苧〕四卷本作「白紵」。

〔新袍〕廣信書院本作「千袍」，茲從四卷本。

〔青雲上〕四卷本作「青雲去」。

【箋注】

〔白苧新袍〕王直方詩話：「梅聖俞在禮部考校時和歐公春雪詩云：『有夢皆蝴蝶，逢袍只紵麻。』」按：宋代舉子均著紵麻袍。

〔春蠶句〕歐陽修禮部貢院閱進士就試詩：「無譁戰士銜枚勇，下筆春蠶食葉聲。」

〔禹門句〕龍門爲禹治洪水時所鑿，故亦稱禹門。三秦記：「河津一名龍門，桃花浪起，江海魚集龍門下，躍而上之，躍過者化龍，否則點額暴腮。」

〔月殿句〕宋制，各州郡漕試解試均於八月舉行，正桂子飄香時節。

〔鵬北海〕莊子逍遥遊：「北冥有魚，其名爲鯤，……化而爲鳥，其名爲鵬。」注：「北冥一作北溟，北海也。」

〔鳳朝陽〕詩大雅卷阿：「鳳凰鳴矣，于彼高岡；梧桐生矣，于彼朝陽。」

〔又攜書劍〕許渾留别裴秀才詩：「更攜書劍客天涯。」

〔青雲上〕史記范雎傳：「須賈頓首言死罪，曰：『賈不意君能自致於青雲之上。』」

〔舉子忙〕南部新書乙：「長安舉子自六月已後落第者不出京，謂之過夏。……七月後投獻新課，並於諸州府拔解，人爲語曰：『槐花黄，舉子忙。』」

又　鵝湖寺道中

一榻清風殿影涼，涓涓流水響回廊。千章雲木鉤輈叫，十里溪風穲稏香。衝急雨，趁斜陽，山園細路轉微茫。倦途却被行人笑：只爲林泉有底忙！

【校】

〔題〕廣信書院本無「寺」字，兹從四卷本甲集。

〔響〕四卷本作「嚮」。

【箋注】

〔鵝湖寺〕鉛山縣志：「鵝湖山在縣東北，周迴四十餘里。其影入於縣南西湖。諸峯聯絡，若獅象犀猊，最高者峯頂三峯挺秀。鄱陽記云：『山上有湖多生荷，故名荷湖。』東晉人龔氏居山蓄鵝，其雙鵝育子數百，羽翮成乃去，更名鵝湖。唐大曆中大義智孚禪師植錫山中，雙鵝復還。山麓有仁壽院，禪師所建，今名鵝湖寺。」喻良能香山集鵝湖寺詩：「長松夾道摇蒼煙，十里絶如靈隱前。不見素鵝青嶂裏，空餘碧水白雲邊。氛埃斗脱三千界，瀟灑疑通十九泉。五月人間正炎熱，清涼一覺北窗眠。」按：此詩與本詞所述鵝湖寺風物可相印證，故備録之。

〔一榻清風〕蘇軾佛日山榮長老方丈五絶：「食罷茶甌未要深，清風一榻抵千金。」

〔千章句〕歐陽修歸田録卷二：「處士林逋，居於杭州西湖之孤山。逋工筆畫，善爲詩。如『草泥行郭索，雲木叫鉤輈』，頗爲士大夫所稱。」（按和靖集中不見此二句。）遯齋閑覽：「鉤輈格磔，謂鷓鴣聲也。」本草：「鷓鴣生江南，形似母鷄，鳴云鉤輈格磔。」

〔穲稏〕杜牧郡齋獨酌詩：「穲稏稻名百頃稻，西風吹半黄。」

〔有底忙〕蘇軾大風留金山兩日詩：「細思城市有底忙，却笑蛟龍爲誰怒。」「底」爲如許意。

【編年】

淳熙十三年丙午（一一八六）。——右同韻鷓鴣天二首，次閿既收入甲集，知均作於淳熙十五年前。查宋代科舉，例以子午卯酉爲解試年分，辰戌丑未爲省試年分，據知此二詞非淳熙十年癸卯所作，定即十三年丙午之作。范廓之於九年方來從遊，距十年解試之期過近，其與試當在次舉，因推定二詞之作年如右。其餘凡與范氏有關並收入甲集之作，均彙録於此二首之前。定風波起二句，與前首烏夜啼起二句語意全同，當亦此時期之作，故併録之。

又　遊鵝湖，醉書酒家壁

春入平原薺菜花，新耕雨後落羣鴉。多情白髮春無奈，晚日青帘酒易賒。閒意態，細生涯，牛欄西畔有桑麻。青裙縞袂誰家女，去趁蠶生看外家。

【校】

〔題〕廣信書院本作「春日即事題毛村酒壚」，兹從四卷本乙集。花菴詞選作「春日即事」。

〔春入〕廣信書院本作「春日」，兹從四卷本及花菴詞選。

【箋注】

〔青裙句〕蘇軾於潛女詩：「青裙縞袂於潛女，兩足如霜不穿屨。」

又 鵝湖歸，病起作

翠木千尋上薜蘿，東湖經雨又增波。只因買得青山好，却恨歸來白髮多。明畫燭，洗金荷，主人起舞客齊歌。醉中只恨歡娱少，無奈明朝酒醒何！

【校】

〔題〕廣信書院本無題，兹從四卷本甲集。

〔翠木〕四卷本作「翠竹」。

〔無奈句〕四卷本作「明日醒時奈病何。」

【箋注】

〔東湖〕豫章有東湖，已見「離豫章别司馬漢章」之鷓鴣天箋注。此詞題爲「鵝湖歸，病起作」，與豫章全不相涉，似不應再道及該處風物，則此東湖當即指帶湖而言。

又 鵝湖歸，病起作

枕簟溪堂冷欲秋，斷雲依水晚來收。紅蓮相倚渾如醉，白鳥無言定自愁。

書咄咄，且休休，一丘一壑也風流。不知筋力衰多少，但覺新來嬾上樓。

【校】

〔題〕花菴詞選題作「秋意」。

〔如醉〕花菴詞選作「如怨」。

【箋注】

〔書咄咄二句〕世説新語黜免篇：「殷中軍（浩）被廢，在信安，終日恒書空作字。揚州吏民尋義逐之，竊視，唯作『咄咄怪事』四字而已。」新唐書卓行傳：「司空圖字表聖。……本居中條山王官谷，有先人田，遂隱不出。作亭觀素室，……名亭曰休休，作文以見志，曰：『休，美也。既休而美具。故量才，一宜休，揣分，二宜休，耄而瞶，三宜休。又，少也墮，長也率，老也迂，三者非濟時用，則又宜休。』因自目爲耐辱居士，其言詭激不常，以免當時禍災云。」又，舊唐書司空圖傳引圖所作耐辱居士歌曰：「咄咄！休休休！莫莫莫！伎倆雖多性情惡，賴是長教閑處着。」

〔一丘句〕世説新語品藻篇：「明帝問謝鯤：『君自謂何如庾亮？』答曰：『端委廟堂，使百僚準則，臣不如亮；一丘一壑，自謂過之。』」又巧藝篇：「顧長康畫謝幼輿在巖石裏，人問其所以，顧曰：『謝云一丘一壑自謂過之，此子宜置丘壑中。』」

〔不知二句〕劉禹錫秋日書懷寄白賓客詩：「興情逢酒在，筋力上樓知。」俞文豹吹劍録：「古今詩人，間見層出，極有佳句，無人收拾，盡成遺珠。……陳秋塘詩：『不知筋力衰多少，但覺新來嬾上樓。』……」今按：陳秋塘名善，字敬甫，號秋塘，里籍不詳。張端義貴耳集卷上，謂秋塘著有「雪篷夜話三卷，淳熙間一豪士。……上李季章（按即李壁）啓云：『父子太史公，提千古文章之印……』，送輔漢卿（按即朱熹門人輔廣）過考亭詩云：『聞説平生輔漢卿，武夷山下啜殘羹。』」據知秋塘雖淳熙間已以豪士知名，而行輩則稍晚於稼軒。（另有著捫蝨新話之陳善，字子兼，福州羅源人，卒於乾道年間，與秋塘非同一人。四庫捫蝨新話提要誤二陳善爲一人。）俞氏所記，僅摘録其二句而未録全詩，秋塘詩集又不傳，其何以與稼軒詞句全同，頗不可解。但稼軒此詞見稼軒詞甲集，淳熙末已刊佈，斷無鈔襲陳詩之理。意者俞文豹先讀稼軒此詞，其後誤記爲陳氏詩句，隨手札記，未檢原文，故遂不免張冠李戴也。況周頤蕙風詞話云：「按此二句乃稼軒詞鷓鴣天歇拍。稼軒倚聲大家，行輩在秋塘稍前，何至取材秋塘詩句。秋塘平昔以才氣自豪，亦豈肯沿襲近人所作。或者俞文豹氏誤記辛詞爲陳詩耶？此二句入詞則佳，入詩便稍覺未合。詩與詞體格不同處，其消息即此可參。」

又　鵝湖歸，病起作

着意尋春嬾便回，何如信步兩三杯？山纔好處行還倦，詩未成時雨早去聲催。　攜竹杖，更芒鞋，朱朱粉粉野蒿開。誰家寒食歸寧女，笑語柔桑陌上來。

【校】

〔題〕花菴詞選題作「春行即事」，廣信書院本無題，兹從四卷本乙集。

【箋注】

〔詩未成句〕杜甫丈八溝納涼詩：「片雲頭上黑，應是雨催詩。」

〔竹杖、芒鞋〕蘇軾定風波詞：「竹杖芒鞋輕勝馬。」

【編年】

右鷓鴣天四首，見於甲集者二，題中均涉及鵝湖寺，後三首且均爲「鵝湖歸病起」之作，故彙附於此。

滿江紅　病中俞山甫教授訪别，病起寄之

曲几團蒲，記方丈君來問疾。更夜雨匆匆别去，一杯南北。「萬事莫侵閑鬢髮，百年正要佳眠食。」最難忘此語重殷勤，千金直。　西崦路，東巖石。攜手處，今塵跡。望重來猶有，舊盟如日。莫信蓬萊風浪隔，垂天自有扶摇力。對梅花，一夜苦相思，無消息。

【校】

〔團蒲〕四卷本甲集作「蒲團」。

〔記方丈〕四卷本作「方丈裏」。

〔塵跡〕四卷本作「陳跡」。

【箋注】

〔俞山甫〕未詳。

〔曲几句〕黄庭堅以小龍團得半挺贈無咎並詩：「曲几團蒲聽煮湯。」

〔記方丈句〕白居易齋戒滿夜戲招夢得詩：「方丈若能來問疾，不妨兼有散花天。」

〔萬事二句〕當爲俞氏訪别時相勸之語。

〔舊盟句〕詩王風大車：「謂予不信，有如皦日。」

〔莫信句〕史記封禪書：「自威宣燕昭使人入海求蓬萊、方丈、瀛洲，……未至，望之如雲，及到，三神山反居水下，臨之，風輒引去，終莫能至云。」

〔垂天句〕莊子逍遥遊：「鵬之背不知其幾千里也，怒而飛，其翼若垂天之雲。……水擊三千里，摶扶摇而上者九萬里。」

〔對梅花二句〕盧仝有所思詩：「相思一夜梅花發，忽到窗前疑是君。」

【編年】

右詞見四卷本甲集，作年亦難的知，以題中謂爲病後所作，姑附次「鵝湖歸，病起作」諸詞之後。

鷓鴣天　重九席上作

戲馬臺前秋鴈飛，管絃歌舞更旌旗。要知黄菊清高處，不入當年二謝詩。傾白酒，遶東籬，只於陶令有心期。明朝九日渾瀟灑，莫使尊前欠一枝。

【校】

〔題〕廣信書院本無「作」字，兹從四卷本丁集。

〔九日〕四卷本作「重九」。

【箋注】

〔戲馬臺〕山川古今記：「彭城西南有項羽戲馬臺，宋武帝嘗九日登之。」

〔黄菊二句〕謂二謝不詠菊花。二謝即謝靈運、謝朓。

又　重九席上再賦

有甚閒愁可皺眉？老懷無緒自傷悲。百年旋逐花陰轉，萬事長看鬢髮知。

溪上枕，竹間棋，怕尋酒伴嬾吟詩。十分筋力誇强健，只比年時病起時。

【校】

〔題〕廣信書院本無，兹從四卷本乙集。

【箋注】

〔旋〕漸漸。

〔溪上枕〕世説新語排調篇：「孫子荆年少時欲隱，語王武子當枕石漱流，誤曰漱石枕流。王曰：『流可枕，石可漱乎？』孫曰：『所以枕流，欲洗其耳；所以漱石，欲礪其齒。』」

〔竹間棋〕李商隱即日詩：「小鼎煎茶面曲池，白鬚道士竹間棋。」

〔年時〕指「去年」或「前年」。

又 敗棋，罰賦梅雨

漠漠輕陰撥不開，江南細雨熟黄梅。有情無意東邊日，已怒重驚忽地雷。雲柱礎，水樓臺，羅衣費盡博山灰。當時一識和羹味，便道爲霖消息來。

【校】

〔題〕四卷本乙集無「罰」字。

〔輕陰〕汲古閣影抄四卷本原作「輕陰」，後用粉塗去「陰」字，未補。

【箋注】

〔漠漠句〕韓愈同水部張員外曲江春遊詩：「漠漠輕陰晚自開，青天白日映樓臺。」蘇軾有美堂暴雨詩：「遊人脚底一聲雷，滿座頑雲撥不開。」

〔江南句〕杜甫梅雨詩：「四月熟黄梅，冥冥細雨來。」蘇軾贈嶺上梅詩：「不趁青梅嘗煮酒，要看細雨熟黄梅。」

〔有情句〕劉禹錫竹枝詞：「楊柳青青江水平，聞郎江上唱歌聲。東邊日出西邊雨，道是無晴（情）却有晴（情）。」

〔雲柱礎〕陸佃埤雅：「江湘二浙，梅欲黄時，柱礎皆汗，鬱蒸成雨。」

〔博山灰〕考古圖：「香爐象海中博山，下盤貯湯，使潤氣蒸香。」周邦彦滿庭芳夏日溧水無想山作：「衣潤費爐煙。」

〔和羹二句〕和羹，切梅字；爲霖，切雨字。尚書説命上：「若歲大旱，用汝作霖雨。」説命下：「若作和羹，爾惟鹽梅。」

又　元溪不見梅

千丈冰溪百步雷，柴門都向水邊開。亂雲賸帶炊煙去，野水閒將日影來。

穿窈窕，過崔嵬，東林試問幾時栽。動摇意態雖多竹，點綴風流却欠梅。

【校】

〔冰溪〕四卷本乙集作「清溪」。

〔過〕四卷本作「歷」。

〔欠〕四卷本作「少」。

【箋注】

〔元溪〕未詳。

〔穿窈窕二句〕陶潛歸去來兮辭：「即窈窕以尋壑，亦崎嶇而經丘。」

〔東林句〕見本卷水調歌頭（帶湖吾甚愛閟）「東岸二句」注。

又　戲題村舍

鷄鴨成羣晚未收，桑麻長過屋山頭。有何不可吾方羨，要底都無飽便休。

新柳樹，舊沙洲，去年溪打那邊流。自言此地生兒女，不嫁余家即聘周。

【校】

〔未收〕四卷本丙集作「不收」。

〔余家〕四卷本作「金家」。

【箋注】

〔桑麻句〕陶潛歸園田居詩：「桑麻日已長。」韓愈寄盧仝詩：「每騎屋山下窺闞。」

〔飽便休〕黄庭堅四休居士詩序引孫昉詩：「粗羹淡飯飽即休。」

清平樂　村居

茅簷低小，溪上青青草。醉裏吴音相媚好，白髮誰家翁媪？　大兒鋤豆溪東。中兒正織鷄籠。最喜小兒亡賴，溪頭卧剥蓮蓬。

【校】

〔題〕廣信書院本及四卷本甲集均無題，兹從花菴詞選。

〔吴音〕四卷本作「蠻音」。

〔中兒〕花菴詞選作「中男」。

〔卧剥〕廣信書院本作「看剥」，兹從四卷本及花菴詞選。

【箋注】

〔茅簷句〕杜甫絶句漫興：「熟知茅齋絶低小，江上燕子故來頻。」

〔亡賴〕漢書高帝紀：「始大人常以臣亡賴，不能治產業。」注云：「江淮之間，謂小兒多詐狡獪爲亡賴。」按：此處之亡賴應作「頑皮」解。

又 檢校山園，書所見

連雲松竹，萬事從今足。拄杖東家分社肉，白酒牀頭初熟。西風梨棗山園，兒童偷把長竿。莫遣旁人驚去，老夫静處閑看。

【箋注】

〔山園〕稼軒之帶湖居第，乃建於信州附郭靈山門外者，洪邁稼軒記有「東岡西阜，北墅南麓」等語，稼軒因亦自稱山園。

〔牀〕指「糟牀」，爲榨酒工具。

又 檢校山園，書所見

斷崖脩竹，竹裏藏冰玉。路轉清溪三百曲，香滿黄昏雪屋。行人繫馬疎籬，折殘猶有高枝。留得東風數點，只緣嬌懶春遲。

【校】

〔題〕廣信書院本無，兹據四卷本甲集。

〔脩竹〕廣信書院本作「松竹」，兹從四卷本。

〔路轉〕四卷本作「路繞」。

〔嬌嬾〕廣信書院本作「嬌嫩」，兹從四卷本。

【箋注】

〔路轉句〕蘇軾梅花二首：「幸有清溪三百曲，不辭相送到黄州。」

【編年】

右鷓鴣天五首，清平樂三首，皆書村居生活及所見，其各在何年均難考見，詳其語意，當作於寓居帶湖最初之三數年内。

滿江紅　送信守鄭舜舉被召

湖海平生，算不負蒼髯如戟。聞道是君王着意，太平長策。此老自當兵十萬，長安正在天西北。便鳳凰飛詔下天來，催歸急。　車馬路，兒童泣。風雨暗，旌旗濕。看野梅官柳，東風消息。莫向蔗菴追語笑，只今松竹無顔色。問人間誰管別離愁，杯中物。

【校】

〔題〕四卷本甲集作「送鄭舜舉郎中赴召」。花菴詞選作「送鄭舜舉赴召」。

〔東風〕花菴詞選作「春風」。

〔語笑〕花菴詞選及王詔校刊本作「笑語」。

【箋注】

〔鄭舜舉被召〕宋會要輯稿職官一〇之三九：「（淳熙）十四年三月十五日，吏刑部言令大理寺結絶公案批報，以革留滯之弊。以考功員外郎鄭汝諧申請……從之。」據知鄭氏被召至臨安之後即改官吏部之考功員外郎也。

〔蒼髯如戟〕南史褚彦回傳：「公主謂曰：『君鬚髯如戟，何無丈夫意。』」李白司馬將軍歌：「紫髯如戟冠崔嵬。」

〔此老句〕五朝名臣言行録卷七注引名臣傳：「仲淹領延安，閱兵選將，日夕訓練，……夏人聞之，相戒曰：『無以延州爲意，今小范老子腹中自有數萬兵甲，不比大范老子可欺也。』」大范指范雍，小范指范仲淹。

〔鳳凰飛詔〕見卷一滿庭芳（柳外尋春闋）「鳳凰獨遶天池」注。

〔旌旗濕〕杜甫對雨詩：「不愁巴道路，恐濕漢旌旗。」

〔野梅官柳〕杜甫西郊詩：「市橋官柳細，江路野梅香。」

〔杯中物〕陶潛責子詩：「且進杯中物。」

【編年】

淳熙十三年（一一八六）冬。——南澗甲乙稿有「鄭舜舉别席侑觴」之菩薩蠻一首，起句云：「詔書昨夜先春到，留公一共梅花笑。」與此詞中「野梅官柳，東風消息」句意正相合。鄭氏於淳熙十二年始守信州，韓南澗卒於淳熙十四年夏，因知鄭氏之被召必爲十三年冬季事。

洞仙歌　紅梅

冰姿玉骨，自是清涼〔態〕。此度濃粧爲誰改。向竹籬茅舍，幾誤佳期，招伊怪，滿臉顔紅微帶。　壽陽粧鑑裏，應是承恩，纖手重匀異香在。怕等閑春未到，雪裏先開，風流嘫，説與羣芳不解。更總做北人未識伊，據品調難作，杏花看待。

【校】

〔態〕字原闕，臆補。

【箋注】

〔冰姿二句〕蘇軾洞仙歌：「冰肌玉骨，自清涼無汗。」

〔壽陽句〕太平御覽時序部引雜五行書：「宋武帝女壽陽公主，人日卧於含章殿簷下，梅花落公主額上，成五出花，拂之不去。皇后留之，看得幾時，經三日洗之，乃落。宮女奇其異，競效之。今梅花粧是也。」

〔噉〕甚也。

〔更總做三句〕西清詩話：「紅梅清豔兩絶，昔獨盛於姑蘇，晏元獻始移植西岡第中，特稱賞之。……公嘗與客飲花下，賦詩曰：『若更遲開三二月，北人應作杏花看。』客曰：『公詩固佳，待北俗何淺也。』公笑曰：『顧傖父安得不然。』一坐絶倒。」苕溪漁隱叢話：「王介甫紅梅詩云：『春半花纔發，多應不奈寒。北人初未識，渾作杏花看。』與元獻之詩暗合。」范成大范村梅譜：「紅梅，粉紅色，標格猶是梅，而繁密則如杏，香亦類杏，詩人有『北人初未識，渾作杏花看』之句。」總做，意即縱使。

又 訪泉於奇師村，得周氏泉，爲賦

飛流萬壑，共千巖爭秀。孤負平生弄泉手。歎輕衫短帽，幾許紅塵；還自喜：濯髮滄浪依舊。　人生行樂耳，身後虚名，何似生前一杯酒。便此地結吾廬，待學淵明，更手種門前五柳。且歸去父老約重來；問如此青山，定重來否？

【校】

〔題〕「奇師村」廣信書院本作「期思」，蓋後來所追改，兹從四卷本甲集。

【箋注】

〔奇師村〕在鉛山縣，後由稼軒更名期思，詳後沁園春（有美人兮闋）題語。

〔飛流二句〕世説新語言語篇：「顧長康從會稽還，人問山川之美，顧云：『千巖競秀，萬壑争流，草木蒙籠其上，若雲興霞蔚。』」

〔弄泉手〕蘇軾别雩泉詩：「還將弄泉手，遮日向西秦。」

〔濯髪句〕見本卷六幺令（倒冠一笑闋）「手把二句」注。

〔人生句〕見卷一水調歌頭（折盡武昌柳闋）「富貴句」注。

〔身後二句〕見本卷水龍吟（玉皇殿閣微涼闋）「我評二句」注。

〔待學二句〕陶潛五柳先生傳：「宅邊有五柳樹，因以爲號焉。」

〔定〕究竟。

【編年】

淳熙十二三年（一一八五或一一八六）。——右詞作年無可考。題中奇師村即期思村，周氏泉即後來經稼軒更名爲「瓢泉」者。稼軒「題瓢泉」之水龍吟，作於陳德明謫居上饒之時。據稼軒與陳氏唱和諸詞推考，陳氏之離上饒至晚當在淳熙十四年，此詞作於發見瓢泉之初，且在尚未更名爲瓢泉之時，則至晚當在淳熙十二三年頃也。

水龍吟

盤園任帥子嚴，挂冠得請，取執政書中語，以「高風」名其堂，來索詞，爲賦水龍吟。薌林，侍郎向公告老所居，高宗皇帝御書所賜名也，與盤園相並云

斷崖千丈孤松，挂冠更在松高處。平生袖手，故應休矣，功名良苦。笑指兒曹：「人間醉夢，莫嗔驚汝。」問黄金餘幾，旁人欲説，田園計，君推去。　歎息薌林舊隱，對先生竹窗松户。一花一草，一觴一詠，風流杖屨。野馬塵埃，扶摇下視，蒼然如許。恨當年九老，圖中忘却，畫盤園路。

【校】

〔題〕廣信書院本作「盤園任子嚴安撫挂冠得請，客以高風名其堂，書來索詞，爲賦」。兹從四卷本乙集。

【箋注】

〔盤園至相並〕范成大驂鸞録：「（乾道癸巳閏正月十二日宿臨江軍。）十四日……遊薌林及

盤園。薌林，故户部侍郎向公伯恭所作，本負郭平地，舊亦人家阡隴，故多古木修篁。……盤園者，前湖南倅任詔子嚴所居，去薌林里許。其始，酒家之後有古梅，盤結如蓋，可覆一畝，枝四垂，以木架之，如坐大酴醾下。子嚴以爲天下尤物，買得之。時薌林尚無恙，亦極歎賞，勸子嚴作凌雲閣以瞰之，迄今方能鳩工。梅後坡壠昀昀，子嚴悉進築焉。地廣過薌林，種植大盛，桂徑梅坡，極其繁廡。」按：向子諲字伯恭，紹興初除户部侍郎，以議迎金使忤秦檜，致仕家居十五年，卒年六十八，所居號爲薌林，在臨江軍。宋史有向子諲傳。任詔，宋史無傳，其高風堂，章穎茂獻曾爲作記，今佚。隆慶臨江府志卷十三：「任詔字子嚴，蜀人（今按：項安世平菴悔稿卷九任安撫挽詩自注：「詔，上蔡人。」詩中且有「新息任夫子」、「只餘盤叟在」等句，則志作蜀人蓋誤），歷令、守、部使，所至有政績。後退居清江，築圃富壽岡之傍，扁曰盤園，堂曰高風，有盤園集、高風録，皆羣賢所賦詠云。」題中稱帥，項安世挽任氏詩亦題作任安撫挽詩，究不知任氏曾帥何路。

〔莫嗔句〕盧仝村醉詩：「昨夜村飲歸，健倒三四五。摩挲青莓苔，莫嗔驚着汝。」

〔問黄金四句〕漢書疏廣傳：「廣既歸鄉里，日令家共具設酒食，請族人故舊賓客與相娱樂。數問其家金餘尚有幾所，趣賣以共具。居歲餘，廣子孫竊謂其昆弟老人曰：『宜從丈人所，勸説君買田宅。』老人即以閒暇時爲廣言此計。廣曰：『此金者聖主所以惠養老臣也，故樂與鄉宗族共饗其賜，以盡吾餘日。』」

〔一觴一詠〕王羲之蘭亭序：「一觴一詠，亦足以暢敍幽情。」

〔野馬三句〕莊子逍遥遊：「野馬也，塵埃也。生物之以息相吹也。天之蒼蒼，其正色耶？其遠而無所至極耶？其下視也亦若是則已矣。」

〔九老〕新唐書白居易傳：「嘗與胡杲、吉旼、鄭據、劉真、盧真、張渾、狄兼謨、盧貞燕集，皆高年不事者，人慕之，繪爲九老圖。」

【附録】

項平甫安世高風臺歌（見平菴悔稿後編）

臺之高不知其幾仞兮，但見燕雀仰視如冥鴻。風之來不知其幾里兮，但見南海北海聲逢逢。我時醉卧洞庭之北巴山東，耳邊澒洞呼洶怖殺儂。起來欠伸拍鴻蒙，問誰作此狡獪變化驚盲聾，乃是清江江上盤園翁。翁本自與時人同：袍帶韡笏從兒童。亦嘗隨牒作小史，亦嘗建纛稱元戎。偶然興盡自返盤園中，意行倦止由心胸，豈與郢中小兒論雌雄。兒曹顛倒鷄著籠，金朱眯眼視夢夢。仰見騄驥脱鞅行青空，便欲俎豆老子配食蜚廉宫。紛紛俗論安足窮，一二三君子人中龍：南安太守科甲高，袖有桂館之香風（章茂獻作記）；廬陵相公名位高，筆有造化之春風（周丞相作跋）；雨巖居士卧榻高，句有湖海之美風（辛幼安作詞）。三君合謀奏天公，急羈此老勿使慵。國於羊角九萬里，奄有九霄寒露之空濛。封師巽伯爲附庸，不許抗表辭官封。向來掛冠冠愈穹，老子一笑朱顔紅。

【編年】

淳熙十三四年左右。——任子嚴以「高風」名堂之年月無可考。周益公文集有跋臨江軍任盤園高風堂記一文，末署「紹熙改元二月既望」，中有云：「任侯子嚴，出於名家，少年已負雋聲，下筆輒數百言，蒞官所至辦治。……惟其才高志大，不肯下人，以是屢起屢仆，在官之日少，閒居之日多。斂藏智略，盡力斯園，殆與薌林爲鴻鴈行。數上書致仕，予頃在榻前，明言其才，願勿聽所請，仍畀祠禄待它日之用，天子然之。而侯必欲希蹤向公，懇請弗已，後二年竟伸其志，是可貴也。郡人南安太守章君茂獻嘗作高風堂記，誦侯之美，識者韙之。」此中之所謂「後二年竟伸其志」，當即指遂其「致仕」之請而言。然周必大執政之年歲甚久，任氏閒退之年歲仍不能藉此考定。章氏之高風堂記，必作於任氏初以「高風」名堂之時，此詞亦當作於其時，周氏跋文既云「嘗作」，是去記文作成之歲月已不甚近。今姑定此詞爲淳熙十三四年所作，或亦不中不遠乎。

水調歌頭　慶韓南澗尚書七十

上古八千歲，纔是一春秋。不應此日，剛把七十壽君侯。看取垂天雲翼，九萬里風在下，與造物同游。君欲計歲月，嘗試問莊周。　醉淋浪，歌窈窕，舞温柔。從今杖屨南澗，白日爲君留。聞道鈞天帝所，頻上玉巵春酒，冠蓋擁龍樓。快上星辰去，名姓動金甌。

【校】

〔題〕四卷本甲集無「尚書」二字。

〔嘗試〕四卷本作「當試」。

〔冠蓋〕四卷本作「冠珮」。

【箋注】

〔上古二句〕見本卷水龍吟（玉皇殿閣微涼闋）「八千秋」注。

〔看取二句〕莊子逍遥遊：「鵬之背不知其幾千里也，怒而飛，其翼若垂天之雲，……摶扶摇而上者九萬里。……風之積也不厚，則其負大翼也無力，故九萬里則風斯在下矣。」

〔與造物句〕莊子天下篇：「上與造物者遊而下與外死生無終始者爲友。」

〔醉淋浪〕韓愈醉客詩：「淋浪身上衣，顛倒筆下字。」蘇軾捕蝗至浮雲嶺山行疲苦有懷子由詩：「尚能村醉舞淋浪。」和張子野見寄詩：「醉墨淋浪不整齊。」

〔歌窈窕〕蘇軾前赤壁賦：「誦明月之詩，歌窈窕之章。」窈窕之章指詩陳風月出。

〔舞温柔〕趙飛燕善舞，與女弟合德並得寵，漢成帝謂爲温柔鄉，見趙飛燕外傳。

〔白日句〕意謂延年。

〔鈞天帝所〕見卷一八聲甘州（把江山好處付公來閱）「鈞天夢」注。

〔玉巵〕漢書高帝紀：「上置酒未央宫前殿，奉玉巵爲太上皇壽。」

〔春酒〕詩豳風七月：「爲此春酒，以介眉壽。」

〔龍樓〕漢書成帝紀：「帝爲太子，居桂宮，上嘗急召，太子出龍樓門，不敢絶馳道。」顔師古注：「門樓上有銅龍，若白鶴飛廉之爲名也。」按：宋孝宗本太祖之後，高宗無嗣，選入，遂得以外藩承大統。而能始終奉身以盡宫庭之孝，父子怡愉，同享高壽，最爲一時所稱頌。稼軒詞中「聞道鈞天」以下三語，當亦指此。

〔金甌〕新唐書崔琳傳：「明皇每命相，先書其名。一日，書琳等名，覆以金甌，會太子入，帝謂曰：『此宰相名，若自意之，誰乎？』太子曰：『非崔琳、盧從愿乎？』帝曰：『然。』」

【編年】

淳熙十四年（一一八七）。——據南澗甲乙稿南劍道中詩自注，稱「生於戊戌，至甲子年二十七」。查戊戌爲徽宗重和元年，至淳熙十四年丁未，恰爲七十歲。又按：陸放翁劍南詩稿卷十九，有聞韓無咎下世詩，編次於丁未年初夏及夏日諸詩之間，是則韓氏於七十壽辰後不久即下世矣。

最高樓　醉中有索四時歌者，爲賦

長安道，投老倦遊歸。七十古來稀。藕花雨濕前湖夜，桂枝風澹小山時。怎消除？須殢酒，更吟詩。　也莫向竹邊辜負雪，也莫向柳邊辜負月。閒過了，總成癡。種花事業無人問，惜花情緒只天知。笑山中：雲出早，鳥歸遲。

【校】

〔題〕廣信書院本無「者」字，茲從四卷本甲集。

〔辜負〕四卷本均作「孤負」。

〔惜花情緒〕四卷本作「對花情味」。

【箋注】

〔雲出二句〕陶淵明歸去來辭：「雲無心以出岫，鳥倦飛而知還。」

又　和楊民瞻席上用前韻，賦牡丹

西園買，誰載萬金歸？多病勝遊稀。風斜畫燭天香夜，涼生翠蓋酒酣時。待重尋，居士譜，謫仙詩。　看黃底御袍元自貴，看紅底狀元新得意。如斗大，笑花癡。漢妃翠被嬌無奈，吴娃粉陣恨誰知。但紛紛，蜂蝶亂，笑春遲。

【校】

〔題〕廣信書院本「用前韻」作「用韻」，茲從四卷本甲集。又四卷本無「和」字。

〔笑花癡〕四卷本作「只花癡」。

〔笑春遲〕四卷本作「送春遲」。

【箋注】

〔楊民瞻〕其名莫考，當亦居上饒者。韓淲聞民瞻久歸一詩寄之：「我居溪南望城北，最高園臺竹樹碧。眼前帶湖歌舞空，耳畔茶山陸子宅。知君纔自天竺歸，那得緇塵染客衣？日攜研席過阿連，怡神散髮思采薇。」又，和民瞻所寄詩：「南北一峯高可仰，東西二館隱誰招？園居好在帶湖水，冰雪春須積漸消。」趙蕃以歸來後與斯遠倡酬詩卷寄辛卿：「人家餽歲何所爲？紛紛酒肉相攜持。我曹餽歲復何有，酬倡之詩十餘首。……公乎比復何所作？想亦高吟動清酌。賓朋雜遝孰爲佳？咸推楊、范工詞華。」按：所謂「楊、范工詞華」，范必指范廓之，楊則當爲楊民瞻也。果爾，則民瞻當與范廓之一同從遊於稼軒者。惜其生平別無可考耳。

〔萬金〕謂牡丹。李肇國史補卷中：「京師貴游，尚牡丹三十餘年矣，車馬若狂，不以耽玩爲恥，執金吾鋪官園外寺觀，種以求利，一本有直數萬者。」

〔天香夜、酒酣時〕見本卷念奴嬌（對花何似）「天香二句」注。

〔居士譜〕歐陽修號六一居士，著有洛陽牡丹記。

〔謫仙詩〕指李白清平調言，見本卷念奴嬌（對花何似）「沉香亭二句」注。

〔看黃底二句〕御袍黃、狀元紅均牡丹之品種。洛陽牡丹記：「御袍黃，千葉黃花也。色與開頭大率類女真黄。元豐時，應天院神御花圃中植山篦數百，忽於其中變此一種，因目之爲御袍黄。」又云：「狀元紅，千葉深紅花也。色類丹砂而淺。葉杪微淡，近萼漸深。有紫檀心。開頭可七八寸。其色甚美，迥出衆花之上，故洛人以狀元呼之。其花出於安國寺張氏家，熙寧初方有之。」

〔如斗大〕王溥詠牡丹詩：「堪笑牡丹如斗大，不成一事又空枝。」

〔漢妃翠被〕未詳。

〔吴娃粉陣〕見本卷念奴嬌（對花何似闋）「似吴宫二句」注。

菩薩蠻　雪樓賞牡丹，席上用楊民瞻韻

紅牙籤上羣仙格，翠羅蓋底傾城色。和雨淚闌干，沉香亭北看。　東風休放去，怕有流鶯訴。試問賞花人：曉粧匀未匀？

【箋注】

〔和雨句〕白居易長恨歌：「玉容寂寞淚闌干，梨花一枝春帶雨。」

〔沉香亭〕見本卷念奴嬌（對花何似闋）「沉香亭二句」注。

生查子 山行，寄楊民瞻

昨宵醉裏行，山吐三更月。不見可憐人，一夜頭如雪。　今宵醉裏歸，明月關山笛。收拾錦囊詩，要寄揚雄宅。

【箋注】

〔山吐句〕杜甫月詩：「四更山吐月，殘夜水明樓。」蘇軾江月五首：「三更山吐月，栖鳥亦驚起。」

〔關山笛〕王昌齡從軍行：「更吹羌笛關山月，無那金閨萬里愁。」杜甫洗兵馬詩：「三年笛里關山月。」

〔錦囊詩〕見本卷江神子（梨花着雨晚來晴闋）「錦囊」注。

〔揚雄宅〕漢書揚雄傳：「揚雄，蜀郡成都人也。其先揚季，元鼎間避仇，遡江上處嶓山之陽，曰郫，有田一廛，有宅一區。」左思詠史詩：「寂寂揚子宅，門無卿相輿。」

又 民瞻見和，復用前韻

誰傾滄海珠，簸弄千明月？喚取酒邊來，軟語裁春雪。　人間無鳳凰，空費穿雲笛。醉裏却歸來，松菊陶潛宅。

【校】

〔題〕廣信書院本作「民瞻見和，再用韻」，兹從四卷本甲集。

〔醉裏〕四卷本作「醉倒」。

【箋注】

〔誰傾二句〕贊美民瞻和詞字字如珠。杜甫嶽麓山道林二寺行：「僧寶人人滄海珠。」韓愈别趙子詩：「婆娑海水南，簸弄明月珠。」蘇軾移合浦郭功甫見寄詩：「莫趁明珠弄明月。」

〔春雪〕謂陽春白雪。

〔人間句〕見卷一滿江紅（天與文章闋）「算人人句」注。

〔穿雲笛〕蘇軾李委吹笛詩小引：「既奏新曲，又快作數弄，嘹然有穿雲裂石之聲。」贈吹笛侍兒之水龍吟詞「一聲雲杪」句下傅榦注云：「諸樂器中，惟笛有穿雲裂石之聲。」

西江月　和楊民瞻賦牡丹韻

宫粉厭塗嬌額，濃粧要壓秋花。西真人醉憶仙家，飛佩丹霞羽化。　十里芬芳未足，一亭風露先加。杏腮桃臉費鉛華，終慣秋蟾影下。

【校】

〔題〕四卷本乙集作「賦丹桂」。

〔要壓〕王詔校刊本及四印齋本作「再壓」。

【箋注】

〔宮粉句〕王安石與微之同賦梅花得香字詩：「漢宮嬌額半塗黃，粉色淩寒透薄粧。」參前洞仙歌（冰姿玉骨）「壽陽句」注。

〔西真人〕曾慥類説四六引續青瑣高議賢鷄君傳：「賢鷄君魯敢，西城道上遇青衣曰：『君東齋客伺久矣。』歸步庭際，見女子揉英弄蕊，映身花陰。君疑狐妖，正色遠之，女亦徐去。月餘，飛空而來，曰：『奴西王母之裔，家於瑶池西真閣。』恍如夢中，引君同跨彩麟，在寒光碧虛中，臨萬丈絶壑，陟蟠桃嶺，西顧瓊林，爛若金銀世界，曰：『此瑶池也。』……命君升西真閣，……見千萬紅粧，珠珮丁當，星眸丹臉霞裳人，面特秀麗豔發，其旁，西真曰：『此吾西王母也。』……須臾，觥籌遞舉，霞衣吏請奏鸞鳳和鳴曲，又奏雲雨慶先期曲。酒酣，復入一洞，碧桃豔杏，香凝如霧。西真曰：『他日與君人間還，雙棲於此。』君乃辭歸。」

【編年】

右詞六首，起最高樓（長安道闋）迄西江月，均與楊民瞻唱和之作，以其多見於甲集，且民瞻爲與范廓之同時從學於稼軒之人，因附次與廓之唱和諸詞之後。

八聲甘州 夜讀李廣傳，不能寐，因念晁楚老、楊民瞻約同居山間，戲用李廣事，賦以寄之

故將軍飲罷夜歸來，長亭解雕鞍。恨灞陵醉尉，匆匆未識，桃李無言。射虎山横一騎，裂石響驚弦。落魄封侯事，歲晚田園。　誰向桑麻杜曲，要短衣匹馬，移住南山。看風流慷慨，譚笑過殘年。漢開邊功名萬里，甚當時健者也曾閑。紗窗外，斜風細雨，一陣輕寒。

【校】

〔落魄〕四卷本丙集作「落托」。

〔田園〕四卷本作「田間」。

〔一陣〕四卷本作「一障」。

【箋注】

〔李廣傳〕史記李將軍列傳略云：「李將軍廣者，隴西成紀人也。……廣家與故潁陰侯孫屏野居藍田南山中，射獵，嘗夜從一騎出，從人田間飲，還至霸陵亭，霸陵尉醉，呵止廣，廣騎曰：『故李將軍。』尉曰：『今將軍尚不得夜行，何乃故也。』止廣宿亭下。……廣出獵，見草中石，以爲

虎而射之，中石没鏃，視之，石也。因復更射之，終不能復入石矣。……諸廣之軍吏及士卒，或取封侯，廣嘗與望氣王朔燕語曰：『自漢擊匈奴而廣未嘗不在其中，而諸部校尉以下，才能不及中人，然以擊胡軍功取侯者數十人，而廣不爲後人，然無尺寸之功以得封邑者何也？豈吾相不當侯耶？且固命也？』……太史公曰：余睹李將軍，悛悛如鄙人，口不能道辭；及死之日，天下知與不知，皆爲盡哀，彼其忠實心誠，信於士大夫也。諺曰：『桃李不言，下自成蹊。』此言雖小，可以諭大也。」

〔晁楚老〕上饒縣志卷二十三寓賢：「晁謙之字恭祖，澶州人，渡江親族離散，極力收恤，因居信州。仕宋，官敷文閣直學士，卒葬鉛山鵝湖，子孫因家焉。」按：晁楚老始末未詳，疑即謙之之後人也。

〔誰向至殘年〕杜甫曲江三章：「自斷此生休問天，杜曲幸有桑麻田。故將移住南山邊，短衣匹馬隨李廣，看射猛虎終殘年。」

〔健者〕後漢書袁紹傳：「天下健者，豈惟董公。」

〔紗窗外三句〕用蘇軾和劉道原詠史詩「獨掩陳編弔興廢，窗前山雨夜浪浪」句意。

昭君怨　送晁楚老游荆門

夜雨剪殘春韭，明日重斟别酒。君去問曹瞞，好公安。　試看如今白髮，却爲中年離别。風雨正崔嵬，早歸來。

【箋注】

〔荆門〕荆門軍宋屬荆湖北路，在江陵府公安縣之北。

〔夜雨句〕杜甫贈衛八處士詩：「夜雨剪春韭，新炊間黄粱。」

〔君去二句〕三國志蜀書先主傳：「與曹公戰於赤壁，大破之，焚其舟船。先主與吴軍水陸並進，追到南郡。時又疾疫，北軍多死，曹公引歸。……羣下推先主爲荆州牧，治公安。」注引江表傳云：「周瑜爲南郡太守，分南岸地以給備。備别立營於油江口，改名爲公安。」又，三國志魯肅傳：「曹公聞權以土地業備，方作書，落筆於地。」

〔中年離别〕見卷一水調歌頭（折盡武昌柳閿）「離别句」注。

又

人面不如花面，花到開時重見。獨倚小闌干，許多山。　落葉西風時候，人共青山都瘦。説道夢陽臺，幾曾來？

【校】

〔説道〕四卷本丙集同，王詔校刊本及四印齋本俱作「説到」。

【箋注】

〔人面二句〕本事詩情感篇：「博陵崔護，姿質甚美，而孤潔寡合。舉進士下第，清明日獨遊於都城南，得居人莊，……有女子自門隙窺之。……酒渴求飲，女入，以杯水至，開門設牀命坐，獨倚小桃斜柯佇立，而意屬殊厚。妖姿媚態，綽有餘妍。……彼此注目者久之，崔辭去，送至門，如不勝情而入。……及來歲清明日，……徑往尋之，門墻如故，而已扃鎖之，崔因題詩於左扉曰：『去年今日此門中，人面桃花相映紅；人面不知何處去，桃花依舊笑春風。』」

〔説道二句〕詩話總龜前集卷三十五：「濠州有高唐館，俯近淮水，御史閻欽授宿此館，題詩曰：『借問襄王安在哉？山川此地勝陽臺。今朝寓宿高唐館，神女何曾入夢來。』」

【編年】

右三詞作年俱無可考，以晁氏已見前闋詞題中，姑附次與楊民瞻唱和諸詞之後。

臨江仙　醉宿崇福寺，寄祐之弟。祐之以僕醉先歸

莫向空山吹玉笛，壯懷酒醒心驚。四更霜月太寒生。被翻紅錦浪，酒滿玉壺冰。

小陸未須臨水笑，山林我輩鍾情。今宵依舊醉中行。試尋殘菊處，中路候淵明。

【校】

〔題〕四卷本甲集無「祐之弟」三字。

【箋注】

〔崇福寺〕廣信府志：「崇福寺在上饒附郭之乾元鄉。宋淳化中建。」

〔祐之〕陳傅良止齋文集卷四十二跋辛簡穆公書云：「簡穆公行藏見國史，且天下能道之，余不復道。曩余守桂陽，歲旱，流言往往以郴桂間民略死徙矣。祐之時在長沙幕府，具以所聞言之故帥直徽猷閣潘公德鄜，潘公下其説兩郡，蓋甚侵余與丁端叔也。余二人心頗恨，然忌幕府不敢白。已而識祐之，乃佳士耳。余既相得，會他郡巡檢下軍人廪不繼，屬祐之即其廬勞苦之。天大寒，彌兩月，雨雪没馬股，祐之崎嶇行盡闔郡，得軍中人之心以歸。余方恨賢勞，而祐之欣欣無一咎言。以是益知其人：苟便於民，雖極言不以爲口過；苟不便於身，雖忘言可也。簡穆公爲有後矣。」韓元吉跋辛企李得孫詩云：「辛公以直道勁節竟忤時相，閒廢退藏者十有餘年。既得一孫，賦詩自慰。……晚預大政，名德昭垂，以享高壽。今其孫頎然出而世其家矣，天之祐善顧可量耶。」據此二文，知祐之爲辛次膺之孫。又，稼軒有西江月一首，廣信本題爲「壽祐之弟」，四卷本丁集則爲「壽錢塘弟」，是必祐之曾爲錢塘縣令。查咸淳臨安志所載南宋錢塘縣令中，程松之後爲辛助，「助」與「祐」義頗相屬，其即爲祐之當無疑。又查劉宰撰范南伯行述，謂范南伯有女四人，辛助即范氏四壻之一也。

〔太寒生〕參本卷江神子（梨花着雨晚來晴闋）「太狂生」注。

〔被翻句〕柳永鳳棲梧詞：「鴛鴦繡被翻紅浪。」李清照鳳凰臺上憶吹簫詞：「被翻紅浪。」

〔玉壺冰〕鮑照白頭吟：「直如朱絲繩，清如玉壺冰。」

〔小陸句〕晉書陸雲傳：「少與兄機齊名，雖文章不及機而持論過之，號曰二陸。……吴平入洛。機初詣張華，華問雲何在？機曰：『雲有笑疾，未敢自見。』俄而雲至。華爲人多姿制，又好帛繩纏鬚，雲見而大笑不能自已。先是，嘗著縗絰上船，於水中顧見其影，因大笑落水，人救獲免。」

〔我輩鍾情〕世説新語有「情之所鍾，正在我輩」句。詳後水調歌頭（酒罷且勿起闋）「我輩句」注。

〔中路句〕宋書陶潛傳：「江州刺史王弘欲識之，不能致也。潛嘗往廬山，弘令潛故人龐通之齎酒具於半道栗里要之。潛有脚疾，使一門生二兒轝籃輿，既至，欣然便共飲酌。俄頃弘至，亦無忤也。」蘇軾次韻答孫侔詩：「但得低頭拜東野，不辭中路伺淵明。」

又　再用韻送祐之弟歸浮梁

鍾鼎山林都是夢，人間寵辱休驚。只消閒處過平生：酒杯秋吸露，詩句夜裁冰。記取小窗風雨夜，對牀燈火多情。問誰千里伴君行？曉山眉様翠，秋水鏡般明。

【校】

〔題〕四卷本甲集作「和前韻」。

〔曉山〕四卷本作「晚山」。

【箋注】

〔浮梁〕縣名，宋屬饒州。浮梁縣志官司志：「辛次膺字企李，萊州人，政和二年進士，靖康初，奉親來知浮梁，遂留居溪東之南城最高山下。」

〔鍾鼎句〕見本卷水調歌頭（上界足官府閱）「山林鍾鼎」注。

〔寵辱休驚〕老子：「何謂寵辱若驚？寵爲下，得之若驚，失之若驚，是謂寵辱若驚。」

〔記取二句〕王直方詩話：「東坡喜韋蘇州詩『寧知風雨夜，復此對牀眠』之句，故在鄭別子由云：『寒燈相對記疇昔，夜雨何時聽蕭瑟。』……在東府者有云：『對牀空悠悠，夜雨今蕭瑟。』……又云：『對牀老兄弟，夜雨鳴竹屋。』此其兄弟所賦也。」

菩薩蠻

功名飽聽兒童説，看公兩眼明如月。萬里勒燕然，老人書一編。玉階方寸地，好趁風雲會。他日赤松遊，依然萬户侯。

【箋注】

〔看公句〕蘇軾臺頭寺雨中送李邦直赴史館詩：「看君兩眼明如鏡。」

〔勒燕然〕後漢書竇憲傳：「會南單于請兵北伐，乃拜憲車騎將軍，以執金吾耿秉爲副，與北單于戰於稽落山，大破之。……憲、秉遂登燕然山，去塞三千餘里，刻石勒功，紀漢威德，令班固作銘。」

〔老人書〕見卷一木蘭花慢（漢中開漢業闋）「一編句」注。

〔玉階句〕新唐書員半千傳：「陛下何惜玉階方寸地，不使臣披露肝膽乎？」

〔風雲會〕吴質答魏太子牋：「臣幸得下愚之才，值風雲之會。」

〔他日二句〕史記留侯世家：「留侯乃稱曰：『家世相韓，今以三寸舌爲帝者師，封萬户，位列侯，此布衣之極，於良足矣。願棄人間事，欲從赤松子游耳。』乃學辟穀道引輕身。」

又　送祐之弟歸浮梁

無情最是江頭柳，長條折盡還依舊。木葉下平湖，鴈來書有無？　鴈無書尚可，好語憑誰和？風雨斷腸時，小山生桂枝。

【校】

〔好語〕四卷本甲集作「妙語」。

【箋注】

〔長條折盡〕白居易青門柳詩：「爲近都門多送別，長條折盡減春風。」

〔木葉句〕九歌湘夫人：「嫋嫋兮秋風，洞庭波兮木葉下。」

〔鴈來句〕張舜民賣花聲詞：「試問寒沙新到鴈，應有來書。」

〔小山句〕楚辭招隱士：「桂樹叢生兮山之幽，……攀援桂枝兮聊淹留。」黄庭堅題子瞻寺壁小山枯木詩：「却來獻納雲臺表，小山桂枝不相忘。」

蝶戀花　送祐之弟

衰草斜陽三萬頃，不算飄零，天外孤鴻影。幾許淒涼須痛飲，行人自向江頭醒。　會少離多看兩鬢，萬縷千絲，何況新來病。不是離愁難整頓，被他引惹其他恨。

【校】

〔斜陽〕四卷本甲集及花菴詞選並作「殘陽」。

〔整頓〕廣信書院本作「頓整」，茲從四卷本。

【箋注】

〔孤鴻影〕蘇軾卜算子黄州定惠院寓居作：「誰見幽人獨往來，飄渺孤鴻影。」

〔會少離多〕古詩：「百年能幾何？會少別還多。」

鵲橋仙　和范先之送祐之弟歸浮梁

小窗風雨，從今便憶，中夜笑談清軟。啼鴉衰柳自無聊，更管得離人腸斷。

詩書事業，青氈猶在，頭上貂蟬會見。莫貪風月卧江湖，道日近長安路遠。

【校】

〔題〕四卷本乙集作「送祐之歸浮梁」。花菴詞選作「和廓之弟送祐之歸浮梁」。

【箋注】

〔更管得〕那管得。

〔青氈〕見本卷水調歌頭（上界足官府闕）「青氈句」注。

〔貂蟬〕見卷一水調歌頭（我飲不須勸闕）「頭上貂蟬」注。

〔道日近句〕世説新語夙慧篇：「晉明帝數歲，坐元帝膝上，有人從長安來。……因問明帝：

『汝意長安何如日遠？』答曰：『日遠。不聞人從日邊來，居然可知。』元帝異之。明日集羣臣宴會，告以此意，更重問之，乃答曰：『日近。』元帝失色曰：『爾何故異昨日之言耶？』答曰：『舉目見日，不見長安。』」

滿江紅　和楊民瞻送祐之弟還侍浮梁

塵土西風，便無限淒涼行色。還記取明朝應恨，今宵輕别。珠淚争垂華燭暗，鴈行欲斷哀箏切。看扁舟幸自澀清溪，休催發。　白石路，長亭側。千樹柳，千絲結。怕行人西去，棹歌聲闋。黄卷莫教詩酒污，玉階不信仙凡隔。但從今伴我又隨君，佳哉月。

【校】

〔題〕四卷本甲集無「楊」字。

〔欲斷〕四卷本作「中斷」。

〔白石〕四卷本作「白首」。

〔長亭側〕四卷本作「長亭仄」。

【箋注】

〔鴈行〕禮記曲禮：「兄之齒鴈行。」黄庭堅宜陽别元明用觴字韻詩：「千林風雨鶯求友，萬里雲天鴈斷行。」

〔黄卷〕新唐書狄仁傑傳：「仁傑爲兒時，門人有被害者，吏就詰，衆争辯對，仁傑誦書不置，吏讓之，答曰：『黄卷中方與聖賢對，何暇偶俗吏語耶。』」

〔玉階〕漢張衡思玄賦：「勔自强而不息兮，蹈玉階之嶢峥。」按，詞中玉階蓋指朝廷。

朝中措　崇福寺道中，歸寄祐之弟

籃輿嫋嫋破重岡，玉笛兩紅粧。這裏都愁酒盡，那邊正和詩忙。　爲誰醉倒，爲誰歸去，都莫思量。白水東邊籬落，斜陽欲下牛羊。

【校】

〔題〕廣信書院本作「醉歸寄祐之弟」，兹從四卷本甲集。

【箋注】

〔斜陽句〕詩王風君子于役：「日之夕矣，羊牛下來。」

又

夜深殘月過山房，睡覺北窗涼。起遶中庭獨步，一天星斗文章。朝來客話：「山林鍾鼎，那處難忘？」「君向沙頭細問，白鷗知我行藏。」

【箋注】

〔星斗文章〕杜牧華清宫詩：「雷霆馳號令，星斗焕文章。」

〔山林鍾鼎〕見本卷水調歌頭（上界足官府闕）「山林鍾鼎」注。

又

緑萍池沼絮飛忙，花入蜜脾香。長怪春歸何處，誰知箇裏迷藏。殘雲賸雨，些兒意思，直恁思量。不是流鶯驚覺，夢中啼損紅粧。

【校】

〔流鶯〕四卷本甲集作〔鶯聲〕。

捉迷藏。」

【箋注】

〔蜜脾〕埤雅：「蜜房如脾，謂之蜜脾。」

〔迷藏〕致虚閣雜俎：「明皇與玉真恒於皎月之下，以錦帕裹目，在方丈之間互相捉戲，謂之捉迷藏。」

浪淘沙　山寺夜半聞鐘

身世酒杯中，萬事皆空。古來三五箇英雄。雨打風吹何處是，漢殿秦宫？

夢入少年叢，歌舞匆匆。老僧夜半誤鳴鐘。驚起西窗眠不得，捲地西風。

【箋注】

〔夜半聞鐘〕王直方詩話：「歐公言：唐人有『姑蘇城外寒山寺，夜半鐘聲到客船』之句，説者云：『句則佳也，其如三更不是撞鐘時！』……」

南歌子　山中夜坐

世事從頭減，秋懷徹底清。夜深猶送枕邊聲，試問清溪底事未能平？　月到愁邊白，鷄先遠處鳴。是中無有利和名，因甚山前未曉有人行？

【校】

〔題〕廣信書院本及四卷本乙集俱無題，兹從王詔校刊本及四印齋本補。

〔猶送〕四卷本作「猶道」。

〔未能〕四卷本作「不能」。

【箋注】

〔試問句〕韓愈送孟東野序：「大凡物不得其平則鳴。草木之無聲，風撓之鳴；水之無聲，風蕩之鳴。」

〔月到愁邊〕黄庭堅減字木蘭花丙子仲秋黔守席上戲作：「月到愁邊總未知。」

鷓鴣天

木落山高一夜霜，北風驅鴈又離行。無言每覺情懷好，不飲能令興味長。頻聚散，試思量，爲誰春草夢池塘？中年長作東山恨，莫遣離歌苦斷腸。

【箋注】

〔春草夢池塘〕南史謝惠連傳：「謝惠連年十歲能屬文，族兄靈運加賞之，云：『每有篇章，對惠連輒得佳句。』嘗於永嘉西堂思詩，竟日不就，忽夢見惠連，即得『池塘生春草』，大以爲工。常云：『此語有神工，非吾語也。』」

〔中年句〕謝安中年傷别事，見卷一水調歌頭（折盡武昌柳）「離别句」注。

又　席上再用韻

水底明霞十頃光，天教鋪錦襯鴛鴦。最憐楊柳如張緒，却笑蓮花似六郎。方竹簟，小胡牀，晚來消得許多涼。背人白鳥都飛去，落日殘鴉更斷腸。

【校】

〔晚來〕四卷本乙集作「晚風」。

〔殘鴉〕汲古閣影抄四卷本原作「殘鴉」，後用粉塗去「鴉」字，未補。

【箋注】

〔鋪錦〕開成録：「文宗論德宗奢靡云：聞得禁中老宫人，每引泉先於池底鋪錦。王建宫詞曰：『魚藻宫中鎖翠娥，先皇行處不曾過。只今池底休鋪錦，菱角鷄頭積教多』是也。」

〔楊柳如張緒〕南史張緒傳：「張緒字思曼。……宋明帝每見緒，輒歎其清淡。……劉悛之爲益州，獻弱柳數株，樹條甚長，狀若絲縷。時舊宫芳林苑始成，武帝以植於太昌靈和殿前，常賞玩咨嗟，曰：『此楊柳風流可愛，似張緒當年時。』其見賞愛如此。」

〔蓮花似六郎〕舊唐書宋璟傳：「當時朝列，皆以二張内寵，不名官，呼易之爲五郎，昌宗爲六郎。」楊再思傳：「昌宗以姿貌見寵倖，再思又諛之曰：『人言六郎面似蓮花；再思以爲蓮花似六郎，非六郎似蓮花也。』」

〔背人句〕温庭筠渭上題詩：「至今江鳥背人飛。」杜甫歸鴈詩：「萬里衡陽鴈，今年又北歸。雙雙瞻客上，一一背人飛。」

【編年】

淳熙十四年（一一八七）前。——右詞十五首，起臨江仙（莫向空山吹玉笛闋），迄鷓鴣天，均與辛祐之之還浮梁及范廓之、楊民瞻有關。各詞亦多見於甲集，知祐之之歸至晚當在淳熙十四年，因將以上各詞彙録於此。

念奴嬌　雙陸，和陳仁和韻

少年横槊，氣憑陵，酒聖詩豪餘事。袖手旁觀初未識，兩兩三三而已。變化須臾，鷗翻石鏡，鵲抵星橋外。搗殘秋練，玉砧猶想纖指。　堪笑千古争心，等閒一勝，拚了光陰費。老子忘機渾謾與，鴻鵠飛來天際。武媚宫中，韋娘局上，休把興亡記。布衣百萬，看君一笑沉醉。

【校】

〔題〕四卷本乙集作「雙陸，和坐客韻」。

〔橫槊〕四卷本作「握槊」。

〔袖手〕四卷本作「縮手」。

〔鷗翻〕四卷本作「鷗飛」。

【箋注】

〔雙陸〕博具，五雜組：「雙陸本是胡戲。……子隨骰行，若得雙六則無不勝，故名。」洪遵雙陸序：「以異木爲槃，槃中彼此内外各有六梁，故名」。

〔陳仁和〕稼軒「送陳仁和自便東歸」之永遇樂，四卷本乙集題作「送陳光宗知縣」，是陳氏必曾作縣於仁和，而光宗則其字也。據淳熙三山志卷二十九科名載：「陳德明，字光宗，寧德人。」爲隆興元年木待問榜進士及第。八瓊室金石補正卷一一六載袁説友吴下同年會詩小序云：「説友繆司（憲）餞（甸），適遇提舉郎中（詹）元善年兄持節倉事，相與思念同年之在吴門者凡數人，……迺以紹熙改元之五日會於姑蘇臺，……説友遂賦唐律一章稍紀其事，抑以爲異日佳話云。同集：成仲鄰，……趙景安，……期不至者：章仲濟，……陳光宗。」其下備載諸同年和詩。陳光宗和章之署名爲「三山陳德明」。查詹元善即詹體仁，宋史本傳謂係建寧浦城人，登隆興元年進士第。

從知與光宗爲同年。趙景安即撰雲麓漫鈔之趙彥衛，蓋與陳均寓居於吳中者，故稼軒和陳之江神子中有「吳霜」及「姑蘇臺」等句。皇宋中興兩朝聖政卷六十三載一事云：「淳熙十三年冬十月，仁和知縣陳德明坐贓污不法，免真決，刺面配信州。其元舉主葉翥、齊慶胄、郭棣各貶秩三等。」據知光宗必即陳德明之字。咸淳臨安志所載南宋一代仁和縣令極詳備，唯均不載其到任及去職之年月。陳德明名列陳鞏之後，而陳鞏則在名宦傳中載有簡歷云：「陳鞏，簡齋之孫，淳熙十一年爲仁和令，以能稱。……」另據周必大省齋文稿卷十八「跋陳去非帖」有云：「陳公之子本之藏手澤甚富，……本之之子仁和宰復示此軸。」下署「淳熙丙年二月十三日」。頗似其時陳鞏尚在仁和任上者。若然，則二陳之交代最早應爲淳熙十三年春夏間。而是年十月陳德明即失官謫居信州，則其任仁和縣令最多不過半年。陳氏和袁説友詩云：「舊交牢落寸心違，門掩蒼苔省見稀。幸遇星郎分刺舉，忝聯桂籍得歸依。公方闊步鳴先路，我獨冥行怨落暉。遥想登臺高會處，應憐烏鵲正南飛。」蓋自信上歸吳中後即家居終其身矣。

〔横槊〕南史垣榮祖傳：「榮祖少學騎射，或曰：『何不學書？』榮祖曰：『曹操、曹丕，上馬横槊，下馬談論，此可不負飲食矣。君輩無自全之伎，無異犬羊乎。』」稼軒於南歸前曾鳩衆數千人隸耿京軍中，此云「少年横槊氣憑陵，酒聖詩豪餘事」，亦自道其舊事也。按：雙陸又稱握槊。宋葛立方韻語陽秋卷十七：「余謂雙陸之制，初不用棋，但以黑白小棒槌，每邊各十二枚，主客各一色，以骰子兩隻擲之，依點數行，因有客主相擊之法。故趙摶雙陸詩云：『紫牙鏤合方如斗，二十四星銜月口。貴人迷此華筵中，運木手交如陣鬭。』」

〔袖手旁觀〕韓愈祭柳子厚文：「不善爲斲，血指汗顔；巧匠旁觀，縮手袖間。」

〔鷗翻四句〕當謂戲雙陸情狀。詩話總龜卷十三警句門引郡閣雅談：「廖凝字熙績，十歲，詠棋詩云：『滿汀鷗不散，一局黑全輸。』」又，雙陸棋爲杵狀。

〔渾謾與〕姑漫然應付之意。杜甫江上值水詩：「老去詩篇渾漫與，春來花鳥莫深愁。」

〔鴻鵠句〕孟子告子上：「弈秋，通國之善弈者也。使弈秋誨二人弈，其一人專心致志，惟弈秋之爲聽；一人雖聽之，一心以爲有鴻鵠將至，思援弓繳而射之。雖與之俱學，弗若之矣。」

〔武媚宫中〕新唐書高宗后武氏傳：「太宗聞士彠女美，召爲才人，……賜號武媚。」吴曾能改齋漫録卷六雙陸條：「王建宫詞：『分朋同坐賭櫻桃，休却投壺玉腕勞。各把沉香雙陸子，局中鬭壘阿誰高？』按，狄仁傑家傳載武后語仁傑曰：『朕昨夜夢與人雙陸，頻不勝，何也？』對曰：『雙陸輸者，蓋謂宫中無子。此是上天之意，假此以示陛下，安可虚儲位哉！』今新唐史削去『宫中』二字，止云『雙陸不勝，無子也』。余嘗與善博者論之，博局有宫，其字不可削。蓋削之則無以見宫中之意，故王建詩中亦云。」

〔韋娘局上〕新唐書中宗后韋氏傳：「初，帝幽廢，與后約：『一朝見天日，不相制。』至是，與〔武〕三思升御牀博戲，帝從旁典籌，不爲忤。」

〔布衣百萬〕晉書劉毅傳：「於東府聚摴蒱，大擲，一判應至數百萬。」杜甫今夕行：「咸陽客舍一事無，相與博塞爲歡娱。……君莫笑劉毅從來布衣願，家無儋石輸百萬。」

水龍吟　題瓢泉

稼軒何必長貧，放泉簷外瓊珠瀉。樂天知命，古來誰會，行藏用舍？人不堪憂，一瓢自樂，賢哉回也。料當年曾問：「飯蔬飲水，何爲是，栖栖者？」　且對浮雲山上，莫匆匆去流山下。蒼顔照影，故應零落，輕裘肥馬。遶齒冰霜，滿懷芳乳，先生飲罷。笑挂瓢風樹，一鳴渠碎，問何如啞。

【校】

〔題〕廣信書院本無「題」字，兹從四卷本乙集。

〔零落〕四卷本作「流落」。

【箋注】

〔瓢泉〕鉛山縣志：「瓢泉在縣東二十五里，辛棄疾得而名之。其一規圓如臼，其一直規如瓢。周圍皆石徑，廣四尺許，水從半山噴下，流入臼中，而後入瓢。其水澄渟可鑑。」按，據鉛山志，期思渡亦在縣東二十五里，則瓢泉者當即稼軒訪泉於期思村所得之周氏泉也。韓淲瓢泉詩：「鑿石爲瓢意若何？泉聲流出又風波。我來石上弄泉水，祇道希顔情味多。」

〔樂天句〕易繫辭：「旁行而不流，樂天知命故不憂。」

〔行藏用舍〕見本卷踏莎行（進退存亡）「行藏句」注。

〔人不三句〕論語雍也篇：「子曰：賢哉回也，一簞食，一瓢飲，在陋巷，人不堪其憂，回也不改其樂，賢哉回也。」

〔飯蔬飲水〕論語述而篇：「子曰：飯蔬食飲水，曲肱而枕之，樂亦在其中矣。」

〔何爲二句〕見踏莎行（進退存亡）「丘何爲句」注。

〔輕裘肥馬〕論語雍也篇：「赤之適齊也，乘肥馬，衣輕裘。」

〔遶齒句〕蘇軾寄高令詩：「詩成錦繡開胸臆，論極冰霜繞齒牙。」

〔笑挂瓢〕逸士傳：「許由手捧水飲，人遺一瓢，飲訖，挂木上，風吹有聲，由以爲煩，去之。」

又　用瓢泉韻戲陳仁和，兼簡諸葛元亮，且督和詞

被公驚倒瓢泉，倒流三峽詞源瀉。長安紙貴，流傳一字，千金争舍。割肉懷歸，先生自笑，又何廉也。渠坐事失官。但銜杯莫問：「人間豈有，如孺子，長貧者。」

誰識稼軒心事，似風乎舞雩之下。回頭落日，蒼茫萬里，塵埃野馬。更想隆中，卧龍千尺，高吟纔罷。倩何人與問：「雷鳴瓦釜，甚黄鍾啞？」

【校】

〔注〕「也」字下注文，廣信書院本無，兹從四卷本丁集。

【箋注】

〔諸葛元亮〕事歷未詳。

〔倒流句〕杜甫醉歌行：「詞源倒流三峽水，筆陣獨掃千人軍。」

〔長安紙貴〕晉書左思傳：「思欲賦三都，遂構思十年。……及賦成，時人未之重，皇甫謐爲其賦序，張載爲注魏都，劉逵注吴、蜀，於是豪貴之家競相傳寫，洛陽爲之紙貴。」

〔割肉三句〕漢書東方朔傳：「伏日，詔賜從官肉，大官丞日晏不來，朔獨拔劍割肉，謂其同官曰：『伏日當早歸，請受賜。』即懷肉去。大官奏之，朔入，上曰：『昨賜肉，不待詔，以劍割肉而去之，何也？』朔免冠謝。上曰：『先生起自責也。』朔再拜曰：『朔來朔來，受賜不待詔，何無禮也；拔劍割肉，壹何壯也；割之不多，又何廉也；歸遺細君，又何仁也！』上笑曰：『使生自責，迺反自譽。』復賜酒一石，肉百斤，歸遺細君。」

〔人間三句〕陳平字孺子。史記陳丞相世家：「張負女孫五嫁而夫輒死，人莫敢娶，平欲得之。……張負謂其子仲曰：『吾欲以女孫予陳平。』張仲曰：『平貧，不事事，一縣中盡笑其所爲，獨奈何予女乎？』負曰：『人固有好美如陳平而長貧賤者乎？』卒予女。」

〔風乎舞雩〕論語先進篇：「浴乎沂，風乎舞雩，詠而歸。」

〔塵埃句〕見本卷水調歌頭（千古老蟾口闋）「野馬句」注。

〔更想三句〕後漢末，諸葛亮於隆中山畔結草廬，隱居其中。好爲梁父吟。時人稱爲卧龍。

〔與問〕意即「爲問」。

〔雷鳴二句〕楚辭卜居：「世溷濁而不清：蟬翼爲重，千鈞爲輕；黄鍾毁棄，瓦釜雷鳴；讒人高張，賢士無名。吁嗟默默兮，誰知吾之廉貞？」

江神子　和陳仁和韻

玉簫聲遠憶驂鸞。幾悲歡，帶羅寬。且對花前，痛飲莫留殘。歸去小窗明月在，雲一縷，玉千竿。

吴霜應點鬢雲斑。綺窗閒，夢連環。説與東風，歸興有無間。芳草姑蘇臺下路，和淚看，小屏山。

【校】

〔歸興〕四卷本甲集作「歸意」。

【箋注】

〔玉簫句〕杜牧傷友人悼吹簫妓詩：「玉簫聲遠没流年。」江淹别賦：「駕鶴上漢，驂鸞騰天。」韓愈送桂州嚴大夫詩：「遠勝登仙去，飛鸞不假驂。」餘見卷一滿江紅（天與文章闋）「算人人句」注。

〔痛飲句〕庾信舞媚娘詩：「少年唯有歡樂，飲酒那得留殘。」

〔雲一縷二句〕王安石金陵報恩大師西堂方丈詩：「蕭蕭出屋千竿玉，靄靄當窗一炷雲。」李壁注：「謂對竹燒香也。」

〔吴霜句〕李賀還自會稽歌：「吴霜點歸鬢，身與塘蒲晚。」

〔夢連環〕韓愈送張道士：「昨宵夢倚門，手取連環持。」魏懷忠注引孫汝聽曰：「持連環以示還意。」黄庭堅次韻斌老贈子舟歸詩：「昨宵連環夢，秣馬待君發。」

〔姑蘇臺〕在今江蘇吴縣西南姑蘇山上。越絶書：「胥門外有九曲路，闔閭造以遊姑胥之臺而望太湖。」

〔小屏山〕屏風也。歐陽修漁家傲詞：「雲垂玉枕屏山小。」

又 和陳仁和韻

寶釵飛鳳鬢驚鸞。望重歡，水雲寬。腸斷新來，翠被粉香殘。待得來時春盡也，梅着子，筍成竿。　湘筠簾捲淚痕斑。珮聲閒，玉垂環。箇裏温柔，容我老其間。却笑將軍三羽箭，何日去，定天山？

【校】

〔題〕廣信書院本無題，兹從四卷本乙集。

〔粉香〕汲古閣影抄四卷本原作「暗香」，後用粉塗去「暗」字，未補。

〔梅着子〕廣信書院本作「梅結子」，兹從四卷本。

〔温柔〕王詔校刊本及四印齋本作「柔温」。

〔將軍〕廣信書院本作「平生」，兹從四卷本。

【箋注】

〔翠被句〕何遜嘲劉孝綽詩：「稍聞玉釧遠，猶憐翠被香。」李商隱夜冷詩：「西亭翠被餘香薄。」

〔湘筠〕即湘竹。見本卷蝶戀花（燕語鶯啼人乍遠闋）「湘淚」注。

〔箇裏二句〕見本卷定風波（昨夜山公倒載歸闋）「温柔句」注。

〔却笑三句〕新唐書薛仁貴傳：「薛仁貴絳州龍門人。……詔副鄭仁泰爲鐵勒道行軍總管。……時九姓衆十餘萬，令驍騎數十來挑戰，仁貴發三矢輒殺三人，於是虜氣懾，皆降。仁貴慮爲後患，皆阬之。……軍中歌曰：『將軍三箭定天山，壯士長歌入漢關。』」

永遇樂　送陳仁和自便東歸。陳至上饒之一年，得子，甚喜

紫陌長安，看花年少，無限歌舞。白髮憐君，尋芳較晚，捲地驚風雨。問君知否：鴟夷載酒，不似井瓶身誤。細思量悲歡夢裏，覺來總無尋處。　芒鞋竹杖，天教還了，千古玉溪佳句。落魄東歸，風流贏得，掌上明珠去。起看清鏡，南冠好在，拂了舊時塵土。向君道雲霄萬里，這回穩步。

【校】

〔題〕四卷本乙集作「送陳光宗知縣」。

【箋注】

〔紫陌二句〕見卷一新荷葉（人已歸來闋）「兔葵二句」注。

〔白髮句〕蘇軾次韻劉景文西湖席上詩：「白髮憐君略相似，青山許我定相從。」

〔尋芳句〕杜牧歎花詩：「自是尋春去較遲，不須惆悵怨芳時。」

〔鴟夷二句〕揚雄酒賦：「觀瓶之居，居酒之眉。……身提黄泉，骨肉爲泥。自用如此，不如鴟夷。鴟夷滑稽，腹如大壺。盡日盛酒，人復借酤。」釋寶月估客樂：「有信數寄書，無信心相憶，莫作瓶落井，一去無消息。」李白寄遠十二首之八：「金瓶落井無消息，令人行歎復坐思。」毛幵玉

樓春詞：「金瓶落井翻相誤，可惜馨香隨手故。」

〔芒鞋三句〕蘇軾廬山詩：「芒鞋青竹杖，自挂百錢遊。」玉溪即信江。稼軒探梅之臨江仙有「一枝先破玉溪春」句，送施聖與之水調歌頭有「千丈石打玉溪流」句。周煇清波雜志卷五茶山詩：「煇在上饒三四年，日從寓士遊，徧歷溪山奇勝。煇嘗欲裒集賦詠爲一編，目爲玉溪酬唱，以侈一時人物之盛，因循不克成。」徐元杰棋埜集卷十二挽辛憲若（稼軒第三子）詩云：「在昔我先翁，禮塵先正隆。潭潭帶湖府，凜凜玉溪風。」上引諸處之「玉溪」皆指信江言。三句云云，蓋謂信江勝概，遇陳氏詩句方得摹寫也。

〔掌上明珠〕杜甫戲作寄上漢中王詩：「掌中貪看一珠新。」自注：「王新誕明珠。」

〔南冠〕左傳成九年：「晉侯觀於軍府，見鍾儀，問之曰：『南冠而縶者誰也？』有司對曰：『鄭人所獻楚囚也。』」

〔好在〕即「且喜」、「幸而」之意。

【編年】

淳熙十四年（一一八七）。——右起「雙陸和陳仁和韻」之念奴嬌，迄「送陳仁和自便東歸」之永遇樂，共詞六首。其中江神子一闋，見四卷本甲集，中有「歸去小窗明月在」及「歸興有無間」等句，知陳氏之得旨自便及離信東歸，必在淳熙十五年之前。

定風波　暮春漫興

少日春懷似酒濃，插花走馬醉千鍾。老去逢春如病酒，唯有：茶甌香篆小簾櫳。　卷盡殘花風未定，休恨；花開元自要春風。試問春歸誰得見？飛燕，來時相遇夕陽中。

【校】

〔題〕廣信書院本無題，兹從四卷本甲集。

菩薩蠻　席上分賦得櫻桃

香浮乳酪玻璃盌，年年醉裏嘗新慣。何物比春風？歌脣一點紅。　江湖清夢斷，翠籠明光殿。萬顆寫輕勻，低頭愧野人。

【校】

〔題〕四卷本甲集作「坐中賦櫻桃」。

〔寫輕勻〕廣信書院本作「瀉輕勻」，兹從四卷本。

【箋注】

〔翠籠兩句〕杜甫野人送朱櫻詩：「西蜀櫻桃也自紅，野人相贈滿筠籠。數回細寫愁仍破，萬顆匀圓訝許同。憶昨賜霑門下省，退朝擎出大明宫。金盤玉筯無消息，此日嘗新任轉蓬。」韓愈和張水部勅賜櫻桃詩：「漢家舊種明光殿，炎帝還書本草經。豈似滿朝承雨露，共看傳賜出青冥。香隨翠籠擎初到，色映銀盤寫未停。食罷自知無所報，空然慚汗仰皇扃。」（按：韓詩「寫未停」之「寫」，與辛詞「寫輕匀」之「寫」，均有作「瀉」者，説文：「寫，置物也。」段玉裁注：「謂去此注彼也。……俗作瀉者，寫之俗字。」）

〔低頭句〕杜甫獨酌成詩：「苦被微官縛，低頭媿野人。」

鷓鴣天　代人賦

晚日寒鴉一片愁，柳塘新緑却温柔。若教眼底無離恨，不信人間有白頭。腸已斷，淚難收。相思重上小紅樓。情知已被山遮斷，頻倚闌干不自由。

【校】

〔山〕六十家詞本及四印齋本作「雲」。

又 代人賦

陌上柔桑破嫩芽，東鄰蠶種已生些。平岡細草鳴黃犢，斜日寒林點暮鴉。山遠近，路橫斜，青旗沽酒有人家。城中桃李愁風雨，春在溪頭薺菜花。

【校】

〔題〕廣信書院本無，兹從四卷本乙集。

〔桑破嫩芽〕四卷本作「條初破芽」，花菴詞選作「桑初破芽」。

〔薺菜〕四卷本作「野薺」。

【箋注】

〔細草、黃犢、斜日〕王安石題舫子詩：「愛此江邊好，留連至日斜。眠分黃犢草，坐占白鷗沙。」

踏歌

攧厥。看精神壓一龐兒劣。更言語一似春鶯滑。一團兒美滿香和雪。去也。把春衫换却同心結。向人道「不怕輕離别」，問昨宵因甚歌聲咽？秋被夢，春閨月。舊家事却對何人説。告第一莫趁蜂和蝶，有春歸花落時節。

【校】

〔調〕朱彊村云：「按此爲雙曳頭調，原本分二段，以『問昨宵』句作過片，據朱敦儒樵歌改正。」

〔第一〕四卷本甲集作「弟弟」，兹從稼軒詞鈔存。廣信書院本無此首。

【箋注】

〔擷厥〕擷讀如顫。擷厥蓋形容體態輕儇狀。唐摭言卷十二酒失門：「崔櫓酒後，失虔州陸郎中肱，以詩謝之曰：『醉時顛蹶醒時羞，麴蘗催人不自由。叵耐一雙窮相眼，不堪花卉在前頭。』」胡仔苕溪漁隱叢話後集卷三七引其父（按即胡舜陟）三山老人語録云：「明州妙音僧法淵，爲人佯狂，日飲酒市肆，歌笑自如。……人以爲狂，又號曰顛僧。……歸妙音，趺坐而化。頌曰：『咄咄，平生顛蹶。欲問臨行，爐中大雪。』」

〔精神壓一〕謂精神飽滿，壓倒一切也。秦觀品令詞：「天然箇、品格於中壓一。」

〔龐兒劣〕謂臉兒俏俊。「劣」爲反訓詞。張元幹點絳唇詞：「減塑冠兒，寶釵金縷雙綏結。怎教寧帖，眼惱兒裏劣。」

〔更言語句〕白居易琵琶行：「間關鶯語花底滑。」

〔舊家事〕猶云昔事或舊來事。

小重山 茉莉

倩得薰風染緑衣。國香收不起，透冰肌。略開些箇未多時。窗兒外，却早被人知。

越惜越嬌癡。一枝雲鬢上，那人宜。莫將他去比荼蘼，分明是，他更韻些兒。

【校】

〔些箇〕四卷本甲集作「些子」。

〔更韻〕四卷本作「更的」。

臨江仙 探梅

老去惜花心已嬾，愛梅猶遶江村。一枝先破玉溪春。更無花態度，全是雪精神。

賸向青山餐秀色，爲渠着句清新。竹根流水帶溪雲。醉中渾不記，歸路月黄昏。

【校】

〔全是〕四卷本甲集作「全有」。

〔塍向〕全芳備祖前集一引作「勝向」。

〔青山〕四卷本及全芳備祖並作「空山」。

【箋注】

〔玉溪〕見前永遇樂（紫陌長安闋）「芒鞋三句」注。

〔塍向句〕陸機日出東南隅行：「鮮膚一何潤，秀色若可餐。」蘇軾寄怪石斛與魯元翰詩：「秀色亦堪餐。」

一落索　閨思

羞見鑑鸞孤却，倩人梳掠。一春長是爲花愁，甚夜夜東風惡。　行遶翠簾珠箔，錦牋誰託？玉觴淚滿却停觴，怕酒似郎情薄。

【箋注】

〔羞見句〕白氏六帖：「孤鸞見鏡，睹其影謂爲雌，必悲鳴而舞。」唐人青鸞鏡詩：「青鸞不用羞孤影，開匣當如見故人。」

〔一春句〕歐陽修望江南詞：「長是爲花忙。」

【編年】

右詞八首起「暮春漫興」之定風波，迄「閨思」之一落索，作年均莫得確考，以其均見四卷本甲集（内唯「陌上柔桑」一首不見甲集，廣信書院本編次於「晚日寒鴉」一首之後），知其至晚當作於淳熙十四年，故依甲集次第彙録於此。

鵲橋仙　爲人慶八十席上戲作

朱顏暈酒，方瞳點漆，閑傍松邊倚杖。不須更展畫圖看，自是箇壽星模樣。今朝盛事，一杯深勸，更把新詞齊唱。人間八十最風流，長貼在兒兒額上。

【校】

〔題〕「席上」四卷本甲集作「席間」。

〔長貼〕四卷本作「長帖」。

【箋注】

〔方瞳〕拾遺記：「老聃居山，有父老五人，方瞳，握青筇杖，共談天地五方五行之精。」又道家謂道行久深者瞳方。

〔點漆〕世説新語容止篇：「王右軍見杜弘治，歎曰：『面如凝脂，眼如點漆，此神仙中人。』」

〔不須句〕唐薛媛寫真寄夫詩：「恐君渾忘却，時展畫圖看。」

〔人間二句〕兒兒即孩兒。宋代習俗，每朱書「八十」字於小兒額上以求長生。故陳藻丘叔喬八十詩有「大家於此且貪生，八十孩兒題向額」之句，周必大三月三日會客詩有「兄弟相看俱八十，研朱贏得祝嬰孩」之句，吴潛丁巳壽叔之賀新郎詞有「只比兒兒額上壽，尚有時光如許」之句。顧千里跋稼軒詞，以爲「兒兒或是奴家之稱，二語之意，當以八字作眉字解」，蓋誤。

又　慶岳母八十

八旬慶會，人間盛事，齊勸一杯春釀。臙脂小字點眉間，猶記得舊時宫樣。綵衣更着，功名富貴，直過太公以上。大家着意記新詞，遇着箇十年便唱。

【校】

〔題〕四卷本乙集作「爲岳母慶八十」。

〔十年〕四卷本作「十字」。

【箋注】

〔臙脂句〕見前闋「人間二句」注。

【編年】

據漫塘集范南伯行述，南伯生於建炎四年（一一三〇），其時以母年二十歲推之，此詞當作於淳熙十五年（一一八八）左右。但稼軒婦翁范子美卒於乾道晚年，年已七十四歲，其夫婦間之年歲若不甚懸殊，則此詞之作年更須提前方合，今姑附於甲集各詞之後。

好事近

醫者索酬勞，那得許多錢物？只有一箇整整，也盒盤盛得。　下官歌舞轉悽惶，賸得幾枝笛。覷著這般火色，告媽媽將息。

【箋注】

〔下官〕趙彥衛雲麓漫鈔卷四：「古人多自稱下官，見於傳記不一。蓋漢晉諸侯之國，並於其主稱臣，宋孝武孝建中始有制，不得稱臣，只宜云下官。……今人猶有言者。」

〔火色〕顏面潮紅之色。逸周書太子晉：「師曠對曰：『汝聲清汗，汝色赤白，火色，不壽。』」

〔告媽媽句〕「告」爲請求意。「將息」爲「調養」、「休息」意。

【附録】

周煇清波别志卷下記事一則。

稼軒樂府，辛幼安酒邊游戲之作也。詞與音叶，好事者爭傳之。在上饒，屬其室病，呼醫對脈。吹笛婢名整整者侍側，乃指以謂醫曰：「老妻病安，以此人爲贈。」不數日，果勿藥，乃踐前約。整整既去，因口占好事近云：……一時戲謔，風調不羣。稼軒所編遺此。

【編年】淳熙十五年（一一八八）前。——右詞僅見清波別志。周煇與稼軒爲同時人，又「在上饒三四年，日從寓士遊，徧歷溪山奇勝」（見清波雜志卷五），其所記當可信，因即據以收録。別志成書於紹熙五年甲寅，其時稼軒詞僅有甲集刊佈，其所稱「稼軒所編」者，必即指甲集而言，因又知右詞之作在甲集編定之前。作年既難確考，亦姑附於甲集諸作之後。

蝶戀花　戊申元日立春，席間作

誰向椒盤簪綵勝？整整韶華，爭上春風鬢。往日不堪重記省，爲花長把新春恨。

春未來時先借問，晚恨開遲，早又飄零近。今歲花期消息定，只愁風雨無憑準。

【校】〔題〕廣信書院本作「元日立春」，花菴詞選作「戊申元日立春」，茲從四卷本乙集。

〔長把〕王詔校刊本及四印齋本並作「常把」，花菴詞選作「長抱」。

【箋注】

〔椒盤〕爾雅翼：「後世率以正月一日以盤進椒，號椒盤。」

〔綵勝〕即旛勝。續漢禮儀志：「立春之日，立青旛於門外。」賈充典戒：「人日造華勝相遺，像瑞圖金勝之形，又像西王母戴勝。」文昌雜録卷三：「唐制，立春日賜三省官綵勝有差。」東京夢華録：「立春日自郎官、御史、寺監長貳以上，皆賜春旛勝，以羅爲之。宰執親王近臣，皆賜金銀旛勝。入賀訖，戴歸私第。」宋代士大夫家亦多於立春日剪綵爲小旛，謂之春旛，或懸於家人之頭，或綴於花枝之下，或剪爲春蝶春錢春勝以爲戲。

【編年】

淳熙十五年（一一八八）。——按：王淮、周必大同爲丞相，自淳熙十四年二月起至十五年五月止，此間王淮擬除稼軒一帥之議見沮於周必大，遂以稼軒主管宮祠，以備緩急之用。稼軒罷歸六七年之後始得奉祠，故不能不深致歎息。此詞作於戊申元日，然借春花爲喻，以其開遲且又飄零過早，故有「往日不堪重記省，爲花長把新春恨」及「今歲花期消息定，只愁風雨無憑準」之句，蓋於此頗致其感慨也。

水調歌頭　送鄭厚卿赴衡州

寒食不小住，千騎擁春衫。衡陽石鼓城下，記我舊停驂。襟以瀟湘桂嶺，帶以洞庭青草，紫蓋屹西南。文字起騷雅，刀劍化耕蠶。看使君，於此事，定不凡。奮髯抵几堂上，尊俎自高談。莫信君門萬里，但使民歌五袴，歸詔鳳凰啣。君去我誰飲，明月影成三。

【校】

〔襟以、帶以〕四卷本乙集「以」均作「似」。

〔青草〕四卷本作「春草」。

〔西南〕四卷本作「東南」。

【箋注】

〔鄭厚卿〕見下首。

〔寒食句〕見卷一霜天曉角（吴頭楚尾闋）「明日三句」注。

〔衡陽二句〕輿地紀勝：「石鼓山在衡州城東三里。」按：稼軒於淳熙六年任湖南轉運副使，繼改湖南安撫使，衡州爲其屬郡，當時必以按視而一再至其地也。

〔桂嶺〕亦名香花嶺，在今湖南臨武縣北。

〔洞庭青草〕均湖名。張舜民南遷録：「岳州洞庭湖，南名青草，北名洞庭，所謂重湖也。」范致明岳陽風土記：「青草湖在磊石山，與洞庭相通，其南羅水出焉。荆江出巴蜀，自高注下，濁流洶湧。夏秋暴漲，則逆泛洞庭，瀟湘清流，頓皆混濁，岳人謂之翻流水。南至青草湖，或三五日乃還。俗云神水朝君山。」

〔紫蓋〕荆州記：「衡山有三峯極秀，曰：紫蓋、石囷、芙蓉。」長沙記：「衡山軒翔聳拔，九千餘丈，尊卑差次，七十二峯。最大者五：芙蓉、紫蓋、石廩、天柱、祝融。紫蓋爲最高。」

〔刀劍句〕見卷一滿江紅（倦客新豐闋）「賣劍」注。

〔看使君三句〕見卷一念奴嬌（我來弔古闋）「却憶至棋局」注。

〔奮髯句〕漢書朱博傳：「博遷琅琊太守，齊郡舒緩養名，博新視事，右曹掾史皆移病卧，博奮髯抵几曰：『觀齊兒欲以此爲俗耶！』……皆罷斥諸病吏。」

〔民歌五袴〕後漢書廉范傳：「建初中遷蜀郡太守，……舊制禁民夜作以防火災，而更相隱蔽，燒者日屬。范乃毁削先令，但嚴使儲水而已。百姓爲便，乃歌之曰：『廉叔度，來何暮。不禁火，民安作。平生無襦今五袴。』」

〔歸詔句〕見卷一滿庭芳（柳外尋春闋）「鳳凰獨遶天池」注。

〔君去二句〕李白月下獨酌詩：「花間一壺酒，獨酌無相親。舉杯邀明月，對影成三人。」

滿江紅　餞鄭衡州厚卿席上再賦

莫折荼蘼，且留取一分春色。還記得青梅如豆，共伊同摘。少日對花渾醉夢，而今醒眼看風月。恨牡丹笑我倚東風，頭如雪。　榆莢陣，菖蒲葉。時節换，繁華歇。算怎禁風雨，怎禁鶗鴂。老冉冉兮花共柳，是棲棲者蜂和蝶。也不因春去有閑愁，因離别。

【校】

〔題〕四卷本甲集作「稼軒居士花下與鄭使君惜别，醉賦。侍者飛卿奉命書」。

〔莫折〕四卷本作「折盡」。

〔且留取〕四卷本作「尚留得」。

〔記得〕四卷本作「記取」。

〔如豆〕四卷本作「如彈」。

〔渾醉〕四卷本作「昏醉」。

〔頭如雪〕四卷本作「形如雪」。

〔榆莢六句〕四卷本作「人漸遠，君休説。榆莢陣，菖蒲葉。算不因風雨，只因鶗鴂」。

【箋注】

〔青梅〕李白長干行：「郎騎竹馬來，遶牀弄青梅。」歐陽修阮郎歸詞：「南園春半踏青時，風和聞馬嘶。青梅如豆柳如眉，日長蝴蝶飛。」

〔老冉冉兮〕見本卷蝶戀花（九畹芳菲蘭佩好闋）「冉冉句」注。

〔是栖栖者〕見本卷踏莎行（進退存亡闋）「丘何爲句」注。

【編年】

淳熙十五年（一一八八）。——右水調歌頭、滿江紅各一闋，均爲送鄭厚卿赴衡州而作。水調歌頭有「衡陽石鼓城下，記我舊停驂」句，知二詞必作於淳熙七年之後。鄭厚卿始末不詳，唯查淳熙七年後至稼軒卒前，衡州守之鄭姓者僅有鄭如崈一人，爲繼劉清之之後任者。永樂大典卷八六四七至四八衡字韻引有宋衡州府圖經志全文，其郡守題名中有：「鄭如崈，朝散郎，淳熙十五年四月到，紹熙元年正月罷。」宋會要輯稿職官七二之五五亦載鄭如崈罷職因緣云：「淳熙十六年十二月二十六日，詔知衡州鄭如崈放罷。以本路漕臣奏如崈於總領所合解大軍糧米，輒憑奏檢，固拒不解；於法合行給還民間之錢，輒貪利不顧，横欲拘没。故有是命。」「崈」與「厚」義甚相近，知厚卿必即如崈之字。據衡州圖經志所載其抵任年月，知右二詞必作於淳熙十五年春。其滿江紅一闋，見四卷本甲集，依范開序文所署年月推論，似可證其至晚亦當作於十四年内；然查甲集之編次，凡同調諸詞莫不彙集一處，唯聲聲慢、滿江紅二調，前後複出，卷尾滿江紅共七首，右「折盡荼蘼」闋即其中之一。凡此必爲甲集已經刊成之後，又陸續附入者，則右二詞固仍須爲十五年春季之作也。

沁園春　戊申歲，奏邸忽騰報謂余以病挂冠，因賦此

老子平生，笑盡人間，兒女怨恩。況白頭能幾，定應獨往；青雲得意，見說長存。抖擻衣冠，憐渠無恙，合挂當年神武門。都如夢；算能争幾許，鷄曉鐘昏。　此心無有親冤，況抱甕年來自灌園。但凄涼顧影，頻悲往事；慇懃對佛，欲問前因。却怕青山，也妨賢路，休鬭尊前見在身。山中友，試高吟楚些，重與招魂。

【校】

〔怨恩〕王詔校刊本作「怨根」。

〔親冤〕廣信書院本作「新冤」，兹從歷代詩餘。按稼軒丙寅年所作「來年將告老」詩有句云：「有我故應還起滅，無求何自别冤親？」則此處以作「親冤」爲是。

【箋注】

〔奏邸忽騰報〕宋朝於京城置進奏院，諸路州郡各有進奏吏。凡朝廷已行之命令，已定之差除黜罷，由門下後省逐日編爲定本，經宰執審閲，報行四方，是爲邸報，亦稱朝報。至南宋，乃有所謂小報，其中所載，或是朝報未報之事，或是官員陳乞未曾施行之事，且有撰造命令，妄傳事端，以無爲有者。當時竟有閤門院子專以探報此等事爲生，或得於省院之漏泄，或得於街市之剽聞，或

即任意杜撰，亦日書一紙以出。出局之後，省部寺監知雜司及進奏官悉皆傳授，坐獲不貲之利。以至徧達於州郡監司。邸報與小報間雜流佈，真僞亦遂不辨。（以上據宋會要輯稿刑法二之一二五，紹熙四年十月四日臣僚論小報奏章所述。）稼軒於淳熙八年因王藺之彈章罷官，嗣即閒居信州，乃於六年之後而復有「以病挂冠」之説，則此一消息必即「小報」所憑空撰造者。

〔兒女怨恩〕見本卷蝶戀花（莫向樓頭聽漏點閡）「人間句」注。

〔白頭、獨往〕、〔親冤〕、〔青山、妨賢路〕葉夢得避暑録話卷上：「白樂天……不汲汲于進而志在于退，是以能安于去就愛憎之際，每裕然有餘也。……至甘露十家之禍，乃有『當君白首同歸日，是我青山獨往時』之句，得非爲王涯發乎？覽之使人太息。空花、妄想，初何所有，而況冤親相尋，繳繞何已？樂天不唯能外世故，固自以爲深得于佛氏，猶不能曠然一洗，電掃冰釋于無所有之地，習氣難除至是。要之，若飄瓦之擊，虚舟之觸，莊周以爲至人之用心也，宜乎。」（按：白居易詩題爲「九年十一月二十一日感事而作」，其下自注「其日獨游香山寺。」詩云：「禍福茫茫不可期，大都早退似先知。當君白首同歸日，是我青山獨往時。顧索素琴應不暇，憶牽黄犬定難追。麒麟作脯龍爲醢，何似泥中曳尾龜。」）五燈會元：「佛教慈悲，冤親平等。」

〔青雲〕史記范雎蔡澤列傳：「不意君能自致於青雲之上。」

〔抖擻三句〕南史陶弘景傳：「陶弘景字通明，丹陽秣陵人也。……善琴棋，工草隸。未弱冠，齊高帝作相，引爲諸王侍讀，除奉朝請。雖在朱門，閉影不交外物。……永明十年，脱朝服挂神武門，上表辭禄，詔許之。」

〔抱甕句〕莊子天地篇：「子貢南遊於楚，反於晉，過漢陰，見一丈人，方將爲圃畦，鑿隧而入井，抱甕而出灌。搰搰然用力甚多而見功寡。」

〔淒涼顧影〕蘇軾永遇樂寄孫巨源：「淒然顧影，共伊到明無寐。」

〔休鬬句〕牛僧孺席上贈劉夢得詩：「休論世上升沉事，且鬬尊前見在身。」「鬬」字在此處有「受用」意。

〔楚些〕指楚辭招魂，句尾用「些」字。

按：稼軒之帥江西，本以被劾去職，洎淳熙十五年戊申，賦閒信上已五六載矣，而奏邸乃反有以病掛冠之訛傳，稼軒於山居時見邸報，覺其可笑，故賦此詞解嘲。梁啓超編稼軒年譜，於戊申年下曾有大段之考證文字，其解釋此詞語意者，有云：「先生落職，本緣被劾，而邸報誤爲引疾，詞中『笑盡兒女怨恩』，『此心無有親冤』，謂胸中絶無芥蒂，被劾與引退原可視同一律也。『白頭能幾，定應獨往』，『衣冠無恙，合挂當年神武門』，言早當勇退，不必待劾也。『都如夢；算能爭幾許，鷄曉鐘昏』，言奏邸竟爲我延長若干年做官生涯，然所差能幾，不足較也。『抱甕年來自灌園』，『淒涼顧影，頻悲往事』，此明是罷斥後情狀。……『却怕青山，也妨賢路』，極言憂讒畏譏，恐雖山居猶不免物議也。『山友重與招魂』，言本已罷官，奏邸又爲我再罷一次，山友不妨再賦招隱也。」其言均頗的當。

【編年】

淳熙十五年（一一八八）。

賀新郎

陳同父自東陽來過余，留十日，與之同遊鵝湖，且會朱晦菴於紫溪，不至，飄然東歸。既别之明日，余意中殊戀戀，復欲追路，至鷺鷥林，則雪深泥滑，不得前矣。獨飲方村，悵然久之，頗恨挽留之不遂也。夜半投宿吴氏泉湖四望樓，聞鄰笛悲甚，爲賦乳燕飛以見意。又五日，同父書來索詞，心所同然者如此，可發千里一笑

把酒長亭說。看淵明風流酷似，卧龍諸葛。何處飛來林間鵲，蹙踏松梢殘雪。要破帽多添華髮。剩水殘山無態度，被疎梅料理成風月。兩三鴈，也蕭瑟。佳人重約還輕别。悵清江天寒不渡，水深冰合。路斷車輪生四角，此地行人銷骨。問誰使君來愁絶？鑄就而今相思錯，料當初費盡人間鐵。長夜笛，莫吹裂。

【校】

〔題〕四卷本乙集「吴氏泉湖」作「泉湖吴氏」，「乳燕飛」作「賀新郎」。陽春白雪外集引題作「寄同甫」。

〔看淵明〕陽春白雪作「愛淵明」。

〔殘雪〕四卷本作「微雪」。

【箋注】

〔陳同父〕名亮，婺州永康人，才氣超邁，曾再三上書孝宗，反對和議。光宗策進士，擢第一，授簽書建康府判官，未赴任卒。有龍川集行世。宋史卷一百九十五有傳。

〔朱晦菴〕名熹，徽州婺源人，父松官福建，因家焉。晚年築舍武夷山，講學其中。爲南宋理學宗師。宋史卷四百二十九有傳。

〔紫溪〕鎮名，在江西鉛山縣南四十里，路通甌閩，居民鱗集。朱文公文集戊申與陳同甫書有「承見訪於蘭溪，甚幸」等語，蘭溪疑爲紫溪之别稱。

〔鷺鷥林〕未詳所在。韓淲澗泉集及俞德鄰佩韋齋集均有詠鷺鷥林詩。查常山縣志載有鷺鷥山，謂在縣治文筆峯西麓。常山縣爲信州入浙之道，疑鷺鷥林即在鷺鷥山之附近也。

〔方村〕常山縣志載有芳村溪，謂在縣東北四十里，不知與此爲一爲二。

〔吴氏泉湖四望樓〕未詳。

〔鄰笛悲甚〕向秀思舊賦序，謂經行嵇康呂安竹林舊居時，「日薄虞淵，寒冰淒然，鄰人有吹笛者，發聲寥亮，追思曩昔遊宴之好，感音而歎，故作賦云」。

〔乳燕飛〕賀新郎調之別名。

〔剩水殘山〕杜甫陪鄭廣文遊何將軍山林詩：「剩水滄江破，殘山碣石開。」剩水殘山謂穿池壘石，指園林之人工山水。

〔無態度〕陳與義陪粹翁舉酒於君子亭詩：「去國衣冠無態度。」

〔路斷句〕見卷一木蘭花慢（漢中開漢業闋）「車輪四角」注。

〔銷骨〕孟東野答韓愈李觀因獻張徐州詩：「富別愁在顏，貧別愁銷骨。」

〔鑄就二句〕通鑑卷二六五：「朱全忠留魏半歲，羅紹威供億所殺牛羊豕近七十萬，資糧稱是，所賂遺又近百萬。比去，蓄積爲之一空。紹威雖去其逼，而魏兵自是衰弱。紹威悔之，謂人曰：『合六州四十三縣鐵不能爲此錯也。』」按：孫光憲北夢瑣言卷十四亦載此事，與通鑑所載稍不同。

〔長夜二句〕太平廣記卷二〇四李謩條引逸史：「謩開元中吹笛爲第一部，近代無比。有故，自教坊請假至越州，公私更讌，以觀其妙。時州客……同會鏡湖，欲邀李生湖上吹之。……有獨孤生者，年老，久處田野，人事不知，……到會所，澄波萬頃，景物皆奇，李生拂笛，……其聲始發之後，昏曀齊開，水木森然，髣髴如有鬼神之來，坐客皆更贊詠之，以爲鈞天之樂不如也。獨孤生乃無一言，會者皆怒，……獨孤生乃徐曰：『公安知僕不會也！』……獨孤生乃取吹之，李生更有一笛，拂拭以進，獨孤視之曰：『此都不堪取，執者粗通耳。』乃换之，曰：『此至入破，必裂，得無恡惜否？』李生曰：『不敢。』遂吹，聲發入雲，四座震慄，李生蹙踖不敢動，……及入破，笛遂敗裂，不復終曲。李生再拜，衆皆帖息，乃散。」

【附録】

陳同甫和章（見龍川文集卷十七）

賀新郎　寄辛幼安和見懷韻

老去憑誰説？看幾番神奇臭腐，夏裘冬葛。父老長安今餘幾，後死無讎可雪。猶未燥當時生髮！二十五弦多少恨，算世間那有平分月。胡婦弄，漢宫瑟。　樹猶如此堪重别。只使君從來與我，話頭多合。行矣置之無足問，誰换妍皮癡骨。但莫使伯牙絃絶。九轉丹砂牢拾取，管精金只是尋常鐵！龍共虎，應聲裂。

【編年】

淳熙十五年冬（一一八九）。——據陳同甫與稼軒及朱熹往復各書推考，陳氏之至上饒相訪，應在淳熙十五年歲杪。右詞當即作於是時。（參拙編稼軒年譜淳熙十五年記事。）

又　同父見和，再用韻答之

老大那堪説。似而今元龍臭味，孟公瓜葛。我病君來高歌飲，驚散樓頭飛雪。

笑富貴千鈞如髮。硬語盤空誰來聽？記當時只有西窗月。重進酒，換鳴瑟。事無兩樣人心別。問渠儂神州畢竟，幾番離合？汗血鹽車無人顧，千里空收駿骨。正目斷關河路絶。我最憐君中宵舞，道「男兒到死心如鐵」。看試手，補天裂。

【校】

〔題〕四卷本乙集作「同父見和，再用前韻」。

〔那堪〕四卷本作「猶堪」。

〔換鳴瑟〕四卷本作「喚鳴瑟」。

【箋注】

〔元龍臭味〕左傳襄八年：「今譬於草木，寡君在君，君之臭味也。」注：「言同類。」劉備推崇陳登（字元龍）語，見卷一水龍吟（楚天千里清秋闋）「求田三句」注。

〔孟公句〕漢書游俠列傳：「陳遵字孟公，杜陵人也。……居長安中，列侯、近臣、貴戚皆貴重之。牧守當之官，及郡國豪傑至京師者，莫不相因到遵門。」瓜葛指交遊。按：元龍、孟公皆切陳亮姓。

〔千鈞如髮〕韓愈與孟尚書書：「其危如一髮引千鈞。」按：此與卷三最高樓（吾衰矣闋）「富貴是危機」意同。

〔硬語句〕韓愈薦士詩：「横空盤硬語，妥帖力排奡。」

〔人心别〕鄭谷十日菊詩：「自緣今日人心别，未必秋香一夜衰。」

〔汗血〕漢書武帝紀應劭注：「大宛舊有天馬種，蹋石汗血，汗從前肩髆出，如血，號一日千里。」

〔鹽車〕戰國策楚策四：「驥之齒至矣，服鹽車而上太行，蹄申膝折，尾湛胕潰，漉汁灑地，白汗交流，外阪遷延，負轅而不能上。」

〔千里句〕戰國策燕策一：「燕昭王即位，卑身厚幣以招賢者，欲將報讐，故往見郭隗先生。……郭隗先生曰：『臣聞古之君人有以千金求千里馬者，三年不能得，涓人言於君曰：請求之。君遣之，三月得千里馬，馬已死，買其首五百金，反以報君。君大怒曰：所求者生馬，安事死馬，而捐五百金！涓人對曰：死馬且買之五百金，況生馬乎？天下必以王爲能市馬，馬今至矣。』於是不期年千里馬之至者三。今王誠欲致士，先從隗始。」

〔憐〕愛重之意。

〔中宵舞〕晉書祖逖傳：「與司空劉琨俱爲司州主簿，情好綢繆，共被同寢。中夜，聞荒鷄鳴，蹴琨覺曰：『此非惡聲也。』因起舞。琨逖並有英氣，每語世事，或中宵起坐，相謂曰：『若四海鼎沸，豪傑並起，吾與足下當相避於中原耳。』」

〔補天裂〕見卷一滿江紅（鵬翼垂空闊）「袖裏二句」注。

【附録】

陳同甫和章

賀新郎 酬辛幼安再用韻見寄

離亂從頭説。愛吾民金繒不愛，蔓藤纍葛。壯氣盡消人脆好，冠蓋陰山觀雪。虧殺我一星星髮。涕出女吴成倒轉，問魯爲齊弱何年月。丘也幸，由之瑟。　斬新換出旗麾别。把當時一椿大義，拆開收合。據地一呼吾往矣，萬里摇肢動骨。這話欛只成癡絶。天地洪爐誰扇鞴，算於中安得長堅鐵。淝水破，關東裂。

又 懷辛幼安用前韻

話殺渾閑説。不成教齊民也解，爲伊爲葛。尊酒相逢成二老，却憶去年風雪。新着了幾莖華髮。百世尋人猶接踵，歎只今兩地三人月。寫舊恨，向誰瑟？　男兒何用傷離别。況古來幾番際會，風從雲合。千里情親長晤對，妙體本心次骨。卧百尺高樓斗絶。天下適安耕且老，看買犁賣劍平家鐵。壯士淚，肺肝裂。

又 用前韻送杜叔高

細把君詩説：恍餘音鈞天浩蕩，洞庭膠葛。千丈陰崖塵不到，惟有層冰積雪。

乍一見寒生毛髮。自昔佳人多薄命，對古來一片傷心月。金屋冷，夜調瑟。去天尺五君家别。看乘空魚龍慘淡，風雲開合。起望衣冠神州路，白日消殘戰骨。歎夷甫諸人清絶！夜半狂歌悲風起，聽錚錚陣馬簷間鐵。南共北，正分裂。

【校】

〔題〕廣信書院本作「用前韻贈金華杜仲高」，兹從四卷本乙集。

〔悵餘音〕四卷本作「悵餘音」。

〔千丈〕四卷本作「千尺」。

〔消〕四卷本作「銷」。

【箋注】

〔杜叔高〕名斿，金華蘭谿人。兄旟，字伯高；旃，字仲高；弟旞，字季高；旝，字幼高。五人俱博學工文，人稱金華五高。端平初，以布衣與稼軒壻范黄中（炎）及劉後村等八人同時受召。中興館閣續録祕閣校勘門：「紹定以後二人：杜斿字叔高，婺州人。六年十一月以布衣特補迪功郎，差充。端平元年七月與在外合入差遣。」陳亮龍川文集卷十九復杜仲高書：「伯高之賦，如奔風逸足，而鳴以和鑾；叔高之詩，如干戈森立，有吞虎食牛之氣；而左右發春妍以輝映於其間：非獨一門之盛，可謂一時之豪。」葉適水心文集卷七贈杜幼高詩：「杜子五兄弟，詞林俱上頭。規模古樂府，接續後春秋。奇崛令誰賞，羈棲浪自愁。故園如鏡水，日日抱村流。」

〔鈞天〕見卷一八聲甘州（把江山好處付公來闋）「鈞天夢」注。

〔洞庭膠葛〕莊子天運篇：「黄帝張咸池之樂於洞庭之野，……其聲能短能長，能柔能剛，變化齊一，不主故常。」司馬相如上林賦：「張樂乎膠葛之寓。」

〔層冰積雪〕楚辭九歌湘君：「桂櫂兮蘭枻，斲層冰兮積雪。」

〔自昔句〕蘇軾薄命佳人詩：「自古佳人多命薄，閉門春盡楊花落。」

〔金屋〕漢武故事：「若得阿嬌作婦，當作金屋貯之也。」

〔去天句〕辛氏三秦記：「城南韋、杜，去天尺五。」杜甫贈韋七贊善詩：「鄉里衣冠不乏賢，杜陵韋曲未央前。爾家最近魁三象，時論同歸尺五天。」

〔歎夷甫句〕晉書王衍傳：「衍字夷甫，神情明秀，風姿詳雅。……口不論世事，唯雅詠玄虚而已。……既有盛才美貌，明悟若神。常自比子貢。兼聲名藉甚，傾動當世，妙善玄言，唯談老、莊爲事。每捉玉柄麈尾，與手同色。……衆共推衍爲元帥，……俄而舉軍爲石勒所破，勒呼王公，與之相見，……使人夜排牆填殺之。衍將死，顧而言曰：『嗚呼，吾曹雖不如古人，向若不祖尚浮虚，戮力以匡天下，猶可不至今日。』」餘參本卷水龍吟（渡江天馬南來闋）「夷甫二句」注。按：南宋時士大夫間亦有趨尚清談風氣，孝宗亦曾以爲言（見建炎以來朝野雜記），故稼軒於此深致慨歎。

〔聽錚錚句〕芸窗私志：「元帝時臨池觀竹，竹既枯，后每思其響，夜不能寐，帝爲作薄玉龍數十枚，以縷線懸於簷外，夜中因風相擊，聽之與竹無異。民間效之，不敢用龍，以什駿代。今之鐵馬，是其遺制。」

【編年】

淳熙十六年（一一八九）春。——據陳同甫和章中「却憶去年風雪」句，知「老大那堪説」闋爲十六年春間寄陳之作。是時杜叔高或適來訪晤，故又用同韻賦詞送之。

破陣子　爲陳同甫賦壯詞以寄之

醉裏挑燈看劍，夢回吹角連營。八百里分麾下炙，五十絃翻塞外聲。沙場秋點兵。

馬作的盧飛快，弓如霹靂弦驚。了却君王天下事，贏得生前身後名。可憐白髮生！

【校】

〔題〕四卷本丁集作「爲陳同父賦壯語以寄」。

〔炙〕廣信書院本作「㣿」，即「炙」之别寫。此從四卷本。

【箋注】

〔挑燈看劍〕劉斧青瑣高議卷三載高言詩：「男兒慷慨平生事，時復挑燈把劍看。」

〔八百里〕謂牛。世説新語汰侈篇：「王君夫（愷）有牛，名八百里駮，常瑩其蹄角。王武子（濟）語君夫：『我射不如卿，今指賭卿牛，以千萬對之。』君夫既恃手快，且謂駿物無有殺理，便相然可，令武子先射。武子一起便破的，却據胡牀，叱左右：『速探牛心來！』須臾炙至，一臠便去。」韓愈元和聖德詩：「萬牛臠炙，萬甕行酒。」蘇軾約公擇飲是日大風詩：「要當啖公八百里，豪氣一洗儒生酸。」雲谿友議卷下雜嘲戲條載李日新題仙娥驛詩曰：「商山食店大悠悠，陳鶡餲饠古餘頭。更有臺中牛肉炙，尚盤數臠紫光毬。」

〔五十絃〕謂瑟。史記封禪書：「太帝使素女鼓五十絃瑟，悲，帝禁不止，故破其瑟爲二十五絃。」李商隱錦瑟詩：「錦瑟無端五十絃。」

〔的盧〕相馬經：「馬白額入口齒者，名曰榆鴈，一名的盧。」蜀志先主傳注引世語：「劉備屯樊城，劉表憚其爲人，不甚信用。曾請備宴會，蒯越、蔡瑁欲因會取備，備覺之，潛遁出。所乘馬名的盧，騎的盧走渡襄陽城西檀溪水中，溺不得出，備急曰：『的盧，今日厄矣，可努力！』的盧乃一踊三丈，遂得過。」

〔弓如句〕南史曹景宗傳：「景宗謂所親曰：『我昔在鄉里，騎快馬如龍，與年少輩數十騎，拓弓弦作霹靂聲，箭如餓鴟叫，……此樂使人忘死，不知老之將至。』」

【編年】

右詞作年莫考，姑附綴於與陳同甫唱和諸詞之後。

又　贈行

少日春風滿眼，而今秋葉辭柯。便好消磨心下事，也憶尋常醉後歌。新來白髮多。明日扶頭顛倒，倩誰伴舞婆娑？我定思君拚瘦損，君不思兮可奈何。天寒將息呵。

【校】

〔也憶〕四卷本丙集作「莫憶」。

〔新來〕四卷本作「可憐」。

【箋注】

〔婆娑〕見本卷洞仙歌（婆娑欲舞闋）「婆娑句」注。

〔拚〕甘願之意。

【編年】

右詞作年莫考，姑依廣信書院本次第，附於同調寄陳同甫壯詞之後。

水調歌頭 元日投宿博山寺，見者驚歎其老

頭白齒牙缺，君勿笑衰翁。無窮天地今古，人在四之中。臭腐神奇俱盡，貴賤賢愚等耳，造物也兒童。老佛更堪笑，談妙説虚空。　坐堆豗，行答颯，立龍鍾。有時三盞兩盞，淡酒醉蒙鴻。四十九年前事，一百八盤狹路，拄杖倚牆東。老境竟何似？只與少年同。

【校】

〔老境〕王詔校刊本及六十家詞本俱作「老景」。

〔竟何似〕四卷本乙集作「何所似」。

【箋注】

〔博山寺〕見本卷鷓鴣天（不向長安路上行闋）「博山寺」注。

〔臭腐神奇〕莊子知北遊：「故萬物一也。是其所美者爲神奇，其所惡者爲臭腐；臭腐復化爲神奇，神奇復化爲臭腐。故曰通天下一氣耳。聖人故貴一。」

〔貴賤句〕白居易浩歌行：「賢愚貴賤同歸盡。」蘇軾任師中挽詞：「貴賤賢愚同盡耳，君家不盡緣賢子。」

〔造物句〕新唐書杜審言傳：「審言病甚，宋之問、武平一等省候何如，答曰：『甚爲造化小兒所苦，尚何言！』」

〔堆豗〕豗音灰。歐陽修清明前一日韓子華以靖節斜川詩見招邀李園詩：「三日不出門，堆豗類寒鴉。」

〔答颯〕南史鄭鮮之傳：「時傅亮、謝晦位遇日隆，范泰嘗衆中讓誚鮮之曰：『卿與傅、謝俱從聖主有功關洛，卿乃居僚首，今日答颯，去人遼遠，何不肖之甚！』鮮之熟視不對。」

〔有時二句〕李清照聲聲慢詞：「三盃兩盞淡酒，怎敵他、晚來風急。」蒙鴻，即鴻蒙。莊子在宥「適遭鴻蒙」司馬彪注：「自然元氣也。」

〔一百八盤〕黄庭堅竹枝詞：「浮雲一百八盤縈，落日四十八渡明。」任淵注：「一百八盤及四十八渡，皆自峽州往黔中路名。」陸游入蜀記：「二十四日早抵巫山縣。……臨江南陵山極高大，有路如線，盤屈至絶頂，謂之一百八盤。」按此處乃泛指，以喻世路及本人生活歷程之艱險，非實有所指也。

【編年】

淳熙十六年（一一八九）。——據詞中「四十九年前」句，知此詞作於稼軒五十歲時，即淳熙十六年也。陳同甫於十五年歲杪至上饒相訪。别後戀戀，追路至鷺鷥林，以雪深泥滑，遂廢然而返，均見賀新郎題中。歸途適在元日，乃投宿博山寺中，故舊重見，驚歎其老，因有感而賦此詞。

卜算子 齒落

剛者不堅牢，柔底難摧挫。不信張開口角看，舌在牙先墮。已闕兩邊廂，又豁中間箇。説與兒曹莫笑翁，狗竇從君過。

【校】

〔柔底〕四卷本丁集作「柔者」，王詔校刊本及四印齋本作「柔的」。

〔口角〕四卷本及廣信書院本並作「口了」，茲依王詔校刊本及四印齋本。

【箋注】

〔剛者四句〕見本卷滿江紅（瘴雨蠻煙鬬）「看依然句」注。

〔狗竇句〕世説新語排調篇：「張吴興年八歲，齒虧，先達知其不常，故戲之曰：『君口中何爲開狗竇？』張應聲答曰：『正使君輩從此中出入。』」

【編年】

右詞作年無可考，以水調歌頭有「頭白齒牙缺」句，姑依類附次於此。

最高樓　送丁懷忠教授入廣。渠赴調都下，久不得書，或謂從人辟置，或謂徑歸閩中矣

相思苦，君與我同心。魚没鴈沉沉。是夢他松後追軒冕，是化爲鶴後去山林？對西風，悵望，到如今。　待不飲奈何君有恨；待痛飲奈何吾又病。君起舞，試重斟。蒼梧雲外湘妃淚，鼻亭山下鷓鴣吟。早歸來，流水外，有知音。

【校】

〔題〕四卷本乙集作「送丁懷忠」。

〔吾又病〕四卷本作「吾有病」。

【箋注】

〔丁懷忠〕趙蕃淳熙稿卷五有送丁懷忠朝佐赴象州教授詩。歐陽文忠公文集卷末附載編定校正人姓名中有云：「紹熙三年承直郎前桂陽軍軍學教授丁朝佐字懷忠。」據知懷忠名朝佐，即曾與曾三異等同編校歐陽文忠公文集者。周必大跋歐陽文集有云：「承直郎丁朝佐，博覽羣書，尤長考證。」陳傅良止齋集有送丁懷忠教授象州詩。歐集卷一丁氏校語有云：「蝦蟆碚詩，諸本皆作碚。朝佐考字書無此字。今祕書正字項安世嘗自蜀來，云土人寫作背字，音佩。」據知一時名流與

丁氏交遊者甚多。據詞題及丁氏跋玉堂雜記自署「樵溪丁朝佐」，知丁氏爲閩人。洪邁夷堅丁志卷二張注夢條有云：「邵武人張注，紹興丁卯秋試，……既而不利。至乾道己丑始以免舉再行，而同里丁朝佐亦預計偕，二人同登科。朝佐正生於丁卯。」據知丁氏爲閩之邵武縣人。（邵武縣志不載丁氏行實。）郡齋讀書志趙希弁附志卷一雜史類：「朝野遺事一卷，右趙文崧伯山所著記，……淳熙中周益公帥長沙，命項安世、丁朝佐、楊長孺讐校而刻之。」職官類：「玉堂雜記三卷，右周益公必大記玉堂中事也，丁朝佐謂『九重之德美，前輩之典型，恩數之異同，典故之沿革，皆因事而見之』云。」

〔是夢他句〕吴録：「丁固初爲尚書，夢松樹生其腹上，謂人曰：『松字，十八公也；後十八歲，吾其爲公乎。』卒如夢焉。」「後」，略似今口語中之「啊」字，不作先後解。

〔是化爲句〕陶潛搜神後記：「丁令威本遼東人，學道於靈虚山，後化鶴歸遼，集郡城門華表柱。時有少年舉弓欲射之，鶴乃飛，徘徊空中而言曰：『有鳥有鳥丁令威，去家千年今始歸，城郭如故人民非，何不學仙塚纍纍。』遂高上沖天。」

〔蒼梧句〕舜南巡，崩於蒼梧之野，二妃追至，哭之極哀，後投水而死，爲湘水之神，遂稱湘妃，亦曰湘君或湘夫人。杜甫同諸公登慈恩寺塔詩：「回首叫虞舜，蒼梧雲正愁。」

〔鼻亭山句〕湖南道州境内之有庳墟，相傳舜封其弟象於此。其地有山，原名鼻墟山，括地志作鼻亭山。山下有象廟，唐元和中道州刺史薛伯高撤其屋、墟其地。柳宗元爲作道州毁鼻亭神記以刻於山石。黄庭堅戲詠零陵李宗古屋士家馴鷓鴣詩：「終日憂兄行不得，鷓鴣應是鼻亭公。」任淵注：「漢書昌邑王傳曰：『舜封象於有鼻。』顔師古注曰：『有鼻在零陵，今鼻亭是也。』又按：柳子厚有斥鼻亭神記，蓋在道州，道與永實相接云。舜至蒼梧，不復能巡狩，而孟子謂象以愛兄之道來，故此詩因鷓鴣之聲以寄意。」

【編年】

淳熙十六年（一一八九）春。——據止齋集送丁詩自注云：「應仲實帥廣西。」查應仲實名孟明，其帥廣西始於淳熙十五年秋，十六年春正月有奏論廣西鹽法事，均見李心傳建炎以來朝野雜記乙集十六廣西鹽法條。趙蕃送丁詩亦有「我今方從湖外歸，君行重向湖外去」之句，趙氏之自湖南歸信上，事在十五年秋，知丁氏赴桂必在十六年。止齋時方提舉湖南，其詩結句爲「所恨冥冥雨，梅天不肯開」。依此逆推丁氏行程，其由信州啓行時節必在春初。

浣溪沙　壽内子

壽酒同斟喜有餘，朱顔却對白髭鬚。兩人百歲恰乘除。　婚嫁剩添兒女拜，平安頻拆外家書。年年堂上壽星圖。

【箋注】

〔乘除〕宋會要輯稿食貨六之二八，載淳熙十三年湖廣總領趙彦逾言，有「一歲一畝所收，以高下相乘除，不過六七斗」之語，其乘除二字當作「截長補短」或「平均」解。稼軒詞中此句之意，則當爲：兩人年齡均爲五十，即二乘五十爲一百，二除一百爲五十也。「元日投宿博山寺」之水調歌頭已自謂「頭白齒牙缺」，此云「朱顔却對白髭鬚」，則知夫人容顔尚好。

〔剩添〕即「屢次」、「多次」。

【編年】

淳熙十六年（一一八九）。——據稼軒滿江紅「家住江南，又過了清明寒食」句，表明有室有家，已逾兩春，可推定其於紹興三十二年（一一六二）寓居鎮江之初即已與范邦彦之女成婚，二人同齡，故繫此詞於此。（餘參年譜紹興三十二年）

水調歌頭　送信守王桂發

酒罷且勿起，重挽使君鬚。一身都是和氣，别去意何如。我輩情鍾休問，父老田頭説尹，淚落獨憐渠。秋水見毛髮，千尺定無魚。　望清閟，左黄閣，右紫樞。東風桃李陌上，下馬拜除書。屈指吾生餘幾，多病妨人痛飲，此事正愁余。江湖有歸鴈，能寄草堂無？

【校】

〔題〕四卷本乙集作「送太守王秉」。

〔使君〕廣信書院本及四卷本作「史君」，兹從王詔校刊本及四印齋本。

〔妨人〕四卷本作「故人」。

【箋注】

〔王桂發〕據四卷本題，知桂發名秉。唯廣信府志職官志中未及其人，其守信州之年月亦別無可考。

〔重挽句〕蘇軾慶源宣義王丈求紅帶戲作詩：「青衫半作霜葉枯，遇民如兒吏如奴。吏民莫作官長看，我是識字耕田夫。妻啼兒號刺史怒，時有野人來挽鬚。拂衣自注下下考，芋魁飯豆吾豈無。」

〔我輩句〕世説新語傷逝篇：「王戎喪兒萬子，山簡往省之，王悲不自勝，簡曰：『孩抱中物，何至於此？』王曰：『聖人忘情，最下不及情，情之所鍾，正在我輩。』」

〔父老句〕杜甫遭田父泥飲美嚴中丞詩：「酒酣誇新尹，畜眼未見有。……語多雖雜亂，説尹終在口。」

〔秋水二句〕東方朔答客難：「水至清則無魚，人至察則無徒。」

〔黃閣〕謂中書門下省。

〔紫樞〕謂樞密院。

〔多病句〕陳師道贈王聿脩商子常詩：「畏病忍狂妨痛飲。」

【編年】

淳熙十六年（一一八九）。——王桂發守信年月無可考，右詞作年遂亦難定。以其有「多病妨人痛飲」句，與前闋最高樓中語意正相同，疑作於同時。稼軒寓居帶湖期內，信守之更替大都可考，史闕無徵者亦唯淳熙末之二三年，其時當即王氏爲守時也。

鵲橋仙　己酉山行書所見

松岡避暑，茆簷避雨，閒去閒來幾度。醉扶怪石看飛泉，又却是前回醒處。

東家娶婦，西家歸女，燈火門前笑語。釀成千頃稻花香，夜夜費一天風露。

【校】

〔題〕四卷本乙集無「己酉」二字。

〔怪石〕四卷本作「孤石」。

滿江紅　送徐撫幹衡仲之官三山，時馬叔會侍郎帥閩

絶代佳人，曾一笑傾城傾國。休更歎舊時青鏡，而今華髮。明日伏波堂上客，「老當益壯」翁應説。恨苦遭鄧禹笑人來，長寂寂。　詩酒社，江山筆。松菊徑，雲煙屐。怕一觴一詠，風流絃絶。我夢横江孤鶴去，覺來却與君相别。記功名萬里要吾身，佳眠食。

【編年】

淳熙十六年（一一八九）。

【校】

〔題〕廣信書院本作「送徐行仲撫幹」，茲從四卷本乙集。

〔青鏡〕四卷本作「清鏡」。

【箋注】

〔三山〕今福建省會福州。曾鞏道山亭記：「城中凡有三山，東曰九仙，西曰閩山，北曰越王，故郡有三山之名。」

〔馬叔會〕景定嚴州續志卷三人物門：「馬大同字會叔，郡人。登紹興二十四年進士第。自

爲小官，即以剛介聞。改秩，除國子監簿。對便殿，上與語，輒奏不然，明日，謂宰執曰：『夜來馬大同奏對，朕與之辯論，凡不然朕説者三，氣節可喜。』由是簡知孝廟，有大用意。後每對上，輒陳恢復大計。歷中外要官，必求盡職，以洗冤澤物爲己任。所至雖退僻，童孺無不知公名。仕至户部侍郎。」按：據上引續志，知大同字會叔，題作「叔會」，蓋刻本誤倒。

〔絶代二句〕見卷一滿江紅（天與文章闋）「傾國二句」注。

〔明日二句〕後漢書馬援傳：「馬援字文淵，扶風茂陵人也。……常謂賓客曰：『丈夫爲志，窮當益堅，老當益壯。』……交阯女子徵側及女弟徵貳反，……側自立爲王，於是璽書拜援伏波將軍。」

〔恨苦遭二句〕南史王融傳：「融躁於名利，自恃人地，三十内望爲公輔。及爲中書郎，嘗撫案歎曰：『爲爾寂寂，鄧禹笑人。』」

〔松菊徑〕陶淵明歸去來辭：「三徑就荒，松菊猶存。」

〔横江孤鶴〕蘇軾後赤壁賦：「時夜將半，四顧寂寥，適有孤鶴，横江東來。」

【編年】

淳熙十六年（一一八九）。——據淳熙三山志，馬大同於淳熙十六年四月以朝散大夫直顯謨閣帥福建，於紹熙元年三月被召。

御街行　山中問盛復之提幹行期

山城甲子冥冥雨，門外青泥路。杜鵑只是等閑啼，莫被他催歸去。垂楊不語，行人去後，也會風前絮。　情知夢裏尋鵷鷺，玉殿追班處。怕君不飲太愁生，不是苦留君住。白頭笑我，年年送客，自唤春江渡。

【校】

〔笑我〕四卷本乙集作「自笑」。

【箋注】

〔盛復之〕洪邁夷堅志支丁卷七靈山水精條：「水精出於信州靈山之下，唯以大爲貴。……麗水人盛庶字復之，名士也。曾仕於信，得二片，高四寸許，闊稱之。」麗水縣志選舉門載盛庶於淳熙五年姚穎榜進士及第，仕至福建提舉。

〔山城句〕張鷟朝野僉載卷一：「諺云：『春雨甲子，赤地千里。夏雨甲子，乘船入市。秋雨甲子，禾頭生耳。』」杜甫雨詩：「冥冥甲子雨，已度立春時。」

〔情知二句〕鵷鷺謂朝官之行列，因其整齊有序如鵷與鷺也。隋書音樂志：「懷黄綰白，鵷鷺千行；文贊百揆，武鎮四方。」

〔太愁生〕生字爲形容詞後之語助詞，即李白戲杜甫詩中「借問别來太瘦生」之用法也。

又

闌干四面山無數。供望眼，朝與暮。好風催雨過山來，吹盡一簾煩暑。紗廚如霧，簟紋如水，别有生涼處。　冰肌不受鉛華污，更旎旎，真香聚。臨風一曲最妖嬌，唱得行雲且住。藕花都放，木犀開後，待與乘鸞去。

【校】

〔行雲〕四卷本乙集作「行人」。

【箋注】

〔簟紋句〕蘇軾南堂五首：「掃地焚香閉閣眠，簟紋如水帳如煙。客來夢覺知何處，挂起西窗浪接天。」

〔唱得句〕列子湯問篇：「薛譚學謳於秦青，未窮青之技，自謂盡之，遂辭歸，秦青弗止，餞於郊衢，撫節悲歌，聲振林木，響遏行雲。」

〔乘鸞〕異聞録：「開元中，明皇與申天師遊月中，見素娥十餘人，皓衣乘白鸞，笑舞於廣庭大桂樹下，樂音嘈雜清麗，明皇歸製霓裳羽衣曲。」

【編年】

至晚當在淳熙末年。——宋會要輯稿選舉二二之一二謂盛庶於慶元二年任司農寺丞。夷堅志支丁成書於慶元二年春間，其中謂盛復之「曾仕於信」，知其事必在慶元以前。洪邁於此條記事下注云，其事「得之張思順」，不云得之其子莘之，知盛氏之仕於信必猶在紹熙之前（洪莘之於紹熙初爲信州通判），故至晚當在淳熙末年也。第二首以同見乙集，因亦附載於此。

卜算子　尋春作

脩竹翠羅寒，遲日江山暮。幽徑無人獨自芳，此恨知無數。　只共梅花語，嬾逐遊絲去。着意尋春不肯香，香在無尋處。

【校】

〔題〕廣信書院本及四卷本丁集俱無題，兹從王詔校刊本及四印齋本。

【箋注】

〔脩竹句〕杜甫佳人詩：「天寒翠袖薄，日暮倚脩竹。」

〔遲日句〕杜甫絶句：「遲日江山麗，春風花草香。」

又 爲人賦荷花

紅粉靚梳粧，翠蓋低風雨。占斷人間六月涼，明月鴛鴦浦。根底藕絲長，花裏蓮心苦，只爲風流有許愁，更襯佳人步。

【校】

〔題〕四卷本丁集作「荷花」。

〔明月〕四卷本作「期月」。

【箋注】

〔更襯句〕見卷四喜遷鶯（暑風涼月闋）「步襯潘娘」注。

又 聞李正之茶馬訃音

欲行且起行，欲坐重來坐。坐坐行行有倦時，更枕閒書卧。病是近來身，嬾是從前我。静掃瓢泉竹樹陰，且恁隨緣過。

【校】

〔題〕四卷本丁集無。

〔静掃〕王詔校刊本及四印齋本俱作「浄掃」。

【編年】

淳熙十六年或紹熙元年（一一八九或一一九〇）。——據建炎以來朝野雜記及宋會要輯稿參互推考，李正之由利州路提點刑獄改任茶馬提舉，其事當在淳熙十四年。據澗泉集卷九李正之丈提刑挽詩中「符節多遺愛，璽書行九遷。豈期歸蜀道，乃爾閟重泉」諸語，是李氏之卒，乃在茶馬任滿東歸途中，至晚當在紹熙元年。因推定此詞作年如上。但詳詞中語意，與題語不相應，似非追悼李氏之作，疑是另有聞訃之卜算子一首，原置右詞之前，當廣信書院本編刊時偶爾奪落也。「尋春」和「賦荷花」之卜算子二首同載丁集，廣信本又置於此首之前，因亦彙録於此。

歸朝歡　寄題三山鄭元英巢經樓。樓之側有尚友齋，欲借書者就齋中取讀，書不借出

萬里康成西走蜀，藥市船歸書滿屋。有時光彩射星躔，何人汗簡讎天禄？好之寧有足。請看良賈藏金玉。記斯文，千年未喪，四壁聞絲竹。試問辛勤攜一束，

何似牙籤三萬軸。古來不作借人癡，有朋只就雲窗讀。憶君清夢熟。覺來笑我便便腹。倚危樓，人間誰舞，掃地八風曲。

【校】

〔題〕「三山鄭元英巢經樓」四卷本丁集作「鄭元英文山巢經樓」。

〔雲窗〕王詔校刊本及六十家詞本作「芸窗」。

〔誰舞〕四卷本作「何處」。

【箋注】

〔巢經樓、尚友齋〕蹟址已無可考。

〔萬里句〕康成，後漢鄭玄字，此以喻鄭元英。參本卷蝶戀花（莫向樓頭聽漏點）「鄭元英」注。

〔藥市句〕成都古今記：「正月燈市，二月花市，……九月藥市，十月酒市。」陸游老學菴筆記卷六：「成都藥市以玉局化爲最盛，用九月九日，楊文公談苑云七月七，誤也。」按：韓淲澗泉集挽李正之詩有「爲約言猶在，收書德不孤」句，自注云：「公作墳約，先公跋之。公在蜀收書，將爲義學。」據知南宋一代蜀中最多書，遊宦其地多載書而歸。則鄭氏巢經樓中所儲，亦必多從蜀中得來者也。

〔汗簡〕後漢書吳祐傳注：「以火炙簡令汗，取其青，易書，復不蠹，謂之殺青，亦謂汗簡。」

〔讎天禄〕劉向別傳：「向校書天禄閣，夜暗，獨坐誦書，有老人，黄衣，植青藜杖，叩閣而入，吹杖端煙燃，與向説開闢以前，向因受五行洪範之文。至曙而去，曰：『我太乙之精，天帝聞卯金之子有博學者，下而觀焉。』」別傳又謂：「讎校者，一人讀書，校其上下，得謬誤，爲校；一人持本，一人讀書，如怨家相對，爲讎。」

〔記斯文二句〕論語子罕篇：「子曰：天之將喪斯文也，後死者不得與於斯文也；天之未喪斯文也，匡人其如予何。」

〔四壁句〕水經注泗水條：「漢武帝時，魯恭王壞孔子舊宅，得尚書、春秋、論語、孝經，於時聞堂上有金石絲竹之音，乃不壞。」

〔牙籤三萬軸〕見本卷水調歌頭（文字覷天巧閿）「插架句」注。

〔試問句〕韓愈示兒詩：「昔我來長安，只攜一束書。」

〔古來句〕李匡乂資暇集：「借借書籍（上借子亦反，下借子夜反）：俗曰借一癡，借二癡，索三癡，還四癡。」

〔便便腹〕後漢書邊韶傳：「韶曾晝日假卧，弟子私嘲之曰：『邊孝先，腹便便，嬾讀書，但欲眠。』韶潛聞之，應時對曰：『邊爲姓，孝爲字，腹便便，五經笥。但欲眠，思經事。寐與周公通夢，静與孔子同意。師而可嘲，出何典記？』」

〔掃地句〕左傳隱公五年：「夫舞，所以節八音而行八風。」（八風，謂八方之風也。）新唐書祝欽明傳：「祝欽明字文思，京兆始平人。……擢明經，爲東臺典儀。永淳、天授間又中英才傑出、業奥六經等科。……初，后屬婚，上食禁中，帝與羣臣宴，欽明自言能八風舞，帝許之。欽明體肥醜，據地摇頭睆目，左右顧眄，帝大笑，吏部侍郎盧藏用歎曰：『是舉五經掃地矣。』」

玉樓春　寄題文山鄭元英巢經樓

悠悠莫向文山去，要把襟裾牛馬汝。遥知書帶草邊行，正在雀羅門裏住。

平生插架昌黎句，不似拾柴東野苦。侵天且擬鳳凰巢，掃地從他鸜鵒舞。

【箋注】

〔文山〕大明一統名勝志福州侯官縣名勝：「稍南爲文山，宋隱士鄭育居之，太守黄裳數造訪焉，因砌石爲路，榜曰文山。文山有小浦繚繞而納潮汐，江口萬安橋跨之。」按，黄裳於北宋末守福州，則元英必即鄭育之後人也。

〔要把句〕韓愈符讀書城南詩：「人不通古今，馬牛而襟裾。」

〔書帶草〕三齊記略：「鄭康成居不其城南山中教授，山下草如薤，葉長尺餘，人號康成書帶草。」

〔雀羅門〕史記汲黯鄭當時傳贊：「夫以汲鄭之賢，有勢則賓客十倍，無勢則否，況衆人乎！下邽翟公有言，始翟公爲廷尉，賓客闐門；及廢，門外可設雀羅。……汲、鄭亦云，悲夫！」

〔平生句〕見本卷水調歌頭（文字覷天巧闋）「插架句」注。

〔不似句〕孟郊字東野，湖州人。張爲詩人主客圖取郊詩「食薺腸亦苦，强歌聲無歡」等句以爲清奇僻苦主。郊有喜盧仝書船歸洛詩云：「我願拾遺柴，巢經於空虛。」

〔鳳凰巢〕韓愈南山有高樹行：「南山有高樹，花葉何衰衰，上有鳳凰巢，鳳凰乳且棲。」

〔掃地〕參前闋「掃地句」注。

〔鸜鵒舞〕晉書謝尚傳：「司徒王導辟爲掾，始到府通謁，導謂曰：『聞君能作鴝鵒舞，一座傾想，寧有此理不？』尚曰：『佳。』便著衣幘而舞。」

【編年】

淳熙十六年（一一八九）。——鄭元英於淳熙十一年入蜀，見蝶戀花（莫向樓頭聽漏點闋）箋注。其東歸事在何年，雖絶無可考，但以宋代士人仕宦恒例推之，元英在蜀至多不過三數年。攜書而歸，建樓以貯，樓成而函索品題，稼軒因賦二詞以寄。以其節次推之，二詞之作應在稼軒入閩之前，姑編入淳熙之末。

聲聲慢　送上饒黄倅秩滿赴調

東南形勝，人物風流，白頭見君恨晚。便覺君家叔度，去人未遠。長憐士元驥足，道直須别駕方展。問箇裹，待怎生銷殺，胸中萬卷？况有星辰劍履，是傳家，合在玉皇香案。零落新詩，我欠可人消遣。留君再三不住，便直饒萬家淚眼，怎抵得，這眉間黄色一點？

【校】

〔題〕「秩」王詔校刊本、六十家詞本及四印齋本俱作「職」。

【箋注】

〔黄倅〕未詳。

〔君家叔度〕後漢書黄憲傳：「黄憲字叔度，汝南慎陽人也。……郭林宗少遊汝南，先過袁閎，不宿而退；進往從憲，累日方還。或以問林宗，林宗曰：『奉高之器，譬諸汎濫，雖清而易挹；叔度汪汪若千頃陂，澄之不清，淆之不濁，不可量也。』」

〔去人未遠〕晉書郭奕傳：「歎曰：『羊叔子去人遠矣。』」

〔長憐二句〕三國志蜀書龐統傳：「龐統字士元，襄陽人也。……先主領荆州，統以從事守耒陽令，在縣不治，免官。吴將魯肅遺先主書曰：『龐士元非百里才也，使處治中别駕之任，始當展其驥足耳。』」

〔星辰劍履〕杜甫上韋左相詩：「持衡留藻鑑，聽履上星辰。」杜詩鏡銓注謂「殿廷象太微帝座，故曰上星辰」。星辰劍履意謂劍履上殿。

〔玉皇香案〕元稹以州宅夸樂天詩：「我是玉皇香案吏，謫居猶得住蓬萊。」

〔便直饒三句〕韓愈贈馬侍郎馮李二員外詩：「城上赤雲呈勝氣，眉間黄色見歸期。」蘇軾浣溪沙彭門送梁左藏：「怪見眉間一點黄，詔書催發羽書忙。從教嬌淚洗紅妝。」又送李公恕赴闕詩：「忽然眉上有黄氣，吾君漸欲收英髦。」

玉樓春　席上贈别上饒黄倅。巃嵸，雨巖堂名。通判雨，當時民謡。吏垂頭，亦渠攝郡時事

往年巃嵸堂前路，路上人誇通判雨。去年拄杖過瓢泉，縣吏垂頭民歎語。學窺聖處文章古，清到窮時風味苦。尊前老淚不成行，明日送君天上去。

【校】

〔題〕四卷本乙集作「席上爲黄倅賦」。「巃嵸，雨巖堂名」云云一段注語，王詔校刊本及六十家詞本全删去，四印齋本移置詞後。

〔歎語〕四卷本作「笑語」。

【編年】

至晚當在淳熙末年（一一八九）。——右詞二首作年無可考。但紹熙中倅上饒者爲洪莘之，屢見稼軒詞題中，則此二首至晚當作於淳熙之末也。

水調歌頭　送楊民瞻

日月如磨蟻，萬事且浮休。君看簷外江水，滾滾自東流。風雨瓢泉夜半，花草雪樓春到，老子已菟裘。歲晚問無恙，歸計橘千頭。　夢連環，歌彈鋏，賦登樓。黄雞白酒，君去村社一番秋。長劍倚天誰問，夷甫諸人堪笑，西北有神州。此事君自了，千古一扁舟。

【箋注】

〔日月句〕晉書天文志：「周髀家云：『日月東行而天牽之以西没，譬之蟻行磨石之上，磨左旋而蟻右去，磨急而蟻遲，故不得不隨磨以左旋焉。』」

〔浮休〕莊子刻意篇：「其生若浮，其死若休。」

〔君看二句〕蘇軾次韻前篇：「長江袞袞空自流，白髮紛紛寧少借。」

〔菟裘〕左傳隱公十一年：「羽父請殺桓公，將以求太宰，公曰：『爲其少故也，吾將授之矣。

使營菟裘，吾將老焉。』」注：「菟裘，魯邑，在泰山梁父縣南。不欲復居魯朝，故别營外邑。」

〔橘千頭〕見卷一水調歌頭（落日塞塵起闋）「橘千頭」注。

〔夢連環〕見本卷江神子（玉簫聲遠憶驂鸞闋）「夢連環」注。

〔歌彈鋏〕見卷一滿江紅（漢水東流闋）「腰間二句」注。

〔賦登樓〕見卷一水調歌頭（落日古城角闋）「何處二句」注。

〔黄鷄白酒〕李白南陵别兒童入京詩：「白酒新熟山中歸，黄鷄啄黍秋正肥。」

〔長劍句〕宋玉大言賦：「方地爲車，圜天爲蓋，長劍耿耿倚天外。」

〔夷甫二句〕見本卷水龍吟（渡江天馬南來闋）「夷甫二句」注。

〔此事句〕晉書山濤傳：「鍾會作亂於蜀，而文帝將西征，時魏氏諸王公並在鄴，帝謂濤曰：『西偏吾自了之，後事深以委卿。』」

〔扁舟〕見卷一破陣子（擲地劉郎玉斗闋）「挂帆句」注。

【編年】

淳熙紹熙之間（一一八九或一一九〇）。——據「風雨瓢泉」及「花草雪樓」二句，知此詞之作，必在已經買得瓢泉之後，帶湖居第猶未焚燬之前，是則當在淳熙末或紹熙初也。

又

簪履競晴晝，畫戟插層霄。紅蓮幕底風定，香霧不成飄。螺髻梅粧環列，鳳管檀槽交奏，回雪舞纖腰。觴酒蕩寒玉，冰頰醉江潮。頌豐功，祝難老，沸民謡。曉庭梅蕊初綻，定報鼎羹調。龍衮方思勳舊，已覆金甌名姓，行看紫泥褒。重試補天手，高插侍中貂。

【校】

〔舞纖腰〕詩淵第二十五册原作「無纖腰」，「無」字於文意及平仄俱不順，逕改。

【箋注】

〔紅蓮幕〕南史庾杲之傳：「（王儉）乃用杲之爲衛將軍長史。安陸侯蕭緬與儉書曰：『盛府元僚，實難其選，庾景行汎緑衣，依芙蓉，何其麗也。』時人以入儉府爲蓮花池，故緬書美之。」

〔梅粧〕見本卷洞仙歌（冰姿玉骨）「壽陽句」注。

〔回雪句〕張衡舞賦：「裾似飛燕，袖如回雪。」温庭筠鴻臚寺詩：「縈盈舞回雪，宛轉歌遶梁。」

〔祝難老〕見卷一感皇恩（七十古來稀）「難老」注。

〔鼎羹調〕尚書説命：「若作和羹，爾惟鹽梅。」後皆用以稱美相業。釋貫休酬李相公見寄詩：「鹽梅金鼎美調和。」

〔已覆句〕見本卷水調歌頭（上古八千歲）「金甌」注。

〔紫泥〕漢舊儀：「皇帝六璽，……皆以武都紫泥封。」此謂詔書。

〔補天〕見卷一滿江紅（鵬翼垂空闊）「袖裏二句」注。

〔侍中貂〕後漢書輿服志下：「武冠，一曰武弁大冠，諸武臣冠之。侍中、中常侍加黄金璫，附蟬爲文，貂尾爲飾，謂之趙惠文冠。」王安石賈魏公挽詞：「戎冠再插侍中貂。」

【編年】

右詞爲祝壽詞，僅見於詩淵，所壽者爲誰及作年均莫考。據下片「龍袞方思勳舊」句，此詞或作於孝宗時。因次於淳熙諸詞之末。

尋芳草　調陳莘叟憶内

有得許多淚，更閒却許多鴛被。枕頭兒放處都不是，舊家時怎生睡。　更也没書來，那堪被鴈兒調戲。道無書却有書中意，排幾箇人人字。

【校】

〔調〕四卷本乙集作「王孫信」。

〔題〕王詔校刊本及四印齋本「調」作「嘲」。四卷本作「調陳萃叟」。

〔更閒却〕四卷本作「又閒却」。

【箋注】

〔陳莘叟〕陳傅良止齋集中與陳莘叟唱和詩甚多，均稱「莘叟兄」，其卷八己未上巳清明莘叟兄蕃叟弟偕潘養大過訪七律結句云：「賴得二昆同一客，蕨芽蒲笋短檠邊。」則是止齋之同族。同卷己未生朝謝莘叟兄送梅七律起云：「無歲探梅不恨遲，緝齋今送兩三枝。」緝齋當爲莘叟之别號。陳傅良爲温州瑞安人，莘叟是其同族兄弟，則亦應爲瑞安人。

〔有得二句〕本事詩情感篇：「朱滔括兵，不擇士族。有士子，容止可觀，滔召問有妻否？曰有。即令作寄内詩，援筆立成。詞曰：『握筆題詩易，荷戈征戍難。慣從鴛被暖，怯向鴈門寒。瘦盡寬衣帶，啼多漬枕檀。試留青黛着，回日畫眉看。』……滔遺以束帛，放歸。」

〔舊家時〕即舊時、從前。李清照南歌子詞：「舊時天氣舊時衣，只有情懷不似舊家時。」

【編年】

右尋芳草一詞，當作於陳莘叟仕宦在外之時。但莘叟之仕歷殊難考查。陳傅良年長於稼軒四歲，其詩題均稱莘叟爲兄，則至淳熙末年莘叟應爲近六十歲人。今姑置此詞於帶湖諸什間，或莘叟在信上爲小官，而稼軒閑居信上，故有此閒情逸致調笑其年老而思妻也。

柳梢青　和范先之席上賦牡丹

姚魏名流，年年攬斷，雨恨風愁。解釋春光，剩須破費，酒令詩籌。玉肌紅粉温柔，更染盡天香未休。今夜簪花，他年第一，玉殿東頭。

【校】

〔題〕四卷本乙集作「賦牡丹」。

【箋注】

〔姚魏〕洛陽牡丹記：「姚黄者千葉黄花，出於民姚氏家。魏家花者千葉肉紅花，出於魏相仁溥家。」

〔解釋句〕李白清平調：「解釋春風無限恨，沉香亭北倚闌干。」

〔更染句〕李正封牡丹詩：「國色朝酣酒，天香夜染衣。」

謁金門　和廓之五月雪樓小集韻

遮素月，雲外金蛇明滅。翻樹啼鴉聲未徹，雨聲驚落葉。　寶炬成行嫌熱，玉腕藕絲誰雪？流水高山絃斷絶，怒蛙聲自咽。

【校】

〔題〕廣信書院本無，兹從四卷本丁集。王詔校刊本及四印齋本俱作「無題」。

〔寶炬〕四卷本作「寶𤒻」。

〔藕絲〕四卷本作「藕花」。

【箋注】

〔金蛇〕蘇軾望海樓晚景五絶：「雨過潮平江海碧，電光時掣紫金蛇。」

〔玉腕句〕杜甫陪諸貴公子丈八溝攜妓納涼詩：「公子調冰水，佳人雪藕絲。」

〔流水句〕見卷一滿庭芳（傾國無媒閡）「高山流水」注。范廓之善鼓琴，見下醉翁操題語。

又

山吐月，畫燭從教風滅。一曲瑶琴纔聽徹，金蕉三兩葉。　驟雨微涼還熱，似欠舞瓊歌雪。近日醉鄉音問絶，有時清淚咽。

【箋注】

〔山吐月〕杜甫月詩：「四更山吐月，殘夜水明樓。」

〔金蕉句〕金蕉謂酒杯。意即飲酒三兩杯也。蘇軾題跋：「吾少年望見酒盞而醉，今亦能三蕉葉矣。」

定風波　席上送范廓之遊建康

聽我尊前醉後歌，人生無奈别離何。但使情親千里近；須信：無情對面是山河。

寄語石頭城下水：居士，而今渾不怕風波。借使未成鷗鳥伴；經慣，也應學得老漁蓑。

【校】

〔題〕廣信書院本「廓之」作「先之」，「建康」作「建鄴」，玆從四卷本乙集。

〔未成鷗鳥伴〕王詔校刊本及四印齋本「鳥」作「鷺」。四卷本作「未如鷗鳥慣」。

〔經慣〕四卷本作「相伴」。

【箋注】

〔石頭城〕元和郡縣志：「石頭城在上元縣西四里，即楚之金陵城也。吴改爲石頭。」

〔居士〕稼軒新居上梁文自稱「稼軒居士」。

醉翁操

頃予從廓之求觀家譜，見其冠冕蟬聯，世載勳德。廓之甚文而好修，意其昌未艾也。今天子即位，覃慶中外，命國朝勳臣子孫之無見任者官之；先是，朝廷屢詔甄録元祐黨籍家：合是二者，廓之應仕矣。將告諸朝，行有日，請予作詩以贈。屬予避謗，持此戒甚力，不得如廓之請。又念廓之與予遊八年，日從事詩酒間，意相得歡甚，於其别也，何獨能恝然。顧廓之長於楚詞而妙於琴，輒擬醉翁操，爲之詞以敍别。異時廓之綰組東歸，僕當買羊沽酒，廓之爲鼓一再行，以爲山中盛事云

長松，之風。如公，肯余從，山中。人心與吾兮誰同？湛湛千里之江，上有楓。噫送子于東，望君之門兮九重。女無悦己，誰適爲容？不龜手藥，或一朝兮取封。昔與遊兮皆童，我獨窮兮今翁。一魚兮一龍，勞心兮忡忡。噫命與時逢。子取之食兮萬鍾。

【校】

〔題〕（一）「予從廓之」廣信書院本作「余從范先之」。又「廓之」均作「先之」。（二）「今天子」至「官之」，廣信書院本作「時覃慶，勳臣子孫無見仕者，命官之」。（三）「朝廷屢詔」廣信書院本無「朝廷」二字。（四）「如廓之請」廣信書院本作「如先之之請」。以上皆從四卷本丁集。「作詩」四卷本作「作歌」。

〔于東〕四卷本脱「于」字。廣信書院本「東」係墨釘。

〔一朝兮〕四卷本無「兮」字。

〔子取之食〕王詔校刊本及四印齋本俱作「子之所食」。

【箋注】

〔今天子即位〕據宋史孝宗紀，淳熙十六年二月初二日，孝宗禪位於皇太子惇，是爲光宗。

〔元祐黨籍〕徽宗崇寧元年九月，籍元祐及元符末司馬光、文彦博以下宰執、侍從、餘官、內侍、武臣一百二十人爲邪黨，立黨人碑於端禮門。崇寧三年六月再籍元祐奸黨三百九人，由徽宗書而刊之石，置於文德殿門之東壁。高宗即位，詔還元祐黨人及上書人恩數，後又屢詔追復。

〔買羊沽酒〕韓愈寄盧仝詩：「買羊沽酒謝不敏。」

〔爲鼓一再行〕指鼓琴。史記司馬相如傳：「酒酣，臨邛令前奏琴曰：『竊聞長卿好之，願以自娱。』相如辭謝，爲鼓一再行。」索隱：「樂府長歌行、短歌行，行者曲也。此言『鼓一再行』，謂一兩曲。」

〔長松二句〕世説新語言語篇：「劉尹云：人想王荆産佳，此想長松下當有清風耳。」

〔人心句〕楚辭九章抽思：「何靈魂之信直兮，人之心不與吾心同。」

〔湛湛二句〕楚辭招魂：「湛湛江水兮上有楓，目極千里兮傷春心。」

〔望君句〕楚辭九辯：「豈不鬱陶而思君兮，君之門以九重。」

〔女無悦己〕司馬遷報任少卿書：「士爲知己者用，女爲悦己者容。」

〔誰適爲容〕詩衛風伯兮：「自伯之東，首如飛蓬。豈無膏沐，誰適爲容。」

〔不龜手二句〕莊子逍遥遊：「宋人有善爲不龜手之藥者，世世以洴澼絖爲事。客聞之，請買其方百金。聚族而謀曰：『我世世爲洴澼絖，不過數金，今一朝而鬻技百金，請與之。』客得之，以説吴王。越有難，吴王使之將，冬與越人水戰，大敗越人。裂地而封之。能不龜手一也，或以封，或不免於洴澼絖，則所用之異也。」

〔一魚句〕龍可飛騰於天，魚則只能浮沉水中，亦猶雲泥異路之意。

〔勞心句〕詩召南草蟲：「未見君子，憂心忡忡。」

〔萬鍾〕孟子公孫丑下：「（齊）王謂時子曰：『我欲中國而授孟子室，養弟子以萬鍾，使諸大夫皆有所矜式，子盍爲我言之！』」

【編年】

淳熙十六年（一一八九）。——宋寧宗名擴，即位後凡「擴」字之同音字均須避諱。右醉翁操詞題中猶作「廓之」，知所謂「今天子即位」者，乃指光宗言（參年譜淳熙九年紀事）。廓之於淳熙九年來從稼軒受學，至光宗即位，因朝廷甄録元祐黨籍家，遂前往臨安，以家世告諸朝，並預定順路作建康之遊，因疑定風波、醉翁操乃同時之作。詞序謂「今天子即位」，而不云「紹熙改元」，故知其必作於光宗已即位未改元之時。其外柳梢青一闋，謁金門二闋，既未經廓之編入甲集之内，當作於淳熙十五年後者，因亦彙録於右。

踏莎行　庚戌中秋後二夕，帶湖篆岡小酌

夜月樓臺，秋香院宇，笑吟吟地人來去。是誰秋到便凄涼？當年宋玉悲如許。隨分杯盤，等閑歌舞，問他有甚堪悲處？思量却也有悲時：重陽節近多風雨。

【校】

〔題〕廣信書院本、王詔校刊本俱脱「夕」字，兹從六十家詞本及四印齋本補。

【箋注】

〔當年句〕宋玉九辯：「悲哉秋之爲氣也，蕭瑟兮草木摇落而變衰。」

〔重陽句〕釋惠洪冷齋夜話卷四滿城風雨近重陽條：「黄州潘大臨工詩，多佳句，然甚貧。東坡山谷尤喜之。臨川謝無逸以書問有新作否？潘答書曰：『秋來景物，件件是佳句，恨爲俗氛所

蔽翳。昨日閑卧，聞攪林風雨聲，欣然起，題其壁曰：滿城風雨近重陽。忽催租人至，遂敗意。止此一句奉寄。』聞者笑其迂闊。」

又　賦木樨

弄影闌干，吹香嵓谷。枝枝點點黄金粟。未堪收拾付薰爐，窗前且把離騷讀。

奴僕葵花，兒曹金菊。一秋風露清涼足。傍邊只欠箇姮娥，分明身在蟾宫宿。

【箋注】

〔奴僕〕杜牧李賀集序：「賀詩遠去筆墨畦徑，惜年二十七死矣。使賀少加以理，雖奴僕命騷可也。」

【編年】

光宗紹熙元年（一一九〇）。——右踏莎行二首，前一首已於題中標明作年月日，賦木犀詞作年無考，姑依廣信本次序附録於此。

清平樂　賦木樨詞

月明秋曉，翠蓋團團好。碎剪黄金教恁小，都着葉兒遮了。　折來休似年時，小窗能有高低。無頓許多香處，只消三兩枝兒。

【校】

〔題〕廣信書院本作「木樨」，兹從四卷本丁集。

〔折來〕廣信書院本作「打來」，兹從四卷本，全芳備祖前集十三桂花門引同四卷本。

【箋注】

〔無頓〕「頓」即「安頓」「安排」之意。

又　再賦

東園向曉，陣陣西風好。唤起仙人金小小，翠羽玲瓏裝了。　一枝枕畔開時，羅幃翠幕垂低。恁地十分遮護，打窗早有蜂兒。

【校】

〔題〕四卷本丙集無。

〔垂低〕四卷本作「低垂」。

【箋注】

〔金小小〕未詳。

【編年】

右清平樂二詞，當作於閒居帶湖期間，姑附於賦木犀之踏莎行後。

鷓鴣天　鄭守厚卿席上謝余伯山，用其韻

夢斷京華故倦遊，只今芳草替人愁。陽關莫作三疊唱，越女應須爲我留。看逸韻，自名流，青衫司馬且江州。君家兄弟真堪笑，箇箇能修五鳳樓。

【箋注】

〔余伯山〕名禹績，上饒人，淳熙二年進士。官太府丞。見上饒縣志選舉志。紹熙中曾任江州州學教授。永樂大典卷六六九七江字韻九江府志碑碣門載有江州重建煙水亭記，末署「紹熙甲寅孟冬望日，文林郎充江州州學教授余禹績撰。」岳珂桯史卷十三范碑詩跋：「趙履常（崇憲）所刊

四説堂山谷范滂傳，余前記之矣。後見跋卷，迺太府丞余伯山（禹績）之六世祖若著倅宜州日，因山谷謫居是邦，……一日攜紙求書。……伯山前輩老成，嘗爲九江校官，余猶及同班行。」

〔故倦遊〕史記司馬相如傳：「長卿故倦遊。」集解引郭璞云：「厭遊宦也。」

〔陽關句〕蘇軾和孔密州五絶：「陽關三疊君須祕，除却膠西不解歌。」王十朋注引次公曰：「王維詩：『渭城朝雨裛輕塵，客舍青青柳色新。勸君更盡一杯酒，西出陽關無故人。』其後人以聲曲歌之，故謂之陽關曲。按先生詩話：『舊傳陽關三疊，然今世歌者，每句再疊而已。若通一首言之，又是四疊，皆非是。或每句三唱，以應三疊之説，則叢然無復節奏。余在密州，有文勛長官者，以事至密，自云得古本陽關，其聲宛轉淒斷，不類向之所聞。每句皆再唱，而第一句不疊，乃知古本三疊蓋如此。及在黄州，偶讀樂天對酒詩云：「相逢且莫推辭醉，聽唱陽關第四聲。」注云：「第四聲勸君更盡一杯酒。」以此驗之，若第一句再疊，則此句爲第五句。今爲第四聲，則第一句不疊審矣。』」

〔越女句〕韓愈劉生歌：「洪濤春天禹穴幽，越女一笑三年留。」

〔逸韻〕李白與常贊府遊五松山詩：「逸韻動海上，高情出人間。」

〔青衫句〕見卷一滿江紅（落日蒼茫闋）「笑江州二句」注。

〔君家二句〕楊文公談苑：「韓浦、韓洎能爲古文，洎常輕浦，語人曰：『吾兄爲文，譬如繩縛草舍，庇風雨而已。予之文造五鳳樓手。』浦聞其言，因人遺蜀牋，作詩與洎曰：『十樣蠻牋出益州，寄來新自浣花頭。老兄得此全無用，助爾添修五鳳樓。』」

又 和人韻，有所贈

趁得春風汗漫游，見他歌後怎生愁。事如芳草春長在，人似浮雲影不留。眉黛斂，眼波流，十年薄倖謾揚州。明朝短棹輕衫夢，只在溪南罨畫樓。

【校】

〔春風〕四卷本丁集作「東風」。王詔校刊本及四印齋本作「西風」。

〔謾〕王詔校刊本及四印齋本作「説」。

【箋注】

〔後〕即今口語之「啊」。

〔十年句〕杜牧遺懷詩：「十年一覺揚州夢，贏得青樓薄倖名。」

〔罨畫樓〕高似孫緯略卷七罨畫條：「墨客揮犀曰：『罨畫，今之生色也。』余嘗謂五采彰施於五服，此固生色之始也。秦韜玉詩：『花明驛路胭脂暖，山入江亭罨畫開。』盧贊元詩：『花外小樓雲罨畫，杏波晴葉退微紅。』李商隱愛義興罨畫溪者，亦以其如畫也。」

【編年】

紹熙元年（一一九〇）。——右鷓鴣天二首，用同韻，當是同時作。前闋題中稱「鄭守厚卿」，知必作於鄭氏罷衡州守復歸上饒家居之時，鄭氏之罷衡守，淳熙十六年十二月二十六日（見宋會要輯稿職官七二之五五）事，知此詞必作於淳熙元年。

菩薩蠻　送鄭守厚卿赴闕

送君直上金鑾殿，情知不久須相見。一日甚三秋，愁來不自由。　九重天一笑，定是留中了。白髮少經過，此時愁奈何！

【箋注】

〔一日句〕詩王風采葛：「一日不見，如三秋兮。」

〔天一笑〕杜甫能畫詩：「每蒙天一笑，復似物皆春。」

〔留中〕留在朝廷供職。

又　送曹君之莊所

人間歲月堂堂去，勸君快上青雲路。聖處一燈傳，工夫螢雪邊。　麴生風味惡，辜負西窗約。沙岸片帆開，寄書無鴈來。

【箋注】

〔曹君〕未詳何人。

〔堂堂去〕薛能春日使府寓懷詩：「青春背我堂堂去，白髮欺人故故生。」

〔一燈傳〕釋氏以燈喻法，故紀載其衣鉢相傳之史蹟者名傳燈録。

〔螢雪〕晉書車胤傳：「胤博學多通，家貧，不常得油，夏月則練囊盛數十螢火以照書，以夜繼日焉。」尚友録：「晉孫康，京兆人，性敏好學，家貧，燈無油，於冬月嘗映雪讀書。」

〔麴生〕謂酒。開天傳信記：「道士葉法善精於符籙之術。……嘗有朝客數十人詣之，解帶淹留，滿座思酒。忽有人叩門，云麴秀才，……傲倪直入。年二十餘，肥白可觀。笑揖諸公，居末席，伉聲談論，援引古人。……法善密以小劍擊之，隨手喪元，墜於階下，化爲瓶榼。一座驚慴遽。視其處所，乃盈瓶醲醞也。咸大笑。飲之，其味甚佳。坐客醉而揖其瓶曰：『麴生麴生，風味不可忘也。』」

〔風味惡〕黄庭堅醇道得蛤蜊復索舜泉舜泉已酌盡官醞不堪不敢送詩：「商略督郵風味惡，不堪持到蛤蜊前。」

〔西窗約〕李商隱夜雨寄北詩：「君問歸期未有期，巴山夜雨漲秋池。何當共剪西窗燭，却話巴山夜雨時。」

又　雙韻賦摘阮

阮琴斜挂香羅綬，玉纖初試琵琶手。桐葉雨聲乾，真珠落玉盤。　朱絃調未慣，笑倩春風伴。莫作別離聲，且聽雙鳳鳴。

【校】

〔題〕廣信書院本無「雙韻」二字，兹從四卷本乙集。

〔真珠〕王詔校刊本、六十家詞本及四印齋本作「珍珠」。

〔春風〕王詔校刊本、六十家詞本及四印齋本作「東風」。

【箋注】

〔摘阮〕阮謂阮咸，爲琵琶之一種。晉書阮咸傳：「咸字仲容。……妙解音律，善彈琵琶。」新唐書元行沖傳：「有人得古銅器似琵琶，身正圓，人莫能辨，行沖曰：『此阮咸所作器也。』命易以木，絃之，其聲亮雅，樂家遂謂之阮咸。」摘音惕，奏也。

〔真珠句〕白居易琵琶行：「嘈嘈切切錯雜彈，大珠小珠落玉盤。」

〔笑倩句〕「春風」亦指琵琶。黄庭堅次韻答曹子方雜言：「侍兒琵琶春風手。」姜夔解連環詞：「爲大喬能撥春風，小喬妙移箏，鴈啼秋水。」句謂請琵琶伴奏，故下云「且聽雙鳳鳴」也。

又　贈張醫道服爲別，且令餽河豚

萬金不換囊中術，上醫元自能醫國。軟語到更闌，綈袍范叔寒。　江頭楊柳路，馬踏春風去。快趁兩三杯，河豚欲上來。

【箋注】

〔張醫〕名籍事歷均不詳。

〔上醫句〕國語晉語八：「平公有疾，秦景公使醫和視之。……趙文子曰：『醫及國家乎？』對曰：『上醫醫國，其次疾人，固醫官也。』」

〔軟語句〕杜甫贈蜀僧閭丘師兄詩：「夜闌接軟語，落月如金盆。」

〔綈袍句〕史記范雎傳：「范雎既相秦，秦號曰張祿，而魏不知，以爲范雎已死久矣。魏聞秦且東伐韓、魏，魏使須賈於秦，范雎聞之，爲微行，敝衣閒步至邸，見須賈，須賈見之而驚曰：『范叔固無恙乎？』范雎曰：『然。』須賈笑曰：『范叔有説於秦耶？』曰：『不也。雎前日得過於魏相，故亡逃至此，安敢説乎？』須賈曰：『今叔何事？』范雎曰：『臣爲人庸賃。』須賈意哀之，留與坐，飲食，曰：『范叔一寒至此哉！』乃取其綈袍以賜之。」

〔河豚句〕蘇軾惠崇春江晚景詩：「蔞蒿滿地蘆芽短，正是河豚欲上時。」

【編年】

宋會要輯稿職官七二之五五載：「〔淳熙十六年〕十二月二十六日，詔知衡州鄭如嵤放罷，以本路漕臣奏如嵤於總領所合解大軍錢米，輒憑奏檢固拒不解，於法合行給還民間之錢，輒貪利不顧，横欲拘没。故有是命。」又，同書七四之二載：「慶元四年二月二十四日，朝請大夫主管建寧府武夷山沖佑觀鄭如嵤放罷。以臣僚言如嵤昨知荆門軍，未赴，中風，其子公庠强其之官，並不出廳，凡狀牒並公庠代之，不問曲直，非錢不行。根刷坊場，監決流血，人不堪命。」據此兩段記事，頗疑鄭氏之赴闕，當在已罷衡州之後，未赴荆門之前。以難確知，姑附次於此。餘菩薩蠻三首，廣信書院本均編列「送鄭守」一詞之後，作年既均難確考，因一併附次於此。

虞美人　賦荼蘪

羣花泣盡朝來露，争怨春歸去。不知庭下有荼蘪，偷得十分春色怕春知。

淡中有味清中貴，飛絮殘紅避。露華微浸玉肌香，恰似楊妃初試出蘭湯。

【校】

〔争怨〕四卷本乙集作「争奈」。

〔殘紅〕四卷本作「殘英」。

〔微浸〕四卷本作「微滲」。

【箋注】

〔恰似句〕長恨歌傳：「詔高力士潛搜外宫，得弘農楊玄琰女於壽邸，既笄矣。鬒髮膩理，纖穠中度，舉止閑冶，如漢武帝李夫人。别疏湯泉，詔賜藻瑩。既出水，體弱力微，若不任羅綺，光彩焕發，轉動照人。上甚悦。」楚辭九歌雲中君：「浴蘭湯兮沐芳，華采衣兮若英。」

【編年】

右虞美人一首，廣信書院本列置壽趙文鼎送趙達夫兩首虞美人之前，因次於此。

定風波　施樞密聖與席上賦

春到蓬壺特地晴，神仙隊裏相公行。翠玉相挨呼小字，須記：笑簪花底是飛瓊。　總是傾城來一處，誰妒？誰攜歌舞到園亭？柳妒腰肢花妒豔，聽看：流鶯直是妒歌聲。

【校】

〔題〕四卷本乙集作「施樞密席上」。

【箋注】

〔施樞密聖與〕宋史施師點傳：「施師點字聖與，上饒人。……淳熙十四年除知樞密院事。……十五年春，以資政殿大學士知泉州，除提舉臨安府洞霄宮。紹熙二年除知隆興府、江西安撫使。師點嘗謂諸子曰：『吾平生仕宦，皆任其升沉，初未嘗容心其間。不枉道附麗。獨人主知之，遂至顯用。夫人窮達有命，不在巧圖，惟忠孝乃吾事也。』三年，得疾薨，年六十九。」

〔蓬壺〕拾遺記：「三壺，則海中三山也：一曰方壺，則方丈也；二曰蓬壺，則蓬萊也；三曰瀛壺，則瀛洲也。」

〔飛瓊〕許飛瓊，西王母之侍女。

〔流鶯句〕韓愈和武相公早春聞鶯詩：「春風紅樹驚眠處，似妬歌童作豔聲。」

【編年】

紹熙元年（一一九〇）。——據宋史施師點傳及宋宰輔編年録，知施氏於罷樞密後，唯紹熙元年得家居上饒，次年春即除知隆興矣。

念奴嬌　瓢泉酒酣，和東坡韻

倘來軒冕，問還是，今古人間何物？舊日重城愁萬里，風月而今堅壁。藥籠功名，酒壚身世，可惜蒙頭雪。浩歌一曲，坐中人物三傑。休歎黄菊凋零，孤標應也，有梅花争發。醉裏重揩西望眼，惟有孤鴻明滅。萬事從教，浮雲來去，枉了衝冠髪。故人何在？長庚應伴殘月。

【校】

〔題〕四卷本乙集作「用東坡赤壁韻」。

〔今古〕四印齋本作「古今」。

〔三傑〕四卷本作「之傑」。

〔休歎〕四卷本作「堪歎」。

〔萬事〕四卷本作「世事」。

〔長庚〕四卷本作「長歌」。

【箋注】

〔和東坡韻〕此詞用蘇東坡「赤壁懷古」之念奴嬌韻。

〔儻來句〕莊子繕性篇：「古之所謂得志者，非軒冕之謂也，謂其無益其樂而已矣。今之所謂得志者，軒冕之謂也。軒冕在身，非性命也，物之儻來，寄者也。寄之，其來不可圉，其去不可止。故不爲軒冕肆志，不爲窮約趨俗；其樂彼與此同，故無憂而已矣。」

〔藥籠功名〕新唐書元行沖傳：「元澹字行沖，以字顯。……及進士第，累遷通事舍人，狄仁傑器之。嘗謂仁傑曰：『下之事上，譬富家儲積以自資也。脯臘膎胰以供滋膳，參朮芝桂以防疾疢。門下充旨味者多矣，願以小人備一藥石，可乎？』仁傑笑曰：『君正吾藥籠中物，不可一日無也。』」

〔酒壚身世〕漢書司馬相如傳：「相如與（卓文君）俱之臨邛，盡賣車騎，置酒舍，令文君當壚，相如自著犢鼻褌，與庸保雜作，滌器於市中。卓王孫恥之，爲閉門不出。」

〔蒙頭雪〕指白髮。蘇軾行宿泗間見徐州張天驥詩：「秖今霜雪已蒙頭。」

〔西望眼〕韓愈奉和虢州劉給事使君三堂二十一詠：「爲遮西望眼，終是嬾回頭。」

〔衝冠髮〕史記藺相如傳：「相如奉璧西入秦，相如視秦王無意償趙城，因持璧却立，倚柱怒，髮上衝冠。」

〔長庚句〕詩小雅大東：「東有啓明，西有長庚。」韓愈東方半明詩：「東方半明大星没，猶有太白配殘月。」蘇軾送張軒民寺丞赴省試詩：「人競春蘭笑秋菊，天教明月伴長庚。」

又　再用前韻，和洪莘之通判丹桂詞

道人元是，道家風，來作煙霞中物。翠幰裁犀遮不定，紅透玲瓏油壁。借得春工，惹將秋露，薰做江梅雪。我評花譜，便應推此爲傑。憔悴何處芳枝，十郎手種，看明年花發。坐斷虚空香色界，不怕西風起滅。别駕風流，多情更要，簪滿常娥髮。等閑折盡，玉斧重倩修月。

【校】

〔題〕四卷本乙集作「用前韻，和丹桂」。

〔坐斷〕四卷本作「坐對」。

〔常娥〕四卷本作「姮娥」。

【箋注】

〔洪莘之〕名榟。洪邁長子。錢大昕洪文敏公年譜：「紹熙三年，長子榟通判信州。」洪邁夷堅志支丁卷七信州鹿鳴燕條：「紹熙三年秋，信州解試，揭榜畢，當作鹿鳴燕以享隨計之士。……時大兒通判州事，張振之監贍軍酒庫。」

〔道人〕列仙傳：「桂父者，象林人也。……常服桂及葵，以龜腦和之，千丸十斤桂，累世見之。」

〔十郎句〕未詳。

〔坐斷〕即坐定、住定之意。

〔别駕句〕别駕，官名，漢置，爲州刺史之佐吏。從刺史行部，别乘傳車，故稱别駕。宋初削藩鎮權，命朝臣通判州軍事，與知州知軍共治政事，改稱通判。蘇軾與梁左藏會飲傅國博家詩：「風流别駕貴公子，欲把笙歌熳鋒鏑。」傅時爲通判。

〔玉斧〕見卷一滿江紅（快上西樓闋）「最憐句」注。

又

洞庭春晚，□舊傳，恐是人間尤物。收拾瑶池傾國豔，來向朱欄一壁。透户龍香，隔簾鶯語，料得肌如雪。月妖真態，是誰教避人傑？　酒罷歸對寒窗，相留昨夜，應是梅花發。賦了高唐猶想像，不管孤燈明滅。半面難期，多情易感，愁點星星髮。繞梁聲在，爲伊忘味三月。

【校】

〔人傑〕疑爲「仁傑」之誤。

【箋注】

〔瑶池〕西王母傳：「所居宫闕，在龜山春山，西那之都，崑崙之圃，閬風之苑，……左帶瑶池，右環翠水。」

〔龍香〕指龍涎香。

〔月妖二句〕甘澤謡：「素娥者，武三思之妓人也，……相州鳳陽門宋媪女。善彈五弦，世之殊色。三思乃以帛三百段往聘焉。素娥既至，三思大悦，盛宴以出素娥，公卿大夫畢至，唯納言狄仁傑稱疾不來，三思怒，於座中有言。宴罷，有告仁傑者，明日謁謝三思曰：『……不睹麗人亦分也，他後或有良宴，敢不先期到門！』素娥聞之，謂三思曰：『梁公彊毅之士，……請不召梁公也！』……後數日復宴，客未來，梁公果先至，三思特延梁公坐於内寢。……請先出素娥，略觀其藝，遂停杯，設榻召之。有頃蒼頭出曰：『素娥藏匿，不知所在。』三思自入召之，皆不見。忽於堂奥隙中聞蘭麝芬馥，乃附耳而聽，即素娥語音也，……曰：『請公不召梁公，今固召之，不復生也。……某非他怪，乃花月之妖，上帝遣來，亦以多言蕩公之心，將興李氏。今梁公乃時之正人，某固不敢見，……願公勉事梁公，勿萌他志。……』言迄更問，亦不應也。」

〔相留二句〕盧仝有所思：「相思一夜梅花發，忽到窗前疑是君。」

〔賦了高唐〕蘇軾滿庭芳佳人詞：「報道金釵墜也，十指露春筍纖長。親曾見，全勝宋玉，想象賦高唐。」辛詞句意，謂不見伊人，雖已賦詞，意猶未盡。

〔多情二句〕黄庭堅滿庭芳詞：「鴛鴦，頭早白，多情易感，紅蓼池塘。」

〔繞梁句〕列子湯問篇：「韓娥東之齊，匱糧，過雍門，鬻歌假食，既去，而餘音繞梁欐，三日不絶。」

〔忘味三月〕論語述而篇："子在齊聞韶，三月不知肉味。"

【編年】

紹熙元年或二年（一一九〇或一一九一）。——右念奴嬌三首，用同韻，當是同時作。紹熙三年丹桂開時稼軒早已赴閩，知其必作於元年或二年秋冬之際也。

瑞鶴仙 壽上饒倅洪莘之，時攝郡事，且將赴漕舉

黄金堆到斗。怎得似長年，畫堂勸酒。蛾眉最明秀。向水沉煙裏，兩行紅袖。笙歌擱就。争説道明年時候。被姮娥做了慇懃，仙桂一枝入手。 知否：風流別駕，近日人呼，文章太守。天長地久，歲歲上，迺翁壽。記從來人道，相門出相，金印纍纍儘有。但直須周公拜前，魯公拜後。

【校】

〔題〕四卷本乙集及花菴詞選作"上洪倅壽"。

〔擱就〕廣信書院本作"擁就"，兹從四卷本及花菴詞選。

〔姮娥〕花菴詞選作"常娥"。

【箋注】

〔水沉〕香名。

〔兩行句〕杜牧兵部尚書席上作：「兩行紅袖一時迴。」

〔擱就〕宋人常用語，此處當爲「温存體貼」之意。

〔仙桂句〕晉書郤詵傳：「累遷雍州刺史。武帝於東堂會送，問詵曰：『卿自以爲如何？』詵對曰：『臣舉賢良，對策爲天下第一，猶桂林之一枝，崑山之片玉。』」

〔風流別駕〕見本卷念奴嬌（道人元是閬）「別駕句」注。

〔文章太守〕歐陽修朝中措平山堂：「文章太守，揮毫萬字，一飲千鍾。」此指以通判攝知州事之洪莘之。

〔天長地久〕白居易長恨歌：「天長地久有時盡。」

〔相門出相〕史記孟嘗君列傳：「文聞將門必有將，相門必有相。」

〔金印句〕漢書石顯傳：「與中書僕射牢梁、少府五鹿充宗爲黨，附者得位，民歌之曰：『牢耶？石耶？五鹿客耶？印何纍纍，綬何若若耶？』」

〔但直須二句〕公羊傳文十三年：「周公何以稱大廟於魯？封魯公以爲周公也。周公拜乎前，魯公拜乎後，曰：生以養周公，死以爲周公主。」史記魯周公世家：「封周公旦於少昊之虛曲阜，是爲魯公。周公不就封，留佐武王。……而使其子伯禽代就封於魯。」

【編年】

紹熙二年(一一九一)。——夷堅志謂洪莘之於紹熙三年適通判信州,知此詞當作於稼軒赴閩之前。二年秋稼軒有壽信守王道夫詞,守郡有人,無須兼攝,又知此詞當更作於二年秋季之前。查宋會要輯稿職官六一之五六,紹熙二年春載信守張稜與章沖兩易事,嗣後又有章沖王道夫之更替,洪氏之得攝郡符,必即在此二次新舊交替之期。三年壬子適爲解試之年,詞中謂「明年時候……仙桂一枝入手」,亦正是二年語也。

水調歌頭

送施樞密聖與帥江西。信之讖云:「水打烏龜石,方人也大奇。」「方人也」實「施」字

相公倦台鼎,要伴赤松遊。高牙千里東下,笳鼓萬貔貅。試問東山風月,更著中年絲竹,留得謝公不?孺子宅邊水,雲影自悠悠。　占古語,方人也,正黑頭。穹龜突兀,千丈石打玉溪流。金印沙堤時節,畫棟珠簾雲雨,一醉早歸休。賤子親再拜:西北有神州。

【校】

〔題〕廣信書院本「實施字」上原無「方人也」三字,兹據四卷本丙集增。四卷本「施樞密聖與」

作「施聖與樞密」，「帥江西」作「帥隆興」。

〔親再拜〕廣信書院本作「祝再拜」，兹從四卷本。

【箋注】

〔烏龜石〕廣信府志：「烏龜山在上饒西南五里，一名五桂山。諺云：『水打烏龜石，信州出狀元。』」餘參本卷漁家傲（道德文章傳幾世）詞題。

〔相公句〕韓愈送鄭十校理詩：「相公倦台鼎，分正新洛邑。」

〔要伴句〕見本卷太常引（君王着意履聲間）「赤松」注。

〔東山風月〕見卷一念奴嬌（我來弔古）「却憶至棋局」注。

〔中年絲竹〕見卷一水調歌頭（折盡武昌柳）「離别句」注。

〔孺子宅二句〕後漢徐穉字孺子，南昌人。太平寰宇記：「洪州南昌縣徐孺子宅，在州東北三里。孺子美梅福之德，於福宅東立宅。」王勃滕王閣序：「人傑地靈，徐孺下陳蕃之榻。」詩云：「閒雲潭影日悠悠，物换星移幾度秋。」

〔黑頭〕世説新語識鑒篇：「諸葛道明初過江左，自名道明，名亞王、庾之下。先爲臨沂令，丞相謂曰：『明府當爲黑頭公。』」

〔玉溪〕信江源出懷玉山，故亦稱玉溪。

〔金印〕漢書百官公卿表：「相國、丞相皆秦官，金印、紫綬。」

〔沙堤〕唐故事：宰相初拜，京兆使人載沙填路，自私第至於城東街，名沙堤。見唐國史補卷下。

〔畫棟句〕見卷一賀新郎（高閣臨江渚閟）「高閣句」注。

〔賤子〕漢書樓護傳：「成都侯商，子邑，貴重，商故人皆敬事邑，唯護自安如舊節。時請召賓客，邑居樽下稱賤子上壽。」杜甫奉贈韋左丞詩：「丈人試静聽，賤子請具陳。」

【編年】

紹熙二年（一一九一）。

清平樂　壽信守王道夫

此身長健，還却功名願。枉讀平生三萬卷，滿酌金杯聽勸。　男兒玉帶金魚，能消幾許詩書？料得今宵醉也，兩行紅袖争扶。

【校】

〔題〕四卷本乙集作「壽道夫」。

【箋注】

〔王道夫〕魏了翁鶴山大全集卷七十六宋故藉田令知信州王公墓誌銘：「淳熙十年，分水縣令王公自中以中書舍人王公藺薦，召赴都堂審察。……奏對之明日，特命改令入官，除藉田令。數語大臣：『朕急欲用自中。可與超遷。』未幾，又語大臣：『自中必有善類，令舉其所知。』……慶元五年八月癸未賫志以歿。……公名自中，淳熙元年就試兩浙轉運司，爲詩賦第一。四年再舉，登明年進士第。……紹熙二年入見，光宗皇帝云：『聞卿有忠直之譽。』又問：『常時作郡來，當爲何官？』欲留之，公固辭。翌日，帝謂宰執曰：『王自中以母老，再三不肯留，近郡孰闕守？』以常、信對，遂差知信州。……期年，被命奏事。」陳傅良止齋集卷五十王道甫壙志：「道甫登淳熙五年進士第，……知光化軍、信州，召赴行在，丁太夫憂，服闋，再被召，以論罷。主管建寧府武夷山沖佑觀，起知邵州興化軍，連以論罷。興化之命下，道甫已病，慶元五年七月也。八月二十三日卒，官至朝請郎，年六十。」

〔枉讀句〕陳師道送蘇尚書知定州詩：「枉讀平生三萬卷，貂蟬當復作兜鍪。」

〔男兒二句〕韓愈示兒詩：「開門問誰來，無非卿大夫。不知官高卑，玉帶懸金魚。」

〔兩行句〕杜牧兵部尚書席上作：「兩行紅袖一時迴。」寄杜子詩：「且教紅袖醉來扶。」

一落索　信守王道夫席上，用趙達夫賦金林檎韻

錦帳如雲處，高不知重數。夜深銀燭淚成行，算都把心期付。莫待燕飛泥

污。問花花訴。不知花定有情無，似却怕新詞妒。

【校】

〔錦帳如雲處高〕萬樹詞律謂此調前後整齊，首句應爲「錦帳如雲高處」，叶韻，諸本之刻作「處高」者乃誤倒。

【箋注】

〔定〕作「究竟」解。

【編年】

紹熙二年（一一九一）。——王道夫於紹熙二年知信州，次年春稼軒即赴閩憲任，知壽王道夫一首必作於二年。陳亮龍川集有三部樂一闋，題云：「七月二十六日壽王道甫。」則清平樂當作於二年七月二十六日。王道夫席上所作一落索詞，亦必二年或三年春所作，因附次於此。趙達夫時在臨汀任內，此詞疑用其舊作之韻也。

好事近　中秋席上和王路鈐

明月到今宵，長是不如人約。想見廣寒宫殿，正雲梳風掠。　夜深休更喚笙歌，簷頭雨聲惡。不是小山詞就，這一場寥索。

【箋注】

〔王路鈐〕路鈐爲某路兵馬鈐轄之簡稱，王路鈐未詳何人。

〔明月二句〕謂中秋無月。

〔廣寒〕龍城録：「上皇與申天師，道士鴻都客，八月望日夜，因天師作術，三人同在雲上遊。月中過一大門，在玉光中飛浮，宫殿往來無定，寒氣逼人，露濡衣袖皆濕，頃見一大宫府，榜曰『廣寒清虚之府』。」

〔不是二句〕漢淮南王之客有小山者，作招隱賦，宋晏幾道亦有小山詞。此言倘非詞人賦詞吟詠，則更難耐是夕之寂寥索寞也。

又　送李復州致一席上和韻

和淚唱陽關，依舊字嬌聲穩。回首長安何處，怕行人歸晚。垂楊折盡只啼鴉，把離愁勾引。却笑遠山無數，被行雲低損。

【校】

〔題〕四卷本乙集無。

【箋注】

〔李復州致一〕李致一，名籍事歷均不詳。復州，南宋屬荆湖北路。即今湖北沔陽縣。

〔和淚句〕見卷一鷓鴣天（唱徹陽關淚未乾闋）「唱徹句」注。

又

和城中諸友韻

雲氣上林梢，畢竟非空非色。風景不隨人去，到而今留得。　老無情味到篇章，詩債怕人索。却笑近來林下，有許多詞客。

【箋注】

〔非空非色〕心經：「色不異空，空不異色。色即是空，空即是色。受想行識，亦復如是。」

〔却笑二句〕雲谿友議卷中思歸隱條：「江西韋大夫丹與東林靈徹上人騭忘形之契，篇章唱和，月唯四五焉。韋偶爲思歸絶句詩一首以寄上人。……予謂韋亞台歸意未堅，果爲高僧所誚。韋寄廬山上人徹公詩曰：『王事紛紛無暇日，浮生冉冉只如雲。已爲平子歸休計，五老巖前必共君。』徹奉酬詩曰：『年老身閒無外事，麻衣草座亦容身。相逢盡道休官去，林下何曾見一人！』」

東坡引 閨怨

玉纖彈舊怨，還敲繡屏面，清歌目送西風鴈。鴈行吹字斷，鴈行吹字斷。夜深拜月，瑣窗西畔。但桂影空階滿。翠帷自掩無人見。羅衣寬一半，羅衣寬一半。

【校】

〔題〕廣信書院本及四卷本丁集俱無題，兹從王詔校刊本及四印齋本補入。

【箋注】

〔玉纖句〕、〔羅衣〕温庭筠菩薩蠻詞：「玉纖彈處真珠落，流多暗濕鉛華薄。……看取薄情人，羅衣無此痕。」

又

君如梁上燕，妾如手中扇，團團清影雙雙伴。秋來腸欲斷，秋來腸欲斷。黄昏淚眼，青山隔岸。但咫尺如天遠。病來只謝旁人勸。龍華三會願，龍華三會願。

【箋注】

〔龍華句〕荆楚歲時記：「四月八日，諸寺各設齋，以五香水浴佛，作龍華會，以爲彌勒下生之徵也。」能改齋漫録卷十七馮相三願詞條：「南唐宰相馮延巳有樂府一章，名長命女，云：『春日宴，緑酒一杯歌一徧，再拜陳三願：一願郎君千歲，二願妾身長健，三願如同梁上燕，歲歲長相見。』」

又

花梢紅未足，條破驚新緑，重簾下徧闌干曲。有人春睡熟，有人春睡熟。　鳴禽破夢，雲偏目蹙。起來香腮褪紅玉。花時愛與愁相續。羅裙過半幅，羅裙過半幅。

【校】

〔半幅〕廣信書院本誤作「一半」，兹從王詔校刊本及四印齋本。

醉花陰　爲人壽

黄花漫説年年好，也趁秋光老。緑鬢不驚秋，若鬭尊前，人好花堪笑。　蟠桃結子知多少，家住三山島。何日跨歸鸞，滄海飛塵，人世因緣了。

【校】

〔題〕四卷本丁集無。

〔歸鸞〕廣信書院本作「飛鸞」，兹從四卷本。

【箋注】

〔鬬尊前〕見本卷沁園春（老子平生閲）「休鬬句」注。

〔家住句〕三山謂海内之瀛洲、方壺、蓬萊三神山，居其地者均長生不老。見史記封禪書。

〔滄海飛塵〕神仙傳：「麻姑自説云：『接侍以來，已見東海三爲桑田。向到蓬萊，又水淺於往日，會時略半耳，豈將復爲陵陸乎？』（王）遠歎曰：『聖人皆言海中行復揚塵也。』」

醉太平　春晚

態濃意遠，眉顰笑淺，薄羅衣窄絮風軟。鬢雲欺翠捲。　南園花樹春光暖，紅香徑裏榆錢滿。欲上鞦韆又驚嬾，且歸休怕晚。

【校】

〔題〕廣信書院本無題，兹從王詔校刊本及四印齋本補。

【箋注】

〔態濃句〕杜甫麗人行：「態濃意遠淑且真，肌理細膩骨肉勻。」

烏夜啼

晚花露葉風條，燕飛高。行過長廊西畔小紅橋。　歌再唱，人再舞，酒纔消。更把一杯重勸摘櫻桃。

【校】

〔燕飛高〕廣信書院本作「燕高高」，兹從四卷本丙集。王詔校刊本、六十家詞本及四印齋本俱作「燕燕高」。

〔歌再唱〕四卷本作「歌再起」。

如夢令　賦梁燕

燕子幾曾歸去？只在翠巖深處。重到畫梁間，誰與舊巢爲主？深許，深許，聞道鳳凰來住。

憶王孫　秋江送别，集古句

登山臨水送將歸。悲莫悲兮生别離。不用登臨怨落暉。昔人非。惟有年年秋鴈飛。

【校】

〔題〕廣信書院本無題，兹從王詔校刊本及四印齋本補。四卷本乙集作「集句」。

【箋注】

〔登山句〕楚辭九辯：「悲哉秋之爲氣也，蕭瑟兮草木摇落而變衰。憭慄兮若在遠行，登山臨水兮送將歸。」

〔悲莫句〕九歌少司命：「悲莫悲兮生别離，樂莫樂兮新相知。」

〔不用句〕杜牧九日齊山登高詩：「但將酩酊酬佳節，不用登臨怨落暉。」

〔昔人非〕蘇軾陌上花詩：「江山猶是昔人非。」

〔惟有句〕李嶠汾陰行：「不見只今汾水上，唯有年年秋鴈飛。」

【編年】

右起「和王路鈐」之好事近，迄「秋江送别」之憶王孫，共詞十一首，當作於帶湖期内，姑附次於紹熙二年諸詞之後。

金菊對芙蓉　重陽

遠水生光，遥山聳翠，霽煙深鎖梧桐。正零瀼玉露，淡蕩金風。東籬菊有黄花吐，對映水幾簇芙蓉。重陽佳致，可堪此景，酒釅花濃。　追念景物無窮。歎年少胸襟，忒煞英雄。把黄英紅萼，甚物堪同。除非腰佩黄金印，座中擁紅粉嬌容。此時方稱情懷，盡拚一飲千鍾。

【校】

〔年少〕草堂詩餘原作「少年」，拗律，從萬樹詞律卷十六康與之同調詞注引稼軒此詞改。

【箋注】

〔遠水二句〕柳永訴衷情近詞：「澄明遠水生光，重疊暮山聳翠。」

〔正零瀼句〕詩鄭風野有蔓草：「野有蔓草，零露瀼瀼。」秦觀滿庭芳詞：「夜深玉露初零。」

〔菊有黄花〕禮記月令：「季秋之月，……鞠有黄華。」鞠即「菊」字。

〔盡拚句〕歐陽修朝中措詞：「文章太守，揮毫萬字，一飲千鍾。」秦觀望海潮詞：「最好揮毫萬字，一飲拚千鍾。」

【編年】

右金菊對芙蓉一闋，各本俱不收，唯見草堂詩餘後集節序門。草堂詩餘成書在慶元以前（見四庫提要），謂係稼軒所作，當可憑信。因附於帶湖期内諸作之後。

水調歌頭　題永豐楊少游提點一枝堂

萬事幾時足，日月自西東。無窮宇宙，人是一粟太倉中。一葛一裘經歲，一鉢一瓶終日，老子舊家風。更着一杯酒，夢覺大槐宫。　記當年，嚇腐鼠，歎冥鴻。衣冠神武門外，驚倒幾兒童。休説須彌芥子，看取鵾鵬斥鷃，小大若爲同？君欲論齊物，須訪一枝翁。

【箋注】

〔永豐〕縣名，宋屬信州。

〔楊少游〕事歷未詳。

〔無窮二句〕王勃滕王閣序：「天高地迥，覺宇宙之無窮。」莊子秋水篇：「計中國之在海内，不似稊米之在太倉乎？」

〔一鉢二句〕景德傳燈録卷二十二泉州後招慶和尚：「問：『如何是和尚家風？』師曰：『一

瓶兼一鉢，到處是生涯。』」貫休陳情獻蜀皇帝：「一瓶一鉢垂垂老，萬水千山得得來。」

〔夢覺句〕李公佐南柯太守傳，謂有淳于棼者，吴楚游俠之士，一日酒醉，夢有二紫衣使者邀彼至槐安國，至則尚公主，並奉命爲南柯郡太守。凡二十餘年，郡政大理。夢醒時日尚未斜，往尋夢中所至之地，則古槐一穴。所謂南柯郡者僅一南向之槐枝而已。

〔嚇腐鼠〕莊子秋水篇：「夫鵷鶵發於南海而飛於北海，非梧桐不止，非練實不食，非醴泉不飲。於是鴟得腐鼠，鵷鶵過之，仰而視之，曰『嚇！』」

〔冥鴻〕見本卷水調歌頭（萬事到白髮）「冥鴻」注。

〔衣冠句〕見本卷沁園春（老子平生）「抖擻三句」注。

〔須彌芥子〕維摩詰經卷中不思議品：「若菩薩信是解脱者，以須彌之高廣，内芥子中，無所增減。」按：須彌山喻高大，芥子喻渺小。

〔鴟鵬斥鷃〕莊子逍遥遊：「有魚焉，其廣數千里，未有知其修者，其名爲鯤；有鳥焉，其名爲鵬，背若泰山，翼若垂天之雲，摶扶摇羊角而上者九萬里，……斥鷃笑之曰：『彼且奚適也？我騰躍而上，不過數仞而下，翱翔蓬蒿之間，此亦飛之至也。而彼且奚適也？』此小大之辨也。」

〔若爲〕若何也。

〔論齊物〕莊子有齊物論。

【編年】

疑紹熙二、三年（一一九一或一一九二）。——朱文公文集旌忠愍節廟碑云：「紹熙三年十月，王道夫請建旌忠憫節廟，旋召還。四年五月後，芮、潘兩令又更調而去。」又與潘文叔明府書：「辛幼安過此，極談佳政。」陳亮龍川文集信州永豐縣社壇記：「吾友潘友文文叔之始作永豐也，……稼軒辛幼安以爲文叔愛其民如古循吏，而諸公猶詰其驗，……」據知紹熙二、三年間潘氏正在永豐縣令任。疑稼軒於赴閩憲前曾有永豐之行，而此詞或即賦於其時也。

浣溪沙 席上趙景山提幹賦溪臺，和韻

臺倚崩崖玉滅瘢，青山却作捧心顰。遠林煙火幾家村。　引入滄浪魚得計，展成寥闊鶴能言。幾時高處見層軒？

【校】

〔題〕四卷本丙集作「偶趙景山席上用賦溪臺和韻」。

〔瘢〕王詔校刊本及四印齋本俱改作「痕」，下首同。夏敬觀跋毛鈔本稼軒詞云：「稼軒詞往往以鄉音叶韻，全集中不勝枚舉。如浣溪沙詞用元寒韻之瘢、言、軒與真諄韻顰、村同叶，殆亦其鄉音如此。而三本瘢皆作痕，匪特不典，且忘言軒亦在元寒韻。此類妄爲竄改之跡實不可掩。」

【箋注】

〔趙景山〕名籍事歷均不詳。王質雪山集卷十四有詩題云：「趙景山、程德紹視旱，有詩

成編。」

〔溪臺〕未詳。

〔玉滅瘢〕漢書王莽傳：「後莽疾，孔休候之，莽緣恩意，進其玉具寶劍，欲以爲好，休不肯受。莽因曰：『誠見君面有瘢，美玉可以滅瘢。』」顔師古注云：「瘢，創痕也。」

〔捧心顰〕莊子天運篇：「西施病心而矉其里，其里之醜人見而美之，歸亦捧心而矉其里。」按矉同顰。

〔魚得計〕莊子徐無鬼篇：「於魚得計。」

〔鶴能言〕參本卷最高樓（相思苦闋）「是化爲句」注。按此二句，「引入滄浪」切「溪」字，「展成寥闊」則謂臺高且廣也。

又

妙手都無斧鑿瘢，飽參佳處却成顰。恰如春入浣花村。　筆墨今宵光有豔，管絃從此悄無言。主人席次兩眉軒。

【箋注】

〔飽參佳處〕蘇軾夜直玉堂攜李之儀端叔詩百餘首讀至夜半書其後：「暫借好詩消永夜，每逢佳處輒參禪。」

〔浣花村〕杜甫在成都所居處。胡宗愈成都草堂詩碑序：「先生自同谷入蜀，遂卜成都浣花江上萬里橋之西，爲草堂以居焉。」

〔主人句〕孔稚珪北山移文：「眉軒席次，袂聳筵上。」注云：「軒，舉也。舉眉謂喜也。」

【編年】

右同韻浣溪沙二首，均係和趙景山「賦溪臺」韻者，其在何年雖難確知，但「提幹」必爲某一提舉司之幹辦公事，而在南宋則唯有提舉坑冶司置於信州境内。玩兩詞語意，亦不似宦游各地時所作，故附帶湖諸詞之後。

漁家傲

爲余伯熙察院壽。信之讖云：「水打烏龜石，三台出此時。」伯熙舊居城西，直龜山之北，溪水齧山足矣，意伯熙當之耶？伯熙學道有新功，一日語余云：「溪上嘗得異石，有文隱然，如記姓名，且有長生等字。」余未之見也。因其生朝，姑摭二事爲詞以壽之

道德文章傳幾世，到君合上三台位。自是君家門户事。當此際，龜山正抱西江

水。　三萬六千排日醉，鬢毛只恁青青地。江裏石頭争獻瑞，分明是：中間有箇「長生」字。

【校】

〔題〕「爲余伯熙察院壽」四卷本乙集作「爲余伯熙壽」。

【箋注】

〔余伯熙〕事歷未詳，據此詞題，知爲信州人。江西通志卷二十二選舉表載紹興末至紹熙初，上饒之余姓進士中，以「禹」字行者有成、和、績、疇、安、言數人。禹績字伯山，已見本卷鷓鴣天（夢斷京華故倦遊闋）箋注。則伯熙當亦爲禹字輩中之一人，廣韻謂「熙即和也」，則或當爲禹和之字。禹和，淳熙二年進士。

〔烏龜石〕見本卷水調歌頭（相公倦台鼎闋）「烏龜石」注。

〔三台〕後漢稱尚書爲中台，御史爲憲台，謁者爲外台，合稱三台。宋代之監察御史隸察院，屬御史臺。

〔自是句〕晉書孫盛傳：「盛著魏氏春秋、晉陽秋，晉陽秋詞直而理正，咸稱良史焉。既而桓温見之，怒謂盛子曰：『枋頭誠爲失利，何至乃如尊君所説？若此史遂行，自是關君門户事。』」

〔三萬句〕李白襄陽歌：「百年三萬六千日，一日須傾三百杯。」

鵲橋仙　壽余伯熙察院

豸冠風采，繡衣聲價，曾把經綸少試。看看有詔日邊來，便入侍明光殿裏。

東君未老，花明柳媚，且引玉船沉醉。好將三萬六千場，自今日從頭數起。

【校】

〔題〕王詔校刊本及四印齋本「余」俱誤「徐」。四卷本乙集作「賀余察院生日」。

〔玉船〕四卷本作「玉塵」。

【箋注】

〔豸冠〕爲獬豸冠之簡稱。後漢書輿服志：「法冠，一曰柱後，……執法者服之，侍御史廷尉正監平也。或謂之獬豸冠。獬豸神羊，能別曲直，楚王嘗獲之，故以爲冠。秦滅楚，以其君服賜執法近臣御史服之。」

〔繡衣〕見卷一水調歌頭（折盡武昌柳闋）「繡衣」注。

〔明光殿〕漢官儀：「尚書奏事於明光殿。」

〔玉船〕酒器。武林舊事卷七乾淳奉親：「淳熙六年三月十五日，車駕過宫，恭請太上、太后幸聚景園。……上親捧玉酒船上壽酒。酒滿玉船，船中人物多能舉動如活。」

〔三萬六千場〕蘇軾贈張刁二老詩：「共成二百七十歲，各飲三萬六千場。」滿庭芳詞：「百年裏，渾教是醉，三萬六千場。」

【編年】

右二詞作年無可考，以余氏爲上饒人，姑附於帶湖諸作之後。

沁園春

期思舊呼奇獅，或云棊師，皆非也。余考之荀卿書云：「孫叔敖，期思之鄙人也。」期思屬弋陽郡。此地舊屬弋陽縣。雖古之弋陽、期思，見之圖記者不同，然有弋陽則有期思也。橋壞復成，父老請余賦，作沁園春以證之

有美人兮，玉佩瓊琚，吾夢見之。問斜陽猶照，漁樵故里；長橋誰記，今古期思？物化蒼茫，神遊彷彿，春與猿吟秋鶴飛。還驚笑：向晴波忽見，千丈虹霓。覺來西望崔嵬，更上有青楓下有溪。待空山自薦，寒泉秋菊；中流却送，桂棹蘭旗。萬事長嗟，百年雙鬢，吾非斯人誰與歸。憑闌久，正清愁未了，醉墨休題。

【箋注】

〔荀卿書至期思也〕荀子非相：「楚之孫叔敖，期思之鄙人也。」注：「期思，楚邑名，今弋陽期

思縣。」

〔橋〕鉛山縣志：「期思橋，在縣東二十里，因渡爲之。」

〔有美人二句〕詩鄭風有女同車：「有女同車，顏如舜華。將翱將翔，佩玉瓊琚。彼美孟姜，洵美且都。」

〔物化〕莊子齊物論：「昔者莊周夢爲胡蝶，栩栩然胡蝶也。……俄然覺，則蘧蘧然周也。……此之謂物化。」

〔神遊〕見卷一聲聲慢（征埃成陣闕）「華胥夢」注。

〔春與句〕韓愈羅池廟碑：「侯出遊兮暮來歸，春與猿吟兮秋鶴與飛。」

〔更上有句〕楚辭招魂：「湛湛江水兮上有楓。」

〔待空山二句〕蘇軾書林逋詩後：「我笑吴人不好事，好作祠堂傍修竹。不然配食水仙王，一盞寒泉薦秋菊。」

〔桂棹蘭旗〕楚辭九歌：「桂櫂兮蘭枻。」又，「荃橈兮蘭旌。」

〔百年雙鬢〕杜甫戲題上漢中王詩：「百年雙白鬢。」

〔吾非句〕范仲淹岳陽樓記：「微斯人吾誰與歸。」

又　答余叔良

我試評君，君定何如，玉川似之。記李花初發，乘雲共語；梅花開後，對月相思。

白髮重來，畫橋一望，秋水長天孤鶩飛。同吟處，看珮摇明月，衣捲青霓。　相君高節崔嵬，是此處耕巖與釣溪。被西風吹盡，村簫社鼓；青山留得，松蓋雲旗。弔古愁濃，懷人日暮，一片心從天外歸。新詞好，似淒涼楚些，字字堪題。

【箋注】

〔余叔良〕事歷未詳。據其與稼軒酬唱之跡推考之，當爲信州人。

〔玉川〕新唐書盧仝傳：「盧仝居東都，（韓）愈爲河南令，愛其詩，厚禮之。仝自號玉川子。嘗爲月蝕詩，譏切元和逆黨，愈稱其工。」

〔李花、梅花〕均玉川子事。韓愈寒食日出遊詩：「李花初發君始病。」又李花詩：「誰將平地萬堆雪，剪刻作此連天花。日光赤色照未好，明月暫入都交加。夜領張徹投盧仝，乘雲共至玉皇家。」又寄盧仝詩：「買羊沽酒謝不敏，偶逢明月曜桃李。」盧仝有所思：「娟娟姮娥月，三五盈又缺。……相思一夜梅花發，忽到窗前疑是君。」

〔秋水句〕見卷一賀新郎（高閣臨江渚閿）「王郎句」注。

〔看珮摇二句〕楚辭九章涉江：「被明月兮佩寶璐。」又九歌東君：「青雲衣兮白霓裳。」

〔耕巖、釣溪〕耕巖謂傅説於相殷之前隱於傅巖之下；釣溪謂吕尚於相周之前，年已老而隱居垂釣渭南之磻溪。

〔雲旗〕九歌：「乘回風兮載雲旗。」

〔一片句〕詩話總龜卷十雅什門引郡閣雅談：「劉禹昭字休明，婺州人。少師林寬，爲詩刻苦，不憚風雪。有句云：『句向夜深得，心從天外歸。』」劉斧青瑣高議前集卷九詩淵清格條：「歐陽永叔嘗言，苦吟句云：『一句坐中得，片心天外來。』茲所謂苦吟破的之句也。」

又　答楊世長

我醉狂吟，君作新聲，倚歌和之。算芬芳定向，梅間得意；輕清多是，雪裏尋思。朱雀橋邊，何人會道，野草斜陽春燕飛。都休問：甚元無霽雨，却有晴霓。　詩壇千丈崔嵬，更有筆如山墨作溪。看君才未數，曹劉敵手；風騷合受，屈宋降旗。誰識相如，平生自許：慷慨須乘駟馬歸。長安路，問垂虹千柱，何處曾題？

【箋注】

〔楊世長〕事歷未詳，疑亦信州人也。

〔倚歌和之〕蘇軾赤壁賦：「客有吹洞簫者，倚歌而和之。」

〔朱雀橋三句〕劉禹錫金陵五題烏衣巷云：「朱雀橋邊野草花，烏衣巷口夕陽斜。舊時王謝堂前燕，飛入尋常百姓家。」

〔甚元無二句〕杜牧阿房宫賦：「複道行空，不霽何虹？」按霓即虹。

〔曹劉、屈宋〕謂曹植、劉楨、屈原、宋玉。杜甫壯遊詩：「歸帆拂天姥，中歲貢舊鄉。氣劘屈賈壘，目短曹劉牆。」

〔相如至曾題〕華陽國志卷三蜀志：「郡治少城，……城北十里有昇仙橋，有送客觀。司馬相如初入長安，題市門曰：『不乘高車駟馬，不過汝下也。』」

【編年】

紹熙三年（一一九二）前。——右同韻沁園春三首，當爲同時作。紹熙晚年自閩歸來後所賦之沁園春（一水西來關）題云「再到期思卜築」，而右第一首題中方在詳述其改「奇獅」爲「期思」之故，當是作於赴閩之前者。因亦次帶湖諸作之後。

江神子　聞蟬蛙戲作

簟鋪湘竹帳籠紗，醉眠些，夢天涯。一枕驚回，水底沸鳴蛙。借問喧天成鼓吹，良自苦，爲官哪？　心空喧静不争多。病維摩，意云何。掃地燒香，且看散天花。斜日緑陰枝上噪，還又問：是蟬麽？

【校】

〔籠紗〕四卷本丁集作「垂紗」。

【箋注】

〔水底二句〕蘇軾贈王子直秀才詩：「水底笙歌蛙兩部。」餘見卷一滿庭芳（傾國無媒闋）「聽羣蛙句」注。

〔爲官哪〕晉書惠帝紀：「帝常在華林園，聞蝦蟆聲，謂左右曰：『此鳴者爲官乎私乎？』或對曰：『在官地爲官，在私地爲私。』」

〔心空句、枝上噪、是蟬麽〕王籍若耶溪詩：「蟬噪林逾静，鳥鳴山更幽。」

〔病維摩四句〕維摩詰所説經觀衆生品第七：「維摩詰以身疾，廣爲説法。佛告文殊師利：『汝詣問疾。』時維摩室有一天女，見諸大人，聞所説法，便現其身，即以天花散諸菩薩大弟子上。花至諸菩薩即皆墮落，至大弟子便著不墮。」

又　賦梅，寄余叔良

暗香横路雪垂垂，晚風吹，曉風吹。花意争春，先出歲寒枝。畢竟一年春事了，緣太早，却成遲。　未應全是雪霜姿，欲開時，未開時。粉面朱唇，一半點胭脂。

醉裏謗花花莫恨；渾冷澹，有誰知。

【箋注】

〔暗香〕林逋山園小梅詩：「疏影横斜水清淺，暗香浮動月黄昏。」

〔雪垂垂〕吴防雪梅賦：「帶冷雪之垂垂。」

〔雪霜姿〕蘇軾紅梅詩：「故作小紅桃杏色，尚餘孤瘦雪霜姿。」又「詠紅梅」之定風波詞亦有此二句。

〔謗花〕蘇軾西江月戲曹子方：「謗花面有慚紅。」

朝中措

年年黄菊豔秋風，更有拒霜紅。黄似舊時宫額，紅如此日芳容。　青青未老，尊前要看，兒輩平戎。試釀西江爲壽，西江緑水無窮。

【箋注】

〔年年二句〕柳永醉蓬萊：「嫩菊黄深，拒霜紅淺。」本草：「芙蓉一名拒霜，豔如荷花，八九月始開，故名拒霜。」

〔宮額〕見本卷西江月（宮粉厭塗嬌額闋）「宮粉句」注。

〔兒輩平戎〕世説雅量篇：「謝公與人圍棋，俄而謝玄淮上信至。看書竟，默然無言，徐向局，客問淮上利害，答曰：『小兒輩大破賊。』」

又 爲人壽

年年金蘂豔西風，人與菊花同。霜鬢經春重緑，仙姿不飲長紅。焚香度日儘從容，笑語調兒童：一歲一杯爲壽，從今更數千鍾。

【校】

〔題〕廣信書院本無，兹從四卷本乙集。

又 九日小集，時楊世長將赴南宫

年年團扇怨秋風，愁絶寶杯空。山下卧龍丰度，臺前戲馬英雄。而今休也，花殘人似，人老花同。莫怪東籬韻減，只今丹桂香濃。

【校】

〔題〕四卷本丙集作「九日小集，世長將赴省」。

〔休也〕四卷本作「休矣」。

〔人似〕廣信書院本作「一似」，兹從四卷本。

【箋注】

〔南宫〕謂禮部。宋史選舉志：「禮部貢舉，皆秋取解，冬集禮部，春考試。」

〔年年句〕漢書外戚傳載班婕妤怨歌行云：「新裂齊紈素，皎潔如霜雪。裁爲合歡扇，團團似明月。出入君懷袖，動摇微風發。常恐秋節至，涼風奪炎熱。棄損篋笥中，恩情中道絶。」

〔臺前句〕見本卷鷓鴣天（戲馬臺前秋鴈飛關）「戲馬臺」注。

〔丹桂香濃〕謂楊氏得鄉薦，即將參與禮部之考試也。

【編年】

右江神子二首朝中措三首，作年無可考，以余叔良、楊世長均見前沁園春題中，姑彙次於此。

清平樂　憶吴江賞木樨

少年痛飲，憶向吴江醒。明月團團高樹影，十里水沉煙冷。　大都一點宫黄，人間直恁芬芳。怕是秋天風露，染教世界都香。

【校】

〔題〕四卷本丙集作「謝叔良惠木樨」。

〔團團〕四卷本作「團圓」。全芳備祖前集十三桂花門引同。

〔水沉煙冷〕四卷本及全芳備祖作「薔薇水冷」。

〔秋天〕四卷本作「九天」。

【箋注】

〔明月句〕李白古朗月行：「小時不識月，呼作白玉盤。……仙人垂兩足，桂樹作團團。」

〔大都〕不過。

【編年】

據四卷本題語，知右詞亦爲與余叔良酬答之作，因附於此。

又 題上盧橋

清泉犇快，不管青山礙。十里盤盤平世界，更着溪山襟帶。古今陵谷茫茫，市朝往往耕桑。此地居然形勝，似曾小小興亡。

【校】

〔清泉〕四卷本乙集作「清溪」。

〔十里〕四卷本作「千里」。

【箋注】

〔上盧橋〕在上饒境内。

〔清泉二句〕王安石江詩：「逆折山能礙，奔流海與期。」

〔古今句〕詩小雅十月之交：「百川沸騰，山冢萃崩。高岸爲谷，深谷爲陵。」韓偓亂後春日途經野塘詩：「眼看朝市成陵谷。」

【編年】

右詞作年無可考，姑附於帶湖諸作之後。

水龍吟　寄題京口范南伯家文官花。花先白，次緑，次緋，次紫。唐會要載學士院有之

倚欄看碧成朱，等閒褪了香袍粉。上林高選，匆匆又换，紫雲衣潤。幾許春風，朝薰暮染，爲花忙損。笑舊家桃李，東塗西抹，有多少，凄涼恨。　擬倩流鶯説

與：記榮華易消難整。人間得意，千紅百紫，轉頭春盡。白髮憐君，儒冠曾誤，平生官冷。算風流未減，年年醉裏，把花枝問。

【校】

〔題〕廣信書院本無「次緑」二字，兹從四卷本乙集。又廣信書院本「范南伯」下有「知縣」二字。

〔百紫〕王詔校刊本及四印齋本俱改作「萬紫」。

【箋注】

〔范南伯家文官花〕牟巘陵陽集卷十五題范氏文官花：「韓魏公守維揚，郡圃芍藥有腰金紫者四，置酒召同僚王岐公、荆公，而陳秀公亦與。四人皆先後爲首相，亦異矣。……京口鶴林亭花，久歸閬苑，近世稱盛。邢臺范氏文官花，粉碧緋紫見於一日之間，變態尤異於腰金紫。辛稼軒嘗爲賦水龍吟，『白髮儒冠誤』，蓋屬盧溪令君。……休寧令君，盧溪孫而稼軒外諸孫，刻其詞置花右，至今猶存，若有護持之者。其子雷卿遂以斯文發祥。領學事，主文盟，文官之應不虚矣。人皆曰：『花，范氏瑞也。』夫以雷卿之賢，兩家百年忠義之脈、文物之傳，在其一身，宜造物以功名事業付之。花本出唐翰苑中，雷卿既爲翰林主人，花亦榮耀。吾方賀兹花之遭。然則花瑞范氏乎？范氏瑞花乎？」元張伯淳養蒙集卷五題范雷卿二卷：「范氏故園有花一本，先白，次緑，而緋，而紫，以文官花得名。稼軒辛公爲賦長短句。殆與麻姑壇所記紅蓮變白變碧者同一奇也。魯公之記，稼軒之詞，皆非食煙火人語。范令尹於稼軒翁爲外孫，能追記於真跡散落之後。……噫，故家文獻，日就凋零，……流芳餘美，暢茂敷腴，豹變當從今始。」

〔看碧成朱〕王僧孺夜愁示諸賓詩：「誰知心眼亂，看朱忽成碧。」

〔上林高選〕三輔黄圖卷四苑囿：「漢上林苑，即秦之舊苑也。……(武)帝初修上林苑，羣臣遠方，各獻名果異卉三千餘種植其中，亦有製爲美名，以標奇異。」

〔東塗西抹〕唐摭言卷三：「薛監晚年厄於宦途，嘗策羸赴朝，值新進士榜下綴行而出，時進士團所由輩數十人，見逢行李蕭條，前導曰：『迴避新郎君。』逢輾然，即遣一介語之曰：『報道莫貧相，阿婆三五少年時，也曾東塗西抹來。』」

〔人間得意三句〕唐詩紀事卷三十五：「孟郊及第，有詩曰：『……青春得意馬蹄疾，一日看盡長安花。』一日之間，花即看盡，何其速也。」

〔白髮句〕蘇軾次韻劉景文西湖席上詩：「白髮憐君略相似，青山許我定相從。」

〔儒冠句〕杜甫奉贈韋左丞丈詩：「紈袴不餓死，儒冠多誤身。」

〔平生官冷〕杜甫醉時歌：「諸公袞袞登臺省，廣文先生官獨冷。」按：范氏一生唯曾任盧溪令及公安令，官終忠訓郎，詳見劉宰漫塘集故公安范大夫行述。

【編年】

右詞作年絶無可考。范南伯卒於慶元二年，此詞當爲淳熙或紹熙間所作，今姑附於帶湖諸作之後。

生查子　有覓詞者，爲賦

去年燕子來，繡户深深處。花徑得泥歸，都把琴書污。　今年燕子來，誰聽呢喃語。不見捲簾人，一陣黄昏雨。

【校】

〔題〕四卷本丙集無。

〔繡户〕四卷本作「簾幕」。

〔花徑〕四卷本作「香徑」。

【箋注】

〔去年四句〕杜甫漫興：「熟知茅齋絶低小，江上燕子故來頻。銜泥點污琴書内，更接飛蟲打着人。」

又　重葉梅

百花頭上開，冰雪寒中見。霜月定相知，先識春風面。　主人情意深，不管江妃怨。折我最繁枝，還許冰壺薦。

【箋注】

〔重葉梅〕范成大范村梅譜：「重葉梅花頭甚豐，葉重數層，盛開如小白蓮，梅中之奇品。」

〔百花句〕談苑：「王曾布衣時以梅花詩獻吕蒙正云：『而今未問和羹事，且向百花頭上開。』蒙正云：『此生已安排狀元宰相也。』」

〔先識句〕杜甫詠懷古跡：「畫圖省識春風面。」

〔江妃〕唐明皇開元中，高力士使閩、粤，見江采蘋少而麗，選歸，侍明皇，大見寵幸。性喜梅，所居悉植之。帝以其所好，戲名曰梅妃。

〔折我句〕蘇軾再和楊公濟梅花十絶：「湖面初驚片片飛，尊前折我最繁枝。」

按：右生查子一闋，見永樂大典卷三八一〇梅字韻，云出辛幼安稼軒集。廣信書院本及四卷本俱失收。辛啓泰輯稼軒集鈔存收入佚詩中，非也。

又　獨遊西巖

青山招不來，偃蹇誰憐汝。歲晚太寒生，喚我溪邊住。　山頭明月來，本在天高處。夜夜入清溪，聽讀離騷去。

【校】

〔題〕廣信書院本無，兹從四卷本丁集。

〔天高〕四卷本作「高高」。

【箋注】

〔西巖〕上饒縣志山川門：「西巖在縣南六十里，巖石拔起，中空如洞，内有懸石如螺，滴水垂下，味甘冷。」

〔青山二句〕蘇軾越州張中舍壽樂堂詩：「青山偃蹇如高人，常時不肯入官府。」

〔太寒生〕「生」字在此爲語助詞。

又 獨遊西巖

青山非不佳，未解留儂住。赤脚踏層冰，爲愛清溪故。　朝來山鳥啼，勸上山高處。我意不關渠，自在尋詩去。

【校】

〔題〕廣信書院本無題，兹從四卷本乙集。

〔層冰〕四卷本作「滄浪」。

〔清溪〕廣信書院本作「青溪」，兹從四卷本。

〔我意〕廣信書院本作「裁意」，兹從四卷本。

〔自在尋詩〕四卷本作「自要尋蘭」。

【箋注】

〔青山二句〕李德裕登崖州城樓詩：「獨上高樓望帝京，鳥飛猶是半年程。青山似欲留人住，百匝千遭遶郡城。」

〔赤脚句〕杜甫早秋苦熱堆案相仍詩：「南望青松架短壑，安得赤脚踏層冰。」

【編年】

右生查子詞四首，作年無可考，其中二首均與西巖有關，以西巖在上饒縣境内，姑附次於此，餘二首當亦作於帶湖時期。

浣溪沙　黄沙嶺

寸步人間百尺樓，孤城春水一沙鷗。天風吹樹幾時休。　突兀趁人山石狠，朦朧避路野花羞。人家平水廟東頭。

【箋注】

〔黄沙嶺〕上饒縣志：「黄沙嶺在縣西四十里乾元鄉，高約十五丈。谽谺敞豁，可容百人。下有兩泉，水自石中流出，可溉田十餘畝。」陳文蔚克齋集游山記：「嘉定己巳秋九月，傅巖叟拉予與周伯輝踐傅巖之約。乙未，度北岸橋，過黄沙辛稼軒之書堂，感物懷人，凝然以悲。」

〔突兀句〕杜甫青陽峽詩：「突兀猶趁人，及兹歎冥漠。」

又　漫興作

未到山前騎馬回，風吹雨打已無梅，共誰消遣兩三杯。　一似舊時春意思，百無是處老形骸，也曾頭上戴花來。

【校】

〔題〕廣信書院本無題，兹據四卷本乙集。

〔戴花〕四卷本作「帶花」。

鷓鴣天　黄沙道中即事

句裏春風正剪裁，溪山一片畫圖開。輕鷗自趁虚船去，荒犬還迎野婦回。

松共竹，翠成堆。要擎殘雪鬬疏梅。亂鴉畢竟無才思，時把瓊瑶蹴下來。

【校】

〔題〕四卷本丙集無「即事」二字。

〔松共竹〕四卷本作「松菊竹」。

【箋注】

〔無才思〕韓愈晚春詩：「楊花榆莢無才思，惟解漫天作雪飛。」

西江月 夜行黄沙道中

明月别枝驚鵲，清風半夜鳴蟬。稻花香裏説豐年，聽取蛙聲一片。　七八箇星天外，兩三點雨山前。舊時茆店社林邊，路轉溪橋忽見。

【箋注】

〔明月句〕蘇軾杭州牡丹詩：「天静傷鴻猶戢翼，月明驚鵲未安枝。」

〔七八箇星二句〕何光遠鑑誡録卷五「容易格」條：「王蜀盧侍郎延讓吟詩，多着尋常容易言語。有松門寺詩云：『兩三條電欲爲雨，七八箇星猶在天。』」

【編年】

右詞四首，作年均無可考，以黄沙嶺在上饒縣境内，姑附次於此。

好事近　席上和王道夫賦元夕立春

綵勝鬭華燈，平把東風吹却。唤取雪中明月，伴使君行樂。　紅旗鐵馬響春冰，老去此情薄。惟有前村梅在，倩一枝隨着。

【校】

〔題〕四卷本乙集僅「元夕立春」四字。

〔平把〕四卷本作「平地」。

【箋注】

〔綵勝〕見本卷蝶戀花（誰向椒盤簪綵勝）「綵勝」注。

〔紅旗句〕蘇軾上元夜詩：「牙旗穿夜市，鐵馬響春冰。」

〔前村二句〕陶岳五代史補卷三僧齊己條：「僧齊己，長沙人，……天性穎悟，於風雅之道日有所得。……時鄭谷在袁州，齊己因攜所爲詩往謁焉。有早梅詩曰：『前村深雪裏，昨夜數枝開。』谷笑謂曰：『數枝非早，不若一枝則佳。』齊己矍然，不覺搴衣叩地膜拜。自是，士林以谷爲齊己一字之師。」

【編年】

紹熙三年(一一九二)正月。——王道夫於紹熙二年知信州,朱文公大全集卷八十九旌忠愍節廟碑謂王道夫本年十月之後被召還,參以魏鶴山所作墓誌銘,知道夫尋即丁母憂而家居,但紹熙三年正月尚在信州任,稼軒春間離信赴閩,至紹熙五年秋方歸,因知此詞必作於三年春赴閩之前者。據陳垣中西回史日曆,紹熙二年之冬至爲十一月二十七日,是則紹熙三年正月十五恰應爲立春日也。

念奴嬌　和信守王道夫席上韻

風狂雨横,是邀勒園林,幾多桃李。待上層樓無氣力,塵滿欄干誰倚?就火添衣,移香傍枕,莫捲珠簾起。元宵過也,春寒猶自如此。　爲問幾日新晴,鳩鳴屋上,鵲報簷前喜。揩拭老來詩句眼,要看拍堤春水。月下憑肩,花邊繫馬,此興今休矣。溪南酒賤,光陰只在彈指。

【箋注】

〔風狂句〕歐陽修蝶戀花:「雨横風狂三月暮。」

〔邀勒〕箝制、抑勒之意。

〔鳩鳴句〕陸佃埤雅：「鳩，陰則屏逐其婦，晴則呼之。語曰：天欲雨，鳩逐婦；既雨，鳩呼婦。」又，歐陽修感春雜言詩：「鳩鳴兮屋上，雀噪簷間。」

〔鵲報句〕鵲性最惡濕，故遇雨後新晴，則喜而噪。田家雜占：「鵲噪簷前，主有佳客及喜事。」

〔拍堤春水〕歐陽修浣溪沙湖上：「堤上游人逐畫船，拍堤春水四垂天。」王安石送王蒙州詩：「請郡東南促去程，拍堤江水照紅旌。」

〔溪南二句〕韓愈醉後詩：「人生如此少，酒賤且勤置。」

【編年】

紹熙三年（一一九二）正月。——據「元宵過也」句，知此詞之作，蓋稍後於「元夕立春」之好事近。

最高樓　慶洪景盧內翰七十

金閨老，眉壽正如川。七十且華筵。樂天詩句香山裏，杜陵酒債曲江邊。問何如，歌窈窕，舞嬋娟？　更十歲太公方出將；又十歲武公方入相。留盛事，看明年。直須腰下添金印，莫教頭上欠貂蟬。向人間，長富貴，地行仙。

【校】

〔題〕四卷本乙集作「爲洪内翰慶七十。」花菴詞選作「洪内翰慶七十」。

〔方入相〕四卷本及花菴詞選作「才入相」。

【箋注】

〔洪景盧〕見卷一滿庭芳（急管哀絃闋）「景盧内翰」注。

〔金閨〕謝朓始出尚書省詩：「既通金閨籍，復酌瓊筵醴。」江淹别賦：「金閨之諸彦，蘭臺之羣英。」文選李善注本「金閨」作「金門」，注云：「承明金馬，著作之庭。東方朔云公孫弘等待詔金馬門是也。」

〔眉壽〕詩豳風七月：「爲此春酒，以介眉壽。」疏云：「人年老者，必有毫毛秀出。」方言：「齊東謂老曰眉。」

〔如川〕詩小雅天保：「天保定爾，以莫不興。……如川之方至，以莫不增。」蘇軾次韻鄭介夫詩：「祝君眉壽似增川。」

〔樂天句〕新唐書白居易傳：「白居易字樂天。……東都所居履道里，疏沼種樹，構石樓，香山鑿八節灘，自號醉吟先生，爲之傳。暮節惑浮屠道尤甚，至經月不食葷，稱香山居士。嘗與胡杲、吉旼、鄭據……燕集，皆高年不事者。人慕之，繪爲九老圖。」

〔杜陵句〕杜甫居杜陵，自稱杜陵布衣。其曲江詩之二有「酒債尋常行處有」之句。康駢劇談録：「曲江池本秦隑州。開元中疏鑿爲勝境。其南有紫雲樓、芙蓉苑；其西有杏園、慈恩寺。花卉環列，煙水明媚，都人遊賞，盛於中和、上巳二節。」

〔更十歲句〕世傳姜太公年七十餘釣於渭濱，其後周文王出獵，遇於渭水之陽，載與俱歸，立爲師，時太公已八十矣。

〔又十歲句〕史記衛世家：「武公即位，修康叔之政，百姓和集。四十二年犬戎殺周幽王，武公將兵往佐周，平戎，甚有功，周平王命武公爲公。」國語楚語上：「昔衛武公年數九十有五矣，猶箴儆於國曰：『自卿以下，至於師長士，無謂我老耄而捨我，必恭恪於朝，朝夕以交戒我。』」

〔貂蟬〕見卷一水調歌頭（我飲不須勸闋）「頭上貂蟬」注。

〔地行仙〕見本卷水調歌頭（上界足官府闋）「地行仙」注。

【編年】

紹熙三年（一一九二）春。——據洪文敏公年譜，紹熙三年洪景盧年七十。是年洪莘之猶在信州通判任，此詞之作必尚在稼軒赴閩之前也。